KB260943

한민족문학사상론

신경득 지음

살림터

한민족문학 사상론

신경득 지음

살림터

1996

머리말

어느 날 교수 한 분이 찾아와 물었다. 사회주의권 국가도 몰락하고 문민정부도 들어선 마당에 아직도 민족문학에 관한 논의가 계속되어야 하는 까닭은 무엇인가라고. 그것은 그렇지가 않다. 내가 지난 7년여 동안 줄기차게 '한민족문학 사상론'을 집필해 온 데는 몇 가지 까닭이 있다.

첫째 문민정부가 들어선 이래 오히려 총체적 위기를 맞게 되었는데 이것은 위아래에 만연된 도덕적 타락 때문이니 이를 극복하는 대안은 본래부터 우리 민족이 가지고 있던 염치, 수치심, 양심 등 민족 성정을 회복하는 길밖에 없기 때문이다.

돈이야말로 전능한 하나님이고 섹스야말로 무소불위의 종교인 마당에 너도 나도 "개처럼 벌어 정승처럼 쓴다"는 천민자본주의를 신봉하게 되니 정치인과 졸부는 염치를 모르고 노동자와 농민은 수치심을 잃어버리고 종교인과 교육자는 양심을 잃어버렸다. 자식이 부모를 살해해도 무감각하고 다리가 무너져도 책임질 공무원이 없고 대량 범죄가 일어나도 손을 쓸 대책이 없다.

1960년대 이전에 우리 어른들은 비록 경제적으로 헐벗고 굶주렸으나 길이 아니면 가지 않았고 남의 생명을 빼앗아 내 재산을 삼지 않았고 이웃과 사랑을 나눌 줄 알았으니 바로 예가 아니면 취하지 않았다 할 수 있다.

따라서 한민족문학의 마땅한 미학은 민족 성정을 회복하는 민족 당파성에 두어야 한다.

둘째 북미간의 핵 문제가 타결되면서 국제 정세 속에 남북한은 실로 엄청난 변화를 겪어야 하는바 모름지기 남북한의 공동 관심사는 민족 통일일 터이므로 '한민족문학 사상론'은 민족 과제에 헌신적으로 이바지하면서 통일 뒤 남북

이 공유하는 민족문학 이론서가 되고자 해서였다.

우리의 민족 현실을 타개하는 데는 서구 제국주의 문학론이나 사회주의 문학 이론도 대안이 될 수 없다. 서구 문예론은 자본주의 쓰레기 문학을 양산시켰고 주체 문예론은 결과적으로 한 개인을 우상화시켰다.

여기서 나와 이웃이 한 덩어리가 되고 사회와 국가가 공동체를 지향하는 '두레살이 삶'이 또 하나의 미학으로 지향점을 찾게 된다.

셋째 오늘날을 '지구촌 시대'라고 부르고 모든 문화가 세계화되어 가는 추세 속에서 국제 경쟁력은 당연히 문화민족주의에서 찾아야 하는바 '한민족문학 사상론'은 민족 피거르기와 민족 피돌리기와 같은 민족문학 논리를 강조하고자 하는 데 있다.

기업가·노동자·농민은 단순한 자본과 노동, 재부와 기술의 역할만을 하는 것은 아니다. 기업가에게는 기업 문화가 있어야 한다. 농민도 노동자도 교육자와 교직자에게도 영혼이 살아 숨쉬는 문화가 있어야 한다. 문화 없는 세계화는 불가능하다. 냉전 시대의 일방적 승리의 추구도 흑백 논리도 불식되어야 한다. 기업가·노동자·농민이 하나의 꼭지점에서 만나야 한다.

넷째 만년 역사를 누려 온 문화 민족으로서 독자적인 문화 이론서가 없다는 것은 부끄러운 일이며 이제 우리도 모국어에 피와 영혼을 불어넣을 수 있는 민족문학 이론을 가져야 하기 때문이었다.

구 소련에는 막심 고리끼 문학 이론이 있고 동유럽에는 루카치의 문학 이론이 있다. 미국에는 르네 웰렉 등의 문학 이론이 있고 캐나다에는 노드롭 프라이의 문학 이론이 있다. 중국에는 모택동 문예론이 있고 북한에는 주체 문예론이 있다.

그런데 우리는 광복 반세기가 넘도록 남의 말을 빌려 타고 마른 땅만 골라 발길을 옮겨 왔다. 부끄러운 일이다. 뼈가 부러지고 살이 터지면서 나라를 찾은 애국 선열에게 부끄럽고 나라를 책임질 젊은이에게 부끄러운 일이다.

한민족문학이 세계문학으로 자리잡기 위해서는 우리의 모국어가 세계 공용어로 발돋움해야 한다.

이러한 연구 목적을 기능적으로 수행하기 위하여 이 책은 모두 3장으로 구성하였다.

제 1장 '깨도문학이란 무엇인가'에서는 나와 우리 민족과 국가를 깨도 각성시키기 위해 미학 문제를 검토하고 뜻매김과 실천 비평을 하였다.

제 2장 '푸리문학이란 무엇인가'에서는 서구 제국주의 문화 종속에서 벗어나 한민족문학을 건설하기 위한 뜻매김과 실천 비평을 하고 미학 문제를 검토하였다.

제 3장 '추임문학이란 무엇인가'에서는 자기 혁명, 민족 혁명, 인류 혁명에 이바지하는 문학의 뜻매김과 실천 비평을 하고 미학을 검토하였다. 분석 대상이 된 시인은 신동엽 신경림 김지하 김남주 채광석 박노해 등이었다.

연구 대상으로 잡은 시기는 1960년대 후반에서 1996년까지 대략 30년간의 갑갑한 시대였다.

광복 후 이 땅에는 자유와 정의가 찾아올 줄 알았다. 그러나 민족 반역자들이 좌익을 때려잡고 민족주의자를 암살하였다. 친미주의자들이 자신의 이익을 앞세워 독재와 부정을 거듭하였다. 정도가 무너지고 사도가 날뛰었다. 불의에 몰려 정의가 힘쓰지 못하였다. 민족 혁명이 아니면 나라를 구할 수 없었다. 빛나던 경자민주혁명의 하늘이 무너지고 군인들의 정변이 거듭되었다. 나라를 말아먹는 도적은 있었으나 민족을 구하는 위인은 없었다.

광복 후에는 민족문학이 숨통을 틀 줄 알았다. 그러나 아니었다.

지나치게 서구 중심적이고 문학 지향적이라고 비판받는 모더니즘은 순수주의자들의 칼이 되었다. 제 3세계 민족의 각성을 가로막고 의식을 잠재우는 신비평은 해외문학파의 핵폭탄이 되었다. 전후를 휩쓴 실존주의는 허무주의자들의 마약이 되었다. 형식주의 구조주의는 먹물도사들의 방패가 되었다. 해방 논리를 부르짖는 포스트모더니스트들은 민족 억압 논리를 제시하였다. 본국에서조차 용도 폐기된 구조주의로 학위를 받는 국문학자가 차고 넘치며, 기호학이나 현상학을 하는 학자들은 자신을 학구파로 과신하고 있다.

이러한 혼란과 북새통에도 한민족문학은 소리없이 떡잎을 가르며 휜출하게 한솔로 자라나고 있었다. 수배, 감금, 구속을 거듭하면서도 자유와 민주주의를 목터지게 외친 시인들에게 이 연구서는 신세를 지고 있다.

여러 가지 어려운 상황 아래에서도 연구를 마칠 수 있었던 것은 내 글을 읽은 젊은이들의 성원과 질책 때문이었다.

그렇다. 이 연구서는 젊은이의 혁명·조국·사랑의 길나장이인 셈이다. 내가 처음 백범과 단재를 만났을 때처럼 모쪼록 웅지를 품은 젊은이에게는 격문이 되고 실의와 좌절에 빠진 젊은이에게는 벽보가 되고 조국을 사랑하는 젊은이에게는 전단이 되었으면 한다.

연구를 하는 동안 내 곁에서 손발이 되어 준 이우기 박경희 김은경 김진민 정미숙 이강희 이회환 허숙희 문학사와 강성숙 김현영 김순희 문학 석사의 빛나는 이름을 별자리에 적어 둔다.

개인적인 몇 마디가 허용된다면, 보잘 것 없는 졸작이 스물여덟에 홀로 되어 삼형제를 키우시고 1992년 6월 29일 한 많은 세상을 버리신 선비 안동 김씨 영전에 바치는 새포란 들꽃이 되었으면 한다. 선조비 옥구장씨께옵서 병약한 손자를 선비에게 넘겨준 이래 49년 동안 춥고 어두운 세월이었지만 다사로운 봄날이 없었던 것은 아니었다. 불효자 귀가하는 금요일이면 고들빼기 무침이나 돋나물 김치를 마련하고 기다리시던 선비는 찬비 내리는 날 당신의 무덤을 찾고 돌아온 밤에는 어김없이 불효자 꿈속으로 찾아오셨다. 산나물을 말려 놓고 선비는 불효자가 당신 곁으로 돌아올 날을 기다리고 계실 것이다.

광복 51년 병자 이른 봄 지은이 삼가 씀

차 례

한민족문학을 위하여

　세속적인 하느님인 돈이 가장 무서운 위력을 떨치는 나라 가운데 한 나라가 우리 대한민국이다. 돈 앞에서는 대부분이 정치가·교육자·종교인·문학인 모두가 앞 다투어 경배한다. 황금의 우상만이 확실한 오늘의 좌표이고 제일의 교리이다. 심지어 사랑·신앙·애국·충성의 가치까지도 돈으로 환전될 수 있다고 현대인은 믿고 있다. 돈이 피를 흘리는 현실을 외면하고서는 문학의 현실을 말할 수 없다. 시인은 자본주의 국가의 마지막 보루라고 믿었던 마르크스의 신념도 한낱 물거품이 되었다. 신성해야 할 종교도, 정조도 전망 있는 산업이 되었다.

　어째서 우리는 무너지기 쉬운 황금탑을 쌓는 것일까. 제아무리 현실이 참담하다 할지라도, 우리 현실을 통찰하고, 사람다운 삶의 양식을 이루는 것이 더욱 소중한 일이며, 경제적 가치만이 유일한 잣대가 아니라는 사실을 독자로 하여금 인식케 하여야 한다. 또한 시대적 상황이 격변기일 때 문학의 책임은 더욱 더 커지는 것이다. 광복 반세기를 맞는 이 자리에서 오늘의 소설 문학을 되돌아보고 내일의 좌표를 설정해 보는 것이 이 글의 목석이다.

　첫째, 국토의 끝에서 붓을 꺾고 침묵을 지켜 온 나를 포함하여 문학평론가들이 나름대로 제 소임을 다 했는가를 반성해 보아야 한다. 현실을 외면했다고 하여 책임이 면제되는 것은 아니다. 더구나 현실적으로 한국문학을 오도하였다면 국민의 심판을 받아 마땅하다.

　문학 비평의 직능은 무엇인가. 말할 것도 없이 그것은 작가에게 올바른 방향을 제시하는 일이다. 비평가들은 스스로 알면서, 또한 알지 못해서, 그 소임을 방임하였다. 그리하여 비평 부재의 심판까지 받게 되었다.

비평가의 중대한 과오 중의 하나가 신비평을 비판 없이 수용하여 무작스럽게 써 버린 결과 우리 문학을 미국의 식민지 문학으로 만들었다는 책임이다. 광복 이후 자유의 십자군으로 미군이 상륙하면서 이 땅의 젊은이는 앞 다투어 도미 유학 길에 올랐고, 국내의 문학도마저 신비평에 심취하여 그것이 후진국가의 국민을 식민지 신민으로 길들이기 위한 패권주의라는 사실을 망각하고 저들의 앞잡이가 되어 제 것 버리고 미국물 먹기 운동을 전개하였다. 더구나 한심한 것은 철저한 미국 앞잡이는 대학교수가 되었고, 나머지가 비평가가 되었다는 사실이다. 경인년 난리를 겪으며, 4·19혁명과 5·16군사 쿠데타를 겪으며, 군사 독재 정권을 겪으며 미국판 광대들이 이 땅에서 연출한 활극은 지금도 끝이 나지 않았다. 국민이 낸 세금으로 국록을 먹으며 제 나라 국민을 식민지 신민으로 만들었다면 준엄한 심판을 면할 길 없다.

한 나라 문학은 그 나라의 민족 성정에 맞아야 하고 그 나라 문학 원리로 설명되고, 비판되어야 한다. 이러한 극히 초보적인 사실을 망각하고, 문학의 보편성을 강변하며 출판 상업주의에 속는 줄도 모르고 노벨 문학상을 선망한 것이 이 나라 문학 풍토였다. 미국에 유학 가면 반미주의자가 되었고, 영국에 유학 가면 반영주의자가 되는 것이 세계의 추세였건만 우리 나라는 예외였다.

신비평은 우리의 얼과 혼을 빼앗아 갔다. 우리의 가치판단을 저들의 잣대에 맞춰 놓음으로써 우리 민족은 저들의 꼭두각시가 되었다. 또한 저들 문학에 대한 저항감을 최대한 줄이고, 나아가 민족적 자각을 말살함으로써 일본 제국주의자들보다 훨씬 기능적이고 합리적으로 우리 문학을 저들의 식민지로 만들었다.

저들이 치는 북소리에 맞추어 춤추는 광대들의 미친 짓거리는 이제 중지되어야 한다. 스와니강이 우리의 한강이 아니고, 켄터키 옛집이 우리의 고향집이 아님은 자명하다. 로댕의 '뒤보는 사람'을 우리의 '생각에 잠긴 미륵보살'보다

윗자리에 놓는 사대 발상을 마땅히 버려야 한다. 나와 우리가 누구이며, 민족과 국가가 무엇인가를 깨우쳐 준다는 의미에서 깨도문학은 지금의 우리 현실에 적절한 문학 양식이 아닐까 싶다. 지금의 우리 나라 평론가들에게 필요한 소임은 민족문학이라는 뿌리를 덮어, 젊고 아름다운 문학이 꽃 피도록 봉사하는 일이다.

둘째, 본질적인 민족 성정을 외면하거나 무시한 결과 신식민지 문학 이론은 우리 문학을 천박한 동물들의 이야기로 전락시켰고 거칠고 재미가 없는 문학은 독자들로부터 버림을 받았다.

류종호는 「산문정신고」라는 평론 글에서 올더스 헉슬리의 「비극과 전면적 진실」을 소개하면서 『오딧세이』제12장을 인용하고 있다. 구사일생으로 고향에 돌아 온 오딧세이 일행은 먼저 먹고 울고 잠들었던 바, 그것이 전면적 진실이라는 것이다.

남북 이산가족 상봉 장면을 보면 위와 같은 논리가 얼마나 철저한 서구 패권주의인가를 금방 깨우쳐 준다. 이데올로기의 수난을 겪고 고향집에 돌아 온 사람이 어떤 행위 양식을 보여 주는가는 송기원의 「월행」을 보면 알 수 있다.

진주에 사는 한 노인이 손주가 보고 싶어 머리에 이고 손에 들고 잠실 아파트를 찾아갔다. 쇠문을 열고 나온 며느리가 대뜸, "노인네가 여기는 뭐하러 왔습니까" 하는 말에 돌처와 화병이 들어 죽었다.

자기 딸이 친일파 청년의 자식을 임신하였다는 사실을 밝히기가 부끄러워 이주홍의 「초가(樵歌)」의 주인공은 군중들에게 돌로 맞아 죽는다. 우리 민족은 부끄러움과 염치 때문에 죽음을 선택한다. 나라가 망한 일에 대하여 글 아는 이가 책임을 지기 위해 절명시를 남기고 목숨을 끊는 황현의 모습은 우리를 감동시킨다.

오상원의 「모반」에 보면 한 테러리스트가 자기 때문에 감옥에 간 사람의 어머니가 죽는 모습을 보고 자수를 결심한다. 서부극의 주인공은 아내를 죽인 원수를 찾아 끝내 총살한다. 아버지를 죽인 원수를 찾아 나선 우리 주인공은 늙은 부모나 어린 자식들이 딸려 있으면 눈물을 머금고 돌아선다. 우리 민족은 용서와 아량, 여유와 관용을 좋아한다.

『림꺽정』을 읽을 때는 날이 새는 것도 모르고 재미있게 읽는데『사람의 아들』은 한 장을 읽기가 고통스럽다. 왜 그런가.『림꺽정』은 수백년 전 일이나 바로 우리 아버지들 이야기처럼 공감대를 느낀다. 잔꾀와 속임수로 일관하는 후자의 소설은 머나먼 이질감을 느낀다. 재미가 없어 읽지 않는 소설은 존재 가치가 없다. 이문렬 소설이 대학 독서회에서 자주 비난받는 까닭은 터무니없는 것이 아니다. 그는 현실을 왜곡하고 독자를 오도한다.

우리 민족은 꾸며진 이야기보다 실제로 있었던 이야기를 훨씬 좋아한다. 조선왕조라는 사극이 왜 장수하는가는 분명하다.『남부군』이 출간되자 대하소설『지리산』과 장편소설『겨울골짜기』가 얼마나 왜소한 느낌을 주었던가는 겪은 바와 같다. 1988년『남부군』이 몰고 온 돌풍은 소설 문학에 반성을 촉구하고 있다.

우리 소설이 재미가 없는 결정적 이유는 격변하는 사회 변화를 상상력이 따라 잡을 수 없다는 데 있다. 우스개 소리가 아니라,『장길산』은 장영자 사기를 능가하지 못하고,『인간시장』은 오대양 사건을 추월하지 못한다. 이 경우 소설은 뒷북만 치게 된다.

이제 작가는 산더미 같은 자료를 수집 정리하고, 역사 현장과 피가 떨어지는 현장으로 발로 뛰면서 소설을 써야 할 시대가 왔다. 상상력만으로 소설을 썼던 시대는 갔다. 작가는 거듭나야 한다. 그리고 새로운 시대에 살아야 한다.

민족문학을 오도한 해외문학파 최재서의 후예들인 이어령·류종호·김현·백락청·김우창 등은 민족 자각이 싹트는 이 시기에 새롭게 검토되어야 한다.

셋째, 이제까지 우리가 정통으로 아는 소설 문법을 전면 부정하고 철저히 청산할 때가 왔다.

그 첫 번째 이유는 예술 본질론에서 찾을 수 있다. 원래 예술 양식은 세련된 것이며 반복과 모방을 싫어한다. 본질적으로 예술의 한 양식인 소설은 꾸밈새가 세련되어야 하고 형식이 독창적이어야 한다.

만약 우리 소설이 서구 소설 양식을 모방한다면 그것은 미제 깡통 속의 버터를 먹는 것처럼 식상할 것이다. 심지어 우리가 위대하다고 손꼽은 서구 작가들도 날카로운 예술혼을 바탕 삼아 새로운 소설 양식을 창안하였다. 그러한 양식에 논리를 부여한 것은 문예 비평가들이었다. 기왕에 소설 문법을 새롭게 창안한다면 민족 성정에 맞는 양식을 찾는 것이 바람직하다. 위와 같은 적절한 보기를 자전적 깨도 소설인『격정시대』에서 찾을 수 있다. 이 장편소설은 서구 소설의 문법에 전혀 오염되어 있지 않다. 심지어 인칭 대명사까지 거부하고 있지만 독자들은 전혀 거부감을 느끼지 않는다. 똑같은 보기를『림꺽정』이 보여 주었다.

『림꺽정』과『사람의 아들』중간에 서 있는 뚜쟁이가 김동리와 황순원이다. 김동리의 노회한 속임수는「무녀도」에서『을화』로 이어진다. 일제가 만든 미제 양복을 입고 온 황순원은 가장 더럽고 추악한 이야기를 위악적으로 보여준다. 사실「소나기」는 중학생이 읽어야 할 소설이 아니며,『나무들 비탈에 서다』는 문학청년이 본받을 만한 소설이 아니다.

그 두 번째 이유는 문학 장르로써 소설 양식은 변화되어 왔다는 데서 찾을 수 있다.『홍길동전』과『남부군』사이에는 실로 엄청난 양식 변화가 있었다.

또한 국문학자들이 심심하면 떠들어대는 국문학 장르론도 별반 의미가 없다. 장르란 시대와 내용의 부산물이다. 원래 문학 장르 개념은 일제가 식민지 교육을 실시하면서 비롯되었다. 소설 양식은 꼭 이래야 하고 저렇게 써야 한다는 서구 앞잡이의 소설 이론은 우스꽝스럽기 짝이 없다. 우리 선인들은 양식에 얽매이지 않고 모든 글을 문학으로 생각하였고 또 그렇게 써 왔다. 이런 선례를 보여 준 것이『남부군』이다. 꾸밈없는 질박한 기사 문체는 전문 작가의 훈련된 문체보다 입맛에 맞는다. 또한 그것은 역사적 기록을 좋아하는 우리 민족 성정에 적합한 양식이다.『림꺽정』·『남부군』·『격정시대』는 힘을 바탕으로 삼는 본격 남성 문학이다. 이들 소설은 정한 구조를 바탕으로 삼는 대하소설

『토지』·『태백산맥』과는 달리 늙은이 배 앓는 소리나 징징 우는 소리가 들리지 않는다. 직업 작가들은 이 말을 심각하게 성찰할 필요가 있다. 사이비 논리를 배 앓는 소리로 들려 준 소설이 이광수의 『무정』과 『흙』이다. 이따위 소설은 이제 청산되어야 마땅하다.

이제 작가는 구시대의 퇴물로 남을 것인가, 아니면 새 시대의 길나장이로 앞설 것인가를 선택해야 한다. 문학잡지를 묶어 두고 원고료를 지원하고 소수 작가를 기용하여 체제내적 글을 써서 안주하던 시대는 지났다. 독자가 원하는 문학은 살고, 그들이 원치 않는 문학은 죽는다.

넷째, 진정한 의미의 민족문학이 이 땅에 뿌리 내릴 때가 되었다. 이제 더러운 피를 걸러 내고 새로운 피를 넣어 민족 정통성을 확립하고 민족과 국가를 바로 세우는 문학이 꽃 필 때가 되었다.

최근 민중문학론은 문학권 내의 세력전으로 전락하여 그 주도 세력이 잔당으로 몰락할 조짐을 보인다. 이 문학 운동은 문학지를 바탕으로 삼는 상업주의라는 비판을 받고 있다. 문학을 사회 계층론으로 인식하는 본질적 한계 때문에, 문학을 무작스러운 정치 도구로 악용한 데서 오는 부작용 때문에 민족문학의 방향 수정이 불가피하다. 민중 아닌 민중이 민중문학 운동을 전개하고 있다는 점이 바로 문제이다.

체제와 이념을 초월하여 남북한과 연변이 하나의 문학권으로 묶어지는 시대가 올 것이다. 조선 민족이 모국어를 바탕으로 민족 공감대를 엮어 가는 민족문학 시대가 올 것이다. 이 때 민족문학의 정통성을 이어갈 문학은 연변문학이다.

재미동포와 재일동포는 모국어를 버리고 그 나랏말로 문자 행위를 하기 때문에 민족문학권에서 벗어난다. 남한문학은 자본주의의 쓰레기 문학으로 북한문학은 이념의 도구로 전락하였다. 민족의 순수성을 고스란히 지켜가며 모국어를 온전히 써 온 연변은 민족문학의 주체가 될 것이다.

이제 민족문학은 동아리를 지어 편싸움하는 문학이 아니다. 전환기의 투쟁 논리가 민족문학의 원리가 될 수 없다. 민족문학은 조선민족을 하나로 묶어 모국어를 갈고 닦는 문학, 넉넉한 여유와 화해 정신을 부여하는 문학이다. 신변잡담이 아니라 민족 공감대를 자아내는 문학, 개인의 사상 노리개가 아닌 민족 전체의 공유물인 문학이다. 민족 집단에게 위안을 주고 올바른 삶의 방향을 제시함으로써 사회 개혁과 혁명의 주체가 되어야 한다.

민족문학은 민족 미래를 낙관하고 독자에게 넉넉한 웃음과 즐거움을 주기 때문에 재미있게 읽는 문학이어야 한다. 『격정시대』의 작가는 정신과 육체가 경련하는 광복 투쟁 전선에도 넉넉하고 여유있는 혁명적 낙관주의를 보여 준다. 이육사는 몇 편의 시에서 넉넉한 민족의 기다림을 보여준다. 풍자 소설 『황제를 위하여』는 살벌한 시대 상황 아래서도 귀중한 웃음을 선사하고 있다.

다섯째, 작가는 모국어를 갈고 닦는 혁명적 전사가 되어야 한다. 한 문학 작품의 최종적 평가는 모국어를 얼마나 갈고 닦았는가로 판가름 지을 수 있다. 모국어를 갈고 닦는 표준은 쉽고 바르고 아름다워야 한다는 것이다.

광복 이후 학교 교육은 표준말을 교육한다는 미명 아래 멋거리진 우리 배달말을 깡그리 압살하고 말았다.

우리네 할아버지, 어머니가 즐겨 쓰던 충북 괴산군 고장말이 『림꺽정』이라는 보물 창고에 보석처럼 빛나고 있다. 함경도 원산과 연변의 토박이말이 『격정시대』에 별처럼 영롱하다. 『조선의 아들』은 다스린 북한말의 아름다움을 잘 보여준다. 『남부군』의 작가는 배달말을 잃어버렸다.

배달말을 갈고 닦아 모국어에 빛을 더하지 못하는 작가는 앞으로 글을 쓸 필요가 없다. 더구나 제 나라 말을 더럽히는 작가는 민족의 준엄한 심판을 받아 마땅하다.

나는 이 글을 마무리 지으며 하나의 영상을 떠올려 본다. 장수왕의 부름을 받은 북경의 유주자사가 기마군단을 이끌고 중국 벌판을 질풍처럼 달려오는 굳센 영상이다. 요하에서 말에게 물을 먹이고 압록강을 건너는 씩씩한 영상이다. 나는 이 영상 때문에 새벽잠을 설치고 눈물을 흘릴 때가 많다. 남북 통일은 민족적 소임이다. 그 날이 오면 연변의 우리 동포를 만나야 한다.

　우리 문학은 민족의 숙원에 봉사해야 한다. 힘지고 꺽진 깨도문학은 민족의 든든한 길나장이가 되어야 한다. 특히 한 겨레의 삶의 양식을 가장 폭넓게 형상화하는 소설 문학은 마땅히 그래야 한다. 한편 돈의 속성에 짓밟히지 않는 인간다운 삶의 양식을 바로 세워야 한다.

제1장 깨도문학이란 무엇인가

제1장 깨도문학이란 무엇인가

깨도문학이란 무엇인가

1. 깨도문학이란 무엇인가

내가 어려서 들은 수수께끼가 하나 있다. 섬 가운데 열매가 담뿍 열린 야자 수가 있는데, 나무 아래는 원숭이 한 마리가 살고 있다. 어떻게 하면 열매를 따 먹을 수 있느냐. 정답은 원숭이를 향해 돌을 던진다는 것이다. 흉내쟁이 원숭 이가 야자를 따서 사람들에게 던지는 원리를 응용하자는 것이다.

한국문학사를 되돌아보면 밖에서 날아 들어온 돌무더기에 싸여 사는 원숭 이 꼴이 바로 우리 문학이 아닌가 싶다. 더구나 한심한 것은 돌멩이가, 우리에 게 전혀 쓸모 없는 것이며, 밖으로 던진 야자 열매야말로 우리가 온전히 지키 고 가꾸어야 할 민족성임을 자각하지 못한다는 점이다. 우리를 둘러싼 환경이 제국주의에 의한 착취와 탄압으로 종속을 강요받았고, 문학 식민지 정책에 의 해 겨레 얼을 빼앗겼다면 문제는 심각하다.

프랑스 유학을 다녀 온 교수가 이런 이야기를 들려 준 적이 있다.

그의 기숙사에 놀러 온 프랑스 친구가, 너희 나라에도 글자가 있느냐고 물었 다. 교수는 서슴지 않고 고국의 후배가 보내 준 논문집을 보여 주었다. 얼마 뒤 에 프랑스 친구가 다시 물었다. 너희 나라 글자는 일본 글자냐, 중국 글자냐.

프랑스 친구가 왜 이런 질문을 하였는지는 따져 보기가 창피하다. 그런데 우 리는 그 창피도 모르고 산다. 느끼지 못할 뿐만 아니라 오히려 자랑으로 여기 고 산다. 얼마 뒤에 그 교수의 논문을 읽을 기회가 왔다. 그의 글은 놀랍게도 프랑스 말을 뒤친 것이어서 한 줄도 우리글이 아니었다. 언어제국주의가 이토록 무서운 줄을 그때야 알았다.

> 외국 문화란 물과도 같은 것이어서 담는 그릇이 없을 때는 귀찮은 것이지만 그릇을 준비한 후에는, 그것이 고귀한 음료로 변한다.[1]

이 무슨 해괴한 말버릇인가. 중학교에서 우등생과 열등생을 판가름 짓는 것은 영어이다. 대학을 졸업하고 생사를 결정짓는 확실한 잣대도 영어이다. 외국 문화를 담을 그릇을 얼마나 마련해야 직성이 풀리겠는가. 해외문학파는 시도 때도 없이 서양 귀신 씨나락 까먹는 소리를 한다. 그런데도 광복 이후 저항을 받은 적이 없다. 오히려 선각자로 군림하면서 겨레 얼을 빼고, 그 자리에 제국주의 말과 문학을 심어 놓는 반민족 행위를 자행하였다. 그들은 지식인으로 자처하면서 민족 문화를 지키는 것은 촌스럽고 고집스러운 국수주의라고 비판한다.

광복 이후 이 땅에 물밀듯이 들어온 해외문학의 성과가 무엇인가.

광복 반세기를 맞는 이 자리에서 민족문학이 설 자리와 갈 길을 정확히 가늠해 보고, 민족문학 피거르기와 피돌리기를 통해 참된 민족문학을 되찾을 때가 왔다. 더구나 제국주의 종속 아래 탄압받고 착취당하는 민족문학은 영혼의 풀무질을 통하여 민족혼을 자각하고 제 나라 말과 문학을 사수하는 길이 신식민지 굴레에서 벗어나는 첩경임을 깊이 인식하여야 한다. 제국주의의 간악한 국가 이익 때문에 경제적 파탄을 겪는 라틴 아메리카, 악랄한 국제 상황 속에서 민족 자존을 찾아 몸부림치는 아시아, 제 나라 말을 잃고도 잠을 깨지 못하는 아프리카 제국들이 모두가 앓고 있는 열병이 바로 민족문학 해방 문제이다.

멸망하는 나라 미국의 물귀신 전략은 광적으로 난폭하여 제 3세계의 문학 해방을 용납치 않는다. 미국만이 저승사자가 아니라 국내에도 복병은 있다. 저

---

1) 김현, 『상상력과 인간』, 일지사, 1973년, 15쪽

들이 길들인 해외문학파가 늑대처럼 이빨을 갈 것이며, 어깨 너머로 해외문학
을 맛본 국문학자들도 민족문학의 적이다. 자각 증세가 마비된 일부 청년층도
민족문학의 동지는 아니다.

회생을 감내하면서도 비·반민족문학파들에 대하여 민족문학의 피거르기를
외치는 까닭은 무엇인가. 송건호의 다음과 같은 말을 들어보자.

> 2차대전이 끝나고 독일이 패망하자 프랑스 국민과 프랑스 정부는 대독 협
> 력자들을 '조국에 대한 반역자'로 규정하고 4만 8천명을 공직에서 추방했으
> 며 3만 8천명에 유죄 선고를 내리고 2천여 명에게 사형을 선고 (그 중 391명
> 을 처형)했다. 1차대전 때 프랑스의 구국 영웅인 패탱 원수는 나찌의 괴뢰정
> 권 수반으로 감형되어 대서양의 한 섬에 유폐되었다. 그 때 패탱의 나이 90세
> 였다. 위대한 조국을 세우기 위해 프랑스와 같이 자유와 민주주의를 생명같
> 이 아는 나라에서도 조국을 배반한 자에 대해서는 이토록 심판이 엄중했었
> 다.[2]

광복 이후 반민족주의자들을 처단할 수 있는 기회가 두 번이나 있었다. 첫
번째는 정부 수립 직후였고, 두 번째는 경자민주혁명 직후였다. 이승만은 정치
적 이해 관계 때문에 역사적 처단 기회를 잃고 말았다. 경자민주혁명은 5·16
군사 쿠데타에 의하여 전복되고 말았다. 참으로 애석한 일이다.

미국 정부는 그들의 국가 이익 때문에 민족주의자 김구를 버리고, 기회주의
자 이승만을 선택함으로써 이 나라 민족사를 역류시키고 말았다. 이승만과 친
일파의 자본이 야합하자 반민특위법은 휴지가 되었고, 옳고 그름의 가치가 무
너지고, 기회주의가 양시론을 외치며 날뛰고, 정통성을 상실한 정부는 끊임없
는 민중의 저항에 직면하였다. 그 결과 두 차례의 군사 정권이 독재를 자행하
고 민중이 피를 흘리게 만들었다.

친일파 박정희 정권이 반민족주의자를 처단할 수 있으리라는 기대는 환상

---

2) 송건호, 『한국현대 인물사론』, 한길사, 1984, 58~59쪽

에 지나지 않는다.

만약 김구가 집권하였다면 반민족주의자들을 어떻게 하였을까. 최소한 반민족주의자들이 민족의 죄인, 민족의 반역자로 처단되지 않았을까. 이 때의 민족 피거르기는 탁류에 떠밀리는 역사를 청사에 기록하는 순간이 되었을 것이다. 역사적 심판은 어찌하여 자본 앞에 그토록 무력하단 말이냐.

광복을 맞은 문단에도 문인들의 이념에 따라 남북 문단이 재편성되었다. 이들 문인 가운데는 북쪽으로 갔다면 숙청되었을 일부 친일파 시러배들이 남쪽의 쓰레기로 남아, 오히려 민족을 위해 친일했노라는 강변을 하고, 일제 앞잡이 대학을 졸업한 그들이 대학 교수직을 비롯한 요직을 차지하였다.

경인년 난리 이후 미국의 제국주의 통치 전략은 정치·경제적 종속뿐만 아니라, 사회·문화 정책에도 문화적 식민 정책을 일제보다 기능적으로 수행함으로써 철저히 민족의 뿌리를 뽑았다.

첫째, 그들은 민족 교육의 뿌리를 뽑았다. 하바드를 비롯한 몇 개 식민지 교육 기관에서는 교육학자들에게 흰쥐·개·늑대들의 행동 원리를 가르쳐 이 민족을 짐승으로 길들이기 위한 교육 지침을 마련하였다. 지금 이 땅에는 짐승의 원리를 가르치며 외국어를 씨부렁거리는 철부지 교육학자들이 많다.

둘째, 구미 유학 길에서 돌아온 예술가들은 민족성을 말살하였다. 중학교에 입학하면 켄터키 옛집을 부르며 깜둥이 흉내를 내고, 스와니강을 부르며 눈물을 흘린다. 시끄럽고 간사한 베토벤이 악성의 자리에 앉아 국악하는 사람을 흘겨본다. 로댕의 뒤보는 사람은 염치나 수치를 버리고 벌거벗은 짐승이 되라고 외친다.

셋째, 미국은 제 나라에 유학 다녀간 신비평가, 심지어 러시아의 형식주의자, 프랑스의 구조주의자들을 이용하여 민족문학의 정통성을 철저히 말살하였다. 그들은 보편한 세계문학을 부르짖고 전통 단절론을 외친다. 류종호는 헤밍웨이를 놓고, 백락청은 로렌스를 놓고 '반지성적'이라고 하는데 바로 이 말이 '동물적'이라는 뜻이다.

넷째, 일선 교사들이 지적하는 바와 같이 국어 교과서가 망국 교과서가 되지 않도록 그 시정이 시급하다. 우리 속담에는 50년 가는 거짓말이 없다고 한다. 친미 문학론이나 친미 문학 선집이 나오지 않으리라는 법이 없다. 자신이 알았거나 몰랐거나 자신의 문학 행위가 민족문학 앞에 죄를 지었다면 마땅히 민족이 내리는 벌을 받아야 한다.

소시민문학론자나 민중문학론자들은 '민족'이라는 말을 씀으로 하여 '민족'이라는 말을 책임 없이 남발한다.

민족주의는 민족 자각 의식에서 싹트는 것이며, 그것은 집단의 이상을 향한 지향성을 보인다.

김구의 다음과 같은 말을 들어보자.

> 근래에 우리 동포 중에는 우리 나라를 어느 큰 이웃 나라의 연방에 편입하기를 소원하는 자가 있다 하니 나는 그말을 차마 믿으려 아니 하거니와 만일 진실로 그러한 자가 있다 하면 그는 제정신을 잃은 미친놈이라고밖에 볼 길이 없다. 나는 공자·석가·예수의 도를 배웠고 그들을 성인으로 숭배하거니와 그들이 합하여 세운 천당·극락이 있다 하더라도 그것이 우리 민족이 세운 나라가 아닐진대, 우리 민족을 그 나라로 끌고 들어가지 아니할 것이다. 왜 그런고 하면 피와 역사를 같이 하는 민족이란 완연히 있는 것이어서 내 몸이 남의 몸이 못됨과 같이 이 민족이 저 민족이 될 수 없는 것이 마치 형제도 한집에서 살기 어려움과 같은 것이다.[3]

위와 같은 진술은 나와 남을 엄밀히 구별짓는 데서 백범의 민족주의가 출발하는 것이며, 이러한 인식은 신채호가 역사를 '아(我)와 비아(非我)의 투쟁'으로 보는 관점과 같다. 세계 평화나 인류애와 무관하게 민족의 인식 단계는 나와 우리, 민족과 국가로 발전하여, 온전한 민족국가가 성립된 다음 자리에서 비로소 국제 사회를 말할 수 있는 것이다.

---

3) 김구, 「나의 소원」, 『백범일지』, 정암사, 1989, 253쪽

민족문학이란 나와 우리, 민족과 국가를 깨우치는 과정을 서술한 깨도문학이며, 또 민족문학이 온전히 성립된 다음에야 비로소 세계문학을 논할 수 있는 것이다. 세계적인 보편한 문학이 먼저가 아니라 특수한 민족문학이 앞자리에 서는 것이다.

훌륭한 세계문학이 있는데, 구태여 고루하게 민족문학을 할 필요가 없다는 주장은 현대 아파트가 있으니 내 집은 없어도 좋다는 시러배 논리로 '제정신을 잃은 미친놈'에 지나지 않는다. 비록 그 문학이 중국문학에다 영국문학, 거기다 미국문학을 보탠 것일지라도 우리가 취할 문학은 아니다. 왜냐하면 민족문학에는 피와 역사가 완연한 민족이 발견되어야 하기 때문이다.

이렇게 볼 때 자유·평등·박애를 바탕으로 삼는 서구의 소시민문학론이나 마르크스의 방법을 빌려 민중 해방을 부르짖는 일부 민중문학론도 우리의 민족문학론은 아니다. 적어도 민족문학은 우리의 피와 역사를 바탕으로 민족혼의 풀무질을 통해 민족성을 회복·신장하여 민족을 해방시키는 참다운 인간학이 되어야 한다.

여기서 민족 지향적인 고구려인의 얼굴을 발견한다. 북경 근방의 군정장관이었던 유주자사의 무덤에 보이는 고구려인의 얼굴은 네모지고, 짙은 눈썹에 두툼한 주먹코, 입은 작으나 곧게 다물었으며, 성글은 수염에 뱀눈의 소유자였다. 가죽모자를 쓰고 말을 달리는 기마민족의 굳센 실천력과 진취적이고 강인한 의지를 억센 힘으로 보여 주는 민족혼의 전형이다. 바로 이 얼굴이 우리 민족문학에서 찾고자 하는 첫 번째 얼굴이다. 이러한 인물이 등장하는 문학을 나는 깨도문학이라고 부른다.

'산도 물도 다한 곳에, 내 뜻대로 노래 통곡 그도 어렵네'라고 망국 한을 달래며, 광개토대왕비 앞에서 신채호가 목매어 부르던 고구려인, 가난한 노래의 씨를 뿌리며 이육사가 광야에서 목쉰 소리로 부르던 초인, 기룬 것을 찾아 바장이던 한용운의 님, 바로 그 얼굴이다. 천명에 따라 몸을 일으켜 불의를 무 베듯하며 홀로라도 적진에서 칼에 의지하여 목숨이 다할 때까지 싸우며, 슬기로운 정신으로 일을 꾀하고자 말을 몰아 만주를 달리던 고구려인의 기상을 찾아야 한다.

글 읽던 선비와 생산에 종사하던 민중이 항일 혁명 전선에서 몸 바쳐 싸우던 그 정신을 투쟁적 민족주의라고 부를 수 있다. 투쟁적 민족주의는 반·비민족주의자들에 대한 민족 피거르기를 요구한다. 개혁의 방법에 의한 피거르기가 불가능하다면 혁명의 수단에 맡겨야 한다. 개량주의나 중화주의는 배격되어야 한다. 인정주의나 속물 근성도 용납될 수 없다. 피와 역사가 제 자리에 서야만 문학도 설 자리를 찾게 된다. 문학이 설 자리에 매일 때 제 목소리를 낼 수 있다.

그러나 문학이 늘 혁명 전선에 피만 흘려서는 안된다. 문학은 민족 집단에게 건강한 웃음을 줌으로써 새로운 민족 혁명을 위한 힘을 주어야 한다. 내려뻗히는 민족의 힘은 혁명 전선에 넘치는 피에서 오는 것이 아니라 씨억스러운 건강한 웃음에서 나온다. 여기서 민족의 앞날을 낙관하며 여유로운 풍자와 해학으로 내일을 보는 혁명적 낙관주의가 요청된다.

> 진정한 민족주의는 민족전체의 균등한 행복을 위하는 것이 아니면 안될 것이다. 민족 전체가 정치적으로 사회적으로 문화적으로 균등한 의무와 권리와 지위와 생활의 행복을 가질 수 있을 때 비로소 완전한 민족국가의 이상이 실현될 것이요 민족의 친화와 단결이 비로소 완성될 것이다.[4]

손진태는 정치·사회·문화적으로 민족 전체가 균등한 행복을 누릴 때, 그것이 진정한 민족주의요, 민족주의가 완전한 이상인 균등한 권리·의무·지위·행복을 누릴 때 비로소 민족화·민족 단결을 완성할 수 있다고 말한다.

여기서 민족문학에는 진정한 민족주의와 완전한 민족국가의 이상을 위한 민족 피돌리기가 요청된다.

---

4) 손진태 『조선민족사개설』, 을유문화사, 1954, 자서

우리가 찾는 두 번째 얼굴은 활짝 웃는 말뚝이의 표정이다. 신라의 기와쪽과 서산의 마애석불은 하도 씨억스레 웃어 입술꼬리와 눈꼬리가 서로 어루고 있다.

외세의 침략과 강탈, 지배층의 착취와 탄압, 하늘이 내리는 천재까지도 오히려 해학과 기지로 눙치고 풍자함으로써 미래와 내세를 약속받으려 하였다.

허균은 조선 전기 사회의 모순을 율도국에서 극복하려 하였고, 박지원은 「양반전」과 「호질」에 풍자된 조선 후기 사회의 모순을 극복하기 위해 장기도의 중간에 있는 가공적인 빈 섬에 들어가 집단적 이상을 실천하려 하였다. 김유정과 채만식은 일제 강도 정치 아래서 여유로운 웃음을 되찾아 주려 하였다. 오영수는 경인년 난리 뒤에 상처받고 소외된 민중에게 공동 사회의 이상을 보여 주려 하였다.

깨도문학 앞에서 두 갈래 길이 열린다.

첫째는 민족 피거르기를 실천함으로써 고구려인의 얼굴로 표상되는 투쟁적 민족주의로 가는 길이다.

둘째는 민족 피돌리기를 실천함으로써 말뚝이의 얼굴로 표상되는 혁명적 낙관주의로 가는 길이다. 두 길은 어우러져 가기도 하고 따로 가기도 한다.

투쟁적 민족주의와 혁명적 낙관주의가 어우러져 가는 작품은 김학철의 『격정시대』이다. 따로 길을 갈 때 정도상의 『친구는 멀리 갔어도』는 투쟁적 민족주의로, 요즘 활발히 발표되는 정치 풍자 소설은 혁명적 낙관주의로 나타난다.

오늘날처럼 도덕적 순결성이 강조되는 때도 없다. 인간의 인간에 대한 신뢰감이 오늘날처럼 짓밟힌 적도 없다. 자본주의 국가에서 화폐의 기능은 신격화되었다. 인간은 돈 앞에 경배를 드리고 정신과 육체를 파는 갈보가 되었다. 사람을 사고 팔며 어린이를 수출하는 이 나라의 참된 가치는 무엇인가. 우리는 왜 노동을 하는가. 우리는 무엇을 위해 싸우는가.

깨도문학의 진정한 목표는 참된 민족 존재로서 참된 민족 본질을 우리가 사는 이 사회에서 실천하는 데 의미를 둔다. 민족 피거르기를 과감히 추진함으로써 반·비민족주의자들을 숙청함으로써 민족 정통성을 확립하고, 아울러 민족의 긍지를 되찾게 함으로써 공동선을 향하여 대자적 지향성을 추구하게 되고, 그 결과 민족 해방이 가능하리라고 믿는다. '민중'도 국내에서 당파성을 지니고 있다면, '민족'도 국제적으로 당파성을 지니고 있다고 생각한다. 민족이라는 당파성에 철저할 때만 제 3세계 국가들이 제국주의 종속에서 해방될 수 있다. 따라서 깨도문학은 투쟁적 민족주의로 무장하고 민족혼을 전선에 세울 때 진정한 민족 해방을 가능하게 한다. 노동자가 해방된 뒷자리에 민중이 해방되고, 저절로 민족은 해방될 것이라는 혁명 단계설은 믿지 않는다.

민족 피거르기가 철저히 이행된 뒷자리에 민족 피돌림이 가능하다. 혁명적 낙관주의는 감상적 양심주의나 이기적 자유주의를 철저히 경계할 때 용서와 화해가 가능하다고 믿는다.

마지막으로 깨도문학은 민족 통일에 봉사함으로써 민족 염원에 이바지하여야 한다. 깨도문학은 민족 해방을 위한 칼이며 민족을 민족답게 만드는 웃음이다. 이 양날 칼을 적절히 부려쓸 때 피·역사·혁명에 봉사하는 인간학이 될 수 있다.

깨도문학은 세 단계의 창작 과정을 가질 때 비로소 민족문학다워진다. 첫째는 민족 의식의 대자적 지향성을 보이는 영혼의 풀무질 단계요, 이 단계를 거쳐, 둘째 도가니에서 건져 올린 민족혼을 예술혼으로 망치질하는 장인의 벼리기가 필요하다. 두 단계를 거쳐 애벌 구운 민족문학을 도가니에서 달구고 물에 식혀 가며 빛을 보태며 단련하는 체험의 담금질이 끝날 때 비로소 깨도문학은 탄생된다.

민족문학의 탄생이 곧 완성은 아니다. 민중이 작품을 읽어 피·역사·혁명을 깨도하는 문학이라는 평가가 내려졌을 때 한 편의 민족문학은 완성되는 것이다.

2. 깨도문학의 주체는 누구인가

70 · 80년대 한국 사회는 들끓어 오르는 전환기의 용광로였다. 국가독점자본주의 체제 아래서 신식민지 경제는 온갖 계층 문제를 노출하였고, 냉전 체제의 정치 권력은 분단 문제를 파쇼로 억압하였다. 제국주의 군홧발 아래 한국 사회는 식민지 남새밭으로 둔갑하였고, 한국문학은 민족을 외면한 채 종속문학이나 매판문학으로 전락하였다.

파쇼 체제 아래에서 지식인이 제 몫을 방기하고 있을 때 백락청은 시민문학을 제창하였다. 그러나 소시민문학 역시 민족 과제를 온전히 담아 내지 못하자 채광석은 민중문학을 주장한다. 채광석의 뒤를 이은 김명인 · 백진기는 민중문학론을 실천 이론으로 발전시킨다. 조정환은 노동자 당파성을 강조함으로써 노동해방문학을 제창하였고, 정과리 등 '문학과 사회'파는 해외문학파 방식으로 민중문학을 전염시키려 한다.

민족문학 주체 논쟁은 두 가지 측면에서 진행되었다. 하나는 창작 주체인 작가의 신원에 대한 인식론이고, 다른 하나는 작가의 구체적 형상물인 문학 작품을 평가하는 미학 실천론이다.

지식인 출신의 작가이건 노동자 출신의 작가이건, 그들이 소속된 경제 기반과는 관계없이 그들이 글을 씀으로써 그들은 소시민으로 예편되기 때문에 작가의 신원을 어떻게 인식할 것인가 하는 문제는 별반 의미가 없다.

민족문학론자들은 목적 없는 문학은 적어도 배격한다. 민족을 위하여 어떻게 복무할 것인가. 무엇을 실천할 것인가. 이러한 문제를 진지하게 고민 할 때 미학 문제가 제기된다. 민족문학 주체 논쟁은 미학에 대한 쟁점이라고 보아도 과언은 아니다.

민족문학론의 전개 과정에서 다음과 같은 몇 가지 유의 사항을 염두에 두어야 한다.

첫째, 민족문학은 적어도 사회학자들의 청부업자나 사회구성체론의 하청업자적 관점을 가져서는 안된다. 우리 나라 사회학자들이란 누구인가. 민족 경제를 말하면서도 서구 이론을 빌려오는 양아치들이 아닌가. 마르크스가 아니었다면 벌써 쪽박을 찼을 신세가 아닌가.

그들의 이론을 과신하고 문학 이론을 빌려쓰는 행위는 결과적으로 오류의 감옥에 갇히거나 제국주의 앞잡이가 될 뿐이다. 이른바 '적색 아카데미즘'도 예외는 아니다. 민족문학 문제인 이상 마르크스는 강 건너 불이다.

둘째, 입으로는 민중과 노동자를 말하면서 글로는 평론가도 모르는 말을 쓴다면, 이는 분명한 직무 유기이다. 평론가들도 말뜻을 알지 못하는데 하물며 기층 민중이 무슨 수로 민족문학을 깨쳐 실천한단 말인가. 이 글을 쓰면서 몇 차례나 포기하고 싶었다. 쓴 글대로 인용해 올 반듯한 글 한 줄이 없었다. 이것이 무슨 망신인가. 모국어를 잘 모르면서도 민족문학을 말할 수 있다는 심보는 과대 망상이다. 모국어를 갈고 닦아 빛내는 일보다 더 훌륭한 민족문학이 어디 있는가.

이제까지 민족문학론자들은 사상·운동·투쟁을 강조한 나머지 모국어의 역할을 과소 평가하였다. 다음과 같은 말은 유효하다. "우리 자신의 삶을 진지하게 생각하고 감동을 주는 문학 예술, 솔직하고 생생한 문학 예술, 쉽고 친근한 문학 예술"5)이 바로 그것이다.

누구나 글을 쓰는 일을 소임으로 삼는 이는 모국어의 제단에 피를 바쳐야 한다.

셋째, 민족 본질·민족 자존·민족 자부심을 벗어난 민족문학이란 제아무리 아름다운 명분론일지라도, 뚜쟁이의 헛소리에 지나지 않는다. 민족문학의 후진성이나 국수주의를 말하면서 세계문학을 말하고, 민족 성정을 살리는 문학의 본질을 외면하면서 인류 공동체 문학을 말하는 태도는 규탄되어야 마땅하다.

국수주의 정체는 무엇인가. 자기 것 소중한 줄 모르면서 남의 것 귀한 줄을 어찌 아는가. 민족의 자존·자부심을 강조할 때는 남의 것도 존중한다는 생각

---

5) 『현장문학』 창간사

이 숨어 있다는 사실을 왜 외면하는가.

민족문학의 국제주의란 있을 수 없다.

민중·민족문학론이 통칭되는 논의 가운데, 이른바 민족문학 주체 논쟁을 우선 평론가 별로 살펴보자. 그 뒷자리에 깨도문학의 주체를 살펴보아도 늦지 않으리라.

1) 백락청의 시민문학론

백락청은 누구인가. 소시민적 민족문학론자인가. 소시민만이 문학의 주체라는 고집은 버린 것 같다. 그렇다면 민중적 민족문학론자인가. 그가 말하는 민중이란 진정한 민중이 아니라 오히려 시민에 가깝다. 그렇다면 그는 민족문학론자인가. 그는 민족문학론자가 아니라 세계문학론자이다.

그렇다면 백락청은 누구인가. 시대와 상황에 따라 빈민층·소시민·중산층 심지어 특권층까지도 문학의 주체로 인식한 백락청의 정체는 무엇인가. 시민을 말하면서 소시민을 강조했고 민중을 말하면서 중산층을 강조했고 한국문학을 말하면서 세계문학을 강조한 그는 누구인가.

백락청의 확실한 세계관이란 모든 진리와 정의가 시대 상황에 따라 변화하며, 따라서 문학의 주체도 변화한다는 상황론이다. 백락청은 언제나 가진 자를 대변한다. 그런 의미에서 백락청의 문학적 경향은 시민문학론이다. 백락청의 세계관에는 민중도 민족도 없다. 다만 가진 자들인 시민이 있을 뿐이다.

백락청에게는 반드시 던져 볼 질문이 있다.

백락청은 종속문학론자인가, 아니면 매판문학론자인가.

우리 문학의 발달을 위해 우리는 세계 역사 전체에서 감명 깊은 선례를 찾고 셰익스피어와 몰리에르의 고전은 물론 우리 과거의 구석구석에서도 이월해 올 수 있는 것은 다 해와야겠지만, 무엇보다 앞서야 할 인식은 우리가 부모의 피와 살을 받았듯이 이어받은 문학 전통이란 태무하다는 것이다. 우리의 동양적·한국적 전통은 그 명맥이 끊어졌고 이를 뜻있게 되살릴 길은 아직 열리지 않았으며 고대 그리이스나 근대 서구의 고전문학을 모체로 삼기에도 우리의 언어와 풍습과 제반 사정이 너무나 동떨어진 것이다.6)

주의 깊게 이 글을 읽어보면 백락청은 종자가 나쁜 문학을 시작하려 하고 있다는 것을 눈치채게 된다. 제국주의자의 환상적 잠꼬대가 이 나라 민족문학을 얼마나 흐려 놓을 것인가를 넉넉히 짐작할 수 있다. 셰익스피어와 몰리에르 같은 서양 도깨비가 이 나라 문학에 무슨 역할을 한단 말인가. 왜 우리 문학이 고대 그리스나 근대 서구의 고전문학을 모체로 삼아야 하는가. 이어받을 문학 전통이 없다면, 한국적 전통의 명맥이 끊어졌다면, 끊어진 명맥을 이어 보려고 단 한 번이라도 노력을 해 보았는가.

이 나라에는 이따위 철부지 문학평론가들이 아직도 활개를 치고 있다. 제국주의자들의 종속문학이나 매판문학론을 철저히 비판 분쇄하지 않고도 참다운 민족문학을 건설하겠다는 점잖은 망상은 또 다른 패배주의적 폭력이다.

① 백락청은 민족문학의 성립 배경을 민족주의 발생 배경과 같은 맥락에서 인식한다. 『민족주의란 무엇인가』라는 공동 번역서를 엮어 낸 백락청은 한스콘의 '위기 의식'을 빌려 민족문학 성립 배경의 근거로 삼고 있다. '위기 의식'이란 백락청의 주체적 자기 개념이 아니며, '위기 의식'이 민족주의의 성립 배경으로는 타당할지 모르나 민족문학 성립까지 책임질지는 자못 의심스럽다. 정작 민족문학다운 민족문학이 발생한 시대는 위기의 시대가 아니라 번영의 시대였다는 사실은 역사가 증명한다. 영국도 예외는 아니었다.

가령, 민족문학을 민족의 구체적 생존과 구성원 대다수의 복지가 심각한 위협에 직면했다는 위기 의식의 소산으로 보는 백락청의 견해가 바로 그것이다.7)

---

6) 백락청, 「새로운 창작과 비평의 자세」, 『창작과 비평』 창간호, 1969, 16쪽

7) 백락청, 「민족문학의 개념 정립을 위해」, 『민족문학과 세계문학』, 창작과 비평사,

민족 집단이 위기 상황에 처했을 때, 혁명 전선과 문화 전선에서 맹렬한 투쟁을 전개한 작가나 시인은 그리 많지 않다. 신채호·한용운은 그리 많지 않은 작가 가운데 대표적 예가 될 것이다.

그러나 『격정시대』의 주인공은 민족 위기 상황 아래서 젊은이가 할 수 있는 일은 테러뿐이라고 선언하고 혁명 전선에 몸을 던진다. 김학철이 『격정시대』를 84년 12월에 집필 완료, 86년 중국 료녕 민족 출판사에서 상·하로 출간, 88년 4월 풀빛 출판사에서 상·중·하로 출간한 예를 상기할 필요가 있다.

한스콘에게서 빌어 온 '위기 의식'이란 제국주의 국가가 종속국가를 바라보는 세계관이란 사실을 백락청은 흘려 보고 있다. 민족의 존엄성과 생존 자체가 위협받는 절박한 민족적 위기 의식 아래 민족문학이 발생하기도 하지만[8] 실제로 민족 자각이 싹터 민족의 공동 이상을 실천하고자 할 때 민족문학은 비로소 민족문학다워진다는 사실을 많은 역사적 선례에서 찾을 수 있다.

여기서 민족문학의 존재 방식이 투쟁적 민족주의와 혁명적 낙관주의가 공존해야 할 역사적 필연성을 찾게 된다. 민족문학은 섬뜩한 칼도 되어야 하지만 유쾌한 악기도 되어야 한다.

② 또한, 백락청은 민족문학의 형태를 제국주의 차원에서 파악하고 있다.

첫째, 진정한 민족문학이란 진정으로 인간다운 삶을 위한 문학으로 규정짓고, 진정으로 인간다운 삶에 대한 모든 인간의 염원을 공유하는 입장에 서는 문학이 참다운 민족문학이라고 주장한다.

위와 같은 주장은 세계문학을 위한 보편성의 강조이지, 민족문학을 위한 특수성에 대한 배려가 아니다. 백락청이 '인간'이라고 부르는 실체를 '민족'으로 고쳐 부른다면 훨씬 설득력이 있을 것이다.

둘째, 민족문학의 국수주의를 철저히 배격하는 입장에 선 백락청은 민족을 영구불변의 실체나 지고의 가치로 규정해 놓고 출발하는 국수주의적 문학을

1978, 125쪽

　8) 백락청, 「민족문학의 현단계」, 『창작과 비평』 1975 봄, 36쪽

배격하고, 세계문학의 연관성 아래 민족문학의 타당성을 찾으려 한다.[9]

말인즉 그럴싸하나, 실인즉 제 것은 우습게 알고 남의 것은 엄청나게 보는 허풍선이의 발상법이다. 세계적인 것이 민족적인 것이 아니라, 민족적인 것이 세계적인 것이다.

김은국의 『잃어버린 이름』을 미국인 2세에게 가르치는 진정한 까닭은 일제 하에서 조선민족이 얼마나 설움을 겪었는가를 가르치자는 것이 아니라, 2차대 전에 참전한 미국의 정당성을 가르치려 한다는 사실을 백락청은 왜 모르는가.

또 있다. 『톰소오여의 모험』은 미국 학생들이 읽어야 할 열 권 도서 가운데 하나다. 그런데 『톰소오여의 모험』을 통해 마크 트웨인이 정작 말하고자 하는 바는 미국인의 전형적인 서민 생활을 통하여 검둥이나 인디언보다 흰둥이가 우월하다는 것을 강조한 것은 아닌가.

백락청이 이러한 사실을 모를 리 없다. 그는 어느 한 쪽에 철저히 서 있음이 분명하다.

셋째, 문학적 후진성에 대하여 백락청은 상당한 고자세를 취한다. 후진성 자 체가 무슨 자랑일 수는 없는 것이며, 후진성 극복을 위해 피나는 노력을 하되, 그것도 선진국들이 이미 닦아 놓고 손짓하는 편한 길이 아니라, 스스로의 길을 뚫고 나가야 제대로 후진성을 극복할 수 있다는 생각이다.[10]

민족적 세계관에 따라 문학의 인식 차이는 인정할 수 있으나, 문학적 후진성 이 과연 존재하는 것인지는 의문스럽다.

사실, 노벨 문학상까지 받은 훼밍웨이의 『노인과 바다』의 작품 배경이 엉터 리라는 사실이 우리 나라 한 어부에 의하여 밝혀진 바 있다. 유진 오닐의 『느 릅나무 아래 욕망』에서는 주인공이 자기 아버지에게 개새끼라는 욕설을 퍼붓 는다. 『의사 지바고』는 과대한 선전과는 달리, 아내와 남편이 있는 남녀의 간

---

9) 백락청, 「민족문학의 개념 정립을 위해」, 『민족문학과 세계문학』, 창작과 비평사, 1978, 123쪽

10) 백락청, 「민족문학의 새로운 과제」, 『실천문학』 1집, 1980, 58쪽.

통 기록에 지나지 않으며, 아는 바와 같이 『젊은 베르테르의 슬픔』은 약혼자가 있는 처녀를 사랑하다 엽총 자살하는 염세주의자의 기록이다.

카프카의 『성』에 나오는 토목기사는 온종일 길도 찾지 못하며, 제임스 조이스의 소설은 의식의 멀미를 일으킨다. 알제리인을 살해하고, 햇빛 때문에 살인을 했노라고 딴청을 떠는 까뮈의 『이방인』은 프랑스 제국주의의 산물이다.

문학적 후진성이란 과연 무엇이며, 어떤 길을 뚫고 나가야 문학적 선진성을 성취할 수 있는지를 백락청에게 묻고 싶다.

영국의 계관 시인으로 추앙받는 알프레드 테니슨의 『이노크 아든』은 딸을 데리고 시집간 아내에게 지순한 순정을 바치다 죽는 내용의 서사시이다. 이 작품을 읽고 영국의 신사들이 서러워 어쩔 줄을 모르지만, 한국 남성들에게는 별반 흥미가 없다.

『이방인』 따위의 외국 작품을 이해할 수 없거나 공감할 수 없다고 하여 주눅들거나 무식을 탓할 필요는 조금도 없다. 가치 인식과 감수성의 차이를 인정하려 들지 않는 우월감이 후진성이라는 괴뢰이기 때문이다.

③ 백락청이 말하는 민족문학의 주체는 일단 민중으로 요약된다. 그에게 있어 참다운 민족문학의 본질이란 시민 의식의 실천이다. 민중이란 '각성된 노동자의 눈'을 가진 시민이고, 민중문학이란 '민중적 현실의 온전한 드러냄'이다.

민족문학 실천의 전제 조건으로 역사 상황을 강조하고, 그 역사적 삶 때문에 오히려 민중문학의 성격을 지니게 된다고 말한다.

민족문학이란 역사적 상황이 존재할 때만 의미있는 개념이고, 역사적 상황이 변하는 경우 민족문학은 부정되거나 차원 높은 개념으로 흡수된다고 그는 말한다.11)

어디까지나 민족 성원 대다수의 삶에 의해 규정되고 그와 더불어 역사 속에서 그 의미가 변천하는 것이 민족이며, 그 점에서 진정한 민족문학은 민중문학의 성격을 띠지 않을 수 없는 것12)이라고 말한다.

---

11) 백락청, 「민족문학의 개념 정립을 위해」, 『민족문학과 세계문학』, 1978, 125쪽

역사 상황 속에서 변천하는 주체로서의 민족문학을 전제로 세워 놓고, 그 다음 자리에서 민족문학의 주체인 민중을 백락청은 외면할 수 없다고 말한다. 일제 침략기에 양반이 민족 주권을 지킬 수 없었기 때문에 민중이 그 과업을 떠맡은 것이며, 이러한 역사적 사명이 안겨진 민중 의식을 표현하고 일깨우는 문학만이 참다운 민족문학이 된다는 것이다.13)

실상 백락청의 민족문학은 민중 의식을 일깨우는 자리에 머물지 않고 시민문학론으로 민족문학을 몰고 가는 것이 마지막 과제였다.

민족의 생존 자체와 직결된 문제인 만큼, 민중 의식을 이러한 역사적 사명에 부응하는 시민 의식으로 발전시키는 과업이 곧 민족문학의 본질을 이룬다고 말할 수 있다는 것이다.14)

민족문학의 본질을 실천하는 길이란, 민족의 생존과 직결된 민주 의식을 역사적 사명에 부응하는 시민 의식으로 발전시키는 과업이다.

민족·민중·시민으로 연결되는 고리는 백락청의 순환 고리이고 시민문학으로 되돌아가는 퇴행적 고리이다. 역사적 상황이 없다면 민족문학이란 있을 수 없다고 단언하던 백락청이 어째서 그렇게 손쉽게 시민문학이라는 항복의 깃발을 올리게 되었을까. 민중과 민족문학을 모두 해결할 수 있는 도깨비 방망이가 시민문학론이라면 그다지도 먼길을 왜 빙빙 돌아왔단 말인가. 그렇다면 백락청의 민족문학론이란 현학적인 사기극이 아닌가.

민족이 민중이고 민중이 시민이라면, 시민은 과연 누구인가. 힘겨운 작업이지만 튼튼하게 위장된 탈을 벗겨 보면 시민의 정체가 폭로될지도 모른다.

첫째, 시민문학으로 퇴행하기 위한 첫 번째 조치로 백락청은 민중성을 작가의 신원으로 식별할 수 없다고 말한다. 1985년 백락청이 대구 강연을 행하던 두 해 전 채광석이 민중문학을 선언하고 있다는 사실을 참고할 필요가 있다.

---

12) 백락청, 「민족문학의 새로운 과제」, 『실천문학』 1집, 1980, 54쪽

13) 백락청, 「민족문학의 개념 정립을 위해」, 『민족문학과 세계문학』, 1978, 130쪽

14) 백락청, 앞의 글, 132쪽

　또 제가 주장하기를 작품의 민중성이라는 것이 작가의 신원에 달린 것은
아니라고 했지만, 그것은 어디까지나 원론적인 이야기고 개개인의 민중성이
나 민중 지향성이 어느 정도인가하는 것이 그의 손을 거쳐 만들어진 작품의
민중성과 밀접한 관련이 있는 것만은 어쩔 수 없는 사실입니다.15)

　작가의 신원이 민중성을 규정하는 잣대가 아니라면, '민중성'이나 '민중 지향
성'을 무엇으로 변별할 수 있는가. 백락청은 '민중 지향성'에 '시민 지향성'이라
는 정답을 숨겨 놓고 있다. 한편 노동문학 쪽으로 눈을 돌린다.

　시민문학으로 가기 위한 두 번째 디딤돌은 1985년 「민중·민족문학의 새단
계」에서 더욱 분명하게 천명된다.

　민중을 신원에 의해 파악할 것이 아니라고 거듭 강조한 백락청은 이번에는
민중문학 작품을 규정하는 근거로, '각성된 노동자의 눈'이라는, 모처럼 그럴
듯한 소리를 하더니 다시 본색을 드러낸다.

　기층 민중이 쓴 문학만이 민중문학이라든가, 민중적 소재를 선택해야만 민
중문학이 된다는 등의 도식주의에서 벗어나 성숙과 개방성을 획득해야 한다고
하여 자기 모순에 빠진다. 민중적 소재를 외면하고, 주제와 사상까지 버린 문
학이 민중문학이라면, 민중문학의 존재 가치는 무엇이며, 다른 문학과 구별 지
을 수 있는 잣대란 무엇인가. '성숙성'이 그가 배격하는 '후진성'의 반대말이고,
'개방성'이 세계문학으로 가는 길이라면, 백락청은 '민족문학'이나 '민중문학'을
파산하고, 그의 안전 가옥인 '시민문학'으로 피신하려 함이 분명하다.

　셋째, 「오늘의 민족문학과 민족운동」16)이라는 평론 글에서, 백락청은 '민족
문학'과 '민중문학'을 청산하고 출항지인 '시민문학'으로 귀항함으로써, 거죽만
화려하고 알맹이 없는 '민족문학'은 완전히 실종된다.

　각성된 노동자의 눈으로 보는 참다운 민중문학 작품을 요청하는 관점이나,

---

15) 백락청, 「민족문학과 민중문학」, 『민족문학과 세계문학Ⅱ』, 창작과 비평사, 1985,
352쪽.

16) 백락청, 「오늘의 민족문학과 민중문학」, 『창작과 비평』 봄, 1988, 232쪽

작가의 신원을 노동자건 중산층이건 구별하지 않겠다는 종래의 입장을 거듭 강조한 것은, 작가는 모름지기 소시민 지식인이고, 그들이 각성만 하면 민족문학 작품을 생산할 수 있는 것이며 따라서 백락청의 시민문학론이라는 입지는 강화된다는 것이 그의 안간힘인 것 같다.

백락청은 작가와 평론가에게 각기 다른 요구를 한다. 우선 작가는, 그가 노동자 출신이건 중산층 작가이건, 노동 현장 또는 투쟁 과정의 묘사에 한정하지 말고 총체적 현실의 핵심적 일부로써 노동 현실을 다루는 일이 절실한 과제라고 말한다.

총체적 현실의 핵심적 일부로써 노동문학이란 무엇인가. 좀 더 정확히 묻자면, 총체적 현실의 핵심적 일부로써 노동문학이란 바로 시민문학을 말하는 것인가. 모든 문학 이론이, 모든 문학 작품이 백락청의 시민문학에 종속되어야 하는가. 도대체 중산층 출신의 작가가 묘사한 노동문학이란 어떤 형태의 문학인가.

백락청은 평론가에게 그때 그때 나타나는 노동문학의 성과와 협의의 노동문학이 아닌 온갖 민중·민족문학의 업적들을 일관된 눈으로 정확히 읽어 주는 비평 작업을 요구한다.

여기서 노동문학과 노동문학이 아닌 민중·민족문학의 업적물을 일관된 눈으로 정확히 읽어 주는 작업이 바로 시민문학론이라는 턱없는 잣대로 문학 작품을 마름질하는 것임을 백락청은 작품 분석에서 입증하고 있다.

김향숙의 『부르는 소리』나 윤정모의 『님』을 분석하면서 백락청은 빈민층·소시민·중산층, 심지어 특권층까지 준거 기준도 없이 문학 주체로 주워섬기고 있다.

백락청의 종착역에 도착하여 시민증을 발급받은 빈민층·소시민·중산층은 셰익스피어와 몰리에르, 횔더린과 괴테의 시민 정신을 배우기 위해 광장으로 간다. 그리하여 국적 불명의 낮도깨비들은 외친다.

우리가 부모의 피와 살을 받았듯이 우리가 이어받은 문학 전통은 태무하다.

④ 백락청이 보는 민족문학의 과제에 대해서는 이미 몇몇 평론가들에 의하여 비판·검토된 바 있기 때문에 여기에서는 그 내용을 요약·정리하는데 그친다.

백락청이 말하는 민중·민족문학의 과제는 두 가지로 요약된다. 하나는 분단 극복이라는 민족적 과제이고, 다른 하나는 인간 해방이라는 민중적 과제이다. 전자를 주요 모순 또는 분단 모순이라고 부르며, 후자는 기본 모순 또는 계급 모순이라고 부른다. 편의상 나는 전자를 분단 문제, 후자를 계층 문제라 부른다. 생경한 새로운 말을 쓸 때 민족문학에 대한 관심을 자칫 좁혀 놓거나, 전문가 몇 사람들의 쑥덕 공론이 될 염려가 있기 때문이다.

분단 문제와 계층 문제는 1985년 대구 강연에서 비롯되었고, 이것은 분단 문제와 이를 극복하려는 민족 운동의 주도 세력인 민중에 대한 과학적이고 구체적인 인식이 부족했다는 반성적 성찰에서 출발한다. 아울러 민족 운동의 이론이나 조직, 작품 생산에 있어 민중의 주도성이 제대로 반영되지 못했다고 지적한다.[17]

1985년 『창비』 임시 복간호에서 70년대 민족문학론은 민중 지향적이고, 80년대 그것은 민중적 민족문학이라고 구분한다. 또 80년대 민족문학의 과제를 분단 극복이라는 민족적 과제와 다수 국민의 인간 해방이라는 민중적 과제로 양분한다.[18]

1988년에는 전자를 주요 모순 또는 분단 모순이라고 부르고, 후자를 기본 모순 또는 계급 모순이라고 부르며 두 문제에 대하여 다음과 같이 언급한다.

오늘의 민족문학을 긍정적인 눈으로 보는 입장이라 해도, 노동 현실을 통해 노사간의 모순을 부각시키면서 동시에 그 극복을 위한 정치 투쟁의 방향

---

17) 백락청, 「민족문학과 민중문학」, 『민족문학과 세계문학Ⅱ』, 창작과 비평사, 1985, 342쪽

18) 백락청, 「민중·민족문학의 새단계」, 『창작과 비평』 57호, 1985, 7~8쪽

까지 실감나게 제시했다거나 분단 문제의 절실성을 표출하면서 이를 자본주의 사회의 기본 모순과 제대로 연결시켜 형상화한 작품이 아직껏 안 나온 것은 인정하지 않을 수 없다.[19]

이상에서 민족문학에 대한 백락청의 여러 생각을 개략적으로 검토하면서 누구나 아는 바대로 쓰고 배운 바대로 실천한다는 평범하고 잔인한 진리를 깨닫게 되었다. 백락청이 그의 전공인 영어영문학이라는 세계관에 철저했는지 아니면 매판문학을 했는지 좀 더 두고 볼 일이다.

어둡고 답답한 군사 독재 통치 아래에서, 한 양심적인 지식인으로, 문학의 사회화를 거부하고, 수난을 겪어 온 문학평론가로 백락청은 알려져 왔다. 좌충우돌하는 논리적 세계에서 백락청이 어떻게 살아왔는가를 생각하면 착잡한 감회가 앞선다.

2) 채광석의 민중문학론

70년대의 백락청의 시민문학론이라는 헤어나기 힘든 그늘 아래서 대담하게 탈출하여 민중문학을 제창함으로써 채광석은 전환기 역사 앞에서 문학의 몫을 당당히 수행한 길나장이가 되었다.

해외 유학을 다녀온 바도 없고, 두툼한 평론집을 여러 권 낸 적도 없지만, 채광석은 민족문학 최전선에서 민중문학을 실천한 전사로 살다 죽었다. 그가 이 세상 사람이 아니라고 하여, 문학적 업적이 다른 사람 몫으로 치부되거나 턱없이 매도되어서는 안된다. 왜냐하면 아무도 간 적이 없는 외로운 길을 그가 혼자서 갔기 때문이다.

채광석의 민중문학은 민중 의식을 바르게 인식하는 자리에서 출발하는바,

---

19) 백락청, 「오늘의 민족문학과 민중문학」, 『창작과 비평』, 1988년 봄호, 232쪽

그의 민중 의식이란 역사의 주체로서 민중의 일어섬이고, 바로 이 자리에서 민중적 민족문학론이 설 자리를 찾는다.

시인을 소시민으로 보는 인식은 백락청과 같은 인식 체계이지만, 민중의 집단 의식을 역사적 사회적 현실의 모순에서 비롯된 비애와 한에서 찾아, 시인의 삶과 의식에 뒤엉켜 있는 총체로 본 것은 그다운 각성이다.

채광석의 민중 의식은 비애와 한의 운동 법칙이며, 그 전진 모형은 삼각 구조로 드러난다. 비애와 한에 대한 치열한 자각, 그 치열한 자각에 전형적인 밑바닥 민중 생활의 비애와 한을 통합시키려는 지향성, 그 비애와 한을 창출하고 온존시키며 확대 재생산하는 동시에 그 통합 지향성을 저지하는 주체에 대한 공격성이 바로 그것이다. 민중의 삶과 의식에 대한 치열한 자각-통합 지향성-반민중 세력에 대한 공격성은 서로 어우러지며 민중의 역사적 주체로서 일어섬이라는 정점을 향하여 운동해 나가는 의식이 바로 채광석의 민중 의식이다.[20)

채광석이 민중 미학의 삼각 구조에서 공격성을 제외시켰다면, 그의 민중문학론이란 한낱 감상적 전염병과 별반 다를 바 없으며, 설령 차이점을 강변할지라도 그것은 고작 서정적 민중문학이라는 자리에 안주할 뿐이다.

김수영·신동엽·김지하 등에게 강화되던 공격성이, 신경림에서는 서정성으로 자리바꿈 함으로써 예술성의 고지는 확보하였으나 민중성이라는 보루를 잃었고, 아울러 그것이 차원 높은 민중해방문학에 걸림돌 노릇을 하고 있다는 사실은 민중문학의 뼈아픈 교훈이 아닐 수 없다.

채광석이 시인을 소시민의 자리에 붙잡아 놓았을 때 부딪힌 문제점은 무엇이었을까. 시인을 한낱 먹물 든 지식인으로 보았을 때 민중과의 괴리감을 채워줄 현실적 논리가 필요했을지도 모른다. 또한 70년대에서 80년대 초반까지 백락청의 소시민적 민족문학론이 저지른 과오를 인식하였고, 민중적 삶의 온전한 드러냄이 아니라, 민중적 삶의 실천이 민중문학론의 요체임을 확인하였는

---

20) 채광석, 「설 자리 갈 길」, 『민족문학의 흐름』, 1987, 16~17쪽

지도 모른다.

위와 같은 말은 막연한 짐작이 아니다. 실제로 1984년「소시민적 민족문학에서 민중적 민족문학으로」라는 평론에서 소시민적 민족문학의 극복과 민중적 민족문학의 확고한 정립을 제창하였다.

과거의 문화적 유산에 대하여 채광석은 과감한 청산이 아니라, 조심스러운 답습을 택하였다. 즉, 기층 민중의 문학적 성과, 소시민적 민족문학을 극복하는 과정에서 이뤄지는 성과, 모더니즘문학을 포함한 소시민적 민족문학의 성과까지를 포함하여 민중적 리얼리즘을 건설하자는 것이다.

그러나 실제로 민중적 리얼리즘의 구체적 전개를 보여 주지 못한 채 채광석은 갔다. 어떤 의미에서든 채광석의 민중문학론은 김명인·백진기를 비롯한 소집단에게 이월된다. 물론 김명인 유파의 실천문학 운동에서 채광석과의 동일성이 아니라 동질성을 찾아야 하리라.

채광석으로부터 김명인 유파가 물려받은 공동 창작의 존재적 필연성을 살펴보자. 원래 채광석이 공동 창작을 주장한 데는 몇 가지 까닭이 있었다.

첫째는 소시민적 자유주의와 개인주의에 입각한 일체의 문학 행위에 대해 민중적 규율을 가하면서 민중적 민족문학으로 가는 길을 열어 주자 함이요, 둘째는 민중적 민족 운동의 매개 아래 민중의 삶과 실천에 대한 통일적 인식을 제고하며, 셋째는 이러한 인식을 토대로 민중적 리얼리즘의 원리와 방법을 확립하며, 넷째는 이에 따라 공동의 주제에 공동으로 접근해 가는 문학 공동체로서 공동 창작을 실천하자 함이었다.

이와 같이 민중을 바로 인식하여, 민중적 민족문학을 민중적 리얼리즘으로 실천하고자 하였던 채광석의 선진적 민족문학론이 운명의 죽음 앞에서 중단된 것은 애석한 일이었다.

3) 김명인의 대중민족문학론

채광석의 민중문학론을 승계한 김명인·백진기 등은 민중문학론을 실천 운동으로 인식하고, 채광석이 제기한 공동창작론을 김명인은 사적 창작에 반대되는 개념의 집단창작론으로, 백진기는 평론가의 지도에 의한 일종의 지도창작론으로 각각 심화 발전시킨다. 두 사람의 실천 운동은 김명인이 주도한 『전환기의 민족문학』('87)과 백진기가 주도한 『녹두꽃』('88)으로 구체화된다.

김명인의 민중문학론은 1987년에 이르러 일종의 대중민족문학론으로 전환되며, 그간의 작업은 창작 주체의 문제, 창작 과정의 문제, 장르 선택의 문제 등으로 분화된다.

김명인은 70·80년대 정치·경제·사회의 전환 과정에서 소시민이 몰락하고 새로운 민중이 등장했다고 인식하며 소시민문학의 종말과 더불어 민중문학의 시대가 열렸다고 갈파한다. 그러므로 소시민은 민중과 연합하여 대중문학론 시대를 열어가야 하며 그러한 시대에 걸맞는 새로운 창작론을 제시하고 있다.

그렇다면 김명인이 말하는 대중민족문학의 전제로서 민중문학이란 무엇인가.

80년대 민족 운동에 있어서 주체적 측면의 가장 뚜렷한 변화는 기층 대중의 실체화·조직화이며, 아울러 70년대까지의 민족 운동의 우이(牛耳)를 쥐고 있던 소생산자적 지식인 집단의 대중적 지도력 감퇴와 연대 주체로서의 하향적 자기 조정이라고 할 수 있다. 이를 문학 운동 이론으로 받아 낸 결과가 바로 '민중적 민족문학론'이었던 것이다.[21]

김명인의 민중문학론이란 지식인과 기층 대중의 연대 주체로서 하향적 자기 조정이 된다. 그 배경은 70년대 소시민의 몰락과, 80년대 기층 대중의 실세화, 조직화에서 찾는다. 여기서 김명인은 '기층 민중'이란 말 대신 '기층 대중'이라는 말을 쓰고 있다는 사실을 유의할 필요가 있다.

---

21) 김명인, 「민족문학론은 실천 이론이다」, 『월간중앙』, 1988. 6, 402쪽

소시민이 몰락하고 기층 대중이 전면에 등장했다는 김명인의 선언은 무엇에 근거를 두고 있는가. 김명인은 준거 기준을 70년대와 80년대 초반의 상황 조건에서 찾는다.

첫째, 70년대 민족 운동의 주체는 소생산자·중소 자본가이며 문학 주체 역시 이들과 같은 경제적 기반을 가지고 있는 지식인이며, 이들을 가장 혁명적인 계급인 문학 주체라고 부를 수 있다.

둘째, 문학은 물론 학문 및 문학 전반에 걸쳐 민중의 현실, 민중의 역량, 민중의 미래에 대한 관심이 높아 갔고, 특히 문학에서는 민중에 대한 집중적 탐구가 하나의 미학적 조류를 이루었다.

셋째, 엄청난 새로운 세력으로 등장한 기층 민중은 스스로의 이념과 운동을 만들어 내지 못하고 진보적인 지식인에 의탁하여 지식인의 눈을 빌어 세상을 보고 지식인의 입을 빌어 세상을 향해 발언하였다.

넷째, 인문, 사회과학, 운동론 등으로 이론 분야 취약점을 보완하면서 문학 작품들은 당시까지의 축적된 사회과학의 성과들을 구체적인 삶의 형상화를 통해 민족 운동의 이념으로 확산하였다.

김명인은 소시민의 몰락 과정을 다음과 같이 단언한다.

> 소시민 계급의 박탈감과 위기 의식은 70년대 후반을 거쳐 80년대를 지나는 동안 그들의 계급적 몰락이 마무리됨에 따라 거의 소멸해 버린다. 그들은 한편으로 독점 자본에 기생하여 이른바 성장의 과실을 나누어 먹는데 만족하거나 (상향 분해), 다른 한편으로는 몰락하여 기층 민중의 범주 속으로 편입되어 갔다 (하향 분해).22)

소시민이 김명인의 주장대로 70년대 후반을 거쳐 80년대를 지나는 동안 상향 분해를 하거나 하향 분해한 것일까. 실제로 이 기간에 소시민이 수치상으로

---

22) 김명인, 「지식인 문학의 위기와 새로운 민족문학의 구상」, 『전환기의 민족문학』, 풀빛, 1987, 64~65쪽

증가하였다는 최원식의 지적에 대하여 김명인은 그것은 선언적 의미라고 응답한다.[23)]

소시민의 몰락과 더불어 80년대로 접어들면서 민족 운동의 주체로 대두한 민중 세력은 그들의 방식에 대한 인식을 실천했다고 주장한다.

소시민 계급에 기반을 둔 지식인 문학은 대중의 꿈을 대신 꾸어 주지도 않으며 시대적 총체성을 온전히 드러내지도 못하게 되었다. 민중의 힘은 스스로 역사의 주체임을 선언하고 나오는 생산 대중의 힘이며, 문학적으로는 지식인들에 의한 대리민중문학이 아닌 생산 대중의 주체적인 문학적 요구와 그 구체적 산물들이 증가하는 것으로 표현되었다.

여기서 김명인은 민중문학의 주체를 소시민 신원의 지식인과 시대적 총아로 등장한 대중과의 만남으로 생각하였다. 그러한 구체적 방법론은 앞서 살핀 지식인의 하향적 자기 조정이며, 이러한 자기 조정을 통하여 지식인과 대중이 연합 전선에 서야 한다고 김명인은 주장한다.

민족 운동의 당면 과제와 주체적 변화에 대한 성찰은 결국 이제까지 민족문학론이 시민적 세계관을 청산하고 민중 각 부분의 주체적인 문학적 역량으로 민주적 분화를 진전시킬 단계가 되었다는 것, 소시민 계급은 민족문학 주도권을 포기하고 연합 전선의 일원으로 자기 조정을 해야 한다는 것을 강요한다.

이러한 각 부분으로의 민주적 분화는 전체 민족 운동의 각 부분 운동, 이해 집단 운동의 자주적 발전 과정에서 각자의 세계관이나 문화적 특질에 근거한 문학적 산물들의 창출·축적되는 과정을 거쳐서 민족 운동의 명실상부한 전민족적 민주적 확산으로 연결될 것이다.

그럼으로써 이제까지 추상적·관념적으로 제기되어 오던 민족 해방의 민주주의의 실현 문제가 실제로 모순 해결 주체인 민족 성원 각 부분의 구체적 삶과 운동 속에서 주체적으로 다시 제기되고 이것이 문학적으로 형상화되는 민족문학을 '아래로부터의 재편성'이라고 김명인은 부른다.

---

23) 좌담, 「민족문학과 민중문학」, 『창작과 비평』 1988년 봄호, 14쪽

　지식인의 하향적 자기 조정과 '아래로부터의 재편성'을 통하여 민족문학의 대중 전선은 성립된다.

　진정 운동다운 운동으로서의 문학 운동이 전개되기 위해서는 우선 대중 개념이 정리되어야 한다. 이제까지의 문학에서 대중은 생산된 상품에 대한 고객 혹은 소비자로서의 대중이었다. 모든 창작은 기본적으로 자본주의적 상품 생산이었고 이것을 구매해서 읽는 사람들이 문학에서 대중이었던 것이다. 이 대중은 소외된 대중이다.

　이러한 대중 인식은 수용 미학의 범주를 벗어나지 못하며, '대중'과 '민중'의 차이점이 드러나지 않는다. 또한 대중의 부정적 측면이 고려되어 있지 않다.

　흔히 독자 대중이라는 표현이 전제하고 있는 기존의 문학 대중관은 새로운 문학 운동의 입장에서 엄정히 거부되어야 한다. 그 대중관에는 전문가 - 비전문가간의 넘을 수 없는 간극이 존재하는데, 바로 그 간극을 넘어서 대중이 창작하고 대중 스스로 평가하며 대중이 형성해 나가는 문학을 건설하는 것이 문학 운동의 목표이기 때문이다. 이제 대중은 지금까지의 소외된 수동적 존재로서가 아니라 문학 행위의 집단적 주체(집단 창작과는 다르다)로서 설정되어야 한다.24)

　김명인의 '문학 행위의 집단적 주체'로서의 대중은 대중 스스로 '창작'하고 '평가'하고, '형성'해 가는 모습의 대중이다. '의식화'되고 '주체화'된 대중, 전문가와 같은 '가능성'을 갖는 대중, '가능성'을 '현실성'으로 변화시킬 수 있는 권리와 조건들을 보장받고 향유하는 대중이 바로 김명인이 떠받드는 대중의 모습이다.

　김명인은 전문 문학가에게도 버거운 연설을 웅변조로 '대중'들에게 말하고 있다. 전문 문인들 가운데도 스스로 창작하고 평가하며 형성해 가는 초역사적 힘을 가진 탁월한 천재가 몇 명이나 될 지 의문이다. 더구나 사적 창작을 반대

---

24) 김명인, 「지식인 문학의 위기와 새로운 민족문학의 구상」, 『전환기의 민족문학』, 풀빛, 1987, 62~109쪽

하고, 집단 창작을 강조하면서 초능력을 강요하는 것은 대중 인식의 현실성 부족이다.

김명인은 어디서 대중을 찾는가. 아직 광범위한 현상태로서 존재하지 않는 대중이 자연발생적으로 형성되는 것이 아니기 때문에 대중을 현실화하기 위한 대중적 실천이 따라야 한다는 것이 김명인의 주장이다. 주체적이고 대자적인 문학 대중의 성장을 마주하면서 기존 지식인 문인들의 적극 접근을 유도함으로써 김명인은 대중의 역할보다 지식인의 실천을 강조한다. 여기서 대중과 문인이 엮어 가는 일종의 연합 전선으로의 대중 전선이 제기된다.

그 일은 누가 하는가. 추상적 지식인 문인 일반이 하는가. 여기서 문학 운동에서의 또 다른 대중이라고 할 수 있는 문인 대중의 문제가 제기된다.

일단 문인 대중 내부에서 차별성과 동질성을 판별해 내고 이념적 합의 기반을 넓혀 가며 조직력을 제고하고 여기에 근거하여 일반 대중에 대한 대중적 실천의 방략을 점검하는 일들이 우선되어야 한다. 그리고 이 과정에서 훌륭한 대중 운동의 인자들이 형성되어야 한다. 이렇게 볼 때 현재 문학 운동에는 두 개의 대중 전선이 있다. 편의상 기층 민중, 중간층, 학생 등 이제까지 문학 수용자, 독자 대중 등으로 수동적으로 존재해 왔던 대중을 향한 부분을 제 1 대중 전선이라 하고, 문인 대중들, 즉 이제까지의 문학 생산 대중을 향한 부분을 제 2 대중 전선이라고 설정한다면, 이 제 2 대중 전선의 확실한 장악을 통한 제 1 대중 전선으로의 접근이 현재 문학 운동이 당면한 주요 전술 과제라고 할 수 있다.

마지막으로 장르 선택 문제에 있어서 김명인은 여덟 개의 창작 모형을 제시하였는데 이는 민중문학론의 대안 비평으로 주목받을 만하다. 그 실제 모형은 ①전문 문인 사적 창작 모형 (기본 장르) ②비전문 대중 사적 창작 모형 (기존) ③전문 문인 집단 창작 모형 (기존) ④비전문 대중 집단 창작 모형 (기존) ⑤전문 문인 사적 창작 모형 (신) ⑥비전문 대중 사적 창작 모형 (신) ⑦전문 문인 집단 창작 모형 (신) ⑧비전문 대중 집단 창작 모형 (신) 등이다.

여기서 ①②③④모형은 새삼 설명할 필요가 없으나 나머지 모형에 대해서는 약간의 설명이 필요하다. ⑤모형은 전문 문인의 실험작을 말하며 ⑦은 다른 예술 부문과 공동 창작을 말하며 ⑧은 노동 현장 모형이다.

이러한 창작 모형 가운데 관심을 모으는 모형은 ⑥인데 70년대 중반 이후에 대두된 노동자 농민의 수기·편지·일기 등이 발표됨으로써 김명인이 설정한 장르이다. 민중문학을 민중문학답게 해방시키기 위해서는 제국주의 산물인 기존 창작 장르를 과감히 파괴하고, 수기·일기·편지·현장 보고서·성명서·전단·여행기·감상문·제문·대자보 등 현실성 있는 대중 창작 장르가 새롭게 실천되어야 한다. 이러한 장르 부활론은 일제가 압살한 조선 문인의 전통을 되살리는 길이기도 하다.

4)조정환의 노동해방문학론

조정환의 노동해방문학론은 1987년 「80년대 문학 운동의 새로운 전망」에서 비롯되어, 최근 「민주주의 민족문학론에 대한 자기 비판과 '노동해방문학'의 제창」에서 비로소 '노동해방문학론'으로 제시되었다.

노동해방문학론의 전모가 드러나지 않은 마당에서 전면적 검토는 어차피 불가능하다. 따라서 이 글에서는 조정환이 말한 대로의 노동해방문학을 검토하고, 그 비판적 성찰은 뒤로 미룰 수밖에 없다.

조정환의 노동해방문학론을 이해하기 위해서는 민주주의 민족문학론을 먼저 살펴볼 필요가 있다.

민주주의 민족문학론이란, 우리 사회의 파쇼 권력과 민중 사이에 객관적으로 형성되어 있는 투쟁 전선에, 민중의 입장에서 문학이 책임 있게 복무해야 한다는 지극히 당연한 현실 대응책이었다.

민중의 입장에서 투쟁적으로 복무하는 문학이란 민중 민주주의에 의한 파쇼와 제국주의에 반대하면서 반제 반파쇼 민족 민주 전선에서 싸워야 하는 문학이다. 또한 투쟁 영도력을 당이 아닌 노동자에게서 찾는 조정환은 민중으로 하여금 투쟁 과제를 실천·지도할 계급 이념이 민중문학의 중심에 서야 한다고 주장한다.25)

그렇다면 민중문학의 중심부에 서야 할 계급 이념이란 무엇인가. 87년에는 민중 연대성이고, 89년에는 노동자 당파성이다. 여기서 민중 연대성이란, 한 문학 작품이 민중에 대한 이해 관계와 희망·염원을 대변하고 있는가 없는가를 가늠하는 잣대이다.

민주주의 민족문학론과 노동해방문학론을 싸잡아 그것이 분명한 목적 지향 문학이라고 볼 때 이러한 문학론이 나오게 된 배경은 무엇일까. 우선 민족문학이란 우리 사회 모든 계급을 포괄하는 문학이라는 전형적인 문학 이념을 다같이 거부한다. 그리하여 노동자 대중은 구태의연한 민족문학, 목적 의식이 결여된 문학에 더 이상 만족하지 않는다고 분명한 입장을 밝힌다.

조정환은 문학 주체를 어떻게 인식하는가. 문학 주체란 창작 주체의 출신 직업이나 출신 계급을 의미하는 것이 아니라는 백락청과 같은 인식에서 출발한다. 그러나 조정환은 문학 주체를 창작 주체의 계급적 입장, 현실에 임하는 이념적 태도, 정치적 지향의 총화로써 작품 내용의 객관성을 담보하는 주체적 조건으로 보며 노동해방문학에 있어서는 노동자 당파성이 된다.

그리하여 노동해방문학이란, 노동 해방의 이상이 약동하는 문학, 원대한 인류 공동체의 이상이 번득이는 현실주의 문학, 민중의 황폐한 영혼을 축여 줄 생명의 문학을 말한다.

따라서 노동해방문학은 노동문학의 최고 형태로서 민중문학의 구심이 되고 영도자가 되어야 하며, 노동자 계급 현실주의에 입각한 노동자 당파성이 강조되는 문학이 되어야 한다.26)

---

25) 조정환, 「80년대 문학 운동의 새로운 전망」, 『서강』 17호, 1987, 41쪽

26) 조정환, 「민주주의 민족문학론에 대한 자기비판과 '노동해방문학'의 제창」, 『노동

　현실적으로 노동자의 당이 없는 마당에 계급 투쟁을 지도할 영도력을 누가 갖는가. 이 물음에 대하여 조정환은 당 형성의 사상적 조직적 추동력으로서의 당파성을 제시한다.[27]

　조정환이 주장하는 노동해방문학의 강령을 간단히 요약하면 다음과 같다.

　첫째, 노동해방문학은 민족 해방과 민주주의 법칙의 모든 과제를 노동자 계급 입장에서 가장 첨예하고 적극적으로 다루어 나가야 한다.

　둘째, 노동해방문학은 전세계 인류 공동체의 건설을 지향하는 국제주의적 문학이다.

　셋째, 노동해방문학은 근본적으로 집단주의적인 문학이다. 자신에게 자산으로 물려지는 자기 해방의 강령과 세계관으로 무장하여야 하며 이로써 계급간 투쟁의 현장에 나가야 한다.

　넷째, 노동해방문학은 노동자 출신만이 노동문학을 할 수 있다는 말을 믿지 않는다.

　다섯째, 노동해방문학은 노동자만이 읽는 노동자만을 위한 문학이 아니다.

　이상에서 살핀 바와 같이 조정환의 노동해방문학론에는 많은 논리적 허점이 발견된다. 그럼에도 그 비판을 유보하는 까닭은 다음과 같다.

　좌경으로 매도될 만한 많은 소인을 가지고 있음에도 불구하고 노동자 당파성으로 인식되는 계급투쟁문학에 대한 필연적 성찰은 불구의 한국문학사를 건강하게 되살리고, 분단 문제를 극복하는 중요한 이념이 될 것이며 문학을 보는 해방된 시각을 제시하여 민족문학의 새로운 활기가 될 만하기 때문이다.

해방문학』 창간호, 1989

　27) 조정환, 「민족문학 주체 논쟁 종식과 노동해방문학의 출발점」, 『노동해방문학』 6 · 7 합본호, 1989, 498~499쪽

5) 정과리 등의 유사민중문학론

『문학과 지성』의 복간호 격인 『문학과 사회』가 성민엽·홍정선·정과리 등에 의해 편집되면서 유사민중문학론이 민중문학론의 감초 노릇을 하려고 하였다.

성민엽의 「전환기의 문학과 사회」('88)는 김명인·조정환 등에 의해 아류 제국주의로 비판된 바 있다. 또한 정과리의 「민중문학론의 인식구조」('88)는 엄청난 글의 분량에 비해 서양 도깨비 씨나락 까먹는 청처짐한 논리를 펴고 있다.

말은 길고 뜻은 없는 정과리의 「민중문학론의 인식구조」를 몇 차례 읽어보면, 민중이란 대자적 존재라는 것이다. 정과리는 민중은 집단으로 환원될 수 있다고 단정한다. 자본주의 사회에서 민중의 구성원은 노동자·농민·도시 빈민 등인데, 그들이 민중이 되려면 독자적 민중에서 대자적 민중으로 전환되어야 한다는 것이 글의 요지이다.

『문학과 지성』이라는 해외문학파의 썩은 그루터기에서 자라난 이들 독버섯은 우선 우리말 공부부터 마친 뒤라야 언어 공해를 뿜어내지 않을 것이다. 또한 그들의 제국주의 앞잡이 근성은 그들 선배보다 훨씬 심한 해독을 끼칠 우려가 있다.

민중문학론도 아닌 것을 민중문학론이라고 논쟁을 펼 까닭이 없다.

이상에서 민족문학 주체 논쟁의 쟁점을 검토한 결과 민족문학론은 일종의 원점 회귀의 순환론에 빠져 새로운 돌파구가 절실히 요청된다. 그러나 그 돌파구를 찾는 일이 참다운 대안 제시가 아니라 서로 물고 뜯는 소모전의 양상을 띠고 있어 독자 대중의 눈살을 찌푸리게 만든다. 민족문학론이 전열을 가다듬어 앞으로 참다운 민족문학 건설에 봉사해야 한다는 사명감을 저버릴 사람은 아무도 없다.

그런 의미에서 이 글은 각 유파간의 문제점을 직시하고 새로운 대안을 제시함으로써 보다 강력한 민족문학 건설에 활로를 마련코자 한다.

첫째, 채광석보다 늦긴 하였으나 백락청은 창작 주체를 작가의 신원이 아닌 민중성 또는 민중 지향성에서 찾고자 한다. 노동자 출신이건 중산층 작가이건 노동 현장, 또는 투쟁 과정 묘사에 한정하지 말고 총체적 현실의 핵심적 일부로서 노동 현실을 다루어야 하며, 이 경우 '각성된 노동자의 눈'이라는 미학에 의해 작품이 규정되어야 한다고 백락청은 주장한다. 진술 내용을 그대로 수렴하면 노동문학을 그럴싸하게 규정한 듯 하지만 실제 작품 분석에서는 기층 민중·중산층 심지어 특권층까지를 주체로 삼아 논리적 자기 모순에 빠지고 만다. 이러한 주장은 그의 입지인 소시민의 역할을 보강하였으나 민족문학을 시민문학으로 후퇴시키고 만다. 또 작가의 신원을 문제삼을 것이 아니라 민중성 또는 민중 지향성을 미학으로 삼자는 주장 사이에는 논리적 설득이 빠져 있다. 그러나 '총체적 현실의 핵심적 일부로서 노동 현실'이라는 미학은 노동문학을 민족문학의 자리에 세워 줄 새로운 백락청의 도약대이다.

둘째, 채광석의 민중 의식이란 역사 주체로서 민중의 일어섬이고, 비애와 한의 운동 법칙이다. 채광석이 제안한 민중 미학은 비애와 한에 대한 자각, 밑바닥 민중 생활에의 지향성, 반민중 세력에 대한 공격성으로 드러난다. 이러한 방법을 문예창작론으로 발전시킨 것이 '민중적 리얼리즘'이며 기층 민중적, 소시민적, 모더니즘적 문학 성과를 통합하여 민중적 삶과 실천을 공동 창작으로 실현하려 하였다.

그러나 채광석의 민중문학 실천론은 더 이상 확대 심화되지 못한 채 그의 죽음으로 끝났다. 채광석의 공동창작론은 김명인의 집단창작론과, 백진기의 지도창작론으로 계속 논의되고 있다. 민족 성정에 맞는 문학을 걸맞는 그릇에 담아야 한다. 그런 의미에서 민족문학 장르 문제는 공동 관심사가 되어 마땅하다.

셋째, 김명인은 소시민문학론을 철저히 비판하고 기층 대중의 실세화 조직화를 바탕으로 소시민 작가의 하향적 자기 조정을 통한 대중 계층간의 민주적 분화에 의한 연합 전선을 제창한다.

민족문학 운동 목표를 대중이 창작하고 대중 스스로 평가하며 대중이 형성해 가는 문학 전선으로 인식하고 광범위한 현 상태로 존재하지 않는 대중을 현실화하기 위하여 대중적 실천을 주장한다.

대중과 문인이 엮어 가는 연합 전선이란 기층 민중·중산층·학생층인 제 1 대중 전선층과 문인 대중인 제 2 대중 전선층이 엮어 가는 전선문학이다. 김명인은 연합 전선에서 문인 주도권을 인정하였고, 88년 백락청의 문학 주체는 대체로 김명인과 일치한다.

이러한 연합 전선은 1989년에 이르러 문예 대중화론으로 발전하는데, 위로부터의 대중화와 아래로부터의 대중화가 바로 그것이다. 전자는 지식인이 문예 작품을 통해 각성 안된 대중을 의식화하는 것이고, 후자는 대중이 문예의 생산, 유통, 소비 등 여러 국면에 주체가 되는 것을 말한다.28)

김명인은 지식인과 대중을 연합체로 보지만 통일 전선으로는 보지 않는다. 이러한 그의 세계관에는 농활을 실패로 몰고 갔던 지식인 우월감이 뿌리 깊게 박혀 있음을 알 수 있다.

넷째, 조정환은 노동해방문학이야말로 노동문학의 최고 형태로서 민중문학의 중심에서 영도자가 되어야 한다고 주장한다. 왜냐하면 노동해방문학이야말로 노동 해방의 이상이 약동하는 문학이며 원대한 인류 공동체의 이상이 번득이는 현실주의 문학이고, 민중의 황폐한 영혼을 축여 줄 생명의 문학이기 때문이라는 것이다.

그렇다면 창작 주체의 소시민성보다 강한 전문성을 강조하는 조정환의 노동자 당파성은 무엇인가. 그것은 창작 주체의 출신 직업이나 출신 계급을 의미하는 것이 아니라, 창작 주체의 계급적 입장, 현실에 임하는 이념적 태도, 정치적 지향의 총화로서 작품 내용의 객관성을 담보하는 주체적 조건이라는 것이다.

---

28) 「대중문학운동론」, 김명인, 『문학과 사상』, 1989, 116쪽

조정환의 노동해방문학론은 문학 실천 운동을 가볍게 보고 자칫 먹물 든 평론가 몇 사람의 말장난으로 끝날 조짐을 보이고 있다. 노동해방문학이 존재하기 위해서는 노동해방문학의 영도력을 틀어잡는 노동자의 당이 있어야 하는데, 조정환은 '당 형성의 사상적 조직적 추동력으로서의 당파성'을 말하고 있으나, 그것은 현실적 당파성이 아니라 추상적 당파성이다. 철저한 노동자 당파성이 바로 철저한 노동문학 작품 생산으로 직결되지 않았던 최학송의 역사적 사례를 상기할 때, 평론가의 그럴싸한 이론이 작가의 병도 고쳐 주는 만병통치약이 아니라는 사실을 명심해야 된다.

따라서 민주적 분화를 보이는 노동해방문학이 노동문학 작품 생산까지를 담보하기 위해서는 보다 실천적인 미학이 제시되어야 마땅하다.

다섯째, '문학과 사회'파의 민중문학론이 사이비 껍질을 벗기 위해서는 사회 현실을 보다 철저히 인식하고 바로 그 바탕 위에 우리 문제를 스스로 해결하려는 보다 성실한 태도를 보여야만 한다.

민족문학 주체 논쟁을 보다 쉽게 이해하기 위해서 편의상 사회 구성체가 자본가·중산층·기층 민중의 삼각 구조로 이루어지고 있다는 가정 아래서 다시 한 번 정리해 보자.

백락청은 중산층에 속한 시민, 그 가운데 소시민을 민족문학의 핵으로 보며, 시간의 경과에 따라 기층 민중 가운데 노동자까지 내려갔다가 경우에 따라서는 중산층, 특권층까지 올려 보기도 한다.

채광석의 민중은 기층 민중이다. 김명인의 민중은 대중 전선에서 드러난 바와 같이 기층 민중, 중산층이 문학 주체이지만 소시민인 지식인 문인의 주도권을 강조한다.

조정환은 '노동자'의 뜻매김을 정확히 가늠한 적은 없다. 그러나 계급성을 인정한다면 조정환의 노동자는 기층 민중 가운데 하나의 분파이다. 창작 주체는 소시민 가운데 전문 문인이었고, 노동해방문학이란 전문 문인이 갖는 노동자 당파성의 문학이다.

작가의 신원을 문제 삼지 말자는 거듭된 주장과는 관계없이 작가는 그가 익숙한 세계를 그려낸다. 작가가 그려낸 계층은 결과적으로 계급 당파성을 지닌 전형적 인물로 발전하며, 인물이 드러내는 당파성은 미학 문제까지 영향을 끼친다. 민족문학 주체 논쟁은 적어도 도식적으로 이해될 수 있는 개념은 아니다.

그러나 결과적으로 민족문학론자들이 사회학자들의 사회구성체론을 지나치게 의식하여 문학의 독자성을 과소 평가하고 문학에 걸맞는 미학이 아니라, 사회학에 몸을 파는 미학을 생산해 왔다는 비난을 모면할 수 없게 되었다. 문학의 주체가 과연 사회구성체론과 동일하게 인식되어야 하는가. 거기에서 얻는 결과는 무엇인가. 문학에 끼치는 영향은 무엇인가.

우선 임헌영의 다음과 같은 말을 들어보자.

오늘의 우리 상황에서 민중이란 하나의 전략 개념으로 파악해야 될 것이다. 즉, 계급 이념으로서 노동자·농민·도시 빈민만이 아니라 변혁 주체 세력으로서의 양심적 지식인은 물론 중소상공인·종교인·언론인·예술인·법조인 등은 물론 심지어는 양심적인 공직자나 군경까지도 이 범주에서 제외시킬 수 없다는 수렴력을 갖출 필요가 있을 것이다.

임헌영의 논리는 1988년 상황 논리이며 따라서 전략적이지만 임헌영의 민중이란 노동자·농민·도시 빈민 등 기층 민중과 지식인·중소상인·종교인·언론인·예술인·공직자·군경 등의 중산층을 싸잡고 있어 결과적으로 백락청·김명인과 동조하고 있다. 그러나 임헌영은 민중을 '역사적 변혁 주체 세력으로서의 양심 세력'이라는 괄목할 만한 미학을 제시하고 있다.

그러나 이러한 논리가 현실적 타당성을 갖는지는 의심스럽다. 최근, 1989년에 일어난 역사적 변혁 주체로서의 양심 세력에 의한 민족 운동은 민족 통일 문제를 중심으로 전개되었다. 문익환 목사와 임수경의 방북, 문규현 신부의 방북과 몇몇 신부의 구속에 뒤이은 사제단의 반민주 척결 선언 등이 그것이다. 전교조의 교사들이 참교육 투쟁을 전개하고 있다. 이러한 민족 운동이 양심 세력에 의해 주도된 것도 사실이다. 그러나 여의도 농민 집회와 노점상의 투쟁은 절박한 생존권적 성격을 지니고 있어 양심 세력으로 싸잡히지 않는다.

깨도문학은 나와 우리, 민족과 국가를 깨우쳐 피와 역사가 완연한 민족문학을 건설하고자 한다. 민족 성정이 민족의 총체적 삶으로 살아 숨쉬는 문학, 투쟁적 민족주의와 혁명적 낙관주의라는 양날 칼을 부려 투철한 민족 당파성을 불질러 놓는 문학, 깨도된 민족의 대자적 지향성이 민족 통일에 이바지하는 문학, 그리하여 제국주의 사슬에서 민족을 해방시키는 인간학이 바로 깨도문학이다.

깨도문학의 진정한 목표는 참된 민족 존재로서 참된 민족 본질을 우리가 사는 이 땅에서 실천하고자 하는 것이다. 따라서 깨도문학은 다음과 같이 몇 개의 강령을 준수한다.

첫째, 깨도문학은 민족적 당파성으로 무장한 깨도층이 미(未)깨도층·반(反)깨도층에 대하여 대자적 지향성을 전파하는 민족 운동을 전제로 하는 문학이다.

여기서 깨도층이란 즉자 계급이 아닌 대자 계급이며 사구체론의 수평적 인식이 아니라 수직적 인식이다.

기층 민중과 자본가 사이에 중산층이라는 계급을 설정한 분류는 생산 수단 여부를 바탕으로 삼은 마르크스의 객관적 계급 인식이며, 그것이 객관적이라는 과학성 뒤에는 인간 의식을 철저히 배제하였다는 비판도 수반하게 된다. 인간의 의식을 다루는 인간학인 문학에서 이러한 계층 인식은 무모하기 짝이 없다.

실제로 백락청의 '시민', 채광석의 '민중', 김명인의 '대중', 조정환의 '노동자'는 수렴력이 제한적이어서 민족이라기보다는 부분 계층을 대변할 뿐이었다.

따라서 깨도문학은 기층 민중이건 중산층이건 자본가건 민족적 당파성을 철저히 인식하고 대자적 지향성을 보이는 계층을 깨도층으로 하여 수직적인 민족 통일 전선을 설정하였다. 이러한 자리매김은 최근의 분단 문제와 계층 문제를 놓고 볼 때 지극히 현실적이고 과학적인 현장성을 바탕으로 삼고 있다.

또한 계층을 수직적으로 인식할 필요성은 사회학보다 문학 쪽에서 보다 절실한 현실 체계로 제기된다.

대자적 의식 지향성은 민족통일전선문학의 실천 이념이며 작품 평가의 미학이다. 백락청의 '각성된 노동자의 눈', 또는 '총체적 현실의 핵심적 일부로서의 노동 현실', 채광석의 '자각·지향성·공격성', 김명인의 '주체적·대자적 대중 전선 실천', 조정환의 '노동자 당파성'은 민족문학의 민주적 분화 이념이 아니라, 한 도가니에 녹아 통일 전선의 미학으로 수렴되어야 한다.

둘째, 깨도층에 대립되는 미·반 깨도층에 대한 인식은 계층간의 개별성이 인정되어야 한다.

국가독점자본주의 아래서 자본가란, 개인의 깨도라는 잠재력에도 불구하고 대자적 지향성이 일어날 가능성이 없다. 국가와 민족 사이의 얽히고 설킨 이해 관계 속에서 자본가는 의(義)보다 이(利)를 따른다. 5공 청문회에서 보았듯이 '편의'와 '이익'이 자본가의 현실적 하느님이다. 정권에 대한 명분이나 의리란 있을 수 없다. 자본가란 깨도문학의 영원한 적대 계급이다.

중산층이란 그들의 이익을 보호하기 위하여 반란을 일으키는 법은 있으나 민족 당파성을 위하여 혁명을 일으키지는 않는다. 중산층에서 대자적 지향성을 보이는 세력은 사회 변혁 주체로서의 양심 세력이며, 양심 세력 가운데 지식인의 실천력이 깨도문학의 변수로 남는다.

기층 민중이란 양심에 밝은 것이 아니라, 생존에 밝다. 그들의 주장이 민족 당파성을 늘 대변하지도 않는다. 그러나 깨도문학은 뿌리 뽑힌 기층 민중의 즉자 상태를 각성시키고 생존 전선에 묶어 세움으로써 민족 당파성을 깨우고자 한다. 일찍이 이들은 깨도의 혜택을 입지 못하여 악마의 계곡에서 소외 계층으로 바장이고 있다. 기층 민중을 외면한 문학이란 사기극에 지나지 않는다.

셋째, 깨도문학은 이념과 체제를 초월하는 참다운 민족문학이다. 민족 집단의 억센 힘을 믿으나, 민족 당파성이 당의 지도를 받아야 하고 당을 개인이 틀어잡는 영도력은 인정치 않는다. 국가란 이바지할 가치가 있을 때 충성을 받게 된다. '악법도 법'이라는 망언은 지배자의 이념이며 민족 당파성을 부정하는 국가에 대하여 민족은 저항권을 갖는다.

민족 분단 문제에 방향 감각을 상실한 『광장』이나 분단 이념을 감상화한 『영웅시대』는 찢어 버려야 할 악서다. 제국주의 영도력을 이문열에게 부린 류종호와, 도둑놈과 사기꾼의 종교 사기극『사람의 아들』은 마땅히 청산해야 할 자본주의 쓰레기 문학이다.

민족문학은 민족 통일 뒤에도 분단의 시대에도 남북한과 해외 한민족이 다 같이 읽고 공감하는 문학이어야 한다.

넷째, 민족 당파성을 외면한 세계문학 또는 인류 공동체 문학이라는 철부지 강령을 깨도문학은 배격한다. 한민족의 자부심과 긍지는 다른 민족 집단의 그것도 존중한다. 그러나 제국주의 매판문학이 한민족문학을 짓밟는 우월감을 용납할 수는 없다.

마지막으로 깨도문학은 모국어를 갈고 닦는 문학이며 모국어의 제단에 피를 헌납하는 문학이다.

3. 깨도문학을 어떻게 실천할 것인가

이미 밝힌 바와 같이, 민족문학의 갈 길은 두 갈래가 있다. 하나는 민족 피거르기를 실천함으로써 굳센 고구려인의 얼굴로 표상되는 투쟁적 민족주의로 가는 길이요, 다른 하나는 민족 피돌리기를 실천함으로써 활짝 웃는 말뚝이의 얼굴로 표상되는 혁명적 낙관주의로 가는 길이다.

민족문학의 피거르기와 피돌리기가 민족문학의 실천 과제가 되기 위해서는, 첫째 창작 작품이 있어야 하고, 둘째 그 작품을 증명하는 방법이 마련되어야 한다.

첫째, 창작된 문학 작품에서 걸맞는 작품을 찾기 위해 몇 해 동안 일간신문·문학전문지·개인시집을 눈여겨 살펴보았다. 투쟁적 민족주의나 혁명적 낙관주의가 실제 작품 속에서 영혼의 풀무질이나 장인의 벼리기를 통하여 어떻게 상승 작용을 일으키며, 작가의 터득된 체험이 담금질을 통하여 어떻게 생명을 불어넣는가를 살펴보기 위해서였다.

그 결과 깨도문학으로 간주할 수 있는 시 50여 편을 찾아냈고, 그 가운데 9편을 분석 대상 작품으로 선택하였다. 물론 독서량이 미치지 못한 점을 승인한다. 그러나 개인적 편견이나 동아리 의식을 배제하려고 노력하였다.

「손녀와 할아버지」(최재형), 「복사꽃」(김수영), 「손 무덤」·「조선사람 껍질」(박노해) 등 4편 시는 투쟁적 민족주의를 규명하는 검증시로 타당하며, 「여승」(송수권), 「세우(細雨)」(김명수), 「편지」(윤석산), 「할아버지」(홍석하) 등 4편은 혁명적 낙관주의를 검증하는 작품으로 타당하여 전범시로 채택하였다. 이러한 시가 삶의 기쁨과 여유를 일깨우는 시라면, 조남야의 「보리 밟기」는 현실 풍자로 민초적 삶의 든든한 뿌리를 깨우치는 시다.

그렇다면 이러한 몇 편 시를 어떻게 분석하고, 어떠한 가치판단을 내릴 때 깨도문학의 설 자리를 찾게 되는 것일까. 굳은 땅이 없어 설 자리만 옮겨 다닌 광복 이후의 민족문학을 생각한다면 이제라도 민족문학이 마땅한 설 자리인 굳은 땅을 찾는 일은 참으로 시급하다. 물론 여기서 굳은 땅은 서양서 빌어 온 구두가 아니며, 신발에 발을 맞추는 국산 나무깨여서도 안된다. 여기서 뽑아낸 작품을 기능적으로 증명하는 두 번째 문제가 제기된다.

선택된 50편의 시를 읽으며 하나의 공통된 원리를 찾아냈다. 거의 모든 시가 한결같이 깨도의 수준에 따라 세 단계로 등차가 분류된다는 사실이었다. 가령 첫 번 단계에서는 소설과 마찬가지로 시간·공간·주인공이 설정되고, 때로는 깨도가 어렴풋이 암시되거나, 또는 확실하게 전면에 부각되는 단계인데, 이는 앞깨도라 부를 만하다. 다음은 시간이나 사건의 전개에 따라 미리 설정된 시간과 공간이 대자적 지향성에 따라 극적으로 온전한 깨도에 치닫는 순간인데, 여기서는 온깨도라 부른다. 마지막 단계는 온깨도에서 절정으로 인식된 깨도를 다시 확인하거나 다짐하며, 뒷깨도가 민족 해방으로 뒤따르며 여기서 예술적 여운이나 서정적 자아의 발견이 이루어진다.

또 앞깨도·온깨도·뒷깨도에는 기능적이거나 쓸모 없는 몇 개의 풀이가 묻어 있어 깨도 단계를 보충하거나 의미를 깎는 기능을 맡고 있었다.

이러한 준거의 발견·적용은 시의 짜임새나 의미를 적시하는 데는 나름대로의 몫을 하지만, 미학이나 형식을 규명하는 데는 적절치 못하다는 약점이 발견된다. 이러한 취약점을 보완할 때 징검다리로 도약하는 굳은 땅이 된다는 사실은 자명하다.

민족 피거르기를 통하여 투쟁적 민족주의가 어떻게 확보되는가를 살펴보자.

> 여섯 살짜리 손녀가
> 내 방을 내 달라고
> 떼를 쓰고 있다
> 제 방으로 쓰겠다고
> 갈 데가 없다니까
> 인제는 그만
> 돌아가시면 되지 않느냐고 한다
> 이 경우
> 나는
> 손녀를 설득할 말이 없이
> 적이 당황할 수밖에
>
> 이 어린 것이 어느새
> 그토록 자란 것을
> 나는 모르고 지냈다
> 그 사이 유치원엘 다니면서

세간살이도 늘고 또
친구들 내왕도 많아지고……

그러니 내 서글픔보다는 먼저
손녀가 커가는 게
대견스러워
원하는 대로 해주마고
얼결에 대답은 했지만.

언젠가
정류장에서 혼자
차를 기다리고 있노라니
노인이라고
차가 그냥 지나가 버릴 때
그 쓸쓸하던 생각이 되살아난다.

이처럼 떠밀리기 전에 진작
조용히 떠나갔어야 했는데……

최재형 「손녀와 할아버지」 전문

앞깨도 1. 손녀가 제 방으로 쓰겠다며 방을 달라고 떼를 쓴다.

온깨도 2. 갈 데가 없다는 할아버지에게 이제 그만 돌아가시면 되지
   않느냐고 손녀가 말한다.

   3. 어린 손녀가 그토록 자란 것을 할아버지는 몰랐다.

   4. 손녀가 유치원엘 다녀 세간살이가 늘었다.

앞깨도 5. 손녀 친구의 내왕도 많아졌다.

   6. 커 가는 손녀가 대견스러워 원하는 대로 해준다고 얼결에
   대답했다.

뒷깨도 7. 정류장에서 차를 기다리고 있노라니 노인이라고 그냥 지나
　　　　　갈 때 쓸쓸하던 생각이 되살아난다.
　　　　8. 이처럼 떠밀리기 전에 진작 조용히 떠나갔어야 했다.

　시의 앞깨도는 있을 법한 손녀의 응석인 것처럼 '노인과 사회 문제'를 제기한다. 시의 절정은 아들과 며느리의 가정불화에서 나왔을 법한 말을 손녀의 입을 통하여 발설케 함으로써 노인 문제가 끔찍스럽게 깨도된다. 온깨도를 기능적으로 보충하기 위하여 나이 든 노인답게 손녀를 이해하려고 '3·4·5'에서 보는 바와 같은 내면적 갈등을 겪다가 '6'과 같은 대답을 한다. 제 피가 섞인 손녀로부터 소외당한 노인의 비극적 절망은 뒷깨도에서 다시 확인되고, '떠밀리기 전에 갔어야 했다'는 뿌리 깊은 고독의 비탄감을 뇌까림으로써 뒷깨도가 희석되고, 자조적인 감상주의에 빠지고 만다.

　대중 매체에서 다룰 만한 '노인과 사회'라는 문제가 섬뜩한 무섬증을 안겨주는 까닭은 무엇인가. 시의 기법이란 기법은 모두 무시하고 쓴 듯한 질박한 문체가 독자 설득에 저항감을 줄일 수도 있으리라. 처음부터 끝까지 손녀는 손녀답게, 할아버지는 할아버지답게 설정한 인물의 성격이 살아서 노인 문제에 퍼런 날을 세웠다고 할 수도 있으리라. 그러나 '갈 사람'과 '남을 사람'의 존재 방식을 넘어서 참다운 인간의 존재 방식을 시인이 깨도하였다는 명제를 극적으로 인식했어야 하리라. 또한 여담 삼아 유치원 교육이 제대로 되고 있는가, 유치원 교사는 제대로 양성된 것인가 등 몇 개의 사회 문제를 화제로 삼을 수도 있으리라. 그러나 시는 뒷깨도 '8'에서 보는 바와 같이 자기 해방이라는 과제를 자조적으로 외면함으로써 깨도분학의 본령을 일탈하고 만다.

　사회적 의미가 잘 맞는 서정성의 옷을 입고 있는 김수영의 「복사꽃」을 살펴보자.

　　연탄재와 먼지로 흐린 물이 흐르는
　　월영동 산 1번지

쓰레기더미 위에 복숭아 나무 한 그루
잎이 나기 전 꽃부터 피우고 있었다.
담배연기 쌓이는 그늘 사이로
꽃 같은 열일곱에 피어나는 고향
점심으로 남은 밥 아우에게 주며
흐릿해 보이던 하늘로 채우던 눈 속에는
살구꽃이 지고 있었네
물 먹은 봄 볕이 구르며 오는 철로 아래로
어머니보다 먼저 온 강물이 서러웁게 잠는
입술담배 불빛따라 그리움은 더욱 밝아
자운영 머리 이고 노을 같이 걷던 들길
이제 나이 스물이 되어
삼십촉 반쯤 감은 눈들이 기다리는 산비탈
미끄러지지 않게 돌부리만 골라 오른다.
술 취한 단단한 남자들이 돌을 던지는
소주보다 독한 눈물이 얇아져
살갗마저 내비치는 추운 거리
절대로 넘치지 않게 유행가를 부르네
사과 한 광주리 동생 연필 몇 통
어머니 속옷 뿐인 꿈이
어린 시절 돌아오지 않던 종이배에 실려
지금 젖어 다시 고향으로 가는 강물에 어려
복사꽃이 진다.

김수영 「복사꽃」 전문

시를 제대로 읽어 내기 위해서는 시인이 단단히 옥처맨 서정적 미학 장치를 풀어 볼 필요가 있다. 그 중에 주인공의 직업을 알아보는 것도 시 맛을 보태는 일이 될 것이다.

'잎이 나기 전 꽃부터 피우고' '담배연기 쌓이는 그늘' '입술담배 불빛 따라' 등은 그물코가 될 것이고, '삼십촉 반쯤 감은 눈' '술 취한 단단한 남자들'은 벼리가 될 것이다.

연탄재가 쌓이고 흐린 물이 흐르는 월영동 산 1번지에 잎도 나기 전 꽃부터 피는 복사꽃 창녀가 쓰레기 더미 위에 서서 독자들의 앞깨도를 유인하고 있다.

복사꽃 앞에는 과거와 현재의 세계가 치열한 양면성을 보인다. 현재의 세계는 '담배연기 쌓이는 그늘'이고, '물먹은 봄 볕이 구르며 오는 철로 아래로 / 어머니보다 먼저 온 강물이 서러웁게 잡는 / 입술담배 불빛따라 그리움은 더욱 밝아' 복사꽃으로 피는 세계, '이제 나이 스물이 되어 / 삼십촉 반쯤 감은 눈들이 기다리는 산비탈'을 가는 창녀로서, 미끄러지지 않게 돌부리만 골라 밟아 오르는 차디찬 세계이다. 그러나 어제의 세계는 '꽃 같은 열일곱에 피어나는 고향'이며, '점심으로 남은 밥 아우에게 주며 / 흐릿해 보이던 하늘로 채우던 눈 속에는 / 살구꽃이 지던' 굶주림과 가난의 나날이었다. 그러나 비록 허기진 세월이었으나, 열일곱 세월은 '자운영 머리이고, 노을같이 걷던 들길'이기도 했다.

이와 같이 양면성을 보이는 두 세계, 열일곱과 스물, 살구꽃이 지는 세월과 복사꽃이 피는 시간, 굶주림과 가난 때문에 노을 같이 걷던 들길과 입술담배 불빛 따라 비탈길을 오르는 두 세계는 극단적으로 구조적 대립을 보이며 그녀의 현실을 날카롭게 드러내 보인다. 현실 세계란 삼십촉 반쯤 게슴츠레 눈을 감은 술 취한 단단한 남자들이 기다리는 산비탈이다. 따라서 그녀는 추운 거리에서도 소주보다 독한 눈물을 흘리면서도 미끄러지지 않게 돌부리만 밟아야 하며, 또는 절대로 넘치지 않게 유행가를 부르며 가야 한다.

절대로 넘치지 않던 두 세계가 복사꽃이 지는 뒷깨도에 이르면, 넘어지거나 넘치고 만다. 사과 한 광주리, 어머니 속옷 한 벌, 동생 연필 몇 통을 고향에 보내고픈 꿈일 뿐, 어린 시절 돌아오지 않던 종이배에 실려 고향으로 가는 흐린 강물에 어려 있을 뿐이기 때문이다.

　시는 때깔 고운 미학 장치를 통하여, 창녀가 도깨비 탈을 쓰고 달동네에 사는 마녀가 아니라 우리와 똑같은 감정의 얼굴을 가지고 이웃에 사는 누이라는 사실을 절절이 외치고 있다. 서정적 자아가 들끓어 오르는 과장된 통곡이 아니라 절제된 흐느낌으로 깨도된다.

　그러나 투쟁적 민족주의가 내면화되어 있어 자칫 흘려 보기 쉽다. 민족시가 대중시가 되기 위해서 예술성을 조화롭게 중화시키는 새로운 과제가 부과된다.

　사과 한 광주리, 동생 연필 몇 통, 어머니 속옷뿐인 소박한 창녀의 꿈은 어린 시절 돌아오지 않는 종이배에 실려 복사꽃이 지는 강물에 어려 있다. 창녀의 현실에 대한 서정적 인식은, 한 맺힌 슬픔을 극화시키는데 성공하나, 문제를 지나치게 미학 장치로 묶어 둠으로써 자본주의 사회 모순을 외면했다는 비판을 받을 수도 있다.

　　올 어린이날만은
　　안사람과 아들놈 손목 잡고
　　어린이 대공원에라도 가야겠다며
　　은하수를 빨며 웃던 정형의
　　손목이 날아갔다

　　작업복을 입었다고
　　사장님 그라나다 승용차도
　　공장장님 로얄살롱도
　　부장님 스텔라도 태워 주지 않아
　　한참 피를 흘린 후에
　　타이탄 짐칸에 앉아 병원을 갔다

　　기계 사이에 끼어 아직 팔딱거리는 손을
　　기름 먹은 장갑 속에서 꺼내어

36년 한많은 노동자의 손을 보며 말을 잊는다
비닐봉지에 싼 손을 품에 넣고
봉천동 산동네 정형 집을 찾아
서글한 눈매의 그의 아내와 초롱한 아들놈을 보며
차마 손만은 꺼내 주질 못하였다

훤한 대낮에 산동네 구멍가게 주저앉아 쇠주병을 비우고
정형이 부탁한 산재 관계 책을 찾아
종로의 크다는 책방을 둘러봐도
엠병할, 산데미 같은 책들 중에
노동자가 읽을 책은 두 눈 까뒤집어도 없고

화창한 봄날 오후의 종로 거리엔
세련된 남녀들이 화사한 봄빛으로 흘러가고
영화에서 본 미국 상가처럼
외국 상표 찍힌 왼갖 좋은 것들이 휘황하여
작업화 신은 내가
마치 탈출한 죄수처럼 쫄드만
고층 사우나 빌딩 앞엔 자가용이 즐비하고
고급 요정 살롱 앞에도 승용차가 가득하고
거대한 백화점이 넘쳐 흐르고
프로 야구장엔 함성이 일고
노동자들이 칼처럼 곤두세워 좆빠져라 일할 시간에
느긋하게 즐기는 년놈들이 왜 이리 많은지
-원하는 것은 무엇이든 얻을 수 있고
 바라는 것은 무엇이든 이룰 수 있는-
선진 조국의 종로 거리를
나는 ET가 되어
얼마간 미친놈처럼 헤매이다
일당 4,800원짜리 노동자로 돌아와

연장노동 도장을 찍는다
내 품속의 정형 손은
싸늘히 식어 푸르뎅뎅하고
우리는 손을 소주에 씻어 들고
양지바른 공장 담벼락 밑에 묻는다
노동자의 피땀 위에서
번영의 조국을 향락하는 누런 착취의 손들을
일 안하고 놀고먹는 하얀 손들을
묻는다
프레스로 싹둑싹둑 짓짤라
원한의 눈물로 묻는다
일하는 손들이
기쁨의 손짓으로 살아날 때까지
묻고 또 묻는다

박노해 「손 무덤」 전문

아무리 감정이 무딘 독자라도 시를 읽으면 가위눌린 듯한 전율을 느낀다. 몸
서리치는 전율의 진원지는 산업 전선에서 노동자가 흘린 무참한 피 때문이기
도 하다. 또는 그 피를 여미지 못하는 속수무책의 무력감 때문일지도 모른다.
그러나 근본적인 전율의 진원지는 소외된 노동인 것이다. 여기서 노동은 생명
활동도 아니며 더구나 자기 실현의 활동도 아니다.

(1) 올 어린이날만은 아내와 아들과 함께 어린이 대공원을 다녀오겠다던 정
형의 다짐은 '6~7'까지 분산된 온깨도를 한층 무참하게 대비시키는 앞깨도 구
실을 충실히 이행한다.

(2) 노동자라고 사장, 공장장, 부장의 승용차를 태워 주지 않아 많은 피를 흘
린 뒤에 타이탄 짐칸에 앉아 병원을 가게 함으로써 노사의 거리감을 실감시킨
다.

(3) 기계 사이에 끼어 팔딱이는 36년 한 많은 노동자의 손을 기름 먹은 장갑 속에서 꺼내 보며 말을 잊는다.

(4) 비닐봉지에 싼 손을 품에 넣고 봉천동 산동네 정형의 아내와 아들을 보자 차마 손만은 내놓지를 못한다.

(5) 환한 대낮 산동네 구멍가게에서 소주를 마시고 정형이 부탁한 산재 관계 책을 종로 큰 서점에서도 찾지 못한다.

(6) 휘황찬란한 종로 거리를 외계인처럼 방황하다 공장에 돌아와 연장노동 도장을 찍는다.

(7) 내 품속에서 싸늘히 식은 정형 손을 소주에 씻어 양지 바른 공장 담벼락 밑에 묻으며 온깨도 과정은 대단원을 이룬다.

(8) 놀고먹는 하얀 손과 착취의 누런 손을 프레스로 싹둑 잘라 일하는 손들이 기쁨으로 살아날 때까지 원한의 눈물로 묻고 또 묻으며, 뒷깨도의 다짐과 결심이 기능적으로 보강된다.

이상을 요약하면, 정형의 손이 날아간 앞깨도 (1)에서는 같은 노동자인 말하는 이의 분노로 출발하며, 노동자의 원한과 분노가 사례별 사실주의로 분사되는 온깨도 과정은 (2)에서 (7)까지 시간 순차로 고조되고, 뒷깨도 (8)에 이르러 노동자의 기쁨을 위한 다짐과 실천이 상승 작용을 일으키고 있다.

「손 무덤」이 함께 실린 박노해의 서사 시집 『노동의 새벽』은 다음과 같은 몇 가지 문학적 의미를 지닌다.

첫째, 박노해는 한국 전통시의 관습을 철저히 파괴하고 새로운 형태의 서사 양식을 창안하였다. 김소월·한용운·윤동주로 이어지는 한국 전통시는 몇 차례 칼질을 당한다. 김수영은 주지주의에 의한 장난질로 한국 전통시를 해체하려 하였고, 김지하는 소설에게 물려 준 서사성을 재도입하여 새로운 서사시의 가능성을 열어 왔다. 신경림은 『농무』를 통하여 뿌리 뽑힌 농민의 삶을 사실적으로 형상화한다. 박노해는 전통 서정성을 철저히 파괴하고, 피가 떨어지는 노동 현장의 절규를 서사적으로 포착하여 난폭한 욕설, 심지어 외래어까지 직설

적으로 도입함으로써 노동 현장의 모순을 몸서리치는 전율로 극화하여 생생하
게 독자에게 전달하려 한다. 먹물 든 시인의 안이한 서정성이나, 지식인의 속
물 근성을 과감히 청산하고, 칼을 들고 소를 잡는 칼잡이처럼 현장을 난폭하게
서술한다. 이러한 형태의 시를 한국시는 일찍이 체험하지 못하였다.

「손 무덤」은 박노해 문학의 전형을 고루 갖춘 대표작 가운데 한 편이다. 시
를 읽고 몸서리치는 것은 열악한 노동 조건이나 저임금 수준에 따른 첨예한 이
해 대립이 아니라 노사간에 결코 좁힐 수 없는 감정의 괴리감에서 비롯된다는
것을 알게 된다. 노동자의 피와 생명이 사용자에게 거부당하고, 부의 분배가
유산층에 의하여 독점되며, 노동 재해가 묵살당한다. 그들의 노동이란 허기와
굶주림을 채우기 위한 개미와 꿀벌의 작업이다. 그것은 생명 활동도, 자기 실
현의 실천 노동도 아닌 소외된 노동이다. 보상받지 못하는 노동의 피는 당연히
원한과 분노로 떨게 된다. 노동의 과실을 일방적으로 착취하는 누런 손이나 놀
고 먹는 흰 손은 절단기로 싹뚝 잘라 노동자의 손과 함께 손 무덤에 묻어야만
노동자의 기쁨이 살아날 수 있다. 여기서 진정한 노동해방문학의 전형을 보게
된다.

박노해 문학의 본질을 긍정적으로 검토한 뒷자리에서 비로소 그의 문학의
효용성을 논할 수 있으리라. 가령 박노해의 최신작 「조선사람 껍질」을 보자.

나는 보았네
어느 날의 이태원 거리에서
슈미즈만 걸친 가녀린 여자를 달랑 안아들고
재크나이프로 브래지어 팬티를 툭툭 끊어놓고
그 몸 위로 샴페인을 쏘아 터트리며
박장대소 낄낄거리는 미군의 무리를
비명을 지르며 발가벗긴 몸을 웅크린 채
개구리처럼 파르르 떠는 작은 조선여자의 경련을
나는 부르르 떨며 똑똑히 보았네

거리엔 마이클 잭슨의 Bad가 흐르고
번쩍이는 LASVAGUS HOLLYWOOD
네온사인 불빛이 현란하게 흐르고
미군 병사들은 대검에 팬티를 브래지어를
슈미즈를 스타킹에 꿰어걸어 빙빙 돌리며
마치 월남에서 베트남 인민들의 생사람 껍질을
칼로 벗겨 성조기 위에 꿰어걸었듯이
조선사람 껍질을 대검에 꿰어걸어 빙빙 돌리며
진압군처럼 방자하게 거리를 활보하는 것을
수치감에 전율하며 나는 보았네

조선의 거리에서 조선사람의 껍질이
미군의 대검에 꿰어걸려 있다
조선인의 자존심이, 조선인의 주권이,
미군의 대검에 꿰어걸려 있다
팀 스피리트로, 한미 행정협정으로,
이 땅 미군 기지 곳곳마다에서 6천만의 등골을
호시탐탐 겨냥하고 있는 가공할 핵무기로,
수도 복판 미8군 기지로, TV전파 채널로,
람보로, 패스트 푸드로, 영어와 팝송으로,
조선사람 껍질이 미군의 대검에 꿰어져 빙빙 돌려지듯
미제의 발톱에 조선의 모든 것이 꿰어져
빙글빙글 돌려지며 파르르르 떨고 있다
그날의 이태원 거리에시 미군에 둘러싸여
개구리 떨 듯 경련하던 조선여자처럼

오냐 벗겨가라
양키여, 조선의 모든 것을
서슴없이 벗겨가라 무자비하게 벗겨가라
조선거리 한복판에서 조선여자 속옷을 벗기듯

조선의 모든 것을 모조리 벗겨가라
이제 우리 조선사람은
수치뿐이다 고통뿐이다
치떨리며 경련하는 예속의 삶뿐이다
벗겨가라 벗겨가라 우리의 껍데기를
우리의 무지를 우리의 비굴함을
더러운 이기심과 두꺼운 낯짝을

껍데기를 발가벗긴 우리는
피흐르는 속살로 한덩어리가 될 것이다
그리고 그대들이 벗긴 조선사람 껍질을
우리의 기치로 삼을 것이다
미제 대검에 꿰어져 피흐르는
한 마리 토끼 신세 한반도를,
저 원한의 분단 철조망을,
오늘부터 우리의 기치로 삼을 것이다
이제 우리는 수치로 살 것이다
적개심과 증오로 살 것이다
이 땅에서 미제의 핵무기를 뽑아내는 날까지
양키의 모든 쓰레기를 날려버리는 순간까지
침략과 약탈의 손길을 박살내는 그날까지
밥을 먹어도 노동을 해도 노래를 불러도
우리는 투쟁! 투쟁으로 살 것이다
속빈웃음 사라진 싸늘한 얼굴로
결연한 무장으로 살 것이다 싸울 것이다
조선사람 껍질을 기치로 삼아

박노해「조선사람 껍질」전문

박노해는 요즘 민중시가 거의 강령으로 삼고 있는 반미, 반핵, 민족 통일을 소리 높이 절규하고 있다. 박노해의 목쉰 절규를 십분 이해한다. 반미, 반핵, 민족 통일만이 민족 본질을 실천하는 혁명적 과제임을 인정한다.

그러나 이 말은 분명히 밝혀 두자. 반미, 반핵, 민족 통일을 위하여 양키들이 답습한 더러운 길을 결코 따라가서는 안된다는 점이다. 「손 무덤」에서 부분적으로 기미를 보이던 난폭성과 외래어, 욕설이 어우러져 개칠을 하고, 양아치의 쓰레기 바구니에는 오물과 악취가 차고 넘치며, 양키 문화의 노린내가 가력을 하고 있다.

박노해는 모국어를 쓰레기 잡동사니로 만들었고, 민족 성정을 양키들의 하사와 병장으로 강등시켰다는 비난을 받는다면 뭐라고 답변할 것인가. 민족의 긍지와 자부심을 더럽히는 문학이라는 비판에 대하여 뭐라고 응수할 것인가. 문학평론가들은 언제까지 박노해 문학에 대하여 일방적인 '받들어 총'을 할 것인가. 박노해 문학의 긍정적 이면에는 항상 숱한 의문이 꼬리를 물고 있다.

투쟁 정신과 난폭성은 구별되어야 마땅하다. 투쟁적 민족주의는 민족의 이상을 지향하는 민족 본질의 실천이다. 그것은 드날리는 전단의 구호가 아니라, 절절한 피맺힌 외침이어야 한다. 그것은 인디언을 사냥하는 양키들의 엽총 소리가 아니라, 민족의 열망을 열어 가는 절제된 함성이다. 여기야말로 민족시가 서야 할 마땅한 전선이다.

민족 혁명을 위해 피를 흘리는 전사들에게 억센 힘을 주는 원천은 씨억스러운 웃음이라고 거듭 밝힌 바 있다. 혁명적 낙관주의를 실천하는 깨도문학은 경이로운 삶의 기쁨과 여유 있는 웃음을 주어야 한다.

어느 해 봄날이던가, 밖에서는
살구꽃 그림자에 뿌여니 흙바람이 끼고
나는 하루종일 방 안에 누워서 고뿔을 앓았다.
문을 열면 도진다 하여 손가락에 침을 발라 가며
장짓문에 구멍을 뚫어
토방 아래 고깔 쓴 여승(女僧)이 서서 염불 외는 것을 내다보았다.

그 고랑이 깊은 음색과 설움에 진 눈동자 창백한 얼굴
나는 처음 황홀했던 마음을 무어라 표현할 순 없지만
우리집 처마끝에 걸린 그 수그린 낮달의 포름한 향내를
아직도 잊을 수가 없다
나는 너무 애지고 막막하여져서 사립을 벗어나
먼 발치로 바릿대를 든 여승의 뒤를 따라 돌며
동구 밖까지 나섰다.
여승은 네거리 큰 갈림길에 이르러서야 처음으로 뒤돌아보고
우는 듯 웃는 듯 얼굴상을 지었다.
(도련님, 소승에겐 너무 과분한 적선입니다. 이젠 바람이 참사운데 그만
 들어가 보셔얍지요.)
나는 무엇을 잘못하여 들킨 사람처럼 마주 서서 합장을 하고
오던 길로 뒤돌아 뛰어오며 열에 흐들히 젖은 얼굴에
마구 흙바람이 일고 있음을 알았다.
그 뒤로 나는 여승이 우리들 손이 닿지 못하는 먼 절간 속에
산다는 것을 알았으며 이따금 꿈속에선
지금도 머룻잎 이슬을 털며 산길을 내려오는
여승을 만나곤 한다.
나는 아직도 이 세상 모든 사물 앞에서 내 가슴이 그때처럼
순수하고 깨끗한 사랑으로 넘쳐 흐르기를 기도하며
시를 쓴다.

송수권 「여승」 전문

　송수권의 서정적 서사시 「여승」은 깨도 단계에 따라 여덟 도막으로 갈라 볼
수 있다.

　(1) 살구꽃 그림자에 뿌여니 흙바람이 이는 어느 해 봄날 나는 방안에 누워
고뿔을 앓고 있다.

　(2) 문을 열면 도진다 하여 손가락에 침을 발라 장지문에 구멍을 뚫고 토방

아래에서 고깔 쓴 여승이 염불 외는 것을 내려다보았다.

(3) 고랑 깊은 음색·설움진 눈동자·창백한 얼굴이 주는 황홀했던 마음, 우리 집 처마 끝에 걸린 수그린 낮달의 포름한 향내를 지금도 잊을 수 없다.

(4) 나는 너무 애지고 막막하여 사립문을 벗어나 바릿대를 든 여승을 따라 동구 밖까지 따라나섰다.

(5) 네거리 난 갈림길에서 여승은 처음으로 뒤돌아보고, 소승에겐 과분한 적선이니 날씨가 추운데 그만 돌아가라고 말한다.

(6) 무엇을 잘못하여 들킨 사람처럼 나는 마주 합장을 하고 오던 길을 뛰어 돌아오며 열띤 얼굴에 흙바람이 일고 있음을 알았다.

(7) 그 뒤, 여승은 손이 닿지 않는 먼 곳에 살고 있으며 지금도 여승이 머루잎 이슬을 털며 산길을 내려오는 꿈을 꾸곤 한다.

(8) 나는 아직도 세상 모든 사물 앞에서 내 마음이 그때처럼 순수하고 깨끗한 사랑으로 넘쳐 흐르기를 기도하며 시를 쓴다.

이렇게 볼 때, (3)은 앞깨도, (5)가 온깨도, (7)과 (8)은 뒷깨도임을 알 수 있다.

「여승」은 참으로 고운 시이다. 그렇다면 시가 곱고 아름답게 느껴지는 까닭은 무엇인가.

첫째, 시의 배경은 살구꽃 그림자에 흙바람이 일고 장지문과 토방이 보이고, 지붕 처마 아래 포름한 낮달이 뜨는 정선의 한국화이고, 그곳은 한국인이 살았든, 살지 않았든 한국인이라면 그곳을 마음의 고향으로 여기고 있기 때문이다.

둘째, 시인이 제시하는 세계관의 친숙도인데, 그것은 윤동주의 세계관에서 보이는 순결의 세계이고, 조지훈의 세계관에서 보이는 전통적 세계이다. 이러한 세계를 겪은 이의 시간과 말하는 이의 시간이 비록 차이가 있긴 하나, 겪은 이와 말하는 이를 하나로 일치시킴으로써 독자들의 친밀감을 깊게 만든다.

셋째, 시의 주인공 여승이 자아내는 전통적 심상이 이른바 원초적 체험으로 각인 되어, 독자들의 자유롭고 멋들어진 상상력을 자극한다. 여승에 대한 형상화는 (3)에서 보는 바와 같이 고랑진 음색과 설움진 눈동자, 창백한 얼굴이다.

넷째, 원초적 체험을 겪은 나의 감성이 거울처럼 민감하여 (4)에서 보는 대로 애지고 막막하여 자기도 모르게 동구 밖까지 비구니를 따라나섰고, (5)에서 보는 바 비구니의 권유를 받자, (6)에서는 얼굴이 붉어져 뛰어 돌아오는 행위에서 순결한 체험과 마주친다.

다섯째, 이러한 사무치는 체험은 소년기의 영상에 각인되어 지금도 머루잎 이슬을 털며 산길을 내려오는 비구니의 꿈을 꾸고, 시인이 시를 쓰는 행위야말로 그때의 순수하고 깨끗한 사랑이 넘치기를 비는 확인 작업이다.

그러나 송수권이 맑고 깨끗한 사랑이라고 주장하는 체험이 윤동주처럼 퇴행 증상이 아닌지를 자문할 필요가 있다. 이렇게 볼 때 시인의 체험은 경이로운 삶의 확인이 아니라 한낱 비구니에게 망신당한 신변 잡담으로 전락할 염려가 있다. 제아무리 맑고 깨끗한 사랑의 체험일지라도, 진정한 나를 찾으려는 피나는 노력 없이 깨도문학을 성취하기는 힘든 일이다.

> 오뉴월 꽃그늘이 드리우는 마당으로 우체부는 산골 조카의 편지를 놓고 갔구나. 바람 한 점 흘리지 않고 꽃씨를 떨구듯.
> 편지는 활짝 종이등을 밝히면서 서로들 파란 가슴을 맞대고 정겨운 사연을 속삭이고 있구나.
> 찬연한 속삭임은 온 마당 가득한데, 꽃씨를 틔우듯 흰 깁을 뜯으면 샘재봉 골짜기에 산딸기 익어가듯 조카는 예쁜 이야길 익혀 놨을까.
> 모두 흰 봉투에 숨결을 모두우며 꽃내음 흐르는 오뉴월 마당으로
> 석 산 이 아 저 씨 께
> 아, 조카가 막 기어다니는 글씨 속에서 예쁜 이를 드러내고 웃고 있구나.

윤석산 「편지」 전문

무지개 빛깔의 말씨만 칠갑을 하면 시는 고와지는가. 장가 못간 농촌 노총각이 비관하여 음독하는 마당에, 농촌 경제가 파괴되어 삶의 뿌리가 뽑히는 마당

에, 샘재봉 골짜기 산딸기만 말할 수 있는가.

이러한 몇 개의 의문이 논리적 타당성을 지닐지라도 시가 곱다고 말하는 보다 근본적인 까닭은 일반 독자가 순수시에 대하여 가지고 있는 고정 관념인 감상적 망상만은 아니다.

「편지」에서 확인된 차고 넘치는 기쁨이란 산골 조카와 도시 아재가 편지를 주고받는다는 극히 평범하지만 오늘날 메마른 사회에서 소중하게 간직해야 할 인간다움의 미학이다. 막 기어다니는 글씨 속에서 예쁜 이를 드러내고 웃는 현재의 조카 모습에서 아우를 위해 희생한 형의 모습을 겹쳐 상상한다면 시는 한결 다정스럽게 느껴진다.

저
난쟁이 병정들은
소리도 없이 보슬비를 타고
어디서 어디서 내려오는가

시방 곱게 잠이든
내 누이
어릴 때 걸린 소아마비로
하반신을 못쓰는 내 누이를
꿈결과 함께 들것에 실어
소리도 없이
아주 아늑하게
마법의 성으로 실어가는가

김명수 「細雨」 전문

물론 「세우(細雨)」도 「편지」처럼 시인의 세계관이 정당한 것인가를 자문할 필요가 있다. 그러나 말하는 이는 보슬비를 난쟁이 병정으로 봄으로써 사회적 정의가 아닌 인간적 진실을 보고자 한다. 사회적 정의를 말하자면 장애자들의 사회복지 등을 말해야 하리라. 시인은 사회 현실 앞에서 한 걸음 물러서서 소아마비 걸린 누이의 고통을 아파한다. 누이가 곱게 잠이 든 시간은 어릴 때 걸린 하반신 불수를 잊는 순간이며, 꿈속은 장애를 모르고 건강한 삶을 누릴 수 있는 유일한 시간이다. 시인은 그 시간의 연장을 빌 뿐 누이에 대한 구체적 대책이나 심지어 의식의 지향성마저도 정지시켜 놓고 있다. 꿈결과 함께 물 흐르듯 소리도 없이 아늑하게 고통과 불구가 정지된 마법의 성으로 누이를 실어 가도록 빌고 있다.

　시인이 현실을 외면하고 환상적 망각 속에서 꿈을 꾼다는 비판은 타당성이 없다. 난치병의 불구자들에게 양심적인 인간이 베풀 수 있는 은혜란 참으로 보잘 것이 없을 때가 많다. 인간이 인간을 위하여 흘리는 참다운 눈물은 신이 베푼 엄청난 기적보다 위대하다. 시인은 불붙기 쉬운 인간의 영혼에 소리 없이 보슬비를 뿌린다. 보슬비를 먹은 대지는 새싹을 틔우지만, 소나기가 강타한 땅에서는 아우성이 들린다.

　　정월 열엿새날
　　면사무소에 가서
　　할아버지 사망 신고서를 제출했다.
　　아버지께서 가시기를 꺼려하던
　　속마음을 알 듯하다.

　　행길로 나섰을 때 흰 눈이 내렸다.
　　얼마 안가서
　　스스로 녹은 눈
　　무심히 바라보는 사람들.

　　오늘
　　할아버지를 제적시키고

촉촉히 땀에 젖은 손
어려서 글 공부하다
회초리로 얻어맞은 손
지금 뻘겋게 핏발이 서고.

눈물을 질금거리며 바라보던
노하신 할아버지는
성큼성큼
내 앞에서 걸어가신다.
눈이 내린다.
발목이 묻히도록 계속 눈이 내린다.

홍석하 「할아버지」 전문

  시인은 어떻게 돌아가신 할아버지를 보게 되는가. 앞깨도인 첫째 도막에서 아버지가 할아버지 사망 신고서 제출을 꺼려하며, 그 일을 나에게 맡겼고, 그 일을 맡은 나도 아버지가 그 일을 왜 꺼려하는가를 잘 알고 있다. 돌아가신 분이지만 차마 호적에서 없앨 수 없는 아버지의 애절한 마음을 나는 잘 알고 있다.

  둘째 도막은 눈이 내리는 상황 제시이며, 할아버지의 죽음과 일상성을 연결하는 여과 장치이기도 하다.

  셋째 도막에서 할아버지를 제적한 손이 민망스러워 벌겋게 핏발이 서도록 꼭 쥐며 할아버지에 대한 그리움, 애식함, 시끌픔이 서갈리는 온깨도가 일어난다.

  넷째 도막에서 그토록 애자지게 그리운 할아버지가 자욱 눈길을 성큼성큼 걸어가는 환각을 통하여 시인의 육친에 대한 그리운 속내를 뒷깨도로 보여 주고 있다.

  결국 시인의 마음을 통하여 돌아가신 할아버지를 보았고, 지금도 눈 내린 자욱 눈길을 동행하고 있다. 그 길은 나와 살아 있는 아버지, 그리고 돌아가신 할아버지가 함께 가는 길이어서 할아버지와의 사별은 역설적으로 할아버지의 생존으로 인식된다. 투박한 시가 주는 감동도 바로 시인의 질박한 마음씨에서 우러나는 것이다.

경이로운 삶의 기쁨과 넉넉한 기다림의 여유를 통하여 혁명적 낙관주의는 설 자리를 찾게 되며, 아울러 씨억스러운 웃음을 통하여 갈 길을 찾는다. 여기서 풍자문학의 새로운 가능성이 열린다.

아는 바와 같이 풍자는 현실 왜곡에서 출발한다. 턱없이 현실을 과장하거나 축소함으로써 풍자 감각은 획득된다. 이런 의미에서 조남야의 「보리 밟기」는 한국시에서 드물게 발견되는 철저한 사실주의에 바탕을 둔 서정적 풍자시이다. 여기서 ‘서정적’이라는 말조차도 시인의 풍자 정신을 민중에게 순하게 먹히게 하기 위한 하나의 기법인지도 모른다.

사실 첫 돌 지난 놈의 잠지만한 청보리를 싹수부터 암팡지게 밟을수록 보송보송한 속살이 오른다는 자연적 순리가 강한 힘을 길러 이 땅의 산천을 누비는 역사적 순리에 맞닿을 때, 조남야는 조선 사내의 맷집 좋은 힘을 갖게 된다. 청보리 같은 조남야가 한국 문단에 묻혀 숨은 거름이 되고 있다는 사실은 한국 민족문학의 강한 힘력이 아닐 수 없다.

　　나는 보리 밟기가 아주 좋아서
　　외숙네서 닷새를 지내는 동안
　　내처 보리 밟기만 하여요.
　　투명한 햇살을 등에 지고
　　잔설의 흔적이 쬐금씩 남아 있는
　　가파른 산 등의 몇 십 평쯤은
　　아주 재미난 일이었어요
　　첫돌 지난 놈의 잠지처럼
　　봉곳이 솟아오른 푸른 청보리

초장이 웃자라면 안된다고
엽수를 잘 가려야 한다고 해
짧은 섣달 한 나절을 사방 팔방으로 돌아다니며
삐죽이 쳐들은 초움들을
싹수부터 암팡지게 밟았지요
외숙은 여러 번 말했어요
보리는 그렇게 밟으면 밟을수록
보숭보숭한 속살이 오르고
동토를 헤집고 솟아오르는
강한 힘력이 길러진다고
그러니 폭설이 언 땅을 내리치고
만상이 길게 동면을 해도
보리만은 쑥쑥 솟아올라
이 땅에 산천을 누비고 누비며
그 푸르른 힘력을 자랑하지요
나는 그것이 참 신기하여
외숙네서 닷새를 지내는 동안
내처 보리 밟기만 하였어요

조남야 「보리 밟기」 전문

제2장 푸리문학이란 무엇인가

제2장 푸리문학이란 무엇인가

푸리문학이란 무엇인가

1. 푸리문학이란 무엇인가

한 국가의 경제적 수준에 따라 문화 종속, 또는 문화제국주의 현상에 대한 선진국과 제 3세계의 태도는 매우 상반적이다. 미국을 비롯한 선진 유럽 제국들에게는 '문화적 지배', '문화적 종속', '문화적 제국주의'란 개념은 아예 없다. 문화란 물과도 같아서 높은 곳에서 낮은 데로 흐르는 자연 현상이기 때문에 제약 없는 자유가 허용되어야 한다고 그들은 주장한다.

이러한 문화 확산 이론은 제 2차세계대전 이후 구미 제국들에 의하여 주창된 이른바 '정보의 자유로운 흐름'이라는 정책으로 극대화되었다. 이것은 미국의 국가 이념인 자유·민주적 이상과 자유로운 시장을 바탕으로 삼는 자본주의 체제를 옹호하는 최종 목표이고, 또한 최근 파나마의 노리에가 정권에 대한 무자비한 무력 탄압에서 보는 바와 같이 국제 문제에 노골적으로 개입하는 미국의 합리적 수단이기도 하다. 더구나 세계 4대 통신사인 미국의 AP, UPI, 프랑스의 AFP, 영국의 로이터 통신은 그들의 이념을 일방적으로 창안할 뿐만 아니라 국제 여론을 제국주의 방식으로 호도한다.

선진국의 문화 확산 이론에 반하여 문화제국주의, 또는 문화 종속 이론은 제 3세계 신마르크스주의자들에 의하여 주창된다. 신마르크스주의자들은 몇 가지 관점과 가설 아래 문화 현상을 인식하는바 첫째, 문화 산업 활동도 다른 산업과 마찬가지로 국제 관계 차원에서 이루어져야 하며 둘째, 문화와 대중 매체 산업 활동도 경제 관계 속에서 이해되어야 하고 셋째, 문화 사업과 매체 조직은 이념의 생산 기구로 파악되어야 한다고 주장한다.

이 밖에 문화 지배 이론이나 신문화제국주의 이론은 선진국의 문화 침략상에 객관적으로 접근하고 있으나 제3세계의 입장이 과소 평가되거나 불투명한 세계관이 후진국의 새로운 지배 이념으로 악용될 염려가 있다. 즉 문화지배 이론은 제국주의 문화가 제3세계 민족 문화에 끼친 나쁜 영향을 밝히기보다는 오히려 내부적 요인에 의한 어쩔 수 없는 환경을 설명하려고 한다. 또 신문화제국주의 이론은 제3세계 문화 침략 현상을 외부의 적인 제국주의로만 돌리는 문화제국주의 이론의 한계와 편견을 극복하기 위한 대안이었으나, 이는 결국 국내의 생산력, 계급 관계, 정치와 군사 세력 등에만 관심을 둔 나머지 침략의 원천적 뿌리를 외면하고 말았다.[1]

이러한 임동욱의 검토는 문화제국주의를 피상적으로 인식한 국내에 체계적인 방법론을 제시함으로써 새로운 관심을 불러일으키고 있다. 그러나 그의 전공이 언론학이어서 통신 대중 매체를 전제로 문화제국주의를 접근한 까닭에 언론 통신 제국주의 범주를 벗어나지 못하고 말았다. 또한, 언론 통신의 문화 침략 현상이 구체화되어야 대중적 이해가 가능하리라고 본다.

가령 지난 해 여름 UIP가 영화를 직배하자 국내 영화인이 외화 상영 극장에 뱀을 투입한 사건을 단순히 UIP와 국내 영화인의 시장 쟁탈전만으로 인식해서는 안된다. UIP의 국내 영화 시장 석권은 경제적으로 국내 영화 산업을 도산시킬 뿐만 아니라 90년대 통신 공사가 실시하려는 유선방송 프로그램을 독점함으로써 프랑스와 같이 통신 시장은 물론 광고 시장까지 점령하게 된다. 또한 문화적 측면에서 무법자·살인범·파괴범을 찬양하는 미국 영화의 국내 시장 독점은 민족성을 순치시키고 또 다른 미국 상품의 수요를 창출하게 만든다.

문화제국주의가 정치·경제·사회적 침략보다도 가공할 위험성을 갖는

---

1) 임동욱, 「문화제국주의 이론의 검토와 재고찰」, 『서강대 언론문화연구소 세미나 유인물』, 1989년 9월 30일

또 다른 이유는 제 3세계 민족을 문화적 유리 감옥에 가두어 둠으로써, 신식민지 민족을 제국주의 방식으로 길 들이고 나아가 길든 노예들을 채찍도 없이 혹사하지만 문화적 노예들은 자유와 독립을 누리는 듯 환상의 박자에 맞춰 춤을 추는 데 있다.

각성 능력과 비판 능력을 상실한 대중은 진수렁에서 몽유병자로 흐늘거리고 제국주의 식자층 프락치들은 대중에게 환상적 아편을 판매한다. 한두 명의 선각자들은 민족 당파성을 외치건만 식자층에 의하여 광야의 미치광이로 야유를 받거나 매도된다.

양영진은 『식민의 땅에 들불이 되어』(1988)라는 시집을 남긴 채 세상을 버렸다. 그는 죽음 앞에서 비로소 제국주의의 흉악한 그림자를 똑바로 보았다.

다음의 시에서는 제국주의와 패권주의의 여러 모순을 극적으로 전형화시킴으로써 푸리문학의 전망을 선명하게 예시하고 있다.

어릴 적,
마을 근방 공장에서
이름 모를 하얀 가루를 훔쳐
물 속으로 투하했다.
뿌옇게 흐려지며, 후끈후끈 들끓는 물 속
배 까뒤집고 둥둥 뜨는 물고기를 주워 담으며,
갈모리 넘어가는 해 그 붉은 미끈거림을
느껴보곤 하였다.

오늘날,
카키 무늬 태평양 기단과 시베리아 기단이 만나
이상 기류 형성된 한반도
피부 깊숙한 곳까지 인플루엔자가 진을 친다

콜록이며 뻗어 버리는 물고기 꼴 되지 않으려고
우린 어깨에 어깨를 건다
오랜 세월 물때 앉은 돌멩이를 거머쥔다.
오월, 그 거리 시멘트 바닥의 풍문 같은
황토빛 햇살자락 끌어안고서

양영진 「최루탄·3」 전문

　시의 첫 도막은, 마을 근방 공장에서 석회 가루를 훔쳐 물 속에 뿌려 본 소년기 체험을 통해 배를 까뒤집고 둥둥 뜨는 물고기를 종다래끼에 주워 담아 봄으로써 숨진 물고기의 죽음이 갈모리로 넘어가는 해와 같은 운명이며, 지는 해와 숨진 물고기의 미끈거리는 조응은 말하는 이가 식민지 땅에서 겪어야 할 앞푸리로 인식된다.

　석회 가루에 질식하여 콜록이던 소년기의 물고기를 잡던 체험은, 오늘날 카키 무늬 태평양 기단으로 상징되는 제국주의와 시베리아 기단으로 상징되는 패권주의가 한반도에서 이상 기류를 형성하여 폐부 깊숙한 곳까지 인플루엔자가 진을 치고서 저들의 변덕에 따라 언제 이 땅에 독감을 퍼뜨릴지 모른다는 온푸리로 체험된다.

　결국 이러한 앞푸리와 온푸리를 통하여 콜록이며 뻗어 버리는 물고기 꼴이 되지 않으려면 어깨에 어깨를 걸고 오랜 세월 물때 앉은 돌멩이를 거머잡고 오월의 거리 시멘트 바닥의 풍문 같은 햇살 자락을 끌어안고 민족 해방 전선에 서는 길만이 민족 생존권의 전망이라는 뒷푸리에 이르도록 한다. 학자에 따라 지구촌 시대의 민족주의는 이미 퇴색한 깃발이라고 비아냥거리나, 선진국의 기만적인 제국주의 종속에 대하여 제 3세계 민족국가가 선택할 수 있는 유일한 총검이 민주·민족·인간주의라는 주장은 타당성을 갖는다. 이러한 사실은 노리에가와 전두환 같은 친미 독재자에 대하여 미국의 태도 표명에 의해 국내외적으로 실증된다.

1990년 1월 3일 파나마 주재 교황청 대사관에 피신중이던 노리에가는 미군에 투항하여 마약 밀매 혐의로 미국 법정에 서게 됨으로써, 부시 행정부는 파나마 주재 미국인의 생명과 재산을 보호하고 파나마 민간 정부 수립의 정당성을 승인받았으며 미국의 세계 경찰권도 확인받게 되었다. 교황권도 총구에서 나온 힘 앞에 한낱 허수아비에 지나지 않았으며, 미국측 발표에 의하면 미군 2만 6천명이 파나마를 침공하여 군인 297명 민간인 300명을 사살하고 3천여 명을 체포, 파나마 전역을 수색하여 민족주의 세력을 색출했다고 하는데 이러한 사실은 힘없는 국가의 종말을 똑바로 보여준다.

파나마 침공을 통하여 확실히 밝혀진 미국 정책의 실상은 첫째, 부패한 독재 정권이라도 친미 정권은 보호하지만 반미 정권, 특히 제 3세계 반미 정권은 절대로 용납하지 않으며 둘째, 노리에가 투항에 대하여 파나마 국민이 보여준 비각성 태도를 조장·은폐하고 있으며 셋째, 반환 기한이 끝나는 파나마 운하의 계속적인 운영권 음모는 숨겨 놓은 채 마약 밀매 혐의만을 부각시킴으로써 미국의 국가 이익을 보호하려는 것이다.

한편 전두환 증언 뒤 미국 대사관을 통해 전씨가 미국 정부의 입장을 선택적으로 왜곡했으며 무례하고도 터무니없는 말이라고 논평을 발표한 미국 정부위 입장은 전두환이 두 차례의 미국 방문에서 받았던 미국 정부의 환대를 상기시킨다.

이상에서 살펴본 바와 같이 미국의 일관된 제국주의 정책은 정치적으로는 민주주의 우월성을 확립하고 경제적으로 자본주의 시장을 보호하여 독점자본주익를 확보하는 일이다. 문화제국주의란 바로 이러한 미국의 국가 이익을 위한 위장 전술이다. 미국은 두 차례에 걸쳐 한국에 대한 문화 종속을 단행하였다.

첫 번째는 1945~1948년 동안의 미군정 통치를 통하여 한국에 대한 미국의 지배 기틀을 마련하고 친미 정권을 수립하여 미국의 발판을 마련하는 시기로 좌익·민족주의자를 제거하고 우익·친일·친미파로 하여금 식민 통치의 전위대로 나서게 하였다.

미국은 이러한 정책 목표를 달성하기 위하여 남한의 독자적 군대를 창설하고 강력한 국립 경찰을 확립했으며 보수 우익 진영과 유대를 강화하고 좌익·민족 진영을 탄압 제거하였다. 또한 친일·친미파를 기용하여 문화 전위대로 앞장세워 문화적 침탈의 기틀을 마련하였다.

두 번째는 1950년 경인년 난리를 통하여 '해방군'에서 '십자군'으로 한반도에서 그 지위를 격상한 미국은 1950~60년에 걸쳐 민족 각성이나 자각을 철저히 가로막고 반공 이념을 앞세워 분단의 고착을 획책하였으며 민족 통일의 기운을 압살하기 위하여 장기적인 문화 종속 정책을 수행하였다.

1959년 한미 정부가 '정부 매개물 보장 계획에 관한 협정'을 체결한 결과 미국은 열악한 한국의 학문·문화·출판 시장을 철저히 독점하고 한국의 식자층을 기능적으로 예속화시켰다.

빈곤과 기아에 시달리던 한국의 각종 연구재단·교육기관·연구소에 연구 보조비·출판 보조비·장학금 등을 지급한 미국은 제국주의 사상이나 문화 정책을 교활하게 한국에 보급시켰다.

미국무성 교육 문화 사무국은 '인사·교육·문화 교류 계획'에 따라 한국 학자들을 대량으로 유학시킨 다음 제국주의 이론을 유포시키도록 하였다.

그렇다면 소련의 패권주의에 버금하는 미국의 제국주의 부산물인 문화 종속에 대한 제3세계의 대처 방안은 없는가. 물론 '눈에는 눈'으로 대처하는 '물리적 힘'만이 신뢰할 수 있는 병기지만, 제3세계는 물론 신흥 공업국마저 아직 그런 힘을 가지고 있지 못하다. 이러한 상황 아래서 제3세계의 효과적인 대응 방안을 찾으려면 저들이 두려워하는 이른바 '아킬레스건'을 찾아야 한다.

고르바초프의 페레스트로이카 정책은 아르메니아 등 소수 민족의 통일 자각 운동 때문에 시련을 겪고 있다. 부시에게는 파나마 침공 이후 남미의 반미 감정이 제국주의의 새로운 지뢰밭이 되고 있다.

패권주의와 제국주의 국가가 두려워하는 것은 수소탄이나 유도탄이 아니라 진정한 자유와 독립을 지향하는 민족 각성이며, 케네디의 말처럼 한국에서 '우려되는 것은 민족적 감정의 폭발'이다. 라이샤워의 지적대로 아시아 민중의 민족 감정은 '아시아 정세의 추이를 결정짓는 핵무기'이며, 식민지 예속화 정책의 '중대한 위협'이 된다.

따라서, 제국주의 침략과 문화적 종속 아래서 제 3세계의 민족적 생존권을 보장받는 유일한 병기는 민족주의 바탕 위에 민족 당파성으로 무장하고 민족 자각과 각성에 따른 민족 해방뿐이다. 제 3세계 민족국가는 대외적으로 민족 혁명의 핵무기를 높이 들고 대내적으로 관료주의와 권위주의를 청산하는 진정한 민주주의의 바탕 위에 민족 개혁의 깃발을 치켜들어야 한다. 이러한 민주주의와 민족주의는 인간의 양심과 도덕을 바탕으로 삼는 인간주의와 유대를 강화할 때 인류 평화와 공영할 수 있다.

푸리문학이란, 민주·민족·인간주의로 무장한 민족 당파성을 깨우치는 문학이며, 위와 같은 확실한 민족 전선에 연합 전선으로 이바지하는 문학이다.

한 언어·역사·교육·종교·철학·사상 등 제국주의의 문화 종속에 효과적으로 대처하는 문학이다.

이제 문화제국주의에 대한 체계적 이해와 보다 실제적 인식이 필요하다.

(1)

국어를 말살하여 조선어학회 사건을 저질렀던 미련한 일제와는 달리 국어의 독자성을 인정하면서도 영어의 실세를 강화시키는 교활한 언어 정책을 쓰고 있는 미국의 언어제국주의를 경계하지 않으면 안된다.

말이란 무엇인가. 그것은 단순한 의미 소통 기구가 아니라 민족혼이 담겨진 생명체이다. 역설적인 말이지만, 김은국의 영어로 쓴 소설『잃어버린 이름』에서 이름을 잃은 민족은 '이누꼬(犬子)'라고 지적했거니와 말을 잃은 민족도 똑같은 신세가 된다. 그래서 발트해 연안 국가인 리투아니아·라트비아·에스토니아 등 소수민족국가의 독립 운동은 모국어 찾기로부터 시작되었다.

언어제국주의에서 벗어나는 길은 영어의 실세를 줄이거나 없애는 일이다. 평생을 배워서 제 발등을 찍는 데나 써 먹는 영어를 우선 중학교에서 한두 시간 배워 보고 고등학교에서는 다른 외국어처럼 선택 과목으로 돌리는 일이 옳다. 번역 컴퓨터가 나오는 마당에 더 이상의 국력 낭비와 양풍을 막아야 한다.

다음으로 우리말 바로 쓰기는 지도층과 식자층이 앞장을 서야 한다. 한 나라의 대통령이 남의 나라 국회에서 영어로 연설하는 일은 민족 자부심과 관계되는 일이다. 국어학자들이 소창진평이나 촘스키를 대부로 모시는 연구 태도 역시 바른 국어 사용에 도움을 주지 못한다. 우리말 쓰기가 가장 시급한 곳은 법조계와 의약계이다. 본인도 알아듣지 못하는 판결문에 의하여 사람을 죽이기도 하고 감옥을 살리기도 하는 일은 없어져야 한다. 한 사람의 생명을 의사의 암호 문자에 맡길 수 없다.

석주명이 나비마다 배달말 이름을 붙였을 때 그 나비는 비로소 우리 나라 나비가 되었다. 손보기가 고고학 유물·유적에 배달말을 붙였을 때 고대사가 비로소 민족사가 되었다. '반달 모양의 돌칼' '빗살무늬 토기' '깬 석기' '간 석기'는 중국이 아닌 우리 조상이 쓰던 손 때 묻은 연장이다.

그렇다면 오늘날 식자층이 영어를 씨부렁거리며 반벙어리가 된 까닭은 어디에 있는가.

1945~1948년 미군이 군정을 실시하는 동안 그들은 식민 교육의 기틀을 마련하였고, 저들이 미고문관을 파견하여 이른바 친일·친미파의 입에다 재

갈을 채워 저들의 앞잡이로 부렸기 때문이다.

미고문관은 친미 교과서를 제작·배포하여 미국의 국가 이익을 보호하고 신민을 양성하기 위해 황색 백인을 대량 배출함으로써 이 땅을 그들의 영구적 식민지로 만들려 하였다.

저들이 교과서를 왜곡한 근본 목적은 한국인의 사고 유형을 저들의 사고 회로에 맞추어 둠으로써 저들의 태평양 방어선을 반공 이념으로 무장된 한국 젊은이들이 대리로 지켜 주고, 그것이 마치 세계 평화에 이바지한다는 환각을 갖게 함으로써 남북 분단을 고착시키는 데 있었다.

이러한 미국의 목적 실현은 언제나 완벽하게 달성되었다. 또 미고문관은 교과목별 시간 배정을 통해 세계에는 전례가 없는, 영어를 제 1외국어로 확정하고 국어보다 많은 시간을 배당함으로써 언어제국주의를 실세화시켰다. 대입 학력고사 주요 교과목별 배정 점수를 보면, 국어 55점 수학 55점 영어 60점 등으로 되어 있다. 영어 60점에 제 2외국어를 합하면 모두 80점이고, 이는 총점 340점 가운데 24%의 결정적 비율이다.

사실상 오늘날 중·고등학교에서 영어가 차지하는 학습 실세는 취업에서 결정적 역할을 하는 언어제국주의를 가시적으로 실증하고 있다.

이제 평생을 배워도 쓸모 없는 영어를 버리고, 아울러 암호 문자 교육인 수학의 사슬에서 벗어나, 민족 당파성을 실천하는 국어·국사 교육, 민족 번영을 다짐하는 과학·기술 교육, 민족 성정을 깨도하는 민족 예술 교육이 제자리를 찾을 때가 되었다.

(2)

이제 일본의 역사 교과서 왜곡만을 문제 삼을 것이 아니라, 일방적 짝사랑의 관계로만 인식되었던 한미 관계를 객관적으로 살펴봄으로써, 왜곡된

뿌리문학이란 무엇인가

식민 사관으로 얼룩진 일본 교과서를 그대로 베낀 미국의 제국주의 사관, 미국과 서양을 세계의 중심으로 생각하는 팽창주의 사관에 의해 선택적으로 왜곡된 미국의 역사 교과서를 똑바로 볼 때가 되었다.

이길주가 「미국의 제국주의 사관과 한국사 서술」에서 미국 역사 교과서의 한국사 왜곡은 없는 사실을 조작하여 왜곡하는 것이 아니라, 역사적 서술에서 원인 행위를 의도적으로 삭제함으로써 역사 서술의 형평을 무시한 선택적 왜곡을 하고 있다고 지적한다.[2]

그렇다면 미국은 왜 역사 교과서를 왜곡하는가.

그것은 미국이 '세계적인 나라' 또는 '세계를 지배하는 나라'이기 때문에 한국사를 개별적 민족사로 이해할 것이 아니라, '미국과 관계된 한국'으로 인식하여 '미국과 세계'로 이해되어야만 하기 때문이다. 또한, 미국이 인식한 한국은 '조용한 은둔의 나라'로서, 중국과 일본에 조공을 바친 속국이고 누가 주인을 해도 상관없는 나라이며, '항복자', '겁 많은 한국인'이 사는 나라여서 연합군이 승리함으로써 저절로 해방된 지지리 못난 나라이기 때문이다.

이것은 두 명의 미국 군인의 증언에서도 반증된다. 즉, 하지는 한국인을 '일본인과 같은 고양이 종자'라고 말했고, 위컴은 '들쥐'라고 표현했다. 그뿐인가. 미국의 한 대통령은 남의 나라 영토에서 팬티 바람으로 뜀박질을 했고, 한 국무장관은 개를 몰고 정부 청사에 들어갔다. 종합해 보면, 한국은 중국의 영향권 아래서 수천 년을 지내 왔고 서양이 산업 혁명으로 발빠른 변화를 겪는 동안 깊은 은둔에 들어갔고, 그 다음에는 다른 민족에게 지배를 받은 나라이다. 그 다음으로는 연합군이 '생명을 바쳐' 해방을 시켜 놓았더니 남북으로 갈려 오늘까지도 형제끼리 원수로 사는 나라가 미국의 교과서 속의 한국에 관한 역사이다. 이 같은 민족과 나라가 미국 학생들의 세계를 보는 시각과 의식 속에 어떤 위치를 차지하고 있을까를 생각해 볼 필요가

---

2) 이길주, 「미국의 제국주의 사관과 한국사 서술」, 『사회와 사상』, 1989. 10.

있다. 따라서 미국의 역사 교육 내용에서 한국의 역사가 어떻게 왜곡되고 있는가를 분석하는 작업은 한국 역사의 전체에 대한 미국인의 깔보는 시각을 인정하는 데서부터 시작되어야 한다.

역사상 미국과 첫 접촉은 신미양요(1871)인데, 바로 이 부분이 제국주의 사관에 의해 가장 많이 왜곡되고 있다. 국사 편찬 위원회가 펴낸 중학교 국사 하권 55쪽에는 이 사건을 이렇게 서술하고 있다.

미국 상선 제너럴 셔먼호가 통상을 하자고 대동강에 들어와 소란을 피우다가 평양 군민들에 의하여 불태워진 일이 있었다. 뒤늦게 이 사실을 안 미국은 군함을 출동시켜 강화도를 침범해 왔다. 미국의 군함이 광성진 등을 공격함으로써 전투가 시작되었는데 치열한 전투 끝에 이를 물리쳤다.

이러한 신미양요를 미국 교과서는 군사적 목적인 '한국 원정'이 아니라 한국 탐험(Korea expedition)이라고 서술하고 있다. 또 해적선 제너럴 셔먼호의 한국 탐험 목적은 표류 선원·선교사 보호와 수호조약 체결 등 순수한 인도주의적 요청이었는데, 조선 관군의 포격으로 싸울 수밖에 없었고, 따라서 조선 정부는 불행을 자초한 것이며 미국은 정당 방어를 하였다는 주장이다.

그러나 사건의 실상은 미국 해적선 제너럴 셔먼호가 1866년 8월 대동강 상·하류를 오가며 통상을 요구하고 장난 삼아 강변의 주민 7명을 쏴 죽이고, 5명에게 중상을 입히고 조선 정부의 대사관 이형익을 강제 억류하였다는 것이다.

또, 미국 교과서는 "한국의 불행은 외국인 등을 죽였기 때문"이라고 하나, 평양 군민의 화공으로 해적선이 침몰한 뒤 생존자 2명이 매맞아 죽은 것은 해적선의 선원이 저지른 만행에 대한 평양 군민의 분노 때문이었다.

1871년 미국이 뒤늦게 미 해적선 침몰을 빌미로, 로저스가 이끄는 아시아 함대로 강화도에 침공하여 군사적 요충지의 해로 탐사, 수로 측정 등 엄연한 침략 행위를 하다가 조선군의 공격을 받자 그 보복으로 강화도를 공격한 사건이 신미양요이다.

그런데도 미국 교과서는,「조약 체결과 선교사의 보호를 시도했다가 비극적 결과를 가져왔다」고 정당 방위로 서술하는가 하면, 또「유럽의 열강과는 달리 평화적인 방법으로 군사·영토적 이익이 아닌 균등한 통상의 기회를 추구했다」고 하여 자국 중심의 팽창주의적 서술을 하고 있다.

국사 편찬 위원회가 펴낸 중학교 국사 교과서는 미국에 대하여 짝사랑 관계의 왜곡을 여러 군데하고 있다. 한 가지 예로 '열강의 침략' 부분에서 영국·러시아·청의 침략 사실을 서술, 또는 지도화 하면서도 미국의 침략 사실은 빼놓고 있다. 국사 편찬 위원회의 미국에 대한 역사 왜곡은 뜻 있는 학자들이 마땅히 비판·검토할 부분이다.

경인년 난리에 대하여 한미 양측의 교과서는 상반된 견해 차를 보여준다. 중학교 국사 하권 171쪽을 보면 미군이야말로 정의의 십자군으로 서술되어 있다.

공산군의 침략이 일어나자 미국의 요구로 소집된 유엔 안전 보장 이사회는, 북한 공산주의자들을 침략자로 규정하고 공산군의 철수를 요구하는 한편, 유엔군의 한국 파견을 결의하였다. 그리하여 미국을 위시한 16개국이 세계 평화와 자유 수호를 위해 우리 나라에 군대를 보내 와 유엔의 깃발 아래 국군과 함께 싸웠다.

위와 같은 호화찬란한 서술과는 달리 미국 교과서는, "한국 정부는 서로 한반도 전체의 주권을 주장했으며, 이를 위해 싸우고 싶어 집적거렸다"로 서술하고 있다. 이와 같은 서술은 분단의 책임이 미국에 있는 것이 아니라 못난 한국인끼리 치고 받은 전쟁의 결과에 있다는 것이다. 경인년 난리를 '남북한간의 충돌'로 일단 서술하였다 쳐도, '두 개의 한국 정부가 서로 집적거렸다'는 표현은 미국은 책임을 회피하고 '못난 한국인끼리 치고 받은 전쟁'

또는 '극히 못난 짓거리'가 된다. 북한은 소련의 '위성국'이고, 남한은 미국의 '지지' 또는 '인정'을 받는 국가이다. 소련군이 '점령군'이라면, 미국은 '방위군(Held)' 이 된다. 따라서 미군의 개입은 "소련을 견제하기 위해 남한을 점령했다"가 된다.

이러한 미국의 시각은 1983년 대한 항공기가 격추되어 269명이 죽었고, 소련은 대한 항공기가 미국을 위한 첩보 활동을 했다고 주장했는데도 미국은 대한 항공 사건이 미소 미사일 제한 협정 협상에 찬물을 끼얹었다고 논평할 수 있게 한다.

이와 같은 역사 기술의 형평을 무시한 미국 중심의 역사관이 바로 제 3세계 민족 국가가 각성·경계해야 할 역사제국주의이다.

(3)

오늘날 한국 교육이 앓고 있는 모순과 비리는 무엇인가. 또 이러한 악의 씨앗은 언제 누가 뿌려 오늘날 악의 꽃으로 피어나고 있는 것일까. 이러한 난치병을 정확히 진단하는 일은 오늘날 한국 교육의 모순을 풀어 갈 열쇠 구실을 할지도 모른다.

가령 다음과 같은 한 국민학교 어린이의 시를 살펴보자.

내 몸집보다 무거운 가방을 들고
나는 오늘도 학교에 간다.
성한 다리를 절룩거리며
무엇이 들었길래 그렇게 무겁니?
아주 공갈 사회책
따지기만 하는 산수책
외우기만 하는 자연책

부를 게 없는 음악책

꿈이 없는 국어책

무엇이 들었길래 그렇게 무겁니?

잘 부러지는 연필도막

검사받다 벌이나 서는 일기장, 숙제장

검사받다 벌이나 서는 혼식 점심밥통

무엇이 들었길래 그렇게 무겁니?

무엇이 들었길래 그렇게 무겁니?

얼마나 더 많이 책가방이 무거워져야

얼마나 더 많은 것을 집어넣어야

나는 어른이 되나, 나는 어른이 되나 !

김대영 「내 무거운 책가방」 전문

국민학교 어린이 몸집보다 무거운 책가방, 성한 다리마저 절룩이게 만드는 그 무거운 책가방 속에는 한국 교육의 온갖 모순이 들어 있다.

첫 번째 교육 모순은 잘못 편찬된 교과서 문제이다. 정부의 홍보물로 전락하여 분단 모순을 반공 이념으로 칠갑한 '아주 공갈' 사회 교과서, 논리적 사고나 추리 능력을 외면한 채 외계인의 암호 문자로 전락한 '따지기만 하는' 산수 교과서, 자연과 사물에 대하여 신비롭게 눈 떠가는 탐구 정신을 외면한 채 실험 결과마저도 '외우기만 하는' 자연 교과서의 잘못이 어제오늘 지적된 사실은 아니다. 더구나 자라나는 세대들에게 꿈과 희망을 안겨 줘야 할 국어·음악·미술 교과서가 문화제국주의로 왜곡 편찬되었다는 사실은 결코 흘려 볼 수 없는 일이다. 제 나라 정서와 노래를 팽개치고 누렁소가 얼룩소로, 삽살개가 바둑이로 분장되는 음악·미술·국어 교과서는 총체적인 민족의 삶을 외면한 채 제국주의와 야합한 부패한 군사 정권과 재벌과 중간층의 화려하고 품위 있는 위장술을 가르치는 모순 교과서일 뿐이다. 한강과 압록강을 외면하고, 금강산과 백두산을 외면하고, 스와니강이나 도나우강, 캔터키 옛집과 독일의 성문 밖 보리수를 예찬하는 교과서는 서양 오랑캐가 펴낸 교과서일 터이다.

둘째로 열악한 교육 환경과 체제의 옹호자로 전락한 교육자의 모습이 시에서는 어두운 그림자를 드리우고 있다. 사실 우리 교육은 어린이를 움직이는 간판, 나리 행차에 마중 나가는 청지기, 각종 교육비를 분담하는 납세자, 각종 교육 실험의 흰쥐로 악용하지 않았던가. 어린이의 정신과 육체가 성장하는데 밑거름이 되어야 할 숙제장·일기장, 또는 점심 밥통이 오히려 벌을 서게 만드는 구실이 되었다면 이야말로 교육 모순이 아닐 수 없다.

셋째로 결국 성장이란 올바른 삶의 총체성을 깨우치고 빈 곳을 채워가는 과정이 아니라, 모순과 비리를 채워가는 과정 그것이 바로 어른이 되는 길이라는 오류가 어린이에게는 진리로 인식되고 있는 것이 오늘날 한국 교육의 모순이다.

그렇다면 언제, 누가 악의 씨앗을 뿌렸는가. 멀리는 일본의 식민 통치, 가깝게는 미국의 신식민 통치가 교육제국주의의 원흉이라는 사실을 부인할 사람은 아무도 없다. 광복 이후 이 땅의 해방군으로 상륙한 미군은 1945~48년 사이의 3년 동안 군정 통치를 통해 신식민지 지배 기틀을 마련하고 식민을 교육할 교육제국주의 바탕을 마련하였다.

미군정청이 식민지 전위대를 앞장세워 교육제국주의의 바탕을 마련하는 과정을 살펴보면 다음과 같다.

첫째로 미군정청은 저들의 교육제국주의를 효율적으로 수행하기 위하여 친일·친미파를 교육 전위대로 기용하여 그들의 앞잡이로 삼았다.

미군정청의 교육 정책은 국제 정치 역학 관계 속에서 미국의 국가 이익을 우선하며, 이러한 원칙에 맞는 교육 정책을 세우고, 또 한국인의 민족성·자주성·독립성보다 민주주의를 앞세우고, 이를 위해 일본식 교육 대신 미국식 교육의 이론과 방법을 도입한다는 것이었다.

이러한 식민주의 교육 정책에 따라 김성수·유억겸·백락준·김활란·오천석 등이 전위대로 기용되어 막강한 힘을 바탕으로 민족 당파성을 위한 교육 개혁이 아니라 지배층 주도의 교육 개편을 단행하였다. 이들은 한국 교육 위원회와 조선 교육 심의회의 주축 실세로 한국 교육 방향을 설정하고 이 방향에 맞추어 교육제도를 개편하였다.

원래 저들은 세습적 지배층으로 경제적인 부를 누려 미국·일본 등지에 유학한 경험이 있으며 종교는 기독교, 정당은 한민당에 속하여 보수성이 강하고 공산주의에 대하여 비판적이며, 본질적으로 민중적 요구나 민족 당파성과는 거리가 멀었다.

둘째로 미군정청의 교사 교육 방침에서 드러나는 바와 같이 그들의 교사 교육은 일제 식민지 잔재를 청산하고 참다운 신생 독립 국가의 건설에 필요한 교원 재교육이 아니라, 미국식 교육의 일방적 강행이었으며, 구원의 복음으로 여기는 메시아 사상을 강조함으로써 민족적 세계관을 부정하고 종교 제국주의의 씨앗을 뿌리는 일이었다.

교사 교육 위원장 피트먼이 제시한 교사 교육의 목적을 살펴보면 하나는, 미국 문명 속에서 자라고 교육받은 교사가 다른 문화권에서 자라고 배워 다른 언어를 사용하는 교사를 효과적으로 가르칠 수 있는지를 검증하고, 또, 미국 학교에서 규칙적으로 실시하는 교수 과정을 통하여 민주주의 생활 방식에 대한 미국식 개념을 한국 교사에게 불어넣을 수 있느냐는 것이다.

오천석은 새 교육 운동의 특징을 첫째, 차별주의, 계급주의 교육의 배격 운동이며, 둘째, 인간을 도구화하는 교육, 억압주의적 교육에 반대하고 자유에 기반을 두는 교육 운동이며, 셋째, 개인차를 존중하는 교육이고 넷째, 지식·서적 중심의 교육에서 전인교육을 목표로 삼는 실생활 위주의 교육이라는 점을 들고 있다.

이것은 실용주의·진보주의 교육 이론의 영향을 받은 이론으로 이러한 미국 교육 이론을 중심으로 한 교원 연수는 신식민지 신민을 양성할 전위대

의 역할을 넘지 못하였다.[3]

셋째로, 교육제국주의를 실천할 제 3전위대가 미국 정부가 주는 장학금을 받고 유학 길에 올라 실용주의, 또는 행동 과학이라는 진보주의 교육 이론을 전수 받고 국내 교육 기관에 들어와 한국 교육의 각성을 가로막는 구실을 하였다. 또한 각종 고문이라는 이름으로 이 땅에 들어온 미국인은 우리의 교육 체계와 방법을 실용주의로 개편하였다.

실용주의는 개·늑대·흰쥐 등 동물 실험 결과인 동물의 활동과 경험을 인간의 행동 원리에 무차별 적용함으로써 인간을 짐승으로 전락시키고 말았다.

실용주의자들은 인간을 창조적 가치를 가지고 총체적 삶의 본질을 실천하는 존재가 아니라, 고작 주어진 환경 속에서 본능적·감각적으로 투쟁하는 존재로, 자연과 사회를 지배하는 만물의 영장이 아니라 그에 맹목적으로 복종하는 무기력한 동조자로 만들었다.

또한 제 3전위대는 인간의 자주적이며 창조적인 가치 활동을 부정함으로써 자연법칙을 사회법칙으로 환원하여 착취 사회의 모순을 정당화하고 제국주의 종속을 합리화하였다.

광복 이후 미군정청에 의하여 왜곡·조작된 식민 교육이 부패한 자유당 정권과 군사 독재 정권 아래서 어떻게 제국주의 또는 독재 정권의 시녀 노릇을 하였던가는 각성된 교육학자들에 의하여 비판·검토될 날이 올 것이다.

그러나 제국주의와 결탁한 독재자의 초상화나 그리는 것이 미술 교육이요, 독재 정권의 부패상을 찬양하는 글짓기가 국어 교육이요, 체제를 옹호하고 형제를 비방하는 것이 사회 교육이라면, 민주·민족·인간주의로 각성한 전교조 교사가 참교육을 부르짖고 일어서는 것은 필연적인 역사의 소명이

---

3) 첫째, 둘째 항목의 원고 작성을 위해 다음 글을 선택적으로 참고하였다.
이희수, 「미군정기 교육 개혁에 관한 탐색」, 『교육현장』, 사계절, 1989

다. 그런데 이 나라 정권은 전교조 교사를 어떻게 하였던가.

정부는 한밤중에 잠자던 교사를 폭행하고, 불법 연행과 강제 수색을 일삼았으며, 구교대를 부려 집단 폭행을 자행했다. 어린 제자 앞에서 교사가 폭행을 당하고 쇠고랑을 찼다.

교육 현장의 본보기가 되어야 할 교장·장학사가 교사를 고발하여 투옥시켰다. 마침내 지난 해 8월을 전후하여 1,500여명의 전교조 교사가 해직·파면되기에 이르렀다.

전교조의 전망은 무엇인가. 해직 무효 청구 소송에서 승소 판결을 받았으니 전교조의 합법성과 복직 문제는 저절로 해결될 것인가.

부패한 정권은 힘이 밀리지 않으면 항복을 하지 않는다. 전교조의 명예 회복과 참교육의 실현은 결집된 교육 운동의 힘에 의해서만 쟁취될 수 있다.

<h2 style="text-align:center">(4)</h2>

1950년대 후반에서 60년대 초반까지 전쟁의 후유증으로 이 땅에서는 실존주의가 풍미하였다. 당시의 대표적 대중 잡지였던 『사상계』는 거의 매호마다 두세 편의 실존주의 기사·논문·문학 작품을 게재하고 있어 당시의 유행적 열풍을 능히 짐작할 수 있다. 죽음·불안·고독은 실존주의의 대명사로 전쟁을 겪은 젊은이들의 전형적 경향이었으며, 부조리한 문학의 작가로 사르트르, 까뮈 등이 젊은이들의 우상으로 군림하였다.

실존주의의 맹위는 떨어졌으나 사르트르나 까뮈의 작품은 아직도 세계의 명작으로 자리잡고 있다. 그렇다면 실존주의라는 철학 사상이 이 땅에 남긴 유산은 무엇인가. 또, ‘부조리한 문학’ ‘저항의 문학’ ‘현실 참여의 문학’으로 지칭되는 사르트르와 까뮈의 작품이 이 땅의 젊은이에게 미친 영향은 무엇인가.

실존주의는 인간과 사회를 보는 데 무력한 세계관을 설정함으로써 인간이 사회 혁명의 주체이며, 오히려 인간이 상황을 지배하는 초월적 존재라는 사실을 부정함으로써 인간 중심의 세계관을 왜곡한 것은 아닌가. 죽음을 예찬하고, 죽을 권리를 옹호하며 죽음에 대한 신비와 외경을 강조함으로써 실존주의가 죽음의 철학이며 젊은이로 하여금 자살을 예찬하게 만들었다면 실존주의자들은 무엇이라고'답변할 것인가. 죽음·불안·고독 등은 과연 인간의 본질인가. 그뿐이 아니다. 이와 같이 인간을 비관주의·허무주의 세계관에 빠뜨려 턱없이 인간을 왜곡하는데는 제국주의자들의 분명한 저의가 있다.

사르트르가 철학자인지는 알 수 없으나 그가 변변한 작가가 못된다는 사실은 이미 재론할 여지가 없다. 그러나 까뮈가 예술지상주의자이며 부조리한 인간상을 그린 작가라는 사실에 대해서는 아직도 화제가 되고 있다.

까뮈가 과연 부조리한 인간상을 제시하여 노벨상을 받을 만큼 문학의 새로운 차원을 보여 주었는가. 아니면, 한낱 프랑스 제국의 충실한 용병으로서 제3세계 민족을 제국주의 노예로 예속화시켰는가는 한번 따져 볼 만한 일이다.

아는 바와 같이 『이방인』은 까뮈의 대표작이며 우리 나라에서도 가장 많은 독자를 가지고 있는 작품이다. 그러나 『이방인』은 제 3세계 민족을 장난 삼아 총질하고, 부녀자를 겁탈하고 매질하면서도 제국주의 본질을 호도하면서 마치 새로운 인간형인 이방인을 창조한 것으로 왜곡하고 있다.

이러한 사실을 객관적으로 논증하기 위해서는 뫼르소의 행위를 재검토 할 필요가 있다.

첫째, 재판이 거의 끝날 무렵 뫼르소는 재판이 자기와는 무관하게 집행된다는 사실에 짜증을 느끼고 자신을 변론하면서 그는 태양 때문에 살인을 했노라고 진술하여 방청객의 웃음거리가 된다. 작가는 주인공이 후각·청각 등 감각이 발달된 즉물적·충동적 인간으로 묘사하고 있다. 작가의 묘사를 신뢰한다면 주인공은 본질적으로 꼭지가 덜 떨어진 친구여서 자신의 살인 행위에 대해서도 '후회'보다 '성가심'을 느끼고, 자신에게 중요한 재판이 진행되고 있지만 기후나 기분 때문에 주의 깊게 경청하려 하지 않는다. 따라서 뫼르소는 우연한 사건에 말려든 부조리한 인간일 뿐이다.

둘째, 이러한 주장은 민족적 자각을 압살하는 전초전으로 논리적 설득력이 별반 없다. 그러나 이 경우에도 태양 때문에 아랍인을 살해했다는 뫼르소의 위증이 밝혀져도 정당 방위를 주장할 근거는 있다.

> 내가 레이몽의 권총을 거머쥐고 있을 때 아랍인은 주머니에 손을 꽂은 채 누워 있었고, 10미터 거리에서 볼 때 반쯤 감은 눈에서는 흰빛이 새어나오고 있었다. 더구나 아랍인이 먼저 단도를 뽑아 태양에 비추더니 나를 겨누었다. 태양이 햇살에 반사되자 뫼르소는 권총을 한 발 쏘았다.

셋째, 이와 같이 분명한 정당 방위에 대하여 거듭되는 문제는 무엇인가. 예비 재판에서 판사의 심문대로, 총탄 한 발을 쏘아 아랍인을 죽이고도 몇 초 간격을 두고 '불행을 두드린 네 토막의 노크'처럼 네 발을 다시 쏜 까닭은 무엇인가. 뫼르소는 이 사실에 대하여 철저히 묵비권을 행사하고 있다. 소설에서 검사의 논고는 독자들의 거부감을 기능적으로 봉쇄하고 있는데, 특히 "일이 잘 되었음을 확인하기 위하여 태연자약하게 다시 네 발을 쏘았다"는 논고는 주인공의 무법자적 자만심을 대변하고 있다. 뫼르소는 심한 반발을 하고 있지만, 검사는 그가 상식을 가진 '교양인'임을 강조하였고, 실제로 소설의 앞뒤를 뜯어 맞추어 보면 뫼르소는 알제리에 본사를 둔 선박 회사에서 선하증권을 읽는 사무직원이며, 따라서 '이방인'은 프랑스의 식민지 알제리에서 토착민인 유색 인종에 대한 이른바 '화이트칼라 범죄'라고 볼 수 있다.

넷째, 검사나 판사가 모두 살인 범죄를 처벌하는 데 있어서는 합리적 태도를 보이면서도 뫼르소가 프랑스령 식민지 알제리에서 토착민인 유색인을 학대·살해하였다는 사실만은 의도적으로 흘려 보고 있다.

뫼르소의 살인 범죄는 결코 '우연'이거나 '태양' 때문에 골치가 아파 저지른 '우발 범죄'가 아니다. 살인 사건의 발단은 뫼르소가 창고 감독을 사칭하면서도 사실은 여자의 돈을 긁어먹고 사는 레이몽을 만나면서 시작된다. 레이몽은 자기를 속인다고 믿는 여자를 피가 나도록 매질하는 사람이라는 것을 알면서도 뫼르소는 그를 속인 여자를 유인하는 편지를 써 준다. 그는 마리와 동침하면서 레이몽이 아랍인 여자를 때리는 소리를 듣고서도 모른 척 하지만 같은 프랑스인인 레이몽이 증인이 될 것을 요청하자 이를 허락한다. 이때부터 레이몽 일행은 정부의 오빠가 소속된 아랍인 패거리의 추적을 받다가 살인 사건이 있던 그날 아랍인 패거리와 레이몽 일파가 해변에서 패싸움을 벌인다.

다섯째, 따라서 뫼르소의 살인은 조건 없는 동조를 해 온 레이몽을 위한 당연한 대리 살인이고 나중의 네 발 총탄은 제너럴 셔먼호 선원들이 그랬던 것처럼, 백인들이 장난 삼아 쏜 총질에 지나지 않는다.

더구나 가증스러운 것은 '태양' '빛' '끓는 금속의 바다' '어머니의 장례식과 같은 태양' 등이 살인 충동의 직접 동기가 되었다는 사실을 조심스레 검토해 보면, 뫼르소는 죽은 어머니에 대한 심한 죄책감을 느끼고 있었고, 그 죄책감에 대한 보상 심리 때문에 살인을 하고서도, 진상을 숨기고 '태양' '성가심' 또는 모자라는 '성격 탓'으로 돌려 억지 실존주의 소설로 위장하는 작가의 싹수 없는 기만술이다.

작가는 백인의 무법자적 유색인 살해를 실존주의 소설로 위장하기 위하여 뫼르소로 하여금 어머니의 장례식날 어릿광대 짓을 연출하도록 하고 다시 증인을 동원하여 이를 실증하고 있다.

제 1부 '죽음' 편에서 까뮈가 연출한 뫼르소의 철부지 짓거리를 요약하면 다음과 같다.

① 마랑고 양로원에서 어머니가 죽었다는 전보를 받고도 뫼르소는 무관심하다.

② 3년 전 양로원에 맡긴 어머니를 찾아가지 않은 까닭은 어머니의 타성적 울음이 싫었고 일요일을 허비하고 버스 표를 끊고 두 시간 남짓 버스에 시달리는 것이 성가셨기 때문이다.

③ 수위가 관 뚜껑을 열고 죽은 어머니의 얼굴을 보여준다고 했으나 자신도 모를 이유 때문에 이를 거절하고 유해 앞에서 밀크 커피를 마시고 담배를 피운다.

④ 원장이 마지막으로 한 번 더 유해를 보지 않겠느냐는 제안에 그는 다시 이를 거절한다.

⑤ 장례식날 그는 냉정했으며, 눈물을 흘리지 않았고, 그는 어머니의 나이를 잘 몰랐다.

⑥ 장례식 다음날 토요일 그의 회사 타이피스트였던 마리와 함께 해수욕을 가서 그녀의 가슴을 만져 보고 허리를 감는다. 희극 영화를 보며 마리의 가슴을 만지고 입맞춘다. 그날 밤 동침한다.

⑦ 일요일이 되자 별반 달라진 것이 없다.

또, 뫼르소는 레이몽의 범죄 행위에 동조하며, 사랑하지 않으면서도 마리와의 결혼을 허락하고, 제 목숨이 달린 재판에도 무관심한 이방인으로 처세한다.

이와 같이 뫼르소는 패덕과 패륜을 예찬하고 존재는 본질에 선행한다는 실존주의 명제를 전형화 함으로써 민족 자각을 말살하고 제국주의와 독점 자본주의 지배를 합리화하며, 이러한 지배를 연장하는 데 앞장선다.

아랍인을 살해하고 재판을 받으며 뫼르소는 감옥에서 무엇을 느꼈는가.

8시간씩 잠을 자는 그에게 이러한 생활은 '후회'보다는 '성가심'의 나날이었고, 변론 도중 '역겨움'을 느끼며, '광장에서 단두대에 서게 될 것'이라는 판결을 받고는 소속 신부의 방문을 거절하며, 그가 만약 석방된다면 "모든 사형 집행을 보러 가리라" 결심하며, 드디어는 "인생은 살 만한 가치가 없다", "인간은 언젠가는 죽는다"는 결론에 도달한다.

그리하여 그의 마지막 희망은 "많은 구경꾼들이 증오에 찬 아우성으로 나를 맞아 주기를 바라는 것"이 된다.

그러나 뫼르소가 '나는 다만 내가 옳았다고 인정하는 눈앞의 새벽을 기다리며 살아온 것이다'라고 했을 때 무엇이라고 답변할 것인가.

이것은 인간을 둘러싼 객관적 사물을 외면하고, 모든 부조리를 상황에 돌려 버림으로써 비과학적이고 반역사적인 자유주의자의 자기 학살에 지나지 않음은 재론할 필요가 없다. 더구나 이러한 제국주의적 사고가 민족 당파성을 외면하고, 한 인간을 온갖 부조리한 현실에 눈을 돌리지 못하도록 방해함으로써 인간의 각성을 가로막았다면 실존주의자들은 역사 앞에 책임을 면할 수 없다.

『이방인』과 같은 소설이 파리를 배경으로 백인이 백인을 폭행하고 장난 삼아 총질하여 그들끼리 치고 받았다면 그것은 분명한 실존 소설이다. 그러나 저들의 식민지에서 유색인을 살해한 행위를 육체와 정신이 모자라는 친구들의 못난 짓거리로 위장하는 소설을 부조리한 문학으로 볼 수는 없다.

그렇다면 이러한 부조리한 실존주의가 한국문학에 어떤 모습으로 투영되었던가.

장용학의 「비인탄생」 「현대의 야」를 비롯하여 그의 말대로 『요한시집』은 사르트르의 『구토』를 모방한 소설이다. 손창섭의 「잉여인간」을 비롯한 모든 소설에 차고 넘치는 인간 박테리아는 부조리한 모든 행위 양식을 모두 전쟁 탓으로 돌리고 있다.

최인훈의 「웃음소리」, 한무숙의 「신화의 단애」, 서기원의 「암사지도」, 황순원의 『나무들 비탈에 서다』 등이 직간접으로 실존주의 철학 사상의 영향을 받고 있다.

온갖 철학 사상을 문화 종속적 세계관으로 면밀히 검토하지 않는다면 민족 당파성을 외면하고 매판문학의 앞잡이 구실을 하였다는 역사적 비판을 모면할 수 없다.

상황이 인간을 학살하는 것이 아니라, 인간이 역사를 창조하는 것이며 객관적 사회 현실을 똑바로 인식하고 총체적 삶의 양식으로서 철학과 사상을 생각하지 않는다면 까뮈나 사르트르의 사슬을 끊고 민족 해방을 달성하기란 불가능하다.

한편, 과학이라는 미명 아래 심리학이라는 부르좌지 미신이 교육·사회·문학에 미친 결정적 운명론을 경계하지 않을 수 없다. 물론 사회화에 별반 관심이 없었던 프로이드의 정신 분석학이 프랑크푸르트 학파에 의하여 마르크스 사상 체계가 가미되었음에도 불구하고 본질적으로 정신 분석학은 인간의 각성을 결정론적으로 억압하고 조직적으로 방해하고 있다.

심리주의 소설이나 정신분석학적 비평은 이러한 논리적 체계 아래 비판되어 마땅하다.

(5)

유목민족의 민족 신앙이었던 기독교는 로마제국의 국교로 공인되면서 제국의 힘을 바탕으로 세계적 종교가 되었다. 이 과정에서 기독교는 정치적 종교 제국주의 성격이 노골화되고, 이러한 목적을 달성하기 위하여 사랑과 평화보다는 피와 전쟁을 부르는 종교로 변신하였다.

이러한 기독교가 현대 자본주의 사회에서 부르좌지 신앙으로 터잡은 데는 2차대전중 히틀러의 박해를 피해 유태인이 미국으로 망명하여 정치·경제·사회·문화의 실세를 장악하면서 비롯된다. 이 경우 유태인은 히틀러의 박해를 강조하면서도 그들의 선민 사상이 범게르만주의와 상반되었고 독일 경제를 혼란시켰다는 사실은 언제나 숨겨 놓는다.

전후 미국 사회의 온갖 부르좌지 철학 사상이 유태인의 손에 의하여 창안되었고, 그것은 기독교 신앙과 함께 신식민지에 보급되었다.

구원과 사랑의 복음으로 식민지 백성에게 전폭적으로 보급된 기독교 신앙은 오히려 제 3세계 민족의 민족적 각성을 사랑의 마약으로 마비시키고 제국주의 앞잡이로 봉사하도록 부추겨 놓았다.

기독교가 제국주의 종교로서 한국 민족 운동에 미친 영향을 검토하면 다음과 같다.

첫째, 기독교 전래 과정에서 선교사는 종종 외국의 첩자로 취급받았는데, 교직자들은 벌써부터 제국주의와 밀착되어 있었다. 외침 세력의 앞잡이로 간주되었던 교직자가 탄압을 받은 것은 조선만의 일이 아니다.

둘째, 박애·평등 사상은 탄압받는 백성에게 구원의 복음이 되었다 하나, 오히려 기독교는 한국 전통 신앙을 미신으로 간주하여 한국인의 전통적 세계관을 부정하였고, 기독교적 선민 사상은 독선에 빠져 희생의 피를 자초하는 순환 모순에 빠지고 말았다.

셋째, 일제 치하에서 기독교 신자 가운데는 민족 운동·변혁 운동에 선구적 역할을 했던 기독교 신자가 있었던 반면에, 이광수의 『무정』에서 보듯 영어와 일어에 능통하고 개화와 국권 수호를 위장한 친일파 속물 신자가 많았다.

넷째, 일제와 미제의 위기 상황 아래서 기독교가 역사 주체가 되지 못한 주된 원인은 선과 악, 적과 우방, 형제와 타인, 민족과 이민족을 명확히 가름하지 못하는 애매모호한 사랑이라는 교리 때문이었다.

그리하여 기독교가 전래된 제 3세계의 민족 운동은 민족 역량을 조직화·전력화하지 못하고, 현대 병기로 무장된 제국주의 병력 앞에서 무저항·비폭력 운동이라는 우스꽝스러운 우행을 연출함으로써 더 많은 민족의 피를 뿌렸을 뿐이다.

그 결과, 기독교는 힘있는 제국주의의 이익에 봉사하였다.

다섯째, 군사 파쇼 정권 아래서 교직자들이 버림받은 사람들을 묵묵히 보살피고 있다는 사실은 기독교에 대한 어떤 비판도 상쇄시킬 수 있다. 그러나 이 시기에 대부분의 교직자와 교회가 물신에 타락하여 피의 성전을 짓는 데만 급급하였다는 비판도 아울러 받아야 한다.

여섯째, 소외된 인간을 구원하는 행위가 바로 하느님이라면 죽은 신보다는 살아 있는 신을 찬미하여야 한다. 그러나 일부 종파에서 보듯 반공 이념을 지나치게 강조하여 민족 통일을 방해하는 종교로 오인받아서는 안된다.

일곱째, 기독교가 진정한 민족 신앙으로 민족 운동에 봉사하기 위해서는 '홍
익인간' 또는 '인내천' 사상과 서로 만나 화해할 때만 민족 신앙으로서 사랑의
나눔과 베품이 가능할 것이다.

결국 기독교가 한글을 보급하고 신문명을 전파하는 등 문화 운동에 있어서
일정한 성과를 거둔 데 반하여 온갖 서구 철학·사상·문학을 저항 없이 받아
들이게 함으로써 문화제국주의 전위대로 활약하였다는 비판을 면하기 어려울
것이다.

(6)

한국에서 자행되는 매체제국주의의 실상을 살펴보자.

나는 개인적으로 아주 싫어하는 방송 프로그램이 하나 있다. '굿 모닝 팝스'
가 바로 그것이다. 공영 방송이 이따위 제목을 쓸 수 있는가도 문제지만, 영어
몇 마디 가르친다는 핑계로 외세 지배의 매판성을 강조한다는 사실은 참으로
기분 나쁜 일이다. 그러나 더 심각한 것은 막 잠에서 깨어나는 새벽 6시에 이
방송이 시작된다는 점이다. 이렇게 시작되는 아침이 진정한 한국의 아침인가.
한국의 아침이 아니라면 미국의 아침인가. 그것은 분명히 제국주의 지배 사슬
에 묶인 신식민지의 아침이다. 저희들이 아침부터 지랄 발광을 하면서 나라의
독립성을 강조한들 무슨 소용이란 말인가. 한국 방송은 원래 출생부터가 제국
주의와 지배 권력과 붙어먹는 종속성을 지니고 있었다. 1904년 러일전쟁에서
일본이 승리한다는 내용의 다큐멘타리 영화를 일본이 선보인 이래 미국의 담
배 광고 영화가 들어왔다. 1927년 일본은 조선의 식민 통치를 기능적으로 수행
하기 위해 라디오 방송을 시작한다. 광복 이후에는 미국으로부터 신문 인쇄 시
설의 원조를 받았으며 1956년에 시작된 텔레비전 방송도 미국의 다국적 기업
인 **RCA**로부터 원조를 받았다. 뒤이어 시작된 군사 파쇼 아래서 한국 방송은

권력의 앞잡이로서 모든 문화를 경제 발전 이념으로 예속화시킨다.

1965년에 발사된 FM 전파는 1957년부터 시작된 AFKN과 더불어 통신 산업의 발전에 기대어 군사 파쇼의 정치 이념과 문화적 지배 종속을 위해 막강한 영향력을 행사한다. 방송의 공익성이나 계도성보다는 대중 길들이기와 의식 잠재우기가 방송 이념으로 강조된다. 그러한 목표는 텔레비전이 스포츠·코메디와 서로 손잡고 형님 먼저 아우 먼저 식으로 진행된다.

내 말을 신뢰할 수 없는 사람은 FM의 방송 프로그램을 참고하기 바란다. KBS 1FM은 서양의 18·19세기의 고전 음악 방송을 주축으로 경음악, 소량의 한국 가곡, 국악으로 편성되어 있다. 2FM과 MBC FM은 공히 국내 가요와 팝송을 주축으로 삼고, 유럽 경음악, 영화 음악을 섞어 방송한다. MBC FM이 국악에 할애한 시간은 일요일 새벽 5시부터 1시간이다.

이러한 방송 프로그램을 살펴보면, 미치고 환장할 노릇이지만 이것이 BBC 방송인지 NBC 방송인지 종잡을 수 없다. 한국 방송인들은 된장국을 먹는 한국인이 아니라, 노린내 나는 버터 바른 빵을 잡수는 양키들이다.

우선 방송의 주축이 되어야 할 국악이 새벽이나 자정 이후로 밀려나 천덕꾸러기 노릇을 하고 있는 현실은 한국 음악계의 현상을 반영한다. 내 글을 읽는 순간 한국 방송인들은 고개를 숙여 당신들의 발을 보라. 이 땅이 어느 나라 땅이며, 이 땅에는 누가 살고 있는가. 국악인도 정신 좀 차려라. 친일파 시를 가곡으로 만들고 정부에서 주는 돈이나 받으며 박물관 박제품 음악을 만드는 일을 때려 치워라. 민중 가운데로 내려서라. 전체 인구의 10%에 해당되는 헐벗은 빈민의 외침을 들어보라. 국악은 임금님이나 가진 자들의 소화제가 아니라는 사실을 명심하라.

둘째로 FM 방송에서 대중가요는 77%의 순위이고 팝송은 43%로 나타난다. 대중가요의 본색은 왜놈들이 민요를 해체하고 뽕짝을 가르친 바탕에 미8군 부대에서 흘러나온 부르스·포크송·발라드를 칠갑한 국적불명의 튀기 음악으로 외세 지배의 종속적 성격을 드러낸다. 결국, 한국 가요의 매판성은 사대 숭미 사상을 부채질할 뿐만 아니라, 우리의 청소년들을 서양 늑대들에게 내맡기는 결과를 초래한다. 언제까지 한국 방송은 영세한 가요업자들에게 방송을 내맡겨 노닥거릴 참인가. 국민의 혈세인 시청료를 강제 징수하여 해마다 몇 천억씩 공보부에 바치면서 민족 성정을 제대로 살린 민족 방송을 언제부터 시작할 참인가.

마지막으로, FM 방송이 반드시 음악 방송일 필요가 있는가를 생각해 보라. 좋은 보기를 KBS 라디오의 저녁 이후 프로그램에서 찾을 수 있다. 한국 FM 방송은 한국인이 사는 현실로 내려오라.

만약 방송인이 지금이라도 정신을 차리지 않는다면 통신 시장이 개방되고 나서는 당신들은 정녕 설 자리를 잃고 만다. 또 그때 가서 수서 사건 청문회를 중계한다고 호들갑을 떨어도 소용이 없다. 민중은 이미 당신들을 버렸다.

(7)

우리 속담에 '매질하는 치어미보다 뜯어말리는 시누이가 더 밉다'는 말이 있다. 문화 식민지 예속화 정책 아래서 이 속담의 참뜻이 무엇을 말했는지는 이미 역사적 사실로 실증되었다.

경술국치의 앞잡이 구실을 하였던 이완용이나 송병준 등이 민족 심판이 내리는 칼을 받아 마땅하지만, 이른바 '개화'를 외치는 일제 앞잡이 노릇을 한 이인직이나 '민족주의'를 표방하면서 실상은 매판문학을 전개한 이광수 등의 교활한 반민족·반역사적 죄악도 민족적 처단을 받아야 마땅하다. 실상 전자의 죄악은 쉽게 눈에 띄지만, 후자는 '민족주의'라는 위장 전술을 쓰기 때문에 민족을 모두 팔아먹은 다음에야 저들의 죄악이 드러난다. 매판문학이 매국 정치보다 두려운 까닭이 여기에 있다.

이와 같이 민족주의를 표방한 신식민지 예속화 정책은 군사 파쇼와 독점자본주의를 합리화하고, 민족 자주성을 마비시키고, 민족 당파성이나 혁명 의식을 잠재우는 마약 구실을 하기 때문에 어떤 문화제국주의보다 무서운 위력을 가지고 있다.

초기 제국주의 침략 과정에서 이승만 정권은 '근대화' '서양화' '미국화'를 노골적으로 표방하였으나, 세계 여러 곳에서 민족적 도전을 받은 후기 제국주의 세력은 4·19혁명 이후 박정희 정권을 민족주의로 위장시켜 '조국 근대화' '한국적 민주주의'를 내세웠고, 그 이면에는 제국주의 위장 전술이 도사리고 있었다.

이러한 과정 속에서 1960년대 중반기에 해외문학파 가운데 개량주의자들에 의하여 민족문학 운동이 싹트게 되었던 바, 한국 민족문학이 설 자리와 갈 길을 잃고 표류하게 된 비극이 바로 여기에 있었다.

과연 해외문학파들이 주장하는 민족문학의 실체란 무엇일까. 다음과 같은 진술을 들어보자.

> 민족주의의 긍정적인 모습을 생각할 때 주로 떠오르는 것은 쿠바의 경우입니다. 그곳에서는 민족주의가, 쿠바의 독자성에 대한 긍지가 사회주의의 건설과 조화를 이루고 여러 차원의 성격을 구비한 인간형을 가능케 하는 듯합니다. 즉 쿠바인이고 사회주의자인 동시에 라틴 아메리카 일원이고 라틴 아메리카와는 또 다른 카리브 지역의 일원이며, 흑인 국가로서 아프리카와 연결되고 동시에 우리 북미 대륙과도 유대를 갖는 복합적인 자기인식을 형성하고 있다고 봅니다. 이것은 민족적 상황의 통일성에 대한 강한 의식이 배타주의에 빠지지 않고 개방적인 실천이나 활기찬 문화적 표현과 얼마든지 양립할 수 있다는 증거입니다. 한국의 민족주의도 그런 성격이 되어야겠지요. 그 성패는 한국 특유의 상황에 좌우되겠지만, 어쨌든 제 1세대가 이를 이해하지 못한다면 그건 제 1세대의 불행일 따름이라고 말하고 싶군요. 그들의 맹점과 자기 억압의 한 지표에 불과하지 않겠느냐는 겁니다.[4]

---

4) 백락청·프레드릭 제임슨 대담, 「국제주의 결합된 민족문화 창조를」, 『한겨레신문』, 1989년 11월 2일자

따온 말은 1989년 경남 대학교 국제 문제 연구소에서 마르크스주의 문예 이론가 프레드릭 제임슨이 「포스트모더니즘과 시장」이라는 강연을 한 뒤에 한겨레 신문의 요청으로 백락청과 대담한 부분이다. 백락청은 '리얼리즘 - 모더니즘 - 포스트모더니즘'이라는 틀을 그의 하바드 '동문'이요, 이른바 '세계 지성'에게 확인하려 들었고, 제임슨이라는 친구는 국제주의를 결합한 민족문학이 제 3세계 민족문학으로 바람직하며 가장 전형적인 보기의 나라가 쿠바라는 것이 요지이다.

제임슨은 '한국문학에 대한 무지'를 인정하면서도 한국 민족문학의 바람직한 전형을 쿠바에서 찾고 있다. 쿠바의 독자적 민족주의적 긍지는 사회주의 국가 건설에 조화를 이루어 있고, 이러한 쿠바의 민족주의는 '여러 차원의 성격을 구비한 인간형'을 가능케 한다는 것이다.

구체적으로 여러 성격을 구비한 인간형이란 어떤 모습의 인간형인가. 제임슨의 말에 따르면 '여러 성격을 구비한 쿠바의 인간형'이란, 우선 그는 '쿠바'인이고, '사회주의자'이고 '라틴 아메리카' 일원이고 '카리브 지역의 일원'이고, '흑인 국가로서 아프리카와 연결'되고, '북미 대륙과도 유대'를 맺음으로써 복합적 인식을 갖는 인간형이다.

또 이러한 제 3세계 민족 인간형이란 민족 통일이라는 상황 의식이 배타주의에 빠져서는 안되며, 개별적 실천과 활기찬 문화적 표현과 양립할 수 있어야 한다. 한국의 민족주의나 민족문학도 제 3세계 민족문학이며 마땅히 쿠바의 보기를 따라야 한다는 것이 '세계 지성'인 제임슨의 주장이다.

요약하면, 백락청과 제임슨은 '국제주의 결합된 민족문학'이라는 이름 아래 해적선 제너럴 셔먼호 선원이 장난 삼아 총질을 하듯 민족주의 놀이를 하고 있다.

쿠바의 민족주의는 왜 복합적 성격을 가져야 하는가. '민족문학'이 아닌 그 따위 '혼혈문학'이 누구를 위해서 필요한가. 쿠바의 민족문학이 그토록 이상적이라면 제 3세계에 강요할 것이 아니라, 미국 스스로 실천할 용기는 없는가.

이러한 질문에 똑바른 답변을 얻어낼 수 있을 때 위장된 민족문학의 정체를 밝혀 볼 수 있다. 문화제국주의의 실체를 똑바로 볼 수 있는 민족주의자만이 '매질하는 시어머니보다 뜯어말리는 시누이'의 얄미운 속내를 꿰뚫어 볼 수 있다.

푸리문학은 다음과 같은 강령이 준수되어야 한다.

① 푸리문학은 모국어의 설 자리를 다시 매겨 모국어를 갈고 닦는 자리에 머물지 않고 외국어의 실세를 몰아내고 모국어가 제구실을 하게 함으로써 민족혼을 일깨우는 구실을 하여야 한다.

② 제국주의 국가들의 한민족사 왜곡을 바로 인식하고 세계 제패의 제국주의 사관을 격파함으로써 이 땅의 젊은이들로 하여금 참다운 민족사를 바르게 깨도시켜 민족 당파성이 강화되고 세계 평화에도 이바지하도록 하여야 한다.

③ 제국주의 교육 이론과 정책·군사 파쇼의 앞잡이 구실을 하였던 이 땅의 실용주의 교육을 몰아내고, 권위와 독재를 청산하는 민주주의, 민족 당파성을 심화시키는 민족주의, 인간의 양심과 도덕을 되찾는 인간주의를 바탕으로 삼는 참교육을 주장하는 전교조를 지원하여야 한다.

④ 젊은이의 참다운 용기와 민족 사랑을 가로막는 제국주의 철학 사상의 사슬을 끊고 일어나 민족의 새로운 희나리가 될 민족 철학, 한국 사상을 재조명하여야 한다.

⑤ '사랑'은 곧 '하느님', '하느님'은 곧 '사랑'에 바탕을 둔 '남을 위하는 행위가 하느님이라는 종교 해방을 위하여 '홍익인간' 또는 '사람이 곧 하느님(인내천)'이라는 민족 신앙이 서로 만난 종교가 이 땅의 우리 형제를 위하여 베풀고 나눌 수 있도록 복무하여야 한다.

⑥ 이러한 푸리문학이 이 땅의 길나장이로 앞장서기 위해서는 '제국주의 예속화 사슬'에 족쇄를 채이고도 각성을 못하는 노예들의 참다운 양심 선언이 있어야 한다.

일제시대와는 달리, 오늘날 민족 해방이란 제국주의 또는 문화 종속에서 벗

어나 정치·사회·문화 등 전반에 걸친 홀로 서기를 단행함으로써 민족 당파
성을 추동력으로 삼는 민족 운동이다.

제 3세계 민족국가가 정치·경제·사회적으로는 형식상 해방을 하고서도,
보이지 않는 문화적 사슬에 얽매여 제국주의에 종속되는 많은 보기를 라틴 아
메리카·아시아·아프리카 제국에서 보아 왔다.

그들은 민족 집단의 혼이 담긴 모국어를 빼앗거나, 제국주의 언어의 실세를
강화시키는 언어제국주의 방식으로 제 3세계 민족을 예속화시킴으로써 신민
통치의 문을 열었다. 제 3세계 민족사를 개별적 독자적으로 인식하는 것이 아
니라 세계 제패의 전략 논리에 따라 민족사를 왜곡하고, 그들의 세계 침략사를
'탐험' 또는 '원정'으로 합리화시킴으로써 역사제국주의는 제국주의 2세들에게
새로운 '칼'을 쥐어 주고 있다. 또한, 제국주의 점령 국가의 교육정책은 그들의
침략을 정당화시키기 위하여 교육 이론과 정책을 예속화하고 실용주의 노선을
고취함으로써 식민 국가 2세들의 민족 각성을 가로막아 제국주의 종속을 영구
화시키는 것이 교육제국주의의 목표이다.

제국주의 부르좌지 철학 사상은 제 3세계 민족국가의 깨도를 가로막아 제
3민족을 우민화함으로써 제국주의를 방어하는 전위대로 삼는 것이 철학 사상
제국주의이다. 한 예로 전후에 들어온 실존주의 철학은 이 땅의 젊은이로 하여
금 허무주의와 염세적 세계관에 잡아 맴으로써 군사 파쇼와 국가독점자본주의
를 정당화시켰다.

원래 미신과 종교는 변별할 수 없는 것이며 신흥 종교와 기성 종교가 있을
따름이다. 그런데 '개화'라는 미명 아래 제국주의의 앞잡이로 이 땅에 들어온
기독교는 민족 종교를 미신으로 매도하고 민족적 세계관을 전면 부정함으로써
민족의 당파성을 짓밟아 버렸다. '사랑'이란 마약은 제국주의 침략을 방관토록
만들었고, 중산층을 옹호하는 교리는 한 마리 잃어버린 양을 외면함으로써 소
외 계층에게 막강한 폭력을 행사했다.

엄혹한 군사 파쇼와 국가독점자본주의 폭력 아래서 신식민지 식자층인 해

외유학파는 과연 무슨 일을 했던가. 그들은 일제시대와는 달리 내놓고 문화적 계급주의 전위대로 앞장을 섰다. 일부 개량주의자들은 민족주의를 표방함으로써 오히려 가증스러운 제국주의 앞잡이가 되었다.

제국주의 시대의 푸리문학이란 문화적 종속을 깨도하고, 한민족의 민족 성정을 되살려 민족 당파성으로 무장시켜 민족 해방을 드높이는 데 복무하는 문학이다.

<h1 style="text-align:center">(8)</h1>

문화제국주의로부터 민족 해방 운동은 그 역량이 민족 예술 운동으로 집약된다. 민족 성정을 되찾아 민족 피거르기를 단행함으로써 혁명적 낙관주의로 가는 민족 피돌리기는 민족 예술 운동, 특히 민족문학 운동이 주동적 역할을 담보하여야 한다.

문화제국주의로부터 민족 해방을 위한 민족 예술 운동은 전통 문화의 한마당인 난장 운동에서부터 출발되어야 한다.

오늘날 한국 미술은 유한 마담의 치마폭을 벗어나 민중성을 되찾는 일이 무엇보다 시급하다. 오늘날 한국 음악은 제국주의 사슬을 끊고 민족 당파성을 회복하는 일이 무엇보다 시급하다. 오늘날 한국문학은 제국주의 신비평의 고리를 벗고 민족 성정을 되찾는 일이 무엇보다 시급하다.

이러한 공동 과제를 떠 안고 있는 한국 예술이 한 마당에서 만나는 공간이 바로 난장이다. 우선 난장을 들어서면 환쟁이들이 용·봉황·호랑이 등을 즉석에서 그려 주고, 매화·난초·대·국화를 즉석에서 화선지에 쳐주는데 모두 한 장에 만원씩이다. 글씨쟁이는 용(龍)·복(福)자를 써 주고 때로는 김소월과 한용운의 시 한 편을 써 주는데 가격은 모두 같다. 그들은 청주·진주·전주·서울 등지를 떠돌아다니는데 국선이 그들 가운데서 나온다. 둘째 마당에서는 국악을 연주하는데 하는 일과 가격은 그림 마당과 같다. 셋째 마당에서는 지금 정도상의 「아메리칸 드림」 공연이 막 끝났다. 일요일 오전에는 마창노련의 「새벽출정」이 공연될 것이라는 장내 안내 방송과 더불어 농민 시인 박운식이 「질경이」를 낭송하기 시작했다.

난장은 농촌에서 마을별로 하나, 도시에는 동별로 하나씩 있는데 대개 국민학교의 운동장을 공연 시설로 개조하였기 때문에 토요일 오후부터 시작된 공연은 일요일 12시에 파한다. 여기서는 관객이 배우고 배우가 관객이다. 여기서는 시인이 독자이고 독자가 시인이다. 동별 난장에서 이름을 얻는 시인은 순회 낭송을 하고 그것이 끝날 무렵 시집이 출판되는데 수백만 부가 팔린다. 소설은 각색되어 반드시 무대에 올린 뒤에 관중의 반응이 좋아야 출판된다.

난장의 주인공은 민중이다. 모든 문학 작품은 민중이 생산하고 민중이 누린다. 난장에는 신바람 나는 혁명적 낙관주의가 주된 분위기를 이루고 있으며 각 문학 작품의 평가 기준은 민족 당파성이다.

난장은 민족문학이 실천되는 미래의 문학 마당이다.

2. 푸리문학의 미학은 무엇인가

1)본질인가, 기능인가

류종호는 최근 한 일간신문과의 대담에서 문학의 기능을 이렇게 밝히고 있다.

> 문학은 삶에서 구할 수 있는 낙(樂)의 하나이고 따라서 이론은 그 낙을 찾아 줄 수 있도록 봉사해야 하는 것이라고 생각합니다.(……)
> 즐기지도 못하고서는 이해할 수 없다는 가설은 문학만이 아니라 문학 이

론에 있어서도 옳다고 봅니다.[5]

　류종호가 말하는 문학이란 올곧은 삶에서 찾는 '갈 길'이 아니다. 문학이란 '즐거움'의 하나이고, 따라서 문학 이론도 인간이 바르게 살아가도록 도와주는 것이 아니라 즐거움을 찾도록 도와주기만 하면 된다는 것이다.

　문학 뿐만 아니라 문학 이론까지도 즐기지 않고서는 이해까지도 할 수 없다는 1989년 류종호의 생각은 실상 1965년『전장과 시장』을 놓고 박경리와 백락청이 터무니없는 싸움박질을 했을 때 '미운 시누이' 노릇을 하면서 "피아니스트가 손을 놀려 두면 안되는 것처럼 작문 연습 삼아[6] 문학평론 했다"는 말과 같이, 그는 제국주의 비평 이론에 따라 문학 본질론자가 아니라 기능주의자임을 예증하고 있다.

　문학을 한낱 향락 사업의 '호스테스'로 보면서도 류종호는 왜 종이에 먹칠을 하여 버려 놓았을까.

　이러한 류종호의 세계관을 좀 더 철저히 이해하기 위해서는「산문정신고」라는 평론을 읽어볼 필요가 있다.

　그의 주장은 대략 세 가지로 요약된다.

　첫째, 스탕달의『파르마의 승원』의 서문을 쓴 발자크의 말을 인용하면서 시 정신과 산문 정신을 변별 지으려 하지만, 이는 민족문학의 독자성을 무시한 해외 문학 이론의 직수입 모방에 지나지 않았다.

　즉, 시 정신이란 운율이나 리듬을 위해서 현실이나 사실을 왜곡하거나 기피하거나 방기적 생략을 불사하는 정신이요, 산문 정신이란 현실 관찰의 내용이나 그 전달의 충실을 위해서 운율이나 리듬을 희생시키는 정신이라는 것이다.

　그렇다면 한국 고대문학에서 운율이나 리듬으로 운문과 산문을 변별 짓는 것은 터무니없는 풍설이었으며, 오늘날 서사시나 노동시에서도 운율과 리듬은

---

5) '문학이란 무엇인가' 펴낸 류종호 씨, 『조선일보』, 1989년 9월 26일자

6) 류종호, 「작가와 비평가」, 『신동아』, 1965년 6월호.

규정력을 전혀 갖지 못한다.

　문학 형식이나 장르는 민족의 시대적 요청이지 발자크가 결정지을 문제는 아니다. 그럼에도 류종호식 변별력은 대입 학력고사에서조차 객관식 문제로 출제될 정도로 굴절·왜곡되어 있다는 것이 우리 문학의 실정이다.

　둘째, 조지 산타나야의 말을 빌어 주·객관적 현실 관찰 태도로써 운문과 산문을 변별하려 했지만, 이는 한국의 고유한 판소리계 소설을 깎아 내리고 현대 한국 작가의 명작을 평가절하하는 터무니없는 동방 침략자 알렉산더의 '미인틀' 구실을 하였을 뿐이다.

　순수한 산문은 보통 유리창처럼 그저 사상을 전달할 뿐이요, 이에 반해서 시는 채색된 유리창처럼 사물을 왜곡·굴절시킨다는 것이다.

　따라서, 시는 주관적·비현실적 변용을 하게 되므로 '감상적 격정'(그가 애용하는 표현을 빌린다면 'Sentimental pathetic'가 된다)이 시 정신이 된다. 이에 반하여 객관적·현실적인 산문은 냉혹한 관찰 정신이 요구된다고 한다.

　이와 같이 시가 '감상적 격정'이라는 서투른 재단은 민족 각성을 더디게 하여 민중시·노동시의 발생을 가로막았고, 냉혹한 관찰 정신은 민족 성정을 전락시켜 '짐승들의 문학'으로 가는 길을 열어 놓았다.

　뒷자리에서 밝혀지겠지만, 시의 '낭만적 허위' 또는 '감상적 거짓'이라는 면책특권이 민족 현실을 외면해도 좋다는 면죄부는 될 수 없다. 또, '편집자적 논평'이나 '주석적 논평'만으로 작품의 가치를 매질할 수 없다는 사실은 이제 분명해졌다.

　셋째, 올더스 헉슬리의 「비극과 전면적 진실」('whole truth'를 '총체적 진실'이라고 뒤치는 것이 옳다)을 빌려 서구 소설의 인물 전형을 상전으로 모시려 하지만, 한국 소설의 인물 전형이 서양의 총체적 전형이 아니라고 해서 청지기 자리에 서야 할 하등의 까닭도 없다.

　올더스 헉슬리가 말하는 '총체적 진실'이란 『오딧세이』 제 12장에 나오는 행위 양식인바, 숱한 표랑 끝에 고향에 돌아온 오딧세이 일행은 "갈증과 시장기를 채우자 그네들은 정다웠던 친구들을 생각하고 울었다. 눈물을 뿌리고 있는 중에 졸음이 왔다"는 인용문에서 보듯 인간이란, 먼저 '먹고 울고 잠드는 존재'라는 것이다.[7]

송기원의 「월행(月行)」은 반공 이념이 인권을 때려잡던 박정희 정권 아래서 발표되었기 때문에 갑득이의 처가 '아군' 또는 '경찰'에 의하여 살해되는 부분이 빠져 있다. 자기 때문에 아우 을득이와 집안 청년들까지 학살당하고, 갑득이는 오랜 객지 생활 끝에 '몹쓸 병'과 '어줍잖은 씨앗'까지 얻어 고향으로 돌아온다. 갑득이를 맞는 백발의 아비는 먼저 울고 밥을 먹이고 조상들에게 빌게 하고 고향을 떠나 보낸다.

이것이 한국 인물의 한 전형이다. 한 해 쯤 고향을 떠났다가도 약주 한 병, 고기 한 근을 사 들고 고향에 계신 부모님을 찾아가는 것이 한국인이다.

초가에서 새어나오는 불빛만 보아도 가슴이 뛰고, 사랑채에서 울리는 기침 소리만 들어도 가슴이 설레는 것이 한국인의 체험이다. 그럼에도 류종호가 이른바 '한국적인 것'을 '토속적 촌티'로 매도한 것은 그의 공부 탓이었을까, 아니면 그의 말대로 '자애적 보봐리즘'이었을까.

이러한 문제에 대하여 답변을 얻어내기 위해서는 신비평이 이 땅에 수입되는 과정을 눈여겨 살펴볼 필요가 있다. 아는 바와 같이 신비평을 수입한 제 1세대 친일 문학 평론가 앞잡이는 최재서이다. 광복 전후기에 일방적으로 밀어닥친 제국주의 신비평은 작품을 작품 자체로 연구하고 작가의 친일 경력을 문제삼지 않는다는 사이비 논리 때문에 당시의 예수교 신자요 영어를 잘하던 친일파 식자층에게는 '입에 맞는 떡'이었을 것이다.

그러나 흔히 신비평의 '3대 성서'로 치부되는『문학의 이론』『문예 비평의 원리』『문예 비평의 실제』등은 아직도 영어를 잘하던 일부 식자층에게만 읽히고 있다.

『문학의 이론』이 본격 보급된 것은 백철·김병철의 번역본이 나오고부터가

---

7) 류종호, 「산문정신고」, 신한국문학전집 <49>, 1975년, 351~359쪽

아닌가 싶다. 백철은 『문학의 이론』 번역본을 내게 된 경위를 이렇게 밝히고
있다.

> 내가 월렉 교수에게 『문학의 이론』을 번역하고 싶다고 이야기한 것은 그
> 뒤 학기의 중간, 11월 말경이라고 기억하며 그 때 월렉 교수의 말은 자기가
> 듣기엔 서울의 미대사관에서 번역권을 포기했다는 말을 들었는데 하여튼
> 그 책을 번역해 주면 기쁘겠다는 것과 거기에 대해서 자기로선 원작료는
> 전혀 생각치 않으니 그 점은 프리하게 생각하고 번역을 추진해 달라고 하
> 면서 만족한 태도를 표명하여 즉석으로 원저자와 역자간의 이야기는 낙착
> 되었다.
> 나는 곧 대사관의 곽소진 형께로 편지를 띄워 번역권을 부활시켜 달라는
> 부탁을 하는 한편, 김병철 교수에게 번역을 서둘러 추진하자는 발언을 했던
> 것이다.8)

글을 주의 깊게 읽어보면, 백철은 1950년대 후반기 미국무성이 주는 장학금
을 받아 미국 문학계를 시찰하였으며, 이 때 예일 대학에서 『문학의 이론』의
저자를 만나 원작자의 저작권을 포기한다는 조건으로 이 책을 번역하였음을
알 수 있다.

그러나 수상쩍은 점이 몇 가지 나타난다.

요즘 한미 무역 역조를 놓고 저작권 문제가 얼마나 심각한가는 누구나 알고
있다. 그런데도 원작자는 저작권에 대하여 조금도 개의치 않고 있다. 또, 『문학
의 이론』 번역 교섭 과정에서 미대사관이 개입되어 있다는 사실도 확인된다.

이러한 정황을 종합하면, 원작자와 미국 정부 사이에 한국문학 체계를 저들
의 수중에 넣기로 합의하고 한국학자를 기용하여 이를 번역시킴으로써 거부감
없이 신비평 이론을 보급시킨다는 계산이었는지 알 수 없다. 과연 이러한 미국
의 술책은 적중하였다.

---

8) 백철·김병철 공역, 『문학의 이론』, 신구문화사, 1959, '후기'를 참조할 것

한국의 문과계 대학원에서는 학생들의 필독서로서 군생활 중 보초를 서면 서까지도 열독을 하는 졸병들이 늘어갔고, 학자들의 지침으로써 제국주의 문학 이론 체계의 길잡이가 되었다.

그렇다면, 『문학의 이론』은 어디에서 어떻게 제국주의 문학의 길나장이 노릇을 하는가.

이 책에서 저자가 '외적 접근' 또는 '비본질적 접근'으로 부르는 부분이 사실은 '내적 접근' 또는 '본질적 접근'이 되어야 한다. 왜 그런가. 문학이란 인간이 무엇을 위해 어떻게 살아가는가를 살피는 삶의 총체성이다. 이렇게 삶의 양식을 외적인 것으로 미뤄 놓고서는 민족 현실을 제대로 각성할 수가 없다. 음조·리듬·문체·심상·은유·상징 등은 문학을 담는 그릇이기 때문에 사실상 '비본질적인 것'이라야 한다.

그런데도 왜 '내적인 것'과 '외적인 것'을 바꾸어 놓았을까. 그 속내는 분명하다. 식민지 학자나 학생들로 하여금 작품의 형식이나 뜯어보게 하고, 그것이 마치 문학의 본질을 연구하고 있는 것처럼 착각을 하게 함으로써 제 3세계 민족이 '무엇을 위해서 어떻게 살아야 하는가'에 대한 근원적인 각성을 마비시킴으로써 제국주의의 독점 지배를 연장하거나 합리화하는 데 있었다.

이러한 미국의 흉악한 음모를 간파하지 않고서는 한국의 문화제국주의를 바르게 인식할 수 없다.

절대로 그럴 리가 없지만, 가령 미국이 핵무기를 거두어 철수하고 정치·경제·사회 전반에 걸친 이른바 '완전한 민족 해방'이 달성된다 하여도 문화 종속을 벗어나지 못하면 '진정한 민족 해방'이란 있을 수 없다. 이것이 문화제국주의와 싸워야 하는 첫 번째 까닭이다.

그렇다면 점잖지 못하게 제국주의자들의 친미 문학을 새삼스럽게 비판하는 까닭은 무엇인가. 미군이 완전히 철수해도 저들의 괴뢰 프락치들이 그대로 남아 있다면 신식민지 지배 체제는 무너지지 않는다. 이것이 제국주의 문학 이론가들을 타도하여야 할 두 번째 까닭이다.

제국주의 신비평이 확산되는 과정을 좀 더 소상하게 살펴보자.

일제시대 해외문학파와 최재서·백철 등 제 1세대 기수들은 '일제가 맞추어 준 미제 양복'을 입은 세대들로서 기능적인 측면이 서툰 데가 있었다. 그러나 이들의 전수를 받으면서, 외서를 직접 읽으면서 국내에서 자라난 해외문학파가 출현하였는데, 전위대들은 잘 다듬어진 무기인 문장력을 가지고 있었다. 이들 2세대 전위대로서 대표적인 평론가들은 류종호·이어령·김현 등이다.

이 가운데 이어령은 전투적인 평론가여서, '순수' 입장에 서서 김수영을 물리쳤고, '참여' 입장에 서서 조연현을 물리쳤다. 그는 해외문학론에 그다지 밝지 못하면서도 시대의 총아가 되었다. 그러나 그는 '오솔길'이니 '흙바람'과 같은 잡문 쓰기에 침몰함으로써 비평의 본령을 벗어났고, 뒤이어『문학사상』경영에 몰두함으로써 상업주의에 매몰되었다.

이어령에 관한 풀리지 않는 의문 가운데 하나는 일제시대를 다룬 글이 없다는 점이다. 힘이 미치지 못하는 까닭으로 보기 힘들다. 한국 고전을 놓고 정병욱과 대담을 했었을 때 그는 앞질러 뛰었다. 그러던 이어령이 일본에 건너가서는『축소 무슨 일본인』을 써서 선풍을 일으켰고, 그 나이에도 '기호학'에 관한 논문을 써서 학위를 받았다.

이어령이 살아 있을 때 본격 작가론을 써서 그의 친미·친일 경향성을 밝혀볼 필요가 있다.

제 3세대 제국주의 앞잡이들은 식민지 교육기관인 하바드를 졸업하고 국내 대학에서 교편을 잡은 이상섭, 백락청, 김우창 등 대표적 문학평론가들이다. 이상섭은 우리말로 쓴 문학 이론서가 영어로 번역되어 미국의 교과서로 쓸 정도라는 풍문이 돌 정도로 그가 쓴『문학 연구의 방법』은 신비평이라는 '미인틀'로 한국문학 작품들을 학대한 대표적 저작이다. 그러나 외솔의 영향인 듯 '한글만 쓰기'에 앞장섰을 뿐만 아니라, 비평 용어를 배달말로 뒤치는 공로를 남기기도 하였다.

이상에서 제국주의 신비평의 경향성을 간략히 살펴보았거니와, 이제 류종호가 「산문정신고」에서 저질렀던 오류를 어떻게 확산시키는가를 살펴봄으로써 한국문학이 어떻게 제국주의 문학에 예속화되는지를 검토하여 보자.

류종호는 1935년 충북 충주에서 출생하여 1957년 약관 스물셋이라는 나이에 『문학예술』을 통하여 등단하였고, 서른 살이 되던 해인 1964년 그의 출세 평론 「서구 소설과 한국 소설의 기법」을 발표하기에 이른다. 제 1세대 신비평론자들이 일어 번역판을 통하여 영미문학을 이해한 데 반해, 류종호는 비록 국내에서 문고판 책자를 통해서지만 경인년 난리를 겪으면서도 영문학 작품을 나름대로 통독하고 이론 체계를 세웠다는 것은 실로 놀라운 사실이다. 머리 좋은 친구들이 한 나라의 문학에 미칠 수 있는 선·악의 영향이 얼마나 무서운지를 능히 짐작케 한다.

20대 후반 류종호의 세계관은 '서구 우열·한국 열등'의 문학관이었으며, 이러한 세계관은 한 세대를 넘긴 천명을 아는 지금에도 변함이 없다. 한 개인으로 보아도 확고한 신념을 갖는다는 것은 미더운 일이다. 그러나 분명한 잘못인 제국주의 세계관을 버리지 못하고 지금까지도 연연한 고집을 부리는 것은 국가나 개인으로 보아서도 바람직한 태도는 아니다. 개인적인 생각이지만, 류종호는 터무니없이 존경하던 친일파 스승에게서 제국주의 세계관을 전수 받았는지도 모를 일이다.

그렇다면, 서른이라는 나이에 젊은 날의 객기로만 치부할 수 없는, 그의 제국주의 세계관이란 무엇인가.

첫째, 한국문학은 서구의 근대문학에서 영양과 활력소를 공급받았다는 경성제국대학식 사고 방식이다. 서구 소설의 자명한 보기로 이광수의 소설을 들지만, 이광수 문학을 정통으로 삼는 문학사가 바로 '제국주의 문학사'이며, 이광수가 얼마나 위장된 민족주의자인가는 이미 밝혀진 바 있다. 이러한 류종호의 논리는 림화가 전향 후에 씨부렁대던, 한국 근대문학은 '명치·대정의 모방·이식사'라는 논리에서 한 발짝도 진보가 없는 퇴행적 사이비 논리이다.

신채호 문학이 있고, 한용운 문학이 있고, 의병 노래가 있고 안중근·윤봉길

의사의 피맺힌 기록이 있는데 일본에 붙어먹은 이인직·이광수 따위의 글나부랑이가 왜 한국 근대문학의 적자로 대접을 받아야 하는가. 일본에 건너가 영문학을 배워 제국주의 앞잡이로 선구자 노릇을 한 까닭인가.

둘째, 우리 나라와 같이 외국 문학의 부단한 영향과 수입을 경험한 문화적 환경 속에서 '고유한 것'을 극단적으로 순수화해서 추상화하려 할 때, 우리가 마주치는 것은 필경은 '낙망적인 불임성'과 '불모성'에 지나지 않는다는 철부지 사이비 논리이다.

세계적인 흐름을 막아 한 나라의 문화를 썩힐 수는 없다. 그러나 외국 문화의 침략을 받아 아기를 배고 튀기 새끼를 낳아 본들 무슨 즐거움이 있을까. 숱한 외세의 침략을 받고도 일본과는 달리 이 땅에 튀기가 적은 것은 이를 부끄럽게 여긴 이 땅의 어머니들이 튀기 자식을 모두 엎어놓았기 때문이라는 사실을 류종호는 왜 모르는가.

셋째, 우리의 '고유한 것'의 극단적 순수화와 그것의 적발은 가능하더라도 의미가 없는 것이라고 제 것에 대해서는 가차없이 매도를 하면서도, 오히려 서구의 것을 받아들여 그것을 어떻게 우리의 것으로 빚어냈느냐는 점에서 '한국적인 것'의 모체를 찾으려 한다. 또, 그것이 아무리 피상적이고 모조적인 것일지라도 그것은 부족한 대로 생성하는 전통의 한 부분이 된다고 변명한다.

이따위 반민족적·반역사적 강변을 하는 작자들이 이 나라 문학을 주름 잡았고, 대학의 문학 교육을 좌지우지하였다는 사실을 생각하면 억장이 무너지는 슬픔을 느낀다. 그들의 주장대로 이 땅의 문학을 찢어발긴 결과 우리는 지금 자본주의 쓰레기 더미 속에서 우리의 생명을 위협받게 되었다. 여기서 제국주의 문학론자들을 가차없이 처단할 때만, 푸리문학의 설 자리를 찾게 된다는 엄혹한 진리를 발견하게 된다.

류종호의 소설 인식은, "구성의 진행에 따라 갈등이 제시되고 하다가는 어떤 해결을 보이거나 새로운 안정성을 회복한다거나 하는 것"이며, 이것은 『소설의 이해』를 적당히 뒤쳐 서툴게 짜깁기한 기능주의적 인식 체계이다. 그럼에도 그는 녹슨 칼을 갈지도 않고 한국 소설을 잡아 보겠다고 나선다.

류종호가 한국문학을 사냥할 목적으로 여기저기에 은폐한 지뢰는 '극적 제시' '거리와 감상화' '구상적 개입' '문체와 어세' 등이다.

우선 '극적 제시'에서 류종호는 퍼어시 라복의 『소설 기술론』을 인용하면서 작가는 '회화적 방법으로 폭넓은 자유를 누리지만 강열도의 상실이라는 희생'을 치르게 된다고 전제하고, 극적 방법은 강력한 효과에도 불구하고 '방대한 양의 풍요한 인생을 보여주지 못한다'는 단점을 지적한다.

'극적 방법'이란 '작가가 소재를 객관적으로 제시하는 것'이고, '극적 제시'란 '작가의 편집자적 논평·개괄, 작중 인물의 감정·사고의 분석을 피하고 대화나 행동을 통해서 객관적으로 표현하는 것'이다.

그런데 한국 작가들은 왜 '이상적 형태로 간주되는 극적 제시' 방법과 '무연하며 그것이 '희귀한 자질'이 되었고, 오히려 편집자적 논평을 가하지 않고는 '미흡감'마저 느끼는 것일까.

류종호는 철딱서니 없는 질문을 하고 있다. 그것이 바로 한국 소설의 특질이다. 한국인은 풀어내지 않고서는 배기지를 못한다. 한국문학 전부가 일종의 '푸리문학'이라고 보아도 과언은 아니다. 이러한 민족 성정은 잘못된 것도 창피한 것도 아니다. '극적 제시'는 속임수를 바탕으로 삼는 서양 소설의 방법이고, 한국 소설이 '아니리'를 바탕으로 삼는 것은 문학의 속풀이 양식 때문이다. 이 경우 류종호가 유의할 점은 상대방을 인정하지 않는 문화 수입이란 있을 수 없다는 점이다.

'극적 제시의 방법을 선용'하여 '강렬한 효과'를 낸다고 류종호가 일방적으로 추켜세우는 체홉의 「비탄」은 「목걸이」와 한 가지로 속임수의 문학이다. 그것은 '근원적인 인간의 고독'을 다룬 작품도 아니고, 더구나 '인간의 타인에 대한 무관심'이나 '인간 자애 본능의 회비극'도 아니다. 체홉의 「비탄」이야말로 배부른 것들의 장난기 어린 사기극이다. 문장력 있는 작가라면 「비탄」은 세줄 이내로 줄여 쓸 수 있다.

　　이와는 반대로 '편집자적 논평'을 가하지 않고는 배기지 못하는 '감상문적 심경 토로의 작품'인 이효석의 「메밀꽃 필 무렵」은 류종호가 대놓고 깔 수는 없지만 결코 달가운 소설은 아닌 듯하다. 영문학을 전공한 류종호의 직접 선배가 영문학의 기초 문법을 모두 무시하고 있기 때문이다. 특히 아래 인용문에서 방점 친 부분이 류종호의 눈에는 가시로 보인다.

　　밤중을 지난 무렵인지 죽은 듯이 고요한 속에서 짐승 같은 달의 숨소리가 손에 잡힐 듯이 들리며 콩포기와 옥수수 잎새가 한층 달에 푸르게 젖었다.
　　산허리는 온통 메밀밭이어서 피기 시작한 꽃이 소금을 뿌린 듯이 흐뭇한 달빛에 숨이 막힐 지경이다. 붉은 대궁이 향기같이 애잔하고 나귀들의 걸음도 시원하다.

이효석 「메밀꽃 필 무렵」 부분

　　나는 이효석의 '양취'에 대하여 달가워하지 않을 뿐만 아니라 매우 못마땅하게 생각한다. 「낙엽을 태우며」라는 되지 못한 양풍 수필을 배우고 나서 나는 개인적으로 이효석에 대하여 일종의 혐오감을 가지고 있었다. 「메밀꽃 필 무렵」은 무너지기 쉬운 여러 가지 취약점을 가지고 있다. 알려진 바와 같이 「메밀꽃 필 무렵」의 소설과 거의 똑같은 원형 설화로 인해 이효석의 독창적인 창의력은 의심받게 되었으며, 인물의 전형성이 없는데다가 구성상 허점도 발견된다. 이른바 민중을 다루면서도 민중에 대한 자각이 전혀 없이 철두철미 소부르좌지 세계관을 보여주고 있을 뿐이다. '왼손잡이'가 유전인가 아닌가. 또는 성처녀는 그날 밤만은 왜 그렇게 희떠웠는가. 허생원이 개울에서 멱을 감으면서 물레방앗간까지 기어간 까닭은 무엇인가. 이러한 화젯거리를 일일이 고찰하고 싶지는 않다. 또한 이효석이 전공한 영문학 때문에 여기저기서 수동태 문장이 발견된다는 주장에도 관심을 쏟고 싶지 않다.
　　「메밀꽃 필 무렵」에 대하여 아직까지 밝혀지지 않은 탁월한 견해 중에 '그루갈이 삶의 모습'을 그렸다는 주장이 있다. 내가 강의를 하던 도중에 한 학생이 발표를 하였는데, 메밀이 바로 그루갈이 농작물이고, 허생원, 조선달, 동이, 성처녀, 심지어 그들이 몰고 다니는 나귀까지도 그루갈이 삶을 살아가고 있다고 주장하였다. 상당히 그럴싸한 주장이었지만, 나의 게으름 때문에 정확히 확인하지 못하였다.

「메밀꽃 필 무렵」을 읽다가 또는 강의를 하다가, 나는 문득 고향집 바람벽에 붙어있던 하잘 것 없는 수묵화 한 폭을 떠올리곤 하였다. 이름도 없는 그림쟁이가 밥값이나 하려고 먹물 하나로 대로 쓴 듯 그린 산수화는 종이도 바래고, 칠 만한 가보도 아니어서 누구도 눈여겨보지 않았다.

객사에서 잠이 오지 않는 많은 밤을 보내면서 나는 그 보잘 것 없던 수묵화를 떠올렸다. 나는 그 수묵화와 같은 인생을 살아가는 것이 아닌가. 「메밀꽃 필 무렵」은 하잘 것 없고 보잘 것 없지만 바로 우리의 삶을 그려 놓고 있는 것은 아닐까.

그리하여 잠이 오지 않는 밤 이마에 손을 얹고 눈을 감으면 어릴 적 고향 산천이 환히 보인다. 참꽃 피던 마을 뒷산, 멱을 감던 개울, 산딸기가 익던 산골짝, 그 산골짝에서 할아버지도 같고 아버지도 같고, 아니면 마흔아홉에 세상을 버린 형님 같기도 한 이가 바지개를 지고 걸어오는 모습이 보인다. 허생원, 조생원, 동이와 나귀가 우리 육친이 몰고가던 소와 다름이 없다. 달빛에 젖어 소금을 뿌린 듯한 메밀밭 밭두렁가에서 그들은 두런두런 말을 나누고, 그러자 물 흐르는 소리가 가슴에 젖어 온다. 바로 이 때에 내 고향 바람벽 수묵화에서는 바람이 불고 맑은 요령 소리가 들려 옴을 나는 알았다. 바로 그 순간에 나는 세상을 버린 할아버지와 아버지와 형님을 만나고 고향의 그리운 얼굴을 만난다.

류종호가 지적하듯이 "편집자적 논평이나 요약이 '기능적'으로 작용하고 이 작품에선, 바로 그 까닭에 주제 자체가 본질적인 애매성을 띠고 있고, 따라서 약체화되어 있다"는 주장이 이 경우 철지난 양장처럼 보인다.

왜 그런가. '짐승 같은 달의 숨소리가 손에 잡힐 듯이' 들리고, 막 피기 시작한 메밀꽃은 '소금을 뿌린 듯이 흐뭇한 달빛에 숨이 막힐 지경'인 수사학적으로 직유법의 바로 그 세계가 우리 선인들이 넘나들던 이승의 세계이고, 그 세계를 지배하는 감성이 바로 민족 성정이기 때문이다.

제국주의 문학과 싸워야 하는 세 번째 까닭을 여기에서 발견한다. 푸리문학은 우선 저들이 옥죄인 민족의 숨통을 터주고, 저들이 결단낸 민족 당파성의 맥박을 풀어 주고, 저들이 막아 논 민족 성정의 물꼬를 터 줌으로써 도도한 민족문학의 역사적 흐름을 열어 주어야 한다. 푸리문학이 신바람 나게 흘러가는 자리에서 썩은 나무를 뽑아 내고 새 묘목을 심는 푸리문학의 혁명적 전망이 제시될 수 있다.

'극적 제시' 다음으로 유기적인 관련에서 류종호가 제시한 또 다른 덫은 '거리(距離)와 감상화'인데, 이야말로 작가의 창작 심리를 무시한 기능적 독단이다.

우선 작가가 '애정의 시선'으로 보는가, 아니면 '냉혹한 시선'으로 보는가에 따라서 작가와 작품의 거리, 작가와 작중 인물과의 거리를 느끼게 된다고 전제하고, 이는 소설의 관점과 연관을 갖게 되며, 적당한 절제와 경계, 그리고 거리의 유지가 작품의 감상화를 방지한다고 하여 류종호는 작가의 역량을 과소평가하고 있다.

이러한 '거리'를 잘 지킨 작품으로 체홉의 「노년」과 반대의 보기로 이효석의 「가을과 산양」을 들고 있다. 「노년」이야말로 거리가 동떨어진 작품이고 편집자적 논평이나 분석을 피한 극적 제시 방법을 선용한 수작으로 류종호는 치부하는 모양이나, 내가 보기에는 그러한 기능적인 요소들이 오히려 싹수없는 수인국을 연출하는 데에 기능적 역할을 할 뿐이다.

「가을과 산양」은 류종호 자신의 말대로 '소설이라고 부르기가 어색한' 습작이다. 그 뿐이다. 그러한 작품을 놓고 왈가왈부할 필요가 없다.

또 '의식의 흐름'을 예술 방법으로 도입한 심리주의 작가들은 '내적 독백'이라는 다분히 주관적 소재를 다루고 있음에도 제임스 조이스의 초기 단편집

『더블린 사람들』에 게재된 단편인 「자매들」 「해후」 「이블리느」 「애라비」 등은 '감상 노출'이나 '정서 유도' 없이 철저한 거리를 유지함으로써 극적 방법을 선용하고 있다는 주장이다. 특히 「이블리느」는 타인 의식을, 「애라비」는 상처받은 소년의 사랑을 전형화 하면서도 거리를 잘 유지하고 있다고 말한다.

이러한 주장은 작품이 생산된 사회적 상황을 외면한다면 틀리는 말은 아니다. 그러나 제임스 조이스를 포함한 마르셀 푸르스트, 헨리 제임스, 윌리엄 포크너 등 한 무리의 심리주의 작가들이 안정된 서구 사회를 바탕으로 '심리적 놀이'를 하였다는 사실을 감안한다면 우리 문학이 그대로 본받을 전형은 아니다. 오히려 심리주의 소설은 사회적 모순을 인간 내면으로 은폐시킴으로써 사회 현실을 외면했다는 비난을 모면하기 어렵다.

이러한 비판은 제임스 조이스의 경우에도 그대로 타당하다. 류종호의 지적대로 제임스 조이스의 예술은 '가장 소박한 형식인 서정시적 형식에서 서사 형식으로, 마지막에 극적 형식'으로 옮겨지는 것인지도 모른다. 그러나 『젊은 예술가의 초상』에서 지적하듯 "예술가는 창조의 하느님처럼 그의 작품 속에, 뒤에, 너머에, 위에, 숨어 있어 보이지 않으며 세련된 나머지 스스로 사라져서 무관심하게 손톱을 깎고 있다"면, 도대체 그 예술은 누구를 위한 예술이란 말인가. 예술을 위한 예술, 그리하여 '새로운 형식을 창안하는 데 몰두하는 예술', 예술 자체를 실험 도구로 생각하는 기능주의자들의 예술이란 인간 각성을 예술 형식에 잡아 둠으로써 배부른 얼간이들의 장난감 병정으로 전락하고 만다.

'극적 제시'와 '거리와 감상화'라는 기능적인 두 가지 명제를 절제와 선용의 최종적 방법으로 류종호가 제안한 만병통치약은 표티 안 나는 '구상적 개입'이다.

류종호는 제국주의 세계관을 휘둘러 김성한의 「달팽이」를 깎아 내리고 올더스 헉슬리의 「반공일」을 추켜세우나, 「달팽이」는 노출된 적개심을 가학적으로 폭로한 만만찮은 한국의 풍자문학이다.

'극적 제시' '거리와 감상화' '구상적 개입' 다음으로 류종호는 '문체와 어세'를 들고 있으나 사실상 앞의 세 가지 조건이 충족된다면 '문체와 어세'는 '받아 논 밥상'이어서 더 이상 말할 가치가 없다.[9]

동방 침략자 알렉산더 왕은 전쟁 포로로 잡아들인 여인들 중에서 미인을 선발하기 위하여 '미인틀'을 만들고, 그 틀을 통과한 포로들은 그가 갖고 부하 장병들에게 나누어주었다. 이것이 이른바 알렉산더의 국제 결혼 정책이다. 제국주의자들은 민족문학을 보편적인 세계문학의 틀 속에 예속화시키고 이틀을 통과한 문학만을 국제적인 문학으로 치부하고 이것이야말로 국제화 시대의 세계문학이라고 강변함으로써 민족 당파성을 마비시키고 있다.

한국 전통 사회에서 필연적으로 재갈을 물리게 되는 경우가 있다. 사제지간이라든가, 신세를 진 적이 있다던가, 또는 고향의 선배라던가와 같은 경우가 그것이다. 위와 같은 문제를 놓고 볼 때 나 자신도 결코 자유롭지는 못하다. 한때나마 나는 류종호의 글을 탐독했고 그의 문장을 부러워한 적이 있었다. 더구나 류종호는 곁눈질 한 번 없이 전쟁의 와중에서 이 나라 문학을 세우는데 나름대로 힘을 쏟으며 외길을 갔다.

그러나 나는 류종호의 문학 이론을 비판 극복하는 일은 류종호 개인에 대한 인신공격이 아니라, 푸리문학의 고리를 벗겨 새로운 활로를 열어 주는 일이라고 믿게 되었다. 따라서 언저리를 맴돌며 비아냥거리기보다는 부분적이기는 하지만 정면 돌파의 방법으로 직필을 하였다.

류종호는 한국 현대문학이 딛고 건너야 할 징검다리이다. 그러나 놓일 자리에 놓인 돌인가를 검증해 보아야 할 징검다리이다.

---

9) 여기까지는 류종호, 「서구소설과 한국소설의 기법」, 『한국인과 문학사상』, 일조각, 1964를 요약·비판하였다.

2) 허무인가, 굴욕인가

이문렬만한 주책바가지도 없고 이문렬만큼 잘 팔리는 작가도 드물 것이다. 그는 백치처럼 귀가 어둡지만 밤손님처럼 발은 빠르다. 그는 수십 개의 얼굴로 분장하고 수백 개의 얼굴을 지운다. 그는 천부적 이야기꾼의 재능은 타고났지만 예언자적 전망을 갖지는 못했다. 그는 소설을 팔아 돈은 벌었지만 문학사에 남길 만한 아름다운 이름을 얻지는 못했다.

그는 종자가 나쁜 문학을 생산하는 작가이다. 왜냐. 이야기 솜씨가 모자라고 대중의 맥을 잘못 짚고 독서량이 부족해서가 아니다. 그는 건강하지 못한 세계관을 가지고 있다. 뿐만 아니라, 누가 손을 봐주기를 기다리는 것처럼 오만하고 건방지다.

한국 문단이란 무엇인가. 나라를 빼앗겼던 동토에서 추위와 굶주림에 떨면서도 ‘나라를 구하는 문학’을 목쉰 소리로 외치다가 살이 터지고 뼈가 부러지는 모진 고문을 받았고, 드디어는 글 아는 것이 부끄러워 목숨을 끊지 않았던가. 그 어른들의 덕분에 우리말로 우리글을 쓰게 되었다.

한국 문단만은 야바우꾼들의 수라장이 되어서는 안되며 검은 손들이 농락하는 밤무대가 되어서는 더구나 안된다. 최인호가 ‘경아’를 팔아 여배우와 동거를 하고 유안진이 되지 못한 글나부랑이를 팔아 재물을 쌓고 마광수가 야한 문학을 팔아 문인을 부끄럽게 만들고 이문렬이 허무주의를 팔며 시건방을 떨어도 모두 용납하는 것이 한국 문단은 아니다.

이문렬의 죄는 무식쟁이가 저지른 범죄와는 다른 차원에서 논죄되어야 마땅하다. 앞에서 거듭 지적한 바와 같이 그에 대한 비판에 대하여 그는 늘 ‘일고의 가치도 없다.’는 태도의 코웃음으로 일축한다. ‘성공하고 있으니까 멱살 잡히는 기분’ (『조선일보』 좌담회 1989년 6월 13일자) 또는 ‘개판 같은 민주주의보다는 철의 나라를 오히려 지지하겠다.’ (『문학정신』 1989년 10월호)는 발언이 이를 증명한다.

허무주의자는 과거는 물론 현재·변혁·미래 모두를 비관하는 사람들입니다. 이런 경우에는 전망이 없는 것이 아니라 안하는 것이지요. 왜냐. 전망에 대해 기대도 가치도 두지 않으니까, 전망해 봐야 똑같으니까 말이지요![10]

시건방진 철부지 작가의 헛소리를 두고 관념론과 허무주의 철학을 동원할 필요는 없다. 왜 이문렬 따위에게 사회 변혁 운동이 그토록 경멸되어야 하는가. 더구나, 이따위 철딱서니 없는 말버릇이 독점자본주의와 군사 파쇼를 합리화시킴으로써 제국주의 지배를 연장시킨다는 점을 지적하지 않을 수 없다.

이 기회에 이문렬이 현실 상황에 무슨 반역을 하는 작가라든가, 허무주의와 같은 무슨 깊은 철학을 가진 관념론자이며, 개인의 자유와 청춘에 열망을 가진 자유주의자라든가, 또한 낭만적 상상력을 통한 순수주의자라든가 하는 따위의 쓸데없는 오해를 청산할 필요가 있다는 점을 지적한다.

이 글은 이문렬에게 보다 깊은 애정 어린 충고를 함으로써 보다 건강한 문학작품을 생산할 수 있도록 도와주는 데 있지 않다. 오히려 칙칙하고 더럽고 치사한 그의 소설은 더 이상 필요치 않음을 밝혀 추태의 악순환을 막자는 데 있다.

우리 나라는 불행히도 대중을 정당하게 교육할 기회가 없었다. 일제는 그들의 식민 통치에 혈안이 되어 대중성을 왜곡하는 데 급급했다. 앞서 밝힌 바와 같이 미국은 한층 교활하게 대중을 오도하였다. 군사 독재 정권은 대중의 관심을 '성·영화·체능경기' 등으로 돌리고 혐오 식품이나 만들게 하여 군사 파쇼를 연장하는 데만 혈안이 되었다. 대중 교육을 회피한 결과 인간의 양심이 무너지고 도덕이 파괴되었다.

그 결과, 우리 사회는 어떤 홍역을 치르게 되었던가. 한국문학은 어떤 파행성을 겪게 되었던가. 최인호·마광수·이문렬 따위가 날뛰게 된 것 아닌가. 이들의 되지 못한 글이 잘 팔리는 것은 대중의 맥을 잘 짚어 긁어 주기 때문이

---

10) 이문렬, 「무엇을 생각하고 있나」, 『작가세계』 여름호, 1989

아니라 우매한 대중과 야합하기 때문이다. 좀 늦긴 하였지만 문학평론이 대중 교육에 앞장서야 할 까닭을 여기서 찾을 수 있다. 일부 상업 신문과 인기 작가, 또는 문학지를 빙자한 대중 잡지와 저질 작가의 대중추수적 경향을 언제까지나 그대로 두고 볼 수는 없는 노릇이다. 이것이 바로 대중 교육을 위한 평론 영도력이다.

각성된 국어 교사들이 거듭 지적한 바와 같이 중·고등 학교의 문학 교육이 제 몫을 하였는가를 다시 한 번 반성할 필요가 있다. 친일파 시인의 되지 못한 시 한 편을 놓고 빨간 줄이나 치고 당구장 표시나 하다가 교사가 학생들에게 망신이나 당한 것이 지금까지의 시교육이 아니었던가. 왜녀에게 장가들지 못하여 2차대전이 빨리 일어나기를 비는 망령 늙은이의 글을 수필이라고 가르치고, 제 나라에도 선사와 대사가 많건만 꼭 중국쯤 가야 살신성인하는 큰스님을 만날 수 있는 것처럼 사대 망상을 가르친 것이 소설 교육이 아니었던가. 바로 이렇게 배운 문학 잣대가 최인호·이문렬·마광수·유안진이 잘 팔리는 작가로 발붙일 수 있는 터전을 마련해 준 셈이다.

그렇다면, 이문렬 소설이 왜 더 이상 이 사회에 필요치 않으며 왜 그가 더 이상 글을 써서는 안되는지 그 까닭을 밝혀 보자.

첫째, '사람이 곧 글'이라면, 이문렬의 건강치 못한 세계관은 '인간 정의'와 '사회 현실'을 멋대로 왜곡하여 주제·소재·사상이 나쁜 문학을 생산하는 풀무가 되고 있다.

서울 올림픽 대회를 참관하고 이문렬은 어떤 생각을 하였는지 살펴보자.

자유우방이 섭섭함을 표시할 만큼 소련과 중국을 환영하고, 뻔히 안 올 줄 알면서도 선수촌까지 비워 놓고 북한을 기다리는 우리가 유별나게 참관을 거절한 어떤 사람 때문이었다. 이미 정치를 떠난 이 축제의 마당에, 그것도 누구보다 감회깊게 앉아 있었을 자리를, 정치적인 이유로 정중히 사양해야 했던 그 사람의 심경과 정확히 검증할 길 없는 여론이란 집단심리를 가늠하고 앉은 뒷맛은 아무래도 개운치가 못했다. 어쩌면 추궁할 때는 준엄히 추궁하

더라도 누구보다 몫이 큰 자리에는 흔쾌하게 그를 받아들이는 여유를 세계에
보여주는 게 비단 같은 이 잔치에 꽃수를 하나 더하는 격이 되지 않았을는
지.11)

나는 이 글을 몇몇 사람에게 읽어보도록 권하고 그 반응을 들어보았다. '꽃
수를 더하는'것이 아니라 '똥칠을 더하는 일'이라고 펄펄 뛰는 독자도 있었고
또 어떤 독자는 '그런 것도 같고 안 그런 것도 같아' 알쏭달쏭 하다는 독자도
있었다.

바로 이 '알쏭달쏭'이 대중을 왜곡하는 사이비 언론의 지도 정신이며, 이문
렬의 속임수이고, '대중을 잡는 덫'이다. 그 사람이 목숨을 부지하고 이 땅에
살 수 있는 것만도 이 나라 백성들의 마음씨 좋은 탓이었다. 이문렬은 이 나라
백성에게 '마음씨 좋은 탓'을 가르치는 데 큰 몫을 하고 있다. 도대체 이따위
'사이비 논리', '뚜쟁이 지식인', '사기꾼 작가'들 때문에 이 나라 백성이 피명
이 들어 얼마나 속앓이를 하였던가.

자전적 소설 『젊은 날의 초상』과 『사람의 아들』에서 본 바와 같이 영어를
잘 하고 기독교를 신봉하는 이문렬의 대미관은 어떤가.

NBC의 편파적 보도에 대해서는, 'NBC가 바로 미국은 아니다'라는 입장이
고, NBC에 대한 시정 촉구에 대해서는 '미국이나 미국민 전체의 체면과 자존
심을 겨냥'해서는 안된다고 주장한다. 미국 수영 선수의 절도 사건에 대해서는
'술집의 대단찮은 대리석 모조품 또는 복제품 장식물이 그렇게 탐나는 것이었
을까'를 되묻고, '20대 안팎에 술집에서 물건을 들고 나온 게 모두 절도로 검거
되었다면 이 나라 술꾼 중의 꽤 많은 숫자가 절도 전과자'가 되었을 것이라고
억지를 쓴다.

이문렬은 『젊은 날의 초상』에서 술에 취하여 도둑질 시합을 한 바 있다. 물
론 그것은 장난이고 젊은 날의 객기로 치부한다. 그러나 그들이 훔친 물건 품

---

11) 「작가 이문렬 씨가 본 88 개막식」, 『동아일보』, 1989년 9월 17일자.

목에는 빨아 말리려고 널어 논 여자 속옷도 있고, 가족들의 식사를 준비하던 막 끓는 밥솥도 있었다. 치사해서 숨겨 두고 혼자서 씁쓸하게 웃어야 할 젊은 날의 못된 손 버르장머리를 까놓고 떠들 것은 무엇이며, 또 하필이면 미국의 좀도둑을 옹호하는 데 써 먹은 까닭은 무엇인가.

그건 그렇다고 치자. 그런 하잘 것 없는 일로 작가를 인신공격 해서야 쓰겠느냐는 통이 큰 활수가 있을지도 모른다. '국민 소득 2백 달러 시절의 우리 젊은이 눈에 비친 재떨이 한 개와 2만 달러 시대를 살고 있는 미국 젊은이의 취한 눈에 비친 실내 장식용 대리석 조각에 얼마만한 차이가 날지 모른다'는 이문렬의 말을 듣고도 심사가 뒤틀리지 않는 사람이 있을까.[12]

도대체 이문렬은 한국을 어떤 처지에서 바라보는가. 잘 사는 미국인의 절도는 장난이고 못 사는 한국은 그들의 콧대나 세워 주며 굴욕적으로 살아야 하는가. 이 나라 민족의 자존심은 저들의 뜻대로 짓밟아도 좋다는 말인가.

장편소설 『변경』(1989)은 바로 이렇게 잘못된 그의 시각을 그대로 투영한다.

이 소설은 단편 「타오르는 추억」을 확대 재생산한 소설로서 사회주의자를 아버지로 둔 아들의 관점에서 지난날 연좌법 아래서 끊임없는 사찰을 받아야 했던 역사적 비극을 다루고 있으면서도 이 나라를 미·소의 변경으로 비아냥거리는 '초객관적' 제국주의 세계관 때문에 변혁 의지, 또는 변혁 운동 자체를 '무모한 짓거리'로 몰아 붙이고 있다. 또, 엄청난 분량과 의욕에도 불구하고 시대의 반역 정신이 아니라 권력에 대한 굴욕적 처세술이 『영웅시대』(1984)를 체제내적 반공 소설로서 제자리 걸음을 하게 만든다.

이 글을 준비하면서 억지로 이문렬 소설을 읽어야 하는 고통은 참담한 후회의 연속이었다. 내가 왜 이 진수렁에 빠져 허덕이는 것일까. 나에게 남은 것은 들끓어 오르는 분노와 욕설뿐이었다. 이 나라 신문과 문학지는 이른바 인기 작가와 영합하여 그토록 밑바닥 길을 가도 좋단 말인가. 뒤틀리고 치사하게 꼬인

---

12) 이문렬, 「'스포츠 반미감정'의 표리」, 『동아일보』, 1989년 9월 30일자

길은 가도 가도 끝이 없다.

중앙일보라는 신문사가 발간한 『레테의 연가』(1983)는 어떤 소설인가. 27세의 노처녀 초입에 선 잡지사 여기자와 처자가 있고 그림을 꽤 그려 출세한 환쟁이 사이의 이야기를 일기 형식으로 서술하여 중도막이 번번이 끊어지는 이 소설은 어릿광대들의 사랑놀이 때문에 기가 막힌다. 할 짓 못할 짓 가리지 않고 다 하고서 끝에 가서 절대 순수를 부르짖는 도덕 군자의 넋두리는 누구의 가슴에 부아를 질러 주기 위한 술책인가. 그들은 사랑을 불태운 것도 아니고 도덕을 지푸라기로 붙잡은 것도 아니다.

최근까지도 썩 잘 팔리는 『추락하는 것은 날개가 있다』(1989)는 젊은 날에 잘못 뿌려진 사랑의 씨앗 때문에 벌어지는 국제적 신파극이며, 최소한의 체면 치레 때문에 흑백을 가리지 않고 몸을 팔았다는 사이비 관념을 바탕으로 삼은 치사하고 야한 사랑 이야기이다.

나는 여고에서 국사를 가르치는 한 교사로부터 "지금까지 한국 소설을 우습게 알다가 이 소설을 읽고 생각을 고쳐먹게 되었다"는 말과 함께 학생들에게 소설의 탁월함을 격찬했다는 말을 들었다. 나는 이 국사 교사가 우리 역사를 제대로 가르칠 수 있는지, 그 자질을 의심하지 않을 수 없다.

그렇다면, 이따위 너절한 신파극이 왜 잘 팔리는 소설이 되고, 이문렬은 어떻게 인기 작가로 둔갑하게 되었을까.

앞에서 우리 나라는 대중을 위한 바른 문화 교육의 기회가 없었기 때문에 상업 소설이 사회에 미치는 나쁜 영향에 대하여 무방비 상태였다는 점을 지적하였다. 그런데 이문렬은 자신의 출세 비결을 『레테의 연가』에서 너절하게 늘어 놓고 있는데, 이를 짧게 요약·비판하면 다음과 같다.

책을 사보는 독서 대중은 네 가지 미신에 의하여 좌우되는데, 광고·평판·대중 매체·평론이라는 것이다. 바로 이 네 가지 미신을 '이문렬이 어떻게 써 먹었는가'를 밝혀 본다면 이문렬의 정체는 쉽사리 파악될지도 모른다.

첫째, 언어를 원료로 한 책 광고란 그 위력이 폭력적이지만, 자기 방어력에

약하다는 취약점을 가지고 있어, 어느 정도의 비판적 안목을 가진 독자는 재빨리 그 영향의 그늘에서 벗어나는 점을 지적한다. 그래서 생겨난 것이 기획 광고가 아닌가.

여성 잡지에 색채 기사를 기획 광고로 선용하고, 각종 문학상을 받기 위해 로비를 벌이고,·촌지 벌레를 선용한다면 비용 적게 들고 효과 좋은 광고를 할 수 있지 않은가.

둘째, 일반 독서 대중의 평판에 의한 도서 구매 충동은 광고보다 깨뜨리기 어려운 위력을 가지나 대개는 통속적이고 피상적인 견해에서 출발하기 때문에 '평판이 항상 옳지는 않다'는 비판에 따라 변덕을 부릴 수 있다고 지적한다.

이문렬의 책이 불티나게 팔린 것은 평판의 연속극이라고 보아도 과언은 아니다. 대중 추수적인 평판은 참으로 깨뜨리기 어려운 철벽이다. 독서 대중은 이문렬을 비판하는 평론가들을 오히려 의심스럽게 바라본다. 나는 까뮈의『이방인』을 비판하고 학생들에게 시달린 경험이 있다.

셋째로 대중 매체가 산업 사회에서 미치는 영향은 신화에 가깝다. 체제 언론 시절에도 정치·경제 문제의 보도에는 눈살을 찌푸리면서도 문화에 대해서는 턱없는 신뢰를 가지고 있었다. 선동성·진기성·문제성 따위의 대중 매체 속성은 오히려 광범위하게 지속적인 영향력을 행사하며 대중 매체의 영향에서 자유로울 수 있는 독자란 거의 없다.

이문렬의 출세는 대중 매체의 기능적인 경영에서 출발하였다고 보아도 과언은 아니다. 그러나 요즘은 이문렬에 대한 비판적인 시각이 신문에서 부분적으로 나타나고 있다.

마지막으로 객관적 공정성을 가질 때 문학평론은 독서 대중을 지배하는 위력을 지닌다고 보면서도 문학평론의 역기능에 대하여 이문렬은 비판적인 입장이다.

새삼스러울 것도 없지만, 명문 대학 일류 평론가를 자인하는 부류들이 이문렬에 대한 시녀 비평을 일삼았던 결과, 오늘날 시건방을 떠는 이문렬로 군립시킨 것 아닌가.

　이문열이라고 해서 아까운 작품이 전혀 없었던 것은 아니다. 진기한 소재와 특이한 주제를 선택하는 데는 성공하지만, 늘 건강치 못한 사상 때문에 훌륭한 작품을 생산치 못하는 두 번째 이유가 된다. 여기서 '훌륭한'이란 대학 교과서에 실어서 다음 세대를 가르칠 만하다는 뜻이다.

　이런 관점에서 볼 때 얼핏 떠오르는 작품이 「금시조(金翅鳥)」(1983)와 『황제를 위하여』(1982)이다. 실제로 두 편의 작품에 대해서는 학생들과 공동 독서를 하여 보았고, 독후감을 써 보도록 하기도 하였다. 그럼에도 두 작품이 가지고 있는 '도(道)'를 추구하는 정신이 모두 속임수라는 사실이 다른 장점과 상쇄할 수 없는 것이 되어 허무감에 빠지고 말았다.

　「금시조」는 고죽·석담·추수·초헌 등의 이름씨가 풍기는 바와 같이 글씨의 예(藝)·도(道)·법(法)을 말하는 것 같지만 실상은 이문열의 뒤틀린 예술관을 대변하고 있을 뿐이다. 꽃 핀 매화 송이를 적게 그린다고 해서 예술인의 식민지 시대 의식이 끝난 것도 아니며, 일본인, 또는 친일파 지방 인사와 고상한 정담을 나눈 책임이 면제되는 것도 아니다.

　문제는 고죽의 삶이다. 그는 스승을 섬기며 열심히 글씨 공부를 하였다기보다는 타고난 손재간에 기대는 바가 크다. 그는 본처와 자식을 돌보는 살림을 한 것도 아니고, 기생첩과 그의 소생을 열심히 사랑한 것도 아니며, 글씨를 같이 쓰던 동아리들에게 의리를 지킨 것도 아니다. 명목상으로는 예·도·법이 하나가 되고 거기에 힘을 더한 '금시조' 서법을 갈구한 것으로 되어 있다.

　그러나 『달과 6펜스』를 상기나 시키듯, 초헌을 앞세우고 병약한 몸으로 온갖 기운을 모아 다시 모은 서푼짜리 글씨를 모조리 불태우고 불꽃에서나 겨우 금시조의 그림자를 본 채 숨을 거두는 고죽의 생애는 정신나간 미치광이의 촌극으로 마감하고 만다.

　또 이문열의 다른 소설에서도 눈에 가시처럼 걸리는 '정예 분자 의식'은 「금시조」의 경우에도 마찬가지로 혹 노릇을 하고 있다. 정예 분자 의식이란 무엇인가. 그것은 부르좌지 사상의 제국주의 세계관으로 제 3세계 군인들이 쿠데타를 자행하는 배경이 되었던 못된 사상이 아닌가.

『황제를 위하여』는 모처럼 애정을 가지고 읽었던 이문렬의 대표작이다. 김유정이 식민지 백성에게 주었던 풍족한 웃음은 채만식과 김성한이 있었지만 늘 흡족하지가 못했다. 고난받는 민족에게 풍족한 웃음은 식민지 시대를 살아가는 혁명적 낙관주의라는 것이 나의 지론이다. 그러나 조금만 생각해 보면 작가의 기독교적 선민 의식이 이 민족의 모든 행위를 비웃고 있다는 사실을 발견한다. 의병 활동이나 광복 운동, 만주의 이주 개간 사업이나 신도안의 신흥종교 운동이 모두 풍자의 대상이 된다. 그런 일에 헌신한 사람들을 모두 몽상가·백치·편집광·범법자·미치광이로 턱없이 풍자해 놓고 기발한 이야기 솜씨로 사실을 덮어 버리면서 불우했던 그의 청춘을 위로하고 있는 것일까.

그 잘난 종교와 미신의 차이점이란 무엇인가. 역사의 길고 짧음, 또는 힘이 있는가 없는가 정도밖에 더 무엇이 있는가. 역사가 길다고 해서, 힘을 가지고 있다고 해서, 남의 나라 민속을 이단시하고 깔아뭉개도 좋다는 말인가.

「금시조」나 『황제를 위하여』가 머금고 있는 참다운 의미는 무엇일까. 이문렬이 한때 빠진 유가의 세계관에서 얻어낸 복고 취향과 유가적 정예 분자 의식마저 희화화하고 냉소에 찬 풍자를 던지고 났을 때 마지막으로 도달한 세계관이란 무엇이었을까. 허무인가, 굴욕인가. 이문렬이 뇌까리는 허무주의란 굴욕적 세계관을 위장하기 위한 고급 변설에 지나지 않는다. 이러한 가설을 반증하는 단편이 「익명의 섬」, 「알 수 없는 일」, 「귀두산에는 낙타가 산다」 등이다. 오랜 세월이 지나면 이러한 단편들이 현대판 괴담이라는 점에서, 『고금소총』이나 『어우야담』 등에 전재될지 모른다.

이러한 이문렬의 소설 성격을 "현실에 대한 성실한 문제 의식을 생동감 있게 보여주기보다는 능란한 이야기 솜씨로 현실을 은폐"한다는 이우용의 지적은 적절한 것이다.13)

---

13) 이우용, 「이문렬, 무엇이 문제인가」, 『베스트셀러』, 시대평론, 1990

「익명의 섬」에서 전직 국민학교 교사였던 여주인공은 그날 오기로 되어 있었던 남편감 대신 '날카로운 눈빛으로 나를 쏘아보는' 또는 '몽롱한 눈빛'의 깨철이와 비오는 날 창고 속에서 '대용식'을 먹는다. 빨래터 마을 여인들의 수군거림이나, '동족 마을' 남자들이 깨철이를 '반편' 또는 '미치광이'로 취급하는 행위에서 반증하듯, 그는 여인들이 자기를 필요로 하는 시기를 알아 틈입했고 그 뒤로는 범접을 하지 않는 능란한 마을 여인들의 공동 연인이었다.

「알 수 없는 일」은 모든 것이 평등하고 후한 산행에서 따라지 인생들이 고급 주택가 귀한 아가씨들과 신분을 숨기고 걸팡지게 놀아 본 경험과 그 일을 잊지 못해 추근대다가 되레 경찰에 잡혀가는 세태 소설이다.

「귀두산에는 낙타가 산다」는 쬐끄만 사내 '배'가 창사 기념일에 서울로 편입된 귀두산에 올라가 겪은 하루 동안의 경험담이다. 똥천지에 뚜쟁이가 날뛰고 창녀 부대인 '낙타'가 기승을 부리는 귀두산에서 돈도 물건도 시원치 못한 '배'는 일방적으로 당하다가 빌다시피 탈출한다.

위와 같은 소설에서 이문렬은 '초객관적' 작가의 거리를 유지시킴으로써 사회 현실을 엄정히 고발했다기보다는 되지 못한 허무주의로 사실을 은폐하고 양심적 갈등·죄의식을 마비시킴으로써 사회적 각성을 지연시키고 있다. 또한 어린이 세계를 턱없이 가학적으로 왜곡시킴으로써 「우리들의 일그러진 영웅」은 폭력적 사회 현실과는 영원히 등을 돌리고 만다. 그 뒤에 독자가 떠맡아야 하는 부담은 참담한 굴욕감이다.

이문렬 단편 가운데 비교적 종자가 좋은 소설이 있다면 「구로 아리랑」과 「타오르는 추억」이다.

「구로 아리랑」은 여공의 독백체로 서술된 잘 다듬어진 항아리 같은 수작이다. 서구 소설 기법에 비교적 오염이 덜 된 김유정의 소설에서 부분적으로, 또는 남정현의 「너는 뭐냐」, 「똥땅(糞地)」에서 완벽하게 보여준 판소리 연희자의 독백을 완벽하게 재현시키고 있다.

이러한 뛰어난 기법에도 불구하고, 이른바 '위장 취업한 대학생'과 '순진한 여공'의 사랑 이야기는 노동을 한낱 소설의 배경으로 끌고 왔을 뿐 온갖 노동 모순을 정면 돌파하려는 진지한 노력을 회피함으로써 사회 변혁 운동이 겨우 여공이나 꼬시는 짓거리에 불과하며 노동 운동도 알고 보면 그렇고 그런 것이라고 비아냥거리게 된다.

　단편 「타오르는 추억」은 이문렬의 세계관과 작가 정신이 어우러져 오를 수 있는 최고의 높이를 보여준 소설이고, 이문렬의 다른 장편소설 『영웅시대』 『변경』을 잉태한 산실과 같은 작품이며, 신비평가들이 들먹이는 카프카나 제임스 조이스의 소외 의식과도 맞닿는 그의 대표작이다.

　주인공이 14세 이전에 자폐증을 갖게 된 경위를 작가는 희화시킨다. 그 중에서도 결정적인 마음의 상처는 산빨갱이였던 아버지의 죽음이다. 열두 살 때 그렇게 죽은 아버지를 '학처럼 하늘로 날아갔다'고 믿는 자신의 승화 의식을 남도 믿어 주도록 강요한다. 그래서 동아리들에게는 "죽은 아버지는 용감한 국군 아저씨였으며 괴뢰군을 쏴 죽이고 싶었다"는 미신을 퍼뜨렸고, 그것은 그가 의탁하고 있는 사촌형에게 매를 자초한다. 또 네 살 때 할머니의 죽음을 보고, "살아 있는 사람의 가슴을 들여다 본 적이 있다"는 미신을 갖게 되고, 다시 '그 처녀 아이'와 '산판 인부 놈'이 붙어먹는 것을 보고 "문둥이가 간 빼먹는 것을 보았다"는 또 하나의 미신을 갖게 된다. 이러한 쓸 데 없는 소년기의 세 가지 미신이 오히려 그가 곤욕스러운 학대를 받는 원인이 되었고, 그 결과 열네 살에 그가 가출하도록 만들었다.

　가출한 그는 고아였고, 구두닦이였고, 트럭 조수였고, 드디어 스물여덟에는 중장비 기사가 되어 서른에는 면도사 아가씨와 결혼한다. 아버지가 산빨갱이였다는 신원 조회 연좌법 때문에 어렵사리 중동 취업을 하게 되고 그가 돌아왔을 때 거울 속의 배우자는 송금한 돈을 빼 가지고 나간 뒤였고 그녀를 찾자 목을 누른다. 어두운 뒷간 거울 속의 그 여자를 죽이고 어린 날의 미신을 확인하기 위하여 고향으로 떠난다.

　문둥이가 간 빼먹은 그 여자를 만나 '잃어버린 기억을 되돌려 달라'고 외치지만 출산으로 터진 배만 확인하였을 뿐이며, 사촌형에게 학이 된 아버지의 죽음을 확인 받았으나 그는 쇠고랑을 차게 된다.

이러한 이문렬의 최고 수준작 「타오르는 추억」을 포함하여 정신적 상처를 심리적 소설로 전형화 하는 경우와 정신분석학적 비평의 결함은 성장 심리학이 아닌 이상성격 심리학으로만 가늠하는 까닭에 자기각성·자기해방을 가로막게 된다. 부르좌지 철학 사상 가운데 프로이드의 정신분석만큼 광범하게 영향을 끼친 사상도 드물 것이다. 정신분석학이라는 사이비 철학에서 민족문학의 해방은 또 하나의 과제이다.

「타오르는 추억」은 어린 날의 미신을 극복하지 못하도록 주인공을 유리 감옥에 가두어 두고 있으며, 역사적 현실을 통렬하게 풍자하지도 못하고 있지만, 이 소설을 꼼꼼하게 분석한다면 이문렬의 어린 날 상처를 찾을 수 있을지도 모른다.

『젊은 날의 초상』(1981)은 일종의 연작소설 형태로 각각 발표되었던 소설을 「하구」, 「우리 기쁜 젊은 날」, 「그해 겨울」로 묶어 펴냄으로써 작가 자신의 자전적 소설로 조명되었다.

젊은 날의 열정 어린 고뇌와 끝이 없는 방황을 통하여 늘 눈 떠 있고자 하나 젊은 날은 새지 않는 밤처럼 눈앞을 가리고, 자신의 방황을 묶는 덫의 고리를 벗기려 끊임없는 예광탄을 쏘아 올리건만 불발탄이 되어 제자리로 돌아오고 마는 것이 흔히 말하는 이문렬 소설의 유형이다. 이 경우 주인공은 '새출발 - 방황 - 새출발'의 순환 논리에 빠져 늘 방황이라는 출발점으로 원점 회귀를 하고 만다.

그렇다면 모순의 순환 논리에서 자기 해방을 꾀하는 길은 무엇일까. 그것은 현실과 보다 완강히 맞닥뜨림으로써 고뇌와 방황의 깊이를 더하고 거기서 얻어진 총체적 삶을 보다 깊게 성찰함으로써 자기 각성에 도달하는 수밖에 없다. 바로 자신의 깨도에 얼마나 철저했는가에 따라 범부와 성인을 구별지을 수 있을 터이다.

그렇다면 작가는 『젊은 날의 초상』이라는 자전적 소설을 통하여 자신의 젊은 날을 얼마나 철저히 성찰·각성하였는가. 바로 그 깊이를 정확히 재어 낼 수 있다면 소설의 성패 여부는 물론 독자 대중에게 미친 공감대와 자신의 총체적 삶까지도 헤아려 볼 수 있을 것이다.

늘 작가의 다른 소설이 그러하듯 소설 전체에 낭만적 허위 의식이나 감상적 거짓을 들씌워 기능적으로 독자를 속이는 것은 아닌가. 또는, 사기 기만적 우행을 남발하고 자기 도취적 허무주의를 덧칠함으로써 종당에는 독자 대중을 굴욕적 굴종의 세계관으로 납치하는 기만적 사기꾼 노릇을 하는 것은 아닌가. 물론 이 경우 작가가 손쉽게 빌려쓸 수 있는 연장은 평범한 사실을 반전시킴으로써 독자의 우둔함을 역공하는 이야기 솜씨인 것이다.

제 1부 「하구」는 지치고 지겨운 방황을 마치고 열여덟 나이에 비로소 낙동강 하구 강진에서 모래장을 하는 형을 도와 가며 틈틈이 대입 검정고시를 준비하겠다는 부푼 다짐에서 출발한다. 그러기에 안개·바다·갈대가 한일자로 늘어선 적적한 강진의 나날은 단순한 유배 생활이 아니라 새롭게 출발하는 잠룡기의 나날이어야 했다.

사실 이러한 기대에 걸맞게 대학생의 도움을 받고 장질부사라는 죽음과 싸워 이기며 주인공은 검정고시에 합격하고 대망의 일류 대학에 입학하게 된다. 강진의 나날은 열여덟이라는 나이에 걸맞을 정도로 의미 있는 나날이었다. 물론, 가장 순수해야 할 사춘기 시절마저 작가의 주변을 둘러싼 꼭두각시들을 기용함으로써 반전의 효과를 만끽하고 있다.

첫 번째로 기용한 꼭두각시는 소주를 마시고 턱없는 일로 싸움박질을 벌이고 별일 없던 것처럼 잠을 자는 모래장 따라지들인데 그들 중의 한 사람을 죽게 함으로써 오히려 두 사람의 우정이 극적으로 반전되는 것은 애교 있는 사건이다. 그리고 나에게 수학·과학을 가르쳐 준 서동호의 아버지를 전직 빨갱이로 반전시킴으로써 흔히 써 본 솜씨를 재확인한 것도 그렇다고 치자. 별장에 사는 황의 누이의 갈등을 황의 누이가 돈 좀 있는 놈의 축첩으로 생계를 꾸렸다는 또 하나의 반전에는 속취가 보인다. 이를 다짐이나 하듯 성장 시점에서 요정의 주인이 된 황의 누이에게서 그 시절 주인공을 사랑했노라는 확인을 한다.

이와 같이 「하구」는 주변 소음은 요란하고 주인공의 뼈 있는 성찰은 빠진 빈 껍데기 관념 투성이의 우행을 연속한다. 왜 그런가. 정확한 현실 인식을 회피하고 괴뢰들을 부려 이야기를 꾸미는 데 급급했기 때문이다.

제 2부 「우리 기쁜 젊은 날」은 주인공이 희망에 부푼 대학 생활에서 시작하여 방황으로 일관된 대학 생활을 청산하고 광원이 되기로 작정하고 강원도로 새출발을 하기까지의 무절제한 방종의 기록이다.

작가의 대학 생활에서 오직 눈길을 끄는 것은 화가와 김형이 한 짝이 되어 경쟁이나 하듯 읽어 치운 엄청난 독서량이다. 사실 여기서 '엄청난'이란 표현은 고작 2년간의 대학 생활 동안이었고 그나마 술로 낭비한 시간이어서 적절한 말은 못 된다. 그러나 작가가 자신만이 엄청난 독서를 했다고 믿는 자만심은 자신의 속물적 지적 오만만을 키워 나갔을 뿐이다. 사실 문청치고 그만한 독서도 안한 사람이 어디 있으랴.

이러한 자신의 독서량과 외국어에 대한 과신은 외국 작품을 뒤쳐 자신의 것인 양 속이게 되었고, 그 일이 발각되어 문학회를 쫓겨난다. 엄청난 독서량과 경쟁이나 하듯 그들 동아리는 술을 마셨다. 그 결과 눈치를 보아야 하는 가정교사 자리를 쫓겨나고, 학점은 엉망이고 감당 못할 빚까지 걸머지게 되었다. 작가는 무절제하고 방종이 넘치는 나날을 '허무적 삶'이라고 부른다. 가진 것이 달라 신분이 달랐고 그래서 사고 유형의 차이가 불가피하였기 때문에 혜연과의 사랑은 예정된 결별이었다.

허무적 삶과 곤궁한 자기 희생으로 일관된 엉망인 대학 생활을 청산할 새로운 탈출구가 필요했다. 때마침 우연한 사고로 김형이 죽었고 형이 보낸 등록금으로 급한 데를 가리고 강원도로 떠난다.

작가가 허무한 삶이라고 주장하는 대학 생활이란 술을 마시고 죄책감 없는 도벽을 익히는 기만적 방종과 허무적 오만을 키워 간 것에 불과하다. 거기에는 끊임없이 번뇌의 예광탄을 쏘아 올려 자기 각성을 하겠다는 전망이나 현실과 맞닥뜨려 정면 돌파하겠다는 의식도 전혀 보이지 않는다.

제 3부 「그해 겨울」에서 강원도로 출발한 주인공은 연골이라 광원도 못 되고 방황이라는 순환 고리를 바장이다가 결국은 원점 회귀를 하고 만다.

방황이란 무엇인가. 작가가 짜 놓은 틀 속에서 몸풀기식 방황을 하다가 약속된 땅으로 돌아오기만 하면 되는 편리한 운동인가.

주인공이 광원으로서 피땀 흘려 가며 살아보겠다는 당초의 출발 목표는 말끔히 잊어버리고, 강원도 산골짝의 사랑방을 돌다가 이나 오르고, 폐병쟁이에게 현학을 자랑하다가 망신이나 당하면서 그가 도달한 곳은 어디였던가. 술집 방우로서 감각이나 의식을 잠재우기 위해 술을 마시고 방심 상태로 불이나 지피다가 자신을 의심하는 지서 차석의 눈길을 피해 편리하게 바다로 출발한다. 아마도 바다로의 출발은 철저한 방황과 자기 투쟁을 통해 총체적인 삶의 의미를 되짚어 보자는 것이었는지 모른다.

삶이란 무엇인가. 폭설이 내려 쏟히는 창수령을 넘으며 편향된 정서적 불꽃을 퍼뜨리고 유부남을 사랑하다 시골 중학교 교사로 도피한 집안 누나를 만나기만 하면 편리하게 삶의 의미는 확인되는 것일까. 관념과 현실의 장인바치인 칼잡이는 삶에 무슨 의미를 주는가.

모두 작가가 짜 놓은 일정표에 따라 괴뢰들은 방황하다가 회귀하면 그만이다. 그래서 파도에 쓸리는 갈매기 때문에 주인공은 약병을 바다에 던지고, 아내와 어린 자식을 거느리고 병든 자는 그냥 두는 것이 형벌이라고 믿어 칼잡이도 칼을 바다에 던진다. 참으로 쉽고 편리한 삶이다. 파도에 쓸려 죽은 한 마리의 갈매기, 또는 병든 범인을 찾아 그토록 어둡고 캄캄한 방황을 했단 말인가.

이제 이문렬이 화려하게 내거는 허무주의라는 것은 기만적 속임수에 지나지 않으며 그것은 결국 삶의 총체성을 왜곡하여 굴욕적인 방종의 나락으로 떨어진다는 것이 확인되었다. 주인공은 창수령을 넘었건 광원이 되었건 자기를 속이며 사는 인간으로서는 아무런 변화가 없었을 인간이었다. 보기 좋은 대나무도 휘면 사람을 죽이는 활이 된다. 그렇다면 작가는 활을 만드는 기술을 어떻게 배웠을까. 이제 이문렬의 출세작 『사람의 아들』에서 지능적인 도둑놈과 장물아비가 장물을 나누어주는 과정을 추리소설이라는 가증스러운 수법으로 독자 대중을 어떻게 기만하는가를 살필 때가 되었다.

이문렬은 1979년 계간 『세계의 문학』에 『사람의 아들』이 당선되기 이전에 대구매일신문과 동아일보의 신춘 문예에 「나자레를 아십니까」(1977)와 「새하곡」(1979)이 각각 당선되어 화려하게 등단하였다.

특히 70년대 최인호·조선작 등의 이른바 '호스테스' 소설이 범람하여 독자 대중이 입맛을 잃고 있을 때 김성동이 불교 문제를 다룬 『만다라』(1979)를, 이문렬이 기독교 문제를 다룬 『사람의 아들』을 들고 나와 문단의 비상한 관심과 기대를 모았다. 또한 몇몇 평론가들은 이러한 종교적 형이상학적 주제의 소설에 대하여 격찬을 아끼지 않았고, 이러한 기대와 촉망에 따라 이문렬은 줄기차게 인기 상품을 생산해 냈다.

그러나 이문렬을 키워 내다시피 한 대부 평론가 류종호와 곽광수가 이문렬 문학이 안고 있는 본질적인 삶의 측면을 외면하고 작품의 기교적인 기능적 측면만을 무겁게 본 나머지 이문렬 문학이 기만적 허무주의에 빠져 대중의 각성을 가로막도록 오도하였다.

이 모든 소홀치 않는 문학적 미담을 고루 받아들이면서도 일변 이 작품이 가지고 있는 아슬아슬한 이중 구조에 적지 않은 불안감을 안 가질 수가 없다. 격자소설의 구조를 지닌 이 작품의 한 축을 이루고 있는 우리들의 현장 부분에서 문체는 느슨해지고 단초해지며 때로는 맥없어지기조차 한다. 추리적 요소가 독자들에게 궁금증을 그만큼 고전 세계를 다룰 때의 의젓한 기품은 사라져 있다.14)

---

14) 류종호, 『그대 다시는 고향에 가지 못하리』 해설평론, 나남, 1990

얼핏 보면 류종호의 이러한 지적은 그럴싸한 권위를 갖는 듯싶고, 곽광수를 비롯한 동아리 평론가들이 같은 소리를 입을 모아 합창하다시피 하였다. 그러나 이러한 비평은 이문렬 문학의 본질적 측면을 타격하지 못하고 오히려 작가의 명성만을 부추겨 주었다.

과연 류종호의 말대로 『사람의 아들』이 이중구조를 피하고 정통적인 단선 구성을 했다면, 문체에 기름을 치고 생동감을 살려냈다면, 추리소설의 형태를 피하고 『황제를 위하여』에서처럼 실록체 기법을 빌어 의젓한 기품만 지킨다면, 이문렬 문학은 건강성을 회복할 수 있었을까.

천만의 말씀이다. 종자가 나쁜 문학인데 분장은 해서 무엇하며 화려한 옷은 무슨 소용인가. 류종호는 제국주의 신비평이라는 세계관 때문에 문학이 인간에게 바르게 살아갈 수 있도록 갈 길을 일러주고 힘을 주어야 한다는 사실을 외면한 채 이문렬 문학의 기만적 허무주의를 은폐시키고 있다.

> 기실 민요섭이 직접 소설 가운데 나타나는 것은 소설 전체를 통해 단 한 번밖에 없다. 민요섭의 살해 사건을 맡은 남경호 형사가 사건 현장에서 그의 시체를 검증할 때에나 그를 독자들이 목격하게 되어 있고 그는 소설 전체를 통해 과거 속에 묻혀 숨어 있다.‥‥그에 관한 이야기는 남형사가 찾아간 지실자(知悉者)들이 들려주는 그대로 알려질 뿐, 작가가 그 내용을 재구성해 주는 형식으로 제시되어 있지 않은 것이다. 즉 이 점 역시 민요섭의, 이를테면 비실체성으로 하여 그에 관한 이야기의 무용성에 기여하는 듯하다.[15)]

이것은 또 무슨 소리인가. 민요섭의 송장이 한 번밖에 나오지 않았으니까 비실체성이라면, 그가 살아서 움직이면 소설의 모든 약점이 풀린단 말인가.

이와 같이 삶의 총체적 인식인 문학의 본질을 외면하고 거죽핥기식 기법만 따지는 것이 제국주의 신비평의 속성이다.

---

15) 곽광수, 「사랑과 배리-기독교적 비극성」, 『사람의 아들』, 민음사, 1981년판 해설 평론

이문렬은 이와 같이 기능적 비평에 대해서는 솔깃한 태도를 취하고 본질적 비평에 대해서는 심한 거부감을 보인다. 아마도 그것은 정도를 넘어선 인신공격으로 여기는 것 같다. 아는 바와 같이 출판된 문학 작품은 개인적 사유물이 아니라 사회적 공유물이다. 사회적 공유물에 대한 비판은 인신공격 차원을 넘어서 사회 전체 구성원에 대한 정당한 봉사가 된다.『사람의 아들』을 평가하는 일도 바로 그러한 작업의 하나이다.

맨 먼저『사람의 아들』을 놓고 짚어 볼 일은 곽광수 말대로 소설이 '기독교적 비극성'을 전형화 시켰는가 하는 점이다. 결론을 내리자면, 작가의 보수 반동적이고 기만적인 허무주의 기독교관은 기독교적 본질과 상반된다는 것이다. 다섯 번인가 몇 번인가, 읽었다는 그의 예수경 독서는 지극히 피상적인 것이어서 전혀 믿을 바가 못된다. '사랑은 곧 하느님', '하느님은 곧 사랑'이라고 토인비는 말한다. 사실 토인비가 아니라도 그 정도의 말을 할 수는 있다. 유물론적 역사 학자였던 토인비는 자연신에서 하느님을 찾는다. 그러니까 '남을 위하는 행위'가 바로 사랑이고, 그 사랑이 하느님이 된다. 그렇다면 민요섭이 민중을 구하러 나선 것이 바로 사랑의 실천이고, 피의 성전인 속세의 교회로 돌아온 것은 배교가 된다. 그런데도 민요섭이 속세의 교회로 돌아오는 것을 신학 교수의 말을 빌어 '돌아오는 중'이라고 하였다. '돌아오는 중'은 신앙의 회복이고, 민중 구제를 위한 사랑의 실천은 신앙의 상실이란 말인가.

이따위 사이비 논리가 어디 있는가. 지금 이 순간에도 그늘 속에서 버린 생명을 위해 몸을 바치고 있는 교직자들이 살아 있는 하느님으로 사랑을 실천하고 있다. 작가는 진리를 왜 왜곡하는가. 예상되는 기독교의 압력 때문인가.

소외된 민중을 외면하는 교직자는 사탄이다. 그는 사랑을 실천하는 사도가 아니기 때문이다.

둘째로 민요섭과 조동팔이 만들고자 하는 새로운 종파를 이단시하고, 그 결과 조동팔을 살인범으로 만들고 그래도 직성이 풀리지 않았던지 극약을 먹이고 살인의 진상을 듣게 만드는 작가의 세계관은 도대체 어디서 배운 것인가.

기독교만 정당시되고 다른 종교는 이단시되어야 할 까닭은 무엇인가. 그 뿐인가. 조동팔은 절도범이고 민요섭은 훔친 물건을 나누어주는 장물아비로 둔갑시켜 놓고 만다.

셋째로 작가는 왜 사실을 비틀고 조작하고 왜곡하는가. 그따위 되지 못한 손버릇이 독서 대중에게 어떤 영향을 끼쳤다고 생각하는가.

『사람의 아들』은 추리소설이라는 기법 때문이 아니라 본질을 왜곡하는 작가의 기만적 허무주의가 잉태한 속임수 사기꾼의 소설이다. 그러한 속임수는 민족 자각을 말살하고 제국주의 식민 통치를 연장할 뿐 밝아 오는 새벽처럼 민족 전체의 삶에 신바람 나는 전망을 주진 못한다.

3) 민족성인가, 명징성인가

이문렬의 대부 평론가가 류종호라면 김명수·최승호의 대부 비평가는 김우창이다. 제국주의 신비평을 신봉하는 두 비평가는 그 밖에도 더 많은 시인·작가 사단을 거느리고 있다.

여기서는 김우창의 비평 행위를 전면 검토한다던가, 또는 그의 비평 양식이, 먼저 알아듣지 못할 말을 혼자서 씨부렁거리고, 작품을 비평하고, 나중에는 뒤집어 버리는 변증법적 마술이라는 따위의 인신공격은 생략하겠다.

다만, 김명수 시집 해설 평론 「시의 언어, 시의 소재」(1980)와 최승호 시집 해설 평론 「관찰과 시」(1983)를 중심으로, 김우창이 과신하는 시의 명징성이 얼마나 덧없는 미신이며, 민족 성정을 오도하는가를 밝혀, 제국주의 신비평이 이제 그만 막을 내려야 할 필연성을 예증하고자 한다.

그렇다면, 김우창이 말하는 시의 명징성이란 무엇인가. 몇 차례 김우창의 글을 거듭 읽어보아도 명확한 개념이 잡히지 않는다.

우선 김우창은 "과학적 객관적 사실의 세계가 개념에 의하여 조직화된 세계이듯이, 시의 세계는 생활 세계의 말에 의하여 조직화된 세계"라고 전제한다. 또, 시적 활동의 핵심은 "정확한 사실의 적출과 전달"이며, 시의 효과 역시 정확성을 바탕으로 일어난다고 한다. 그러니까, 시 작업의 초점은 '사실이나 체험의 명징한 표상'을 '언어의 명징성'으로 드러내는 일이다. 혀꼬부라진 말을 요약하면, 시의 명징성이란 사실과 체험을 정확한 말로 적출하여 전달하는 것이 된다. 그렇다면 시의 명징성만이 시적 활동의 핵심이고 시의 모든 효과를 낼 수 있는 것일까. 왠지 괴이쩍은 생각이 든다. 또, 시의 명징성이 확보되었을 때 독자들에게 끼치는 영향이란 무엇이며, 그것만이 한국 시를 다스리는 특효약이 될 수 있을까.

김우창은 김명수 시의 바디를 '현실의 어둠'이라고 단정하고, 다만 그 '어둠은 직접 드러나는 것이 아니라 마음속의 불안으로 표현된다고 보고 시인의 의도는 독자를 현실의 어둠으로 이끌어 가는 것이라고 한다. 뿐만 아니라, 김명수의 시가 '아름다움의 암시'를 특질로 하고 있으며, 그것은 "사실이나, 이 암시가 현실의 어둠의 시적 승화에서 만들어진 허상의 세계"라고 강조한다.

따라서, 김명수 시의 미학은 '선명한 시적 인상을 조작해 낼 수 있는 언어의 힘'에서 온 것이고, 아울러 시인이 기교파의 자리에 머물지 않고 '현실의 중요한 체험을 시적으로 고정시킬 수 있는 능력'에서 온 것이리라고 주장한다.

그렇다면 김명수는 선명한 시적 인상을 얼마나 언어로 조작할 수 있는가. 물론, 여기서 '언어적 조작'이란 현실 세계의 사실이나 체험을 명징한 언어로 드러냄을 말한다. 그러나 김우창의 이러한 논리는 사물의 세계가 아닌 관념의 세계를 형상화한 「무지개」의 경우 턱없이 무너지고 만다. 김우창은 「무지개」가 죽음의 명징한 드러냄이 아니라, 죽음이 미화되어 있다는 사실을 인정하면서도 이 미화는 "분명히 알아볼 수 있는 환상의 조작"이라고 변명하면서 오히려 그것은 "살아남은 사람의 근거 없는 소망을 허망하게 나타낼 뿐, 죽음의 현실을 거짓으로 호도 하지는 못한다"고 억지를 쓴다.

본질적으로 시뿐만 아니라 소설까지도 현실 세계의 명징한 드러냄이란 불가능하다. 설령 그따위 언어적 조작이 가능하다손 쳐도 그것이 독자 대중의 추임새를 받는 미학이 되지는 못한다. 물론, 명징성은 시적 활동이 그 밑바디지만, 그것은 시적 활동의 핵심이 아니라 부분이다. 명징성이란 문청 시절의 주된 덕이지만 시의 효과 전부는 아니다.

　김우창에게 '죽음의 미화가 근거 없는 허망한 소망으로 인식될 까닭이 무엇인가. 또, 죽음의 현실을 거짓으로 호도 하지 않은 김우창의 명징한 세계는 어떻게 조작한 환각 세계인가.

　　아이가 걸어간다.
　　혼자서
　　어여쁜 꽃신도 함께 간다.

　　이 세상에서 때묻지 않은 죽음이여
　　너는 다시 무지개의 칠색(七色)으로 살아나는가

　　아이가 걸어 간다
　　아이가

　　한밤중 불 같은 머리 속 다 헹구고
　　간밤의 비바람 폭풍우 다 데리고

　　오늘은 다소곳이 걸어간다
　　눈물도 꽃송이도 다 데리고 걸어간다

　　아가야
　　네가 남긴 환한 미소

　　내 가슴에 남겨준 영롱한 기쁨
　　그런 것 모두 한 데 모아

오늘은 비 개이고 맑은 언덕

아이가 걸어간다.
혼자서
하늘 나라로 하늘 나라로
무죄의 충계를 밟아 오른다.

김명수 「무지개」 전문

적어도 「무지개」는, 죽은 어린 것을 쑥굴형에 내다 버리고 비가 오면 젖을까, 눈보라 치는 바람 소리에 어린 울음을 듣고 눈이 붓도록 울어 베갯머리를 적시는 한국 에미를 떠올리지 않고는 제 맛을 내지 못한다. 명징성이 아니라 민족성이다.

첫 도막의 앞푸리는 첫 줄에서 의문으로, 둘째 줄에서 암시로, 셋째 줄에서 미학적 발림으로 상황과 인물을 설정한다. 시는 걸음을 급히 떼어 둘째 도막에서 벌써 "때묻지 않는 죽음이 일곱빛 무지개로 되살아" 나기를 비는 민족 연대성으로 축원되는 온푸리에 도달하고 있다.

또한, 푸리의 수준에 따라 "아이가 걸어간다"는 밑바디는 걸음이 빨라지고 느려진다.

셋째 도막의 걸음은 처절한 흐느낌의 발새이고, 다섯째 마디의 걸음은 '불' 같은 머리와 '폭풍우' 같은 몸이 식고나서 눈물과 꽃송이, 즉 슬픔과 달램이 자위로 자리잡는 발새이다.

아기의 환한 미소와 영롱한 무지개 빛깔이 밝은 언덕에서 서로 만나 푸리와 바디의 걸음이 함께 얼크러 설크러지는 도막이 마지막 도막이다. 꽃신 신은 아이가 무죄의 충계를 걸어 오르는 하늘 나라는 서러워 밤잠을 설치며 에미가 꿈꾸던 저승이다.

이와 같이 「무지개」가 철저히 어머니 입장을 대변한다면 「세우(細雨)」는 소아마비 걸린 누이를 측은하게 바라보는 오라비 입장을 서술하고 있다. 이미 「세우」에 대해서는 나의 입장을 밝힌 바 있고, 민족성과 명징성의 문제도 「무지개」의 범주를 벗어나지 못할 터이므로 같은 말은 빼기로 한다.

「무지개」와 「세우」가 민족 성정을 바다로 삼는 민족 당파성을 미학으로 삼는데 반하여, 김명수의 또 다른 시 「월식(月蝕)」은 그 음험한 상징과 비유 때문에 우리 시에서는 드문 음란한 시이다.

먼저 「월식」에 대한 김우창의 입장을 살펴보자.

> 「월식」의 아름다움은 환상적인 아름다움이다. 그러나 그것은 생략의 암시 효과가 만들어내는 착각에 불과하다. 이야기 되어 있는 것은 비극적인 어떤 사건이다. 그것은 누님에게 가까운 사람에게 일어난 일로 누님은 그로 인하여 말을 잃은 슬픔의 인간이 되었다. 그것은 마지막으로 일어난 일 - 어쩌면 죽음과 같은 결정적인 일이었다. 그러기 때문에 개가 다시 짖지 않는 것일 것이다. 개조차 죽여버린 것일까. 그것은 어떤 사나이에게 일어난 일이다. 그는 지나갔다. '붉게 물들어'. 달빛 때문에. 피를 흘려서. 그것은 달밤에 일어난 일이다. 그러나 달밤은 사건의 고독함을 강조하고 마지막 연이 말하듯이 사건의 엄청남을 감추어 줄 뿐이다.16)

김우창의 이러한 진술을 듣고 있노라면 그가 별반 용한 점쟁이가 아니라는 사실을 깨닫게 된다. 어쨌거나 다소 지루한 김우창의 말을 요약하면 두 가지이다.

하나는 「월식」의 미학은 환상적 아름다움이고 그것은 생략의 암시 효과가 빚어내는 착각이라는 것이다. 다른 하나는 시의 주제인데, 그것은 죽음과도 같은 결정적이고 비극적인 사건이 누님에게 생겼다는 것이다.

'생략의 암시 효과가 빚어내는 착각'이란, 김우창의 또 다른 표현을 빌린다

---

16) 김우창, 「시의 언어, 시의 소재」, 김명수 시집 『월식』 해설평론, 민음사, 1980, 14쪽. 앞의 따옴표 안의 글도 모두 이 평론에서 따왔다.

면 '명징한 언어적 조작'이고 그것이 바로 '환상적 아름다움'의 정체가 된다.

거듭 묻지만 명징성이 과연 미학의 모든 규범이 될 수 있을까.

또, 시의 주제를 '누님에게 생긴 비극적 사건'이라고 얼버무리는 말이 전적으로 틀린 말은 아니다. 그러나 숱한 의문 부호 끝에 매어 달린 결론이 그렇게 명징한 것 같지는 않다.

달 그늘에 잠긴
비인 마을의 잠
사나이 하나가 지나갔다
붉게 물들어

발자욱 성큼
성큼
남겨 놓은 채
개는 다시 짖지 않았다
목이 쉬어 짖어대던
외로운 개

그 뒤로 누님은
말이 없었다

달이
커다랗게
불끈 솟은 달이

슬슬 마을을 가려주던 저녁

김명수 「월식」 전문

한국 민담 설화에 의하면, 월식이란 개가 달을 먹는 행위이다. 따라서, 시에서 '달'과 '누님', '개'와 '사내'는 동격이 된다. 개가 달을 먹듯, 사내가 누님을 먹은, 달뜨는 저녁에 있었던 일이 액자시로 묶여 있다. 시의 첫째 둘째 줄 "달 그늘에 잠긴 / 비인 마을의 잠"과 마지막 도막, "슬슬 마을을 가려주던 저녁"은 격자이면서 월식인 '그 짓'이 일어났던 때와 곳을 포함한 상황으로 예시된다. 그래서 첫 도막의 사내가 마을을 지나간 것이 구름에 달 가듯 한 것이 아님은 '붉게 물들어'가 증명한다. 어떤 이는 "달밤에 사내가 왜 붉게 물이 들었느냐." 그러니까 '공산당의 침략이 있었다'고 강변하지만, 김명수가 초기시를 쓸 무렵에는 「하급반 교과서」를 쓸 때처럼 사회 의식이 첨예하게 나타나지 않았다.

둘째 도막의 첫째 둘째 줄은 사내의 '그 짓'이 거침없이 이루어졌으며 '성큼 / 성큼'을 줄을 바꾸어 반복한 효과는 사내의 그 짓이 가학적 전율로 남아 떨림의 기능도 한다. 셋째 줄은 누님과 사내의 그 일 뒤가 개운치 못했음을 꼬리로 붙여 놓은 셈이다.

셋째 도막에서 사내의 인격은 개로 상징화되어 전이되고 있다. 이러한 전이는 달뜨는 비인 마을에서 왁살스레 짖어대는 개를 상기시키고 월식 행위와 고리를 맺어 줌으로써 상징·비유의 유사성을 강화시킨다. "목이 쉬어 짖어대던 개"는 '목 마르게 갈망하던 사내', 그래서 외롭기조차 했던 개는 일단 목을 축이자 다시 짖지 않았던 것이다.

사내가 다시 짖지 않았기 때문에 누님은 말을 잃었다. 김승옥의 「건(乾)」 속에서 형들이 집단으로 누나에게 그 짓을 하고 난 뒤처럼.

짖지 않는 사내와는 상관없이, 누님이 말을 잃은 것과는 상관없이 달은 달보기로 달마다 불끈불끈 솟아오르고 있다.

그렇다면 김명수가 「월식」에서 보여준 명징한 언어적 조작이 환상적 아름다움에 기능적으로 기여한 결과 독자들에게 미친 영향이란 무엇인가. 사내와 그 일을 치르고 개운찮은 뒷일이 생긴 뒤로 골방에 박혀 말을 잊고 사는 누님을 안쓰러워 하는 사내 동생의 동정심을 키워 준 것인가. 아니면, 지적으로는 성숙하고 성적으로는 난폭한 사내들의 음란기를 충족시키고 있는가.

이러한 질문에 정확한 답변을 할 수 있을 때, '민족성'인가, 아니면 '명징성'인가의 미학적 선택을 할 수 있다. 이러한 문제는 최승호의 시를 보면 분명해진다.

김명수의 뒤를 이어 1982년 최승호는 『세계문학』이 실시한 '오늘의 작가상'을 수상함으로써 문학 활동을 시작하였다. 수상작 『대설주의보』에 대하여 류종호·최인훈·김우창의 공동 명의로 된 심사 보고를 살펴보면, '사실적 관찰, 단순하지 않은 사려, 허떱지 않은 언어' 때문에 심사위원의 주의를 끌었고, 또 최승호는 「드물게 침착한 관찰력과 생각의 깊이를 가진 시인」이라고 격찬하였다.17)

과연 최승호는 사실적 관찰력과 생각이 깊은 시인일까. 상을 주어 놓고 인사치레로 추켜세운 말은 아닐까. 우선 「대설주의보」를 살펴보자.

해일처럼 굽이치는 백색의 산들,
제설차 한 대 올 리 없는
깊은 백색의 골짜기를 메우며
굵은 눈발은 휘몰아치고,
쬐그마한 숯덩이만한 게 짧은 날개를 파닥이며…
굴뚝새가 눈보라 속으로 날아간다.

길 잃은 등산객들 있을 듯
외딴 두메마을 길 끊어놓을 듯
은하수가 펑펑 쏟아져 날아오듯 덤벼드는 눈,
다투어 몰려오는 힘찬 눈보라의 군단,
눈보라가 내리는 백색의 계엄령.

---

17) 제6회 '오늘의 작가상' 수상자 발표 심사 보고, 『세계문학』, 1982 여름호

쬐그마한 숯덩이만한 게 짧은 날개를 파닥이며…
날아온다 꺼칠한 굴뚝새가
서둘러 뒷간에 몸을 감춘다.
그 어디에 부리부리한 솔개라도 도사리고 있다는 것일까.

길 잃고 굶주리는 산짐승들 있을 듯
눈더미의 무게로 소나무 가지들이 부러질 듯
다투어 몰려오는 힘찬 눈보라의 군단,
때죽나무와 때 끓이는 외딴 집 굴뚝에
해일처럼 굽이치는 백색의 산과 골짜기에
눈보라가 내리는 백색의 계엄령.

최승호 「대설주의보」 전문

최승호 시집에 있는 49편의 시 가운데 「대설주의보」 한 편이 들어 있다는 것은 다행스러운 일이다. 시는 확 트인 공간을 무작스러울 정도로 벗겨 놓음으로써 통쾌한 전율을 안겨 준다. 또 최승호를 시인이라고 불러도 좋을 만한 절구도 몇 군데 보인다. 예를 들면, "은하수가 펑펑 쏟아져 날아오듯" "때죽나무와 때 끓이는 외딴 집" 등의 절구는 시인의 상상력과 언어를 조련하는 연금술이 얼마나 탁월한가를 잘 말해 준다. 소설 『림꺽정』에서 조선 사내의 사내다움을 맛보았다면, 「메밀꽃 필 무렵」에서는 우리 자연이 내는 소리를 들을 수 있다. 그리고 「대설주의보」에 이르러 비로소 광막한 광야를 본다. 사실 우리 문학이 질러대는 궁시렁거리는 소리와 구질구질한 궁기에 멀미가 나 있는 것도 사실이다.

최승호 시의 일반적 주제는 가학적 폭력과 피학적 폭력의 대응 관계가 분명 비판적으로 이루어지고 있다. 시에서는 보다 큰 자연이 보다 작은 자연에게 폭력을 휘두르고 있다.

그러나 80년대 한국 정치 상황이 전형화 된 것 같지는 않다.

그러나 시를 자세히 뜯어보면 개운찮은 구석도 보인다. 우선 막연하게 넓어만 보이던 공간이 점점 의미가 없어짐을 느낀다. 고작 눈보라에 쫓기는 산새 몇 마리 정도이다. 이육사의 「광야」가 머금고 있는 공간과 차이점을 발견한다. 그것은 사실적 관찰 이상의 의미가 없다. '눈보라의 군단', '백색의 계엄령' 등은 처음에는 참한 느낌을 주다가 나중에는 모더니즘의 그렇고 그런 장난기를 느끼면서 '생각이 깊은 시인'이라는 보고서에 구멍이 보이기 시작한다.

그렇다면, 최승호의 대부 김우창은 무엇이라고 하는지 들어보자.

> 최승호 씨의 시를 특징짓고 있는 것은 뛰어난 사실적 고찰이다. 이것은 어떤 사람들의 관점에서는 비 시적으로 보일 정도로 사실적일지 모른다.……
> 사실성은 시의 전부는 아니면서, 우리에게는 시적인 명징성의 확보를 위하여 기술적인 요건이 되는 것이라고 아니할 수 없는 것이다. 그리고 이것은, 자세히 들여다보면, 보다 큰 시적인 정열(결국 이것은 삶의 정열이다)에 이어져 있다.[18]

위의 글은 김우창의 사상적 변모 과정을 고찰하는 데 빼서는 안 될 밑자료이다. 왜 그런가.

첫째, 사실성이 바로 명징성이라는 김우창 나름의 미학에는 별반 변동이 없다. 그러나 앞서 1980년 김명수 시집 해설 평론에서 지적한 바와 같이 '명징성'이야말로 시적 활동의 핵심이고, 시 효과의 전부라고 강변하던 김우창이 3년이 지나서야 겨우 실수를 깨닫고 이제는 '명징성의 확보를 위하여 기술적인 요건'이라고 후퇴한다.

또 하나는 문학의 기능적 인식을 벗어나 '문학은 삶의 정열'이라는 초보적이긴 하지만 비로소 문학을 본질적으로 인식하려는 각성을 하고 있다.

서양 누구의 말을 따온 듯 하지만, 김우창 말대로 문학은 과연 삶의 정열인

---

18) 김우창, 「관찰과 시」, 최승호 시집 해설평론, 민음사, 1983, 125쪽

가. 이 말을 철저히 짚어 보고 넘어가야만 '명징성'의 허상을 바르게 인식할 수
있다.

김우창은 최승호의 「매운탕」을 놓고 우리 시대의 모순이 인간의 내적 외적
폭력의 소산임을 전제하고, 「매운탕」의 첫째 둘째 도막 때문에 매운탕의 아름
다움을 느낀다고 한다.

나는 김우창이 말하는 '매운탕의 아름다움'이 무엇인지 알 수가 없다. 시에
서 보듯 인간의 폭력이 바로 삶의 정열이고, 그 정열 때문에 아름답다는 말인
가. 아니면 인간의 외적 내적 폭력을 명징한 언어로 드러낸 것이 아름답다는
말인가.

그러나 어느 쪽을 선택하든 결론은 같다. 앞서 심사평에서 류종호·최인훈
·김우창은 공동 명의로, '시는 가장 간단히 말하여 가장 기억할 만한 언어'라
고 말했기 때문이다. 첫째 둘째 도막이 김우창에게는 가장 기억할 만한 언어이
고, 따라서 김우창에게는 시가 된다.

　　　흉기를 품은 건달족에게 능욕당하며
　　　버둥거리는 처녀처럼
　　　도마 위에 잉어가 퍼덕거린다
　　　칼에 잘리는 지느러미
　　　칼에 긁히는 금빛 비늘

　　　뇌 속의 쓸개를
　　　독한 소주로 헹구면서
　　　얼큰한 매운탕을 한 그릇 해야겠다

　　　관광버스를 타고 신나게 도망쳐 와서
　　　풍덩
　　　강물에 몸을 던지는 피서객들
　　　반짝이는 모래톱

태양에 말리는 흑갈색 머리
강 건너 골짜기의
풍경의 아름다움에 숨통이 트이고
타조알만한 자갈들은
타조새끼가 알을 깨고 나올 만큼 뜨겁다

다만
이러한 평화가 모처럼의 짧은 휴전이라면
숨통이 막히는 긴 날들은……

최승호 「매운탕」 전문

바이킹 해적 영화를 보면 칼날을 배에 깔고 아래로 밀어 버리는 사형 방법이 있다. 매운탕은 바로 그 사형 방법에 버금할 만큼 메슥메슥 속이 뒤틀리고 뱃가죽에 전율을 느끼는 시라면 시이다.

　이러한 아쉬운 느낌에도 불구하고 최승호 씨가 드물게 침착한 관찰력과 생각의 깊이를 가진 시인임에는 틀림이 없는 것으로 우리는 믿는다. 상투적 언어, 과장된 감정, 경직된 사고가 범람하는 시대에 있어서 그가 가진 자질은 믿을 만한 출발점이 될 수 있을 것이다.[19]

류종호·김우창·최인훈이 말하는 경직된 사고를 벗어나, 최승호가 서 있는 믿을 만한 출발점이 어디인가. 그는 과연 무엇을 가장 기억할 만한 언어로 사실적 관찰을 하고, 명징한 언어로 드러내는 것인가.

제아무리 사실적인 명징이라고 해도 발겨 놓아서는 안될 치부는 덮어두는 법이다. 자연주의가 위세를 떨치지 못하고 왜 도중 하차했는가는 해외문학파가 더 잘 알 것이다.

---

19) 앞의 책

태줄이 가위에 잘린 날
먹는 미역국,
태줄 먹듯 먹는 미역국.

최승호 「생일」 부분

위와 같은 글을 읽을 때 그 어떤 수사학적 이유나 미학으로도 결코 관용할
수 없는 토악질과 부끄러움을 느낀다. 시를 읽고 난 독자들은 태줄을 먹는 구
토를 느낄 것이고, 토악질을 한 뒤라야 왜 시가 더러워서는 안되는가를 깨닫게
될 것이다.

최승호는 문이라는 문은 모두 열어 보고, 구멍이라는 구멍은 모조리 들여다
보고, 방이라는 방은 모두 발겨 보아야 직성이 풀린다. 또, 최승호의 대부들은
그것이야말로 사실적 정확성이라고 가르친다.

경직된 사고가 범람하는 시대에도 인간이 범해서는 안될 일이 있다. 인간의
고기를 먹는 일과 근친을 범하는 일 따위가 그것이다. 사육제와 일본의 풍속과
성해방을 부르짖고 싶을 것이다. 그러나 그것은 가이사의 것이고 우리의 민족
성은 아니다.

나는 아직껏 그들의 이름을 모른다.

호텔이 멀리 보이는
밤마다 휘황찬란한 빨강 파랑 초록의 네온사인과
방마다 불이 켜지는 호텔이
멀리 보이는
집 바로 건너편에
떡방앗간을 밀고 대신 산부인과가 들어서고,
수술대 위에서 뜯겨진 태아들을
뻔질나게 하수도로 쏟아놓는 덕분에

나는 그들을 만나야 했다.
모자를 눌러 쓴 녀석들,
그들은 밤이면 담을 타넘어 왔다.
연거푸 곰방대를 빨며
벽에 바싹 달라붙어 몸을 숨기면서
곰팡이가 움푹 파먹은 문어 같은 대가리를
피 줄줄 흐르는 얼굴을 감추려고
모자를 눌러 쓴 녀석들,
그들은 너덜너덜 칼질당한 가죽잠바를 걸친채
이따금씩 유리창을 기웃거리곤 한다.
녀석들, 말라빠진 내 젖꼭지라도
실컷 좀 빨자는 건가.

최승호 「모자를 눌러 쓴」 전문

　이와 같이 날이 넘은 시를 놓고 비유와 상징을 길게 늘어놓고 싶은 생각은 조금도 없다. 사실적 정확성을 위하여 무엇이든 발겨 놓기를 좋아하는 최승호가 이번에는 하수도로 들어가 수술대 위에서 뜯겨진 태아들을 만나고 있다는 사실을 상기만 하자.

　또 하나, 말라빠진 젖꼭지의 소유자인 말하는 이가 만나는 그들은 단순히 모자를 눌러 쓴 태아만을 상징하는 것이 아니라 밤마다 담을 타넘는 '곰팡이가 움푹 파먹은 문어 대가리'를 아울러 상징함으로써 음란의 효과를 더하고 있다.

　지금까지의 논의는 논리적으로 누가 이기고 졌는가, 문예 미학적 효용성이라든가, 누가 옳고 그르다는 따위의 철부지들의 패싸움을 위한 객기는 아니다.

　명징성이라는 미학이 옳은가 그른가를 떠나서 그 칼을 김명수와 최승호에게 주었을 때 결과는 판이하게 달랐다는 점을 김우창은 인정해야 할 것이다. 제아무리 잘 먹는 보검도 임자에 따라서 결과는 판이하다. 따라서, 명징성이란 시적 활동의 핵심도 아니고 시 효과의 전부도 아니다.

3. 푸리문학을 어떻게 실천할 것인가

1) 밥을 익히는 고동불로 타올라

푸리문학이란 철저한 자기깨도와 각성을 통하여 개인적 자아를 옥죄는 유리 감옥을 파괴하여 개인을 풀어 주고, 나아가 사회적 자아가 걸머진 제국주의 사슬의 고리를 벗겨 줌으로써 민족 집단을 해방시키고, 아울러 민족 당파성을 실천하는 힘을 주는 문학이다.

올곧은 민족 성정을 재빨리 회복하고 현존하는 민족 연합 전선에 효과적으로 복무하기 위하여 푸리문학은 창작 과정에서 열림새·풀림새·시김새가 담보되어야 한다. 또, 한 개인이 결박을 끊고 일어나 스스로 역사적 주체로 설 때까지 줄기찬 용기와 힘을 줄 때만 민족 집단적 추임새를 쟁취할 수 있으리라는 사실은 자명하다.

푸리문학이 민족 문예 운동에 주도적 성과를 얻어내기 위해서 앞푸리·온푸리·뒷푸리는 전체를 위한 부분이고 아울러 부분을 위한 전체여서 전체성과 개별성이 긴밀한 붙임새가 있어야 한다.

앞푸리는 초입에서 고동까지 가는 과정이며, 열림새의 밑바디와 풀림새의 발림이 사설꾼 또는 노래꾼에 의하여 아니리 형식을 통해 전면적으로 또는 부분적으로 불을 붙여 놓아야 한다.

온푸리에 이르면 열림새와 풀림새가 순간적·입체적으로 조명되어 추임새는 고동불로 치솟아 오르고, 더늠 또는 더뺌이라는 담금질은 타는 불길에 기름을 부어 드디어 혁명 일꾼이 가야 할 전망과 전선이 확연히 형상화된다.

뒷푸리는 앞푸리와 온푸리에서 제시된 해방성을 재확인하고 다짐하는, 일정한 더늠을 보탬으로써 푸리문학의 혁명 전사로 일어서는 일꾼에게 용기와 힘을 주어야 한다.

푸리문학이 살아 숨쉬며 제 일을 제대로 담보하기 위해서는 열림새·풀림새·

시김새는 제구실을 하여야 한다. 열림새는 민족 당파성을 혁명적 역량으로 선동하는 작가의 추동력이고, 풀림새는 깨도와 각성에 의해 사슬을 벗겨 주는 작가의 눈뜸이며, 시김새는 열림새와 풀림새를 민족 성정에 맞도록 도구질을 함으로써 독자 대중의 거부감을 줄이는 일이다.

푸리문학으로 제시되는 문학 성과물은 앞푸리·온푸리·뒷푸리가 한결같이 열림새·풀림새·시김새를 갖출 때 민족 해방 전선에 보다 효과적으로 복무할 수 있다.

다음에서 살펴보는 노동자·학생·농민·전교조 교사들의 시 작업은 바로 이러한 미학적 규정력을 바탕으로 자질되어야 참다운 민족시로 발돋움할 수 있을 것이다.

가령 노동시의 경우, 박노해·백무산·정인화·김기홍 등이 부분적으로 푸리문학의 전형을 보여 준다. 특히 백무산의 「장작불」,「노동의 밥」 등은 푸리문학의 수준 높은 성과물이다.

　　　피가 도는 밥을 먹으리라
　　　펄펄 살아 튀는 밥을 먹으리라
　　　먹은 대로 깨끗이 목숨 위해 쓰이고
　　　먹은 대로 깨끗이 힘이 되는 밥
　　　쓰일 데로 쓰인 힘은 다시 밥이 되리라
　　　살아 있는 노동의 밥이
　　　목숨보다 앞선 밥은 먹지 않으리
　　　펄펄 살아오지 않는 밥도 먹지 않으리
　　　생명이 없는 밥은 개나 주어라
　　　밥을 분명히 보지 못하면
　　　목숨도 분명히 보지 못한다

　　　살아 있는 밥을 먹으리라
　　　목숨이 분명하면 밥도 분명하리라

밥이 분명하면 목숨도 분명하리라
피가 도는 밥을 먹으리라
살아 있는 노동의 밥을

백무산 「노동의 밥」 전문

노동이란 무엇인가. 밥을 버는 수단이다. 그것뿐인가. 그것은 사람다움의 실천이다. 「노동의 밥」은 노동과 밥에 관련된 이와 같은 기본적 인식을 선언적인 단호함으로 보여준다.

시가 보여주는 단호한 아름다움이란 무엇인가. 확실한 노동자 당파성을 정확히 자성하고 그러한 깨우침을 과학적 진실로 담보한다는 말이다. 그렇다면 과학적 진실이란 무엇인가. 앞푸리·온푸리·뒷푸리가 정반합의 법칙에 따라 독자적으로 담보되고 해방성의 각 단계가 반복적으로 강조됨으로써 독자 대중에게 분명한 느낌을 준다는 말이다.

즉 앞푸리에서 '피가 도는 밥을 먹으리라'와 같은 풀림새는, '펄펄 살아 튀는 밥, 먹은 대로 깨끗이 목숨 위해 쓰이는 밥'으로 순환되어 '쓰일 대로 쓰인 힘은 다시 밥이 되리라'로 원점 회귀함으로써 '살아 있는 노동의 밥이 결국은 거슬러 올라가 피가 도는 밥'이 된다. 즉, 피가 되는 밥이 바로 노동의 밥이 된다.

온푸리는 앞푸리에서 선언적으로 제창된 명제들의 반대 측면이 단호히 부정된다. '목숨보다 앞선 밥' 또는 '펄펄 살아 오지 않는 밥'이 아니면 먹지 않으리라는 반언 명제가 '생명이 없는 밥은 개나 주어라'와 같이 단언적 부정에 도달케 한다. 다시 '밥을 분명히 보지 못하면 목숨도 분명히 보지 못한다'는 선험적 체험에 이름으로써, 시가 자아내는 과학적 비장감은 푸리문학의 풀림새를 논리적으로 영도한다.

뒷푸리는 앞푸리에서 확인된 '살아 있는 밥'을 먹으리라고 선언하고, '분명한 목숨'과 '분명한 밥'을 반복적으로 등가 함으로써 피가 도는 밥이 살아 있는

푸리문학이란 무엇인가

167

밥이고 그것이 바로 노동의 밥이 됨으로써 하나의 고리가 성립되며 그 고리는 결과적으로 액자시의 형태로 돌아온다.

그렇다면, 왜 새삼스레 노동과 밥을 들춰내야 하는가. 땀흘려 일하고, 그 일한 대가로 밥을 먹고, 그 밥은 노동을 위한 힘이 되던 날이 왠지 아득하게 느껴지는 까닭은 무엇일까.

바로 이러한 시대에 「노동의 밥」은 기본적인 노동 윤리와 노동을 통한 참다운 총체성을 절절히 풀어내고 있다.

백무산의 「장작불」은 노동시로서 뿐만 아니라, 민중시·민족시로서도 선도적 자리에 머물러 있다. 또한 푸리문학의 열림새·풀림새·시김새를 고루 갖춘 수작이다.

우리는 장작불 같은거야
먼저 불이 붙은 토막은 불씨가 되고
늦게 붙는 놈은 마른 놈 곁에
젖은 놈은 나중에 던저져
활활 타는 장작불 같은거야

몸을 맞대어야 세게 타오르지
마른 놈은 단단한 놈을 도와야 해
단단한 놈일수록 늦게 붙으나
옮겨붙기만 하면 불의 중심이 되어
탈거야 그때는 젖은 놈도 타기 시작하지

우리는 장작불 같은거야
몇 개 장작만으로는 불꽃을 만들지 못해

장작은 장작끼리 여러 몸을 맞대지 않으면
절대 불꽃을 피우지 못해
여러 놈이 엉겨붙지 않으면

쓸모없는 그으름만 날 뿐이야
죽어서도 잿더미만 클 뿐이야
우리는 장작불 같은거야

백무산 「장작불」 전문

　시는 「노동의 밥」과 같이 과학적 인식을 밑바디로 삼고 있다. 즉, '우리는 장작불 같은거야'와 같은 단언 명제가 '몸을 맞대야 세게 타오르지'라는 당연 결론에 도달하게 하며, 따라서 '몇 개 장작만으로는 불꽃을 만들지 못해'라는 반언 부정을 덧붙이게 된다.

　앞푸리에서 '우리는 장작불 같은거야'라고 깨도된 선험적 체험을 고백할 때, '우리는' 개연성과 포괄성을 머금게 되고, 이러한 폭넓은 수용력은 민중을 구성하는 독자성에 애정의 시선을 던지게 한다. 그리하여 먼저 불붙은 토막은 타서 불씨가 되고 늦게 붙은 토막은 마른 놈 곁에서 불이 옮겨 붙고 젖은 놈은 나중에 던져져서 얼크러 설크러지며 연대성을 이루어 장작불로 타게 된다.

　앞푸리는 열림새를, 온푸리는 풀림새를 각각 밑바디로 삼고 있다. '몸을 맞대어야 세게 타오르지'라는 단언적 풀림새는 몇 가닥으로 갈라져 '마른 놈', '단단한 놈', '젖은 놈'의 당파성을 강화시키고 있다. 각자의 당파성을 강조하는 것은 서로의 입장을 이해하고 도울 수 있다는 뜻이고, 그럴 때만 분파성을 극복하고 민족 연합 전선을 구축할 수 있음을 소박한 비유로 풀어 준다.

　뒷푸리의 '몇 개 장작만으로는 불꽃을 만들지 못해'와 같은 단언적 부정은 '장작은 장작끼리 여러 몸을 맞대지 않으면' 또는 '여러 놈이 엉거붙지 않으면과 같은 양보절에 '절대 불꽃을 피우지 못해'와 같은 선언적 결론을 단호하게 덧붙이게 한다.

　이와 같이 백무산의 「노동의 밥」, 「장작불」 등과 같은 몇 편의 시는 노동시가 민족시로 연합할 가능성을 열어 주었다. 혹자는 백무산의 이러한 시적 편향이 노동 당파성을 외면한 관념론이고, 따라서 노동자의 감수성을 부르좌지 감수성으로 입맛을 맞추어 주는 전향론이라고 비판할지도 모른다.

그러나 박노해·정인화·김기홍 등이 노동시를 민중시로 자리바꿈 할 수 있었으며, 아울러 노동 해방을 담보할 수 있었는지는 평가를 달리할 수 있다.

노동해방문학의 적자로 대접을 받는 박노해의 시 가운데 「이불을 꿰매면서」는 이른바 여성 해방의 필연성을 담보하고 있다고 한다.

　　이불홑청을 꿰매면서
　　속옷 빨래 하면서
　　나는 부끄러움의 가슴을 친다

　　똑같이 공장에서 돌아와 자정이 넘도록
　　설겆이에 방청소에 고추장단지 뚜껑까지
　　마무리하는 아내에게
　　나는 그저 밥달라 물달라 옷달라 시켰었다

　　동료들과 노조일을 하고부터
　　거만하고 전제적인 기업주의 짓거리가
　　대접받는 남편의 이름으로
　　아내에게 자행되고 있음을 아프게 직시한다

　　명령하는 남자, 순종하는 여자라고
　　세상이 가르쳐 준 대로
　　아내를 야금야금 갉아먹으면서
　　나는 성실한 모범근로자였었다

　　노조를 만들면서
　　저들의 칭찬과 모범표창이
　　고양이 꼬리에 매단 방울 소리임을,

근로자를 가족처럼 사랑하는 보살핌이
허울좋은 솜사탕임을 똑똑히 깨달았다

편리한 이론과 절대적 권위와 상식으로 포장된
몸서리쳐지는 이윤추구처럼
나 역시 아내를 착취하고
가정의 독재자가 되었었다

투쟁이 깊어 갈수록 실천 속에서
나는 저들의 찌꺼기를 배설해 낸다.
노동자는 이윤 낳는 기계가 아닌 것처럼
아내는 나의 몸종이 아니고
평등하게 사랑하는 친구이며 부부라는 것을
우리의 모든 관계는 신뢰와 존중과
민주주의적이어야 한다는 것을
잔업 끝내고 돌아올 아내를 기다리며
이불홑청을 꿰매면서
아픈 각성의 바늘을 찌른다

박노해 「이불을 꿰매면서」 전문

주인공은 아내가 잔업을 마치고 돌아오기를 기다리며 왜 아픈 각성의 바늘을 찌르고 있는가.

일차적으로, 노동을 마치고 돌아온 아내는 살림살이를 계속하는데 남편은 아내를 몸종으로 부렸다는 데 있다. 그것을 각성한 것은 동료들과 함께 노조 활동을 하면서 거만하고 전제적인 기업주의 짓거리를 보고 아프게 느낀 것이다.

따라서 노동자는 이윤 낳는 기계가 아닌 것처럼 아내는 남편의 몸종이 아니고 노동자와 기업주, 아내와 남편의 관계는 기본적으로 민주적이며 상호 신뢰와 존중의 원칙이 준수되어야 한다.

이처럼 기업주의 못된 짓거리를 보고, 오히려 그것을 거울삼아 참다운 각성에 도달했다는 것은 놀라운 일이다. 그럼에도 시를 읽고 났을 때 감내 해야만 하는 개운찮은 뒷맛은 무엇을 뜻하는 것일까.

아직도 헤어나지 못하는 여성에 대한 부르좌지 관념이나 선입관 따위가 진정한 각성을 가로막고, 참다운 세계관을 궁상맞은 짓거리로 전락시키는지 모르겠다. 문학성에 대한 개별성을 인정하면서도 「손 무덤」과는 달리 극적 긴장감이 이완되고 요란한 선전 구호만 골치 아프게 나열되어 시김새를 거부하고 있는지도 모른다. 그러나 무엇보다 개운찮은 것은 참다운 사랑의 문제이다.

물론, 아내의 과중한 노동량을 덜어 주기 위해 이불을 꿰매고 속옷을 빠는 것도 참다운 사랑의 표현이다. 그러한 문제는 부부만의 소중한 행위까지도 민주 변혁 운동을 위해서는 가차없이 발겨 놓아야 하는가 하는 데 있다. 사랑이란 비밀스러운 것이고 홀로 감추어 두고 몰래 꺼내 보는 연서와도 같은 것이라면 「이불을 꿰매면서」는 지나친 사랑의 노출이 아닐까. 왜냐하면, 사랑이라는 이름 아래 연출되는 각종 짓거리를 보면 얼굴 간지럽고 낯뜨거운 일이 턱없이 많았기 때문이다.

여기서 노동해방문학이 노동 당파성만을 강조할 것이 아니라 민족 성정이라는 덕목을 겸비할 필연성이 제기된다.

노동 시인 정인화의 「빨대」와 같은 시가 이러한 문제를 전면적으로 제기한다. 노동시는 거칠고 무작스럽다는 비판이 언제나 정당한 것은 아니다. 그러나 「빨대」를 놓고는 이러한 비판을 수용해 볼 만하다.

빨대는 우유에나 꼽는 줄 알았는데
우리 머리에도 누가
빨대를 꼽았나 봐
어질어질 현기증에
하루이틀, 일년이년도 아니고
요즈음은 온통 캄캄한 게

별들이 반짝이며 어지러운 걸 보니
누군가 빨대를 꼽아도
깊숙이 꼽아, 우리의 생피를
쪽쪽 빨아대고 있나봐
우유에나 꼽는 줄 알고 있는 빨대를
우리의 머리와 심장에까지 꼽아놓고
킬킬거리는 자들이 분명히 있나봐
87년도 7, 8, 9월에 재수없게
피가 빨리지 않아 어질어질하더니
그래도 지금은 그때에 비하면 어디야
우리 대갈통에 꼽힌 빨대로
뽑혀 나가는 것 제하고도
이렇게 살 만하니
으흐흐흐 이 정도라도 매일이면…….
우리의 머리에 빨대를 꼽아놓고
자신의 머리에도 빨대를 꼽힌
회안한 괴물들이 있나봐!
음흉한 흡혈귀들이 있나봐!

정인화「빨대」전문

시를 읽고 났을 때 양식 있는 독자 대중이 토악질을 하거나 현기증을 느끼는 것은 너무나 당연하다. '우리 머리에도 누가 빨대를 꼽았나봐'라는 가학적 가정법 풍자는 소름기를 느끼게 하고, '우리의 생피를 쪽쪽 빨아대고 있나봐'는 등골에 몸서리치는 전율을 전달한다. 그렇다면 '대갈통에 꼽힌 빨대'처럼 무작스러운 짓거리와 같은 폭력이 노동시에 드러나는 까닭은 무엇일까.

시에서는 노동자의 '머리와 심장에 빨대를 박아놓고 킬킬거리는 자들'인 '음흉한 흡혈귀'들이 있기 때문이다.

오늘날 노동시가 거칠고 사나운 것은 노동자의 탓만도 아니고 노동 시인만의 책임도 아니다. 노동 모순의 뒷자리에 도사리고 앉았던 파쇼 정권과 독점 자본가를 새삼스레 말할 필요도 없다.

그러나 분명한 것은 무작스러운 노동시를 민족시로 정화하는데 많은 희생을 치르지 않으면 안된다는 사실이다. 민족 성정에 맞는 피를 넣는 일은 씨앗을 뿌린 노동 시인이 마땅히 맡아야 한다. 그리하여 모국어가 입고 있는 생채기를 말끔히 되살려 놓아야 한다.

김기홍의 「흙바람」이 보여주듯 시인은 농민으로서도 실패하고, 다시 일가족이 방죽에 빠져 집단 자살을 하려 했으나 실패하고, 하루살이 노동판에 노가다로 나선다.

그러나 김기홍은 시뻘겋게 눈 부릅뜨고 시퍼런 도끼로 현실을 까부수며, 다시 굵은 뼈·억센 힘으로 노동 현실을 껴안고서도 아직 철저한 각성에는 눈뜨지 못하고 있다.

가령 「수란이」와 같은 시를 보자.

　　　수란이는 학교에 간다
　　　빨간 가방 메고 신주머니 들고
　　　3학년 공책도 새로 사서 넣고
　　　개나리꽃 만발한 길을 따라 간다.

　　　선생님이 아빠의 직업을 물으면
　　　다리 만드는 기술자예요.
　　　철근을 세우고 강선을 넣고 콘크리트를 치고 연장을 하고……
　　　선생님보다 낯선 말들을 잘 외우는 수란이는
　　　노가다란 말을 모른다.
　　　하루하루 하루살이가 되는 아빠 일을 모른다.
　　　비오는 날 끙끙 앓는 아빠의 넓은 등을
　　　엄마와 함께 두드려 주며

아빠, 하늘만큼 돈벌어서 대학까지 보내줘요.

메이는 가슴을 안고 뒹굴며
정직하게 줏대 있게만 자라다오.
씹다가 쏟아져 버린 눈물이 아내의 가슴까지 적신다.
그래 보내주마.
내 뼈 내 피가 다 부서지고 닳아서 없어지더라도
우리 수란이는 공무원이 되고 기자되고 사장되어야지
암 그래야지

국민학교 3학년 수란이는
비오는 길을 가면서도
아빠가 자랑스러워 깡총깡총 뛰어간다.

김기홍 「수란이」 전문

　수란이는 그녀의 아버지가 철근 일을 하는 노동자라는 사실에 대해 자랑스레 생각한다. 선생님께도 아버지의 직업을 자랑하고, 또한 아버지에 대한 신뢰감 때문에 많은 돈을 벌어 대학까지 보내 달라고 한다. 정직하게 줏대 있게 자라 달라는 아버지의 당부는 잘못된 것이 아니다.

　그러나 아버지가 참던 울음을 터뜨리며, 피와 뼈를 바쳐 수란이를 공무원·기자·사장님 만들겠다는 다짐은 진담인지 농담인지 아리송하다. 다만 배우지 못한 아비의 한을 자식에게 풀어 주고 있는지는 모르겠다.

　우리의 노동은 많은 모순을 붙안고 있다. 독점자본가의 턱없는 이윤 추구와 사람 대접할 줄 모르는 오만이 노동 환경과 노동 조건을 악화시키는 것도 사실이다. 거기다 정부의 노동 탄압은 민족의 앞날에 먹구름으로 드리워져 있다.

　그러나 무엇보다 심각한 문제는 농민이나 노동자들이 자신들이 하는 일에 대하여 자부심이 없다는 사실이다. 이러한 망국 사상이 어디서 왜 왔는가. 푸리문학은 이러한 망국 사상으로부터 노동자를 해방시키고, 노동이야말로 신성한 자아실현의 생명 활동이며, 민족과 국가를 위대하게 하는 유일한 추동력이라는 사실을 각성시키지 않으면 안된다.

2)농투산이의 말과 꿈

1980년 초반부터 나에게는 먹구름이 불어 닥쳤다. 이 무렵 심한 정신적 충격을 받은 나는 시력 저하를 겪어야 했고, 내가 하던 공부와 문학까지도 포기하고 그해 여름 추풍령 월유봉 아래 한천 정사에서 숨어 살아야 했다.

한낮의 땡볕 속을 온종일 떠돌며 산길을 헤매다 자귀나무꽃 아래서 소나기를 맞고 돌아온 밤, 물소리에 실려 오는 금속성 여자의 웃음소리와 감나무 사이로 빠져나가던 달빛을 지금도 잊을 수가 없다.

이듬해 여름, 종합 시험을 마치고 다시 추풍령 회포리 채길순네 집에서 또 숨어 살아야 했다. 소쩍새 우는 산길을 딸아이와 함께 갔다. 산꽃을 꺾어 딸아이의 머리에 꽂고 길을 가면 벌·나비가 우리를 따라왔다.

나는 물소리를 들으며 산을 보았고 딸아이는 동네 아이들과 멱을 감았다. 마을 청년들은 물고기를 잡아 천렵을 하였다.

그날 저녁 채길순 백씨는 내게 글을 쓰느냐고 물었다. 낮에 천렵을 할 때 누룩바위 청년이 나를 보며 "저 사람 눈빛을 보니 문인이다. 우리 마을에도 저런 사람이 있는데 밭을 갈다가도 밭둑에 앉아 시를 쓰면 해 저무는 것도 모른다" 하였다고 한다.

며칠 뒤 누룩바위를 찾아가 시를 쓴다는 청년을 만났다. 그가 박운식이었다. 그도 나도 말없이 헤어졌다. 심한 가뭄 때문에 그가 키우던 돼지 새끼가 모두 죽었다고 한다. 어느 날 밤 박운식은 회포리로 돼지고기를 헐값에 팔러 왔다.

그로부터 10년이 지난 지금 사람 편에 박운식이 시집을 보내 왔다. 그 10년 동안 농민의 이농 현상은 심화되었고, 뿌리뽑힌 농민들은 자구책의 하나로 농민 변혁 운동을 전개하게 되었다. 골목에 넘쳐 나던 아이들이 철들자 하나둘 고향을 떠났고 사립문이 닫힌 빈 마당에는 질경이꽃만 피고 적막 강산에는 어린애 울음소리가 들리지 않는다. 그뿐인가. 장가를 들지 못한 농촌 총각들이 농약을 마시고 죽어 간다. 그때마다 우리들의 고향을 지키던 들불은 하나씩 꺼져 가고 있다.

이렇게 무너지는 농촌에서 완강하게 온 몸으로 고향을 지키며 피땀으로 시를 일궈 내는 농민 시인들이 있다. 박운식·고재종 같은 시인들이 바로 그들이다.

박운식은 일찍이 『연가』(무궁화 1981)라는 시집을 낸 적이 있었고, 1989년 『모두모두 즐거워서 술도 먹고 떡도 먹고』(실천문학)를 발간하여 농민 변혁 운동의 주체로 떠올랐다. 고재종은 『바람부는 솔숲에 사랑은 머물고』(실천문학 1987)를 내놓아 농민시의 가능성을 열어 놓았고 다시 『새벽들』(창비 1989)을 발간하여 농민다운 삶의 모습을 정형화시키고 있다.

신경림의 『농무』와는 달리 문학 소재로써의 농촌이 아니라, 삶의 현장으로써의 농촌 체험을 생생하게 재현시켜 농민다움의 아름다움과 농촌의 절실한 아픔을 그들 특유의 정서 감각으로 드러내 보인다.

박운식이 첫 시집 『연가』를 펴낼 때만 해도 그는 충청도 어느 산골짝에 숨어사는 무명 시인이었고, 그의 시적 경향도 아직 서정시의 허물을 벗지 못하고 있었다.

가령 「찔레꽃」 같은 시를 살펴보자.

길가에 무더기로 피어 있는 찔레꽃
찔레덩굴 속으로 찔레꽃 향내 속으로
가고 있는 열아홉의 소년
가시에 찔려 빨간 피를 흘려도
아프지 않던 찔레꽃 향내

가슴속 가득히 괴여 있었다.

달빛에 더 하얗던 찔레꽃
코끝으로 가슴으로 젖어들던 향내
뻐꾸기 울음에도 가슴이 뛰었었다.

찔레덩굴 밑 꿈꾸던 꽃뱀
햇살과 그늘에 어른거리는 너의 모습
첫사랑이 하얀 찔레꽃으로 아프게 피었다.

박운식 「찔레꽃」 전문

찔레꽃에 얹혀 있는 시인의 체험은 열아홉 소년기의 아픈 첫사랑으로 인식
된다. 열아홉 소년은 길가에 무더기로 피어 있는 찔레꽃만 보면 우선 그 향내
에 빨려 들고, 다시 그 향내는 가시에 찔려 피를 흘려도 아픔을 잊게 하고 오히
려 그 향내가 가슴 가득 고여옴을 느끼게 된다.

열아홉은 어떤 나이인가. 달빛을 받아 희게 빛나는 찔레꽃과 그 향내가 코끝
으로 가슴으로 스며들던 시절이고, 뻐꾸기 울음에도 설렘으로 가슴 뛰던 시절
이 아니었던가.

그리하여 찔레 덩굴 밑에서 꿈꾸던 꽃뱀은 햇살과 그늘에 어른거리는 너의
모습이고, 첫사랑을 하얀 찔레꽃으로 아프게 느끼던 나 자신이기도 하다.

소리도 없고 모습도 없이 시도 때도 없이 찾아와 가슴을 설레게 하고 사람
을 울리는 그리움이 박운식에게는 찔레꽃에서 비롯되었고, 고재종에게는 달빛
때문에 일어난다.

또한 박운식의 그리움은 열아홉 철모르는 비교적 미분화된 것이라면 고재
종의 그리움은 분화된, 비교적 구체적인 것이다.

창호지에 어리는

한민족문학사상론

178

달빛에 몸 뒤척이다가
못내 설레는 가슴 마루 끝에 나서서
활짝 열린 사립을 넘어보다가

사무치는 그리움
더욱 못 이겨
훤한 마당 질러 동구에 나섰다가
동구 옆 새하얀 메밀밭가를
옷고름에 눈물 적시며 온통 서성이다가

이윽고 타는 가슴 불나서 불나서
머언 신작로까지 나갔다가
막차도 끊긴 신작로를
열 밭 높은 수숫대로 종내 목 늘이다가

끝내는 오열 솟구쳐
길섶 찌르레기 울음으로 스러지는 마음
차운 길바닥에 퍼질러 앉아
그만 푸른 눈빛으로 우러르는 거기
부처님 같은 어머님의 만월.

고재종 「추석」 전문

　　고재종의 그리움은 창호지에 어른거리는 달빛에서 비롯된 것이고, 그래서
시인은 망연히 몸을 뒤척이다가 끝내는 참지 못하고 자리에서 일어나 활짝 열
어 논 사립문을 넘겨다보고, 사무친 그리움 더 못 이겨 훤한 마당 가로질러 동
구 밖까지 나서고 만다.
　　새하얀 메밀꽃 피는 밭가를 서성이던 시인은 눈물 흘려 옷섶을 적시고 '타
는 가슴 불나서' 멀리 신작로까지 나설 때 고재종의 서러운 그리움은 구체화

된다. 막차도 끊어진 신작로에서 수숫대로 목을 늘이며 어떤 사람을 기다리다가 끝내 오열 솟구쳐 찌르레기처럼 차가운 길바닥에 퍼질러 앉아 울고 만다.

그렇게 서러움에 겨워 우는 그의 울음은 야속한 그리움 때문만은 아닌 듯하다. 푸른 눈빛으로 우러르는 거기 부처님 같은, 어머님 같은 만월로 자위하는 시인의 모습에서 그러한 서러움의 덩어리는 확인된다. 즉 막연하지만 고재종은 농민의 서러움을 어떤 그리운 사람을 기다리는 행위를 통하여 구체화시키고 있다.

그렇다면 박운식·고재종이 겪고 있는 농민의 서러움이란 무엇일까. 그들의 설움을 가늠하기 위해서는 그들의 삶, 구체적으로 농민다운 삶의 실체가 무엇인지를 정확히 파악하지 않으면 안된다.

농민다운 참삶이란, 박운식의 경우 씨앗으로 상징되는 생명에 대한 외경감이다. 고재종에게 삶의 외경감은 세속 마을의 지아비와 지어미가 누리는 삶, 진종일 씨앗을 뿌리고 저녁 바람처럼 서성이는 순한 삶이다.

박운식은 생명으로 상징되는 씨앗을 어떻게 보는지 살펴보자.

　　　　흙 속에 고물고물 숨쉬는
　　　　씨앗들의 숨소리를 들어본 사람이 있을까
　　　　은빛 조그만 날개를 퍼덕이며
　　　　아지랑이처럼 피어오르는
　　　　흙 속 씨앗들의 꿈을 본 사람이 있을까
　　　　땅을 적시는 촉촉한 봄비가 내릴 때
　　　　그 가는 빗줄기를 타고 올라가는
　　　　흙 속 씨앗들의 노래를 아는 누가 있을까
　　　　어둠의 그 작은 숲속을 헤치고
　　　　온 산천을 돌아다니는
　　　　흙 속 씨앗들의 속삭임을
　　　　누가 아는 사람이 있을까

먼 어느 낯선 마을에 가면
조그만 웅덩이에 그들의 속삭임이
그들의 꿈이 그들의 노래가
잔잔한 물살 속에 어리고 있을까.

박운식 「씨앗」 전문

'씨앗'도 엄연히 생명체이기 때문에 흙 속에서 고물고물 숨쉬고, 뿐만 아니라 꿈을 꾸고 노래를 부르고 속삭이기까지 한다. 물론 씨앗들의 이러한 생명 활동을 볼 수 있는 것은 시인만의 마음의 눈을 통해서이다. 그 마음의 눈은 씨앗을 뿌리고 가꾸는 농민이 아니면 뜰 수 없는 외경감이다. 그렇다면 시인이 씨앗을 통하여 하고자 하는 말과 꿈은 무엇일까.

'씨앗'에 보이는 꿈은 '씨앗'에 대한 외경감·신비감을 소중하게 보듬어 가꾸는 일처럼 보인다. 시인이 하고자 하는 말은 아직 그의 설움처럼 구체화되지 않는다.

우리네 사는 일쯤
애당초
논리도 없는 작위도 없는
저기 저렇게 저녁 바람처럼 순한 것,
몇 뙈기 논밭 있어
진종일 씨뿌리고
노을빛 반짝이는 강둑 따라 오는 내
지게짐은 마냥 가볍습니다
당신의 머리에 인
빈 함지박도 풍성합니다
마을엔 생솔 연기마저 피어오르고
고단한 몸뚱이는
어쩌자고 싱그럽기까지 하는데

당신의 붉어진 얼굴빛이야
맨넋의 내 가슴 설레이게 합니다
진종일 뿌린 씨
어쩌면 순정한 당신처럼
고즈너기 피어날 것임에 분명한 것,
그러면 내
묵묵한 농자의 길
결코 자랑스럽기도 하겠습니다
아무렴 자그마한 행복도 갖겠습니다
저 강둑의 이름 모를 풀꽃처럼
풀꽃처럼
우리네 사는 일쯤.

고재종 「저녁 새도 깃드는 석양에」 전문

고재종의 농민다운 삶이란, 논리도 작위도 아닌 저녁 바람처럼 순한 것이고, 강둑의 이름 모를 풀꽃처럼 작은 행복을 느끼며 사는 삶이다. 그렇다면 풀꽃처럼 느끼는 작은 행복은 어디서 오는 것일까.

그의 작은 행복은 몇 뙈기 밭이나 몇 마지기 논이 있어 진종일 씨 뿌리는 노동의 신성함에서 온다. 하루의 노동이 끝나고 꼭두서니 노을 타는 강둑 길을 따라 오는 내 지게 짐은 가볍고, 당신의 빈 함지박도 풍성하게 느껴진다.

또 마을의 저녁 짓는 생솔 연기 피어오를 때 고단한 몸뚱이가 싱그럽게까지 느껴지는 것은 당신의 붉어진 얼굴빛이 맨 넋의 내 가슴을 설레게 하는 까닭이다.

진종일 씨 뿌리는 일과 순정한 당신이 농민의 가슴에 피어날 때 농자의 길쯤 묵묵히 갈 수 있고, 자부심과 행복함을 느낄 수 있다.

이상을 요약하면, 농민다운 삶이란 씨앗을 뿌리고 가꾸는 신성한 노동을 하는 일이요, 그 노동을 사랑이 넘치는 부부가 어울려 할 때 행복은 더해지는 것이다. 그것이 바로 농민다운 삶이고 꿈이다. 농민의 설움이란 이러한 꿈이 깨지는 데서 비롯된다. 그 꿈마저 깨져 오가지도 못할 때, 농민들도 날선 조선낫을 꼰아잡고 일어나 말을 할 수밖에 없다.

　「개구리는 또 울고」에서는 농민의 기쁨과 고통스러운 삶이 엇갈려 수준 높은 시 작업으로 드러난다.

> 우수 경칩 지나고
> 젖빛 햇살 은은히 뿌리는 날
> 막힌 도랑 깨끗이 치우고
> 무너진 논두렁 쌓아올려
> 논물을 고이 가둔다.
> 뒷산에서 흘러내리는 눈녹인 물
> 찬샘골 얼음 풀린 물이랑 죄 모두어
> 한나절 빠듯이 논물을 가두니
> 산그늘 먼저 내려와 몸 담그는 싱싱함이여.
> 썩을놈의 농사 뼛골 녹도록 지어봐야
> 고기 한 근 제대로 못 사먹는 살림 끝
> 지난 겨울 뭉텅 곪은 다리 휘청거려도
> 푸른 바람결에 서러움 씻고
> 흐린 눈 씻어 고이 들어 올린다.
> 그 바람결 지극하여
> 그슬린 논두렁의 노란 풀싹 더듬고
> 멀리 는개빛 들판엔 아지랭이 피는데
> 해마다 더욱 독해지는 희망으로
> 두 눈 가득 차오르는 눈물을 누를 때
> 어느덧 잔물결 이는 논,
> 고랑에 목 잠그고 목청 틔워
> 맑은 햇살을 두드리는 개구리 한 마리.

시인은 우수·경칩 지난 봄 들판에서 분주히 농사 준비를 하고 있다. 젖빛 햇살 속에서 막힌 도랑을 치고 논두렁을 다시 발라 논물 가두기를 한다. 이러한 물 가두기를 통하여 시인은 농사일의 덧없음과 이와는 반대로 자연의 신비로운 변화에 외경감을 느낀다.

썩을 놈의 농사일이란 농민의 설움이어서 뼈빠지게 지어 봐야 고기 한 근도 제대로 못 사먹고 다리만 곯아 휘청거린다. 그럼에도 푸른 바람결에 서러움 씻고 흐린 눈 들어올리는 것은 자연의 경이로움 때문이다. 그렇다면, 과연 자연의 경이로움이란 어떤 것일까.

시에서는 가둔 논물에 몸담그는 산그늘의 신선함이고, 맑은 햇살 두드리는 개구리 울음의 청청함이다. 그뿐인가. 그슬린 논두렁에 노란 풀싹 돋아남을 본다.

고재종이 체험한 자연에 대한 신비로움이 박운식에게는 말과 꿈으로 인식된다. 시인이 되풀이 강조하는 말과 꿈의 속뜻을 비교적 쉽게 파악할 수 있는 시가 「돌을 던지며」이다.

밭둑가 돌무더기에 돌을 몇 개 집어 던진다
돌과 돌이 부딪는 소리가
풀꽃이 되어 밭둑가에도 피어나고
먼 산 진달래꽃으로도 피어난다
어머니가 던진 돌과 할머니가 던진 돌과
아버지의 할아버지가 던진 돌과
또 내가 던진 돌과 또 누가 던질 돌이
밭둑가 한 무더기로 모여서
무슨 말들을 하며 무슨 꿈들을 꾸는 것일까
굳어진 땀방울의 돌을 바라보며
아직도 주먹 같은 돌들이 밭이랑 밑에 숨어서

누구의 땀방울이 되어 기다리는 것일까
돌과 돌이 부딪는 소리가
아픔인 것 같기도 하고 기쁨인 것 같기도 하고
뻐꾹새 울음이 되어 들리기도 하고
소쩍새 울음이 되어 들리기도 한다.

박운식 「돌을 던지며」 전문

시에서 말과 꿈의 미분화 상태로 드러나는 중간 매체가 소리이다. 주인공이 밭둑가 돌무더기에 몇 개 돌을 던질 때, 돌과 돌이 부딪혀 소리를 내고 그 소리는 풀꽃이 되어 밭둑가에 피어나기도 하고 먼 산 진달래꽃으로 피어나기도 한다. 바로 이러한 초월적 세계가 꿈의 세계이다.

그렇다면 할아버지·할머니·아버지·어머니·나, 또 그밖에 누군가 밭둑가에 던져서 돌무더기가 된 돌이란 무엇일까. 그것은 조상님네와 나, 나와 후손이 흘렸던, 또는 흘려야 할 굳어진 땀방울이다. 주먹 같은 돌들이 아직도 밭이랑 속에 숨어서 누군가의 땀방울을 기다리고 있는 미래의 세계를 시인은 말의 세계라고 부른다.

이러한 말과 꿈, 현실적 세계와 초월적 세계가 어울릴 때, 돌과 돌이 부딪혀 소리가 되는 세계는 기쁨이 되기도 하고 아픔이 되기도 한다. 여기서 기쁨이란 진달래꽃으로 피어나는 꿈이고, 아픔이란 무수히 흘려야 할 땀의 고통이다.

꿈과 말, 초월적 자아와 현실적 자아, 기쁨과 아픔이 서로 어울려 술도 먹고 떡도 먹을 때 거기에는 소쩍새와 뻐꾹새 울음이 들린다.

그러나 박운식의 시 속에서 언제나 말과 꿈이 어울려 밀월 관계를 유지하는 것은 아니다. 초기 시집 『연가』의 시편들은 꿈의 세계를, 동인지 『추풍령』에 발표한 시편들은 꿈과 말의 행복한 조응을 하고 있다. 그러나 박운식의 최근작은 농민 현실을 직시함으로써 말과 맞닥뜨리게 된다. 「콩을 심으며」, 「콩을 뽑으며」 등은 박운식이 꿈을 깨고 농민 현실을 시적 체험으로 수용하고자 하는 조짐을 보인다.

삼등 도로 곁에 우리 밭이 있다
달리는 차들이 뽀오얀 먼지를 일으킨다
아내와 같이 콩대를 뽑으며
뽀얗게 먼지를 뒤집어쓰고 있다
길가의 풀들도 풀꽃들도 온통 먼지투성이다
가끔 멋진 자가용차도 지나고
차 속의 이쁜 여자도 스치며 지나고,
도로 가의 풀처럼 먼지나 뒤집어쓰면서
손바닥을 칵칵 찌르는 콩대나 뽑으면서
땀을 뻘뻘 흘리면서 일하고 있다
비나 내리거라, 비나 내리거라
딱딱한 콩대의 질긴 뿌리가 땅 속으로
나의 손을 발목을 자꾸 잡아당긴다
어둠 속으로 떨어지는 맑은 땀방울.

박운식 「콩을 뽑으며」 전문

　시에서는 두 세력이 먼지 나는 3등 도로를 사이에 두고 숨가쁘게 대립되어 있다. 가해 세력은 뽀오얀 먼지를 뿌리며 달리는 차량들이고, 구체적으로 멋진 자가용을 타고 가는 이쁜 여자이다. 피해 계층인 풀과 풀꽃으로 동일시되는 아내와 내가 뽀오얗게 먼지를 뒤집어쓰고 있다. 땀을 뻘뻘 흘리며 손바닥을 콩대에 찔리면서 먼지를 뒤집어쓰고 있다. 도시에 사는 가진 자들에 대한 분노를 애써 삭이면서 비나 내려 줄 것을 갈망한다.

　안으로만 삭이면서 소리 없이 흐느끼던 시인의 말과 꿈은 드디어 「질경이」에 이르러서야 참고 참았던 슬픔 덩어리를 봇물처럼 터놓는다. 어쩌면 박운식은 「질경이」 한 편을 쓰기 위해 덧없는 날을 밭둑가에서 서성이고, 한솥 아래서 막대기로 시를 긁적이고, 밭을 갈다가 온종일 하늘 바래기를 하였는지 모른다. 박운식의 모든 시가 풀과 같아서 가을이면 시들어 한줌 두엄이 되어「질경이」가 새파랗게 돋아나도록 밑거름이 되었다 해도 후회할 것은 없다. 박운식은「질경이」의 시인이 되었다. 백무산의「장작불」과 함께「질경이」는 푸리문학의 길나장이로 제 몫을 하게 되었다.

봄이 되니 질경이가 새파랗게 돋아난다
수많은 발자국들이 지나갔고 지나가는 길에
끈질기고 모진 생명이 깜깜한 어둠을 뚫고
또 다시 슬픔처럼 돋아나는구나
지난 여름에는 가을에는 누구의 발에 밟혀
뭉개지고 으깨지고 피를 흘리었는가
반질반질하게 닦은 구둣발에도 밟히고
억센 워커발에도 밟히었었지
이웃집 덕보는 참나무 몇 개 베었다고
벌금도 하고 고생도 하고 굽신거리던 목소리도
조합빚 걱정에 잠 못 드는 한숨소리도
소먹이다 빚만 지고 도망간
아저씨의 눈빛도 지나갔지
청국놈의 발자국도 왜놈의 발자국도
어둠처럼 슬픔처럼 지나갔었지
봄이 되니 또다시 이렇게 새파랗게 돋아나
밟히고 밟히고 또 밟히어도 죽지 말고
더 힘차게 돋아나기라 모진 질경이야
흙 속에 더 질긴 뿌리를 힘차게 뻗어두어라.

박운식「질경이」전문

「콩을 뽑으며」에서 자가용을 탄 도시인이 가해자로, 먼지를 뒤집어쓰는 농민이 피해자로 양분되었던 것처럼, 「질경이」에서는 언제나 밟기만 하는 지배자와 밟히기만 하는 농민이 철저한 대립 양상을 보인다. 이러한 대립·갈등 구조는 현실적·초월적·역사적 자아를 질경이에 등가시킴으로써 「잡초」나 「풀」이 시인들의 몸부림처럼 역사적 보편성을 획득한다.

앞푸리는 봄에서 출발한다. 새파랗게 질경이가 돋아나는 자연 순리는 수많은 발자국들이 지나갔고 지나가는 수탈과 탄압의 길목에 선 농민이 끈질기고 모진 생명으로 바람이 지나간 뒤 고개를 들고 일어서는 생명력이다. 그 모진 잡초적 생명력은 깜깜한 어둠, 또는 모진 슬픔도 뚫고 일어서게 만든다. 이렇게 질경이가 질곡의 역사 상황을 뚫고 초월적 자아로 돋아나는 일이 바로 소리 없는 민중 혁명이다.

오늘 새파랗게 돋아난 질경이의 어제는 어떠했는가.

지난 여름·가을, 군홧발에 밟혀 구둣발에 밟혀 뭉개지고 으깨지고 터지고 피를 흘리지 않았던가. 이러한 열림새로 치닫는 온푸리는 풀림새를 구체적으로 적시한다.

생나무 몇 그루 베었다고 덕보는 산감에게 들켜 고생을 하고 벌금을 물고 굽신거리지 않았던가. 조합 부채 걱정에 한숨 소리는 밤을 샌다. 소 먹이던 아저씨는 빚에 몰려 도망을 갔다.

질경이의 역사는 어떠했던가. 청국 놈의 발에 왜놈의 발에 밟히고, 미국·소련 놈의 발에 밟혀 어둠처럼 슬픔처럼 으깨지고 터지며 살지 않았던가. 이러한 질경이의 역사적 자아는 뒷푸리에서 다시 초월적 자아로 돌아간다.

으깨지고 터지고 피흘렸던 질경이가 봄이 되니 또다시 새파랗게 돋아난다. '밟혀도 죽지 말고 힘차게 돋아나는 모진 질경이야, 흙 속에 더 깊게 뿌리를 박아라.' 시인은 절규하고 있다.

이렇게 「질경이」에서 푸리문학의 최고 수준을 보여주었던 박운식이 그 뒤에도 같은 수준의 시를 계속 쓰지는 못했다. 그러나 그는 농민으로서 해야 할 말은 계속하고 있다. 가령 「콩심기」 「보리베기」 「피사리」 「농약을 치며」 등에서는 시인 특유의 풍자를 통하여 오늘의 농촌 현실을 뼈 있게 능치고 있다.

또, 「멍석말이」「낫을 갈며」「미류나무」 등에서는 지배 이념 및 지배층, 제
국주의에 대한 농민 해방성을 강조하고 있다.

박운식·고재종의 시집을 섬세하게 뜯어 읽으면서 평론 영도력이 절실한 계
층이 바로 농민 시인들이라는 사실을 절감하였다. 그들은 모진 어둠 속에서 남
다른 슬픔과 아픔을 겪으면서도 그러한 고통을 형상화할 무기를 갖고 있지 못
하였다.

가령, 고재종의 『바람부는 솔숲에 사랑은 머물고』라는 시집은 그 빼어난 농
민다운 상상력과 체험의 산물임에도 불구하고, 맞춤법·접사·태·조사·부사의
쓰임새가 헤아릴 수 없을 만큼 착오를 일으키고 있다. 부사의 쓰임새가 어색하
거나 착오를 일으킬 만한 문장을 몇 개만 적시하면 다음과 같다.

1. 먼동 트는 새벽마다 촉히
   조망의 정화수 한 그릇으로 (「샘」)
2. 서러운 이유를 접고 차라리
   그대 오시나요 (「그리움」)
3. 다만 텅빈 동구로 불어 오는 바람에 (「동구」)
4. 끝내 면장의 두손 비는 사과로 그만(「무지렁이」)
5. 끝내 삼천리나 꺼진 눈 멀겋게 뜨고 다만 수술이라도 해야 살까 말까 한다
   는데 (「대숲 울음」)
6. 정녕 한 밤을 모의해 (「별」)
7. 차마 시퍼런 낫질 본다 (「조선낫」)
8. 저다지 하늘엔 별도 끝내 총총하구나 (「별밤」)
9. 결코 자랑스럽기도 하겠습니다(「저녁 새도 깃드는 석양에」)
10. 우리의 노여운 입들은 차라리 그만 닫혔다 (「이앙기의 하루」)

자칭 맑고 투명한 글을 쓴다고 뽐내는 해외문학파의 문장에 이런 식으로 방
점을 찍는다면 어떤 결과가 올까. 해외 유학을 다녀왔다고 해서, 또는 명문 대

학을 나왔다고 해서 명문을 쓴다는 보장은 없다. 문장도 안되는 것들이 가당찮은 문학상을 받고 신문기자들을 동원하여 선전까지 하는 꼬라지를 보면 구역질이 난다.

아무리 노동문학이나 농민문학에 대하여 각별한 애정을 가지고 살핀다 해도 기본적인 문장이 틀린다는 사실을 그냥 넘길 수는 없다. 거듭 말하거니와 문학이란 모국어를 갈고 닦는 일이다. 말이 된 뒷자리에서 의미를 찾아야 한다.

고재종은 「죽창 옆에서」라는 해방시를 썼으나 별반 성공을 거두지 못한다. 고재종이 하고 싶은 말은 무엇일까. 「조선낫」의 경우 진갑을 넘긴 아버지의 낫질을 통하여 수난받는 농민상을 드러내 보인다.

해종일 밭가에선 접동새 우는데
올해로 진갑을 넘기신 아버지의
차마 시퍼런 낫질 본다.
개똥논 몇 뙈기 전답에 이집 저집 소작으로
한평생 허기를 끌던 황토빛 얼굴에
어느새 거뭇거뭇
죽음꽃은 죄 피었는데,
무엇이 저토록이나 눈 부릅뜨게 했을까
아직도 참꽃빛 눈매 하나로
타는 보리밭 거두시는 저 백발.
그 연세쯤이면 이제 누리볼 때도 됐는데
살아 모질게 살아, 슬퍼 또한 슬픔에 겨워
억장 무너지는 탄식더미 자운영밭에 떨구고
때때론 육자배기 한 가락
푸른 들바람에 실어내며
해종일 쟁쟁한 땡볕마저 도막내시는 저 모습.
뿔뿔이 흩어진 못난 아홉 새끼 원망스러워도
되려 없이 살아 못 가르친 죄 한탄하며

오늘도 막걸리 두어 되쯤에 펑펑 우셨지만
그러나 베어 놓은 보리밭 위로
시뻘건 노을이 내리는 속의 아버지
왜 아직도 조선낫은 시퍼러히 날 서 있나요.

고재종 「조선낫」 전문

'조선낫'이란 살가운 왜낫과 달리 무쇠로 벼린 튼튼한 낫이어서 나무를 찍어도 이가 빠지지 않아 비교적 마구잡이로 쓸 수 있는 낫이다.

고재종의 「조선낫」은 좋은 일 궂은 일 가리지 않고 진갑이 넘도록 농투산이로 살아온 아버지의 동일시 현상의 전형화이다. 그렇다면 '조선낫' 같은 아버지의 삶이란 어떤 것일까.

접동새 해종일 밭가에서 우는 날, 진갑이 넘도록 낫질을 해 온 아버지는 이집저집 소작으로 모질게 살았건만 어느새 황토빛 얼굴에도 저승꽃이 피어나고 있다.

아직도 참꽃빛 눈매 하나로 타는 보리밭 이랑을 거두시는 백발의 아버지를 무엇이 저토록 눈 부릅뜨게 했을까. 또는 억장 무너지는 탄식더미 자운영밭에 떨구고 육자배기 한 가락 들바람에 날려보내며, 해종일 땡볕마저도 도막내며 모질게도 슬프게 살아온 아버지의 삶이란 무엇일까.

없이 살아 아홉 남매 못 가르친 죄를 자탄하는 아버지는 두어 되쯤 막걸리에 펑펑 우신다. 그렇다면 아버지의 삶이란 자식을 걱정하는 그것뿐일까. 시인은 시뻘건 저녁노을 속에서 아버지가 거머진 조선낫은 왜 시퍼렇게 날이 서 있는가를 되받아 묻고 있다. 그것은 잠재울 수 없는 농민의 분노이다. 언제 어디서 들불로 옮겨 붙을지 모르는 분노의 불길이다.

3) 꽃 넋으로 떠도는 영혼아

민주·민족·통일 운동이 맹렬하게 타오르던 80년대 후반기 민주 변혁 운동의 한 능동적 주체로 참여하였던 많은 민주 전사들이 감옥살이를 하였고, 더러는 제국주의의 예속 통치에 항거하여 혁명 전선에 몸을 던지기도 하였다. 1989년 연말 통계에 의하면, 몸에 불을 붙이고 꼬리별처럼 불길을 달고 투신 자살한 노동자·농민·학생수는 무려 50여명에 달한다고 한다.

양영진은 그런 사람들 가운데 한 사람이었지만 대중의 입에 오르내리지도 않았고 다만 참다운 삶을 한 권 시집으로 남긴 채 침묵 속에 묻혀 빛나고 있다.

양영진은 1968년 산꽃이 지천으로 피는 경남 함양에서 출생하여 농사 짓던 아버지가 죽자 남은 가족과 함께 부산 변두리 빈민으로 재편되었고, 가족들의 헌신적 사랑에 힘입어 그만은 1986년 부산대 국어국문학과에 입학하여 1988년 제국주의를 규탄하는 유서를 남긴 채 투신 자살한 것으로 되어 있다.

양영진이 죽고 나서 출판된 유고 시집 『식민의 땅에 들불이 되어』(친구 1988)에는 「내 고여운 연인에게」 등을 비롯한 108편의 시가 실려 있다.

양영진의 시는 두 갈래로 나눠 볼 수 있는 바, 「의족도 살이」 「콜라·4」 「멸치 냄새」 「어머니의 손톱」 등에 보이는 가족사적 각성을 통해 민주 변혁 운동에 자신을 묶어 세우는 깨도시와 「최루탄·3」 「엿」 「한 선배의 입영에 부쳐」 등에 보이는 제국주의와 예속 통치에 맞서 싸워야 하는 각성을 전제로 한 푸리 시가 있다.

가족주의와 투쟁주의로 대별되는 양영진 시의 양면 구조는 자기 각성과 민족 모순을 깨도함으로써 자신을 민족 해방 전선에 세우게 만든다. 즉 버짐꽃 피는 가족들의 한결같은 가난은 시인으로 하여금 식민지 세계관에 눈떠 가게 만들었고, 가족들이 겪는 가난이란 가족 개인의 책임이 아니라 독점자본 아래서 민중이 겪어야 할 필연적 기본 모순임을 인식하고, 마침내 구체적 파쇼 정권을 타도하기 위하여 물때 앉은 돌을 거머잡고 스스로 투쟁 전선에 서게 된다. 이론 무장을 마치고 시인이 단호하게 혁명 전선에 섰을 때 예상되는 물리적 탄압이란 자명하다. 투쟁 전선에서 양영진이 몸소 겪은 제국주의 예속 통치 세력은 절망적인 절벽처럼 막강하게 다가섰고, 그 절망 앞에서 마지막으로 혁명 전선을 향하여 돌을 던지듯 자신의 몸을 날렸다. 아직도 식민의 땅에 꽃 넋으로 떠도는 영혼은 차마 눈을 감을 수가 없다.

한 애국 청년의 삶과 죽음, 사랑과 절망을 절절히 담아 논 한 권 시집을 제대로 읽어 내는 일은 민주·민족·통일 운동의 혁명 전선에 내려 쏟히는 새로운 활력을 주고, 푸리문학의 열림새와 풀림새에도 새로운 추동력이 될 것이다.

『식민의 땅에 들불이 되어』라는 시집에 보이는 양영진의 자기 깨도 과정은 다음과 같은 네 단계로 갈라 볼 수 있다.

첫째, 소년기 및 청년기에 일어난 양영진의 깨도는 처음에는 아버지의 죽음이 부른 막연한 떨림에서 출발하여 「도리깨질」에서는 미분화된 상태로나마 농촌의 구조적 모순을 인식하였고, 다시 「매질」에서는 소년기와 청년기의 부당한 '매질'을 겪고 나서 교육 모순을 체제 모순으로 확대 심화시킴으로써 점차 제국주의 예속 통치 현실에 눈떠 가고 있다.

그 해 늦겨울 「아버지의 부재」라는 제목 아래 연작시로 씌어진 「소나무」는 형식상 애송이 문청티가 솜털로 남아 있으나 양영진이 소년기에 입었던 상처의 딱지가 그대로 남아 있는 시이다.

> 아버지의 상여가 나가던 날은
> 물나드리 어귀서부터 여린
> 눈발이 날렸다.
> 이제-가면-
> 언제-오나-
> 어-이, 어-이-
> 우리 막동이 얼굴 한 번
> 더 보고 가세

　어-이-, 어-이-

　진터골 골짜기를 오르면서
　막내 사촌형의 울음소리가
　유난히 커져 왔지만
　나는 소리내어 울지 못하는
　소나무 되어
　떨리고만 있었다.

　묘자리를 파는 삽질이
　꿈속에서처럼 몽롱히 전개되었고
　평생을 할퀴어 자국난 상처에
　아버지의 관이 마지막 딱지로 남았다.

　분명, 막걸리를 받아 오라며
　진아! 하고 부르던 아버지의 목소리
　또다시 들릴 것 같아
　나는 그날부터 또 한 그루의
　진터골 소나무로 남아야 했다.

양영진 「소나무」 전문

　물나드리 어귀서부터 여린 눈발이 날리던 날 아버지의 꽃상여는 떠나갔고,
그렇게 떠난 아버지의 죽음을 통해 시인이 체험한 것은 오직 떨림뿐이었다.
　앞소리꾼이 막동이 얼굴 한 번 더 보고 가잘 때도, 장지인 진터골 골짜기에
상여가 이르자 사촌 막내형의 울음소리가 자지러지게 들릴 때도, 산역하는 삽
질 소리가 꿈속인 듯 몽롱히 울리고 평생을 할퀴어 자국난 상처인 광중에 아버
지 관이 딱지로 묻힐 때도 시인은 소리내어 시원스레 울어 보지도 못하고 소나
무처럼 떨기만 하였다.

또 막걸리 받아 오라는 아버지의 부르는 소리를 환청으로 듣고도 시인은 우두머니처럼 진터골 소나무로 떨 만큼 아버지의 죽음은 골 깊은 상처로 마음 깊은 곳에 자리잡고 있다.

이러한 떨림의 원초적 체험을 밑에 깔고 소년기와 청년기의 문턱에서 아버지로부터는 도리깨질의 참다운 의미를 깨우치지 못하였고, 교사로부터는 매질의 의미를 확실히 배우지 못했다는 설움을 체험한다.

아버지 시대의 도리깨질과 양영진 시대의 도리깨질의 차이를 시인은 간명하게 지적한다.

    도리깨질 하시던 아버지가
    담배 한 대 피우는 틈에
    내가 해 보았던 도리깨질에도
    안마당 가득 누런 콩이 끌었다
    이제 아버지가 오래도록 쉬시는 틈을 타
    내가 해 보는 도리깨질에는
    검은 흙먼지만 튀어오른다

양영진 「도리깨질 · 2」 전문

시인의 슬픔이란 아버지의 부재와 더불어 사라진 수확의 기쁨이다. 즉 아버지가 농투산이로 일할 때, 아버지가 담배 한 대 피우는 짧은 틈에 시인이 하던 도리깨질에서는 앞마당 가득 누런 콩이 끓었다. 그러나 아버지의 너무도 오래 쉬시는 죽음 이후로 시인이 하는 도리깨질에는 흙먼지만 펄펄 튀어오른다.

이와 같이 떨림과 슬픔이 한자리에서 서로 만나 소년기의 체험이 청년기의 갈등으로 성장하는 시가 「매질」이다. 즉, 「도리깨질 · 2」에서는 가난에 대한 사회성이나 역사성까지는 인식하지 못하였으나, 「매질」에서는 바로 그것을 감내하고 있다.

국민학교 수업 시간에
장난질 하다 들키면
담임 선생님은 30cm 대나무자로
손바닥을 때리셨다
성실하고 착한 학생이 되라시며,

그러나 우리가 대학생이 된 후에도
깡마르고 시커먼 내 친구 녀석은
매를 맞는다
남영동 혹은 시경 대공분실로 끌려가
매를 맞는다
더 이상 무엇이 되어라고
폭력분자, 불순분자
도대체 더 이상 무엇이 될려고
우리는 매를 맞아야 하는가
국민학교적 담임 선생님의 그 대나무
눈금자로도
측정할 수 없는 우리 불순의 두께는
정작 어디에서 오는 것인가

양영진 「매질」 전문

청년기에 시인이 맞닥뜨린 슬픔이란 어디서 온 것이며, 어떤 모습인가. 이 나라 청년이 겪은 불순의 두께는 소년기의 가치로 자질할 수 있는 것인가.

「매질」은 이러한 의문에서 출발한다. 국민학교 담임 선생의 매질은 까닭이 있었고 그럴싸한 타이름이 있었기에 성실이니, 착한 학생 따위로 평가할 수 있었다. 그러나 청년기의 매질은 불순의 두께를 측정할 수도 없고, 설득할 만한 까닭도 없다.

떨림과 슬픔에서 출발한 양영진의 세계 인식은 「매질」에서 사회성과 역사성까지를 확인하지만, 아직 그 배후가 되는 제국주의까지는 확연히 각성하지 못하고, 일단 가난의 문제를 붙안고 가족사적 세계로 귀순하고 만다.

둘째로 양영진이 아버지를 잃고 고향을 떠나 부산의 변두리 도시 빈민으로 재편성되었을 때, 그들 가족에게 몰아닥친 폭풍이란 마른 버짐꽃으로 허옇게 피어나는 가난이었고, 고통과 눈물로 살아가는 가족들의 모습을 보면서 기본 모순을 주요 모순으로 묶어 해결하기 위하여 '투쟁하는 삶' '이 땅 변혁 운동에 복무하는 삶' '자주·민주·통일에 이바지하는 삶'을 누릴 것을 다짐하게 된다.

그렇다면, 양영진 가족이 맞닥뜨린 가난이란 구체적으로 어떤 것일까.「콜라 ·4」는 섬유 공장 노동자로 일하면서도 야간 학교에 다니는 누나가 까만 콜라 빛깔처럼 나날이 죽어 가는 모습을 검은 꿈으로 자리바꿈하고 있다.

섬유 공장 염색부에 다니던 누나가
월급받아 사온 콜라 두 병
입안에서부터 창자까지
찌릿찌릿 물이 든다

시골에서 자랄 땐
얼굴 까맣던 누나
공장에 다니고부턴
노란 월급봉투 얇은 수면으로
창백한 얼굴빛을 하고
가을 은행잎 같이 곧잘 쓰러지던 누나

떨어져 누운 채로
야간학교 수업시간에
졸던 누나가 들고 들어온
찰랑이는 검정색 꿈

양영진「콜라·4」전문

「콜라·4」는 양영진의 시편 가운데 제국주의로부터 민족 해방의 필연성을 절절이 풀어낸 푸리문학의 전형이다. 이 한 편의 시 속에는 푸리문학의 열림새와 풀림새, 심지어 시김새까지 잘 녹아 있다.

시의 앞푸리는 섬유 공장 염색부에 다니는 누나가 월급을 받아 제국주의 음료수인 콜라 두 병을 사 온 데서 비롯된다. 누나는 여러 옷감에 온갖 물감을 들이듯, 누나가 사 온 콜라는 동생의 입안에서 창자까지 찌릿찌릿 물을 들여놓는다.

독점 자본가를 위해 복무하면서 제국주의가 파는 음료수를 마시고 검은 물이 든 결과 온푸리에서 누나는 어떤 현실과 마주치는가.

물론 고향에서 자랄 때 까맣던 얼굴 빛깔은 자연이 준 건강색이다. 공장에 다니면서 누나는 노란 월급 봉투 얇은 수면으로('얇은'은 앞의 월급 봉투와 뒤의 수면을 아울러 꾸민다) 얼굴이 창백해지고 가을 은행잎 같이 곧잘 쓰러진다.

뒷푸리에서 노래꾼의 시선은 일정한 거리를 두면서 피로에 지쳐 떨어진 누나와 야간 수업 시간에 조는 누나의 모습을 겹쳐 놓으면서 잠을 자면서까지 검은 꿈에 시달려야 하는 누나의 가난을 절절이 풀어 주고 있다.

양영진의 형은 의족을 한 채 신기료로 생활 전선에 복무하고 있다. 「의족도 살이」는 저간의 형편을 잘 드러내고 있으며, 양영진이 얼마나 맑은 거울을 가진 사람이었는가를 잘 말해 준다.

형은 언제나 다리가 가려워요
다리에 물집이 생겨요
걸음을 많이 걷는 날은 피도 나요
다리 끝이 자꾸 가늘어져가요
걸을 때마다 소리나는 의족을 고치며
비싼 것으로 바꾸면
편할 거라고 말하곤 해요

　　점심도 거른 빈 속에
　　술을 먹고 들어온 형은
　　돌아가신 아버지 욕을 하다가
　　잠이 들어요, 코를 골아요
　　삐걱이며 절뚝이며
　　꿈속으로 걸어 들어가요
　　욕을 하며, 욕을 하며
　　걸어 들어가요

　　걸어 들어가는 꿈속 세상에선
　　의족도 살이 될 수 있을까요

양영진 「의족도 살이」 전문

　양영진은 형의 아픔을 동화를 들려주듯 담담하게 서술하고 있다. 언제나 가려운 형의 다리, 물집도 잡히고 피도 나고 자꾸만 가늘어지는 형의 다리를 보며, 소리나는 의족을 고치면서 비싼 것으로 바꾸면 편할 것이라고 말하는 형의 소망을 담담히 들려준다.

　점심도 거른 빈속에 술만 마시고 들어와서는 돌아가신 아버지 욕을 하다가 코를 골며 곤한 잠에 빠지는 측은한 형이, 불구의 자식이 의례껏 죽은 아비를 원망할 수 있다는 듯 역시 담담히 서술한다.

　그러나 삐걱이며 절뚝이며 불구의 자식을 남긴 채 죽은 아버지에게 욕을 하며 꿈속으로 걸어 들어가는 형에 대한 온푸리는 막혔던 온갖 설움의 덩어리를 봇물처럼 터놓고 만다. 뒷푸리에 와서야 겨우 현실적으로 실현 불가능한 형의 꿈, 의족도 살이 될 수 있느냐고 조심스레 물음으로써 형에 대한 깊은 사랑을 고백하고 만다.

　신식민지에 태어나 섬유 공장 염색부에서 노동을 착취당하고 꿈도 잃고 몸도 버린 비참한 누나의 은행잎으로 바래져 가는 현실을 보았고, 다시 불구의

몸으로 항의할 대상조차 없는 신기료로 살아가야 하는 형의 모순을 본 양영진
은 형의 구조적 모순을 어머니의 노동에서 재확인하게 된다. 가난한 민중의 피
눈물을 양영진은 「어머니의 손톱」에서는 검은 손톱달로 떠올리고, 「멸치 냄
새」에서는 공복 같은 멸치 냄새로 풍겨 놓는다.

        울 어머니에겐 늘
        멸치 냄새가 배어 있어요
        콧구멍으로 파고드는
        그 냄새를 맡으면
        나는 자꾸 멸치가 돼요

        허연 낮달로 일어서는
        어머니 마른 비늘,
        적시며 헤엄치는 멸치가 돼요
        어머니랑 나란히 해초 사이에
        떠서 놀 수 있는 바다로 가고 싶어요
        푸른 바다 속 멸치 비늘로 반짝여
        펄펄 뛰는 꿈,
        꿈틀거리며, 꿈틀거리며
        가고 싶어요

        저녁 때가 훨씬 지나서야 돌아오는
        울 어머니에겐 늘 공복 같은
        멸치 냄새가 배어 있어요

                    양영진 「멸치 냄새」 전문

    피땀으로 현실이 얼룩질수록 시인은 현실에서 등을 돌리고 꿈속으로 도피
하여 자족하게 된다. 양영진에게 있어서 「콜라·4」는 현실에 대한 부분적인

눈감음이고, 「의족도 살이」에서는 드디어 등을 보이고 만다. 「멸치 냄새」에 이르면 시인은 현실을 완전히 외면하고 꿈속으로 도피하고 만다.

이와 같이 시인이 완벽하게 꿈속으로 망명했을 때 현실과 꿈은 엄청난 괴리를 갖게 된다. 「멸치 냄새」는 이러한 두 세계의 극단적 분화를 보여준다.

시에서 현실 세계의 어머니는 늘 멸치 냄새가 배어 있다. 저녁 때가 지나서야 저자에서 돌아오는 어머니에게는 공복 같은 멸치 냄새가 배어 있다. 현실 세계에서 멸치 냄새가 갖는 상징성이란 가난이다. 허연 낮달로 일어서는 어머니의 마른 비늘 같은 가난이다.

그러나 양영진이 이러한 현실 세계에서 등을 돌릴 때 전혀 다른 꿈의 세계가 펼쳐진다. 그 세계란 어머니와 내가 산 멸치가 되어 해초 사이에 나란히 떠서 놀 수 있는 환상의 바다이다. 그 바다 속에서는 어머니의 마른 비늘이 반짝이며 빛을 내고, 현실에서 바래져 가던 꿈이 푸른 바다 속에서는 펄펄 뛰는 꿈으로 살아난다. 무엇보다도 그 환상의 세계에서는 가난이란 고통이 없다. 그래서 꿈틀거리면서도 꿈의 나라로 간다.

셋째로, 이와 같이 누나·형·어머니가 겪고 있는 식민지 현실을 환상 세계로 자리바꿈하고 유난히 섬뜩한 감광판을 가지고 있었던 양영진은 심한 갈등과 번뇌에 빠지게 된다. 여기서 현실에 대한 도피처로 생각했던 문학관을 재정립하고 자신을 혁명 전선에 묶어 세울 것을 다짐하게 된다.

저는 문학을 누구보다도 사랑하는 사람이었습니다. 그것이 한 때는 가난에서 비롯된 도피와 자족을 저에게 주었기 때문이었습니다. 그러나 그러한 것마저 현체제를 유지시키는 지배 이데올로기의 일종이라는 것을 알았습니다. 이제 제가 문학을 사랑하는 것은 그것이 이 땅 변혁 운동을 수행하는 데 있어 저에게 가장 알맞은 무기이며 문화 운동의 일환으로 할 일이 많기 때문입니다.

양영진 「사랑하는 내 사람들에게」 부분

　　양영진에게 있어 문학이란 가난의 고통을 잊기 위한 도피처, 또는 문학의 환상적 기능이 주는 자족의 수단에 지나지 않았다. 그러나 그러한 생각이 현체제를 유지시키는 지배 이념이라는 것을 각성하고, 스스로를 묶어 민족 해방 전선에 자신을 세우게 되었다.

　　이제 양영진이 문학을 사랑하는 것은 문학이 도피처나 자족의 수단이 아니라, 변혁 운동의 무기이기 때문이다. 이렇게 자기깨도에서 출발한 문학 인식이 혁명적 깨도에 이르렀을 때 양영진의 시에는 어떤 변화가 왔을까. 「최루탄·3」에서 보는 바와 같이 혁명 전선에 복무하는 문학, 「엿」에서 보는 바와 같이 반민족적 행위에 매서운 풍자를 던지는 문학이었다.

　　어릴 적,
　　마을 근방 공장에서
　　이름 모를 하얀 가루를 훔쳐
　　물 속으로 투하했다.
　　뿌옇게 흐려지며, 후끈후끈 들끓는 물 속
　　배 까뒤집고 둥둥 뜨는 물고기를 주워 담으며,
　　갈모리 넘어가는 해, 그 붉은 미끈거림을
　　느껴보곤 하였다.

　　오늘날,
　　카키 무늬 태평양 기단과 시베리아 기단이 만나
　　이상 기류 형성된 한반도
　　폐부 깊숙한 곳까지 인플루엔자가 진을 친다
　　콜록이며 뱉어 버리는 물고기꼴 되지 않으려고
　　우린 어깨에 어깨를 건다.
　　오랜 세월 물때 앉은 돌멩이를 거머쥔다
　　5월, 그 거리 시멘트 바닥의 풍문 같은
　　황토빛 햇살자락 끌어안고서

「최루탄 · 3」에 나타난 양영진의 한반도에 대한 정세 판단은 후끈후끈 들끓는 물 속이며, 이를 좀 더 구체적으로 살펴보면, 제국주의 카키 무늬 태평양 기단과 패권주의 시베리아 기단이 이상 기류를 형성하여 폐부 깊숙한 곳까지 인플루엔자가 진을 친 곳이다.

따라서 사회 변혁 운동이란 콜록이며 뻗어 버리는 물고기 꼴이 되지 않기 위해 어깨에 어깨를 걸고 물때 앉은 돌멩이를 거머쥐고 일어서는 일이다.

젊은이들이 그렇게 일어설 때만 황토빛 햇살 자락이 나린다.

마지막으로 유서 한 장을 남긴 채 꽃 같은 나이에 목숨을 버린 양영진의 죽음이 혁명 열사의 죽음인지 아니면 자기 기만적 현실 도피인지를 정확히 짚어 보지 않으면 안된다.

양영진이 좀 더 오래 살아 애송이 솜털을 벗고 훤칠한 민족 시인으로 성장하여 줄 것을 바라는 갈망이 먹물 든 사람의 감상으로 치부되어도 좋다. 또 누나가 든든한 자형에게 시집가는 것을 보고, 형이 어려울 때 다리 노릇을 해주고, 짐이 무거운 어머니의 목판을 들어주는 일이 사삿일이라고 치부해도 좋다. 그러나 건강한 인간의 육체는 빛나는 영혼을 담아 두는 아름다운 그릇이며, 따라서 건강한 육체야말로 민족 혁명의 마지막 기지라는 사실을 외면해서는 안된다.

여기서 제국주의 이념의 산물인 마하트마 간디의 무저항 · 비폭력 · 평화 운동을 재평가하지 않을 수 없다. 모든 사랑과 진리가 총구와 밥에서 나온다고 볼 때, 간디가 좀 더 건강한 현실적 세계관을 가지고 인도 청년들을 훈련시키고 무장시켜 대영 투쟁 전선에 세웠다면 그토록 많은 인도인을 희생시키지 않아도 좋았을 것이다. 민족 혁명 전선에 감상주의란 용납될 수 없다.

그렇다면 그의 죽음이 혁명의 불씨가 되었는가. 이 물음에 정확한 답변을 할 물적 증거가 없다. 아니면 그의 죽음이 최고 통치자의 양심에 충격을 주어 불면의 나날을 보내게 했을까. 일찍이 우리 민족이 그런 지도자를 만났다면 민족 통일이 되었을 것이다. 그렇다면 그의 죽음이 남긴 의미는 무엇인가.

도시 빈민의 버짐꽃 같은 가난의 굴레를 벗기 위해 양영진은 사회 변혁 운동에 돌을 던졌고, 마지막으로 절벽 같은 제국주의 전선에 몸을 돌 삼아 던졌다. 한 마리 말이 쓰러지면 만 마리 말이 일어서기 때문이다. 양영진은 식민의 땅에서 아직도 잠들지 못하고 꽃 넋으로 떠돌고 있다.

4) 교육 동지 고홍수 형에게

벌써 몇 해 만이었던가. 우리가 동안의 얼굴로 헤어진 지 어언 4반세기 만에 반백의 머리가 되어 이제야 만나다니.

실로 25년 만에 나는 모교의 동문회에 나갔다. 청운의 꿈이 뛰놀던 교정이 그대로인 채 나를 반겼고, 백발의 몇 분 스승께 인사를 드렸더니 눈물이 글썽하신다. 다과회가 열리는 동안 우리는 25년이나 밀렸던 슬프고 기쁜 소식을 봇물처럼 터놓았다.

나는 그 자리에서 고홍수 형의 소식을 처음 들었다. 지난해 전교조가 활화산처럼 불탈 무렵 고홍수 형은 충북 초대 지회장을 맡았고, 부인들로 하여금 탈퇴 각서에 대리 도장을 찍게 할 때, 형은 결연히 "만약 도장을 찍어 주면 음독 자살하겠소" 하였다 한다. 나는 그 말을 듣고 울음이 터져 다과회장을 나왔다. 꽃피는 4월 우리 교실 앞에 이팝나무는 때아닌 눈보라에 잎이 지고 있었다. 형과 내가 함께 배우던 교실 앞에 서서 나는 눈물을 거두었다. 형과 나는 집안이 가난하여 배고픔을 잊기 위해 썰렁한 도서관에서 책을 읽었다. 빙그레 웃기만 할 뿐 말이 없던 고홍수 형의 동안이 떠오른다. 쓰임새가 많은 40대를 어찌 사는가. 더구나 형은 부부 교사도 아니라는데 아이들 학비는 어찌 주는가.

민자당 정권에게 한 번 물어 보자. 도대체 이 나라 선생님들이 무슨 죄가 있는가. 가난한 흙바람이 불던 60년대에도 교육만이 나라를 구한다고 믿어 허리 띠를 조이며 가르쳤다. 경제 개발이 되던 70년대는 교실이 없어 학교 뒷동산에서도 가르쳤고 비오는 날은 계단에 아이들을 앉히고 가르쳤다.

부와 성장을 누리던 80년대에도 급한 불만 끄면 우리 교육을 우리 선생님들을 돌아볼 줄 알았다. 80년대를 마감하는 자리에서조차 당신네들은 교육에 대하여 일언반구도 말이 없었다. 정치가 교육에 대하여 배려를 하지 않을 때 어찌해야 되겠는가. 그렇다. 교육자가 스스로 일어서는 수밖에 없다. 그래서 우리는 일어섰다. 민주·민족·인간화의 참교육을 외치며 일어섰다.

그런데 당신네들은 어찌했는가. 여교사의 머리채를 질질 끌고 군홧발로 짓밟고 어린 제자들이 보는 앞에서 선생님들의 손목에 쇠고랑을 채웠다. 출근 투쟁을 하는 교사들을 구교대로 하여금 선생님과 제자들을 차단시켰다.

그뿐인가. 누구보다도 교육 당파성을 위해 헌신해야 할 장학사와 교장이 선생님들을 고발케 함으로써 교육 동지들을 이간질시켰다. 그리고는 1천5백여 명의 전교조 교사들을 학살하였다. 사회적 생명을 잃었으니 그것은 해직이 아니라 학살이다. 누가 이 나라에서 스승 대접을 하였던가.

민자당 정권은 지금도 우리 선생님들이 무슨 죄라도 있다고 생각하는가. 복잡한 실정법이 어째서 선생님들을 풀어놓았는가를 말하지는 않겠다. 실정법에 따라 구속되었던 선생님들이 왜 풀려났는지를 복잡하게 설명할 필요도 없다. 전국 순회를 나선 선생님들을 연행한 경찰도 찢긴 옷을 비싸게 변상하고 차비도 보태 주며 눈물로 전송한다. 일선 경찰도 선생님들이 죄가 없다는 사실을 아는데 언제까지 이 나라 정권은 선생님들을 볼모로 잡아 둘 것인가.

선생님들이 교단을 떠난 지도 벌써 한 돌이 되어 간다. 그 동안 찬이슬 내리는 들판에서 얼마만한 슬픔과 고통을 겪었는가. 선생님들을 이제는 조건 없이 돌려보내라. 우리는 선생님들이 강철 같은 혁명 투사가 되기보다는 건강한 교육 일꾼이 되기를 바란다.

선생님들을 돌려보내지 않는다면, 우리는 으깨지고 터지고 피를 흘려도 일어설 수밖에 없다. 빛나는 민족 교육을 위하여, 선생님들을 짓밟는 정권에 대하여 우리는 충성을 맹세할 수 없다. 공권력을 동원하여 선생님들의 시위를 진압할 수 있을지 모른다. 그러나 교육에 대한 우리의 신념과 도덕성은 짓밟지 못한다.

문학 전선에 선 교육 동지들. 교육문학은 교육 당파성을 위해 봉사하여야 한다.

'농민문학' '노동문학'이라고 부르는 것처럼 요즘 활발하게 일어나는 참교육 문예 활동을 '교육문학'이라고 부를 수 있을지는 의문이다. 그러나 교육문학의 성과물이 미흡한 바 없지는 않으나, 교육문학의 주체가 이미 일정한 먹물을 먹고 훈련된 일꾼이며, 더구나 그들은 교육 변혁 운동을 통해 교육 당파성에 대하여 강철 같은 단련을 받은 바 있어 교육문학이라는 말이 자연스레 쓰일 날이 멀지 않다.

지난해 여름 전교조 교사들이 대량으로 해직된 이래로 많은 참교육 시집이 나왔다. 주로 실천문학사가 펴낸 이들 시집을 살펴보면, 함께 쓴『내 무거운 책가방』, 함께 쓴『몸은 비록 떠나지만』, 조재도『교사일기』, 정영상『행복은 성적순이 아니다』, 배창환『다시 사랑하는 제자에게』, 김종언『아이들은 내게 한 송이 꽃이 되라 하네』, 임길택『탄광마을 아이들』등이 있다.

또 소설 창작집으로는 성내운『사랑을 위한 반역』, 함께 쓴『사랑이란 평행선은 서로 만난다』, 함께 쓴『누이를 위하여』등이 있다.

그러나 이러한 문학 성과물이 변혁 운동을 위한 참다운 푸리문학이 되기 위해서는 다음과 같은 몇 가지 사실을 감안하지 않으면 안된다.

첫째, 문학적 감수성을 연마하기 위하여 우리는 세계관을 재정립하고 마음의 거울을 맑게 닦아 모든 사물을 빛나고 냉철하게 바라보는 훈련을 하여야 한다.

둘째, 교육문학의 미학은 교육 당파성이다. 먹물 든 식자층이 빠지기 쉬운 감상적 자유주의나 개량적 조합주의를 말끔히 청산하고 참교육의 이념으로 철저히 무장하여 대중적 사상 투쟁을 위하여 교육문학이 무엇을 할 것인가를 성찰하지 않으면 안된다.

셋째, 이제까지 국어교육을 통하여 자신도 모르는 사이에 오염된 부르좌지 문학관을 청산하고, 철저한 자기 각성과 뼈를 깎는 성찰을 통해 대중을 깨도시킬 창작 방법과 제국주의 사슬을 끊어줄 푸리문학을 다시 학습하지 않으면 안된다.

이제까지 세상에 나온 교육문학 성과물을 꼼꼼히 읽어보아도 교육 당파성에 철저한 창작물을 찾기는 참으로 힘들다. 교단에서 해직되어 찬이슬 내리는 들판에서 모진 슬픔과 고초를 겪는 교육 일꾼들을 닦달하고 싶은 마음은 없다.

그러나 교육문학이 참다운 푸리문학으로 해방 교육 전선에 봉사하기 위해서는 일정한 규정력이 필요하다.

우선 곽재구의 「대인동·6」을 살펴보자.

은혜공민학교 1학년에 들던 날
술에 취한 아버지는 내 책가방을
아궁이에 집어넣었다. 밥불이
끊어진 지 오래인 아궁이에서 불이 솟아올랐고
악을 쓰며 물을 붓자 마당 앞 굴뚝에서
시꺼먼 눈물이 솟아올랐다.
아버지는 제정신이 아니었다.
죽 끓일 보리 서 홉도 없는 녀석이
공부는 무슨 공부 죽어라 이 새끼
아버시가 집어던진 손도끼가
돌쩌귀에 부딪쳐 소 울음을 냈다
제풀에 쓰러진 아버지가 들것에 실려가고
당직인 도립병원 젊은 의사 선생님은
내 눈을 뒤집고 혀를 차며 백내장이라고 일러 주었다.
정신이 든 아버지를 들쳐메고 오던 밤

갈보들과 별들이 함께 서성이는 거리가 아름다왔다.
그날 밤 꿈에 나는 갈보가 되었다
아버지에게 더운 고기밥을 지어드리고
한쪽 구석에서 사내를 받던 어느 날 밤엔
사내가 되어 돌아온 어머니의 얼굴과도 부딪쳤다.

곽재구 「대인동·6」 전문

곽재구의 「대인동·6」을 읽은 독자들은 일종의 몸서리치는 전율을 느끼게 된다. 그것은 짓밟아서도 안되고 밟혀서도 안되는 인간의 마지막 도덕성을 가난이라는 기본 모순이 무참하게 학살하고 있기 때문이다. 가난이라는 폭군은 인간의 모든 가능성을 철저히 깔아뭉갠다.

또 무법자처럼 날뛰는 가난이 저지르는 온갖 만행을 독자들에게 극적으로 보여주기 위해서 시인은 예술적 차원을 넘어선 기능적 장치를 하고 있으며, 심지어 소설에서나 기대해 봄직한 배경·인물의 성격·갈등 구조 등이 야무지게 짜여져 기능적 구실을 하고 있어 기호학이나 구조주의 비평가의 구미에 맞을 만한 많은 덫을 가지고 있기도 하다.

시의 배경은 대인동이다. 내가 가르친 한 학생의 증언에 의하면 대인동은 광주의 주차장 부근이고 창녀촌도 있다고 하였다. 농촌에서, 또는 객지에서 뜨내기들이 흘러 들어와 잠시 거처하는 곳이 대인동인 듯하다. 시에서 아버지가 던진 손도끼가 돌쩌귀에 맞아 소 울음 소리를 냈다는 사실로 미루어 아버지와 나는 농촌에서 흘러왔고, 어머니는 가난의 병고로 세상을 버린 듯하다.

앞서 말한 바와 같이 가난이라는 폭군은 인간의 모든 가능성을 짓밟아 버린다고 하였는데, 시에서 가난이 첫 번째로 학살한 가능성은 교육을 받을 권리이다. 주인공은 나이에 걸맞게 진학하지 못했고 종교단체가 경영함직한 은혜공민학교에 들어간다. 그날 술취한 아버지가 밥불이 끊어진 지 오래인 아궁이에 내 책가방을 넣고 불을 질렀다. 그것은 분명 가난이 빚어낸 광기의 산물이다.

악을 쓰며 물을 붓자 굴뚝에서 한 맺힌 시커먼 눈물이 솟아올랐다.

왜 아버지는 자식의 책가방을 불질렀을까. 가난 때문이다. 죽 끓일 보리 서홉도 없는 마당에 무슨 공부냐는 것이 아버지의 생각이다. 억장 무너지는 슬픔 때문에 자식에게 던진 손도끼가 빗나가 돌쩌귀에 맞아 소울음을 냈다. 제정신이 아니었던 아버지는 제풀에 기절을 했고 빈민들이 가는 도립병원으로 실려 간다.

이와 같이 가난은 부자간의 기본 윤리를 무너뜨렸고, 또 당직 의사의 확인에 의하면 어린 주인공은 백내장까지 걸려 있다.

정신이 든 아버지를 들쳐 메고 돌아오는 밤, 갈보와 별이 서성거리는 거리는 서럽도록 아름다웠다. 여기서 시인은 자포자기적인 주인공의 심경을 예시한다.

비록 꿈일망정 주인공은 갈보가 된다. 아버지에게 더운 고기밥을 지어 드리기 위하여.

가난은 모자간의 기본 윤리마저 또 무너뜨린다. 한쪽 구석에서 사내를 받던 어느 날 밤, 사내로 변신한 죽은 어머니와 부딪치게 된다.

시인은 가난하지만 배우기를 갈망하는 어린 주인공과 먹이지도 못하고 가르치지도 못하는 좌절된 아버지와 무슨 병이던 발겨 보기를 좋아하는 수련의 등의 성격을 탁월하게 전형화 시키고 있다.

그러나 시인은 시의 효과를 위해 과도한 기능적 장치를 하고 있다. 독자들의 시각 효과를 위해 굴뚝을 마당 앞에 장치했다든지, 아버지가 던진 손도끼가 하필이면 돌쩌귀에 맞아 소 울음을 내야 한다든지, 당직 의사가 주인공의 백내장을 우연히 확인한다던가 하는 따위가 그것이다. 또 꿈일망정 모자가 그 짓을 저지르게 만든다는 것은 지나친 손재간이다.

이와 같이 본질을 외면하고 기능 쪽에 매일 때 문학은 한낱 놀이 기구로 전락하고 말며 독자들을 각성시켜 민족 전선에 묶어 세우지 못하고 시인 자신도 실천 문학 전선에 서지 못하도록 방해한다. 이것이 제국주의 사슬이다.

「대인동 · 6」은 예술적인 완벽한 의미를 지니고 있고, 열림새와 시김새를 고루 갖추고 있음에도 풀림새가 없기 때문에 푸리문학의 전형으로 볼 수 없다.

다만 모질고 슬프게 살아가는 민중의 가난이 우리 교육에 어떤 장애물로 존재하는가를 시인은 철저히 확인시켜 준다. 그러나 주인공은 그 자신이 왜 가난하게 살아야 하는지를 모른다. 아니, 시인은 자신의 불투명한 세계관 때문에 기본 모순의 본질을 외면하고 있는지도 모른다.

김진경의 「교과서 속에서」를 살펴보자.

가르친다는 것은
싸우는 것이다.
휴전선에 엎혀 있는 가시 철조망들이
잔뿌리를 내려
가시 면류관처럼 한반도를 둘러싸더니
어느새 교과서의 글자들마다 실뿌리가 보이고
날선 가시가 번득인다
아, 교과서 속에서
살해된 내 어머니 한반도의 시신 위로
철조망들이 뿌리를 내리고 양분을 빤다.
눈물을 흘려서는 안되리라
아이들의 맑은 눈앞에서.
눈을 크게 뜨고
정직하게 보라고 말해야 하리라.

교과서는 교사의 면류관이다.
교과서는 아이들의 면류관이다.
교과서를 잡는 아이들의 손에
교과서를 잡는 나의 손에
가시가 박혀 피가 흐른다.
아이들아 겹겹이 쳐진 철조망을 헤치고

거기 쓰러져 누워 있는
우리들의 어머니 한반도를 정직하게 보자.
우리들의 손에 흐르는 피를 정직하게 보자.

가르친다는 것은
싸우는 것이다.
배운다는 것은
싸우는 것이다.
교실 창 밖의 라일락도
참담한 수업을 들여다보며 안스러워 고개를 흔든다.

김진경 「교과서 속에서」 전문

　시는 푸리문학이 될 만한 구색을 제법 갖추고 있다. 앞푸리에서 "가르친다
는 것은 싸운다는 것이다"라는 구호적 선언이 뒷도막 첫 줄에서 "교과서는 교
사의 면류관이다" "교과서는 아이들의 면류관이다"로 변형되어 재천명되고,
다시 셋째 도막에서 반복 강조된다.
　오늘날 교육 모순을 시인은 분단 모순에서 찾는다. 맞는 말이다. 휴전선의
가시 철조망은 우리 민족의 의사와는 전혀 관계없이 소련의 패권주의와 미국
의 제국주의가 잔뿌리를 내려 가시 면류관처럼 한반도를 둘러싸고 교과서 속
에서 반공 이념으로 실뿌리를 내려, 날선 가시로 번득인다. 날선 가시들은 교
과서 속에서 살해된 한반도의 시신 위에서 양분을 빤다.
　여기까지 오면 어디서 많이 듣던 목소리를 떠올리게 된다. 누가 먼저고 뒤랄
것도 없이 박운식의 「미류나무」 정인화의 「빨대」가 엇비슷하게 맞아떨어지는
것을 발견한다.
　그것은 그대로 좋다. 우연한 천재의 일치가 아니라도 문학에는 유행이라는
것이 있는 법이다.
　그렇다면 김진경이 '가르친다는 것은 싸우는 것'이라고 했을 때, 정말 가르

친다는 것은 무엇인가. 그것은 "아이들의 맑은 눈앞에서 눈물을 흘려서는 안되리라" "눈을 크게 뜨고 정직하게 보라고 말해야 하리라"가 된다.

또 그러한 상황 속에서 교사와 학생은 교과서를 잡은 손에 가시가 박혀 피가 흐르는 긴장된 순간이어야 한다.

가르친다는 것이 싸우는 것이라면 그것은 "아이들아 겹겹이 쳐진 철조망을 헤치고 거기 쓰러져 누워 있는 우리들의 어머니 한반도를 정직하게 보자. 우리들의 손에 흐르는 피를 정직하게 보자"가 된다. 우리의 분단 현실을 정직하게만 보면 분단 모순과 교육 모순은 과연 해결되는가.

여기서 시인의 안일한 교육 당파성이 그대로 탄로가 난다. 마지막 줄에서 '교실 창 밖의 라일락도 참담한 수업을 들여다보며 안스러워 고개를 흔든다'고 하였는데, 시인은 '라일락'이 어느 나라 꽃인가를 한 번 생각해 본 적이 있는가 민족 교육이 말처럼 그렇게 쉬운 일이 아니다. 그래서 나는 전교조 교육 일꾼들도 자신의 세계관을 철저히 비판하고, 모든 문학 이론을 재검토하라고 말했다. 그리고 나서 민주·민족·인간화를 위한 참교육 당파성이 무엇인지를 고개 숙여 성찰하지 않으면 안된다. 전교조 동지 가운데는 아직도 교사가 교육 일꾼이 아니라 중산층이라는 망상을 가진 개량주의자가 있다.

함께 쓴 시집 『내 무거운 책가방』의 시편 가운데 눈에 번쩍 띄는 시가 두 편 있었다. 배창환의 「각성」과 윤재철의 「민준이의 그림일기」였다.

유상덕 선생의 아들인 민준이가
아빠를 면회하고 돌아와 그린 그림일기에는
총을 들고 군인이 지키고 섰고
유리창과 창살을 사이에 두고
저쪽엔 아빠 이쪽엔 엄마
그리고는 온통 붉은 벽돌담
민준이를 데리고 면회갔다 오던 길 어디에도
흰 벽돌담뿐

붉은 벽돌담은 보이지도 않았는데
자꾸만 자꾸만 그리던
붉은 벽돌담
나무를 가리고 하늘을 가리고
엄마가 아무리 물어도 대답 않다가
끝내는 울면서 볼메어 하는 말이
이것 때문에 아빠가 집에 오지 못하잖아
그래, 그래 그 붉은 벽돌담이
아빠를 간첩으로 가두고
엄마를 거리로 나서게 만들고
민준이는 큰아버지댁에, 시원이는 이모댁에
이산가족이 돼버렸지
그리고도 끄떡 않는 붉은 벽돌담은
분단의 들판, 독재의 골목을 지키고 서서
여섯 살난 민준이의 입을 다물게 하고
끝없이 벽돌장만 그리게 한다.

윤재철 「민준이의 그림일기」 전문

　흔히 분단 문학을 말할 때 국토의 분단을 말하는 경우가 많다. 소련과 미국이 갈라 논 조국 분단은 '분단의 들판'뿐만 아니라 '독재의 골목'에까지 붉은 벽돌담으로 쌓아 놓았다. 그리고 '붉은 벽돌담' 이쪽 저쪽에는 '총을 들고 군인'이 지키고 있다. 붉은 벽돌담은 나무를 가리고 하늘을 가리고 아빠를 간첩으로 가두고 엄마를 거리로 내몰고 형제를 뿔뿔이 헤어지게 만들었다. 그들은 창살을 사이에 두고 저쪽엔 아빠, 이쪽엔 엄마가 갈라서서 감수성이 예민한 민준이에게 혹독한 상처를 주었고 마침내는 어린 한 소년으로 하여금 말을 잃게 만들었다.

　그러나 현대판 이산가족은 이념이 빚어낸 분단에 의해서 뿐만 아니라 가난 때문에 생겨나기도 한다. 독점자본이 부를 축적한 결과, 민중들은 거리로 내몰렸고 자녀를 버리고 도망치는 부모들이 증가하고 있다. 가진 자와 갖지 못한 자 사이에 높아만 가는 '붉은 벽돌담'은 분단문학의 중요한 문학적 주체이다.

문학에 종사하는 교육 동지들. 민준이의 참담한 슬픔도 슬픔이지만, 가난 때문에 부모가 버리고 간 아이들을 위해서 무엇을 해야 할지를 생각하자.

그러나 우리 교육 동지들은 언제나 그날을 상기하지 않으면 안된다. 배창환이 말하는 「각성」의 그날이다.

선생이 노동잔 줄은
해고되고 나서 알았다

선생이 이땅에선 스승이 아닌 줄을
개 끌려가듯 끌려간 교원노조 여선생의 머리카락에 뒤엉킨 피를 보고 알았다

선생이 선생이 아닌 줄은
수천의 목이 잘려나가도 끄떡도 않는 이 철면피한 세상을 보고 처음 알았다

배창환 「각성」 전문

선생님은 성직자가 아니다. 스승이 아니라 교육 일꾼이다. 철면피한 세상 사람들의 달콤한 말에 속지 말자. 그리고 개처럼 끌려가던 여선생님의 머리카락에 뒤엉킨 피를 기억하자. 여선생님의 못다 외친 구호를 다시 외치자.

다과회장에서는 지금 응원가를 연주하고 있다. 뒤이어 우렁찬 합창이 울려 나온다. 저 함성 속에는 고홍수 형의 목소리가 없다.

마지막으로 형에게 내가 가르친 학생의 글을 선물로 준다. 외로울 때 조용히 읽으며 슬픔을 달래기 바란다. 그리고 이러한 학생들이 형을 기다리고 있다는 사실을 잊지 말라.

부끄럽다. 부끄럽다. 형과 내가 함께 배우고 다같이 교조에 들고도 형은 국민학교 교사라 해직되고 나는 대학 선생이라 살았으니, 내 어찌 살아서 형의

얼굴을 대하리.

　그때가 몇 살 먹었던 해인지는 모르겠다. 엄마는 거의 매일을 밭일 보러 나가고, 오빠들은 허리에 맨 책보를 달랑거리면서 학교에 가버렸기 때문에 혼자 덩그러니 집에 있어야 했다. 옆집 머슴애가 놀러왔다. 마루에서 놀다가 지쳐버리면 마당으로 내려오고 그래도 지루할 때는 집앞 개울에 나가 놀았다. 거의 매일이 그러했다. 어쩌다 개울 건너편에서 뱀껍질을 벗겨 채에 담는 윗마을 할아버지를 보곤 하는 것이 재미였으니까.

　그날은 머슴애도 놀러오지 않아서 혼자 이곳 저곳을 뒤지며 다녔다. 그러다 찬장 맨윗칸 그릇에 담겨진 종이 두 장을 발견하였다. 그것을 방에 들고 가서 놀기 시작했다. 접어보기도 하고 반으로 찢어보기도 하고, 그러다가 아예 조각조각 찢어서 여기 저기 어질러 놓았다. 저녁에 엄마가 돌아오셨다. 방문을 열어보더니 엄마는 다짜고짜로 나를 때렸다. 그것도 질려버릴 정도로. 그게 아마 돈이었던 모양이다. 겨우 겨우 마련해 두었던 이천원이었다는 것을 내가 다 커버린(?) 지금에 와서 이야기하신다. 그러나 그때는 어렸기 때문에 아마 지폐라는 것을 몰랐던 모양이다. 엄마는 화가 머리 끝까지 나셨는지 저녁밥도 주지 않고 나를 내쫓고 안에서 문을 덜커덕 걸어버렸다. 큰오빠는 엄마를 말리는 데도 작은오빠는 재미있어 하던 그 모습이 때리는 엄마보다도 더 미웠다. 그날 밤, 나는 짚단을 세워 둔 곳을 헤치고 거기서 훌쩍거리다가 잠이 들었다.

　새벽에 추워서 잠을 깼다. 처음엔 방이 아니어서 놀랐으나 이내 마려운 소변 때문에 어딘가라는 것에 대해서는 잊어 먹었다. 짚을 헤치고 나왔다. 그랬더니, 눈이 하얗게 그리고 엷게 깔려 있었다. 퇴색한 짚단 위에도 하얀 눈송이들이 얹혀 있었다. 나는 그 전날 밤 무시무시했던 엄마를 잊어버린 채 "엄마, 오빠야, 눈왔다. 오빠야!" 소리를 질러댔다. 그러자, 방문이 열리면서 하얀 눈과 대조되는 충혈된 눈들이 나타났다. 밤새껏 나를 찾다가 포기한 채 뜬눈으로 새웠던 모양이다. 나는 그것도 모르고 그저 눈이 왔다고 들떠 있었던 것이다.

　"이 바보야, 저게 어데 눈이고, 서리제." 작은오빠의 퉁명한 소리에 잇따라 엄마는 마당으로 내려오셔서 나를 감싸 안았다.

“어데서 잤노?”

“저기”

“안 춥더나?”

“몰라”

엄마는 미안하다는 소릴 계속해서 하시면서 방으로 나를 데려갔다.

요즘은 마당이나 지붕 위에 굴러다니는 하얀 눈가루 같은 것을 보면 서리라는 것을 안다. 엄마의 마음같이 따뜻하고 깨끗한 무서리라는 것을.

차미정 「무서리 내리는 아침에」 전문

제3장 추임문학이란 무엇인가

추임문학이란 무엇인가

1. 추임문학이란 무엇인가

추임문학이란 무엇인가. 이는 깨도된 민족이 문학 주체가 되어 민족 당파성을 밑바디로 삼아 민족 해방을 통한 민족 공동체적 삶을 위해 모든 현장, 모든 싸움터, 모든 전선에서 스스로 일어나 싸우도록 부추기는 민족혁명문학이다.

그렇다면 깨도문학에 이은 푸리문학이 추임문학에 이르게 된 까닭은 무엇인가. 「한민족문학을 위하여」(『우리문학』, 1989 봄)라는 짧은 글을 통해 제안한 깨도문학이란 나와 우리, 민족과 국가를 깨우친다는 의미의 소박한 민족 문학론에 지나지 않았다. 뒤이어 나온 「깨도문학이란 무엇인가」(『우리문학』, 1989 가을)에 이르러 민족 당파성이라는 미학을 바탕으로 깨도문학은 과학적 인식에 도달하였고, 민족 피거르기를 통한 투쟁적 민족주의와 민족 피돌리기를 통한 혁명적 낙관주의라는 민족 혁명의 미학을 찾아내게 되었다. 사회 계층을 대자적 지향성에 따라 민족의 개념을 수직적으로 인식하여 깨도된 계층으로 설정하고, 인물의 선형성과 실천 비평의 대안을 제시했음에도, 민족에 대한 계급적 인식의 부족은 지배 구조를 가려 둠으로써 투쟁 목표를 흐리게 만들었다는 자기 비판을 하지 않을 수 없었다.

제국주의 침략과 문화적 종속 아래서 제 3세계의 민족적 생존권을 보장받는 유일한 길은 민족주의 바탕 위에 민족 당파성으로 무장하고 민족 자각과 각성에 따른 민족 해방뿐이라는 긴박감은 「푸리문학이란 무엇인가」(『한민족문학

1』, 1990)를 집필하도록 강요하였고, 해외문학파가 주도하는 문학 현실을 철저히 비판하고 문학 주체를 계급적으로 인식하여 노동자·농민·학생·전교조 시인들의 문학 성과물을 실천적으로 비평하였다.

그러나 이러한 논의가 실천 비평의 차원을 넘어서서 모든 현장, 모든 싸움터, 모든 전선에서 싸워 이기는 성과물이 아니라면 그것은 한낱 관념의 유희이거나 병풍 그림에 지나지 않는다. 더구나 푸리문학은 철저한 현실의 비판적 인식에도 불구하고 무엇을 위하여 어떻게 싸울 것인가 하는 목표와 방향이 설정되지 않았다.

그렇다면 추임문학이 싸워 세우려는 건강한 사회는 어떤 형태인가. 그것은 자본주의와 사회주의의 권력 모순이 극복된 민족 공동체 사회이다. 여기서 존중되는 윤리 도덕은 염치와 부끄러움이다. 노동은 두레 중심이어서 그것 자체가 생명 활동이며 자아와 민족 당파성의 실현이다. 모든 노동 과정에서 그들은 흙에 뿌리는 땀을 존중한다. 깡패와 야합하는 검사가 없고, 권력과 손을 잡는 판사가 없다. 모든 범죄 수사와 재판은 고성능 컴퓨터가 맡기 때문에 상식에 어긋나는 예외 판결이란 있을 수 없다. 정권의 앞잡이 노릇을 하는 군대가 없다. 그 대신 모두가 집총을 하며 그의 명예가 더럽혀질 때 목숨을 걸고 발포를 한다. 그들은 공권력이 정의를 상실했을 때 저질러지는 만행을 교훈으로 삼는다. 돈이란 교환 가치일 뿐 그 이상의 다른 목적을 위해서는 남용되지 않는다. 그들의 종교는 인간일 뿐이다. 인간 이외의 어떤 우상에도 경배하거나 아첨을 하지 않는다.

이러한 민족 공동체 사회는 신동엽·김지하·신경림·김남주·박노해 등에게 일정한 빚을 지고 있다. 신동엽은 인간의 대지에 뿌리내린 민족다운 삶을 장편 서사시 『금강』에서 보여준다. 신경림은 장편 서사시 『남한강』에서 새 세상을 형상화시킨다. 김지하는 밥이 똥이 되고 똥이 밥이 되는 생명 사상으로 전환시킨다. 김남주에게서는 외세를 배격하고 민족 자주 혁명을 실천한 사회로 드러난다. 박노해의 『노동의 새벽』에서는 노동의 모순이 극복된 노동자 당파성으로 전형화 된다.

　그러나 이러한 민족 공동체 사회가 피의 혁명을 통해 쟁취할 만큼 가치가 있는 세계인가. 그렇다. 여기서 논의하는 시인들은 그들이 꿈꾸던 이상 사회를 위해 수배 생활을 하거나 유배 생활을 보냈다. 그것도 꽃피는 환장할 나이에 무화과처럼 꽃도 피워 보지 못하고 구부러지고 꺾인 나무로 열매를 맺어야만 했다.

　민족 공동체 사회가 피의 혁명을 통해 쟁취할 가치가 있는 사회라면 과연 어떻게 싸울 것인가. 여기서 추임문학의 문예 미학으로 제시되는 것은 추임새이다.

　추임새란 국악에서의 관람자가 연희자를 부추겨 줌으로써 두 집단이 하나의 공동체로 묶여 나가는, 형식을 넘어서서 독자 대중과 문학 일꾼이 한 덩어리로 묶여 민족 혁명을 성취하는 추동력이다. 이러한 인식이 가능한 것은 추김이 혁명적 설명이고, 부추김이 혁명적 참여라는 정치 이념적 의미를 넘어서서, 전자를 혁명적 표현으로 후자를 혁명적 외침으로 수렴할 수 있을 때로 한정된다. 그러나 실제 시 작업에서 추김과 부추김은 개별적인 드러남이 아니라 통일적 생명체로 드러나며 양자간의 엄격한 변별도 불가능하다.

　따라서 추임새란 혁명적 표현과 혁명적 외침, 즉 추김과 부추김의 통합 개념이다. 이러한 추임새는 분명한 민족 당파성을 전제로 하며 문예 조직을 바탕으로 삼아 과학적 인식 아래 현실과의 싸움을 실천 강령으로 삼는다.

　추임문학을 주도하는 추임새의 추동력은 무엇인가. 이러한 의문에 답변을 찾기에 앞서 ‘시란 무엇인가’를 되묻지 않을 수 없다. 시를 규정하는 여러 뜻매김에도 불구하고 시란 외침이다. 그것도 더는 참을 수 없어, 더는 어쩔 수 없어 가슴에서 치밀어 올라 목울대로 타오르는 부르짖음, 피맺힌 선언이다. 이 경우, 반대론자들이 비아냥거리는 ‘비명’이나 ‘아우성’이라는 절규도 그대로 수용하자. 그렇다. 시는 짓밟히고 터지고 피를 흘리는 풀잎의 비명이고 뿌리뽑힌 풀뿌리의 아우성이다. 무엇이 잘못이란 말인가. ‘생경한 외침’과 ‘절제된 외침’을 놓고 채광석이 고민한 것은 과민으로 보인다.

시가 외침이라는 전제가 가능하다면, 그 앞에는 부름이 있고 그 뒤에는 울림이 있어야 한다. 추임새란 부름새와 외침새와 울림새가 어우러지는 결정체이다.

추임문학을 담보하는 시인으로 신동엽·김지하·신경림·김남주·박노해 등을 선택하였다. 신동엽의 경우는 그의 시가 지니는 고집스러운 민족 당파성 때문에, 김지하의 경우는 민족 성정에 맞는 예술 양식 때문에, 신경림의 경우는 민중들이 살아가는 삶의 아름다움 때문에, 김남주의 경우는 전사적 투쟁 정신 때문에, 박노해의 경우는 철저한 노동자 당파성 때문에 각각 선택하였다.

이와 같은 탁월한 장점에도 불구하고 그들 역시 일정한 한계점을 드러낸다. 맨 처음 지적할 사실은 그들 대부분이 한국문학에 대한 전문 교육을 받지 못했으며, 다분히 해외문학파 경향을 머금고 있다는 점이다. 구체적으로 살펴보면, 신동엽은 단국대 사학과를 졸업하고 유일하게 건국대학원에서 국문학을 공부했다. 김지하는 서울대 미학과 출신이고, 신경림은 동국대 영문학과를 졸업했고, 김남주는 전남대 영문학과를 중퇴했다. 박노해는 상업고등학교를 졸업한 것으로 알려져 있다.

더 비극적인 사실은 '60, '70, '80년대 민족문학이 해외문학파들의 지원사격을 받으며 이들에 의해 주도되었다는 점이다. 또 이들은 직·간접적으로 창비와 관련을 맺고 있으며 그들의 한계점을 고스란히 분배받고 있다.

구체적으로 살펴보면, 신동엽은 죽을 때까지 문장이 무엇인지를 제대로 몰랐고, 김지하는 민망스럽게도 그림을 그리듯 시를 쓰며, 김남주는 번역투를 아직도 버리지 못한다. 박노해의 경우는 민족 성정에 대한 이해가 부족하다. 유독 신경림만은 빼어난 모국어 의식을 가지고 있다. 그의 시가 대중성을 갖는 것은 결코 우연이 아니다.

추임문학의 대중성은 일정한 규정력을 가져야 한다. 대중이란 무엇인가. 황

색 신문에 눈독을 들이고 거울도 안보는 여자와도 함께 잘 궁리나 한다. 무엇
보다도 그들은 사회 정의보다는 개인의 이익을 앞세운다. 이러한 대중을 등뒤
에서 부채질하는 것은 대중 매체들이다. 대중 매체의 지배 구조를 제대로 인식
하지 못한다면 신식민지의 지배 구조를 제대로 파악할 수 없다.

그러니까 추임새의 구체적 추동력인 부름새는 당파성이고 외침새는 선동성
이고 울림새는 투쟁성이다.

신동엽을 부른 것은 하늘이다. 경자민주혁명 때나 기미만세혁명 때 또 갑오
농민전쟁 때도 잠시 빛났던 그 하늘이 신동엽을 불렀다. 하늘이 부르매 신동엽
은 인간의 대지에 뿌리내린 원초적 생명의 외침으로 답하였다. 이야기하는 쟁
기꾼의 대지에 내리는 생명의 아우성은 소월의 흐느끼는 서글픔이었다. '껍데
기는 가라'와 같은 절규는 역사와 민중에 대한 연민과 분노여서 육사의 거센
육성으로 울렸다. 이러한 울림 끝에서 그는 대지를 가는 전경인(全耕人)으로
살고자 했다.

김지하를 부른 것은 한 맺힌 원귀들이다. 이 세상에서 쫓겨나 구만리 장천을
떠도는 초라한 광대의 넋이, 또는 살아 있는 중음신(中陰神)이, 아니면 바람이
불면 눕고 바람이 자면 일어서는 풀의 넋들이 핏빛 황토의 언덕에서 김지하를
불렀다. 원귀가 부르매 김지하는 시뻘건 황토에서 황소의 울음으로 답하였다.
그의 외침은 자유가 꽃잎처럼 쓰러진 자리에서 민주주의가 뒤척이는 눈부심이
었고, 피묻은 얼굴의 민중이 질러 대는 탄식·신음·비명·통곡·절규여서 떨
리는 노여움으로 울린다. 지지리 못생긴 애비와 시름 지친 형님이 서울로 몸
팔러 가는 누이 손을 잡고 운다. 타는 목마름으로 황소처럼 운다. 그러나 착취
지배 구조에 대한 철저한 인식이 없는 김지하의 생명 사상은 비판 검토되어야
한다.

신경림을 불러 세운 것은 남한강 갈대였다. 남한강 자락 갈꽃처럼 다순 이마
를 맞댄 산읍(山邑)의 광산촌에서 농악을 치는 상쇠잡이와 무논의 못방구 등
하릴없고 짓밟히는 민중이 신경림을 불러 세웠다. 그는 밟힌 잡초를 살아 있는

풀로 일으켜 세웠다. 역사적 주체로서의 민중, 민족의 중심 세력인 민중에게 사랑과 신뢰를 보냈다. 처음에는 갈대처럼 숨죽여 울다가, 상쇠잡이의 비명이었다가, 산동네 갈구렁달의 신음이었다가, 드디어 쇠무지 벌에서 농기를 들고 떨쳐 일어나 추임새의 농군이 된다. 그의 울림은 민중의 민요 가락을 되살린 서정적 민중시의 신명나는 길가락이었다.

김남주를 불러 세운 것은 부끄러움이었다. 식민지 신민으로 태어난 죄책감은 그로 하여금 양심의 눈을 뜨게 만들었고, 사회 변혁과 조국 통일을 위해 자신을 바치겠다는 책임감은 갑오농민전쟁 전적비 앞에 김남주를 불러 세웠고, 드디어 녹두장군은 '일어서라 일어서라'고 그를 부추겼다. 황토재 아래서 청송 녹죽을 깎아 죽창이 되고자 맹세하고, 스스로의 무덤 파기를 통해 민중적 민족적 삶을 선택하여 혁명 전사, 해방 전사의 길을 가기로 결심하고 비밀 결사 남민전(南朝鮮 民族解放 戰線)에 가담하였다. 박해받는 시대의 시인은 우선 '싸우는 사람'이어야 한다는 자각은, 시란 결국 '싸우는 사람의 산물'이라고 인식하게 만든다. 따라서 그의 외침은 농촌 현실 체험과 옥중 체험을 바탕으로 한 치열한 삶에서 우러나온 것이다. 또한 계급적 시각을 단련함으로써 분단 문제와 계층 문제를 똑바로 보고, 그러한 역사 혁명에 대한 과학적 세계관의 확립은 또 구체적 모순에 대한 투쟁 전선에 칼을 짚고 피를 흘리는 전사로 세워 놓았다. 혁명 전사 김남주는 정신과 육체, 영혼과 양심을 담금질함으로써 정신과 육체의 피 흘림을 통해 반봉건 식민 사회에서 민족 혁명의 땅 앓는 소리로 외친다.

결국 이러한 김남주의 반외세 투쟁, 민족 해방 투쟁, 반독재 투쟁의 외침은 그의 시가 사회와 시적 표현의 변증법적 울림이라는 사실을 방증한다.

박노해를 부른 것은 1980년대 초반 한국 사회의 엄혹한 노동 현실이었다. 그는 노동자 개인으로서 자기 깨도와 가장 가까운 가족인 아내를 통하여 여성 해방을 체험하고 열악한 노동 현장에서 피 흘리는 노동 형제들이 제국주의 지배 사슬을 끊고 참된 일자리에 서기 위해서는 독점 재벌과의 가열찬 투쟁을 해야 한다고 외치게 된다. 이 경우 박노해의 울림새는 당연히 노동자 당파성이 된다.

　빛나는 경자민주혁명의 적자였던 신동엽은 외세를 배격하고 민족 자주 혁명에 의한 선각적 민족 의식을 『금강』으로 형상화시키는 데는 성공하였지만 아직 과학적 세계관을 확립하지 못했다. 김지하는 박정희 군사 정권 아래서 온몸으로 파쇼 정권과 맞서 싸운 혁명적 영웅이었다. 그러나 김지하는 예술 양식이나 생명 사상 등 잡사상에 침몰함으로서 변혁 운동을 가열찬 과학적 투쟁으로 몰아가지 못한다. 신경림은 뛰어난 민중 의식에도 불구하고 서정시적 양식에 붙잡혀 『쇠무지 벌』에 이르러서야 추임새를 변증법적으로 담보해 낸다. 김남주는 혁명·사상·시를 과학적 세계관으로 조직해 낸 혁명 전사였다. 그러나 자신의 혁명적 세계관을 확립하는데 너무나 값비싼 희생을 치러야만 했다. 그는 고향말인 모국어를 잃었고, 문학의 토양이 되는 생활을 잃었다. 그 결과 그의 시는 마른 풀처럼 억세지고 관념적 사상 교과서로 떨어졌다. 박노해의 『노동의 새벽』은 그 철저한 노동자 당파성에도 불구하고, 오히려 그것 때문에 독자 대중의 의혹을 사고 있다.

　그렇다면 부름새와 울림새의 꼭지점인 외침새는 어떤 소리를 낼 때 제구실을 하는 것일까. 신동엽·신경림·김지하·김남주·박노해 등의 작품 경향을 감안할 때, 대략 다음과 같은 4개의 목소리가 있다고 생각한다.

　센소리 신동엽의 「껍데기는 가라」 「종로 5가」, 김지하의 「황토」 「타는 목마름으로」, 박노해의 「손 무덤」 등에서 보는 바와 같이 가슴에 사무친 원한과 분노가 땅을 차고 일어나 하늘을 울리는 거칠고 빠른 흐름의 휘모리 가락의 시를 말한다. .

　참소리 신경림의 「산에 대하여」, 김남주의 「전사·1」 「각주(脚註)」, 박노해의 「이불을 꿰매면서」 등에서 보는 바와 같이 온화하고 정중하며 안정감과 태연한 맛을 주는 중모리 가락 시로서 독자 대중을 논리적으로 설득하는 힘을 갖는다.

쉰소리 신경림의 「가난한 북한 어린이」 「소장수 신정섭 씨」, 김지하의 「5적 (五賊)」 「비어(蜚語)」 「분씨물어(糞氏物語)」 등에서 보는 바와 같이 정치 사회 현실을 능청스레 비아냥거리고 휘갑을 치면서 현실을 매섭게 풍자하는 아니리 형식의 시이다.

한소리 신동엽의 「너에게」, 신경림의 「갈대」, 김지하의 「어둠」, 김남주의 「파도가 와서」 등이 보여 주는 바와 같이 한스럽고 애진 진양조 가락의 서정시 이다.

그러나 이러한 4가지 외침새 소리를 규정하고 나서도 추임문학을 채우지 못 하는 미흡함을 느낀다. 신동엽·신경림에게도 없고 김지하와 김남주·박노해 에게서도 들리지 않는 산맥이 우는 소리인 **쇠소리**에 대한 열망 때문이다. 쇠 소리는 어떤 소리인가.

사냥한 새 깃털로 장식한 가죽 모자를 쓴 고구려 전사는 말을 몰아 산천을 치달리고 있다. 등뒤에서 대호 한 마리가 네 굽을 모으며 질풍처럼 달려간다. 순간 젊은이는 전통에서 화살을 뽑아 활에 먹인다. 등을 돌리며 시위를 당긴 다. 팽팽한 시위를 떠난 화살은 눈바람을 가르며 대호의 머리에 명중한다. 공 중으로 뛰어올라 발호하던 호랑이는 땅으로 떨어진다. 휘파람 같은 활시위 소 리와 산계곡을 쩌렁쩌렁 울리던 호랑이 소리가 바로 쇠소리이다. 우리는 너무 도 오랫동안 그 소리를 잊고 살았다. 그 소리는 고구려의 역사들이 배지기 한 판으로 씨름판에서 상대방을 업어칠 때 관중들이 질러대던 아우성이었다.

청석골 림꺽정·박유복·곽오주·황천왕동이 등 두령들은 호랑이 사냥을 나선다. 맨손으로 호랑이 꼬리를 잡고 머리 위로 휘돌리다가 땅바닥에 태기를 쳤을 때, 호랑이는 곽두령의 상투에 똥을 쌌다. 목뼈가 부러져 죽은 호랑이는 쇠소리로 울부짖었다.

굴 속에서 기다리던 황천왕동이는 꼬리를 흔들며 들어오는 호랑이 똥구멍 을 장검으로 쑤셔 놓았다. 불 맞은 호랑이는 펄펄 뛰며 울부짖는다. 몰이꾼의 함성은 산골짝을 울리고 해동청·보라매·송골매는 하늘을 난다. 배돌석은 돌

팔매질로 호랑이 급소를 적중시킨다. 호랑이가 긴 소리를 끌며 쓰러질 때 겨울 산은 세찬 함성이 가득하다.

조선에 와서 씨름은 상당히 상업화된 느낌이다. 단원의 씨름하는 그림에는 엿모판을 맨 엿장수가 보인다. 조선의 씨름은 신명과 힘을 잃어 버렸다. 오늘 날 재벌 회사의 상업 씨름꾼은 말해서 무엇하랴. 그러나 단원의 대장간 그림에 는 아직도 땀과 힘이 남아 있다. 소매를 걷어붙인 장정들이 번갈아 메를 내리 치며 보습을 벼리고 있다. 바로 그 소리가 조선의 마지막 쇠소리였다.

지금은 들리지 않는 저 쇠소리가 활달한 투쟁 정신과 올곧은 삶의 활로를 열어 준다.

모사 서림은 배돌석·곽오주·길막봉·황천왕동이와 함께 아첨하는 썩은 선비를 도래샘에 거꾸로 쑤셔 박고 나무를 뽑아 똥구멍을 쑤셔 놓는다.

임수경은 통일의 열망 때문에 북한을 방문한다. 때가 되어도 돌아오지 않는 아이를 찾아 어른 도리로 문규현 신부는 방북을 한다. 개인을 초월한 초역사적 인 힘찬 행동이다.

북한 총리를 만나고 머잖아 주석도 만날 조짐이다. 형제끼리 싸울 때 칼을 준 소련에게 돈까지 주었다. 임수경과 문규현 신부를 더 이상 볼모로 잡아 둘 정당성을 상실하고 말았다.

새벽이 밝기도 전에 조선의 아사녀들은 물동이를 이고 샘물을 길어 정화수 를 올린다. 추임문학의 무당들인 시인들은 민족혁명문학의 제단에 센소리·참 소리·쉰소리·한소리를 울려야 한다. 아울러 쇠소리를 울림으로써 새로운 혁 명적 투쟁에 힘을 주어야 한다. 그 길이 바로 공동체적 두레살이를 위한 길꼬 내기와 하늘 찾기가 될 것이다.

2. 추임문학을 어떻게 실천할 것인가

1) 하늘의 부름과 역사적 외침

은실로 산야를 감도는 물굽이, 속리산 자락에서, 꽃잎 쓰러진 소백산 줄기에서 발원한 금강은 충남을 거쳐 군산으로 들어간다. 금강은 백제의 젖줄이었다. 신동엽의 말대로 백제는 모여 썩는 곳, 망하고 그 대신 정신을 남기는 곳이다.

이 망하고 썩는 곳, 그 대신 정신을 남기는 금강에서 1930년 신동엽은 출생한다. 식민지 백성이란 '비지 먹은 돼지' 아니면 '접시 위에 벌거벗은 생선' 꼴이어서 신동엽은 부여의 고향 사람들과 더불어 풀을 먹고 자란다. 말풀·자운영·독새풀을 먹는다.

이러한 식민지 상황 아래서 신동엽의 거죽이며 발판은 이미 찢겨지고 살아남은 것은 오직 영혼뿐이었다. 하나뿐인 영혼을 하늘과 대지로 맷돌질함으로써 원초적인 인간의 얼굴이 얼비치는 하늘을 찾으려 하였다. 그러니까 신동엽의 영혼 갈기는 구체적으로 치열한 하늘 찾기 양식이다.

하늘이란 무엇일까. 신동엽의 하늘이란 무엇일까.

일차적으로 신동엽의 하늘이란 민족 혁명, 인류 혁명으로 건너가기 위한 자기 혁명, 또는 정신 혁명이다. '누가 하늘을 보았다 하는가'는 소박한 자기 성찰, 자기 각성에서 출발한다. 사실 사람들이 일생 동안 보고 사는 하늘이란 티없이 맑은 하늘이 아니라 하늘을 가린 '먹구름', 지붕을 덮은 '쇠항아리'라는 깨우침을 통해 우선 개인의 하늘을 찾으려 한다. 이렇게 발견한 얼굴을 통해 마음속 구름을 닦아내고 마음속 쇠항아리를 찍어냄으로써 하늘을 조심하고 삼가는 외경과 연민이 싹터 구원(久遠)의 하늘을 볼 수 있노라고 말한다.

이렇게 일차적으로 인식된 하늘을 통해 각성된 자기 혁명이 국가 혁명, 민족 혁명으로 치달리는 과정을 살펴보려면 장편 서사시 『금강』을 꼼꼼히 읽어보아야 한다. 역사를 짓눌렀던 검은 구름장을 벗고 잠시 빛나던 하늘의 얼굴, 태양

·추수·연애·노동이었던 하늘은 1960년 경자민주혁명의 얼굴과 1919년 기미만세혁명의 얼굴과 1894년 갑오농민전쟁 때의 하늘이라고 말함으로써 신동엽의 두 번째 하늘은 국가 혁명, 민족 혁명이 된다. 세 번째 하늘은 인류 혁명을 통해 전경인(全耕人)으로 살고자 하는 회귀성이다.

이렇게 하늘이 혁명이고 혁명이 하늘인 신동엽의 세계관은 어떻게 성립되었을까.

연보에 따르면, 1930년 충남 부여에서 출생한 신동엽은 그 곳에서 국민학교를 졸업하고 1942년 열세 살에 전주 사범학교에 입학한 것으로 되어 있다.

> 언젠가 부우연 호밀이 팰 무렵 나는 사범학교 교복 교모로 금강 줄기 거슬러 올라가는 조그만 발동선 갑판 위에 서 있은 적이 있었다. 그때 배 옆을 지나가는 넓은 벌판과 먼 산들을 바라보며 '시'와 '사랑'과 '혁명'을 생각했다.
> 내 일생을 시로 장식해 봤으면,
> 내 일생을 사랑으로 채워봤으면,
> 내 일생을 혁명으로 불질러 봤으면
> 세월은 흐른다. 그렇다고 서둘고 싶진 않다.[20]

열세 살에 '사랑·혁명·시'를 생각했다면 이만저만한 조숙이 아니다. 그렇다고 그의 조숙을 탓할 필요는 없다. 다만, 신동엽이 혁명을 꿈꾸게 된 것은 부우여니 호밀이 팰 무렵의 '금강'이라는 사실을 새겨 두자. 그러니까 어린 신동엽을 처음 손짓해 부른 것은 금강이었고 초여름이었다.

열세 살에 꿈꾼 '혁명'을 '사랑'과 '시'로 담아 내기 위해서 신동엽은 어떤 경륜을 갖게 되는가.

> 큰 나라를 다스리는 일은 작은 생선을 굽는 일과 같다. (治大國 若烹小鮮)

---

20) 신동엽, 「나의 설계 - 서둘고 싶지 않다」, 『동아일보』, 1962년 6월 5일자

노자 5천언(五千言) 가운데 한 구절을 신동엽은 그의 좌우명으로 삼고 있다. 작은 생선을 굽는데 수선을 피고 호들갑을 떨다 보면 모두 부서져 남는 것이 없을 터이다. 신동엽은 충청도 특유의 느직한 경륜을 가지고 있다. 그러나 그의 일생은 여유를 부릴 만큼 길지 못했다.

신동엽은 어떤 세계관을 가지고 있는지 살펴보자.

> 잔잔한 해변을 원수성(原數性) 세계라 부르자 하면, 파도가 일어 공중에 솟구치는 물방울의 세계는 차수성(次數性)의 세계가 된다 하고, 다시 물결이 숨자 제자리로 쏟아져 돌아오는 물방울의 운명은 귀수성(歸數性) 세계이고[21]

물을 놓고 말할 때, 원수성의 세계는 잔잔한 물, 차수성의 세계는 공중에 솟구치는 물방울, 귀수성의 세계는 제자리로 돌아오는 물방울이다.

곡식을 놓고 말할 때, 땅에 누워 있는 씨앗의 마음은 원수성, 무성한 가지 끝마다 열린 열매는 차수성, 열매가 여물어 땅에 쏟아져 돌아오는 씨앗의 마음은 귀수성이다.

봄과 유년은 원수성, 여름과 장년은 차수성, 가을과 노년은 귀수성이다. 그러니까 원수성·차수성·귀수성은 우주 만물의 순환 고리이고, 신동엽의 시 세계에서 원수성은 부름새, 차수성은 외침새, 귀수성은 울림새가 된다.

신동엽에게 있어서 시란 무엇인가.

> 시(詩)란 바로 생명의 발현인 것이다. 시란 우리 인식의 전부이며 세계 인식의 통일적 표현이며 생명의 침투며 생명의 파괴며 생명의 조직인 것이다. 하여 그것은 항상 보다 광범위한 정신의 집단과 호혜적 통로를 가지고 있어야 했다.[22]

---

21) 신동엽, 「시인정신론」, 『자유문학』, 1961. 2월호. 여기서는 『신동엽 전집』
22) 신동엽, 「시인정신론」, 앞의 책, 372쪽

따온 글에서 보는 바와 같이 시란 생명의 발현인 까닭에 인식의 전부, 인식의 통일적 표현, 생명의 침투, 생명의 파괴이고, 또한 철학·과학·종교·예술·정치·농사의 총체적 인식이다.

시가 삶의 총체적 인식이라는 신동엽의 생각은 하나의 시가 논의될 때, 무엇보다 먼저 그것을 이야기해 놓은 시인의 인간도와 시인 혼이 문제가 되어야 한다고 주장한다.

신동엽의 시인 정신, 또는 시인 혼이란 무엇일까. 지루하게 횡설수설하는 논지를 요약하면 전경인(全耕人) 정신의 실현이다. 전경인이란 무엇인가.

신동엽이 말하는 전경인이란 분명한 것도 체계적인 것도 아니다. 다만 원수성·차수성·귀수성 세계가 합일할 때 산출되는 가능성일 뿐이다. 시인이란 인간의 원초적 귀수성적 존재로서 스스로 천기를 예보할 수 있는 예언자이며, 차수성적 세계가 건축해 놓은 기성 관념을 철저히 파괴하는 정신 혁명가이다. 따라서 시인은 원초적 가능성과 귀수적 가능성을 한 몸에 지닌 전경인이 된다고 신동엽은 주장한다.

전경인이 된 시인의 책임은 무엇인가. 시인은 우주인이어야 하며 인류 발언의 선창자가 되어야 하며 선지자가 되어야 한다. 세기는 다만 전경인을 기다리고 있다. 암흑, 절망, 심연을 외치고 있는 현대의 인류는 전경인 정신의 체득에 의해서만 비로소 구원받을 수 있다. 그러니까 시인 정신이란 바로 전경인 정신이 된다.

이렇게 시인 정신을 전경인 정신으로 인식했을 때, 신동엽은 당연히 예술의 민족적 양식을 생각하지 않을 수 없었다. 신동엽의 민족예술론은 우리대로의 인생 인식과 사회 인식과 우주 인식과 우리들의 정신과 우리들의 이야기를 우리스런 몸짓으로 창조해야 한다는 소박한 실천에서 출발한다. 구체적으로 신동엽은 무자각한 영문학자들의 사대 비평을 통박하고 우리스런 정신을 찾으려고 몸부림친다.

　　무자각한 사대적 비평가 및 천박한 기교 비평가들은 그만 입을 다물거나 아니면 탈피의 아픔을 치러야 할 때다. 구미풍 일색으로 칠해진 재즈층 하늘에 오곡이 무르익을 까닭이 없다. 우리의 검은 땅을, 그리고 그 평야에서 '인간 정신'을 찾으려 노력하라.23)

　위와 같은 글은 광복 18년을 맞는 한국 문단이 해외문학파에 의하여 얼마나 철저히 짓밟히고 있는가를 단적으로 증명한다. 사대적 비평가와 천박한 기교 비평가가 날뛰는 구미풍 일색의 하늘 아래서 우리의 땅에 오곡을 심어 가꿈으로써 '인간 정신'을 되찾으려는 신동엽의 노력은 차라리 절규에 가깝다. 그로부터 4년 뒤인 1967년에도 사정은 변함이 없다. 영문학 숭상의 비평가나 시인들이 지난 22년 동안 기회 있을 때마다 모든 지면을 총동원하여 구미식 잣대로 한국문학을 재단하려 했으며, 또 당대의 시가 얼마나 한결같이 도식적이고 소비적이고 장식용품스럽고 응용 미술 아니면 재즈 음악풍인가를 신동엽은 탄식한다.

　　인간의 원초적인 시 정신이 어디 갔을까 인간의 처음이자 마지막인 그 혜안(慧眼)은 어디 갔을까. 그 말씀은, 그 반도의 슬기는, 그 반도의 가슴은 어디 갔을까. 그 반도의 배짱은 어디 갔을까.
　　22년간 원조 물자의 범람 때문에 진정한 시인의 뿌리내릴 토양은 멀리 차단되고 있었단 말일까.24)

　신동엽이 거세게 외치는 '반도의 슬기', '반도의 가슴', '반도의 배짱'과 같은 선언적 명제 뒤에는 원조 물자의 범람으로 인식되는 식민지 경제 지배 구조가 한국 시의 원초적 삶의 뿌리를 뽑아 내고 문화 종속이 단행된다는 사실을 일정하게 인식하고 있는 듯싶다.

---

23) 신동엽, 「시와 사상성 - 기교 비평에의 충언」, 『동아일보』, 1963년 12월 11일자
24) 신동엽, 「8월의 문단 - 낯선 외래어의 작희(作戲)」, 『중앙일보』, 1967년 8월 1일자

그러나 해외문학파의 범람 현상이 언어제국주의적 지배 구조이며, 그들이 식민지 지배 세력이라는 사실을 신동엽은 명확히 각성한 것 같지는 않다.

또 언어제국주의 현상에 대하여 퇴비로 충분히 썩혀서 자양분으로 흡수하는 자만이 위대한 정신인의 영광을 차지하리라고 예언하지만, 저들의 빵이 썩어 우리의 밥이 되지 못하며, 저들의 재즈가 썩어 우리의 국악이 되지 못한다는 사실을 신동엽은 철저히 인식하지 못했다.

그럼에도 신동엽은 뼈아픈 현실 인식을 통해 억센 풀로 일어서서 바람 앞에 서게 된다. 그 당대 총 인구의 7할을 차지하고 있는 헐벗고 굶주리며 학대받는 시는 농·어촌의 풀을 제자리에 세워 놓음으로써 식민지 현실을 극복하려고 하였다.

이러한 신동엽을 당대 시인들이나 문학평론가들은 어떻게 평가했을까. 찬성과 반대의 반응이 엇갈린다. 왜 그럴까.

우선, 신경림의 말부터 들어보자.

> 그의 시에 있어서의 민족 의식, 역사 의식이 지나치게 강조되거나 확대 해석된 나머지 그는 목소리만 높은, 관념을 앙상하게 노출시키는 재미없는 시인으로 이미지가 굳어버린 느낌이 없지 않다.[25]

신경림의 말에 의하면 신동엽은 '목소리만 높은 시인', '관념을 앙상하게 노출시키는 재미없는 시인'이다. 왜냐하면, 민족 의식, 역사 의식이 지나치게 강조되거나 확대 해석되었기 때문이라는 것이다.

과연 역사 의식, 민족 의식을 강조하거나 확대 해석을 하면 '목소리만 높은 시인', '재미없는 시인'이 되는 것일까. 이 경우 반대 심문도 가능하리라. 결국 이러한 발상법 자체가 예술지상주의적 서정성에 발목을 잡히거나 해외문학파적 시각을 노골적으로 드러낸 것은 아닐까.

---

25) 신경림, 「역사의식과 순수언어」, 『신동엽 - 그의 삶과 문학』, 온누리, 1983, 104쪽

같은 해외문학파의 한 사람인 김수영의 말을 들어보자.

> 신동엽의 이 시에는 우리가 오늘날 참여시에서 바라는 최소한의 모든 것
> 이 들어 있다. 강인한 참여 의식이 깔려 있고, 시적 경제를 할 줄 아는 기술
> 이 숨어 있고, 세계적 발언을 할 줄 아는 지성이 숨쉬고 있고, 죽음의 음악
> 이 울리고 있다.
> 그러나 그의 작품에서 전반적으로 느끼는 어떤 위구감(危懼感)이 있다면,
> 그것은 그가 쇼비니즘으로 흐르게 되지 않을까 하는 것이다. 그런 면에서
> 보면 그는 50년대에 모더니즘의 해독을 너무 안 받은 사람 중의 한 사람이
> 다.26)

모더니즘 시인이었고 참여파 문학론자였으며 해외문학파의 대표 주자였던
김수영이 신동엽을 볼 때 상당히 위구감을 주는 존재였으리라. 우선 김수영은
신동엽을 최소한의 참여 시인으로 승인한다. 첫째 참여 의식이 분명하고, 둘째
시적 경제를 할 줄 알며, 셋째 세계적 발언을 할 줄 아는 지성이 있고, 넷째 죽
음의 음악이 울리고 있기 때문이라는 것이다.

이러한 김수영의 지적 가운데 첫째와 셋째는 동의할 수 있다. 첫째는 역사와
민족을 바탕으로 삼는 자기 혁명과 국가 혁명이고, 셋째는 전경인을 바탕으로
삼는 인류 혁명이다. 그러나 둘째 항에서 지적하는 바와 같이 신동엽이 시적
경제를 할 능력이 있었는지는 의문이다. 「껍데기는 가라」 「너에게」 정도가 시
의 경제 원칙이 준수되고 있다고 말할 수 있으리라.

또 신동엽의 시에서 '죽음의 음악'이 울린다는 아리송한 주문은 정확한 뜻을
집어내기 힘들다. 시인이 죽음을 예찬한다는 말일까. 그는 죽음을 예찬한 적이
없다. 초역사적 죽음이란 말인가. 그러나 초역사적 죽음을 음악이라고 조롱할
수는 없을 것이다.

또 김수영이 신동엽에게 위구감을 갖는 까닭은 지나친 국수주의와 모더니

---

26) 김수영, 앞의 책, 149~150쪽

즘에 전혀 해독을 받고 있지 않다는 사실이었다.

신동엽이 모더니즘에 해독을 받지 않았다는 주장은 거짓이다. 신동엽이 시의 민족적 양식을 부르짖고 해외문학파를 목청 높여 공격하고 있음에도 신동엽의 시가 모더니즘의 일정한 영향권에 있었다는 사실은 비극적 역설이다.

김수영이 신동엽의 국수주의를 단죄한 것은 자기 입지의 변명처럼 보인다. 사실, 김수영은 참여를 주장하면서 장난질이 지나쳤다. 대표시「풀」이 있다고 자랑하지만, 시 한 편을 위해 종이와 먹물을 지나치게 낭비했다는 비난이 뒤따른다. 또「풀」이 김수영의 독창적 창작시인지는「잡초」와 비교, 검토해 볼 문제이다.「폭포」는 어거지 힘을 빼고 나면 그다지 빼어난 시편이 아니다. 김수영은 해외문학파들이 숭배하는 것처럼 의미 있는 우상은 아니다. 김수영과 신경림은 덮쳐 오는 식민지 위기감은 적게 느끼면서도 국수주의적 위험성은 분명히 아는 대표적 해외문학파들이었다.

신동엽과 상당한 교분을 가진 것으로 알려진 구중서의 진술은 주정적 격문이다.

> 그는 말장난을 미워했다.
> 그는 기존 질서에 아첨하는 문화를 꾸짖었다. 창조만이 본질이라고 굳게 믿었다. 그래서 육성으로 아랫배에서부터 울려나오는 그 거칠고 육중한 육성으로, 피와 살을 내갈겼다.27)

이러한 격정적 진술 뒤에는 다순 우정이 숨어 있다. 그러나 민망스럽게도 이러한 진술을 방증할 외적 자료를 찾기가 힘들다. 오히려 반대 자료가 여기저기서 얼굴을 내밀고 있다.

그러나 투박한 격문 가운데 취할 부분은 신동엽이 아랫배에서 울려나오는 거칠고 육중한 육성의 시인이라는 점이다.

---

27) 구중서,「민족 시인 신동엽」,『신동엽 - 그의 삶과 문학』, 온누리, 1983, 33쪽

박두진도 이러한 사실만은 객관적으로 수용하고 있다.

시집 『아사녀』를 중심으로 한 시세계는 치열한 그의 비극 정신과 상황적
인 표현의 갈등으로 일관되어 있다.[28]

서사 시집 『금강』을 빼고, 시집 『아사녀』를 놓고 볼 때 신동엽은 치열한 비
극 정신과 상황적인 표현 갈등이 일정하게 자리잡은 시인이다.

이렇게 치열한 민족 의식, 역사 의식, 참여 의식을 밑바디로 삼은 신동엽의
육성은 어디서 울려오는 것일까.

앞서 살핀 대로 열세 살 소년기에 부우여니 호밀 팰 무렵 금강은 신동엽을
불러 세웠고, 금강의 부름에 답하여 하늘 찾기를 시작했으며, 그러한 하늘이
신동엽에게 어떤 얼굴로 인식되었는지를 보았다.

초여름 금강이 다시 청년 신동엽을 불러 세웠다. 땅과 하늘의 맷돌 갈기를
통해 신동엽은 진정한 자기 혁명을 완수하고 조국과 역사의 하늘을 찾게 된다.

이러한 저간의 사정이 「금강잡기(錦江雜記)」에 소상히 적혀 있다.

① B읍 백제 고찰에 경주서 승려 재교육을 받고 B읍에서 50~60리 떨어진
무량사에 가려는 열여덟, 스물둘, 스물넷의 세 비구니가 머물고 있었다. 그들
은 누구도 낌새를 채지 않게 조약돌을 주어 바랑을 채우고 이승의 마지막 저
녁에는 면식인과 석별 인사까지 나누었다.

② 인적이 끊어진 깊은 밤, 세 비구니는 바랑 끈을 조여 매고 세 사람이
동시에 서쪽 하늘을 향해 합장하고 행렬지어 한 가닥 미련 없이 점점 깊어지
는 물 속으로 걸어 들어갔다.

갑자기 온 천지를 뒤집어 놓을 듯 쩌렁쩌렁 대는 뇌성벽력에 놀라 마을 사
람들은 새벽잠을 깼다. 그런데 그 천지를 째는 듯하던 뇌성은 단 십 분도 못
가 잠잠해지고 하늘은 다시 씻은 듯이 맑아지면서 새벽별들이 초롱초롱 빛나
기 시작했다.

---

28) 박두진, 「비극의 지평」, 앞의 책, 139쪽

건너 마을 사공이 날씨를 보러 나왔다가 어스름 속에서 물소리를 내며 강 속으로 걸어 들어가는 세 그림자를 발견하고 마을 청년들을 깨운다.

③ 뱃사공, 승려, 마을 사람들이 삿대 낚시대로 강 속을 더듬은 두어 시간 만에 나 어린 비구니가 나왔다. 경찰이 백광목으로 그녀를 덮을 때 신동엽은 너무도 앳띠고 세상과 아무 상관도 없는 듯한 평화스러운 얼굴을 본다. 오똑 선 지적인 콧날, 흰 목 언저리, 곱고 긴 열 손가락.

무엇보다 신동엽에게 충격을 준 것은 왼쪽 팔뚝에 밥알 크기의 네 개 우두 자국이었다. 그녀의 몸에서는 신원을 알아볼 만한 아무런 증거물도 나오지 않아서 본명이나 본적을 알 수 없었으나 우두 자국만은 그녀의 고향이며 어린 시절을 상기시켜 주었다.

④ 어딘가에 그녀의 추억 묻은 마을과 길들, 그리고 소꿉동무들이 자라고 있을 게 아닌가. 부모 형제가 없는 고아라 해도 우두를 놓을 때 그녀의 주변 에는 누군가 있었을 것 아닌가.

신동엽은 그 곳을 빠져나와 강기슭을 거슬러 한없이 걸었다. 자취 없이 무 너져 내린 담장 자리에서 꽃씨 하나 떨어져 떡잎을 갈라내는 느낌을 받았다. 무엇을 보았기에 점점 깊어 가는 물 속으로 걸어 들어갈 수 있었을까. 무엇이 멀고 먼 겨냥을 향해 아무 잡티 없이 달려가는 화살이 되게 했을까. 우리를 낳아 준 자연인 하늘은 어찌하여 주먹 같은 소나기와 뇌성벽력을 조화했을 까. 그것은 필연성에 의한 조화였을까. 아니면 해후였을까.

⑤ 알 것 같으면서도 모를 일이다. 그러나 그들의 행동 결행 의지 앞에 고 개 숙인다. 누구의 눈에 띄지 않도록 한밤을 골랐고, 주검을 보이지 않으려고 조약돌 바랑을 지고 사라져 유서 한 장 유품 한 점 없이 일렬로 승천했구나. 그 극적인 죽음 앞에 삼가 위대한 예술과도 같은 법열을 느낀다. 그들이 바라 는 바는 세상의 떠들썩한 소문이 아니다. 슬쩍 숨어 버린 것뿐.

그들의 마지막 행렬에서 신동엽은 종교, 예술이 지니는 지상의 자세를 느 낀다.[29]

세 비구니의 초역사적 죽음을 보다 쉽게 이해하기 위하여 신동엽의 「금강잡

---

[29] 여기서는 신동엽의 「금강잡기」, 『재무』, 1963. 10월호를 사건이 일어난 순서에 따 라 재정리하였다.

기」를 인과 관계에 따라 시간 순서로 배열한 위의 글을 읽은 독자 대중은 앞의 ①, ②와 뒤의 ④, ⑤를 연결하는 고리 구실을 하는 붙임새가 ③이라는 사실을 쉽게 눈치 챌 수 있으리라. ③은 허리를 조이는 거멀못이어서 ①, ②의 결론이고 ④, ⑤의 서론이 된다.

즉, 신동엽의 세계관으로 정리한다면, ①원수성 ②차수성 ③귀수성으로 떨어진다. 그러나 우두 자국에 대한 신동엽의 연민은 동일시 현상을 일으켜 다시 ③원수성 ④차수성 ⑤귀수성으로 연결 전개되면서 신동엽의 하늘 찾기가 계속된다.

이를 추임새별로 정리하면, ①부름새 ②외침새 ③울림새·부름새 ④외침새 ⑤울림새가 된다.

인과 관계의 핵심은 세 비구니가 무엇을 보았기에가 아니라, 누가 불렀기에 한 점 두려움 없이 서슴지 않고 물 속으로 걸어 들어갔는가에 있다.

여기서 몇 개의 가설을 세워 볼 필요가 있다.

첫째, 세 비구니는 우선 젊은 여승이어서 일반 여성과 동일하게 세속사에 번뇌를 가질 수 있으며 허무와 무기력은 그들을 집단 자살로 이끌 수도 있다는 평범한 가설이다. 그러나 개연성이 넓은 이런 가설은 금방 무너지고 만다. 이런 세속적 죽음에는 응당 번뇌와 치열한 몸부림이 뒤따라야 한다. 또 이렇게 죽는 자살객들마다 뇌성벽력을 치고 폭우를 뿌린다면 하늘 일이 지나치게 번거롭다.

둘째, 모든 열쇠는 ②에서 찾아야 한다. 서쪽 하늘을 향해 합장하고 행렬지어 한 가닥 미련 없이 점점 깊어지는 물 속으로 걸어 들어간 행위는 서천의 부름에 육신을 살신공양함으로써 영혼이 열반의 세계로 들어간 것을 말한다. 한밤을 택한 것은 세속의 번거로운 소문을 피하기 위함이요, 조약돌 바랑을 진 것은 주검을 남의 눈에 띄게 하여 신세를 지고 싶지 않았기 때문이다. ③에서 방증되는 나 어린 비구니의 죽은 얼굴은 평화스러움 그것이었다.

결국 세 비구니의 초역사적 죽음은 역설적으로 고된 육체에서 영혼을 분리하여 승천하기 위한 살신공양이었고, 또 느려 터진 신동엽에게는 하늘 찾기의 길을 열어 준 셈이다.

그러니까 ①에서 세 비구니를 부른 것은 서쪽 하늘이다. 서천이 부르매 순명을 결심한다. 그래서 세 비구니는 조약돌을 주우며 몸바칠 준비를 한다.

하늘은 언제나 사람을 부른다. 그러나 아무나 그 소리를 듣지는 못한다. 천명을 듣는 밝은 귀를 가진 사람만 그 소리를 듣는다. 법문이 이 땅에 들어 온 이래로 저들이 서천을 독점한 지가 너무도 오래다. 그리하여 이 땅의 자식들은 너무나 값비싼 희생을 치렀다. 아, 저 꽃 같은 어린 비구니들이 마지막 본 하늘이 과연 열반이란 말인가.

간다. 세 비구니는 간다. 차마 떨치고 모든 것이 잠든 깊은 밤 서천을 향해 간다. 깊은 물 두렵지 않아라. 합장하고 한 줄로 서서 한 가닥 미련도 없이 간다.

하늘이 우네. 땅과 하늘이 맷돌질하며 우네. 뇌성벽력 끝에 장대비 쏟아진다. 잘 가라 아이들아. 새벽별 초롱초롱 돋는다. 누가 보아라. 이 아이들의 죽음을 보아라. 사공이 본다. 마지막 길을.

여기서 하늘의 울음은 세 비구니의 죽음에 대한 서러운 눈물이다. 신동엽은 『금강』제 21장에서, 사람은 산천의 아들이니 아들이 아프면 산천이 찡그리고, 사람 마음에 궂은 일이 있으면 산천도 따라 울며, 외적의 행패가 못마땅할 때 하늘이 날씨를 궂혀 방해한다고 하였다. 세 어린 딸 가는 길을 하늘은 만류하였다. 이것이 신동엽의 참된 민족 하늘이다. 신동엽의 하늘은 적어도 잡사상으로 오염되어 있지 않다. 사람의 죽음을 즐거워한다면 그것은 하늘이 아니라 살인자 아닌가.

③은 건져 올린 어린 비구니의 얼굴에 감도는 평화와 같은 귀수성 세계이다. 그러나 그녀의 팔뚝에 남은 세속의 흔적인 우두 자국을 보고 신동엽은 원수성의 세계로 돌아가 연민 때문에 몸을 떤다. 연민에서 출발한 신동엽의 번뇌는 ④의 차수성 세계로 끌려간다.

우두 자국. 세속 삶의 마지막 흔적. 마을 길. 밥 짓는 연기가 보인다. 우두를 맞을 때의 두려운 설렘. 누가 있었는가. 외침. 강 기슭을 걷는다. 무엇을 보았는가. 누가 불렀는가. 화살. 죽음의 겨냥을 향해 질주하는 화살. 하늘이여 하늘이여, 왜 우는가. 누굴 위해 울었는가. 아우성.

알 것 같기도 하고 모를 것 같기도 하다. 그러나 그들의 의지만은 존경하자. 죽음의 시간을. 죽음의 방법을. 죽음에 대한 외경과 법도를. 유서 한 장. 유품 한 점 없구나. 외침.

법열. 예술과도 같은 죽음. 하늘과도 같은 죽음. 혁명. 이제 나의 하늘을 보자.

이와 같이 신동엽은 천명을 듣는 귀가 밝아 꽃씨가 떨어져 떡잎이 갈라지는 소리를 듣는다. 연민에서 싹튼 신동엽의 하늘 찾기는 아우성·외침·법열의 과정을 거쳐 자기 혁명의 하늘을 국가 혁명의 하늘로 자리 바꾸기 하는데, 바로 그 자리에 장편 서사시 『금강』이 놓이게 된다.

자칫 흘려 보기 쉬운 수필 한 편을 이렇게 꼼꼼히 살펴본 까닭이 여기에 있다. 장편 서사시 『금강』은 「금강잡기」의 확대 복사판으로 보아도 잘못은 없다. 서술 양식이 그렇고 바탕 사상이 그렇고 등장 인물이 그렇다. 세 비구니는 하늬의 두 여인과 전봉준의 아내로 분장을 하며, 신동엽은 신하늬로 목소리를 바꾸고 하늘은 전봉준으로 하강한다. 세 비구니가 본 하늘은 수운과 해월의 모습으로 변장한다. 거듭 말하거니와 「금강잡기」는 『금강』의 끄틀이 되는 산문이다. 이러한 주장을 아직도 신용할 수 없는 독자 대중은 『금강』 제 3장을 다시 읽어보라. 그것이 바로 세 비구니에 대한 신동엽의 연민이라는 것을 금방 알 수 있으리라. 패전 후 뇌성벽력 가운데 폭우를 맞으며 계룡산으로 돌아오는 신하늬를 보라. 하늘을 해석하는 신동엽의 바탕 사상을 보라. 두레살이 이상 사회 지향성을 보라.

결국 이러한 신동엽의 자기 혁명을 위한 하늘이 1960년 경자민주혁명, 1919년 기미만세혁명, 1894년 갑오농민전쟁의 하늘로 승화되면서 신동엽은 농민

혁명을 바탕으로 삼는 국가 혁명, 민족 혁명을 전형화시키고, 그런 모든 과정에서 민족과 국가를 초월하여 원초적 인간이 누려야 할 인류 혁명을 꿈꾸게 된다. 바로 이런 신동엽의 사상이 총체적으로 승화된 작품이 민족 서사시 『금강』이다. 그래서 『금강』은 신동엽의 세계관인 원수성·차수성·귀수성을 철저히 등가하였고, 그런 까닭에 『금강』은 추임문학의 미학인 추임새를 온전히 달구어 낸다.

『금강』의 시간은 1894년의 금강 변에 머물러 있지 않다. 고구려·백제, 심지어 원시 사회를 거슬러 올라가고, 경자민주혁명까지 내려온다. 시간에 걸맞도록 공간도 이동하며 심지어 동서양을 넘나든다. 수운, 해월, 녹두를 통하여 들여다보기에 만족치 않고 하늬로 하여금 겪어 내게 한다. 하늬의 관점에 만족하지 못하고 작가 관점을 보태는 까닭은 제국주의 현실에 대한 비판 때문이다.

문학 양식이란 내용을 담는 그릇이다. 따라서 문학 양식이란 작가가 말하고자 하는 바를 얼마나 정확하고 필연적이며 사실적으로 그렸는가를 자질할 일이지 신비평의 모닝 코트를 도포로 착각할 일이 아니다. 그런데 되지 못한 신동엽론에는 이와 같은 모닝 코트가 너무도 많다. 경계하고 삼갈 일이다.

그렇다면 『금강』의 추임새인 부름새·외침새·울림새는 모두 적절하며 추임문학의 대표적 전형으로 볼 수 있는가. 잠정적인 결론으로 부름새가 강하고 외침새가 승하며 울림새가 약하다는 점을 지적하지 않을 수 없다.

『금강』의 부름새는 민족 당파성에 맞아야 하며, 계급적으로 농민 당파성에 얼마나 철저한가가 작품의 방향과 전개, 심지어 전망까지를 결정짓는다. 이러한 관점에서 볼 때, 부름새는 일정한 성공을 거두고 있으나 독창성에는 문제가 있다.

『금강』에서 부름새는 과연 어떤 소리로 부르나. 센소리·참소리·쉰소리는 과연 어떻게 뒤섞여 농민 혼을 불러 세우는가.

첫째, 『금강』 제 2장 제 4장에서 보는 바 수운(水雲) 최제우(崔濟愚)의 말씀을 빌어 한울 섬기기(待天主)를 부름새로 제시한다.

수운은 1860년 경주 용담에서 몰락 양반의 아들로 태어나 16세에 부모를 잃었다. 짚신 신고 3천리 구도길에 올라 터지는 입술, 갈라지는 발바닥, 헤어진 무릎으로 20년을 걸었다. 수운은 무너지는 이왕가 아래서 양반에게 소처럼 끌려다니는 농노들이 겪는 굶주림, 질병, 학대를 직접 목격하고 1860년 4월 5일 하늘을 보게 된다. 상제와 '천사문답(天師問答)'을 주고받아 득도한 수운은 한울님 섬기기(待天主)를 주장하고 후천개벽에 의한 보국안민(輔國安民)과 광제창생(廣濟蒼生)을 부르짖었다. 산 속에 제단을 쌓고 주문을 외워 강신을 경험했으며, 목검을 들고 높이 뛰며 검무를 추어 말하기를 "때가 왔다. 때가 왔다. 또다시 때는 오지 않는다" 하였다. 또 종이에 궁을(弓乙)자를 쓴 영부(靈符)를 태워 먹으면 만병을 고치는 불사약이 된다고 하였다.

1861년 이후 3년간 포교하니 동학교도가 일만이 넘었고 1863년 말 체포되어 이듬해 3월 좌도난정(左道亂正)의 죄목으로 대구 임대에서 처형되었다. 땅 열두 마지기를 땅 없는 농민에게 나누어 주었고, 두 노비를 해방하여 하나는 며느리 삼고 하나는 수양딸 삼았는데, 수운이 처형당하매 그 사위가 업어다 장사지냈다.

수운의 가르침은 두 가지로 요약되는 바, 사람이 한울님(人乃天)이라는 것과 한울님 섬기듯 사람을 섬기라는 것이었다.

둘째, 『금강』 제 2장에서 보는 바 해월(海月) 최시형(崔時亨)의 어린이·여성 해방, 선진 농민 운동을 통한 사람의 한울 되기를 신동엽은 원초적 부름새의 하나로 제시하였다.

해월은 무식하여 글을 읽거나 쓰지 못했다. 수운의 가르침을 귀로 들어 암송하고 후에 대신 쓰게 하여 『동경대전(東經大全)』『용담유사(龍潭遺詞)』로 전하였다. 1862년 35세에 득도하여 이제까지 경상도 일원의 동학을 전라·충청도 일대에 포교하였고 전국을 순회하여 '최보따리'라는 별명을 얻었다.

1863년 동학 각 접주를 임명하고 도인의 수도 생활을 순시하였으며 태백산에 들어가 난을 피하고 1870년에 교문을 확장 정리하였다. 청수 한 그릇 떠놓는 것을 의식으로 정하고 일정한 시기에 시백(侍伯)을 보도록 하였다. 1898년 6월 2일 서울 광화문 밖에서 형장의 이슬로 72세에 순교할 때까지 34년간을 상여꾼, 장돌뱅이, 거지, 엿장수로 변장하고 포교했다. 그의 가르침은 사람을 한울님처럼 섬기라(事人如天)는 것이었으며 병든 과부와 결혼하였다. 베 짜는 교도의 며느리와 함께 밥을 먹어 여성을 해방하려 하였고, 어린이 해방을 꾀했다.

그러나 신동엽이 무엇보다 감동적으로 서술하려 한 것은 해월의 선진 농민 운동이었다.

해월은 가는 곳마다 누추한 외양간에 머물면서도 일손을 멈추지 않았다. 짚신을 삼고 멍석을 짜고 노끈을 꼬고 구럭을 얽고 과수를 심고 채소 씨를 뿌렸다. 할 일 없으면 노끈을 풀어 다시 꼬았다. 제자가 그 까닭을 물었다.

"한울님께서 사람을 세상에 내신 것은 농사지으라는 건데, 농사 안 짓고 생산 안하면 양반보다 나을 게 무엇인가. 우리가 혹 이 멍석 못 쓰고 채소와 과일 못 먹고 딴 데로 가도 누군가 와서 쓰고 먹을 것이 아닌가. 누구나 이렇게 하면 이 지상은 어딜 가도 과일과 곡식이 널리고 꽃밭이 만발할 것이다"라고 말함으로써 선진 농민 당파성을 제시한다.

셋째, 한울을 섬겨 사람이 한울이 되었을 때, 그 사람들이 사는 민족 공동체 사회로 신동엽은 두레살이를 제안한다. 두레살이에서 왕이란 백성들의 가슴에 단 꽃이요, 군대는 백성이 고용한 문지기에 지나지 않았다. 앞마을 뒷마을 사람들은 모두 한 식구요, 두레로 노동하고 쌀과 떡, 아침과 저녁을 나누어 먹고, 꽃밭을 함께 보았다. 농악에 신명 겨워 가을이면 영고·무천·상달을 놀고 겨울에는 씨름을 하고 윷을 하며 놀았다. 시집가고 싶을 때는 들국화 머리에 꽂고 꽃가마를 타고, 장가가고 싶을 때는 정히 쓴 이슬 마당에서 맨발로 각시를 맞았다. 아들을 낳으면 온 마을의 경사요, 딸을 낳으면 이웃 마을의 기쁨이다. 서로 자리를 지켜 피어나는 꽃밭처럼 햇빛과 바람 양껏 마시고 고실고실한 쌀밥처럼 마을들은 자라났다. 지주도 없었고 관리도 은행주도 특권층도 없었다.

반도에서는 평등한 노동과 분배가 이루어지며, 능력에 따라 일하고 필요에 따라 분배를 받아서 백성들의 축제가 자라났다. 늙으면 마을 사람들에 둘러싸여 웃으며 눈을 감고 양지바른 뒷산에 누워 후손들에게 이야기를 남겼다. 반도는 평화로운 두레의 평등 분배가 이루어지는 무정부 마을이었다.

이러한 신동엽의 원수성 세계, '생활 시대' 또는 두레살이 민족 공동체 사회가 어떻게 왜 무너지는가. 두레살이가 무너지는 현상을 신동엽은 두 가지로 갈라 본다.

하나는 실권 없이 백성들의 가슴에 살림살이로 치레걸이 노릇하던 꽃인 왕이 백성들의 머리 위로 슬슬 기어 올라와 큰 마리 낙지가 되고, 결국 저들이 만든 지배 구조가 쇠항아리를 들씌워 놓고 백성을 착취하는 데서 비롯된다고 본다. 다른 한편 산짐승이나 유한 약탈자를 막기 위해 백성들이 문 밖에 세워 놓았던 문지기들이 새끼 낙지로 둔갑하여 안방 상전 노릇을 하면서 중앙 착취 제도가 완성되었고, 또한 그들은 지방 관리 제도를 강화함으로써 착취 구조가 완성된다고 본다.

신동엽은 석양의 이조 왕가 착취 구조를 조롱 섞인 풍자로 섬뜩하게 보여준다. 왕인 큰 마리 낙지 주변에는 정승배, 대감마님, 양반 나리 등 새끼 낙지가 꾸물거리면서 중앙 착취 조직을 강화하고 지방에는 말거머리인 관찰사, 현감, 병사, 목사 등이 날뛰고, 마을이나 저자에는 빈대인 봉세관, 균전사, 전운사, 아전, 이속 등이 백성들의 피를 빤다고 통탄한다. 그러니까 1860년대 이조 왕가란 큰 마리 낙지 아래 일흔 마리 새끼 낙지가 7백 마리 말거머리 피를 빨고 말거머리는 만 마리 빈대 피를 빨고 다시 빈대는 농민 피를 아래서 옆에서 이를 드러내고 빠는 착취 사슬에 지나지 않는다고 풍자한다. 또한 이러한 착취 사슬의 윤리란 밑천 뽑기, 모가지를 지키기 위한 상납하기이다.

이조 왕은 백성들의 저항을 봉쇄하기 위해 청나라를 상전으로 모시고 해마다 33만냥의 금은 보화를 상납하고 모화관에 군림하는 중국 사신에게 37만냥의 돈을 들여 술, 고기, 계집을 상납하는 것이 당대 봉건 제도라고 지적한다.

그로부터 백 년이 지난 **1960**년대 한국 현실에도 변화가 없다. 청나라가 다른 외세인 미국으로 바뀌었을 뿐이다. 독점 자본가인 은행주가 식민지 경제를 착취하고 또 다른 문지기인 군사 파쇼가 백성들의 피를 빨고 있으며, 그것이 바로 분단 현실이라고 신동엽은 선진적 깨도의 자리에 선다. 이러한 현실 인식은 한국민족·민중문학의 뿌리 노릇을 하게 되며 신동엽을 민중 영웅의 자리에 서게 한다.

이러한 봉건 제도 아래에서 자행되는 구조적 모순과 착취 구조는 신동엽으로 하여금 억센 풀로 일어나 센소리로 외치게 만든다.『금강』의 역사 주인공 전봉준과 서사 주인공 신하늬는 그들이 처한 계급인 농민과 머슴의 계급적 인식을 통하여 농민 당파성을 철저히 간파하고 또 다른 형태인 하늘 찾기인 국가 혁명을 통하여 그들이 잃었던 하늘을 찾기 위해 외침의 자리에 서게 된다.

서사 주인공 신하늬는 눈을 뜨지 못한 짐승으로 살았다. 그는 김진사 댁 절름발이 머슴이다. 콩알만한 방울을 들고 기구한 운명 아래 태어난 그는 김진사 댁 머슴 돌쇠가 길렀는데 심하게 울어 김진사가 마당으로 내던져 다리 병신이 되고 만다. 다시 부소산 너머 조할머니가 길렀으나 열두 살에 그마저 세상을 떠난다.

신하늬의 비극은 실상 눈뜨지 못한 짐승의 슬픔으로 끝나지 않는다.

절벽,
먹구름,
고향,
돌, 질벽.

외마디 비명과도 같은 신하늬의 슬픔은 뼈에 사무친 것이었다. 스물다섯에 만난 아내가 김진사에게 겁탈당하고 흰 고무신을 벗어 놓고 금강에 투신 자살함으로써 신하늬는 봉건 제도의 모순에 눈을 뜨게 된다.

역사 주인공 전봉준은 고부 군수 조병갑이 만석보를 쌓고 부당한 수세를 거뒤들이고 탐학을 일삼자 농민들의 진정서를 대신 써 주었다. 이 사건에서 아버지 전창혁이 장살당하자 분노한 전봉준은 농민과 함께 고부 군아로 물밀듯 쳐들어 감으로써 농민 혁명의 불길은 타오르게 된다. 사실 갑오농민전쟁 이전의 전봉준은 서당의 훈도로서 논 세 마지기밖에 없는 가난한 농민이었다. 서사 주인공 신하늬는 토지를 갖지 못한 머슴으로 젊은 아내마저 지주에게 빼앗겨 버린다.

그리하여 서사·역사 주인공이 부딪힌 일차적 계급 인식은 가난에서 출발하여 절망적인 쇠소리로 부르짖게 한다.

> 굶주려 본 사람은 알리라,
> 하루이틀도 아니고
> 한해 두해도 아니고
> 철들면서부터
> 그 지루한
> 30년, 50년을
> 굶주려본 사람은
> 알리라,
>
> 굶주린 아들 딸애들의
> 그, 흰 죽사발 같은
> 눈동자를,
> 죄지은 사람처럼
> 기껏 속으로나 눈물 흘리며
> 바라본 적이 있은
> 사람은 알리라.
>
> 뼈를,
> 깎아 먹일 수 있다면
> 천 개의 뼈라도 깎아 먹여주고

싶은,
그 아픔을
맛본 사람은 알리라.

이미 끝낸 사람은
행복한 사람이어라,
이미 죽은 사람은
행복한 사람이어라.

이조 왕가의 착취 지배 구조 아래서 가난과 굶주림이란 개인의 근면 여부나 나태 여부가 결정짓는 것은 아니다. 그들의 굶주림이란 하루 이틀이 아니고 한 해 두해도 아니고 철들면서부터 시작하여 끼니를 기다리는 30년 50년의 굶주림으로 연속된다.

굶주리는 사람의 고통은 여러 가지지만, 흰 죽사발 같은 어린 것들의 눈동자를 보면서 느끼는 부모된 자의 무능과 굶주림의 서러움을 무슨 죄처럼 안으로 삭이며 살아야 하는 무명이 부끄럽고 슬프다.

뼈를 깎아 어린 것에게 먹일 수 있다면 천 개의 자기 뼈라도 깎아 먹여 주고 싶은 아픔은 가장 높은 외침새로 자리잡는다. 역설적으로 시든 풀들이 굶주림을 끝내게 되는 것은 배불리 먹는 일이 아니라 죽는 일이라는 사실이다. 이것이 착취당하는 이조 왕가의 백성들이 가야 할 마지막 길이었다.

영원한 죽음만이 굶주림의 지배 구조를 벗어날 수 있는 길이라면 백성들은 마땅히 죽어야 한다. 기왕에 죽을 바에는 목숨을 걸고 싸워야 한다. 그래서 신하늬와 전봉준은 최경선의 사랑채에서 만나는 것으로 되어 있다. 이것은 신동엽의 서사적 자아와 역사적 자아의 만남이라고 부를 만하다.

그들은 당대 정세를 분석하고 동학이 해야 할 4개 항의 교리 문답을 시작한다.

첫째, 갑오농민전쟁 초기 교조 신원 운동이나 2기 농민전쟁 기간이나 3기 구국항일전쟁을 통하여 해월이 일관되게 보여준 자기 혁명으로써의 동학 운동을 신하늬는 주장하는바, 세상의 어려움은 외부에 있는 것이 아니니 내부 (알맹이·속살·씨알)에 불을 붙이자는 것이다.

둘째, 이에 반하여 전봉준은 동학은 현실 개조의 종교로서 자기 혁명, 국가 혁명, 인류 혁명에 이바지해야 한다고 주장한다. 만약, 현실 개혁을 하지 않으면 지금은 지방 관리나 양반 토호들이 부패, 행패, 횡포로 끝나지만, 그대로 두면 이왕가는 청이나 일본의 밥이 되고 만다는 것이다.

셋째, 신하늬는 이에 동조하면서 혁명이 분풀이나 폭동의 차원을 넘어서 하늘 끝까지 투쟁하여 사회 혁명이 되어야 한다고 말한다. 또 외세의 잘 조직된 신식 군대와 성능 좋은 대량 학살 무기를 경계하고 제국주의 전쟁, 식민주의 전쟁을 각오해야 한다고 주장한다.

넷째, 기왕에 피를 흘려야만 한다면, 백성들만의 지상 낙원, 손에 흙 묻혀 일하는 사람들만의 꽃밭을 만들어야 한다는 것이 신하늬의 주장이다. 즉, 정권 없는, 통치자 없는, 정부 없는, 농민들만의 세상인 이상 사회를 위한 혁명이어야 한다는 것이다.

신동엽의 하늘 찾기 강령은 철저한 농민 당파성에서 출발한다. 이는 농민을 계급적으로 인식함으로써 그들이 싸워 이겨야 할 적을 과학적으로 인식하고 아울러 혁명적 선동성인 외침새를 확보하게 된다.

이렇게 볼 때 신동엽의 외침새인 하늘 찾기는 네 단계로 구분된다. 이러한 하늘은 역사적 주인공 전봉준의 하늘을 바탕으로 삼지만 동학혁명 성격상 스스로 찾지 못한 하늘에 서사적 주인공 신하늬의 하늘을 보탬으로써 신동엽의 하늘은 완성 개념으로 성립된다.

맨 먼저 신동엽은 이조 왕가의 착취 지배 구조상 지방조직의 우두머리 격인 말거머리, 실제로는 관찰사, 군수, 병마사, 현감 등을 박살냄으로써 짓밟히고 피 흘리던 농민을 역사적 주체로 세워 하늘을 보고자 한다. 이것이 신동엽이 찾고자 했던 국가 혁명, 민족 혁명의 첫 번째 하늘이었다.

고부 군수 조병갑의 학정에 시달리던 동학 혁명군은 마침내 황색 깃발을 치켜들었다. 1894년 3월 21일 5천 농민군은 화승총, 엽총, 조선낫, 죽창을 거머잡고 성난 파도처럼 고부 관아로 쳐들어갔다. 군수 조병갑은 민가에 숨었다가 전주로 도망치고 말았다. 감옥을 부수고 원민을 풀어 주자 그들은 관아에 불을 질렀다. 창고를 털어 굶주리는 백성에게 알곡을 나누어주고 무기고를 부수고 일본도 열한 자루, 양총 스물두 자루, 6백 발의 탄환을 노획한 뒤 원한 맺힌 만석보를 터뜨렸다.

8천으로 불어난 혁명군은 백산 황토현에 집결하여 백립 쓰고 손에 염주를 든 동도 대장 전봉준의 영솔 아래 다음과 같은 강령을 선포하고 폭력을 제거하고 양이, 왜놈, 되놈을 물리치자는 격문을 포고하였다.

1. 백성을 함부로 죽이지 말고 재물을 부수지 말 것.
2. 충효를 다하여 재세 안민할 것.
3. 왜이를 축멸하여 동도를 밝힐 것.
4. 병을 몰아 서울로 들어가 원귀를 진멸할 것.

등의 강령을 발표한 전봉준은 손화중, 김개남, 김덕명 등의 막료와 합세하였다.

관군이 전주로 후퇴하자 동학군은 황토현에서 관군을 격퇴하고 정읍으로 진격하였다. 경군이 군산포에 상륙하자 동학군은 고창, 무창, 정읍을 거쳐, 승승장구 전주성에 입성한다.

　그 꽃밭
　그 하늘 보았는가,

　금강산 비로봉
　밤하늘의, 사발덩이 같은 물먹은 별
　마셔보았는가
　그 밤하늘 마셔보았는가,

백두의 천지 가에 서본 일이 있는가

전신이 터지게

호수 건너편 벽 향해

소리쳐 본 일이 있는가,

한라, 그렇다

한라도 백록담

시로미밭을 밟고 서서

보았는가,

천공,

천공,

하늘,

하늘 흘러가는

하늘소리를 들었는가,

  이러한 센소리는 하늘을 처음 본 억센 풀들의 아우성, 조국 강토에 올리는
장엄한 선언이다. 그 억센 풀들이 짓밟힐 때 그들이 흘리는 피가 서러워 천둥
번개를 치고 폭우를 내리던 하늘에 올리는 제문이다. 피를 빨던 말거머리와 빈
대를 돌바닥에 박박 문질러 죽이고 억센 풀들이 자기 혁명을 통해 스스로 해방
되었음을 알리는 장쾌한 독립선언서이다.

  환희, 격동, 기쁨은 지리산 노고단에서 금강산 비로봉까지 채우고 싶다. 아
니 한라의 천공과 백두산 천지까지 목 터지게 외치고 싶다.

  둘째, 전봉준이 영도하는 동학 혁명군이 거의 일 년 여에 걸쳐 착취 지배 구
조를 격파하려 하였으나 그들이 지니고 있는 일정한 한계로 인해 반봉건 여성
혁명까지 치닫지 못하였으므로, 신동엽은 서사 주인공 신하늬를 통하여 진정
한 국가 혁명의 하늘을 보고자 한다.

  전봉준은 말거머리·빈대인 지방 수령을 엄징하고 집강소를 설치하여 농민

의 현실을 개혁하는 데는 일정한 성공을 거둔다.

동학혁명은 초기 농민 혁명을 넘어서 척왜양창의(斥倭洋倡義)를 부르짖는 반외세 구국 운동으로 변화를 겪으면서도 오히려 청·일의 외세를 불러들이는 원인이 되었고, 그 결과 청일전쟁이 일어나자 전봉준은 민관협상을 하게 된다. 동학 혁명군 총본부 경기전에서 동학측의 전봉준, 김개남과 전라 감사 김학진과 협상한 내용 가운데는 7반 천민제를 폐지하고 노비 문서를 불태우고 과부의 개가를 허용하는 등 사회 개혁적 요구와 탐관오리, 횡포한 부호, 지주, 불량한 유림과 양반을 엄징한다는 폐정 개혁 요구와 무명 잡세 폐지, 공사채 무효화, 토지의 균등한 분배 등 농정 개혁 요구를 아울러 포함하고 있다.

특히, 토지의 균등한 분배는 농민들의 절실한 요구를 최대로 반영한 것이고, 집강소의 설치는 사실상 동학 혁명군의 직접 통치를 의미하는 것이기도 하다. 그러나 척왜양창의를 부르짖어 봉건 제도의 지배 외세를 배격하고 하부 착취 구조를 뿌리뽑으려 하였음에도 전봉준이 이왕가에 대하여 충성을 맹세하였고 동학 혁명군이 오히려 의병 행세를 했다는 사실은 전봉준의 서울 입성을 멈칫거리게 만들었고, 동학혁명이 진정한 국가 혁명이 되지 못한 장애물이기도 하였다.

이러한 역사적 현실 아래서 신동엽은 서사 주인공 신하늬로 하여금 반봉건 혁명 투쟁을 전봉준에게 천명함으로써 신동엽은 진정한 국가 혁명의 하늘을 보고자 한다. 즉, 신하늬는 전봉준에게 1) 전주성에서 머뭇거리지 말고 곧바로 서울에 진격하여 동학농민혁명 위원회를 설치하고 동서양에 외교 관계를 맺을 것과 2) 경기전 협상으로 집강소 설치에 합의한 동학군은 전주성에서 철수하였던 바, 철수하는 전봉준에게 신하늬는 정공법으로 서울 공략이 불가능하다면 당대 이왕가로부터 천대받던 흑바지·청저고리 계층을 규합하여 유격전으로 서울을 탈환할 것을 강권하나 전봉준은 관망 태세를 취한다.

이렇게 민중적 혁명에 의한 하늘 찾기가 하층 지배 구조와 싸우는데 시일을 끌고 서울 직접 탈환과 유격전을 유보하는 동안 청일전쟁에서 승리한 일본군과 관군은 합세하여 동학군을 진압하게 된다. 우금치 전투에서 패전한 혁명군은 10만의 살상자를 냈으며 관군은 외세인 일본군과 합세하여 유민 50만을 탄압하게 된다.

이러한 상황 아래서 신동엽은 결전 항왜의 정신으로 반봉건·반외세 투쟁을 유격전의 양식으로 전개하게 된다. 이것이 제국주의·식민주의 전쟁 아래서 신동엽이 찾았던 세 번째 하늘이다.

전쟁이 끝난 우금치에서는 왜병이 아녀자와 노인뿐인 마을에 기관총을 쏘고 불을 지르고 부녀자를 윤간하였다. 옹기장수 부인은 일본군의 국부를 뽑아 죽이고 자결하였다. 어머니를 겁탈하는 왜병의 등에 어린 소년은 쇠스랑을 내리꽂았다.

신하늬는 몇몇 혁명군과 합세하여 관군과 왜군의 가슴에 죽창을 찌르고 도망치는 유격전을 전개함으로써 반봉건·반제 투쟁 전선에서 피로써 조국 강토에 목타게 외침으로써 마지막 하늘을 보고자 한다.

갑오농민전쟁 과정에서 잠시 잠시 빛나던 세 차례의 하늘을 모두 잃고 난 신동엽은 그로부터 100년이 지난 경자민주혁명을 통하여 네 번째 하늘을 보고자 한다. 이제는 청일 대신에 US 상표 찍힌 총탄에 맞아 숨을 거두는 젊은이는 푸른 얼굴, 영원한 하늘을 보았다고 신음하면서 숨을 거둔다.

신동엽의 하늘 찾기는 이렇게 끝난다. 역사 주인공 전봉준은 효수당하고 서사 주인공 신하늬도 숨을 거둔다.

1895년 3월 29일 아침부터 쏟아지는 비 속에서 형리가 교수형을 집행했다. 질경이꽃이랑 반지꽃이랑 냉이꽃 예쁘게 핀 황토 언덕 장대에 전봉준, 손화중, 최경선, 김덕명의 머리가 걸렸다. 며칠 뒤 서소문밖에는 김개남, 정재식의 목이 나란히 효수됐다. 내가 죽걸랑 피를 받아 종로 네거리에 뿌려 달라던 혁명가 전봉준은 이렇게 숨을 거두었다. 서릿발 같은 장부의 한을 이 나라 하늘에 남긴 채.

경상도 상주·문경·영주·진주·마산·밀양·김해, 강원도 원주·춘천·

홍천, 황해도 해주·사리원·백천·구월산·풍천·장연·수안, 평안도 용강·
평양·신의주·정주·진남포, 함경도 원산·청진, 충청도와 전라도 전역에서
울리던 동학의 함성은 이렇게 끝났다. 그들은 잠시 빛났던 하늘을 보았을까.
서릿발 같은 외침새 뒤에 남는 것은 과연 무엇일까.

> 금강,
> 옛부터 이 곳은 모여
> 썩는 곳,
> 망하고, 대신
> 정신을 남기는 곳,
>
> 바람버섯도
> 찢기우면, 사방팔방으로
> 날아가 새 씨가 된다.

썩는 곳, 찢기는 곳, 역사 주인공 전봉준이 썩는 곳, 서사 주인공 신하늬가
찢기는 곳, 여기가 씨앗이 되는 황토의 출발점이고 신동엽의 귀수성 세계이며
울림새의 자리이다. 바로, 이 지점이 신하늬가 씨앗이 떡잎 가르는 소리를 듣
는 곳이다.

그러니까 모든 것이 모여 썩는 금강은 역설적으로 생명의 분계선이 된다. 신
하늬를 기다리던 진아는 새로운 신하늬를 분만한다. 꽃씨 하나가 떨어져 썩고,
그 썩은 자리에서 새로운 생명이 떡잎을 갈라내고 있다. 아기 신하늬의 손에
들려 있는 콩알만한 은방울은 순환하는 생명의 고리를 상징하고 있다. 새로운
싹으로 돌아온 신하늬의 역사는 금강의 흐름으로 연속된다. 차수성 하늘이 귀
수성 하늘로 돌아오고, 귀수성 하늘이 원수성 하늘로 되돌아감으로써 혁명의
순환 고리는 반복된다. 이것이 신동엽의 하늘이고, 역사를 나름대로 재해석하
는 역사 창조력이다.

그러면 이러한 신동엽의 역사 창조력은 현실 창조력으로 일어설 수 없는 것

일까. 그는 왜 경자민주혁명을 똑바로 보고 민중 직접 혁명에 의한 하늘 찾기를 형상화하지 못하고 100년쯤이나 거슬러 올라가 애써 역사 혁명을 더듬고, 그 혁명의 물줄기를 60년대까지 끌어오려 했을까. 신동엽은 비겁한 시인일까.

장편 서사시 『금강』이 발표된 것은 1967년이다. 아는 바와 같이 이때는 제2의 연산군 박정희가 군사 독재를 하던 어두운 시대였다. 그리하여 신동엽의 민족주의는 역사적 전형화, 현실적 상징화의 피난처를 마련하지 않을 수 없었다.

엄혹한 한계 속에서도 신동엽은 민족 서사시 『금강』을 통하여 반봉건, 반외세의 추임새를 찾아냈다.

신동엽의 반봉건 투쟁이란 하층 착취 지배 구조인 지방 수령을 징벌함으로써 사회 혁명을 꾀했던 전봉준과는 달리 상층 착취 지배 구조까지를 전복함으로써 지배와 통치가 없는 민족 공동체적 무정부를 건설하여 참다운 두레살이를 하는 데 있었다.

신동엽의 반외세 투쟁은 청이건 일본이건 그들의 전쟁이 식민지주의·제국주의 전쟁이며, 저들이 이 땅의 상층 지배 세력과 합세하여 백성을 탄압하고 착취하는 만행을 저지르므로, 이를 막고자 한 필연적인 결과였다.

이와 같은 반봉건·반외세 투쟁이 1960년대 한국의 정치 현실에서 어떤 의미를 갖는 것일까. 이러한 물음에 효과적인 답변을 하는 시가 바로 「종로 5가」이다.

이 시는 『금강』의 후일담에 들어 있어 민족 서사를 마감하는 대단원이기도 하고, 별개 시로 떼어 발표한 것으로 보면 독립적 의미를 갖는 것 같기도 하다.

신동엽의 역사적 창조력이 어떻게 현실 창조력으로 자리 바꾸기를 하는 것일까. 시에서 ①②③④는 부름새이고 ⑤⑥⑦⑧은 외침새, ⑨는 울림새이다,

① 이슬비 오는 날.
　종로 5가 서시오판 옆에서

낯선 소년이 나를 붙들고 동대문을 물었다.

② 밤 열한시 반,
　통금에 쫓기는 군상(群像) 속에서 죄 없이
　크고 맑기만한 그 소년의 눈동자와
　내 도시락 보자기가 비에 젖고 있었다

③ 국민학교를 갓 나왔을까.
　새로 사 신은 운동환 벗어 품고
　그 소년의 등허리선 먼 길 떠나 온 고구마가
　흙 묻은 얼굴들을 맞부비며 저희끼리 비에 젖고 있었다.

④ 충청북도 보은 속리산, 아니면
　전라남도 해남 땅 어촌 말씨였을까.
　나는 가로수 하나를 건다 되돌아섰다.
　그러나 노동자의 홍수 속에 묻혀 그 소년은 보이지 않았다.

⑤ 그렇지.
　눈녹이 바람이 부는 질척질척한 겨울날,
　종묘(宗廟) 담을 끼고 돌다가 나는 보았어.
　그의 누나였을까.
　부은 한쪽 눈의 창녀(娼女)가 양지쪽 기대 앉아
　속내의 바람으로, 때묻은 긴 편지 읽고 있었지

⑥ 그리고 언젠가 보았어
　세종로 고층 건물 공사장,
　자갈지게 등짐하던 노동자 하나
　허리를 다쳐 쓰러져 있었지.
　그 소년의 아버지였을까.
　반도(半島)의 하늘 높이서 태양이 쏟아지고.

싸늘한 땀방울 뿜어낸 이마엔 세 줄기 강물,
대륙의 섬나라의
그리고 또 오늘 저 새로운 은행국(銀行國)의
물결이 뒹굴고 있었다.

⑦ 남은 것은 없었다.
나날이 허물어져 가는 그나마 토방 한 칸.
봄이면 쑥, 여름이면 나무뿌리, 가을이면 타작 마당을 휩쓰는 빈 바람
변한 것은 없었다.
이조(李朝) 오백년은 끝나지 않았다.

⑧ 옛날 같으면 북간도라도 갔지.
기껏해야 뻐스길 삼백리 서울로 왔지.
고층 건물 침대 속 누워 비료 광고(肥料廣告)만 뿌리는 거머리 마을
또 무슨 넉살 꾸미기 위해 짓는지도 모를 빌딩 공사장,
도시락 차고 왔지.

⑨ 이슬비 오는 날,
낯선 소년이 나를 붙들고 동대문을 물었다.
그 소년의 죄 없이 크고 맑기만한 눈동자엔 밤이 내리고
노동으로 지친 나의 가슴에선 도시락 보자기가
비에 젖고 있었다.

신동엽 「종로 5가」 전문

  시는 이슬비 내리는 한밤중 종로 5가에서 낯선 소년이 동대문 가는 길을 물으면서 시작된다. ①에서 독자들은 '이슬비'와 '동대문'을 유의할 필요가 있다 여기서 '이슬비'는 금강에서 순교한 세 비구니와 계룡산으로 돌아가면서 신하늬가 맞던 폭우가 아니다. 그러나 이 나라 강산과 하늘은 서술자인 노동자와

나 어린 소년을 위하여 시종 숨죽여 울고 있으며 바로 이러한 시의 분위기는 시름 지친 뿌리뽑힌 민중의 설움을 대변한다.

또 소년은 1970년 피복 노조를 결성하고 전태일이 분신 자살한 동대문 시장으로 간다. 그러니까 '종로 5가'는 뿌리뽑힌 민중이 창녀로 공사장 노동자로 피복 노동자로 팔려 가는 분기점이다.

②는 ①을 보충한다. 밤 열한 시 반, 통금에 쫓기는 군상 속에서 서러운 비를 맞는 것은 서술자의 도시락 보자기와 크고 맑은 소년의 눈동자이다.

③에서 소년과 고구마는 동일시된다. 그들은 세속인 도회풍에 물들지 않은 대지에 뿌리내린 삶의 얼굴을 가지고 있다. 새로 산 운동화를 비에 젖지 않도록 벗어 품에 품은 소년이나, 흙 묻은 얼굴을 맞부비며 저희끼리 이야기를 나누는 고구마는 삶의 신선한 외경감을 가지고 있다.

④에서 서술자는 가로수 한 칸 사이를 걷다가 누군가의 부름에 뒤돌아 선다. 나 어린 소년은 노동자들의 홍수에 묻혀 이미 보이지 않았다. 서술자를 부른 것은 소년과 고구마였다. 전라도 해남 땅 어촌에서 왔는지도 모르고, 충청도 보은 땅 속리산 산골에서 왔는지도 모른다. 그러니까 서술자인 노동자를 불러 세운 것은 뿌리뽑혀 가는 1967년의 농촌 현실이며, 청소년들이 이농하여 도시 공장 노동자로 전환하면서 잃어버린 대지적 삶의 뿌리이다.

이러한 깨도를 한 서술자는 무너지는 농촌 현실이 도시 한가운데서 어떻게 비명을 지르며 피를 흘리고 있는가를 절규한다.

⑤에서는 농촌 소녀들이 도시의 창녀로 팔려 눈녹이 바람이 부는 질척한 겨울날 내의 바람으로 유객 행위를 하면서도 고향에서 온 편지를 때묻도록 읽으며 흐느껴 운다.

⑥에서는 농촌을 떠난 어른들이 고층 건물 공사장에서 자갈 지게를 지다가 허리를 다쳐 쓰러져 신음한다.

반도의 하늘 높이서 빛나는 태양은 싸늘한 노동자, 창녀, 봉제공의 이마에 세 줄기 강물 아닌 눈물을 흐르게 만든다. 왜 그들은 피와 땀을 흘리며 흐느끼고 신음하는가. 대륙의 청나라, 섬나라 일본, 새로운 은행국·은행주로 부상한 미국의 정치·경제 침략과 수탈 구조 때문이다.

⑦이러한 제국주의 식민주의 종속 아래서 한국 농촌에서 갑오농민전쟁 이래 지금까지 남은 것은 아무것도 없다. 그나마 남았던 토방마저 무너져 잡초는 자라고 초근 목피로 연명하는 봄 여름이 지나고 가을이 와도 타작 마당을 휩쓰는 것은 가난의 빈 바람뿐이다. 이조 5백년의 수탈 지배 구조는 아직도 끝나지 않았다.

⑧옛날 같으면 북간도로 쫓겨갔으리라. 오늘은 버스길 삼백리 서울로 쫓겨 온다. 그 서울이란 고층 건물 침대에 누워 비료 광고나 뿌리는 거머리 마을이다. 서술자 자신도 무슨 넉살부리려고 짓는지도 모르는 빌딩 공사장에 도시락 차고 온 것 아닌가.

⑨결국 이러한 독점자본과 매판자본이 농촌을 파기하여 원초적 삶을 무너뜨릴 때 맑고 큰 소년의 눈동자엔 어둠만 내리고, 노동으로 지친 도시락 보자기는 비만 맞을 뿐이다.

「종로 5가」는 1960년대 정세 판단을 정확히 하고, 종로 5가라는 한 지점에서 농촌이 무너지고 그 대신 도시 노동의 문제가 어떻게 싹트는가를 철저히 인식한 선구적 민족시이다. 물론, 박노해의 「손 무덤」처럼 전투적 전망을 적시하기보다는 울림새를 내면화하고 있다. 이러한 현실 인식을 바탕으로 신동엽은 「껍데기는 가라」에서 센소리로 경제적 외침을 집약적으로 보여준다.

① 껍데기는 가라
  사월도 알맹이만 남고
  껍데기는 가라

② 껍데기는 가라
  동학년(東學年) 곰나루의, 그 아우성만 살고
  껍데기는 가라

③ 그리하여, 다시
껍데기는 가라
이 곳에선, 두 가슴과 그 곳까지 내논
아사달 아사녀가
중립의 초례청 앞에 서서
부끄럼 빛내며
맞절할지니

④ 껍데기는 가라.
한라에서 백두까지
향그러운 흙가슴만 남고
그, 모오든 쇠붙이는 가라

신동엽 「껍데기는 가라」 전문

이 시에서는 두 세계가 날카롭게 대립되어 있다. 이 양면 세계의 대표적 상징어가 '껍데기'와 '알맹이'로 드러난다. 껍데기는 다시 '쇠붙이'라는 상징어로 보충을 받고, 알맹이는 또 '동학년 곰나루의 그 아우성' '향그런 흙가슴'으로 깊이 있게 형상화된다. 그런데 시는 '알맹이' 세계를 철저히 옹호하고 '껍데기' 세계를 단호히 배격함으로써 선언적 외침의 자리에 서게 된다.

시인은 민족 혁명, 국가 혁명인 하늘의 부름에 따라 역사적 외침의 자리에 서게 되므로, 시는 반제 · 반외세의 민족 공동체적 두레살이 지향점에서 울림새를 확보하게 된다.

①의 첫 줄에서 시인은 단호하게 껍데기는 가라고 외친다. '사월도'에서 '도'는 '……이라도' '……까지도'의 한정적 의미를 갖는 보조사이며, 여기서는 '도'를 '또한' '역시'의 뜻으로 보아서는 안된다. 그러니까 4월일지라도 알맹이만 남고 껍데기는 가라는 의미가 된다. 그렇게 볼 때만 단호한 선언적 의미가 된다.

왜 그렇게 보아야 하는가. 신동엽에게 있어서 4월은 일차적으로 풀로 연명해야만 하는 고향의 가난과 굶주림을 의미한다. 그러나 한 걸음 나아가서 4월은 갑오농민전쟁이 일어난 달이고 그로부터 66년 뒤에는 경자민주혁명이 일어난 역사적인 달이다. 그러니까 시에서 4월은 '갈아엎는 달'이고 '일어서는 달'이 된다.

②에서 가야 할 것은 껍데기이고 남아야 할 것은 동학년 곰나루의 아우성이다. 갑오농민전쟁을 통하여 신동엽이 찾으려던 혁명적 하늘은 이미 상세히 언급된 바 있다.

③에서 가야 할 것은 껍데기이고 남아야 할 것은 두 가슴과 그 곳까지 내놓은 원초적 삶이고 아사달과 아사녀가 중립의 초례청에서 부끄럼 빛내며 맞절하는 때묻지 않은 민족 성정이다.

여기서 '중립의 초례청'은 1960년대의 시사적 의미를 머금고 있는 '무정부 초례청'의 다른 이름이다. 또한 신동엽은 가장 이상적 혼인 형태로 시집가고 싶은 각시는 들국화 꺾어 머리에 꽂고 꽃가마를 타며 신랑은 이슬 내린 마당에서 맨발로 신부를 맞는다 하였다.

④에서 역시 가야 할 것은 껍데기와 쇠붙이이며, 남아야 할 것은 향그러운 흙가슴이다. 쇠붙이란 남아야 할 백성들을 억압하는 문지기들의 무기를 말한다. 흙가슴이란 백성들의 지상 낙원, 흙을 만지는 농민의 천국, 정권이 없는, 통치가 없는, 정부 없는, 쇠붙이 없는, 문지기 없는 두레살이를 말한다.

시를 다시 정리하면 첫째 외침새의 한 면인 껍데기는 '외면 세계' 또는 '거죽'이다. 또 그것은 인간 해방을 옥죄는 '사슬'이고 자기 혁명을 방해하는 '먹구름' 또는 정치 해방을 위해 찢어내야 할 '쇠항아리'이고 대지에 뿌리내린 원초적 삶을 방해하는 '쇠붙이' '문지기'이다.

이와는 반대로 알맹이는 '내면세계' 또는 '속살'이다. 또 그것은 썩어서 생명이 되는 '씨알', 자기 혁명을 부추기는 '푸른 하늘', 인간이 뿌리내릴 향그런 '흙가슴'이고 갑오농민전쟁 때 농민이 질러대던 국가 혁명의 '아우성'이다.

둘째로, 껍데기는 착취 지배 구조를 의미한다. 그것은 매판자본인 은행주이고 지주, 특권층이다.

이와 반대로 알맹이는 두레살이 민족 공동체 사회를 의미한다. 두레살이의 기본 원리는 능력에 따라 일하고 필요에 따라 분배받는 데 있다.

셋째로, 정치 지배 구조에 있어서 껍데기는 문지기, 쇠붙이, 군인, 왕, 자본주와 같은 억압 지배인데 반해 알맹이는 왕이나 군대가 치레 거리에 지나지 않는 원칙적으로 무정부주의 사회를 의미하며, 시에서는 '중립의 초례청'으로 형상화된다.

넷째로, 껍데기는 대륙 세력인 청, 섬나라 일본, 제국주의 미국을 뜻한다. 그들이야말로 제국주의, 식민주의의 두목들이다. 알맹이는 모든 외세를 배격하고 사람이 하늘이고 하늘이 사람인 원수성 땅에서 전경인으로 살고자 하는 지향성이다.

신동엽은 봉건 사회에서, 봉건 영주와 종주국 사이에서 또는 봉건 사회 자체 내부에서 착취 지배 구조를 통찰하고, 이러한 시대의 백성은 반봉건·반외세 투쟁을 힘차게 전개할 때만 민족 혁명의 하늘을 볼 수 있다고 선언하였다. 또한 갑오농민전쟁이 끝난 지 66년이 지난 1960년대 사회 현실에서 제국주의, 식민주의를 타도하고 독점자본과 투쟁할 때 대지에 뿌리박은 원초적 삶을 지킬 수 있다고 절규한 선각자·예언자 시인이었다.

이러한 신동엽의 사명감은 시를 사삿 사랑놀이 연가나 감정의 등가물로 전락시키지 않고 완강히 하늘의 부름에 역사적 외침으로 임했다.

「너에게」는 신동엽의 유일한 연가이다. 1969년 40세라는 아까운 나이로 세상을 버리고 이듬해 유작시로 발표된 것을 보면 그의 부인에게 남긴 유언일지도 모른다.

시가 주는 감동은 '차마 두고 가지 못할 소중한 사람'에 대한 안타까운 연민이 아니라, 묵은 순이 새 순 돋듯 신동엽이 돌아간 자리, 민족 혁명의 그 자리에 서 달라는 혁명가 시인의 간곡한 외침 때문이다.

나 돌아가는 날
너는 와서 살아라

두고 가진 못할
차마 소중한 사람

나 돌아가는 날
너는 와서 살아라

묵은 순터
새순 돋듯

허구많은 자연중(自然中)
너는 이 근처 와 살아라

신동엽 「너에게」 전문

2) 상쇠잡이의 길꼬내기

신경림은 누구인가. '민중의 못방구' 또는 '민중적 서정 시인'인가, 아니면 '지식인적 운동가' 또는 '소시민적 서정 시인'인가.

많은 기록이 신경림에게 격찬을 보내고 있다. '분단 시대 민중문학의 한 분수령'이라든가, '민중의 사랑을 받을 수 있고 또 받아 마땅한 시인'이라는 서술 뒤에는 신경림이 민중 시인이라는 전제가 숨어 있다. '사회적 설움의 서정적 처리에 능한 시인'이라는 지적 뒤에는 시인의 사회 의식과 예술 인식이 숨어 있다. '민중 시인'이라는 호칭을 마땅찮게 여기고 '민중적 서정 시인'이라는 지칭이 기분에 맞을 때, 시인의 시는 중간층 또는 넥타이 부대의 전유물이라는 비판을 받게 된다. 이 경우 시인은 별것 아닌 먹물도사가 되며, 시는 원수들의 날라리 장단에 병신춤이나 곱사춤을 춘 꼴이 된다.

신경림은 외길을 걸어왔다.

「갈대」 등으로 1956년 『문학예술』의 추천을 거쳐 10여 년간의 방황 끝에 처녀 시집 『농무』(1973)를 출간한다. 민중의 길 찾기, 길 트기는 이렇게 시작된다. 뒤이어 『새재』(1979), 『달넘세』(1985), 서사 시집 『남한강』(1987), 『가난한 사랑노래』(1988), 『길』(1990) 등을 펴낸다. 상쇠잡이로서 길꼬내기는 아직도 끝나지 않았다.

진짜 운동권의 지적대로 신경림이 지식인적 운동가라면, 신경림을 민중 시인·농민 시인으로 추켜세우는 것은 온당치 못하다. 오히려, 시인의 말대로 못방구, 민중적 서정 시인이라는 일정한 한계를 수렴할 때, 숱한 길 찾기를 통해 시인이 도달한 민중적 서정성이라는 미학을 온당한 설 자리에 자리매김 할 수 있을 것이다.

그렇다면, 신경림을 불러 세운 것은 누구인가. 누가 시인을 불러 세웠기에 지천명의 나이에도 떠돌이로 살게 하는가.

남한강 갈대. 그렇다. 남한강의 하늘과 땅이 시인을 불러 잡초로 살게 하였다. 목계 나루터 뜬구름 잔바람이 시인을 불러 방물장수는 옛말을 들려주고 뗏군 갈보는 노래를 불러 준다.

> 얼마 동안 쉬었다가 다시 시를 쓰기 시작했을 때 나는 내가 자라면서 들은 우리 고장 사람들의 얘기, 노래, 그 밖의 가락 등을 시 속에 재생시킴으로써 그들의 삶이며 사상 감정 등을 드러내겠다는 생각을 했었다.30)

위와 같은 신경림의 진술에 따르면, 신경림의 시란 시인이 고장에서 겪었던 유년기 체험, 얘기, 노래 가락을 재생시키는 일이다. 시인은 고장 사람들을 민

---

30) 신경림, 『새재』 뒷글, 창작과 비평사, 1975, 140쪽

중이라고 믿는 까닭에 그들의 삶, 사상, 감정을 드러내 표현하는 일이 바로 민중적 서정시인이 할 일로 여기게 된다.

이와 같은 원초적 체험은 「갈대」 추천 이후 10여 년간의 방황에서 얻게 된다. 문학을 하지 않고 작은 힘으로 할 수 있는 일이 무엇인가를 생각하다가 몸으로 한번 살아 보자는 결심을 하고 광산·공사장 노동자, 장사, 학원 강사 등으로 떠돌게 된다. 그렇게 육체적 체험을 통해 신경림은 민중적 서정성에 어슴푸레 눈뜨게 된다. 신경림의 눈뜸은 두 단계를 거친다.

첫째 민중적 서정시의 주체는 시인과 함께 사는 모든 사람들, 어릴 때 시인과 함께 지낸 시골 사람들, 이런 모든 사람들이며 그들의 이야기, 감정, 살고 싶어하는 희망을 미학으로 삼겠다는 생각을 가지고, 둘째 이러한 보잘 것 없고, 피해를 입고, 압박을 받는 사람들에게 끊임없는 애정을 가지고 그들의 설움을 대변하겠다는 민중 당파성에 눈뜨게 되었다는 것.31)

서러운 사람들을 문학의 주체로 삼고 보잘 것 없는 사람들의 입장을 대변하겠다는 신경림의 민중 당파성은 좀 더 구체화된다.

첫째, 시인은 이곳 저곳을 떠돌면서 시골 사람들과 어려움을 같이 겪고, 억울함을 함께 당하고, 가난을 더불어 맛보면서 자신의 시가 얼마나 거짓된 삶에 바탕을 둔 것인가를 깨닫게 된다. 이러한 자기 각성은 10여 년간 절필을 하도록 강요한다.

둘째, 이러한 자기 각성에서 출발한 시인은 역사적 각성에 이르게 된다. 50년대 말 60년대 초는 동족상잔의 전쟁을 치른 뒤여서 황폐화된 농촌의 곳곳에서는 죽음의 냄새가 났고, 모든 산야에 원귀들이 떠도는 느낌을 받게 된다. 이러한 비극은 민족 분단이 가져온 전쟁 또는 가난이라는 피상적 현상에서 비롯된 것이 아니라, 이 시대 이 사회가 안고 있는 구조적 모순 때문이며, 그것이 땅을 황폐하게 만들고 고장 사람들의 삶을 허물어뜨렸다는 역사의 깊은 상처

---

31) 대담, 「신경림 못방구 혹은 민중적 서정 시인의 길」, 『문학정신』, 1990년 8월호, 16~29쪽

를 깨닫게 된다.

셋째, 이러한 구조적 모순 아래서도 민중들은 잡초와도 같은 끈질긴 생명력을 가지고 있다는 사실을 시인은 보게 된다. 뙤약볕이 내리쬐는 담배밭에서 메나리를 홍얼대는 여인들에게서, 김매는 농부들에게서, 쇠전·광산·공사장에서, 백중날·잔칫날·운동회날을 통해 시인이 본 것은 끈질기고 억센 민중의 생명력이었다. 그것은 시인에게 더 없는 기쁨이었고 창작의 활력이었다.[32]

농민의 뿌리가 뽑혀 가는 농촌에서 시인이 발견한 것은 절망이나 허무가 아니라 역설적인 생명력이었다. 이러한 인식을 바탕으로 신경림은 민중적 서정성이라는 새로운 미학을 찾아낸다.

즉, 지금까지의 서정성이 현실의 삶과는 무관한 음풍농월이었다는 사실을 새롭게 인식하고 민중적 서정성을 찾게 되는데, 이는 사람이 살고 살기 위해서 일하는 가운데 생긴 땀과 피의 얼룩이라는 것이다.[33]

남한강 잡초의 부름에 따라 서러운 민중의 삶을 돌아본 신경림은 과연 어떻게 답하는가. 민중에 대한 외침새는 두 가지로 요약된다. 하나는 민중의 삶에 뿌리박은 외침, 다른 하나는 민중으로부터 사랑 받는 외침. 물론 이러한 외침새에 도달하기 위해서는 두 가지 전제가 따른다.

우선 민중의 삶이 빠져 있는 시는 참다운 시가 아니며, 민중의 현실, 민중의 삶이 서로 이어지고 뒤엉켜 기대고 버티면서 형상화되어야만 살아 있는 시, 살아 있는 외침이 된다는 생각이었다. 다음으로 어려운 형식이 아니라 쉬운 형식으로 외쳐야 하겠다는 생각이다. 여기서 쉬운 외침이란 누구나 정서적으로 동화될 수 있는 외침을 말한다.

시가 민중의 삶과 현실에 깊게 뿌리를 박은 외침이어야 하는 까닭은 그들이 역사의 주체일 뿐만 아니라 민족의 중심 세력이라는 사실에서만 그런 것이 아니다. 이 시대 오늘의 우리 사회가 극복해야 할 문제가 집약되어 있는 곳이 민

---

32) 신경림, 「나는 왜 시를 쓰는가」, 『우리 시의 이해』, 58쪽

33) 대담, 「신경림, 참된 서정성의 회복」, 『문예중앙』, 1984년 봄, 47쪽

중 삶의 현장인 까닭이다. 민중의 삶에 뿌리내린 외침은 민중과 삶, 기쁨, 설움을 함께 함으로써 최종적으로 가능한 것이다.

다음으로 시가 민중으로부터 이해되고 민중으로부터 사랑을 받기 위해서는, 시인은 민중에게 끊임없는 신뢰와 깊은 애정을 보내야 한다. 여기서 신경림이 민중으로부터 사랑 받는 외침의 형식으로 생각한 것은 쉬운 시이며, 쉬운 시란 누구나 정서적으로 동화될 수 있는 민중적 서정성을 회복한 외침이다. 실제로 시인은 쉬운 시를 쓰기 위하여 몇 가지 시도를 하고 있다.

먼저 신경림 문학의 진정한 가치는 모국어를 갈고 닦는 언어 의식에서 찾아야 하는 바, 시인이 부려쓴 배달말 솜씨는 한국 시인 가운데 최고의 수준을 누리고 있다. 이러한 문학적 성취는 결코 우연이 아니라 빼어난 모국어 의식의 산물이다. 시인이 한문을 버린 것은 비과학성·비능률성 때문만이 아니라, 경제나 정치적 독점을 극복해야 하듯 문화적 독점을 극복하는 길이 진정한 민중 문학을 실천하는 첩경이라고 믿는 까닭이었다.

신경림이 시에서 부려쓴 배달말 가운데 '여우볕 딸깍'이라는 말이 있는데, 이 말처럼 한국 농민의 성정이나 당파성을 적절하게 드러낸 말도 흔치는 않을 것이다.

신경림 문학의 두 번째 성과는 흔히 지적하는 바와 같이, 민중시에 민요 가락을 도입함으로써 민족 성정에 맞는 외침의 길을 터놓았다는 점이다. 민요는 단순한 노래가 아니라 민족의 한, 설움, 견딤, 참음, 끈질김을 총체적으로 드러내는 민중의 생명력이다. 한국시에 민요 가락을 수렴하는 일은 바로 민중의 생명력을 되살리는 일이다.

흔히 말하는 바와 같이 우리말의 특성상 운율을 살리는 일이 어려운 일로 지적되어 왔다. 구체적으로 신경림은 1979년에 발간된 시집 『새재』 이후 「목계 장터」 같은 시에서 밑바디 가락과 4음보의 활용, 여음구와 후렴구의 적절한 변통에 의해 민요 가락의 수렴을 선진적으로 보여 주었다.

결국 이러한 시도의 성공은 민중적 서정시의 절절한 외침새를 마련한 셈이다.

신경림 문학의 세 번째 성과는 『농무』가 발간된 1973년 이후 민중적 서정시의 전형을 창조했다는 데 있다. 『농무』에는 지금까지 소설에서나 활용했음직한 시적 배경으로서 시간과 공간의 설정, 성격 창조, 시적 긴장감을 자아내는 이야기에 의한 짜임새 설정 등에 의해 민중시를 살아 있는 유기적 조직체로 창조하였다. 오늘날 노동시의 시적 형식은 전적으로 신경림에게 빚을 지고 있는 형편이다.

물론 신경림이 민중시의 새로운 형식을 창조할 수 있었던 것은 당대 유행하던 민중적 사실주의가 이론적 배경이 되었음을 부정할 수 없다.

그러니까 신경림은 서구적 시민문학론에다 전통적 민요 가락을 수렴함으로써 예술적 균형 감각을 지킬 수 있었고 민중적 서정성을 확보할 수 있었다. 그러나 백락청에게서 영향받은 소시민문학론은 자신이 마련한 민중적 서정성에도 불구하고 자신을 옥죄는 예술적 밧줄을 끊지 못함으로써 신경림의 외침새를 비명이나 구시렁거림에 멈추게 한다.

이러한 예술적 자아와 사회적 자아의 충돌은 울림새에서 모순 구조로 드러난다. 즉, 훌륭한 사회 창조에 보탬이 되는 외침과 발 묶인 못방구의 이론적 충돌은 단순한 창작론에 멈추지 않고 시창작의 모순 구조로 연장된다.

먼저 신경림의 울림새는 바른 사회 의식·바른 역사 의식에 바탕을 두고 출발한다.

한 마리 작은 새가 태풍을 거스르지 못한다. 차라리 큰 나무에 붙어 태풍을 피하느니만 못 하다는 말이 있다. 물결이 흐르는 대로 바람 부는 대로 몸을 맡기고 사는 소시민에게는 위안이 되는 말이다. 그러나 시인은 이러한 평탄한 길을 가서는 안된다. 큰 나무에 붙어 목숨을 부지하느니 차라리 태풍 속에 뛰어나가 바람에 날개를 먹히는 것이 오늘의 시인이 취할 길이 아닌가 여긴다.

참으로 훌륭한 시가 되기 위해서는 일반 민중의 사상과 의지를 결합하여 승화시켜야 하는 바, 이는 바른 현실 인식·바른 역사 의식을 바탕으로 삼아야 한다. 그리하여 참된 민중시는 볼 것은 보고 들을 것은 듣고 말할 것은 말하여 훌륭한 사회 창조의 보탬이 되어야 한다는 것이 신경림의 기본적인 생각이다.[34]

다음으로, 신경림은 시의 울림새를 못방구에서 찾는다. 못방구란 모내기할 때 일꾼들이 신명나게 일할 수 있도록 북을 치고 노래를 해 주는 사람이나 역할을 말한다고 한다. 그런데 못방구가 제 구실을 못 하면 모판에 직접 들어가 일을 해야 하는데, 시 내지 시인으로서의 입장을 신경림은 예술적 세련성으로서의 못방구의 역할을 강조하고, 직접 모판에 뛰어들어 일도 하고 소리도 하는 역할에 대하여는 부정적이다. 그 까닭은 두 가지 역할을 버무려 할 수도 없거니와 자칫 두 가지 모두 소홀하게 하여 문학의 역할을 성급하게 보는 결과를 가져온다는 것이다.[35]

이러한 신경림의 울림새에 대한 모순된 인식은 지식인 운동가로서의 엄혹한 한계이며, 이러한 문제가 전형적으로 극복되기 위해서는 진정한 노동문학의 출현을 기다려야 했다.

올바른 현실 인식·올바른 역사 의식을 바탕으로 날개를 상하더라도 폭풍에 몸을 맡겨야 한다는 신경림의 정면 대결 의식은 예술 정신 앞에 발목을 잡히고 만다. 실제로 이러한 모순 구조가 신경림의 시 속에서 어떤 갈등 구조로 드러나는 것일까. 흔히 신경림의 대표시로 치는 「목계장터」를 중심으로 살펴보자.

1 하늘은 날더러 구름이 되라 하고

2 땅은 날더러 바람이 되라 하네

3 청룡 흑룡 흩어져 비 개인 나루

4 잡초나 일깨우는 잔바람이 되라네

---

34) 신경림, 「나는 왜 시를 쓰는가」 앞의 책, 67~68쪽

35) 신경림, 「못방구 혹은 민중적 서정 시인의 길」, 앞의 책, 21~22쪽

5 뱃길이라 서울 사흘 목계 나루에

6 아흐레 나흘 찾아 박가분 파는

7 가을볕도 서러운 방물장수 되라네

8 산은 날더러 들꽃이 되라 하고

9 강은 날더러 잔돌이 되라 하네

10 산서리 맵차거든 풀 속에 얼굴 묻고

11 물여울 모질거든 바위 뒤에 붙으라네

12 민물 새우 끓어넘는 토방 툇마루

13 석삼년에 한 이레쯤 천치로 변해

14 짐부리고 앉아 쉬는 떠돌이가 되라네

15 하늘은 날더러 바람이 되라 하고

16 산은 날더러 잔돌이 되라 하네

신경림 「목계장터」 전문

　흔히 「목계장터」는 신경림이 민요 가락을 처음으로 수렴하여 매끄러운 운율을 살려낸 시로 알려져 있다. 과연 시인은 민요 가락을 민중시에 어떻게 끌어들여 부려쓰고 있는가.

　이러한 문제를 꼼꼼히 살펴보자.

　시에서 보는 바와 같이, 시인은 민요 가락을 되살리기 위하여 세심한 배려를 하고 있다. 전통적 민요 음보를 2·3·4로 잡을 때 4음보는 안정감을 줄 뿐만 아니라 장중한 느낌을 준다. 「목계장터」의 시줄 열여섯이 모두 4음보를 주춧돌로 삼았을 때, 시가 머금고 있는 균형 감각은 서로 기대고 버티면서 바람보다 먼저 굳센 풀로 일어나 서로 어우러져 억센 꽃을 피우는 잡초들의 생명력을 밑바디로 삼게 된다. 그러나 4음보를 민요로 부를 때는 가락이 살아나 단조로움을 극복할 수 있으나, 실제로 시 속에는 귀 따가운 소음이나 비명이 될 염려가 있다. 그리하여 시인은 전체 시 줄의 총자수를 12에서 13자로 똑 고르게 배정하여 기둥으로 삼되, 11자, 14자, 15자의 예외를 두어 파격을 삼는 한편, 셋째 마디에 강세를 둠으로써 시 전체 짜임새에 긴장감을 주고 있다. 다시 전통적인 3·4·3·4 또는 4·3·3·4의 자수율을 대들보로 걸고 그 밖의 파격 자수율은 서까래를 삼아 민요의 기본 가락을 탄력 있게 활용한다.

그러나 이러한 음보와 자수율은 언어의 생명력이 없이는 주검의 뼈대에 불과하다. 실제로 「목계장터」의 살아 있는 가락은 '되라 하네'라는 밑바디 가락에서 출발한다. 사실 시는 '되라 하네'라는 단순한 민요적 갈망 앞뒤에 언어의 나눔과 보탬이 첨가·삭제될 뿐이다. 첫 두 줄과 끝 두 줄을 반복한 것도 가락의 액자식 조임이며, 언어를 약간 뒤바꾼 것은 수제품 액자로 보이기 위한 장식이다.

이렇게 시가 빼어난 민요 가락을 매끄럽게 되살리면서도 민중의 생명력을 본질적으로 되살려 내지는 못하였다. 왜 그런가. 우선 다음과 같은 말을 들어보자.

> 70년대에 생산된 작품 중 단연 으뜸이다. 아니 이 땅의 근대시 개업 이후의 전시사에서도 이만한 가락의 흐름과 언어의 울림을 갖춘 시를 찾기는 어렵다. 겨레말의 아름다움을 이처럼 드높은 숨결로 형상해 낸 시를 나는 본 적이 없다.[36]

다소 허풍기 있는 이시영의 말이 전혀 터무니없는 것은 아니다. 가락의 흐름과 언어의 울림, 아름다운 배달말의 갈고 닦음이라는 측면에서는 이시영의 말이 허풍은 아니다. 그러나 언어와 가락만 빼어나다고 근대시사에 빛나는 금자탑이 되는 것은 아니다.

결국 신경림은 「목계장터」에서 예술적 승리를 얻었으나 현실 역사 인식의 모순 구조를 극복하지는 못했다.

---

36) 이시영, 「고은과 신경림」, 『창작과 비평』, 1988년 가을, 212쪽

「목계장터」는 시인의 고향인 목계장터의 부름에 응답하는 형식이다. 고향의 부름에 가슴이 뛰지 않는 이가 있겠는가. 더구나 반달처럼 남한강이 감고 도는 낭창한 저 땅의 부름에랴.

시에서 말하고자 하는 외침은 네 가지로 요약된다.

첫째, 하늘은 날더러 구름이 되라 하고 땅은 날더러 바람이 되라 하지만 실제로 시적 자아는 비 개인 나루에 잡초나 일깨우는 잔바람이 되고 싶다.

둘째, 시적 자아는 서울서 뱃길로 사흘 걸리는 목계장터, 나흘 아흐레 박가분 파는 방물장수가 되고 싶다.

셋째, 산은 들꽃이 되라 하고 강은 돌이 되라 하는데, 시적 자아는 찬 서리 맵차면 풀 속에 얼굴을 묻고, 물여울 모질면 바위 뒤에 붙고 싶다.

넷째, 시적 자아는 석삼년에 한 이레쯤은 짐부리고 민물새우 끓어 넘는 토방 툇마루에 천치로 앉아 쉬는 떠돌이가 되고 싶다.

여기서 시인의 네 가지 외침이 민중적 서정성과 서로 어울리는가를 찬찬히 살펴 볼 필요가 있다. 처음의 잡초나 일깨우는 잔바람은 과소 평가할 수 없는 계도성을 머금고 있다. 둘째, 넷째 방물장수나 떠돌이 장꾼은 시적 주제와 어울린다. 그러나 세 번째 맵찬 찬 서리를 피해 풀 속에 얼굴을 묻고, 모진 물여울에는 바위 뒤에 붙으라는 외침은 날개를 상하더라도 폭풍에 몸을 맡기겠다는 시인의 역사 의식과도 어긋나며, 그것은 바람보다 먼저 일어나는 잡초의 생명력도 아니다. 그러니까 「목계장터」는 한국 전시사를 통해 빼어난 걸작이 아니라, 신경림답다는 의미에서 신경림의 대표작이다. 또 「목계장터」는 박목월의 「산이 나를 에워싸고」에 지나치게 신세를 지고 있다.

그렇다면 신경림은 누가 보아도 분명한 개미지옥에 빠져 왜 구시렁거리거나 비명을 질러대는 것일까. 아직 정확한 결론을 내릴 때는 아니다. 그러나 앞서 살핀 바대로 신경림은 모판에 들어가기를 망설이던 못방구였다. 자신이 지식인 운동가라는 망상은 예술 정신에 발목을 잡혀 허방에 빠지고 말았다. 작은 것, 하잘 것 없는 것, 보잘 것 없는 것에 집착하여 큰 것을 외면한 결과, 시인은 개미잡이를 하고 만다. 이러한 신경림의 모순 구조는 「갈대」에서 싹터 「농무」로 이월되어 「눈길」, 「경칩」, 「실명」 등으로 장사진을 이룬다.

　문청치고 청년 시절에 「갈대」를 외어 보지 않은 사람은 드물 것이다. 알 듯 말 듯한 잠언이 주는 감명을 「갈대」는 머금고 있다. 그곳에는 오직 조용한 울음이 있을 뿐이며, 그것은 신경림 초기시에서 생명으로 인식된다.

　　언제부턴가 갈대는 속으로
　　조용히 울고 있었다
　　그런 어느 밤이었을 것이다. 갈대는
　　그의 온몸이 흔들리고 있는 것을 알았다.

　　바람도 달빛도 아닌 것.
　　갈대는 저를 흔드는 것이 제 조용한 울음인 것을
　　까맣게 몰랐다.
　　―산다는 것은 속으로 이렇게
　　조용히 울고 있는 것이란 것을
　　그는 몰랐다.

신경림 「갈대」 전문

　여기서 갈대는 잡초의 대명사이고 또한 잡초란 민중을 이른다. 그러한 갈대가 삶을 어떻게 인식했던가. 이것은 신경림의 길꼬내기를 예언하는 신호탄이다.
　언제부터인가 정확하지는 않지만 갈대는 속으로 조용히 울었고, 그런 어느 날 밤 온몸이 흔들리는 자기 각성에 이른다. 그러한 몸 떨림은 외부 사물인 바람이나 달빛 때문이 아니라 내면적인 조용한 자기 울음인 것을 갈대는 밤에, 즉 어둠이라는 상황 속에서 알게 된다. 그것이 갈대의 생명력이며 민중적 삶의 전형이다. 신경림 시에서 '알았다', '몰랐다'는 강조의 반어법에 불과하며 시 전체 의미에 중요한 영향을 끼치지는 못한다.

여하간 갈대의 좌우명은 속으로 조용히 울며 사는 것이다. 그것은 아우성·절규·함성으로 이어지는 외침과는 일정한 비판적인 거리를 유지한다.

앞서 살핀 바처럼 「갈대」를 발표한 이래로 약 10여 년 동안 몸으로 맞닥뜨리는 모든 일터를 떠돌며 지금까지의 삶이 허위요 거짓이라는 커다란 깨우침을 얻게 된다. 그러한 허위 인식에 대한 몸 떨리는 부끄러움 때문에 절필을 하게 된다.

60년대 말 70년대 초 무너앉은 농촌에서 원귀들이 떠도는 비극적 삶을 목격한 신경림은 드디어, 들을 것은 듣고 볼 것은 보고 말할 것은 말하기로 결심한다. 그러한 결단의 산물이 바로 시집 『농무』였다. 그렇다면 실제로 그 10여 년 동안에 얼마만한 의식 전환이 이루어졌을까. 1966년 작품으로 알려진 「시골 큰집」을 중심으로 살펴보자.

「갈대」와 「시골 큰집」을 비길 때, 표현 기법에서 묘사는 서술로, 주제는 추상에서 구상으로 뒤바뀐다. 그러나 이러한 편차에도 불구하고 시의 내면세계를 관통하는 주제 의식은 별반 변화가 없다.

어린 시점으로 서술되는 시에서는 '울음' 대신 '노름'을 배운 것이 변화라면 변화이다. 대학을 나온 것으로 되어 있는 사촌형은 이 세상이 모두 싫다는 염세증 환자이다. 친구에게 온 편지를 뒤적이다 뛰쳐나가 밤새워 마작을 한다.

또한 「갈대」와 「시골 큰집」의 좌우명은 기만적이라는 점에서 공통성을 지닌다. 대학을 나와 시골에 묻혀 사는 사촌형의 좌우명은 "우리는 가난하나 외롭지 않고 우리는 무력하나 약하지 않다"이다. 이 무슨 뚱딴지 같은 '좌우명' 아닌 '자위명'인가.

조용히 울며 사는 좌우명은 「씨름」에 이르러 절정에 도달하고, 노름 실력은 「파장」에서 볼 만한 것이 된다.

「파장」, 「씨름」, 「농무」는 모두 70년대 초기작이며 장날이 배경이다. 「파장」은 농촌 청년의 하릴없는 무력증을, 「씨름」은 무너앉은 농민의 소심증을, 「농무」는 외로움에 대한 발광증을 각각 증세로 삼고 있다.

「씨름」의 젊은 것들은 기가 꺾이고 풀이 죽었다. 싸움에 진 수탉처럼 기운을 잃었다. 농투산이들의 장날 중의 장날인 백중 난장에서 씨름에 졌기 때문이다. 깡마른 본바닥 장정이 타 곳 씨름꾼과 오기로 어우러진 상씨름 결승판에서 마침내 나가떨어진 것이다. 어린 것들은 깡통을 두드리고 악을 쓰고 안타까워 발을 동동 굴렀지만 소용이 없었다. 해마다 지는 씨름판이라 노인들은 침을 뱉었다.

타 곳 씨름꾼들은 황소를 끌고 장바닥을 돌고 신명이 났는데, 본바닥 젊은 것들은 씨름에 져 늘어진 장정을 앞세우고 조용히 마을로 돌아간다. 참외·수박 냄새에도 질려 면장집 조상꾼들처럼 풀이 죽어 간다. 그놈 갈대 귀신이 씌인 것이 분명하다.

「파장」의 광대들인 못난 것들은 얼굴만 봐도 흥겨워 어릿광대 짓을 연출한다. 이발소 앞에서 참외를 깎고, 목로에 앉아 막걸리를 들이키고, 약장수 기타 소리에 발장단을 치다 서울 그리움증에 빠진다. 지금은 오징어를 찢어 소주를 마시지만, 사실은 어디 가서 섰다판을 벌리고 싶고 색시집에 들어가 싸구려 분 냄새라도 맡고 싶다.

이렇게 한결같이 술이나 마시고 화투나 치던 어릿광대들이 「농무」에 이르면 한판 걸팡지게 논다.

1 징이 울린다 막이 내렸다

    오동나무에 전등이 매어달린 가설 무대

    구경꾼이 돌아가고 난 텅빈 운동장

2 우리는 분이 얼룩진 얼굴로

    학교 앞 소줏집에 몰려 술을 마신다

    답답하고 고달프게 사는 것이 원통하다

3 꽹과리를 앞장세워 장거리로 나서면

   따라붙어 악을 쓰는 건 쪼무래기들뿐

   처녀애들은 기름집 담벽에 붙어 서서

   철없이 킬킬대는구나

 4 보름달은 밝아 어떤 녀석은

   꺽정이처럼 울부짖고 또 어떤 녀석은

   서림이처럼 해해대지만 이까짓

   산구석에 처박혀 발버둥친들 무엇하랴

   비료값도 안 나오는 농사 따위야

   아예 여편네에게나 맡겨 두고

 5 쇠전을 거쳐 도수장 앞에 와 돌 때

   우리는 점점 신명이 난다

   한 다리를 들고 날라리를 불꺼나

   고개짓을 하고 어깨를 흔들꺼나

신경림 「농무」 전문

「농무」의 시작은 공연 뒤풀이로 시작된다. 징이 울리고 막이 내렸다. 오동나무에 백열전등이 매어 달린 가설무대에서 무슨 공연을 하였는지는 분명치 않으나 구경꾼은 모두 돌아가고 텅 빈 운동장만 남았다. 신경림의 여느 주인공처럼 광대들은 분장을 지울 사이도 없이 얼룩진 얼굴로 소주를 마신다.

그러나 이러한 가설무대가 시의 부름새는 아니다. 상쇠잡이를 앞장세워 징을 울리고 벅구를 치고 날라리를 불고 돌매갓을 돌리며 풍악을 울리게 된 부름새는 원통한 분노 때문이다. 답답하고 고달프게 사는 원통함이다. 장터에서 그들이 만난 것도 모두 원통한 사람뿐이다. 그들을 따라붙어 악을 쓰는 조무래기들, 누더기를 걸치고 오징어를 훔치다 막걸리를 엎던 아이들이 아닌가. 기름집 담벽에 붙어 서서 키들대는 처녀애들. 한산 인부로 수건을 쓰고 삼태미에 돌을 담으면서도 키들대고 뒤란에 모여 새로 나온 유행가를 익히느라 목이 쉬지만, 식모살이에 애를 배고 도장 갈보로 팔려 갈 장본인들 아닌가.

그리하여 보름달 아래서 저들의 외침새는 농촌에서 쫓겨 도적이 된 껑정이처럼 울부짖고, 모사 서림이처럼 해해거려 보는 것이다. 이러한 절망적 현실, 산 구석에 처박혀 발버둥친들 쓸모 없는 좌절감 때문에 비료값도 안 나오는 농사 따위는 아예 여편네에게 맡겨 버렸다.

시의 울림새는 일종의 지랄발광증이다. 산읍의 중심지인 쇠전을 지나 산읍의 끝이며 소를 잡는 도수장에서 돌아설 때 역설적인 신명이 난다. 한 다리를 들고 날라리를 불고 고개짓을 하고 어깨춤을 추고 모두 미쳐 날뛴다.

그렇다면 「농무」의 농투산이와 광산의 한산 인부들은 왜 미쳐 날뛰는가. 그것은 산골짝에 처박힌 외로움, 원통하고 억울한 삶에 대한 분노, 가난한 삶에 대한 깊은 좌절감 등으로 요약된다.

여기서는 「눈길」을 살펴보자.

아편을 사러 밤길을 걷는다
진눈깨비 치는 백 리 산길
낮이면 주막 뒷방에 숨어 잠을 자다
지치면 아낙을 불러 육백을 친다
억울하고 어리석게 죽은
빛 바랜 주인의 사진 아래서
음탕한 농짓거리로 아낙을 웃기면
바람은 뒷산 나뭇가지에 와 엉겨
굶어 죽은 소년들의 원귀처럼 우는데
이제 남은 것은 힘없는 두 주먹뿐
수제비국 한 사발로 배를 채울 때
아낙은 신세 타령을 늘어 놓고
우리는 미친놈처럼 자꾸 웃음이 나온다

시의 서술자가 아편쟁이인지 아편 상인인지는 분명하지 않으나 낮이면 주막 뒷방에 숨어 잠을 자야 할 만큼 터놓고 살 수 있는 신분이 아니며, 진눈깨비 치는 백 리나 되는 산길을 가야 할 만큼 외눈을 피해 사는 인물이다.

주인공이 아낙을 불러 육백을 치는 까닭은 낮잠을 자다가 할 일이 없기 때문이다. 음탕한 농지거리에 웃는 아낙의 남편은 억울하고 어리석게 살다 죽었고, 주인공 또한 수제비국 한 사발로 배를 채우고 힘없는 두 주먹뿐 가진 것도 힘도 없는 날을 살고 있다. 뒷산 나뭇가지에 굶어 죽은 소년들의 울음 같은 바람은 엉겨 우는데, 아낙은 우리에게 익숙한 신세타령을 하고 주인공은 우리에게 낯선 미친놈처럼 웃는다.

저들이 미쳐 날뛰고 미친놈처럼 웃는 까닭을 좀 더 꼼꼼히 살펴보자.

「시골 큰집」의 대학을 나온 사촌형은 축산에 실패하여 밤새워 마작을 하다가 가출을 한다. 「농무」의 농악패들은 산 구석에 처박혀 발버둥치며 답답하고 고달피 사는 것이 억울하며, 비료값도 안 나오는 농사일은 아예 여편네에게 맡겨 버렸다. 「눈길」에서 아편쟁이는 억울하고 어리석게 죽은 빛바랜 주인 사진 아래서 육백을 치고 육담을 하다가 힘없는 두 주먹을 쥐어 본다. 「원격지」의 한산 인부는 도시의 소음이 그리운 외딴 공사장이라는 그 사실 때문에 목로에서 전표를 주고 막걸리를 마신다. 그들에게 남은 건 맹세, 분노, 빈주먹뿐이어서 섰다를 하고 목 터지게 유행가를 부른다. 「파장」에서는 서울이 그리워 소주를 마신다. 「제삿날」에서는 농촌 청년들은 울분 속에서 짧은 젊음을 보낸 당숙 제삿날, 겨울비는 구죽죽이 내려 초저녁부터 군불 지핀 건넌방에 모여 갑오를 떼고 장기를 두다가 칸데라를 들고나가 처마를 뒤져 참새를 잡는다. 「오늘」의 주인공들은 국수 반 사발에 막걸리로 뱃속을 채우고, 「어느 8월」의 양조장 옆 골목은 두엄 냄새로 온통 세상이 썩는 것 같다.

「겨울밤」에서 농투산이들은 선생이 된 면장 딸과 서울로 식모살이 갔다가 애를 밴 분이 이야기를 안주 삼아 협동조합 방앗간 뒷방에 모여 묵내기 화투를 친다. 우리의 외로움을 아는 건 우리뿐이기 때문에, 또는 우리의 슬픔을 아는 건 우리뿐이어서 술을 마시고 물세 시비를 하고 색시 젓가락 장단에 유행가를 부른다. 「장마」의 한산 인부들은 담배도 전표도 바닥나 사무실 패들에게 돼지 비계를 개평으로 얻어 먹고 가마니짝 위에서 국수 내기 나이롱뺑을 친다. 그러니까 「그 겨울」에서처럼 한산 인부들이 주먹을 불끈 쥐고 밖으로 나오면 모든 처녀가 식모살이를 떠난 광산촌은 그대로 칠흑이었고, 그들은 엎어지고 쓰러지면서 유행가를 불렀던 것이다.

신경림 시의 두 번째 양식은 이러한 산읍에 사는 농투산이와 한산 인부가 「그 겨울」, 「동면」, 「경칩」 등의 시편에 이르러 그들의 슬픔과 분노가 터져, 드디어 저들끼리 치고 받는 싸움판을 벌이게 함으로써 잡것들의 삶을 어이없이 드러낸다.

「경칩」은 잡것들의 안전 가옥인 메주 뜨는 냄새가 역한 정미소 뒷방 십촉 전등 아래서 광산 인부들이 밤 이슥토록 철 늦은 섰다판을 벌인다. 노름판이 폭력적인 것은, 서술자가 아내 대신 묵을 치고, 술을 나르고, 군불을 때는 데 있는 것이 아니라, 흙 묻은 속옷 바람으로 누워 아내는 몸을 떨며 기침을, 그것도 온종일 방고래가 들먹이도록 기침을 하는데도 볏섬을 싣고 온 마차꾼까지 끼어 새벽까지 판이 어우러지는 데 있다. 서술자가 버력을 지러 갈 아내를 위해 할 수 있는 일이란 개평을 뜯어 해장국을 사다 주는 일이다.

「그 겨울」에서 광산 인부들은 객지로 돈 벌러 갔다가 알거지가 되어 돌아온 마찻집 손자를 위한 술판에서 싸움판을 벌이고, 부락 청년들과 한산 인부들은 패를 갈라 주먹질을 하고 박치기를 한다.

「동면」에서 멀건 풀 죽으로 요기를 한 아내는 길 닦는 인부로 나가고, 서술자는 만화가게에서 하루를 보낸다. 친구들은 서술자에게 트집을 부린다. 술을 퍼 먹이고 갈보집으로 앞세우고 개울가로 끌고 가 발길질을 한다. 온몸이 시퍼렇게 얼어 떨던 아내는 내 목을 안고 운다.

신경림 시의 세 번째 양식은 「산 1번지」, 「3월 1일」, 「실명」 등에서 보여 주 듯, 터무니없는 가난 때문에 산읍에 사는 잡초들은 필연적으로 깊은 좌절감에 빠지게 되고, 드디어 남자는 실업자로 전락하고 처녀는 도장 갈보로 팔려 가는 참담한 비극을 드러내 보임으로써, 오늘날 민중의 삶이 얼마나 궁핍한 것인가를 극적으로 보여 준다.

「3월 1일」에서 골목마다 똥오줌이 질펀하고 헌 판장이 너풀거리는 집집에 누더기가 걸려 펄럭일 때도, 나라의 은혜를 입지 못한 채 젊은이는 실업자가 되고 젊은 계집은 갈보가 된다.

「산 1번지」에서도 사정은 마찬가지여서, 집집마다 지붕으로 덮은 루핑을 날리고, 문에 바른 신문지를 찢고, 불행한 사람들의 얼굴에 돌모래를 끼얹는다.

나라의 은혜를 입지 못한 사내들은 서로 속이고 목을 조르고 마침내 아기를 밴 처녀는 산벼랑을 찾아가 몸을 날린다.

이러한 의미에서 「실명」은 저간의 사정을 낱낱이 보여 주고, 드디어 주인공은 산읍을 떠날 결심을 한다.

해만 설핏하면 아랫말 장정들이
소줏병을 들고 나를 찾아왔다.
창문을 때리는 살구꽃 그림자에도
아내는 놀라서 소리를 지르고
막소주 몇 잔에도 우리는 신바람이 나
방바닥을 구르고 마당을 돌았다.
그러다 마침내 우리는 조금씩
미치기 시작했다. 소리 내어 울고
킬킬대고 고래고래 소리를 지르다가는
아내를 끌어내어 곱사춤을 추켰다.
참다 못해 아내가 아랫말로 도망을 치면
금새 내 목소리는 풀이 죽었다.
윤삼월인데도 늘 날이 궂어서

아내 찾는 내 목소리는 땅에 깔리고
나는 장정들을 뿌리치고 어느
먼 도회지로 떠날 것을 꿈꾸었다.

신경림 「실명」 전문

서로 치고 받고 찌르는 잡것들의 발광증은 살구꽃이 창문을 때리는 윤삼월
에 발작한다. 「농무」, 「눈길」, 「동면」 등에서처럼 막소주 몇 잔에 신명이 나서
방바닥을 구르고, 마당을 돌고, 조금씩 미쳐 울고 웃고 소리지른다.

그런데 이러한 잡것이 드디어 잡초로, 갈대로 돌아온 계기는 곱사춤을 추키
는 저들을 뿌리치고 아내가 아랫마을로 도망을 치면서 비롯된다.

주인공의 목소리는 금새 풀이 죽었고, 윤삼월인데도 늘 날이 궂다고 핑계삼
으면서 아내를 찾는 내 목소리는 땅에 깔린다. 갈대처럼 속으로 조용히 울기
시작한 것이다. 드디어 장정들을 뿌리치고 그토록 그립던 도회지로 떠날 것을
결심하면서 신경림의 길꼬내기는 원점 회귀를 하고 만다.

실제로 「산읍기행」에서 주인공은 일정 기간 산읍을 떠나 객지 생활을 하다
가 아들과 함께 아내의 무덤을 찾아온 것으로 되어 있다. 「경칩」, 「동면」, 「실
명」 등에서 가련한 전형성을 보여 주던 아내는 정신적이건 육체적이건 죽고
만다. 사실 무서운 것은 육체적 죽음이 아니라 정신적 죽음 아닐까.

그렇다면 추임문학에서 볼 때 시집 『농무』는 어떤 설 자리에 자리 매길 수
있을까. 혹, 그것은 땀과 피의 얼룩이라는 민중적 서정성이라기보다는 화투와
막걸리를 칠갑한 잡것들의 무잡성은 아닐까.

갈대 또는 잡초들의 부름에 응답한 형식의 시집 『농무』는 터무니없이 조용
히 울거나 까닭 없이 날뛰거나 미쳐 웃음으로써 정당한 외침을 박탈당한 채 비
명을 질러대고 구시렁거림으로써 실제로 울림새는 병신춤이나 곱사춤을 춘 광
대들의 미친 짓거리는 아니었는가를 반문하지 않을 수 없다.

『농무』는 민중 당파성을 철저히 대변함으로써 민중의 생명력을 전형화한

것도 아니고 선진적 민중의 자리에 섬으로써 빛나는 예술적 성과를 얻어낸 것도 아니지만, 민중문학의 일정 부분에 길을 터 줌으로써 새로운 길꼬내기의 가능성을 보여 준 셈이다.

산읍에서 발길을 돌린 잡초는 과연 어디로 갔을까. 시인의 길꼬내기는 어떤 방법으로 계속되었을까.

1979년에 발간된 시집 『새재』는 장편 연작 시집 『남한강』의 첫 부분이고, 뒤편에 붙은 「목계장터」를 비롯한 몇 편 시 속에서 신경림은 민요 가락의 활용을 시도한다. 1985년에 간행된 시집 『달넘세』에서는 민요 가락의 활용을 확대·심화시키기 위한 노력을 경주한다.

잡초들의 행방을 찾기 위해서는 제 4시집 『가난한 사랑노래』를 기다려야 한다. 과연 산읍의 농투산이와 한산 인부들은 이제는 더 빼앗길 것도 없고 더 쫓겨갈 곳도 없는 도시 변두리 산동네에 둥지를 틀고 산다.

시골에서 내몰리고 서울에서도 떠밀려 사는 그들에게는 너덜대는 지붕 위로 뜨는 갈구렁 달을 보면서 옛날을 꿈꾸며 사는 일밖에 다른 꿈은 없다. 그래서 바람 부는 날이면 산동네에서는 멸치 국물 냄새, 틀국수 냄새, 갯비린내가 난다. 산동네 사람들은 꿈을 꾼다. 버들 고리에 체나 한 짐씩 덩그러니 지고 그 옛날 자리로 길 떠나는 꿈을 꾼다. 가세. 가세. 가세. 시인은 흥얼대며 길을 떠난다.

시집 『가난한 사랑노래』에서 보여 준 몇 편 시는 신경림 시의 대폭적 전환을 암시하고 있다. 1990년에 펴낸 여행 시집 『길』에 이르러 신경림의 길 찾기는 두 갈래로 갈린다.

첫 갈래 길은 벌써 4반세기 동안이나 남한강을 떠난 뒤로 돌아보지 않았던 뿌리 뽑힌 고향 친구들의 삶을 확인하는 일이다. 두 번째 갈림길은 땀과 피로 얼룩진 잡초의 삶과는 일정한 거리를 지키면서 지천명의 지혜를 터득하는 일로 보인다. 이러한 길꼬내기는 신경림 문학의 마무리 같은 몸풀기로 보인다.

이러한 신경림의 몸풀기는 순하게 삭아 결 고운 시김새를 보여 주기도 하지만, 아울러 피가 떨어지는 현장으로부터 눈을 돌림으로써 시적 긴장이 청처짐하게 이완되는 현상을 낳기도 한다.

이러한 첫 번째 증거는 그가 편하게 살기를 원한다는 정신적 나태 현상에서 찾을 수 있다. 사람들이 편한 것을 원하니 자신도 편한 시를 써 보겠다는 태도이다.

또한 신경림은 시력 36년 동안 처음부터 지금까지 한 터럭도 변하지 않은 세계관이 하나 있는데, 그것은 삶이란 조용히 속으로 우는 것이며 시는 본질적으로 하잘 것 없고 보잘 것 없는 잡초의 삶을 대변해야 한다는 생각이다. 얼핏 보면 그럴싸한 세계관이 근본적 오류에 빠져 헤어나지 못하는 것은 지식인 운동가의 소시민적 세계관의 명백한 한계이다.

시집을 정리하면서 또 하나 느낀 게 있다면, 오늘의 우리 시가 너무 크고 높은 것만 쫓고 있는 것이 아닌가, 그래서 자잘한 삶의 결, 삶의 얼룩은 다 놓치고 있는 것이 아닌가 하는 점이었다. (……) 과연 시가 그토록 욕심을 가지는 것이 올바른 일인가. 시의 값은 오히려 본질적으로 작고 하찮은 것, 못나고 힘없는 것, 보잘 것 없는 것들을 돌보고 감싸안고, 거기에 그치지 않고 스스로 낮고 외로운 자리에 함께 서고, 나아가서 그것들 속의 하나가 되는 데 있는 것이 아닐까. 또 그것이 시의 참길이 아닐까. 그렇다면 시는 잘나고 우쭐대고 설치는 사람들의 몫이 아니라, 못나고 겸허하고 착한 사람들의 몫일지도 모를 일이다.[37]

이러한 신경림의 진술은 왜 기만적인가. 큰 산이 무너지면 작은 산도 무너진다. 앞말이 쓰러지면 뒷말도 쓰러진다. 정치·경제가 더러워지면 사회·문화도 더러워진다. 큰 삶이 뿌리 뽑히면 작은 삶도 온전할 수 없다. 크고 높은 것을 외면하는 것이 참된 양심인 양 꾸며서는 안된다. 크고 높은 삶이 무너앉는데 어디서 자잘한 삶의 결, 삶의 얼룩을 찾는단 말인가. 섰다를 하고 술을 마시고

---

37) 신경림 『길』, 창작과 비평사, 1990년 뒷글, 115~117쪽

곱사춤이나 병신춤을 추는 것을 말하나, 그것은 민중에 대한 모독이며 왜곡이다. 왜 이러는가. 신경림이 자잘한 것을 예찬하는 동안 민중은 뿌리 뽑혀 비명을 질러대고 있다.

정치·경제를 외면하고도 문학을 할 수 있다는 이광수의 역설은 이미 기만적 사기극으로 판명되었다. 내가 남의 말에 간섭하지 않는 대신 나도 간섭을 받지 않겠다, 내 양심에 따라 조용히 살겠다, 그 따위 양심이나 자유가 얼마나 하잘 것 없는 것인가를 자유당 독재와 군사 파쇼 아래서 얼마나 뼈아프게 체험했던가.

본질적으로 민중시는 높고 큰 것을 정면 돌파하지 않으면 안된다. 그것은 욕심이 아니라 정의이다. 그 뒤에 힘 없는 것, 보잘 것 없는 것을 돌보고 감싸안아도 늦지 않다. 그때 가서야 낮고 외로운 자리에 함께 서서 잡초와 하나가 될 수 있다. 그것이 시의 참된 길이다.

시는 물론 우쭐대고 설치는 사람의 것이 아니라 잘난 사람의 것이 되어야 한다. 턱없이 못나고 착하기만 한 사람의 것이 아니라 겸허하면서도 잘난 사람의 것이 되지 않으면 안된다.

시집 『길』에서 신경림이 확인하고자 했던 삶은 농투산이와 한산 인부의 후일담이다. 실제로, 「돼지꿈」, 「푸른 구렁이」, 「새벽길」, 「칠장사 부근」, 「가난한 북한 어린이」 등에서 『농무』보다는 차원 높은 추임새를 보여 준다. 특히 「가난한 북한 어린이」는 신경림의 빼어난 가작이며, 민중시 가운데서도 윗자리에 놓이는 시이다.

「돼지꿈」은 그 잘난 정치 지도자의 농업 정책이 어떻게 농민을 학살하는가를 섬뜩하게 풍자하고 있다. 즉 농투산이 한효선 씨는 자신이 종종 돼지가 되어 사람들에게 잡아먹히는 꿈을 꾸는데, 사람들도 잘 생긴 이 나라 지도자들에게 잡아먹히는 것이 아니냐는 것이다. 담배·고추 농사를 모두 폐농한 농투산이들은 그래서 파란 독을 뿜는 「푸른 구렁이」일 수밖에 없다. 성난 황소들은 봄날 새벽길 짐차 석대에 바리바리 고추를 싣고 서울로 간다. 잘난 사람들 먹어 보라고.

「칠장사 부근」은 무너진 농촌 현실을 한 농투산이의 찢긴 삶을 통해 극적으로 보여 준다.

극락이라 해도 여기보다 더 나을 것이 없다고 하여 마을 이름이 극락이다. 짙은 녹음에 건조실이 반쯤 가려 보인다.

일차적인 가정 파괴는 며느리의 가출에서 비롯된다. 시애비 병수발도 지겹고 또 못난 농투산이 지애비가 미워 10년 전에 돈벌이하겠다고 나간 것이다. 그 뒤 병든 늙은이는 개울가에 졸고 있다. 엊그제는 새 며느리도 도망을 갔다. 그러나 철부지 손녀딸은 마냥 즐겁다. 새로 온 여선생이 언니 같아서 좋다. 오늘은 공휴일이라 절에 가서 사방치기를 하고 논다. 갈수록 마을에서는 궂은 일만 생기는데 마을을 굽어보는 부처님은 웃기만 하니 참으로 서글픈 일이 아닌가.

역시 신경림은 빼어난 상쇠잡이의 자질을 갖추고 있다. 「가난한 북한 어린이」라는 시 한 편이 신경림을 민중 시인 자리에서 민족 시인의 옥좌에 오르게 한다. 바로 이 시 한 편을 위해 남한강은 시인을 불렀는지 모른다.

시는 계급 모순과 분단 모순을 함께 어우르고 거기에다 순순한 민족 성정을 보태어 추임문학의 튼튼한 길꼬내기를 하고 있다. 추임문학의 튼튼한 추임새란 구체적 삶의 현장에 뿌리내린 정확한 사실적 전형성이다. 드디어 상쇠는 제 갈 길을 찾아 쇠소리를 외치게 된다.

> 엄마는 돈 벌러 서울 가서 이태째 소식 없고
> 아빠는 엄마 찾아 집 나간 지 여러 달포
> 이제 보름만 더 있다 온다는
> 어쩌다 전화로 듣는 아빠 목소리는 늘 취해 있다
> 두 동생 아침밥 먹여 학교 보내고
> 열두 살난 언니 하루 안 거르고 정거장에 나와 서지만
> 진종일 서울 땅장수만 차를 오르내리고

다 저녁 때 지쳐 돌아오면
저희들끼리 끓여 먹은 라면 냄비 팽개쳐둔 채
두 동생 텔레비전 만화에 넋을 잃었다
다시 밥 대신 라면으로 저녁을 끓이고
열두 살난 언니는 일기에 쓴다 전화도
텔레비전도 없는 북한 어린이들이 가엾다고
가난한 북한 어린이들이 불쌍하다고
엄마 아빠 돈 벌어 돌아올 날을 믿으면서

신경림 「가난한 북한 어린이」 전문

　시의 바탕이 되는 튼튼한 부름새는 농민의 기본적 삶을 뿌리 뽑은 계층 모순이다. 이른바 가진 자와 권력의 앞잡이들은 농민의 기본적 삶을·착취하고 있다.

　시에서 비극의 발단은 엄마의 가출에서 비롯된다. 서울로 돈 벌러 간다는 그럴싸한 이유는 본질적 농민 삶의 고단함을 숨겨 놓고 있다. 엄마가 없는 가정에서 세 자녀와 아빠가 어떤 곤경을 겪었는지는 시에 나타나지 않는다. 서술 시점에서 보듯 엄마가 가출한 지 이태 째이고, 불편을 참지 못해 엄마를 찾는다는 핑계로 아빠마저 여러 달포 동안 집을 나간 채 어린이를 내버려두고 있다. 이제 보름만 더 있으면 돌아온다고 한다. 그러나 어쩌다 전화로 듣는 아빠 목소리가 늘 취해 있는 것으로 보아 그런 약속은 별로 신빙성이 없어 보인다.

　이렇게 어이없이 방치된 새싹이지만 열두 살 소녀 가장은 어린 동생들을 잘 돌보고 있다. 어린 가장의 착하디 착한 마음씨는 시의 부름새에 애처로운 호소력을 준다. 두 동생 아침밥 먹여 학교 보내고, 하루도 안 거르고 정거장에 마중 나가고, 다 저녁 때 지쳐 돌아오면 동생들은 저희끼리 끓여 먹은 라면 냄비 팽개쳐 둔 채 텔레비전 만화에 빠져 있다. 다시 저녁으로 라면을 끓인다. 그러니까 신경림의 부름새는 철저한 민족 성정에 바탕을 둔 셈이다.

통일문학이란 무엇인가

역설적으로 신경림은 인간 깨도를 억압하고 철저히 눈가림으로써 보다 강력한 외침새를 마련한다. 물론 그러한 외침새는 역설적 반어법에 빚을 지고 있다.

시에서 드러나는 적은 땅장수, 투기꾼, 라면을 파는 재벌 회사, 권력의 앞잡이로 반공 이념을 양산한 텔레비전이다. 그러나 시에서 적에 대한 각성과 전망을 철저히 삭제하고, 오히려 빈집에 버려 둔 미운 오리 새끼들이 라면으로 연명을 하고 텔레비전 만화로 의식을 가려 둠으로써 최대의 역설적 효과를 거두고 있다. 물론 이것이 시인의 진정한 의도였는지는 의문이다.

여하간 소녀 가장은 일기에 적는 형식으로 외친다.

전화·텔레비전이 없는 북한 어린이가 가엾다.

가난한 북한 어린이가 불쌍하다.

엄마 아빠가 돈 벌어 돌아올 날을 믿는다.

그러니까 시의 울림새는 시 밖에 있다. 기본 모순 해결만으로 분단 모순이 해결되지 않는다. 분단 모순 해결만으로 기본 모순이 해결되지 않는다. 그럼에도 분명한 몇 가지는, 가난이 반드시 물질 부족에서 온 것이 아니라 인간 가치의 파괴에서 온 것이며, 분단 모순의 해결에서 출발할 때 계층 모순의 서자인 또 하나의 벽을 무너뜨린다는 사실 등이다.

「농무」나 「길」에서 시인이 보여 준 농투산이의 우행 내지 악행은 모두 무지에 바탕을 두고 있다. 그럼에도 그 무지의 옭매듭을 끊고 일어설 무기인 풀림새를 시인은 주지 않으며, 대중적 선동성인 추임새도 허용하지 않는다. 그러니까 신경림은 답답한 시대의 갑갑한 시인이다.

이와 같이 젊은 날 그와 함께 살았고 이웃이었던 옛 친구들인 농투산이와 한산 인부의 후일담을 추적하는 과정에서, 철저한 농민 당파성을 외면한 채 곱사춤이나 병신춤을 추던 시인은 전혀 다른 세계로 길꼬내기를 시작한다. 실상 이러한 길 찾기는 『가난한 사랑노래』에서 「강에 대하여」, 「산을 보며」 등으로 시작하여 『길』로 이어진다. 「말과 별」, 「우음(偶吟)」, 「나무·1」, 「그림」 등에서 시인은 삶의 현장과는 일정한 거리를 둔 채 산·나무·별·말·그림 등, 외부 사물을 통해 일종의 천명 또는 지혜를 깨우치려 한다. 여전히 하찮은 것, 보잘 것 없는 사물을 강조함으로써 지금까지의 시세계를 겯 고운 서정성으로 장식하고자 한다.

이 경우도 상대적인 두 세계가 대립된다. 이를테면 큰 것·작은 것, 잘난 것·못난 것, 잘난 체 하는 것·겸허한 것 등으로 대립되는 세계에서, 시인은 첨예한 충돌이나 싸움을 통해 진리를 터득하기보다는 편하게 일방적으로 보잘 것 없는, 하찮은 사물의 승리를 선언하고 만다. 그러한 승리는 일방적인 것이고 비과학적인 것이어서 늘 상대적 진리에 머물 뿐, 절대적 가치를 보여 주지 못한다.

사실 이러한 길 찾기는 모순 구조를 덮어둔 채 의식 길들이기, 행동 잠재우기라는 비난을 면하기 어렵다. 가령, 「말과 별」을 보자. 모처럼 시인은 정반합의 과학적 사고에 의해 새로운 길꼬내기를 시도한다.

나는 어려서 우리들이 하는 말이
별이 되는 꿈을 꾼 일이 있다.
들판에서 교실에서 장터거리에서
벌떼처럼 잉잉대는 우리들의 말이
하늘로 올라가 별이 되는 꿈을.
머리 위로 쏟아져내릴 것 같은
찬란한 별들을 보면서 생각한다,
이럴 때의 그 꿈이 얼마나 허황했던가고.
아무렇게나 배앝는 저 지도자의 말들이
쓰레기 같은 말들이 휴지조각 같은 말들이
욕심과 거짓으로 얼룩진 말들이
어떻게 아름다운 별들이 되겠는가.
하지만 다시 생각한다, 역시
그 꿈은 옳았다고.

착한 사람들이 약한 사람들이
망설이고 겁먹고 비틀대면서 내놓는 말들이
자신과의 피나는 싸움 속에서
괴로움 속에서 고통 속에서 내놓는 말들이
어찌 아름다운 별들이 안되겠는가.
아무래도 오늘밤에는 꿈을 꿀 것 같다,
내 귀에 가슴에 마음속에
아름다운 별이 된
차고 단단한 말들만을 가득 주워담는 꿈을.

신경림 「말과 별」 전문

시에서 전제는 말은 별이 된다는 꿈이다. 들판, 교실, 장터에서 벌떼처럼 잉잉대는 말이 모두 하늘로 올라가 별이 된다는 꿈.

어릴 때의 이런 꿈이 허황된 것이라고 부정한다. 왜. 아무렇게나 내뱉은 지도자의 말, 쓰레기나 휴지 같은 말, 욕심과 거짓으로 얼룩진 말, 그런 말이 어떻게 아름다운 별이 되겠는가.

다시 전제의 한 부분을 승인한다.

어릴 때 꿈은 옳았다. 왜. 착한 사람 약한 사람들이 망설이고 겁먹고 비틀대며 한 말, 자신과 피나는 싸움, 괴로움, 고통을 거쳐 한 말이 어찌 별이 되지 않겠는가.

그래서 시인은 차고 단단한 별을 줍는다. 지도자의 말은 왜 별이 되지 않았는가. 거짓 때문이다. 착한 사람의 말은 왜 별이 되었는가. 참된 진실 때문이다.

이와 같이 「말과 별」은 그럴싸한 일방적 승리에 타당성을 갖는다. 그러나 「강물을 보며」, 「산에 대하여」는 판정승을 거두지 못한다.

시에서는 두 종류의 물이 서로 대립된다. 빠른 물살·느린 물살, 큰 물줄기·작은 물줄기, 바닥으로 흐르는 물줄기·위로 흐르는 물줄기 등이 앞지르고 처지고 다투고 치고 때리고 웃으면서 호들갑을 떨며 흐른다. 그러나 이러한 대립이 상대적 충돌은 아닌 것 같다. 문제는 산골짝을 흘러온 맑은 물이 사람을 헤집고 온 더러운 물을 까닭 없이 동무로 받아들여 산과 들판을 지나 바다로 간다는 데 있다. 썩은 물에 대한 영향 평가를 외면하듯 시시비비는 덮어두고 일방적 친화를 강조함으로써, 어쩔 수 없는 자연 진리를 따질 수 없는 인간 진리로 뒤집어씌운다. 사람 사는 일도 강물과 같다는 신경림의 진리는 사기극이 되고 만다. 이른바 자연의 질서 앞에 일방적으로 백기를 든 셈이다.

「산에 대하여」, 「우음」도 같은 경우로 볼 수 있다. 큰 산보다 작은 산의 일방적 우월성을 선언하는 바람에 작은 산의 참된 가치가 매몰되고 만다.

「산에 대하여」에서 시인이 내린 일방적 선언은 사람이 모두 크고 잘난 것이 아닌 것처럼, 산이라 해서 모두 크고 높은 것은 아니라는 데 있다. 모두 흰 구름을 겨드랑이에 끼고 어깨로 바람을 맞받아 치며 사는 것도 물론 아니다. 그렇다면 큰 산에 비하여 작은 산이 갖는 미덕은 무엇일까.

낮은 산은 크고 높은 산 아래 시시덕거리고 웃으며 나지막하게 엎드리고, 험하고 가파른 산자락에서 슬그머니 빠져 동네까지 내려와 부러운 듯 사람 사는 꼴을 구경하고 섰다.

높은 산을 오르는 사람에게 순하디 순한 길이 되어 준다. 남의 눈을 꺼리는 젊은 것들을 슬쩍 가려 사랑의 숨을 자리를 준다. 그래서 낮은 산은 우리 이웃인 간난이네 안방 왕골자리처럼 때가 끼고 누더기처럼 지린내를 배지만, 눈개비나무, 칠피나무며 모싯대, 개쑥에 덮여 곤줄박이, 개개비, 휘파람새 우는 소리를 듣는 기쁨을 안다. 사람들이 서로 미워 잡아 죽일 듯 이를 갈고 손톱을 세우다가도, 칡넝쿨처럼, 머루넝쿨처럼 감기고 어우러지는 사람 사는 재미를 낮은 산만이 안다.

이렇게 그럴싸한 민중 미학 뒤에는 얼핏 보아넘길 수 없는 지배 이념이 상호 모순으로 뒤엉켜 있다. 그러나 작은 산이 갖는 친근감이 설득력을 갖기 위해서는 큰 산이 갖는 외경심이 상쇄되어야 한다. 큰 산의 자정 능력이나 포용력이 작은 산의 가치와 충돌하면서 얻어진 과학적 진실을 형상화했다면, 시는 훨씬 다른 설득력을 행사했으리라.

또 시의 종결어미 '~구경하고 섰다' '~가려 준다' '~안다' 등은 추임새를 약화시킨다. 이와 같은 비판은 「우음」에도 유효하고 「나무·1」에도 유효하다.

작은 산에 대한 예찬이 아직도 직성이 안 풀렸는지, 시인은 긴장 풀린 사설을 늘어놓는다. 아무리 작은 산도 산은 산이어서, 있어야 할 봉우리, 바위너설, 골짜기, 갈대밭도 있다는 것이다. 맞는 말이다. 그러나 큰 산에는 더 많다. 품안에는 산짐승도 살게 하고, 머리칼 속에는 작은 새도 기르고, 겨드랑이에 산꽃을 피우고……

시인은 하나마나 한 소리를 「나무·1」에서도 반복한다.

반듯하게 잘 자란 나무는 제 치레하느라 열매를 맺지 못한다. 부러지고 가지친 나무는 단단한 열매가 실하게 열린다. 웃자란 나무는 바람과 햇빛을 독차지하고 동무 나무가 꽃피고 열매 맺는 것을 훼방한다.

이것은 일방적·상대적 진리에 불과하다. 반듯하게 자란 나무는 재목이 된다. 웃자란 큰 나무는 바람을 막아 주고 그늘을 준다.

신경림은 왜 자기가 파 놓은 허방에 빠져 버리는 것일까. 스스로 만든 모순 구조에 옥죄어 자신을 풀어놓지 못하는 것일까. 떠돌이 생활이 빚어낸 빈약한 독서력, 사물을 꿰뚫어 보는 통찰력의 빈곤, 어정쩡한 세계관 등이 신경림을 나약한 지식인적 운동가, 보잘 것 없는 못방구로 전락시킨 것은 아닐까.

　　옛사람의 그림 속으로
　　들어가고 싶은 때가 있다
　　배낭을 멘 채 시적시적
　　걸어 들어가고 싶은 때가 있다
　　주막집에도 들어가 보고
　　색시들 수놓는 골방문도 열어보고
　　대장간에서 풀무질도 해보고
　　그러다가 아예 나오는 길을

잃어버리면 어떨까
옛사람의 그림 속에
갇혀버리면 어떨까
문득 깨달을 때가 있다
내가 오늘의 그림 속에
갇혀 있다는 것을
나가는 길을 잃어버렸다는 것을
두드려도 발버둥쳐도
문도 길도
찾을 수 없다는 것을
오늘의 그림에서
빠져나가고 싶을 때가 있다
배낭을 메고 밤차에 앉아
지구 밖으로 훌쩍
떨어져나가고 싶을 때가 있다

신경림 「그림」 전문

　지배 사슬이나 착취 구조에 대한 가열찬 싸움으로 하잘 것 없고 보잘 것 없는 잡초들의 생명을 튼튼하게 붙들기보다는, 최전선에서 벌어지는 현상만을 안이하게 일방적으로 옹호하려던 시인은 스스로의 길꼬내기도 막혀 버리고 문을 찾으려고 발버둥쳐도 길이 보이지 않는다. 이럴 경우 시인은 필연적인 도피 매커니즘에 빠지고 만다.

　시에서는 두 개의 도피 매커니즘이 보인다. 하나는 옛사람의 그림 속으로, 다른 하나는 지구 밖으로 탈출하려는 욕구가 그것이다. 그러한 탈출은 얼마간은 기발하고 또 만화처럼 기만적이기도 하다.

　우선 시인이 처음으로 선택한 안전 가옥은 옛사람의 그림 속이다. 배낭을 멘 채 옛사람의 그림 속으로 시적시적 걸어 들어간다. 그림 속으로 들어간 시인은 무엇을 하는가.

우선 주막에 들어가 한 잔 마시고, 까닭은 알 수 없지만 색시들 수놓는 골방 문도 열어 보고 대장간에 들어가 풀무질도 해 보기도 한다. 현실에서 불가능한 일을 시인은 그림 속에서 하게 되는데, 그 하는 일이란『농무』에서처럼 술을 마시고 섰다를 치고 계집에게 곱사춤을 추게 하는 일과 별반 다를 것이 없다. 그러니까 시인이 꿈꾸던 원초적 피난처에 도착한 시인은 나가는 길을 잃어버려 그림 속에 갇혀 버리면 어떨까를 자문한다. 좋은 일이다. 시인을 위하여 좋은 일이다.

두 번째로 시인이 발견한 아늑한 은신처는 지구 밖의 딴 세상이다. 물론 그러한 지구 여행은 몸부림치는 자각에서 출발한다. 자신이 오늘 그림 속에 갇혀 있다는 자각, 나가는 길을 잃어버렸다는 것. 두드려도 발버둥쳐도 문도 길도 찾을 수 없다는 것. 그러한 치열한 자기 각성 때문에 시인은 오늘의 그림에서 빠져나가고 싶다.

그래서 시인이 간 곳은 어디인가. 배낭을 메고 은하 열차를 타고 간 곳은 지구 밖이다.

시인은 참으로 먼 길을 왔다. 산읍을 떠나 산동네로, 다시 산읍을 돌아보고, 산과 별, 나무와 산꽃을 보며 또 다시 막다른 골목에 부딪치고 만다. 피가 나도록 두드려도 문은 열리지 않는다. 몸부림쳐도 길은 보이지 않는다. 그렇다고 그림 속에 갇혀 있을 수도 없고 지구 밖으로 탈출할 수도 없다.

길이 막힐 때는 이미 걸어온 길을 되돌아보는 일이 필요하다. 얼마간 그 길을 되짚어 가 보는 일도 새로운 길꼬내기에 보탬이 된다. 그러기 위해서는 신경림의 연작 서사시『남한강』을 꼼꼼히 검토할 필요성이 제기된다.

신경림의 연작 장시집『남한강』은 1979년 서사시『새재』를 발표한 이래 8년의 세월이 지난 1987년에 완성된다. 그렇다면 그토록 오래 뜸들인 연작 장시는 어떤 문학사적 의미를 갖는 것일까.

첫째,『남한강』은 서사시가 일반적으로 지니고 있는 상식적 형식을 초월하여 세 편 서사시가 모두 시간, 공간, 인물이 서로 다르면서 개별성과 연대성을 머금고 있다. 그러니까 「새재」, 「남한강」, 「쇠무지 벌」을 붙여 읽어도 좋고 떼어 읽어도 무리가 없다. 이렇게 세 편의 기술 방법이 서로 다른 데는 시인의 창작 의도가 숨어 있는 것 같다. 하기야 을미왜변이 일어나자 남한강을 중심으로 문경·새재·충주·제천·원주에서 벌떼같이 의병이 일어났던 역사적 사실을 상기한다면 이 정도 시공의 초월은 장애물이 될 수는 없을 것이다.

즉, 『새재』는 경술국치의 앞뒤가, 『남한강』은 일본 제국주의 침략과 착취가 본격화되는 식민 통치의 일정 기간이, 『쇠무지 벌』은 광복 이후의 일정 기간이 시의 역사적 시간이다. 실제로 이 지역의 의병 항쟁이 이강년·유인석 등 유림 중심의 투쟁사로 서술된 현실을 초월하여, 역사 기록 이면에서 이름 없이 죽어 간 고리백정·뱃사공·대장장이·기생·장사치·농투산이 등 민중 항쟁사를 조명함으로써, 남한강 갈대들이 역사적 주체로 일어섬에 초점을 맞추고 있다.

둘째, 시집의 주제가 역사적 주체로 일어섬일 때, 『남한강』의 추임새는 민중 당파성으로 요약된다. 이 경우 민중의 일차적인 투쟁 대상은 일제와 결탁하여 민중을 착취하는 가시적인 봉건 지주들이고, 이차적 원수들은 저들의 배후를 조정하는 헌병 보조원, 부왜 관리 등 일제 하급 관리들이다. 시인의 반제 반봉건 투쟁에 대한 기본적 인식은 일제의 상위층 지배 사슬이나 국제 관계로까지 확장되지 못한다.

이러한 시인의 추임새는 『새재』에서 고개를 들다가 『남한강』에서는 대중성에 짓눌려 버리며, 『쇠무지 벌』에서 굳센 갈대로 일어서게 된다.

셋째, 민중 당파성이라는 추임새에 걸맞는 문학 양식으로서 시인은 민요 양식을 부려씀으로써 민중 미학의 길꼬내기를 하고 있다. 시인이 창작할 때 참작한 것은 반박수 장돌애비의 연희 방법이다. 이야기 속에 노래를 섞고 노래 속에 이야기를 섞기도 하면서 줄거리를 이끌어 가는 노래꾼이요, 이야기꾼인 장돌애비의 서술 양식을 참작하였다 한다. 특히 장돌애비에게 감명을 받은 것은 대목대목 청중을 이야기꾼과 노래꾼으로 동원하는 민중 추임새 양식이었다. 그러니까, 시인의 민요 양식은 시인과 독자 대중이 한 덩어리로 묶는 민중적 문예 양식인 셈이다.

이런 관점에서 볼 때 『새재』는 이야기와 노래의 중화 양식이요, 『남한강』은 이야기가 노래에 먹힌 편향 양식이며, 『쇠무지 벌』은 이야기가 노래 속에 살아난 창조 양식으로 볼 수 있다.

메꽃 피는 돌무덤, 도적의 무덤이라 한다. 그러나 사실은 1931년 새재에서 싸우다 죽은 한 젊은이의 무덤이다. 원통하게 목잘려 객지를 떠돌던 영혼. 서사시 『새재』는 이렇게 시작된다.

그렇다면 무덤의 임자인 돌배는 왜 새재에서 홀로 싸우다 목 없는 영혼으로 구천을 헤매게 되었는가. 누가 한낱 기운 센 뱃사공에 불과했던 그를 반제 반봉건의 전선에 불러 세웠는가. 『새재』의 부름새는 분명한 것도 논리적인 것도 아니다.

첫째, 돌배는 장터로 가는 배 속에서 나라를 도적 맞았다는 소문을 장꾼들로부터 듣는다. 그런데 그놈의 나라란 무엇인가. 그것은 빼앗기 질이나 하는 곳이다. 땅을, 집을, 지아비를 빼앗고 지어미를 짓밟는 곳이다. 이러한 허무주의, 패배주의 국가관은 대자적 지향성을 억압하고 사적 개인주의 놀이를 하도록 옥죄인다. 주인공은 강, 배를 저어 가는 두팔, 외팔이, 딸 연이 등의 즉자적 유리 감옥에 갇혀, 나라란 양반들의 것, 잘난 사람들의 것이라는 좌절감에 사로잡혀 있다.

검붉은 피를 쓰고 죽은 것도 고작 장터를 떠도는 떡장수 어머니와 살구꽃 몸내음의 연이에 대한 연민과 사랑으로 되어 있다.

둘째, 시인이 민족 공동체적 삶의 장으로 제시한 새 세상이란 극히 막연하고 지향적 사회로서도 체계적인 사회집단이 아니다. 나라 잃어 설움 받고 가진 자들에게 짓밟히는 민중에게 제시된 새 세상은 가난하고 억울한 사람이 모여 사는 곳일 뿐이다.

셋째, 국가나 새 세상에 대하여 일정한 깨도에 도달하지 못한 민중들에게 정참판의 탐학, 착취, 비행은 일차적 적으로 간주된다. 실제로 전직 고급 관리인

정참판은 청놈, 왜놈과 길을 터놓아 배후 세력으로 삼고 있으며, 이를 힘으로써 곳간에는 백미, 현미가 썩어 가고, 그의 비단 금침에는 동네 과부가 구르고 있다.

넷째, 참으로 엉뚱하게도 벼랑에 걸린 달을 보고 기름진 땅, 강가의 모든 들판이 그들의 것이라는 막연한 각성을 하게 된다. 뿐만 아니라 '맑은 하늘' '별빛' '꽃' '새' '풀벌레' 등, 경제적 가치가 별로 없는 사물까지도 저들의 것이라고 어거지를 쓰다가 반외세 반봉건 투쟁 전선에 서게 만든다.

그러니까 신경림의 부름새는 보잘 것 없고 하찮은 남한강 갈대의 비명 또는 구시렁거림, 배 앓는 소리이다. 이에 걸맞는 외침새는 '곱사춤' 또는 '병신춤'을 추는 꼭두쇠를 보아주면 된다.

첫 번째 외침은 굶주린 민중의 '가자' 또는 '찾자'는 아우성이다. 돌배는 삿대를 빼어 들고 모질이는 곡괭이를 메고, 나머지는 몽둥이와 삽자루를 메고 정참판 곳간으로 가자고 외친다. 남들은 그들을 도적이니 화적이니 하지만, 정참판 곳간에서 썩는 쌀이 저들의 것임을 뒤늦게 깨닫고 되찾은 것뿐이라는 합리적 논리가 성립된다.

두 번째 외침은 밟혀도 분노할 줄 모르고 찢겨도 일어설 줄 모르던 민중이 드디어 '밟아라'를 외치며 배곯는 설움과 나라 잃은 분노를 폭발하는 것이다. 사건의 발단은 왜놈 기사가 철도 공사장 아낙네를 희롱하자 돌배가 멱살을 잡아 동댕이친 데서 비롯된다.

세 번째 외침은 가난하고 억울한 소외 계층이 저들끼리 모여 땅 일구고 씨뿌리고 거두는 새 세상 여우별들에 대한 지향적 절규이다.

네 번째 외침은 민중이 살아남기 위해서 항왜 반봉건 투쟁을 선언하는 혁명적 외침이다. 왜놈을 붙잡고 양반 곳간을 털어 민중을 구제한다. 연풍·청산·청안·괴산·영해·문경·풍기·가은 등지에서 서로 엉기고 붙잡고 감고 기대면서 항왜 반봉건 투쟁을 계속하던 중, 주인공은 충주목 연풍에서 잡혀 화적의 괴수로 지목되고 향회 공당에서 효수된다.

산 위에 조각달이 파랗게 걸려 떠는 섣달 그믐 소백산맥 외딴 산 속 읍내 연풍. 높은 장대에 걸린 피 엉킨 머리, 모진 바람에 흔들리고 있다.

시인은 신동엽을 재미없는 시인으로 비난하고 있음에도, 『금강』이 『새재』에 미친 일정한 영향을 부정할 수 없다. 오히려 시인이 신동엽의 그늘에서 벗어나려고 몸부림칠수록 역설적인 거미줄에 걸려 헤어나지를 못한다.

이렇게 볼 때, 『남한강』은 『금강』의 울림새에 해당되는 부분을 뒤집어 놓은 것 같은 서사시이다. 앞 것이 의식의 대자적 지향성을 보여준 데 반해, 뒷 것은 집단과 개인의 즉자적 의식 하향성을 보여 준다.

가령, 다음과 같은 뗏꾼들의 노동요는 『남한강』의 일정한 분위기를 예시하고 있다.

뗏목은 뜨면 오백 리
임은 품으면 한 닷새
어야디야 내 가걸랑
수수깡바자 반만 열고
어야디야 시어미 몰래
당버들 아래로 나오소
귀 밝은 시어미 몰래
버선발로 나오소

이것은 시인의 창작 민요라기보다는 전래 민요로 보는 것이 타당하다. 뗏꾼들이 노동의 힘겨움을 잊기 위해 외설적 노래에 기대어 고통을 감면 받고 있다.

그러나 본질적으로 현실을 외면하고 바보짓을 연출하거나 성에 탐닉한다고 해서 사회적·국가적 문제가 스스로 해결되지는 않는다. 『남한강』은 『농무』와 더불어 바로 이러한 문제들을 흘려 보고 있다.

이러한 현실 외면하기와 의식 잠재우기는 일제의 경제적 침략과 착취가 버것이 행해지는 상황 아래서 집단적 무기력, 또는 방기에 의하여 자행된다.

시인이 말하는 이 고장 사람들이란 남한강 주변의 잡초들인 갈대들이고, 그들은 시비를 모르는 이들이고, 그래서 그들은 밟으면 밟히고, 자르면 잘리고, 끌면 끌려가고, 밀면 밀리는 무기력 무저항의 잡것들이다. 언제 우리가 나라 덕으로 살았더냐는 식의 잡초들의 자조 의식은 뱃전에 칼소리, 저자에 게다소리로 일제가 침략해 와도 스스로 우리는 '겁 많고 순한 어리석은 백성'이라는 기만적 사기극을 연출하고 만다. 고작 그들이 하는 일이란 탁배기 한 잔에도 흥에 겨워 팔만 걸리면 춤이나 춘다. 휘몰이 장단에 얼뜨기춤, 타령 장단에 병신춤이나 추면서 '스스로 겁 많고 어리석은 백성'이라고 선언한다.

그러나 잡초들은 온누리에 새 힘이 솟구침을 본다. 그 새 힘의 기운이란 실상 봄에서 비롯된다. 산에, 들에, 나무에, 풀에, 흙 속에, 풀 속에 젖같이 진한 기운이 솟구침을 본다. 그렇다면 겁 많고 어리석은 백성들에게 어떤 변화가 왔는가. 특별한 기대를 걸지 않는 것이 좋다.

돌배의 미망인 연이도 겁 많고 어리석기는 마찬가지이다.

황천길도 서러운데 그 길마저 편히 못 간 낭군의 원수 갚기를 맹세하고, 한 손에 칼을 들고 한 손에 재를 들고 타관 땅을 떠돌던 연이는, 긴 꿈에서 깨어나 매무새를 고치고 술청에 일을 보며 밤이면 부엌 뒷방에서 속옷 여미며 새우잠을 잔다. 그러나 연이는 젊고 아리따운 여자란다. 몸에 봄물 오르면 솟구치는 힘 억누를 수 없어 몸을 뒤틀고, 아우성치고, 소리를 지르고 팔다리를 떤다. 암새 난 고양이처럼. 연이는 피가 뜨거운 여자란다. 강변에서, 콩밭에서, 어두운 메밀밭에서 헐떡이며 뒹굴며 살아온 노비의 딸이란다. 그래서 솟구치는 힘을 억누를 수 없다.

내게는 오직 당신뿐
범같이 장한 당신뿐

그것도 헛맹세에 지나지 않는다. 그러니까, 『남한강』의 외침새는 암새 난 고양이의 발정과 발광으로 연속된다. 드디어 연이는 잡화점 한 구석에 고담책 펼쳐 놓고 종일 앵금 타는 사내, 키 크고 얼굴 허연 어리석은 사내와 눈이 맞는다. 그래서 연이는 옷고름 풀고, 비녀를 뽑고, 옥양목 치마 벗어 당버들 가지에 건다. 하얀 고무신 벗어 모래밭에 팽개치고, 두 겹 속옷마저 벗는다. 여울물 깔깔 웃고, 나무들은 서로 목을 휘어잡고 장난질 친다. 치솟는 힘 하늘 끝에 뻗치고, 넘치는 기운 깊이 땅을 뚫는다. 숨막혀 헐떡이고 뿌우연 물안개 꽃 늪을 덮는다.

년놈들의 갈갬질은 여기서 끝난 것은 아니다. 절터, 곳집, 허물어진 향교에서 도깨비가 나온다는 소문이 돌 정도로 놀아난다.

『남한강』의 진정한 추임새는 무엇일까. 반봉건 반제 투쟁을 전개하다 억울하게 죽어 구천을 떠도는 돌배의 원혼이 그의 후예들에게 남긴 울림새의 추동력은 과연 무엇일까.

『남한강』의 후반부에 붙어 있는 하나의 촌극은 우스꽝스러운 활극을 연출할 뿐이다. 즉, 화적이 일었다는 소문이 돌며 은행을 털어 군자금이 압록강을 건너 만주로 간다는 사건을 둘러싸고, 주동 인물인 정참판 큰손주와 일을 돕는 앵금쟁이가 보여준 우발적 사고는 광대놀이를 연출하고 있을 뿐이며, 선진적 민중 울림새를 아예 외면하고 있다.

맨 먼저 종자가 나쁜 집안에서 출생한 정참판 큰손주가 의식의 각성과 정도 없이 독립 자금 사건의 주동 인물로 별안간 돌출함으로써 아무런 준비가 없는 독자 대중에게 반감을 부채질한다. 또 때와 장소를 가리지 않고 계집질이나 일삼으며 물길 따라 바람처럼 떠돌다가 연이네 술청 윗방에서 한 사흘 퇴침 베고 누워 졸며 자며 옥루몽이나 읽던 한낱 갈대 같은 앵금쟁이가 태도를 돌변하여 독립군과 한패가 되고, 앵금 걸머메고 황새걸음으로 월악산 험한 산길을 오른다는 비약은, 별것이 다 독립 운동을 한다는 혐오감을 불러일으킨다.

물론 정참판 큰손주나 앵금쟁이를 무지한 민중의 너울로 가려 둠으로써 인물을 신비화하려 했다는 작가의 의도는 모르는 바 아니다. 특히 앵금쟁이에 대한 작가의 배려는 제법 치밀하다. 사전 정탐을 위해 고담책 장수로 위장하여 이장 저장을 떠돌며 앵금쟁이 노릇을 한다든지, 또 연이네 윗방에서 자는 척 가장을 하다가 동저고리 바람으로 동정을 살피러 바깥 출입을 자주 한다든지 하는 따위가 바로 그것이다.

독립 운동이나 반제 항일 투쟁은 선택된 몇몇 지식인이나 특권층 양반들의 전유물은 아니다. 그러나 그러한 운동이 일정한 규정력을 상실한 앵금쟁이 따위에 의해 심심풀이로 이루어진 것이라고 믿기는 어렵다.

서방질 이후의 연이 태도는 어떠한가. 산판, 금강으로 몰려드는 지까다비와 뗏목꾼을 상대로 술을 팔고, 논다니들로 하여금 산야에서 몸을 팔게 한다. 그러니까 연이는 돌배의 원혼에 들씌워 한스러운 수절을 한 것도 아니고, 앵금쟁이를 깨도시켜 전사로 묶어 세운 것도 아니다. 다만 그녀는 장사 수완이 놀라운 여자였으며 색정에 밝은 여자였을 뿐이다.

대장장이 아들이 왜놈에게 짓밟힌 누이 때문에 폭력을 휘두르는 사건도 우발적 사고처럼 보인다.

그러니까 『남한강』은, 제아무리 민중문학의 형식에 걸맞는 민요라는 그릇을 선택할지라도 여기에 담긴 사상이 올곧지 못하면 실패하고 만다는 진리를 명증한 셈이다.

그러나 『쇠무지 벌』은 이와는 달리 부름새가 분명하고 외침새는 천한 갈대들의 피맺힌 절규와 몸부림으로 점철되어 있다. 천한 갈대들의 계급적 각성은 두레풍 장으로 시작되어 '타협 - 갈등 - 대결'의 서사 구조를 통해 물러서면 밟히고 숙이면 죽는다는 외침은 세마치 싸움 가락으로 끝난다.

그렇다면 부왜 관리들인 왜검사·왜군수·왜형사·왜면장과 천한 갈대들인 소장수·갓바치·대장장이·고리백정들 사이에 날카롭게 대립되어 있는 '쇠무지 벌'의 내력을 먼저 살펴보자.

처인성에서 몽고군을 물리쳤던 김윤후(金允侯)는 5차 몽고의 침략을 당할 때는 충주성 수장 시절이었다. 고종 40년 1253년, 김윤후는 관노를 무장시켜 싸움에 이기면 귀천을 가리지 않고 관직을 내릴 것과 관노를 해방시킬 것을 약속하고 항전하니, 70일간 성을 지켜 마침내 적장 야고를 물리쳐 몽고군의 남하를 저지하였다.

또 고종 42년 1255년, 몽고군의 6차 침략을 받아 충주를 비롯한 부근이 포위 공격을 받았을 때 다인철소(多人鐵所)의 천민들은 항전 궐기하여 적군을 격파하였다. 수공품과 광물을 공납하며 천민 집단이 살던 다인철소는 익안현으로 승격하고, 천민은 양민으로 풀어 주고 쇠무지 벌 황밭들 10만 평을 내려 경작하게 하였다. 황밭들에는 다섯 마을이 있으니, 흐르늪·사리울·가늦게·버드래기·새터 등 예쁜 배달말 땅이름을 가진 마을이다.

큰물 나면 흘러 넘쳐 늪이 된대서 흐르늪이고, 빠른 여울 물가 마을이라 사리울이고, 가는 내가 흐른대서 가늦게라 부른다. 버드나무에 싸였다 하여 버드래기, 두 마을 사이 강마을이라 새터로 불렀다.

천하고 무지한 백성, 미욱하고 올곧은 무리들은 버들 베어 고리짝 짜고, 시누대 잘라 화살 만들고, 가죽 벗기고 말려 신 짓고, 배 타고 그물 치며 끼리끼리 짝을 지어 얼려 살았다. 그런데 속일 줄 모르고 대들 줄 몰라서 갓 쓴 양반에게 뺏기고 밟히고 총칼 든 왜놈한테 찔리고 쫓겼다.

구체적으로 말하면, 왜놈의 비호 아래 새 양반, 새 부자된 부왜 세력에게 보리쌀 몇 말, 좁쌀 몇 됫박에 황밭들 10만 평을 송두리째 빼앗기고 말았다. 그리하여 저 짓밟힌 농민들의 외침은,

원수로다 원수로다
갓 쓴 놈이 원수로다
원수로다 원수로다
총칼 든 놈이 원수로다

일 수밖에 없다. 진사골 새 부자는 이 마을 사람이 아니며 이 나라 백성이 아니다. 이와 같이 철저한 시인의 계급 의식은 민중 당파성을 강화시키며, 이러한

추동력은 농민의 분명한 깨도와 인식 아래서 그들을 불러 세우는 역사 앞에 민중 주체로 일어서게 만든다. 천한 갈대들은 굽이치는 남한강가 쇠무지 벌 황밭들의 부름에 맹세로 일어선다.

> 보라
> 저 강 저 나루가
> 모두 우리 것이다
> 저 논과 밭이
> 모두 우리 것이다

그러나 부왜 양반들의 입장은 다르다. 그들은 책임 회피성 발언을 일삼고 기만적인 자기 합리화에 급급하다.

씌우니까 감투 쓰고, 시키니까 벼슬했고, 잡아오라니까 잡아갔고, 밟으라니까 밟는 것이다. 그러니 '사람 잘난 게 죄인가', '돈 많은 게 죄인가'라는 억설이 가능하다.

또 저 못나고 남의 탓만 하고 없으면서 이웃 탓만 하는 게으르고 미욱한 백성이니 시키는 대로 빼앗고 내쫓고 훔치고 덮쳤다는 것이다. 그러니 '글 높은 게 죄인가', '똑똑한 게 죄인가'라는 변설이 성립된다.

상충되는 두 계층의 속셈도 서로 다르다. 부왜 양반들은 못난 놈 울뚝 밸은 석 달 열흘이 못 간다는 계산이고, 농민의 그것은 주는 거야 먹고, 취하면 춤춘다는 속셈을 가지고 있다. 이 경우 전환기 역사에서 흔히 보았듯이 지배층은 사랑, 화해, 지혜의 미끼를 던진다. 사실 이러한 미끼는 그때마다 적절한 효과를 보았고, 그 특효약 덕분으로 그때마다 위기를 모면하였다.

광복 이후 일정 기간 동안 친일파들이 살길을 찾아 얼마나 위장 전술을 써왔는가는 새삼스레 말할 필요가 없다. 시에서도 부왜 관리들은 몇 개의 간교한 위장 정책을 쓰고 있다.

첫째, 『쇠무지 벌』에서도 부왜 관리들이 내세우는 전술은 사랑, 화해, 타협,

단결 등의 위장 정책이다. 농민들이 두레를 다시 짜고, 동네 계도 살리고, 빼앗고 훔치는 일, 속이고 속는 일, 게으르고 미련한 일을 없애자는 주장을 하자, 그들은 지금은 가릴 때가 아니라는 인식 아래 옛 원한을 삭이고 너그럽게 용서하여 두 손 맞잡고 화해하자고 한 술 더 뜬다. 물론 이러한 대응책은 민중들이 휘두를 수 있는 몽둥이 아래서 긴급 피난을 할 수 있는 개구멍임을 다시 말할 필요가 없다.

둘째, 농민들이 한 해 농사일과 뱃일을 상의할 때, 왜검사·왜군수·왜형사·왜면장 등은 통째로 삶은 중돼지 한 마리와 막걸리 세 통을 내고, 먹어도 같이 먹고 굶어도 같이 굶자고 공동체 삶을 강변한다. 그들이 주장하는 공동체 삶이란 장구채·가는 장구채·개갓냉이·말냉이가 함께 얼려 살고 개여뀌·가시여뀌·명아주여뀌가 함께 쓸리는 삶이다. 그러나 그것은 두레살이가 아니라 '들어오는 손은 재우는 법', '들어오는 물건은 받는 법'에서 보듯 일방적 편의주의의 삶인 것이다.

셋째, 부왜 관리들은 큰 것, 황밭들 10만 평을 지키기 위하여 작은 것은 베푸는 기막힌 처세술을 쓴다.

왜군수 10여 년에 새 부자가 된 진사골 옛 통수는 젊고 튼튼한 새 일꾼이 필요하며, 갖바치 제관을 새 통수로 추천한다.

또 농민에게 환심을 살 만한 자질구레한 경제적 양보 조치를 취한다. 진사골 왜부자는 빚쪼간으로 빼앗아 간 논 엿 마지기를 내놓고 동네 왜술 숲을 동네 산으로 내놓아 화목림으로 쓰게 한다. 당장 굶는 사람 식량으로 벼 쉰 섬을 내놓고, 헐벗은 사람 해 입으라고 광목 열 필을 내놓는다.

이러한 몇 가지 조치는 일정한 효과를 거두는 것으로 나타난다. 마을 사람들이 둘로 갈려 갈등을 겪게 되는 바, 외길 찾기를 주장하는 젊은 층과 두 길 보기를 주장하는 노인 층이 바로 그렇다. 젊은 층은 짓밟힌 만큼 짓밟고 빼앗긴 만큼 빼앗자는 주장인데, 노인 층은 '큰 산 그늘이 백 리를 덮는다', '큰 물줄기 천년을 간다'는 이유로 왜부자를 두둔하여 두 길을 찾는다. 그래서 그들은 주막집에서, 국밥집에서, 시계전에서, 쇠전에서, 빈주먹질을 하게 된다.

　이렇게 그들이 의견이 엇갈려 다투는 동안, 친일파의 지배 기틀은 서서히 자리를 잡고 있었다. 일본도를 차고 왜말을 씨부렁대던 왜형사는 장총을 메고 영어를 씨부렁거리며 치안 업무를 장악하였다. 농민을 억압·착취하던 왜면장·왜군수는 행정 업무를 장악하고, 독립 운동을 하는 애국 청년을 고문하던 왜검사는 법을 장악하여 민족 세력을 빨갱이로 내몰았다.

　쇠무지 벌 사람들이 더러는 걱정하고 더러는 겁을 먹는 동안 왜군수·왜형사는 무시로 마을을 드나들며 태평이다. 아랫것들 먹은 마음 일곱 이레 못 넘기고, 배고픈 놈 울뚝 밸 석 달 열흘 못 가니, 잠시 죽은 듯 엎드려 있다가 조금 내놓고 큰 것 챙기고 술상 내고 전대 훔치자는 속셈은 여전히 계속된다.

　그러나 억압당하던 농민의 외침은 가진 자들의 관례적인 행악에서 비롯된다. 사공의 아내를 희롱하고 부녀자를 한낮에 겁탈하자 등에 북을 지우고 조리돌림을 시켰던 것이다. 시의 상투적인 사건의 발단은 황밭들 모판 짓밟기로 전개된다. 그러나 이미 가진 자들은 지배 기틀이 마련된 뒤였고, 일제 상전에게 배운 조지는 법과 미제 상전에게 배운 빨갱이 논리에 의해 농민들은 소금절인 배추 꼴이 되어 돌아온다.

　나라를 되찾았으나 그 나라는 그들의 나라가 아니었다. 그들을 짓밟던 저들은 장검 대신 장총을 들고 그들을 억압하였다. 나라가 그들의 땅을 되찾아 줄 줄 알았으나 그들을 오히려 빨갱이로 몰았다. 양반 자식 욕보였대서, 가진 어른한테 덤벼들었대서, 남의 논에 모 꽂았대서, 그들은 빨갱이로 몰렸다. 법 없는 나라. 힘은 바로 법. 힘은 바로 돈에서 나오는 법. 그리하여 그들은 횃불을 들었다. 분노와 절망의 함성이 울린다.

　마름놈·종놈·머슴놈 길카리에 턱이 나가고, 왜면장 큰아들한테 계집 도둑 맞고, 황밭들에 모 꽂았다 장독 들어 누워 있는 사람, 두 길 보느라 데림추된 사람까지 소작 거부를 외친다. 갈골 마름놈 비단 이불에서 끌어내 도리깨질, 너까래질로 자근자근 조지고, 넉살 좋은 마름 계집 허연 볼기짝 떡메질한다.

두부집 뒷방에서 작인 계집 끼고 자빠진 왜면장 아들 이마에 인두질하는구나. 진사골 왜군수·왜면장·왜형사·왜검사, 새 부잣집 새 양반 된장질하고, 왜면장 큰아들 토막 돌림하고 여기저기 널브러진 머슴 종놈에게 길카리 물보낌으로 파김치 만든다. 세마치 굿가락에 맞춰 뛰며 황밭들 10만 평 내놓으라고 농민들은 외친다. 마침내 진사골 새 양반 벌벌 떨며 끌려나와 도장을 찍는다. 그리하여 본격적인 싸움은 시작된다. 광복이 되었어도 나라가 농민 땅 찾아 주지 않으니 농민 스스로 찾을 수밖에 없었다.

바로 여기서 뼈가 가닥가닥 금이 간 상쇠 대신 갖바치 새 통수가 쇠를 잡는다. 그는 누구였던가. 황밭들 10만 평은 우리 땅이니 나라가 찾아 줄 때를 기다렸던 두 길 보기의 장본인 아니었던가. 내 놓은 것을 거두고 주는 것은 받으면서 몽둥이는 들지 말고 황밭들 돌려줄 때를 기다리자던 기회주의자 아니었던가.

그러나 쇠 잡은 새 통수는 세 가락 두마치를 신나게 두드리면서 외길 찾기의 길꼬내기를 한다. 되찾은 땅 굳게 지키기 위해 총잡이, 칼잡이 못 올라오게 나루를 폐쇄하고 방어선을 펼칠 것을 외친다. 실제로 그들을 잡으러 온 총잡이를 강물에 쑤셔 박고 생쥐 꼴이 된 그들을 앞세우고 외세를 등에 업은 착취 지배층과 집단으로 대항하기 위해 농민들은 사립학교 운동장으로 간다. 운동장에 횃불을 밝힌 천한 형제들은 물러서면 밟히고 숙이면 죽는다는 사실을 확인하고, 천 날이라도 만 날이라도 싸울 것을 맹세함으로써 농민군들은 쇳소리 외침새를 마련하고 드디어 민중 혁명의 전사로 일어서게 된다.

그것은 시인 신경림이 갈대꽃 피는 남한강가에서 굳센 풀로 일어서서 바람 맞을 채비를 하고 있다는 의미가 된다. 시인은 두 길 보기를 거부하고 외길 찾기의 길꼬내기를 함으로써 드디어 민중 시인의 상쇠잡이가 되었다. 다음과 같은 시는 이러한 입장을 대변하고 있다.

    혁명은 있어야겠다

아무래도 혁명은 있어야겠다.
썩고 병든 것들을 뿌리째 뽑고
너절한 쓰레기며 누더기 따위 한파람에 몰아다가
서해바다에 갖다 처박는
보아라, 저 엄청난 힘을.
온갖 자질구레한 싸움질과 야비한 음모로 얼룩져
더러워질 대로 더러워진 벌판을
검붉은 빛깔 하나로 뒤덮는
들어보아라, 저 크고 높은 통곡을.
혁명은 있어야겠다
아무래도 혁명은 있어야겠다.
더러 곳곳하게 잘 자란 나무가 잘못 꺾이고
생글거리며 웃는 예쁜 꽃목이
어이없이 부러지는 일이 있더라도,
때로 연약한 벌레들이 휩쓸려 떠내려가며
애타게 울부짖는 안타까움이 있더라도,
그것들을 지켜보는 허망한 눈길이 있더라도.

신경림 「홍수」 전문

3) 신명과 생명의 대파산

하늘이여 천명은 어디 있는가. 천명이여 도는 어디 있는가. 천명도 거역하고 도마저 짓밟고 고삐를 끊고 집을 나간 소가 다시 돌아왔다면, 하늘이여 소를 어찌하겠는가.

1991년 5월 5일 민주화를 반역하는 폭언을 퍼붓고 잠적했던 김지하가 이제 말 한 마디 없이 다시 돌아와 1993년 『창비』 봄호에 「예전엔」 외 5편의 시를 발표하여 세상을 우롱하고 있다. 누가 김지하에게 면죄부를 주었는가. 하늘인가. 백성인가. 아니면 창비인가. 하늘이라면 하늘의 뜻을 따를 수가 없다. 백성이 그를 벌써 용서했을 리가 없다. 김지하의 폭언 이후 유배지에서 떠는 백성이 아직도 풀려나지 않았다. 창비라면 전면 거부할 때가 되었다.

더구나 김지하의 시가 그가 좋아하는 반성이나 성찰이 아니라 자기 변명, 자기 합리화로 일관하고 있다면 어찌할 것인가. 그것이 1980년 출옥 이후 김지하가 몸살을 앓았던 '둥그럼증', '부드럼증' 같은 달램의 시가 아니라 세상을 탓하고 원망하며 오히려 또 다른 반역을 꾀하고 있는 것이라면 어찌하겠는가. 창비로 하여금 독사를 기르도록 두고 볼 것인가. 아니면 악의 꽃을 뿌리째 뽑아 낼 것인가.

예전엔 풍성했던
온갖 생각들 자취 없고

빈 자리에
메마른 나무 그림자 하나

새야
와 앉으렴
앉아
새 노래를 불러주렴

겨울이 깊을수록
파릇파릇한 보리싹의

노래 매화의 노래
그리고 새빨간
동백의 노래

내 안에 다시 태어나는
나 아닌 나의 노래

김지하 「예전엔」 전문

　시는 양면적 두 세계, 즉 풍성했던 세계와 메마른 세계, 어제의 자신과 오늘의 자신을 대비하면서 새로운 세계를 갈망하고 있다. 새로운 세계란 어떤 세상인가. 추운 겨울을 견디는 강인한 보리 싹, 또는 동백의 노래를 듣는 세상이다. 사실 그러한 외부 사물을 통해 ‘내 안에 다시 태어나는 나’ ‘나 아닌 나’의 노래를 듣고자 하는데 진정한 의미가 있는 듯싶다. ‘나 아닌 나’, 현재의 내가 아닌 새로운 나로 거듭나고자 하는 몸부림의 진정한 의미란 무엇일까. 자기 변명인가, 아니면 자기 혁신인가.

다 가고
나만 남으리

솔잎 누렇게 변해
새들 떠나고

길짐승도 물고기도
벌레 모두 떠나고

주위의 친구들
하나둘씩 병으로 죽어 없어지고

나만 남으리
지구 위에 홀로

지구마저 흙도 돌도

추일문학이란 무엇인가

물도 공기도 마저 다 죽어

나라 이름 붙인
허깨비만 남으리

끝내는 오도가도 못할 천벌처럼
나만 오똑 남으리

김지하 「다 가고」 전문

시인은 '나'라는 인칭 대명사를 남발하는 이기주의 과대망상을 선연히 보여준다. 이기주의 증세를 똑바로 볼 때 자기 변명, 자기 합리화의 실체를 바로 볼 수 있다.

우선, '다 가고'의 까닭을 시인은 어디서 찾는가. '솔잎 누렇게 변해'버린 데서 찾는다. 맞는 말이다. 독야청청의 청솔이 시들었으니 어떤 새·길짐승·물고기·벌레가 남을 것인가. 주위의 친구들 떠나는 것이 세상 인심이다. 그렇게 떠나는 벗을 김지하는 병으로 죽은 것으로 간주한다. '나라 이름 붙인 허깨비' '오도가도 못할 천벌' 따위의 변설은 '지구 위에 나만 홀로 남으리'라는, 지구마저 흙도 돌도 공기도 다 죽어도 시인 자신은 홀로 살겠다는 독선을 상쇄하지 못한다. 변절자가 독야청청하겠다니 우습지 않은가.

눈 감고
빗소리 듣네

하늘에서 내려와
땅을 돌아 다시 하늘로
비 솟는 소리
듣네

내 마음속 파초잎에
듣네

귀 열리어
삼라만상
숨쉬는 소리 듣네

귀 열리어
삼라만상
숨쉬는 소리 듣네

추위를 끌고 오는
초겨울의 저 비
산성비에 시드는
먼 숲속 나무들 저 한숨 소리

내 마음속 파초잎에
귀 열리어
모든 생명들
신음 소리 듣네

신음 소리들 모여
하늘로 비 솟는 소리
굿치는 소리 영산 소리 듣네

사람아
사람아
외쳐 부르는 소리
듣네

김지하 「빗소리」 전문

실로 모처럼 김지하는 빗소리를 통해 천명을 듣는다. 시에서는 '나 아닌 나'
로 거듭나기 위한 몸부림 같은 자기 변혁이 아니라 오히려 빗물을 받아 마시며
독을 기르고 있다.

시인은 눈을 감고 천명(빗소리)을 듣는다. 그런데 경칠 놈의 비가 하늘에서
내려와 땅을 돌아 다시 하늘로 솟구치는 소리가 천명으로 들리니 해괴하지 않
은가. 더구나 그놈의 빗소리, 천명은 어설피 들리는 것이 아니라 내 마음속 파
초잎에 삼라만상 숨쉬는 소리로 거듭 거듭 들린다. 어떤 천명이 들리나.

추위를 끌고 오는 초겨울 소리, 산성비에 시드는 먼 숲속 나무들 한숨 소리,
모든 생명의 신음 소리로 들린다.

빗소리, 즉 천명이 사이비 생명의 신음으로 들린다면 어찌되는가. 하늘로 비
솟는 소리, 즉 천명에 대한 반역, 또는 굿치는 소리, 영산 소리, 즉 달램이다.

그러니까 김지하는 1991년 폭언 이후 스스로 거듭나기 위해 피나는 자기 변
혁을 꾀한 것이 아니라 자기 변명이나 자기 합리화를 일삼는 외로움증을 각색
하며 새로운 반역을 도모하고 있는 셈이다. 왕년의 왕별이 하루 아침에 똥별이
되었으니 왜 반역의 마음이 없겠는가. 김지하는 문학이라는 것을 지명수배를
받으면 잠행을 하고 풀리면 다시 활동을 해도 되는 것으로 생각하는 모양이다.
남곤은 죽기 전에 자신의 시화를 불태웠고, 이완용의 시문을 말하는 이가 아무
도 없다. 김지하는 1991년 5월 5일 이미 죽었다. 사회적 생명, 문학적 생명이 죽
은 것이다. 남은 존명마저 제어하지 못한다면 남곤만도 못한 인간이 되고 만다.

김지하는 이러한 비판을 억울하다고 여기는 모양이다. 그렇다면 분명하게
말하자. 당신의 폭언 때문에 얼마나 많은 젊은이들이 피를 흘렸고 당신이 치를
떨던 감옥의 어둠 속에서 눈을 흡뜨고 있는지 아는가. 죽은 자여 입을 다물라.

이 기회에 창비에 대해서도 몇 마디 고언을 하고자 한다. 지금 창비에 차고
넘치는 애늙은이들의 이 앓는 소리를 말하지는 않겠다. 밥은 저희끼리 먹으면

서 나무는 남보고 하라는 노란 싹수를 탓하지는 않겠다. 그러나 적어도 창비가 악의 꽃을 피워 내는 온상이 되어서는 안된다. 왜 그런가. 군사 파쇼보다 더 오랜 세월을 당신네들은 독재를 해왔다. 그러나 식자들은 그것을 탓하지 않는다. 어둡던 시절에는 덤핑판 똥책을 마다 않고 사준 식자들의 후의를 잊어서는 안된다. 왜 식자들이 하나둘 창비를 떠나는지를 명심하라.

김지하는 누구인가. 민족사의 큰 흐름을 거역한 민족 반역자인가, 아니면 어두운 군사 파쇼 시대를 온몸으로 대항한 민족 혁명가인가. 또는 시름 지친 민중의 한을 대변한 풀의 넋인가, 아니면 신명과 생명을 신바람으로 예술화한 광대의 혼인가.

김지하를 놓고 새삼스레 이런 질문을 던지는 것은 땅기 적은 것 같다. 왜냐하면 더 이상 김지하를 민주 혁명 또는 민주 변혁의 주역으로 생각하는 독자 대중이 없기 때문이다.

그럼에도 김지하를 논의 대상으로 삼는 까닭은 첫째 김지하의 '사회적 생명' 또는 '문학적 생명'이 살아 있던 1970년부터 1991년까지 약 20년에 걸친 '민주 혁명' '민족문학'의, 별자리 시절의 추임새를 검토하여 민족문학 길꼬내기의 새로운 활로를 찾고자 함이다. 둘째 강경대 죽음 이후 사회적 신망을 저버린 폭언이 사회인, 문학인에게 과연 어떤 파문을 던졌는가를 점검하는 일은 두고두고 반성의 자료가 되겠기 때문이다. 따라서 이 글은 두 가지 범주를 크게 벗어나지 않는다.

이런 의미에서 폭언 이후에나 이전에도 변함없는 것은 김지하가 광대라는 사실이다.

김지하 종단의 맹렬 신도 가운데 한 사람인 김성동의 말에 따르면, 김지하는 조용필을 방불한 가객이요, '선필(禪筆)' '지하란(芝河蘭)'으로 지칭되는 환쟁이요, 바닥을 헤아릴 수 없는 술꾼, 즉 광대이다.

그는 보살과 광대가 결국은 한 얼굴의 다른 이름이라는 광보일여(廣普—如)의 정신을 말하였다. 법문이었다. 실천으로 검증된 활구(活句)의 과시 광

대였다.[38]

김성동이 보기에 김지하의 광대는 단순한 '딴따라'가 아니라 보살과 하나인 법문이며 검증된 활구가 된다. 이른바 과학의 경지까지 이르렀다는 것이다. 우선 김성동이 치는 것은 그의 청승맞은 소리 솜씨이다.

> 부용산, 수박등, 이미자 또는 조용필, 울부짖는 것 같은, 천지를 삼킬 것 같은, 달도 없는 밤길을 천근의 짐을 등에 지고 혼자서 허위허위 영마루를 넘어가는 것 같은, 그리하여 아무리 비정서적이고 관료적인 자라도 일천간장이 에이는 것 같은 그 소리를 듣고는, 울든지 웃든지 춤추든지 앉은 자리에서 오줌을 싸버리든지 아니면 하다못해 벌떡 일어나 문을 박차고 그 자리를 벗어나든지, 하여간에 그 중의 하나를 택하지 않고는 못 견디게 만드는 그의 노래소리는 끝없이 이어져 계속되고 있었다.[39]

과장기 있는 김성동의 진술이 모두 허풍만은 아닌 듯싶다. 최일남과의 대담에 따르면 새벽까지 조용필과 노래 시합을 했다는 등 그가 부를 수 있는 노래가 200곡이 넘는다는 등 치기 어린 진술을 하고 있다.

둘째로 김지하의 광대 자질로 친 것은 '선필(禪筆)'이라 부를 만한 글씨 솜씨와 '지하란(芝河蘭)'이라 부를 만한 그림 솜씨이다.

> 벽장문에 씌어 있는 수운의 동경대전 서문이었는데, 무체(無體)였다. 시인 스스로가 출감 후 어느 날 문득 붓을 들어 써버렸다는 그 글씨는 그리고 과시 선필(禪筆) (이 말은 이문구 선생의 지적이었다고 들었는데, 잘 썼다는 말인지 못 썼다는 말인지 글씨를 볼 수 있는 안목이 없는 나로서는 알 길이 없다.)이었다. 명정의 밤을 보낸 이취(泥醉)의 아침에, 그 '괴로운 깨어남'을 달래고 그 '쓸쓸한 향기'를 붙잡아두기 위한 방편으로 글씨를 쓰고 난을 친다

---

38) 김성동, 「광대 또는 보살」, 『실천문학』, 제3권, 1982, 36쪽
39) 위의 글, 36쪽

하였는데, 고졸(古拙)하면서도 끊어질 듯 끊어지지 않고 몸부림쳐 뻗어나간 난의 세선(細線)이 이미 한 경지를 얻고 있는 것으로 보였다. 지하란(芝河蘭)은 그 난잎 하나하나가 마치 풀어헤쳐 산발한 여인네의 머리칼로 보이는 것이었다.40)

출감 후 수운의 서문을 썼는데 선필이라 하였다. 과시 그럴 만하다. 술에서 깨어나기 위한 호사벽으로 난을 쳤는데 머리를 풀어헤쳐 산발한 여인네 머리칼이 되었다 한다. 과시 그럴 만하다. 그럴 것이다.

마지막으로 김성동이 광대 자질로 발견한 것은 몇 날 몇 밤 장편 대하소설로 마시는 소주 실력인데, 크게 취한 뒤에는 언제나 노래를 불렀다고 한다.

그래서 술을 마신다 하였다. 술 중에서도 결단코 언제나 소주였다. 소주였는데, 장강대하였다. 끝없이 흐르고 또 흘러가는 것이었다. 슬리퍼 바람으로 문득 올라와서는 장편 대하소설로 소주를 마시다가는 문득 또 새벽에 사라지곤 하였다. 낙원동에서, 충무로에서, 관철동에서, 마포에서, 여의도에서, 화곡동에서, 김포에서… 그렇게 일편단심으로 며칠이고 하얗게 밤을 밝히며 소주 잔을 뒤집던 것이었다. 과시 철인이었다. 소주 이 홉에도 꼭지가 돌아 터무니없는 실수나 저지르고 터무니없는 울음이나 터뜨려대는 나 같은 酒卒로서는 足脫不及의 酒仙이었다. 그러하였다. 연방 콜록 콜록 숨찬 기침을 터뜨려대며 잔을 비우고 그리고 노래를 부르던 것이었다.41)

김성동이 보기에 김지하의 창력, 필력, 주력은 광대로서 가객의 자질에 지나지 않는다. 그러니까 가객 즉 시인인 셈이다. 시대외 상처외 고통을 노래하는 가객이 바로 시인이 아닌가. 기름지고 우아한 등롱 아래를 마다하고 더럽고 냄새나는 저자 뒷골목을 '떨리는 손' '떨리는 가슴'으로 진음(眞音)을 찾아 헤매는 가객인 셈이다.

---

40) 위의 글, 37쪽
41) 위의 글, 39쪽

김성동의 이러한 세계관이 잘못이라고 탓할 필요는 없다. 오히려 처절하기조차 하다.

노래, 그렇다. 시인이란 원래 그 시대의 상처와 고통을 가락으로 바꿔 노래 부르는 소리꾼이 아니던가. 기름지고 우아한 등롱 아래를 마다하고 더럽고 냄새나는 저자 뒷골목을 '떨리는 손' '떨리는 가슴'으로 진음(眞音)을 찾아 헤매이는 가객이 아니던가.42)

그러나 노래만 잘 부른다 하여 국창이 되는 것은 아니다. 글씨만 잘 쓴다 하여 명필이 되는 것은 아니며 그림만 잘 그린다 하여 선필이 되는 것도 아니다. 술만 많이 마신다 하여 주선이 되는 것도 아니다.

김지하는 한낱 취객으로 취객을 울리는 가객으로 바장이며 술에서 깨어나기 위하여 어지러운 난이나 치는 환쟁이로 광대로 자족했을까. 자신이 선필(禪筆)이 아니듯 선창도 선주도 아니라는 사실을 알았을까. 미친 광기를 다스리는 균정한 질서가 없으며 나약한 감수성을 다스릴 힘이 없으며 혁명을 이룩할 무기가 없음을 알았을까. 자신은 진음을 찾지 못한 가객, 한낱 천둥벌거숭이 재인, 예(藝)에 떨어져 도를 찾지 못하는 어릿광대라는 사실을 알았을까.

김지하를 단순한 광대로 보았다가는 진상을 흐려 놓고 만다. 그는 예민한 거울과 좋은 악기를 가지고 있다.

그렇다면 왜 거칠게 술을 마시고 미친 듯 노래 부르고 어지러운 난을 치는가. 김지하에게 있어서 술도 글씨도 난도 노래도 모두 하나, 광대, 즉 가객, 즉 시인으로 통한다. 그런데 시인 김지하는 왜 광대로 사는가. 어둠, 경칠 놈의 무명 때문이다. 안개였던가. 아니면 칠흑의 어둠이었을까. 술이란, 노래란, 글씨란, 난이란 모두 그 무명을 쫓아내는 지팡이, 즉 법 또는 도로 가는 악마에 지나지 않는다. 그리하여 김지하는 역사의 어둠에 압살당한 애비를 찾아 황톳길을 나선다. 출감 후에는 일정하게 그로부터 등을 돌린 현실 속에서 애린, 또는

---

42) 위의 글, 39쪽

소를 찾아 나선다. 이러한 김지하를 놓고 좋은 시절에 이희승은 "젊은 분이 한학이 도저하다"고 의미 있는 격찬을 하였다.

지금도 김지하는 도와 법을 찾아 광막한 광야를 미친 듯 헤매고 있는가. 아니면 애린을 짓밟고 소와는 고삐를 끊어 버리고 탕자로 돌아갔는가.

그러나 이러한 논의가 관념론자의 신비주의에 빠져서는 안된다. 우리가 두 발로 서 있는 이 땅에서 혁명을 완수하기 위해서는 혁명의 병기를 민중에게서 찾아야 한다. 그런데 김지하는 그 민중을 어떻게 보는가. 여기서 김지하가 과연 '풀의 넋'인가를 따져 보아야 한다. 민중을 바라보는 김지하의 시각은 이미 낡아 버렸고, 스스로 민중들로부터 일정하게 등을 돌리고 있다.

여기서 분석 자료는 김지하 최일남 대담 「민중은 생동하는 실체」 (1984)와 김지하 백락청 대담 「민중 민족 그리고 문학」 (1985)을 중심으로 논의 대상을 한정하여 살펴본다.

우선 김지하가 보기에 민중이란 물이다. 물의 속성이란 무엇인가. 저항이다. 저항은 생명의 본성, 물의 원리는 민중의 속성이다. 그러니까 민중이란 물처럼 저항하는 실체이다.

> 저항이라는 것은 생명의 본성입니다. 물론 흐르다가 바위가 있으면 수천 년을 거쳐 깎아 먹지 않습니까. 민중의 본성은 물의 원리와 같습니다.[43]

물이란 무엇인가. 흐르는 것이다. 어떻게 흐르는가. 반드시 낮은 데로 흐른다. 낮은 데를 채우고야 흐른다. 그런데 그 흐름을 막으면 어떻게 되는가. 낮은 데를 찾아 돌아서 흐른다. 또 막으면 어떻게 되나. 고여 썩는다. 물만 썩는 것이 아니라 물이 기르던 생명도 함께 썩는다. 그러나 물은 주야로 긏지 않고 흐르려 한다. 바위는 깎고 둑에는 구멍을 낸다. 분노한 물은 벌판을 짓밟고 산을 타 넘는다. 하루 이틀 사흘 … 백 년 천 년 만 년 쉬지 않고 흐른다. 흐르는 것

---

43) 김지하 최일남 대담, 「민중은 생동하는 실체」, 『신동아』, 1984년 6월, 358쪽

이 물이다.

물은 스스로 깨끗하다. 스스로 깨끗해지고자 하는 힘을 가지고 있다. 물을 더럽히는 것은 대개의 경우 자연이 아니라 사악한 인간이다. 여기서 사악한 인간이란 지나친 이기심과 지배욕의 소유자이다.

물의 크기는 김지하의 말대로 담는 그릇에 따라 다르다. 잔에 담으면 한 잔의 물, 항아리에 담으면 한 항아리의 물이 된다. 크게 보면 강이 되고 더 크게 보면 바다가 된다.

김지하는 이러한 물을 민중이라고 보았다.

> 중요한 것은 자기가 민중의 일원이고 민중 자신이 민중 자신의 눈으로 민중을 봐야겠다는 입장입니다. 여기서 문체 혁명이 아주 중요한 문제로 대두됩니다. 작가의 세계관이 바로 문체라고도 볼 수 있습니다.[44]

물이 물이 되려면 주체적 자기 인식이 있어야 하는 것처럼, 민중이 민중이 되기 위해서는 스스로의 자각과 민중적 세계관이 있어야 한다는 것이 김지하의 기본적 생각이다. 이것이 김지하가 말하는 문체 혁명이고 민중 미학이다.

이러한 김지하의 민중 미학은 넓고 깊은 것도 아니며 선진적인 것도 아니고 선동적인 것도 아니다. 이렇게 스스로를 과학적 이론으로 무장하지 못하고 천주교에서 불교로, 동학에서 증산도로 이른바 '미친년 널뛰기'를 자행했을 때 자신에게 어떤 결과를 가져왔을까. 회의, 번민, 좌절, 종내는 전향의 문턱에 서는 건 아닐까. '큰 생명의 주체'인 민중을 보는 김지하의 시선을 주의 깊게 살펴보아야 한다. 이 경우 김지하가 보는 민중은 스스로 자정 능력을 갖춘 물이 아니다. 물이 오염된 원인 행위는 무시하고 혼탁해진 물만을 비판한다.

> 예를 들면 노동자는 언제나 진실하고 세계 혁명의 주체인가하는 것입니다. 모순은 거기서부터 생깁니다. 노동자는 언제나 선하고 건강하냐 이겁니다.

---

44) 위의 글, 360쪽

아프가니스탄이나 그라나다에 떨어지는 폭탄은 누가 만듭니까. 노동자들이 만듭니다. 농민은 항상 피해자인가. 이것도 문제가 됩니다. 다수확을 위해서는 독극물도 써야 한다는 점에서, 피해자이면서 가해자일 수도 있습니다. 그러니까 민중은 그렇게 단순히 파악하지 말고 변화 속에서 민중을 봐야 하고 수천 년 수만 년 역사를 통해서 보아야 합니다.[45]

일면적 진실이라는 의미에서 김지하의 진술이 전혀 틀린 발언은 아니다. 인류의 생명을 대량 살상하는 노동자, 자신의 수확만을 위하여 인체에 해로운 농약을 사용하는 농민이 어찌 언제나 진실하며 세계 혁명의 주체란 말인가. 옳은 말이다.

그런데 이러한 김지하의 진술이 갖는 문제는 무엇인가. 앞서 지적한 바와 같이 김지하의 행위는 원인 행위는 숨겨 놓고 결과적 현상만을 말함으로써 진실을 선택적으로 왜곡하고 있다.

즉 노동자 뒤에서 폭탄과 미사일 제작을 주도하는 보수 반동 세력과 그 세력을 거머잡고 있는 제국주의 음모는 가려 두고 사악한 노동자만을 규탄함으로써 악의 근원지를 노동자에게서 찾으려 한다. 또 농약 방지법을 제정하려는 국회 뒤에서 이를 저지하려는 농약 업자의 거대한 음모는 제쳐놓고 악의 씨앗을 농민에게서 찾으려 한다. 이것이 바로 지배자의 착취 지배 사슬이다.

이러한 김지하의 세계관에서 주의할 점은 김지하에게 언제인가 정확히 따져 볼 수는 없으나 심경 변화가 오고 있다는 사실이다. 기층 민중인 노동자, 농민에 대한 애정이 서서히 식어 가고 있다. 왜 그럴까. 무엇 때문일까.

대체로 보면 민중은 선한데 억압자 때문에 그리 되었다고 쓰는 글이 많은데 그것은 일면의 진실일 뿐입니다. 문학에 등장하는 인간이란 온갖 욕망의 발로일 터인데 민중은 불결한 섹스도 안한다고 그릴 수는 없지요. 그렇다고 민중을 정신 파탄자로 보는 상업소설도 잘못이구요. 문제는 큰 테두리에서

---

45) 위의 글, 358쪽

민중학을 보아야 합니다.46)

　새삼스러운 말이지만 민중·민족문학이 출발할 때 이미 문학에 일정한 규정력을 가하였고, 또 어느 편에 설 것인가를 결정하였다. 민중이란 길게 부연 설명할 필요도 없이 지향성을 갖는 선진 민중을 말한다. 그런데 김지하가 말한 민중이란 사실은 대중을 말한다.

　민중을 성격 파탄자로 보는 상업문학을 비판하여 양비론을 취하면서 큰 테두리에서 민중학 아닌 대중학을 보아야 한다고 말한다.

　역사적 관점에서 볼 때 '큰 것' '장기적 안목'을 강조할 때는 사이비 논리가 많았다. 결국 김지하는 무지막지한 자기 폭로를 통하여 민중문학 진영을 기능적으로 공격했다기보다는 '온갖 욕망의 발로인 인간'으로 귀의함으로써, '순수 문학' 아닌 '문학문맹'으로 투항할 차비를 하였다.

　김지하가 구체적으로 제안한 민중 운동 실천 방안은 생활 속에서 자기 몫을 찾아 각 방면에서 부딪쳐 나가는 일이다.

　　각 방면에서 부딪쳐 나가려고만 생각하면 됩니다. 학생 운동도 그렇고 기업에 있으면서도 공해 식품 만드는 데 기여하지 않겠다는 생각이 있으면 되는 것 아닙니까. 아닌 말로 유해 식품을 만들라면 그건 사람을 죽이는 일이니까 못하겠다고 스트라이크를 할 수도 있는 일이지요. 이 짓들은 안하면서 관념화된 민중론만 부르짖고 있는 민중론자가 많아요. 학생들도 학교를 나오면 다 변해요. 그들이 정치적 야망을 갖는 새로운 압제자가 되지 말라는 법이 있습니까. 그런 지도자 의식을 뒤집으면 반드시 부끄럽다는 말이 나옵니다. 생활 속에서 자기 몫을 찾아야 합니다. 소수의 지도자가 조직이나 계몽을 통해 민중을 어떻게 하겠다는 것은 옛날 얘기입니다. 잘났다고 생각하지 말고 다양한 인간의 본성을 가로막는 것들을 제 입장에서 비판하고 부딪쳐 나가도록 해야지요.47)

---

46) 위의 글, 361쪽

47) 위의 글, 361쪽

각 방면에서 부딪쳐 나가는 일이란 무엇일까. 학생은 학생 운동을 통해, 기업 노동자는 공해 식품 생산 추방을 통해, 농민은 농약 추방 운동을 통해 생활 속에서 자기 몫을 찾아가는 일이다.

이러한 구체적 실천 방안을 외면하는 관념론적 민중 운동가, 조직이나 계몽을 통해 민중 운동을 전개하겠다는 잘난 민중 운동가는 김지하의 입장에서 볼 때 모두 비판 대상이 된다. 또 노동자, 농민을 선택적으로 왜곡했던 김지하는 학생 쪽으로 비난의 화살을 돌린다. 학생 시절에는 민중 운동가였던 사람이 사회에 나와서는 자신의 정치적 야망의 실현을 위해 새로운 압제자가 될 수 있다는 것이다.

김지하는 예언자라는 의미에서 시인이다. 감옥에서는 혁명 투사였던 김지하가 출옥 후에는 변절자가 될 앞날을 무섭게 예언하고 있으니 어찌 시인이 아니겠는가. 참으로 말의 힘이란 무서운 것이다.

한 걸음 나아가 그 짓을 통해 민중 주체의 생명 운동이 전개되어야 하며 그 짓이 줄기차게 진행될 때 남북 통일이 지향될 수 있다고 강변한다.

그렇다면 김지하의 그 짓이 과연 실천 가능한가. 불가능하다. 왜냐하면 노동자가 생산을 하는 일, 농민이 농사를 짓는 일에는 바로 그들의 생명이 달려 있기 때문이다. 목숨을 건 투쟁이란 말처럼 그렇게 쉬운 것이 아니다. 역사적 관점으로 볼 때 이러한 진술은 '왜 거부하지 못하고 학도병이나 정신대는 끌려갔느냐'는 어거지 복장 지르기가 될 수 있다.

그러면 김지하는 왜 얼토당토않은 억지를 쓰는 것일까. 김지하의 말대로 자신이 글쟁이라면 어떤 문학을 제창하기 위하여 이따위 장광설을 늘어놓는 것일까. 혁명 진지로 전진하려 하는가, 아니면 안전 가옥으로 피신하려 하는가.

문학도 서정시의 순결성이나 아늑함으로 다시 돌아갈 것 같습니다. 순결성만은 완전한 가치가 아닐까요. 제 입으로 순결 어쩌고 하면, 도둑놈이 공자님 말씀을 들먹이는 것과 같겠습니다만.[48]

‘신중하게 대처하자’느니, ‘장기적 안목으로 보자’느니 하는 말 뒤에는 언제나 지배층의 계산된 비수가 숨겨져 있다. 노동자를 헐뜯고 농민을 왜곡하더니 결국 민중·민족문학을 어디로 몰고 갔는가. 서정시의 순결성이나 아늑함이다. 물론, 서정시 자체가 나쁜 시며 몹쓸 문학이란 말은 아니다. 문제는 서정시가 씌어지는 시대와 환경이다. 시대 상황을 외면하고 ‘독불장군’ ‘문학문맹’처럼 서정시나 쓴다면 그것은 역사적 살인 행위나 다름없다. 역사 현실을 외면한 순결성이 갖는 영원한 가치란 도대체 어떤 것인가.

무엇이 김지하로 하여금 현실을 왜곡하고 변신을 꿈꾸게 했을까. 경칠 놈의 어둠 때문이다. 그 놈의 무명 때문에 장강만리로 도도하게 흐르는 민중의 물줄기에 오욕의 변설로 희롱하게 만들었다. 경칠 놈의 어둠이란 무엇인가. 김지하를 불러 세운 감옥의 침묵, 시뻘건 옥사의 침묵이 바로 그 어둠이다.

저 어둠 속에서
누가 나를 부른다
건너편 옥사(獄舍) 철창 너머에 녹슬은
시뻘건 어둠
어둠 속에 웅크린 부릅뜬 두 눈
아 저 침묵이 부른다
가래 끓는 숨소리가 나를 부른다

잿빛 하늘 나직이 비 뿌리는 날
지붕 위 비둘기 울음에 몇 번이고 끊기며
몇 번이고 몇 번이고
열쇠 소리 나팔 소리 발자욱 소리에 끊기며
끝없이 부른다
창에 걸린 피 묻은 낡은 속옷이
숱한 밤 지하실의 몸부림치던 붉은 넋

---

48) 위의 글, 371쪽

찢어진 육신의 모든 외침이
고개를 저어
아아 고개를 저어
저 잔잔한 침묵이 나를 부른다
내 피를 부른다
거절하라고
그 어떤 거짓도 거절하라고

어둠 속에서
잿빛 하늘 나직이 비 뿌리는 날
저 시뻘건 시뻘건 육신의 어둠 속에서
부릅뜬 저 두 눈이

김지하 「어둠 속에서」 전문

　김지하를 불러 세운 어둠은 관념적 사치나 기교의 희롱이 아니다. 건너편 옥사 철창 너머 녹슨 시뻘건 어둠이 김지하를 불러 세웠다. 어둠 속에 갇힌 실체는 누구인가. 웅크린 부릅뜬 두 눈, 가래 끓는 숨소리, 잿빛 하늘 나직이 비 뿌리는 날이었다. 김지하를 부르는 소리는 끊어졌다가 몇 번이고 몇 번이고 끊어지며 다시 불렀다. 지붕 위 비둘기 울음에, 열쇠 소리 나팔 소리 발자욱 소리에 끊어지면서도 끝없이 김지하를 불렀다. 창에 걸린 피 묻은 속옷, 숱한 밤 지하실의 몸부림치던 붉은 넋, 찢어진 육신의 모든 외침, 그것이 김지하를 불러 세웠다. 김지하의 피를 불렀다. 왜. 거절하라, 그 어떤 거짓도 거절하라고 잔잔한 침묵으로 불러 세웠다.

　그러면 이러한 시적 진실이 현실적 사실이란 근거는 무엇인가. 김지하의 고백적 수기 「고행(苦行)」(『동아일보』 1975년 2월 28일자)에 따르면 부릅뜬 두 눈의 주인공은 '인혁당' 혐의로 감옥을 살던 하재완이다. 그는 창에 붙어 서서 가래 끓는 소리로 김지하를 불렀다. 창자가 빠져 나오고 뼈가 부러지는 모진 고문을 받았던 인물이다.

　이러한 하재완의 부름은 김지하를 거짓에 항거하도록 묶어 세웠다.

　앞날을 예측할 수 없는 오랜 유배 생활의 분노와 좌절, 공포와 절망을 딛고 그 어둠을 향하여 시퍼렇게 부릅뜬 항거 정신을 보여주는 절창이 바로「불귀 (不歸)」이다. 시에서 저 방을 감방으로, 깊은 잠을 상징적 죽음으로 가정하고 찬찬히 읽어보자.　　　·

　　못 돌아가리
　　한번 딛어 여기 잠들면
　　육신 깊이 내린 잠
　　저 잠의 저 하얀 방 저 밑 모를 어지러움

　　못 돌아가리
　　일어섰다도
　　벽 위의 붉은 피 옛 비명들처럼
　　소스라쳐 소스라쳐 일어섰다도 한번
　　잠들고 나면 끝끝내
　　아아 거친 길
　　나그네로 두 번 다시는

　　굽 높은 발자욱 소리　밤새워
　　천정 위를 거니는 곳
　　보이지 않는 얼굴들 손들 몸짓들
　　소리쳐 웃어대는 저 방
　　저 하얀 방 저 밑 모를 어지러움

　　뽑혀나가는 손톱의 아픔으로 눈을 홉뜨고
　　찢어지는 살덩이로나 외쳐 행여는
　　여윈 넋 홀로 살아

길 위에 설까
덧없이
덧없이 스러져간 벗들
잠들어 수치에 덮여 잠들어서 덧없이
한때는 미소짓던
한때는 울부짖던
좋았던 벗들

아아 못 돌아가리 못 돌아가리
저 방에 잠이 들면
시퍼렇게 시퍼렇게
미쳐 몸부림치지 않으면 다시는
바람 부는 거친 길
내 형제와
나그네로 두 번 다시는

김지하 「불귀(不歸)」 전문

시에서 '방'이 '감옥', '깊은 잠'이 '의식 마비' 또는 '상징적 죽음'이라면, 육신 깊이 내린 잠은 '못 돌아가리'라는 좌절과 절망의 절대적 상황을 만들고, 이는 다시 '하얀 방' '밑 모를 어지러움'의 전율과 공포를 자아낸다.

이러한 전율과 공포는 단순히 자신이 스스로 만든 자아 공포가 아니라 '벽 위의 붉은 피 옛 비명'에서 보여주는 이미 자행되었던 '폭력 공포'에서 온 것이다. 자칫 '거친 길 나그네'가 될지도 모를 자신을 생각하고 소스라쳐 일어서게 만든다.

이러한 자율·타율의 공포와 전율에 밤새도록 감시당하는 감시 공포가 더해진다. 보이지 않는 '얼굴' '손짓' '몸짓'들이 굽 높은 발자욱 소리로, 또는 하얀 방 높은 웃음 소리로 밤새워 천정 위를 거닐며 자아를 밑 모를 어지러움에 빠뜨리고 있다. 이러한 절망적 상황 아래서 행여 여읜 넋 홀로 살아 길 위에

서려면 뽑혀 나가는 손톱의 아픔으로 눈을 흡뜨고 찢어지는 살덩이로 외치는 수밖에 없다.

그러나 그 외침이란 얼마나 덧없는 것인가. 벗들, 한 때는 미소짓고 한 때는 울부짖던 그 벗들도 수치에 덮여 잠들어 덧없이 스러져 가지 않았던가.

그러나 두 눈 흡뜨고 시퍼렇게 몸부림치며 바람 부는 거친 길 여원 넋 홀로 가지 않으면 다시는 못 돌아가리라.

이와 같이 「어둠 속에서」의 시적 자아는 가래 끓는 숨소리로 부르는 소리에 거짓을 거부하며, 「불귀」에서의 시적 자아는 하얀 방 깊은 잠에 항거하며 시퍼렇게 몸부림치며 전율과 공포에 맞서 싸운다.

또 「여름감방에서」의 시적 자아는 마적 출신 안씨의 이야기를 듣고 잠든 밤이면, 말을 몰아 평원을 달리며 칼을 던지고 중국 년을 한꺼번에 셋씩이나 상관하고 마을에 불을 놓는 꿈을 꾼다. 통째로 들어먹는 꿈을 꾼다.

또 「지옥 1」에서의 시적 자아는 새가 되어 하늘을 나는 꿈을 꾼다. 녹슨 연장되어, 쓰레기가 되어 잘린 손 감아쥐고 새를 꿈꾼다. 시적 자아는 기름투성이 공장 바닥 거적때기에 멍청히 남은 갓 스물, 소화 20년 낡아빠진 가와모토 반절기이다. 하얀 연이 되고 보리밭도 되고 콩새가 되어 난다. 예쁜 색동이 되고 팔랑개비가 되고 고향집 벽에 붙은 빨간 부적이 되고 꽃상여가 되어 기어이 난다. 새가 되어 하늘을 나는 꿈을 꾼다.

감옥에서 씌어진 김지하 유배시의 대응 동사는 '-거부한다'(「어둠 속에서」) '-몸부림친다'(「불귀」) '-들어먹는다'(「여름감방에서」) '-날다'(「지옥 1」) 등으로 나타난다. 이것은 김지하의 '맞서기'와 '피하기'의 두 가지 방어 기제를 드러내 보인다. 이러한 현상을 놓고 변절자로 규탄하는 것은 조급한 것 같다. 신이 아닌 인간을 놓고 '한결같은 행위'만을 요구하는 것도 무리인 것 같다. 결국 위대한 인간이란 한결같은 인간이기도 하지만, 유약한 자신을 붙들어 세워 '굳센 풀'로 일으켜 세우는 용기 있는 사람을 말한다. 따라서 김지하의 시적 자아가 마적으로 세상을 '들어먹건' 새가 되어 하늘을 '날건', 그것을 탓할 필요는 없

다. 어느 누가 깊은 잠이 몰려오는 하얀 방에서 '한결같은 행동' '한결같은 생
각'만을 할 수 있는가.

　그러나 유혹을 따르면 범인이 되고 유혹을 뿌리치면 위인이 된다. 역사가 이
를 증명하지 않았던가.

　『무정』의 주인공 이형식처럼 시도 때도 없이 마음이 변덕을 부리는 현상을
김지하는 무엇이라고 설명하는가. 김지하는 미치고 환장할 가치전도현상이라
고 말한다.

　　　지속성과 강도에 있어 감금 생활이 극단에 이르면 심리적 전도현상이 온
　　다는 것입니다. 적이 친구처럼 친구가 적처럼 보인다는 거예요. 우리 나라 말
　　로는 환장하는 것입니다. 눈깔이 뒤집히고 말입니다. 젊은 친구들의 사기를
　　저상시키는 얘기가 될지 모르겠으나 현실이니까요.49)

　김지하의 말대로 감옥은 인간성 원형을 파괴하는 곳이다. 한 인간의 양심과
신념을 지속성 있게 지키지 못하도록 파괴하는 곳이다.

　심리적 가치전도현상이란 친구와 적, 옳고 그름, 흑과 백을 혼동시키는 미치
고 환장할 현상이다.

　김지하의 자료를 조심스레 분석해 보면 김지하에게 바로 가치전도현상이
나타나고 있다. 이러한 설명은 일면적 진실로 한정하는 것이 옳다. 얼 양키 교
육학자들은 반대하겠지만 행위 주체는 환경이 아니라 인간이다. 대학의 다음
구절은 이를 실증한다.

　　　마음이 있지 않으면 보아도 보이지 않고 들어도 들리지 않고 먹어도 그 맛
　　을 알지 못한다. (心不在焉 視而不見 聽而不聞 食而不知其味)

　마음이 있으면 어찌되는가. 보면 보인다. 들으면 들린다. 먹으면 그 맛을 안

---

49) 김지하 최일남 대담, 「민중은 생동하는 실체」, 앞의 책, 353쪽

다.

드디어 김지하도 마음의 문이 열렸다. 보이고 들리고 맛을 알게 된 것이다.

우연이었다. 운동하러 나갔다가 어느 감방 철창 쇠받침 그 밑 시멘트 틈새에 난 파란 풀에 서울 문리대 후배 나병식이 열심히 물을 주고 있는 것을 본다. 드디어 보인 것이다.

돌아오면서 담당에게 혼날 각오로 후배에게 어떻게 풀이 나더냐고 물었다. 그냥 풀이 나와 있더라고 대답했다. 물만 주면 죽죽 자란다고 덧붙였다. 풀이름이 뭐냐고 물었더니 개가죽나무라고 한다. 드디어 들린 것이다. 글쟁이라 그런지 몰라도 온종일 울었다. 드디어 그 맛을 알게 된 것이다.

고등생명이라는 제가 틈 사이에 난 풀만도 못하다는 생각도 들었습니다. 그리고는 나는 절대로 안 죽는다는 다짐도 해보았습니다. 풀도 시멘트 감방에서 씨를 뿌리며 생명을 유지해 가는데, 나는 생명체니까 가능성이 있을 것이다, 큰 생명이 바로 나, 김아무개라고 부르는 실체가 아니냐 안에도 밖에도 죽는 다음에도 내 생명이 있는 게 아니냐 그런 생각이 들었습니다. 바깥 사람들이 들으면 몽상적이라고 할지는 모르겠으나 봄이 되면 민들레 씨앗이 공중에 하얗게 날아 창살 사이로까지 들어옵니다. 심볼릭한 얘긴데 그놈들이 겁도 없이 감방 안까지 들어옵니다. 그러니까 씨라는 것이 생명을 전파시키기 위해서 감방까지 들어올 수 있다, 그렇다면 억울할 것이 없지 않느냐 그런 생각을 하려고 애썼습니다.[50]

김지하는 원효나 간디처럼 하늘의 부름에 따라 '큰 생명'이라는 대오 각성의 경지에 이르고 드디어 성자가 될 수 있는 천운을 놓쳐 버렸다. 아아 하늘이 도를 내려도 담아 둘 그릇이 없으면 쓸모가 없다. 보고 듣고 맛을 보았음에도 김지하는 공활한 생명을 보지 못하고 극히 이기적인 존명을 보았을 뿐이다. 개가죽나무 이파리는 보고 그 뿌리인 사회적 생명을 보지 못했다. 그리하여 김지하

---

50) 위의 글, 354쪽

의 생명 사상은 뒤틀리고 비틀린 사이비 생명 사상으로 전락하여 새로운 어둠이 되고 만다.

이른바 김지하의 생명 사상은 체계적 논리적 개념이라기보다는 감성적 주정적 개념이며 현실적 과학이라기보다는 추상적 관념이다. 따라서 생명 사상을 제대로 이해하기 위해서는 각별한 긴장이 요구된다. 여기서는 김지하 이야기 모음『밥』(분도출판사 1984)과 김지하 평론 강연 모음『타는 목마름에서 생명의 바다로』(동광출판사 1991)를 중심으로 김지하의 생명 사상을 요약·정리한다.

먼저 김지하의 생명관과 세계관을 살펴보자.

김지하는 인간과 자연, 인간과 인간, 인간과 자아 사이에 결정적 친교와 평화를 성취시킬 생명의 세계관, 생명의 존재 양식이 필요하다고 주장한다. 그러니까 생명 사상의 바탕은 '친교와 평화'와 같은 관념론에 두고 있어 실천 과학과는 거리가 멀다는 것을 알 수 있다.

그렇다면 생명이란 무엇인가. 생명은 신명이다. 신명은 생명이다. 그러니까 김지하의 생명이란 존명에 신명을 더한 개념이며 순환 고리이다. 이 경우 신명은 천지신명에서의 '신명'과 신명난다에서의 '신바람'을 포함한 다층적 개념이다.

그러면 김지하가 생명 사상을 유포하게 된 사회사적 배경은 무엇일까.

첫째, 현대는 후천개벽(後天開闢) 시대이며 음개벽(陰開闢) 시대라는 것이다. 이제까지는 선천 시대였고 음과 양이 갈등을 일으키는 시대 즉 양이 지배하는 시대였다. 남성 지배의 역사였고 가부장적 문명이었으며 원한과 상극이 지배하는 시대였다.

둘째, 그런데 현대는 후천개벽 시대인 음이 지배하는 시대이며 남성과 여성이 대등 평등을 이루는 여권 확대와 새로운 모권이 형성되는 시대, 해원과 상생의 시대이다. 여성적인 부드러움, 너그러움, 관용, 인내가 지배하는 시대, 악마적 경향을 때리기에 앞서 자신의 가슴을 치고 눈물짓는 시대이다. 그리고 생명에 대한 보편적인 존중과 사랑이 압도하는 시대이다.

물론, 선천 시대에서 후천 시대로 되돌리기, 또는 전환을 하는 생명 주체는 민중이다. 김지하가 말하는 민중이란 기층 민중과 중산층을 싸잡는다.

> 나는 예전부터 지금까지 일관된 민중관을 지니고 있다. 민중은 기층 산업 노동자, 농민, 도시 빈민, 지역 주민, 사무직 노동자, 서비스 정보부분과 과학 기술 노동자, 소시민, 여성, 주부, 노인, 장애자, 학생, 지식인, 종교인과 광범 위한 중산층, 신중간층을 다 포함한다. 이들은 정도의 차이 형태의 차이는 있 으나 모두 극심한 생명 소외, 주체 분열을 경험하고 있다. 극소수 생명 파괴 자, 암세포, 기생충들을 제외한 모든 사람이 민중이며 이 민중 안에는 자연 생태계의 중생도 포함되어야 한다.[51]

그러니까 김지하의 민중은 기층 민중과 중간층을 싸잡고 자연 생태계 중생 까지 포함한다. 민중 문맹에 대한 일정한 규정은 없지만 착취 지배 세력에 대 해서는 한정을 한다.

이러한 김지하의 민중은 생명 소외와 주체 분열을 체험하였다. 따라서 김지 하 생명 운동의 핵심은 생명 되돌리기, 또는 대전환을 하는 데 있다.

그러면 생명 되돌리기, 또는 대전환이란 무엇인가. 선천에 숨은 채 드러나는 후천을 선천의 틀 안에서 확장시킴으로써 근본적으로 선천을 넘어서도록 수동 적이면서 적극적으로 되돌리는 것이다. 이 되돌리기, 전환이 부활 또는 단(斷) 이다. 이 전환이 제 3민족국가 아시아, 아프리카, 라틴 아메리카 민중이 수행해 야 할 세계적 책임이다. 이 전환은 제 3민족국가의 작가, 예술가, 지식인, 과학 자, 종교인이 수행해야 할 정신 개벽, 즉 문화적 대변혁이다.

이러한 생명 사상 운동은 다음과 같은 몇 가지 문제를 내포하면서 심화·확 대된다.

첫째, 이러한 운동의 바탕 사상은 수운·해월의 동학, 증산도, 불교, 천주교

---

51) 김지하,『타는 목마름에서 생명의 바다로』, 동광출판사, 1991, 120쪽

등 초교파적 범세계적이다. 아울러 어느 사상에도 어느 지역에도 어떤 현실에도 깊게 뿌리내리지 못하는 잡사상이다.

둘째, 자연 생태계 중생을 민중으로 본 결과 환경 즉 자연 생태계 우주 생명의 파괴 회복 등 대중적 대안 운동으로서 생명 운동을 확대한 데는 일단 성공한다. 그러나 생명 운동을 현실적 민중의 의식이나 수준에 바탕을 두지 않고 동학과 풍수, 서양 생태학과 생물학, 기독교의 생명과 불교의 화엄, 노장 철학과 무속의 생명 원리의 결합을 주장한다. 현실에 바탕을 두지 않은 공허한 관념론은 이슬 마시고 구름똥 누는 대안일 뿐이다. 왜냐하면 병을 고치는 데는 백약이 아니라 일약이 필요하기 때문이다.

셋째, 오늘날을 후천 시대, 음개벽 시대라는 증산도의 교의에 동조한 김지하는 용서, 관용, 인내, 화해와 여성적 부드러움이 지배하는 시대라고 주장한다. 이러한 주장은 부분적 일면적 진실이다. 착취 지배 구조를 외면한 이러한 주장은 사회의 마지막 정의까지 무너뜨림으로써 민중 무장 해제를 선언하고 지배층에 투항하는 항복 선언이다.

또 여성을 생명 운동의 전위 촉매로 부추기고 있으나 이는 책임 회피성 발언에 지나지 않는다. 진정한 여성 해방은 사회적 책임과 의무를 나누어 가질 때 가능하다.

넷째, 예술 가운데 가장 부르좌지 장르는 음악과 미술일 터이다. 세계 역사상 이들이 민중 운동의 전위로 선 예가 거의 없다. 그들이 전개한 운동이란 고작 예술적 전위 운동이었고 그들이 말하는 '국민'이란 부르좌지 시민을 가리켰다. 그런데 김지하는 오늘날 민중·민족·미술 운동이 현실 반영, 고발과 계급 투쟁 같은 소극적 차원을 넘어서서 민중의 삶 속에 솟아나고 있는 새 삶의 요구에 새롭게 대답하는 적극적 가치 창조 운동으로 전환되어야 한다고 주장하여 그나마 썩은 이마저 뽑아 버리고 만다.

다섯째, 김지하의 숨은 얼굴 찾기는 '되돌리기' '대전환' '개벽' 등에 가려진 참된 의미를 찾아야 가능하다. 즉, '후천개벽' '대전환'이란 틈을 정지시키는 것, 틈을 아울러 버리는 것, 틈을 없애 버리는 것이다.

또 '후천개벽' '천지개벽'이란 모든 억압받는 천민, 민중 가운데도 가장 밑바닥 천민으로 괄시당하고 내쫓긴 무당 광대가 세상의 두목이 되고 주인이 된다는 뜻이다.

수운, 해월, 증산이 생각한 '개벽'은 '혁명'보다 선진적이었다. 그런데 김지하는 '개벽'의 전제로서 지배 구조, 착취 구조를 왜곡함으로써 '개벽'의 의미를 축소하고 만다.

여섯째, 결국 이러한 김지하의 선택적 왜곡은 그릇된 세계관 때문으로 보인다. 가령 다음과 같은 글을 보자.

> 결단은 용기입니다. 참된 용기는 밤을 받아들이는 용기, 진흙수렁을 받아들이는 용기, 고통과 절망과 퇴폐마저도 받아들이는 용기입니다. 흙이 똥을 마다하지 않는 것은 오곡이 풍성하게 결실할 것이기 때문입니다. 이 용기를 민중은 이미 용기라고 부르지 않습니다. 그것은 생명의 본성이기 때문입니다.52)

김지하는 용기와 결단을 역설적으로 왜곡한다. 고통과 절망은 어쩔 수 없는 것이다. 그러나 밤, 흙, 수렁, 심지어 퇴폐마저 받아들인다면 그것은 용기가 아니라 간지거나 우행일 터이다. 흙은 수확을 위해 똥을 거름으로 선택하여 받아들인다. 똥밭에서는 개망초도 바랭이도 자라지 못한다. 이러한 역설은 '진흙탕 속에 연꽃'처럼 지배 구조를 승인하기 위한 거짓이다.

결국 이러한 김지하의 지배 이념은 자신을 스스로의 어둠에 빠뜨리고 만다. 또한 예술론도 관념론자의 신비주의일 수밖에 없다.

> 생명도 예술도 '만드는' 것이 아니라 '낳는 것'이다. '제작'이나 '조직'이 아니라 '성교'요 '산고'다. 명상과 노동을 통해 우주적 '신명'의 '내림'을 체득하

---

52) 김지하, 『밥』, 분도출판사, 1984, 12쪽

고 이 '신명'이 '밀고 나옴'을 따라 종자도, 사상도, 형상도 다 찾아 '드러내' 활기 차게 '살려'내는 길을 이제 새롭게 찾아 나서야 할 것이다.53)

그러니까, 김지하에게 있어서 예술과 생명은 문예 일꾼이나 노동자가 '만들고' '창작'하는 것이 아니라, 예술지상주의자 신비주의자가 '낳는 것'이다. 노동이나 투쟁의 결과를 '제작'하고 '조직'하는 것이 아니라 신비스러운 '성교' '산고'일 뿐이다. 노동과 실천을 통한 진보, 진화의 과학이 아니라, 명상과 노동은 쓸모 없는 것이고 오직 신명 내림에 따라 종자도 사상도 형상도 결정된다. 이러한 창조론 속에서 인간의 몫은 별 것 아닌 신명 내림을 찾으면 그만이다.
이러한 김지하의 어둠의 세계관이 기능적으로 드러난 시가 「어둠」이다.

어둠 끝에서
누가 나를 부른다

한 밤 봉천내
뚝길에서 나를 불러
미루나무 밑에 세운다

담배 붙여 물고
숨죽여 귀 기울이니
어둠이 말한다
어둠은 없다고

없을까
이리 어두운데
이리 괴로운데

어둠 끝에서

---

53) 김지하, 『타는 목마름에서 생명의 바다로』, 동광출판사, 1991, 161쪽

누가 자꾸만 나를 부른다

　　　　김지하 「어둠」 전문

　시적 자아를 부르는 어둠은 유배지의 시뻘건 어둠이 아니며 부르는 소리도
가래 끓는 소리가 아니다. 또 '어둠이 있다'는 자아와 '어둠은 없다'는 두 개의
자아가 가볍게 대립되어 있다. 시에서 보이는 대립 갈등이나 내적 긴장은 담배
붙여 물고 숨죽여 귀 기울이는 여유가 있는 것이다.
　김지하를 함축적 의미에서 '광대의 혼'이라고 보는 데는 이의가 없다. 그러
나 '풀의 넋'이라고 보는 데는 일정한 한계를 드러내 보인다.
　그렇다면 이제까지 검토해 온 두 가지 문제에 대하여 김지하 자신은 어떻게
생각하는가. 제 3민족국가의 노벨상이라고 부르는 로터스상 수상 연설에서 이
렇게 말한다.

　　저는 예나 지금이나 마찬가지로 별 볼 일 없는 사람, 이 세상에서 쫓겨나
　구만리 장천을 의지가지 할 데 없이 떠도는 초라한 한 광대의 넋이요, 살아
　있는 중음신(中陰身)에 지나지 않습니다. 저는 그저 바람이 불면 눕고 바람이
　그치면 일어서는 한낱 풀이요, 그 풀들의 넋일 뿐입니다.54)

　이 세상에서 유배지로 쫓겨나 짓밟히고 터지고 피를 흘렸다는 의미에서 별
볼 일 없는 사람, 구만리 장천을 떠도는 중음신, 또는 광대요, 바람이 불면 눕
고 바람이 지나면 일어나는 풀의 넋이라는 것이다.
　겸손이든 오만이든 자신의 앞날을 스스로 알고 있었다는 뜻에서 김지하는
시인이다.
　김지하의 세 번째 명제는 1992년 강경대 죽음 이전부터 진행되어 오던 '고
백'이니 뭐니 하는 조정 국면과 시집 『애린』 이후 생명 사상이라는 미명 아래

---

54) 김지하, 『밥』, 분도출판사, 1984, 9~10쪽

여성적 부드러움을 향한 투항 국면을 통해 김지하가 강경대 죽음에 폭언을 퍼부어 민주화라는 민족 역사의 큰 흐름을 거역한 '민족 반역자'인지를 검토하는 것이다.

더러워서 모두 피해 가는 거북살스러운 문제를 구태여 논의 대상으로 삼는 까닭은 김지하에 대한 애정 때문이 아니라 후세에 대한 경계 때문이다. 나는 옳고 그름을 가리지 못하는 대중을 미워하며 선악을 가리지 못하는 예술가를 증오하며 정의와 불의를 가리지 못하는 정치인을 멸시한다.

어쨌거나 『5적』을 써서 명성을 날렸던 김지하가 스스로 '신미 5적'의 한 사람이 되었다는 사실은 역사의 아이러니가 아닐 수 없다.

1991년의 국제 정세를 살펴보면, 이른바 운동권의 '사상적 조국'이었던 소련의 해체 몰락은 진보 진영에는 자충수였고 보수 우경파 편에는 유리수가 되었다. 국내적으로는 이른바 황금 분할로 불리던 정국이 김영삼, 김종필 주도 아래 파행적 3당 통합을 단행함으로써 식자층에는 정치적 냉소주의와 허무주의가 팽배하였다.

이러한 전환기에 교육자, 문학인, 종교인 등 식자층이 어떤 사고 유형을 가지고 무엇을 하였는가는 역사적 관점에서 볼 때 대단히 중요하다. 이러한 역사적 소명을 외면하고 식자층이 '반성' '성찰' '고백' '지혜'를 내세워 현실을 외면하고 지적 허무주의에 빠졌다면 후세 사상가들은 당대 식자층을 어떻게 평가할 것인가.

기미만세혁명 때 민족 대표 34인으로 불리던 스코필드 박사는 조선에서 썩어선 안 될 세 가지가 있는데 종교, 언론, 교육이라고 말한 적이 있다. 그런데 세 가지 일을 담당하는 사람은 매천의 말대로 모두 식자인(識字人)이다.

새삼스럽지만 식자란 누구인가. 아인슈타인의 말대로 '잘 훈련된 개새끼'들인가. 통렬한 지적이나 그렇게 보면 식자를 주체로 일으켜 세우지 못한다. 그래서 아는 바를 실천해야 한다는 실천 지성을 주장하게 된다.

1991년에 접어들어 일부 식자층이 보여준 행위는 어떤 것인가. 이영희, 김지하, 석지명의 글을 중심으로 살펴보자.

식자 허무주의는 운동권의 '사상적 대부'였던 이영희가 한 대학의 토론에서 회한에 찬 고백을 함으로써 비롯된다. 그러나 이영희의 생각이 어떤 것인지는 정확히 살필 자료가 없다. 1991년 월간 『말』지 3월호의 「이영희 교수와 전환시대의 고뇌」라는 기사는 이영희 자신이 직접 쓴 글이 아니라 토론 내용을 기자가 요약·정리한 것이다.

우선 이영희는 우리 지식계가 사회주의적 내용에 심취한 경향이 사실로서 존재했으며 모든 문제를 체제 구조에 귀결시키는 경향이 확산되었던 것도 사실이라고 전제한다. 그런데 공산주의, 사회주의는 역사적 패배의 길을 걷고 있다. 그것은 자본주의에 흡수되는 것으로 보이며 그것의 역할은 자본주의 안에서 하위 변수로 존재한다. 자본주의의 유일한 대안이었던 마르크스주의의 진로에 대한 불확실성이 이영희의 고뇌이었던 것이다.

이러한 고뇌는 이영희로 하여금 '인간이란 무엇인가'를 자문하게 만든다. 이영희에게 있어서 인간이란, 유한한 자원 속에 무한한 욕구를 가진 존재여서 이기적이고 생물학적인 동물일 뿐이다. 사회가 인간을 완전히 규정할 수 없다. 이러한 동물적 인간관은 인류 역사를 어떻게 해명하는가.

첫째, 문화 혁명과 같은 인간 개조 실험은 순수한 영웅성, 박애성, 자기 희생성을 보여주고 있지만 인간은 오히려 동물적 한계를 지닌 존재로서 소유욕에 대한 투쟁 경쟁을 인정할 수밖에 없다. 사회주의자들은 인간의 완전한 개조를 믿었으며 바로 이러한 생각이 사회주의의 실패 원인이 되었다.

둘째, 이와는 반대로 자본주의는 소유 및 사유재산 시장경제를 통해 인간의 생물학적 특성을 조정하는 데 성공하였다. 30%의 타락과 60%의 도덕성, 인간성이 유지된 사회를 성공된 사회의 목표로 삼아야 하며 그것은 현실과 이성이 조화된 안정 사회이며 '존재를 위한 체념'이라고 부를 만하다.

셋째, 세계2차대전 이후 소련, 동구의 현상은 이상주의적 인간형의 실패를 보여준다. 우리 나라에서도 광복 이후 좌우 투쟁이 있었고 순수한 도덕주의자들은 월북하였다. 친일파, 민족 반역자들만 남아 남쪽에서 득세했으며 자유, 민주, 정의를 추구한 사람들은 소멸하거나 매장되었다. 왜 이상, 순수성, 낭만성이 실현되지 못했는가. 이상주의는 정치적 능력을 가질 수 없단 말인가. 유감스럽지만 그러한 현실을 인정하지 않을 수 없다.

그렇다면 이영희의 이러한 세계관은 식자들을 어떤 존재로 보게 되는가. 식자를 전체적으로 요약하여 정치 사상적 구조에 모든 것을 귀결시킴으로써 인간 주체의 선택권이 포기되었다고 본다. 그렇다면 식자 개개인이 구조 결정론에서 탈피하여 선택 주체성을 상실한 구조 결정론이란 무엇일까.

첫째, 오늘날 지식인은 환경 예측을 상실한 지적 혼돈 세계에 살고 있어 객관적 인식 능력을 상실하고 있다. 핵무기로 대표되는 과학 기술의 발달은 인간의 복지, 행복, 평화 등 번영을 이끌어 내는 능력을 발휘한 반면에 식자 스스로가 객관적으로 인식할 수 있는 능력을 상실하게 만들었다. 또한, 과학 만능주의, 군사력 숭배주의가 만연되기에 이르렀다.

둘째, 50년대 이후로는 이른바 '추상적 이념'이 지식인의 자유로운 상상력을 방해하는 억제 장치가 되었다. 즉, 자유, 평등, 발전, 민주주의·사회주의·민족 해방 등 구체적 개념을 추상화한 시대였다. 식자들의 자유로운 내면 구조에 대한 성찰을 추상성에 종속시키는 시대였다.

셋째, 이념적 진영 문제는 언어 문제에 있어서도 그대로 나타난다. 구체적인 인간의 구체적인 철학, 이상보다는 개념에 의한 사고가 지배했으며, 냉전 시대의 군사적 대결은 제도적 사상적 대결로 이어진다. 구체적 삶의 언어가 정치화됨으로써 식자들의 비판 의식을 마비시키고 판박이 언어의 만연을 가져왔다. 이와 같은 언어 속에서 인간 이성의 작용은 제한될 수밖에 없었다.

왜 이영희는 이 같은 구조 결정론 속에서 동물적 인간의 한계를 절감했을까. 노년에 겪게 된 유배 생활에 대한 좌절감, 진보와 이상을 믿었던 식자들에 대한 분노 때문이었을까. 나로서는 정확한 까닭을 알 수 없거니와, 운동권의 대부에 대한 전면 비판 능력도 없다.

그러나 통혁당 사건으로 오랜 유배 생활을 보냈던 신영복의 '전망도 남보다 먼저 하고 좌절도 남보다 먼저 하고 반성도 남보다 먼저 하는 이른바 지식인의 선진성은 지식인의 또 다른 치부'[55]라는 말은 이영희에게도 적절하고 김지하에게도 유효한 지적일지 모르겠다.

1991년 1월 26일 이영희의 식자 허무주의가 선언된 이후, 김지하는 『동아일보』 1991년 2월 18일자에 「'나는 도적' 고백 운동 벌이자」라는 회한에 찬 고백문이 발표된다. 김지하의 고백은 대략 네 가지로 요약된다.

첫째, 「5적」 이후 두 술집 여자와 아내에게 낙태 수술을 시켰다는 것. 둘째, 약력에 들어 있는 4.19혁명 참가는 거짓이고 사실 그날 김지하는 온종일 흑석동에서 성북동으로 하숙짐을 옮겼다는 것. 셋째, 온 세계와 모든 국민이 다 아는 이른바 '양심 선언'은 자신이 쓴 것이 아니라 죽은 조영래 변호사가 썼다는 것. 넷째, 출옥 뒤에는 언제나 각서를 썼고 5공 인사들로부터 후한 대접을 받았고 그러한 대접에 대하여 일종의 특권 의식을 누렸다는 것 등이다.[56]

이러한 김지하의 고백 운동이 갖는 사회적 의미는 무엇일까. 5공 인사들의 후한 대접에 일종의 특권 의식을 누렸고 윤석양 일병이 소개한 사찰 명단에 김지하와 김동길의 이름이 빠져 있을 때 회한에 찬 한 시인의 고백은 누구를 위한 것일까. 더구나 1991년 벽두부터 터져나온 수서 비리, 뒤를 이은 범국민적 항거와 강경대 타살로 이어지는 탄압 과정에서 범국민적 신망을 받던 한 시인이 자신의 도덕성에 스스로 먹칠을 하고 대중 앞에 꼭두쇠로 나타났을 때 민주, 민족 운동 진영에 어떤 영향을 끼쳤을까. 그것은 스스로 자신을 억압하는 양심과 죄책감에서 해방되기 위한 순수한 몸부림이었을까. 아니면 계산된 정략적 술수가 숨어 있는 것일까.

이러한 역사의 대혼란 속에서 식자의 한 사람인 종교인이 보여 준 작태는

---

55) 신영복 대담, 「지식인 최후까지 실천과 연대해야」, 『한겨레신문』, 1991년 12월 20일자

56) 김지하, 「'나는 도적' 고백 운동 벌이자」, 『동아일보』, 1991년 2월 18일자

어떤 것인가.

신문을 보니 연등 행렬을 하는 신도에게 경찰이 최루탄을 쏘았다고 하여 말썽이 되고 있다. 나는 보도를 접하는 순간 경찰이 왜 최루탄을 쏘았을까라는 의문보다 불교 신도가 왜 최루탄을 맞았을까라는 생각을 먼저 떠올렸다. 그러면서 외람스럽게 '오늘날 한국 불교는 어디에 서 있는가'를 자문하지 않을 수 없었다. 불교에 문외한인 나 같은 사람에게 그러한 물음은 과중한 짐이다.

그러나 근자에 불교가 호국 불교를 내세워 정치 지배 세력과 밀착한 결과 도리어 최루탄을 맞고 법난을 당한 것은 아닐까 하는 천박한 생각을 하여 보았다.

한 교수분의 권에 따라 『동아일보』 4월 22일자 석지명 스님의 「달 뜨기 전의 작은 횃불」이라는 글을 찬찬히 읽어보았다. 분노가 들끓어 올랐다. 이따위 도를 깨치기 위해 삭발을 했단 말인가. 부디 내 생각이 잘못된 것이기를 바랄 뿐이다.

우선 스님은 두 가지 전제를 든다.

하나는 현재 우리 지도자를 버리고 어느 별나라 지도자를 모셔 올 수 없다는 것. 또 하나는 현재의 지도자가 아니었다면 이만한 빵이나 자유나 문화 등을 얻지 못했다는 것.

스님의 자비로운 세계관을 원망하고 싶지는 않다.

그러나 양놈 학자 말 가운데 '정치는 최악의 선택'이라는 말이 있다. 이 말처럼 광복 이후 한국 정치사를 꿰뚫은 말이 없다. 가슴에 총탄이 박혀 손을 떨던 민족주의자 백범을 버리고 미국 앞잡이 이승만을 선택하였다. 조국 광복을 찾아 장정에 올랐던 광복군 장교 장준하를 버리고 독립군을 때려잡던 관동군 장교 박정희를 선택하였다. 또 오늘날은 어떤 군사 파쇼가 날뛰고 있는가. 빵과 자유와 문화도 그렇다. 민족 반역자가 준 그것과 민족주의자가 본 그것은 분명히 다르다고 나는 믿는다. 역사의 신은 준엄한 심판을 내린다. 결코 오판을 내리는 법이 없다.

둘째로 스님은 불가의 법을 들어 세상을 가르친다. 캄캄한 밤중에 길을 잃은 사람은 도둑놈 횃불을 따라가 길을 찾아야 한다고 말한다. 횃불만 보면 되지 그 손은 볼 필요가 없다고 말한다.

이것이 선사의 말씀이라니 해괴하지 않은가. 도둑놈 횃불을 따라가지 말고 날이 밝기를 기다리라고 했다면 훨씬 그럴싸할 것이다. 만약 이것이 정말로 불가의 말씀이라면 당신네들은 국가를 보호한 것이 아니라 권력에 붙어먹은 것이 분명하다. 그래서 영지에 빠져 죽은 아사녀를 호불설화로 미화하고 에밀레 종에서 울리는 민중의 원한을 외면하였다. 그뿐인가. 원효는 불교를 대중화한다는 미타 신앙을 조작하고 민중의 마지막 즐거움마저 빼앗아 버렸다. 당신네 들은 지배 이념에 철저히 봉사하면서 무명에서 벗어나려는 민중의 각성을 가로막았다. 말놀이를 하지 말자.

스님은 또 말한다. 주머니가 더럽다고 황금을 버릴 수 없다. 그러나 주머니 가 더러우면 황금일지라도 버려야 한다. 그것이 수서 사건을 막을 수 있는 길 이다. 또 말한다. 시궁창의 더러운 물을 피하면 연꽃을 얻을 수 없다. 틀린 말 이다. 페놀이 섞인 물에서는 연꽃이 피지 못한다. 그 물은 스님의 목숨을 앗아 갈 것이다.

민망스럽게도 나는 스님을 먹물도사로 규정할 수밖에 없다. 소련이나 미국 을 우리에게 이익이 되도록 활용하자는 말씀은 현실성 없는 거짓이다.

'법을 따르고 사람을 따르지 말라(依法不依人)'는 스님의 말씀은 악법이 판 을 치는 우리 현실에서 전혀 유효하지 못하다.

나는 돌려서 듣기 좋게 말하는 솜씨가 없다. 인간을 '머리 검은 동물', 또는 '눈뜨지 못한 짐승'으로 더 이상 길들이지 말라. 산에서 내려와 노동을 하라. 법 난과 최루탄이 두렵다.

이영희, 김지하 등이 지적 허무주의에 빠져 있을 때, 석지명 스님이 먹물도 사 노릇을 하고 있을 때에도 지배의 사슬은 민중의 숨통을 조여 오고 있었다. 강경대 타살 사건이 터진 것이다.

즉, 1991년 4월 26일 명지대 총학생회장 석방을 요구하는 시위에 참가했던 강경대가 담을 넘어 도망치자, 사복체포조 '백골단'이 끌어내려 군홧발로 밟고 쇠파이프로 구타하여 타살하였다. 국민연합, 전민련 등 재야 단체는 이를 공안 통치의 산물로 보고 정부의 사과와 내각 총사퇴를 요구하였다. 범국민대책회의에 의한 폭력 살인 규탄 및 공안 통치 종식을 위한 시위가 산발적으로 일어나다가 29일에는 전국으로 확산되고 박승희가 교내에서 분신 자살하였다. 뒤이어 5월 1일에는 안동대생 김영균, 5월 3일 경원대생 천세용, 5월 8일 전민련 사회부장 김기설, 5월 10일 광주 노동자 윤용하, 5월 18일 이혼녀 이정순, 고교생 김진수 등이 분신 자살함으로써 걷잡을 수 없는 상황이 사회 전반에 위기감을 고조시켰다.

5월 17일 총리서리 정원식이 외국어대에서 밀가루 반죽이 되면서 언론의 여론 조작에 힘입어 전세는 역전된다.

이러한 역사적 위기 상황 아래서 식자들은 어떤 대처 방식을 보였던가. 긍정적·부정적 양면성을 보인다.

대부분 식자들은 폭력과 불의에 항거하는 양식을 보여준다. 범대위, 전민련, 전대협 등이 민의를 수렴하는 본부 구실을 하였다.

5월 1일 전남대 교수들의 시국 성명을 시발로 정부의 폭력에 항거하는 교수들의 성명 및 농성이 전국으로 확산되었다.

5월 8일 충북 지역 민교협 소속 교수 30여 명이 가두 침묵 시위를 벌였다.

6공 들어 처음으로 초중고 교사들의 항의 선언이 발표되었다.

이와는 달리 역사의 순리와는 역행하는 발언을 한 식자들도 있다.

서강대 총장 박홍이 "죽음을 부추기는 반생명적 어둠의 배후 세력이 있다"는 의미심장한 발언을 한 이후 검찰이 전민련 수사를 시작하였다.

또 5월 18일 청와대 오찬에서 박홍은 "지금 운동권 학생들의 공통점은 어릴 때부터 인간적 사랑이 결핍돼 있고 한 단면만 보면서 목적을 위해서는 어떤 수단 방법도 다 옳다고 생각할 뿐 아니라 이미 한물 간 김일성 주체 사상 등을 읽고 거기에 목숨까지 바치려는 것"이라면서 "이런 학생들이 북한을 직접 가보도록 길을 터 줘 어둠의 세계가 어떤 것인지 그들 눈으로 보게 해야 한다"고 말했다.

박홍은 운동권 학생의 도덕성에 찬물을 끼얹었을 뿐만 아니라 용공음해까지를 서슴지 않았다.

명동 천주교당이 농성 장소로 쓰이는 데 반대해 온 추기경 김수환은 첫 사무를 위해 진주에 왔다가 계란 세례를 받았다.

「아 언제까지…」(『조선일보』 5월 3일자), 「교단을 떠나면서 …」(『조선일보』 5월 9일자)라는 글에서 김동길은 현실은 외면한 채 어린애 같은 말장난을 한다.

우선, 김동길은 학생들의 돌과 화염병은 정당화되고 전경의 최루탄은 불법이라는 논리는 보편타당성이 없다고 말한다. 화염병 처벌법은 은폐한 채 외계인 같은 말을 한다. 또 화염병을 던지지 않는 학생에게 전경은 최루탄을 쏘지 않는다고 말한다. 부패하고 무능한 정권의 지배 사슬은 은폐하고 최전선에서 일어나는 현상만을 가지고 말놀이를 하고 있다. 공안 통치를 불러들이기 위해 질서 논리를 전개하고 전경은 집에서 쉬게 하라는 등 농담을 일삼는다.

또 학생들에게는 해묵은 지배 논리를 강변하면서 그것을 교육자적 양심으로 위장한다. 학생들은 돌이나 화염병을 던지지 말고 내일의 준비를 위해 공부하라는 것. 학생은 오늘을 위해 존재하는 것이 아니라 내일을 위해 존재한다는 것. 어떤 미친놈이 공부해서 출세하고 싶지 않겠는가. 최루탄을 던지게 만든 장본인은 누구인가. 공부, 공부하는데 무슨 공부인가. 양시론인가, 아니면 양비론인가. 못된 정권이 국권을 비벼 먹고 말아 먹는데 성년이 넘은 학생은 바라만 보라는 논리는 과연 정당한 것인가.

다시, 학생만 매도하면 먹물도사라는 위장 전술이 벗겨질까 염려하여 정부를 비난하는 변죽을 울린다. 물가 안정, 부동산 투기 금지, 금융실명제 실시 등 뻔한 식단이다. 기회주의자의 둔갑술 강의는 이렇게 끝난다. 그러나 뒤푸리가 남아 있다. 즉, 강의 내용을 왜곡하여 학생들이 대자보를 붙인 데 실망하여 교단을 떠난다는 김동길의 주장은 왠지 진지한 교육자적 자기 성찰이 아니라 침해당한 자존심에 대한 보복처럼 보였다면 천박한 식견일까. 일천한 교육 경험에 의하면 교육 현장에서 제일 중요한 것은 자존심이 아니라 신뢰감이라는 사실을 나는 여러 차례 깨친 바 있다. 그런데 김동길은 이런 사실은 망각한 채 자기 기만적 변설을 늘어놓고 있다.

김지하는 어떤가. 자신의 말대로 가치전도적 자기 조정을 일삼던 그는 먹물 도사의 경지를 넘어서서 보수 우익 테러를 자행하게 된다.

보수 우익 진영이 진보 좌익 진영을 때려잡는 고전적 방법은 용공성과 도덕성을 공격하는 것이다.

김지하가 시위 학생들의 멱살을 잡고 급소를 찌른 곳이 바로 거기였다. 빨갱이로 몰아서 보안법으로 얽어매는 일이고, 운동권 학생들의 도덕성에 흠집을 냄으로써 대중의 호응을 차단하여 급한 불을 끄는 일이다. 박정희 군사 파쇼 아래서 자신을 옥죄던 두 개의 올무를 이제는 학생들에게 씌우려 하니 참으로 역사의 아이러니가 아닐 수 없다.

5월 5일 대중의 함성은 쟁쟁한데 김지하는 외친다. '젊은 벗들 ! 역사에서 무엇을 배우는가.' 군중들은 응답한다. '배신과 투항을 배운다.'

    (1) 당신들 자신의 생명은 그렇게도 가벼운가. 한 개인의 생명은 정권보다도 더 크다. 이것이 모든 참된 운동의 출발점이어야 한다. 당신들은 '민중을 위해서 !'라고 말한다. 그것이 당신들의 방향이다. 당신들은 '민중에게서 배우자 !'라고 외친다. 그것이 당신들의 공부이다. 민중의 무엇을 위해서인가. 민중의 생명의 보위, 그 해방을 위해서일 것이다. 당신들이 믿고 있는 그 해방의 전망은 확고한가. 목적에 대한 신념은 과학적으로 확실한가. 만약 그것이 기존의 사회주의라면 그 전망은 이미 끝이 났다. 만약 그것도 아니라면 민족이 패망하는 극한 상황도 아닌 터에 생명 포기를 요구할 정도의 목적의 인프레션 따위는 있을 수도 없으며 다만 뼈를 깎는 기다림과 겸허한 모색이 있을

뿐이다.

(2) 스스로도 확신 못하는 환상적 전망을 가지고 감히 누구를 지도하고 누구를 선동하려 하는가. 더욱이 죽음을 찬양하고 요구하는가. 제정신인가, 아닌가. '과학'이란 말을 자주 쓴다. 그것이 과학인가. 그보다도 더 자주 '정치'라는 말을 쓴다. 그것이 정치인가. 분명히 못박아 말하지만 정치란 도덕적 확신에 기초한 엄밀한 이성과 수학의 세계다.

(3) 전환기는 필연이 아니라 우연이 지배하는 것이 특징이다. 실수하기 안성맞춤이다. 조심하지 않으면 안된다. 하나 지금 당신들은 조심성이 있고 없고의 차원을 훨씬 넘어섰다. 당연한 얘기지만 고전적인 마르크스 레닌주의나 주사파의 스테레오 타입마저 이미 이탈했다.

철부지라는 말도 정확하지 않다. 당신들은 지금 극히 위태롭다. 생명은 자기 목숨이라 하더라도 함부로 할 수 없는 무서운 것인데 하물며 남의 죽음을 제멋대로 부풀려 좌지우지 정치적 목표 아래 이용할 수 있단 말인가. 그럴 수도 있다고 대답하는 모양인데, 그렇다. 바로 그 대답에 당신들의 병의 뿌리가 있고 문제의 초점이 있다.

지금 당신들 주변에는 검은 유령이 배회하고 있다. 그 유령의 이름을 분명히 말한다. '네크로필리아' 시체 선호증이다. 싹쓸이 충동, 자살 특공대 테러리즘과 파시즘의 시작이다.

(4) 자살은 전염된다. 당신들은 지금 전염을 부채질하고 있다. 열사 호칭과 대규모 장례식으로 연약한 영혼에 대해 끊임없이 죽음을 유혹하는 암시를 보내고 있다. 생명 말살에 환각적 명성을 들씌워주고 있다. 컴컴하고 기괴한 심리적 원형이 난무한다.

삶의 행진이 아니라 죽음의 행진이 시작되고 있다. 그것이 해방의 몸짓인가. 무엇을 해방할 작정인가. 귀신인가.

절정은 당신들의 그 혼을 분리하는 곳에 있다. 시체가 당신들의 것인가. 왜 탈취하려 하는가.[57]

---

57) 김지하, 「젊은 벗들 ! 역사에서 무엇을 배우는가」, 『조선일보』, 1991년 5월 5일자

생명이란 무엇인가. 존명에다 신명을 더한 개념이다. 생명은 신명, 신명은 생명이다. 신명이 없는 존명은 생명이 아니라 목숨이다.

김지하의 테러는 사회적 생명을 짓밟고 목숨에 집착하는 반생명 사상에서 출발한다. 원인은 외면하고 결과는 직시하며, 착취 지배 구조는 숨겨 두고 민중 문맹 구조는 발겨 놓고 현상만을 볼 뿐이다.

또 김지하의 세계는 가치가 전도된다. 검은 것은 희고 흰 것은 검으며 정의는 불의이고 불의는 정의이며 양민은 도적이고 도적은 양민인 세계이다.

그런데 우리 선인들은 생명을 어떻게 생각하였나. 생명은 고귀한 것이나 수치스러운 존명을 꾀하지 않았다. 수치스러운 존명보다는 죽음을 선택하였다. 열녀나 충신이 죽음을 선택한 것이 그 보기이다. 나라가 수치를 당해도 목숨을 끊었다. 부끄러운 목숨을 생명으로 여기지 않았다. 다른 생명을 희생하여 내 생명을 도모하지 않았다. 이것이 우리 선인들의 위대한 삶, 슬기로운 선택이었다. 그러한 선택에는 언제나 용기와 결단이 뒤따라야만 했다.

(1)에서 김지하는 말한다. 생명은 정권보다 크다. 이것이 참된 운동의 출발점이다. 맞는 말이다. 그러나 참된 운동의 출발점은 정권보다 큰 생명을 단순한 존명의 차원에서 출발할 것이 아니라 생명다운 생명을 지키는 데서 출발해야 한다. 생명다운 생명이 지켜지지 않을 때 값비싼 희생은 불가피하다. 소절(小節)을 버리고 대의(大義)를 따라야 한다. 소절을 따르는 것은 범부의 삶이고 대의를 따르는 것은 장부의 삶이다. '민중의 삶' '민중의 가치'를 중심에 두고 거기에 설 자리와 갈 길을 찾는 삶은 존명보다는 대의에 가깝다. 김지하는 묻는다. 민중 해방의 전망은 확실한가. 목적에 대한 신념은 과학적인가. 전망이 확실하고 신념이 과학적일 때만 싸우는 자는 기회주의자이다. 승산 없는 싸움도 해야 하는 까닭은 불의를 무찌르고 정의를 세워야 하는 소이이다.

사회주의는 끝장이 났고 민족이 패망하는 상황도 아니니 오직 뼈를 깎는 기다림과 겸허한 모색이 있을 뿐이라고 김지하는 말한다.

김지하는 본말을 전도한다. 싸움의 대상은 생명을 짓밟는 정부 폭력과 정부 폭력이 자행하는 비도덕성이다. 김지하의 표현대로 하자면 신바람 나는 생명이 파괴되었으니 생명 되돌리기, 대전환을 하자는 것이다. 거기에다 '사회주의 끝장' '민족 패망의 상황' 따위의 말이 무슨 소용인가. 한 생명이 군홧발에 짓밟히고 쇠파이프에 맞아 죽는 상황인데 '뼈를 깎는 기다림' '겸허한 모색'이 있을 뿐이라니 김지하는 구름똥 싸는 도사인가, 아니면 가치전도증 환자인가.

(2)에서 김지하는 운동권 학생들을 가차없이 질타한다. 환상적 전망을 가지고 누구를 지도하며 죽음을 찬양하고 요구하니 제정신이냐고 묻는다. 또, 운동권 학생들의 정치와 과학을 비웃는다. 김지하가 볼 때 정치란 '도덕적 확신에 찬 이성과 수학의 세계'이다.

김지하야말로 환상적 몽상가이다. 양놈 학자도 정치란 '최악의 선택'이라고 했는데, 이 땅의 정치가 언제 이성과 수학에 바탕을 두었던가. 우리의 정치는 '최악의 선택'이라는 차원을 넘어서 '주먹구구식 감정'이하로 전락하여 왔다 그 결과, 무수한 날을 지하 감옥의 어둠 속에서 가래 끓는 소리로 신음하고 절규했다. 제정신인가. 그 날을 잊었는가. 그때는 그때고 지금은 지금인가.

(3)에서 김지하는 말한다. 전환기는 필연보다 우연이 지배하니 실수하기 쉽다. 그러니 조심하지 않으면 안된다. 그런데 운동권 학생들은 조심성 없는 철부지들이며 고전적 마르크스 레닌주의자 심지어 주사파 판박이 틀을 벗어났다는 것이다. 남의 죽음을 부풀리고 정치적으로 이용하는 행위는 네크로필리아, 시체 선호증이다. 그것은 싹쓸이 충동, 자살 특공대, 테러리즘, 파시즘의 시작이라는 것이다.

김지하의 이러한 주장을 전면 수용하자. 그렇다면 이러한 폭력의 씨앗을 제공한 원인 제공자인 지배층은 무엇이 되는가. 네크로필리아 방조자, 싹쓸이 충동을 부추기는 선동가, 테러리즘·파시즘의 배후 세력, 자살 특공대의 양성자가 된다. 도대체 이러한 지배층의 도덕성은 분신 자살자보다 위인가, 아래인가. 더구나 그들은 자칭 철든 어른들이다.

(4) 생명, 생명 하지 말라. 당신의 생명 사상은 지배층을 옹호하고 민중의 무

장 해제를 요구하는 생명 사상이다. '생명은 중하다' '생명은 가벼운 것이 아니다' 하는데 어떤 사람이 제 생명 귀하지 않겠는가. 당신의 이러한 주장은 반정부 세력의 도덕성에 흠집 내기 전략일 뿐이다.

문제의 심각성은 이러한 어처구니없는 주장이 보수 지배 세력에게 그들이 빠져나갈 개구멍을 마련해 주었으며 다수의 선량한 대중에게 재야 운동권 세력의 도덕성에 회의감을 안겨 주었다는 데 있다. 그리하여 민주화의 물결을 가로막고 역사의 흐름을 반역하였다.

이러한 김지하의 허무주의적 생명론과 기만적 허위 의식이 발표되자 이에 반발하는 여론도 물끓듯 하였다. 그러한 글 가운데 강경대 누나 강선미 (당시 21세 명지대 중문 3)가 한겨레신문에 보낸 편지 「'경대가 숨질 때 당신은 어디 있었나' - 김지하 씨 거짓 생명론, 젊은이 희생 모독」(『한겨레신문』 1991년 5월 8일자)은 절절하다.

하지만 5일자 『조선일보』를 보고 나서 우리 가족은 모두 분노했다. 당신의 가슴속에 가득찬 허무주의적 생각과 뻣뻣하고 차가운 생명론을 보고 당신이 불쌍해 보이기까지 했다. 당신은 부모가 자식의 죽음을 이용할 수 있다고 생각하는가? '내 자식 나에게 달라'고 애원하는 부모님께 아직도 정권은 동생을 돌려주지 않았다. 못 박힌 가슴에 잔인한 망치질을 해대고 있다. 누가 우리 경대의 죽음을 부풀려 정치적으로 이용하고 있단 말인가. 우리들인가. 경대의 부활을 이야기하는 사람들을 말하는가. 당신의 양심에 묻고 싶다. 당신은 내 동생의 죽음에 고개 숙여 가슴 아파 한 적이 있는가? (……)

당신은 개인의 생명을 정권보다 소중하다고 했다. 그럼 내 동생의 생명은 어디 있는가? (……)

이제 당신은 허무주의자이다. 내 동생과 동지들의 죽음을 모독한 부끄러운 기회주의자일 뿐이다. (……)

경대를 비롯한 여러 학우들의 죽음은 단순히 분노와 결단에 의해서만이 아닌 이 시대의 폭력 독재 정권이 잉태하고 있는 모순들 속에서 이미 예고되었던 것이다. 그런데 죽음으로밖에 저항할 수 없어 산화한 젊음들더러 철부지, 경박한 사람이라 하는 당신이야말로 민중에게서 배우지 못한 자다. 생명론을 말하지만 희망을 보는 것이 아니라 죽음의 공포만을 느끼고 있다. 운동이 끝장난 것이 아니라, 당신이 운동의 대열에서 이탈했을 뿐이다. 젊음들의 죽음을 더 이상 모독하지 말라.[58]

당대 사실을 전위에서 보도했던 『말』지는 '을사 5적'에 비겨 김수환, 김동길 김지하, 박홍과 『조선일보』를 '신미 5적'으로 규정한 바 있다.

식자란 누구인가. 식자란 무엇을 하는 사람인가. 나라가 어려울 때 직언을 피하고 아첨과 곡필을 일삼는다면 식자란 무엇 때문에 존재하는가. 겉으로는 민족을 말하고 속으로는 먹물도사 노릇을 일삼는다면 역사 앞에 범죄자가 되는 것은 아닌가. 그 결과 많은 젊은이가 묶여 가고 죽어 갔다면 식자의 책임이란 무엇인가.

강제 납북된 이광수에게 일거리를 주지 않아 비렁뱅이 신세로 굶어 죽었다는 일설은 식자에게 시사하는 바 크다. 그리하여 매천은 절명시에서 이렇게 외친다.

　　글 아는 사람 노릇 힘이 들구나
　　입에 댄 약사발 세 번이나 떼었네

김지하가 변절하고 나자 뒷소문이 요란하였다. 요약하면 외압설과 자진설이다. '외압'이든 '자진'이든 책임 주체는 김지하 자신이다.

그렇다면 허무주의 허위 의식의 가치전도증이 일어난 배경은 무엇인가.

1980년 12월 11일 형집행 정지로 석방된 김지하는 스스로 조정 국면, 또는 투항 국면을 맞게 되며 이러한 굴절 과정이 시로 등가된 것이 1986년 실천문학사에서 간행한 『애린 1·2』 등이다.

---

58) 강선미, 「'경대가 숨질 때 당신은 어디 있었나'」, 『한겨레신문』, 1991년 5월 8일자

『애린』의 주제는 다소 통속적이어서 '애린'의 실제 인물이 누구냐 하는 것은 참으로 '우스운' '바보짓'에서 출발한다. 김지하도 이 점에 대하여 예민한 반응을 보이고 있어 얼마간은 현학적이기까지 하다.

첫째, 김지하의 '애린'을 과대 포장하여 의미 과잉을 만드는 사족을 경계한다. 예를 들면, '그리움' '목마름' '잃어버린 민주주의' '분단된 조국' 따위가 그것이다.

구태여 말한다면 '애린'이란, '모든 죽어 간 것' '죽어서도 살아 떠도는 것' '살아서도 죽어 고통받는 것' 그 모든 것에 대한 진혼곡이라는 것이다. 요약하면 중음신에 의미 가감된 것에 대한 진혼곡이다.

그런데 의미가 가감된 중음신에 대한 진혼의 마음은 사람에게도 사물에게도 있다. 안타깝고 한스럽고 애련스럽고 애잔하며 한스러운 진혼의 마음은 모든 사람(나에게 너에게), 모든 사물 (풀벌레, 나무, 바람, 능금, 복사꽃, 똥 속에 마저 산 것) 속에 살아 있다. 또 그 진혼의 마음은 매순간 죽어 가며 매순간 태어난다.

그리하여 이문구는 『애린』을 일러 '인물시' '만물시'라 부른다.

둘째로 김지하가 볼 때 출옥 후 1986년 이전의 상황은 아직도 바람은 서쪽에서 부는 정세이고, 식자들은 그 바람결에 우줄우줄 춤추는 허수아비 신세지만, 어찌 뼈대마저 없으랴. 바람에 시달리는 그 뼈대가 '울부짖는 소리' 그것이 바로 애린이라는 것이다. 죽고 새롭게 태어남이다. 몹시 티끌 이는 날, 두견꽃이 죽어 간 날, 누군가 새롭게 태어난다. 술상 밑에서, 애기파 속에서, 겨울 강에서.59)

그러니까, 김지하의 '애린'이란 중음신에 대한 달램, 바람에 대한 울부짖음이다. 죽고 새롭게 태어난다는 것은 무엇인가. 소를 찾아 나서는 일이다. 고삐를 끊고 나간 소란 무엇인가. 도 또는 법이다. 이 경우 '애린'은 '누구인가'가 아니라 '무엇인가'가 된다. '애린'은 '고행', 또는 '수행'이 된다. '달램'과 '울부짖음'

---

59) 김지하, 『애린 · 1』, 실천문학사, 1986, 6~7쪽

통해 새롭게 태어남. 김지하의 용어로는 '부활' 또는 '개벽'이다. 이럴 경우, '애린'의 뱀발로 치부했던 '그리움' '목마름' '잃어버린 민주주의' '분단된 조국'이 자연스레 되살아난다. 그러나 조심하지 않으면 안된다. 『애린』은 그렇게 빼어난 시집이 아니다.

　이러한 점을 감안하면서 「소를 찾아 나서다」를 읽어보자.

　　　네 얼굴이
　　　애린
　　　네 목소리가 생각 안 난다
　　　어디 있느냐 지금 어디
　　　기인 그림자 끌며 노을진 낯선 도시
　　　거리 거리 찾아헤맨다
　　　어디 있느냐 지금 어디
　　　캄캄한 지하실 시멘트벽에 피로 그린
　　　네 미소가
　　　애린
　　　네 속삭임 소리가 기억 안 난다
　　　지쳐 엎드린 포장마차 좌판 위에
　　　타오르는 카바이트 불꽃 홀로
　　　가녀리게 애잔하게
　　　가투 나선 젊은이들 노래소리에 흔들린다

　　　　　김지하 「소를 찾아 나서다 - 열 가지 소노래 첫째」 전문

　시가 여느 시와 다른 점은 '애린'이라는 낯선 여성 명사가 들어 있다는 것. '캄캄한 지하실 시멘트벽에 피로 그린'이라는 한 줄의 분위기 서술을 빼고 나면 김지하가 '애린'이라는 여성 명사에 부여했던 엄청난 의미는 처음부터 엇나가 버린다. 아니, 경인년 난리 때 림화의 서사시를 연상시키게도 하고 요즘 통속 가수들의 대중가요를 떠올리게도 만든다. '기인 그림자 끌며 노을 진 낯선

도시' 또는 '포장마차 좌판' '카바이트 불꽃' 등으로 미루어 어느 겨울밤 꼭지 안 떨어진 사내가 기억 안 나는 여인을 찾아 헤맨다는 통속적 줄거리가 주조음 을 이루고 있다. 이따위 시에 도와 법을 말하고 고행과 수행을 적용한다는 것 은 쑥스러운 일이다. 다만 분명한 것은 김지하의 전기 시집『황토』『타는 목마 름으로』보다 후키 시집『애린 1·2』『별빛을 우러르며』는 패색과 병색이 완연 하여 전기 시집의 혁명이나 열정은 빛이 바랬다는 사실이다. 그것은 중음신에 가까운 가련한 자아에 대한 달램인지는 모르나 적어도 바람에 대한 울부짖음 이나 절규는 아니며 더구나 부활과는 거리가 멀다.

그러나 1991년 김지하의 변절을 체험하지 못한 채 세상을 떠난 채광석은 선 배에 대한 최대의 애정을 표한다.

『황토』의「황톳길」『애린』의「소를 찾아 나서다」의 두 편의 시는 각기 '애 비와의 일치', '애린과의 일치'를 향한 고행의 노래인 바 전자부터 살펴보자면 전자의 기본축은 '간다'에 있다. 어디로 가는가? '(가마니 속에서)애비가 죽은 곳'이다. 이렇듯 분명한 정처를 향해 가는 움직임은 그 도중에 다소의 우회가 있다손 치더라도 크게 보아 일직선적인 움직임이 아닐 수 없다. 그런 까닭에 이 시는 두 눈 부릅뜨고 미칠 듯이 끓어오르는 한과 분노의 오열을 터뜨리면 서 '애비가 죽은 곳'을 향해 일직선으로 육박해 가는 투사의 모습을 보여주고 있다. 시적 상황을 보건대 그냥 가는 것이 아니라 철삿줄로 묶인 채 끌려가는 것인 듯하나 그렇다고 하더라도 그 움직임이 일직선적인 것이라는 사실에 변 함이 있는 것은 아니다. 반면에 후자의 기본축은 '헤맨다'이다. '헤맨다'는 것 은 곧 정처가 없거나 불분명하다는 것을 의미한다. 그리고 이렇듯 정처 없이 헤매는 움직임은 그 도중에 다소의 직선적인 움직임이 있다손 치더라도 또는 그것이 직선적인 움직임의 연속이라 할지라도 크게 보아 곡선적인 움직임이 다. 과연 이 시는 '캄캄한 지하실'을 출발점으로 하여 어디에 있는지 알 수 없 는 '애린'을 찾아 낯선 거리를 꾸불꾸불 정처 없이 헤매는 쓸쓸하고 지친 구 도자의 애타게 숨죽여 흐느끼는 모습을 보여주고 있다.60)

---

60) 채광석, 「'황토'에서 '애린'까지」, 김지하 시집 『애린 1』 발문, 실천문학사

김지하에 대한 글 가운데 채광석의 발문은 탁월하다. '애비'와 '애린'이 이음동격(異音同格)이라는 출발점은 '간다'와 '헤맨다'의 종착점을 감옥으로 잡고 하나는 직선적 움직임, 다른 하나는 곡선적 움직임으로 파악한 것은 채광석의 뛰어난 통찰력이 아닐 수 없다.

그러나 문제는 이러한 가설을 충족시킬 작품이 담보되어야 하는 데 있다.

김지하가 소를 찾아 수행, 또는 고행에서 본 것은 무수히 널린 소 발자국, 즉 둥글고 싶어지는 본능과 둥글기를 거부하는 자아 사이의 갈등인 바 이를 '원형 지향성'이라 부를 만하다.

그렇다면 김지하는 이러한 둥근 것을 지향한다는 의미에서 '원형 지향성'을 통해 진정한 고행을 통해 법 또는 도를 찾은 것인가. 아니면 현실에 투항하여 '의식 길들이기' 또는 '의식 잠재우기' 과정에서 되살아나는 서푼 양심을 향해 허위 의식과도 같은 짜증을 부린 것일까. 「결핍」 「둥글기 때문」 등 두 편 시를 통해 살펴보자.

「결핍」에서는 두 세상이 대립되어 있다. 하나는 찬 것, 모난 것, 딱딱한 것, 녹슨 것, 낡고 썩고 삭아지는 것뿐인 이 세상이다. 이러한 세상에서 시적 자아는 마음마저 녹슬고 모가 난다. 그래서 시적 자아는 두 손을 쥐었다 폈다 하면서 벽 위에 허공에 마룻장에 자꾸만 동그라미를 그리면서 다른 세상인 동그라미 세계로 원형 지향성을 보이게 된다.

무엇이든 동그랗고 보드랍고 말랑말랑한, 무엇이든 가볍고 밝고 작고 해맑은 공, 풍선, 비눗방울, 능금, 은행, 수국, 함박, 참외, 솜사탕, 뭉게구름, 고양이 허리, 애기 턱, 아가씨들 엉덩이, 하얀 옛 항아리, 그리고 둥근 원에 집착하게 된다.

그러한 원형 지향성은 작고 보드라운 애린의 젖가슴을 어루만지거나 이름을 부르거나 얼굴을 그릴 때 목소리를 떠올릴 때 조금씩 동그래지고 보드라워지고 해맑아져 가는 자기 순치 현상으로 구체화된다. 그러나 그러한 자기 순치

1986, 145쪽

현상이 안이한 현실 투항, 또는 허위 의식의 자기 합리화일 뿐 진정한 소 찾기
가 아님은 자명하다.

아직도 일말의 양심은 살아 시퍼렇게 살아 아무리 애린을 부르려 해도 그리
려 해도 떠올리려 해도 잘 안되는 가시밭 구실을 한다.

이러한 두 세계에 대한 치열한 대립 구조를 세부 묘사한 시가 「둥글기 때
문」이다. 시에서는 「결핍」에서 관념적으로 드러나던 원형 지향성이 원형 실천
성으로 형상화된다.

손으로 공을 마구 주무르는 건, 골동상 유리창 깨고 들어가 옛 항아리 쓰다
듬는 건, 노점상 수북히 쌓인 사과 알을 만지는 건, 좁은 바지 아가씨 뒷모습에
발걸음 바빠지는 건, 모두 둥글기 때문이라는 것이다. 개 같은 세상에 허덕이
며 사는 것도 지구가 둥글기 때문이며 절간을 자주 찾는 것도 부처님 미소가
둥글기 때문이라는 것이다.

그렇다면 왜 김지하는 일종의 허위 의식과도 같은 원형 지향성을 보이는 것
일까. 모난 데만 싸여 살아 허천이 났고, 딱딱한 데 뾰죽한 데 얻어맞고 찔려
산 김지하는 환장하게 보드랍고 미치게 둥근 것에 건갈이 났기 때문이다. 고문
을 받고 감옥을 산다는 것이 육체만 좀먹는 것이 아니라, 정신까지도 황폐화시
킨다는 실증적인 보기가 바로 김지하인 셈이다. 김지하가 유배 생활을 하는 동
안에도 세상은 자연 질서에 따라 흘러갔다. 멈추지 않고 흘러가는 자연 질서
앞에 문득 김지하가 섰을 때 김지하가 얻은 것은 무엇이고 잃은 것은 무엇일
까.

돌담 기대 친구 손 붙들고
토한 뒤 눈물 닦고 코 풀고 나서
우러른 잿빛 하늘
무화과 한 그루가 그마저 가려 섰다

이봐

내겐 꽃시절이 없었어
꽃 없이 바로 열매맺는 게
그게 무화과 아닌가
어떤가
친구는 손 뽑아 등 다스려주며
이것 봐
열매 속에서 속꽃 피는 게
그게 무화과 아닌가
어떤가

일어나 둘이서 검은 개굴창가 따라
비틀거리며 걷는다
검은 도둑괭이 하나가 날쌔게
개울창을 가로지른다.

김지하 「무화과」 전문

잃은 것은 꽃시절, 얻은 것은 속꽃인가. 속꽃의 실체는 무엇인가. 민중의 아우성, 쇳소리 나는 군중의 환호인가. 대중이란 자연처럼 잔인한 것이다. 그렇다면 속꽃의 진정한 의미는 무엇인가. 허천난 둥그럼증, 갈증난 부드럼증, 그 밖에 무엇인가. 허위 의식과 가치전도증인가.

아니 김지하의 시란 무엇인가. 중음신과도 같은 자신을 달래는 사랑 기구 '애린'인가, 아니면 바람을 향해 울부짖는 '소'인가. 법과 도를 찾는 고행인가 수행인가.

김지하가 1991년 민주화 대투쟁에서 어떻게 반역하였는지는 자명하다. 오랜 유배 생활이 빚어낸 육신의 병과 마음의 상처가 가치전도증을 유발했다는 변명은 동정 받을 일이나 동조할 수 있는 사실은 아니다. 초기부터 김지하의 민중관은 일정하게 비판적이었으며, 그러한 세계관의 또 다른 변형이 1991년의 폭력 발언이라는 주장도 설득력이 없다. 김지하는 변명할 수 없는 거대한 경칠 놈의 어둠을 민족사에 던져 놓고 있다.

김지하의 사회적 문학적 생명을 정확히 1964년부터 1991년으로 한정한다면 이 시대의 김지하는 '일어서는 풀잎'의 반파쇼 민주화 투쟁가요, 기존 문학 형식을 일정하게 수정한 문체 변혁가였다.

다음과 같은 진술은 서울대 사단의 대표적 한계를 보여준다.

> 분명히 김지하의 출현은 70년대 이 땅에서 하나의 신화에 속한다고 할 것입니다. 그는 70년대 내내 영어 생활을 되풀이하면서 유신 독재 정권과 온몸으로 맞서 싸움으로써 이 땅 정치적 수난의 한 표적이 되었기 때문입니다. 그러면서도 기존 분단 상황하에서 길들여져 왔던 순수 편향성과 예술주의 문단 풍토에 혁명적 반역을 시도함으로써 크고 깊은 충격을 던져주었기 때문입니다. 그의 문학이 지닌 정치적 대담성과 문학적 파격성은 이 땅 문학에 '시드는 힘과 새로 피어오르는 모든 힘의 / 기인 싸움을 알리는' (「들녘」) 하나의 선전 포고에 해당한다고 하겠습니다. 김지하의 문학 세계를 관류하는 기본 흐름은 부정 정신이며 비극적 세계관이라고 할 것입니다.[61]

민주 투쟁가의 시대는 다시 두 시기로 갈라 볼 수 있다. 즉 1964년 비상 계엄령 위반 혐의로 투옥, 4개월 만에 기소유예로 석방되면서 시작한 기나긴 유배 생활인, 1980년 형집행 정지로 풀려나기까지의 14년은 민주 투쟁가이면서도 문체 혁명가의 면모가 돋보이던 시대요, 1980년 이후 1991년 변절까지 11년은 병마에 시달리면서도 비교적 안정을 누리면서 집필에 전념할 수 있었던 시대였다.

군사 쿠데타가 일어난 1960년대와 유신 체제의 1970년대를 흔히 군사 파쇼 시대라고 부른다. 경제 개발이라는 미명 아래서 박정희 군사 정권의 장기 집권

---

61) 김재홍, 「고단한 삶과 애달픈 사랑 - '부정 정신과 희망의 시학'」, 『현대시학』, 1989년 9월호, 89쪽

음모는 국제적 고립을 초래하였고 이를 만회하려는 정치적 탄압이 시작되었다. 위수령과 계엄령 아래서 반공 이념이 강화되고 상대적으로 인권이 짓밟혔다.

북한을 '북괴'라고 부르지 않고 북한이라고 불렀대서 고발당하고, 대학교수가 제자를 보안 당국에 밀고하고 한밤중 몇 명이 모여 술을 마실 때는 수시로 방문을 열어 보던 어둡고 답답한 시대에 김지하는 투옥, 지명수배, 잠행 등으로 '얼룩진 민주 투쟁가'로서의 삶을 살았다.

1964년 기소유예로 석방된 후 1965년에는 지명수배를 받고 잠행을 하던 중 1969년 『시인』지에 「서울로 가는 길」 외 4편의 시를 발표하여 문단에 등단하였다.

1970년 『사상계』 5월호에 담시 「오적(五賊)」을 발표, 다시 신민당 기관지 『민주전선』에 게재, 반공법 위반으로 투옥되었다. 6월 국회서 이를 문제 삼아 판사 직권으로 보석되었고 그 해 12월 처녀 시집 『황토』를 간행하였다.

1971년 위수령이 발동되고 김지하는 지하로 잠적했으며 1972년 『창조』 4월호에 담시 「비어」를 발표, 반공법으로 입건되었으나 불기소 처분을 받았다.

1974년 민청학련에 관련 지명수배를 받던 중 대흑산도에서 체포·기소되고 보통 군법회의에서 사형이 선고되었으나 무기징역으로 감형 발표, 1975년 2월 15일 형집행 정지로 출옥, 3월 13일 성북동에서 재체포되어 중정으로 이첩되었다. 1976년 12월 31일 반공법을 적용, 무기징역에 보태어 징역 7년 자격정지 7년 언도, 1980년 12월 11일 형집행 정지로 석방되었다.

이상에서 김지하의 유배 생활을 간략히 살펴본 바와 같이 1970년대 유신 정권 아래서 김지하의 꽃시절은 투옥, 수배, 감시로 점철되었다. 이러한 투쟁은 적게는 박정희 군사 정권의 체통과 서울대 명예의 싸움이었고, 크게는 군사 파쇼와 맞서 싸운 국내외적 싸움이었으며 반파쇼 민주화 투쟁에 일정한 기여를 하게 된다.

한편, 담시 「오적」 발표 이후 김지하는 문학 정형을 과감히 파괴하고 새로운 민중 양식을 창조함으로써 '문체 변혁가'의 명예를 아울러 누릴 수 있었다.

이러한 문학적 성과는 오랜 유배 생활에서 풀려난 1980년대에 구체적 결실을 맺게 된다.

즉, 시선집『타는 목마름으로』(창비 1982), 대설『남(南)』(창비 1982) 첫째 권과 이야기 모음『밥』(분도 1984)이 간행되고 처녀 시집『황토』(풀빛 1984)가 재간행되고『남(南)』둘째 권이 1984년에 셋째 권이 1985년에 나왔다.

『애린 1·2』(실천문학 1986), 서정 시집『별밭을 우러르며』(동광 1989)가 발간되었다.

'민주화 투쟁가' '문체 변혁가'로 살았던 1970, 80년대 김지하 시의 추임새는 무엇일까. 이러한 답변을 얻어내기 위하여 험난한 항해를 무릅써 왔다.

김지하 시는 핏빛 황토, 그 황토에 중음신과도 같이 사는 민중의 부름에 절규, 함성, 아우성 같은 외침이며, 담시의 경우 폭력적 풍자적 외침이다. 이러한 시의 기능이 '사랑의 불꽃'으로 울리기를 김지하는 갈망한다.

시에 대한 김지하의 기능적 인식은 처녀 시집『황토』후기에 잘 드러나며, 이러한 초기 인식은 처녀 평론「풍자냐, 자살이냐」에서 갈등을 겪고, 마침내「고행」에서 완성된다. 로터스상 수상 연설「창조적인 통일을 위하여」에 이르면 지배 세력에 투항하여 굴절된 생명 사상으로 전락하며, 뒤에서 검토하는 바와 같이 김지하의 시는 폭력적인 바람에 대한 울부짖음이 아니라 이기적인 달램으로 전락하고 만다. 그러면 혁명가 시대의 추임새란 구체적으로 무엇인가.

김지하를 불러 세운 것은 핏빛 황토였다. 죽은 듯 살고 산 듯 죽은 중음신이 사는 땅. 이 작은 반도는 원귀들의 아우성으로 가득 차 있다. 외침, 전쟁, 곡성, 반란, 악질과 굶주림으로 죽어 간 숱한 인간들의 한에 가득 찬 곡성이 낭자한 땅 한반도. 그 앓는 소리의 매체, 그 한의 전달자, 역사적 비극의 예리한 의식, 김지하는 그의 시가 그러한 것으로 되기를 원해 왔다. 강신(降神)의 시로.

핏빛 황토의 부름에 응답하는 외침새는 각성의 외침, 또는 풍자적 외침이다. 그러나 가위눌린 의식이 깨도되기란 참으로 힘들다.

우리들의 의식은 가위눌려 있다. 반은 잠들고 반은 깨인 채, 외치려 하나 외쳐지지 않고, 결정적으로 깨어나고자 몸부림치나 결정적으로 깨어나지질 않는다. 죽도록 몸부림치지만 그것은 작은 몸짓에 지나지 않고, 필사적으로 아우성치지만 그것은 작은 신음으로 밖에는 발음되지 않는다.[62]

그러니까 김지하의 외침이란 깨도의 몸부림, 작은 신음, 작은 몸짓, 제동 당한 격동의 필사적인 자기표현으로서의 어떤 짧은 부르짖음이다. 이것이 김지하 외침새의 첫 번째 양식이며 자신은 그러한 형식을 악몽의 시라고 부른다.

김지하 외침새의 두 번째 양식은 빛을 향한 낮은 포복, 행동으로 실천하는 방식이다. 찬란한 빛 속에 살기를 원하지 않는 사람이 있는가. 없다. 시인이 미친 듯 갈망한 것은 빛이다. 원하지만 어쩔 것인가. 어쩔 수도 없다. 다만 늪과도 같은 밤의 어둠으로부터 영롱한 저 그리운 새벽을 향하여 헐떡거리며 기어 나갈 뿐이다. 포복. 잠시도 쉬지 않는 피투성이의 포복. 이러한 외침새를 김지하는 행동의 시라고 부른다.

세 번째 외침새는 후술하는 바와 같이 폭력적 외침, 또는 풍자적 외침이다.

김지하 시의 울림새는 세계에 대한 인간에 대한 모든 대상에 대한 사랑, 악몽도 강신도 행동도 모두 이 사랑으로부터 비롯되는 그러한 사랑이다. 사랑의 불꽃 같은 뜨거운 언어가 갖는 감응력이다.

김지하는 시의 울림새에 대하여 아직도 철저한 각성을 하지 못했지만 생명 사상의 떡잎이 노랗게 자라나 있었다. 그것은 극히 막연한 사랑에 대한 그리움 증, 또는 비과학적 신비주의에 근거를 두고 있었다. 김지하가 초기에 찾으려 했던 소는 진흙창에서만 피어나는 연꽃의 숨은 뜻, 고졸(古拙)의 세계요, 또는 투명한 가없는 자유의 높이 따위였다.

그러한 관념론 세계에서 소를 찾기 위해서는 끝없는 방황, 쉴 새 없는 개입, 좌절과 절망의 깊은 수렁을 통과해야 하며, 끝내 버림받으면서도 끝끝내 사랑

---

62) 김지하, 『황토』 후기, 한얼문고, 1970, 101쪽

하는 뜨겁고 끈덕진 열정에 의해서만 가능하다고 극히 감상적 생각을 하고 있다.

　그러면 이러한 추임새가 구체적인 그의 시 속에서 어떤 항전력을 갖는 것일까. 김지하의 초기 대표시 가운데 한 편인 「황톳길」을 중심으로 살펴보자.

　　　황톳길에 선연한
　　　핏자욱 핏자욱 따라
　　　나는 간다 애비야
　　　네가 죽었고
　　　지금은 검고 해만 타는 곳
　　　두 손엔 철삿줄
　　　뜨거운 해가
　　　땀과 눈물과 모밀밭을 태우는
　　　총부리 칼날 아래 더위 속으로
　　　나는 간다 애비야
　　　네가 죽은 곳
　　　부줏머리 갯가에 숭어가 뛸 때
　　　가마니 속에서 네가 죽은 곳

　　　밤마다 오포산에 불이 오를 때
　　　울타리 탱자도 서슬 푸른 속이파리
　　　뻗시디뻗신 성장처럼 억세인
　　　황토에 대낮 빛나던 그날
　　　그닐의 만세라도 부르랴
　　　노래라도 부르랴

　　　대샆에 대가 성긴 동그만 화당골
　　　우물마다 십 년마다 피가 솟아도
　　　아아 척박한 식민지에 태어나

총칼 아래 쓰러져 간 나의 애비야
어이 죽순에 괴는 물방울
수정처럼 맑은 오월을 모르리 모르리마는

작은 꼬막마저 아사하는
길고 잔인한 여름
하늘도 없는 폭정의 뜨거운 여름이었다
끝끝내
조국의 모든 세월은 황톳길은
우리들의 희망은

낡은 짝배들 햇볕에 바스라진
뻘길을 지나면 다시 모밀밭
희디흰 고랑 너머
청천 드높은 하늘에 갈리던
아아 그날의 만세는 십년을 지나
철삿줄 파고드는 살결에 숨결 속에
너의 목소리를 느끼며 흐느끼며
나는 간다 애비야
네가 죽은 곳
부줏머리 갯가에 숭어가 뛸 때
가마니 속에서 네가 죽은 곳

김지하 「황톳길」 전문

시에는 서사적 자아인 '나'의 비극적 현실과 역사적 자아인 '아비'의 절망적 과거가 황토에 선연한 핏자국으로 뒤엉켜 있다. 대삵에 대가 성긴 화당골, 우물마다 십 년마다 피가 솟는 마을이다. 아아, 척박한 식민의 땅에 태어난 아비는 밤마다 오포산에 불을 올리고…… 그 불을 보며 나는 울타리 탱자 서슬

한민족문학사상론

358

푸른 속이파리 뻗시디뻗신 성장처럼 억세게 그날의 만세, 그날의 노래를 따라 부른다. 황토에 대낮 빛나던 그날이었다.

아비야, 어이 죽순에 괴는 물방울 수정처럼 맑은 오월을 모르랴. 작은 꼬막마저 아사하는 길고 잔인한 여름, 하늘도 없는 뜨거운 폭정의 여름, 끝끝내 조국의 모든 세월은, 황톳길은, 우리들의 희망은 낡은 쪽배들처럼 햇볕에 바스라진다.

총칼 아래 쓰러져 간 나의 아비야
부줏머리 갯가에 숭어가 뛸 때
가마니 속에서 죽은 나의 아비야
나는 간다 아비야
황토에 선연한 핏자욱 따라

두 손 철삿줄에 묶여 아비가 죽은 곳. 지금은 검고 해만 타는 곳. 땀과 눈물과 모밀밭 태우는 곳. 아비가 죽은 곳. 내가 죽을 곳. 뻘길을 지나면 다시 모밀밭이다. 희디흰 고랑 너머 청천 드높은 하늘이 갈린다. 철삿줄 파고드는 살결에 숨결에 아비 목소리 느끼며 흐느끼며 나는 간다 아비야. 네가 죽은 곳. 내가 죽을 곳.

그러니까, 시의 부름새는 핏빛 황토에서 숨진 원혼인 '아비' 신명이고, 역사적 자아와 서사적 자아가 마주치는 지점에서 외침새는 성립된다. 울림새는 시 밖에 있다. 시에는 아비와 아들이 척박한 식민의 땅에서, 같은 곳에서 같은 까닭으로 처형당한 주어가 휴지부(休止符)로 처리되어 있다. 바로 그 휴지부에서 울림새를 찾아야 한다.

1980년 출옥 이후, '소' 또는 '애린'을 찾아 나섰던 것처럼, 1969년부터 김지하는 '아비'를 찾아 나서는 '수행' 또는 '고행'을 시작했던 것이다. 그러나 시는 민망스럽게도 초보 환쟁이의 습작 티를 크게 벗어나지 못하며, 계급성을 극복하지 못함으로써 진정한 민중시의 자립까지는 나아가지 못한다. 「황톳길」에서 예상했던 비극이 1974년에 그대로 일어난다. 참으로 무서운 일이다.

앞에서 살핀 바와 같이 김지하는 민청학련 사건으로 1974년 4월 3일 지명수배를 받던 중 같은 해 4월 25일 대흑산도에서 체포·기소되어 무기징역을 선고받고 복역하다가 1975년 2월 15일 형집행 정지로 석방된다. 이때의 쓰라린 체험을 기록한 글이 「고행 1974」이며, 이는 석방된 1975년 2월 26일부터 28일까지 3회에 걸쳐 동아일보에 발표되었다.

그러나 배가 목포항에 도착했을 때 내 귀에 문득 계면조의 대금 소리가 들리는 듯한 착각에 빠져들어 갔다. 10여 년을 그리던 고향 그 고향에 나는 수갑을 찬 모습으로 돌아온 것이다. 얼마나 그리던 유달산의 모습이던가 ! 그리고 얼마나 초라한 내 모습이던가 ! 가슴 저 밑바닥에서 갑자기 오열이 터져 올라왔다. 내 시의 어머니. 굽이굽이 한이 얽힌 저 핏빛 황토의 언덕들. 사잣밥을 주워 잡수시던 할머니의 갈퀴 같은 손. 굶어죽은 내 조카 진국이의 시체를 묻으며 뻘밭에 이마를 짓찧으시던 외할아버지의 통곡. 대창을 휘두르며 비녀산을 내려오던 뚜갱이의 그 핏덩어리 같은 두 눈. 생매장 당한 아버지를 찾기 위해 캄캄한 밤, 송장들마다 들치며 소리죽여 울던 창남이의 모습. 아아 그 고향에 나는 수갑을 찬 모습으로 돌아온 것이다. 가까스로 울음을 참으며 브리지를 내려설 때, 나는 그러나 파지장(波止場)에 몰려선 수많은 생선 장수 아주머니들의 그 삶에 지치고 볕에 그을린 얼굴들 속에서, 수갑 찬 나를 강도나 절도로 파악하는 얼굴들, 그리하여 자기들과 똑같이 헐벗고 굶주리고 팔자사나운 놈으로 생각하는 그 얼굴들 속에서 비로소 나의 귀향을 맞이해 주는 고향의 뜨거운 인사를 발견하기 시작했다. 그렇다. 나는 이제야 내 고향에 돌아온 것이다. 이제야 내 핏줄에 다시금 떳떳이 복귀한 것이다. 저주받은 땅 전라도의 아들답게 수갑을 차고, 천대받는 사람들 '하와이'의 시인답게 한과 미칠 듯한 분노와 솟구치는 통곡을 가슴에 안고, 10여 년 전 옛날과 똑같이 낡고 먼지 이는 그 가난한 거리에 못난 아들이 이제야 돌아왔노라 인사를 드리면서, 나는 서서히 내 가슴속에 미소가 돌아오고 있음을 느낀다.[63]

「황톳길」의 핏빛 황토 목포에 내려 저 가슴 밑바닥에서부터 치밀어 올라오

---

63) 김지하, 「고행 1974」, 『동아일보』, 1974년 2월 26일자

는 통곡을 잠재우며 미소로 고향을 보기까지 심리 변화 과정을 극적으로 보여준다.

굽이굽이 한이 얽힌 핏빛 황토의 언덕 목포. 그 곳의 중음신이 바로 김지하 시의 고향이다. 가령, 사잣밥을 주워먹던 갈퀴 같은 손의 할머니, 굶어 죽은 조카, 손자를 묻으며 뻘밭에 머리를 짓찧던 외할아버지, 대창을 휘두르며 비녀산을 내려오던 핏덩어리 눈의 뚜껑이, 생매장 당한 아버지를 찾기 위해 송장마다 들치며 울던 창남이가 그들이다. 또 파지장에서는 삶에 지치고 볕에 그을린 살아 있는 중음신 생선 장수 아주머니들을 만난다. 자신도 헐벗고 굶주리고 팔자 사나운 고향 사람의 일원이며 저주받은 땅의 아들답게 천대받는 땅의 시인답게 수갑을 차고 자신의 핏줄로 복귀함으로써 통곡은 미소로 변한다.

핏빛 황토가 자신의 시 속에만 존재하는 먹물들의 미학이 아니라 굽이굽이 눈뜨는 저 목포의 언덕이며, 자신은 일류 대학을 졸업한 예외적 지배자가 아니라 지치고 볕에 그을린 목포 여인의 피가 자신의 몸 속에 맥박으로 뛰고 있으며, 따라서 천대받는 땅의 시인은 수갑을 차고 고향에 돌아올 수밖에 없다는 깨도는 자신을 천대받는 땅의 아들로 돌려놓는다.

이러한 김지하의 각성은 위대한 것이다. 그것은 마하트마 간디가 자신의 몸 속에 인도인의 피가 흐르고 있다는 사실을 자각한 것과 비견할 만하다. 개가죽 나무를 보고 생명을 보는 것처럼 기만적이지 않다.

이제 김지하의 부름새는 머나먼 역사 현장이 아니며, 외침새는 늙은이 배 앓는 소리의 경지를 벗어나게 되며, 울림새도 분홍빛 사랑놀이를 벗어나게 된다. 김지하의 추임새는 피가 떨어지는 현장으로 바짝 다가선다. 김지하의 시에서는 가래 끓는 절규, 함성, 아우성, 울부짖음, 또는 목 타는 외마디 비명이 들린다.

「1974년 1월」「타는 목마름으로」와 같은 시가 바로 그것이다.

　　1974년 1월을 죽음이라 부르자

오후의 거리, 방송을 듣고 사라지던
네 눈 속의 빛을 죽음이라 부르자
좁고 추운 네 가슴에 얼어붙은 피가 터져
따스하게 이제 막 흐르기 시작하던
그 시간
다시 쳐온 눈보라를 죽음이라 부르자
모두들 끌려가고 서투른 너 홀로 뒤에 남긴 채
먼 바다로 나만이 몸을 숨긴 날
낯선 술집 벽 흐린 거울 조각 속에서
어두운 시대의 예리한 비수를
등에 꽂은 초라한 한 사내의
겁먹은 얼굴
그 지친 주름살을 죽음이라 부르자
그토록 어렵게
사랑을 시작했던 날
찬바람 속에 너의 손을 처음으로 잡았던 날
두려움을 넘어
너의 얼굴을 처음으로 처음으로
바라보던 날 그날
그날 너와의 헤어짐을 죽음이라 부르자
바람 찬 저 거리에도
언젠가는 돌아올 봄날의 하늬 꽃샘을 뚫고
나올 꽃들의 잎새들의
언젠가는 터져나올 그 함성을
못 믿는 이 마음을 죽음이라 부르자
아니면 믿어 의심치 않기에
두려워하는 두려워하는
저 모든 눈빛들을 죽음이라 부르자
아아 1974년 1월의 죽음을 두고
우리 그것을 배신이라 부르자

온몸을 흔들어
온몸을 흔들어
거절하자
네 손과
내 손에 남은 마지막
따뜻한 땀방울의 기억이
식을 때까지

　　　　　김지하 「1974년 1월」 전문

　시를 제대로 이해하기 위해서는 1974년 1월의 시대 상황을 살펴볼 필요가
있다.

　1974년 1월 8일 유신헌법에 대한 비판 개정 요구를 금지하는 긴급조치 제1
호가 발동되고 비상 군법회의 구성을 위한 긴급조치 제2호가 명령되었다. 1월
14일 경제 통제를 명령하는 긴급조치 제3호가 발령되고, 1월 15일에는 장준하
백기완 등이 긴급조치 제1호 위반 혐의로 체포된다.

　이러한 상황 아래서 유인태, 김지하 등은 민청학련 혐의로 지명수배를 받고
김지하는 고향에 잠행을 한다.

　따라서, 시의 부름새는 '1974년 1월'이 아니라, 그 당대 상황이 암살한 '너' 민
주주의가 된다. 시의 외침새는 민주주의를 회생 가망성이 없도록 발동한 '1974
년 1월'을 '죽음' 또는 '배신'이라고 선언한다.

　왜. 좁고 추운 네 가슴 얼어붙은 피가 터져 이제 막 따스하게 흐르려던 그
시간 나시 쳐 온 눈보라이기 때문이다.

　왜. 모두들 끌려가고 서투른 너만 뒤에 남긴 채 먼 바다로 나만 몸을 숨긴
날이며 낯선 술집 벽 흐린 거울 조각 속에서 어두운 시대의 예리한 비수를 등
에 꽂은 초라한 겁먹은 지친 주름진 자신의 얼굴을 본 까닭이다.

　왜. 그토록 어렵게 사랑을 시작해 네 손을 잡았던 날, 두려움을 넘어 처음으

로 마주보던 그날이 헤어짐이기 때문이다.

왜. 바람찬 거리에 언젠가 돌아올 봄의 함성을 믿지 못하는 까닭이다.

왜. 두려워하는 저 눈빛 때문이다.

죽음을 왜 배신이라 부르는가. 너와 나의 손에 남은 마지막 체온이 식을 때까지 온몸으로 그날을 거부해야 하기 때문이다.

이렇게 죽어 가는 민주주의에 대한 피맺힌 외침은 「타는 목마름으로」에 이르러 절정에 이른다.

　　신새벽 뒷골목에
　　네 이름을 쓴다 민주주의여
　　내 머리는 너를 잊은 지 오래
　　내 발길은 너를 잊은 지 너무도 오래
　　오직 한 가닥 있어
　　타는 가슴속 목마름의 기억이
　　네 이름을 남 몰래 쓴다 민주주의여

　　아직 동 트지 않은 뒷골목의 어딘가
　　발자욱 소리 호르락 소리 문 두드리는 소리
　　외마디 길고 긴 누군가의 비명 소리
　　신음 소리 통곡 소리 탄식 소리 그 속에 내 가슴팍 속에
　　깊이깊이 새겨지는 네 이름 위에
　　네 이름의 외로운 눈부심 위에
　　살아오는 삶의 아픔
　　살아오는 저 푸르른 자유의 추억
　　되살아오는 끌려가던 벗들의 피 묻은 얼굴
　　떨리는 손 떨리는 가슴
　　떨리는 치떨리는 노여움으로 나무판자에
　　백묵으로 서툰 솜씨로
　　쓴다.

숨죽여 흐느끼며
네 이름을 남 몰래 쓴다
타는 목마름으로
타는 목마름으로
민주주의여 만세

김지하 「타는 목마름으로」 전문

죽어간 민주주의, 짓밟힌 민주주의, 땅에 묻힌 민주주의, 기억에 먼 민주주의, 민주주의가 다시 시인을 불렀다. 시인은 타는 목마름으로 채 동트지 않은 뒷골목에 네 이름 민주주의를 쓰게 된다. 한 가닥 가슴속 목마름으로.

왜. 저 소리 때문이다. 뒷골목 어딘가의 저 소리 때문이다. 발자욱 소리, 호르락 소리, 문 두드리는 소리, 외마디 누군가의 긴 비명, 신음, 통곡, 탄식, 짓밟히는 인권의 소리이다.

외로운 눈부심, 그 위에 왜 네 이름을 쓰는가. 살아오는 삶의 아픔 때문에. 살아 오르는 푸르른 자유 때문에. 피 묻은 벗들의 얼굴 때문에. 떨리는 가슴, 치떨리는 노여움으로 서툴게 쓴다. 민주주의 만세.

「1974년 1월」, 「타는 목마름으로」 등과는 달리 치떨리는 분노가 일정하게 숙진 외침새를 발견할 수 있는 시가 「서울길」, 「형님」, 「지리산」 등이다. 이러한 시편들에서 외침새의 결삭은 시김새를 마련하고 있어 비교적 절창의 자리에 놓이게 된다.

이와는 반대로 폭력적, 풍자적 외침은 피가 떨어지는 현실에서 한 발 물러나 정면 돌파가 아닌, 우회적 격파를 시도함으로써 매서운 비판력을 확보하게 된다. 담시 「5적」, 「비어(蜚語)」 등과 대설 『남(南)』이 독특한 문학적 성과를 얻어 낸 것은 다음과 같은 두 가지 이유 때문이다.

첫째, 김지하를 문체 변혁가라고 부르는 까닭은 담시와 대설이 쟁취한 문학 형식의 승리 때문이다. 해소되지 않고 지속되며 약화되지 않고 강화되는 짓밟

추임문학이란 무엇인가

흰 민중의 한 덩어리가 언제나 시인을 불러 세웠고, 저항 정신에 뿌리를 둔 폭력적, 저항적 풍자는 정치적 상상력을 바탕으로 새로운 비판의 칼이 되었다. 그것은 민중적 형식, 또는 민족적 형식의 새로운 문학 갈래를 마련하였다.

둘째로 김지하 문학의 내용은 건강한 민중 사상을 바탕으로 착취 지배 구조를 일정하게 인식한 데 있다.

결국, 김지하 문학의 승리는 김지하 세계관의 승리인 것이다. 왜냐하면, 같은 이슬도 꽃이 마시면 꿀이 되고 독사가 마시면 독이 되기 때문이다.

> 민중의 거대한 힘을 믿어야 하며, 민중으로부터 초연하려고 들 것이 아니라 민중 속에 들어가 그들과 함께 생활하는 자기자신을 확인하고 스스로 민중으로서의 자기긍정에 이르러야 할 것이다. 시인은 민중풍자를 통하여 그들을 계발해야 하며 민중적 불만 폭발의 방향에로 풍자 폭력을 집중시킴에 의해서 그들을 각성시키고 그들의 활력의 진격 방향을 가르쳐 주어야 한다.64)

1970년 「풍자냐 자살이냐」라는 평론과 1991년 「젊은 벗들 ! 역사에서 무엇을 배울 것인가」의 사이에는 실로 엄청난 차이가 발견된다. 전자가 민중 당파성을 가지고 민중의 거대한 힘을 믿고 민중을 계발하고 민중을 각성시키며 민중에게 일정한 방향을 제시하려 했다면, 후자는 지배자 당파성을 가지고 민중의 거대한 힘을 불신하고 민중을 호도하고 민중의 각성을 가로막고 마침내는 민중을 배신하고 만다. 광대의 영혼이란 변절자에게 있어서는 한낱 자기 기만에 불과하다. 바람보다 먼저 눕는 풀이 어떻게 바람보다 먼저 일어나는가. 이 경우 김지하는 일어서는 풀이 아니라 누워서 기는 풀이 되고 만다. 당연히 현실 태도를 외면함으로써 모처럼의 각성도 혁명을 위한 과학이 아니라 몽상을 위한 신비가 될 뿐이다.

---

64) 김지하, 「풍자냐 자살이냐」, 『타는 목마름으로』, 창작과 비평사, 1990, 151쪽

시집 『황토』, 담시 「5적」을 쓸 수 있었던 1970년대 초반 김지하의 현실적 저력은 1974년의 대각성을 유도한다. 대흑산도에서 체포되어 목포로 돌아오면서 일정한 자기 각성을 통해 비로소 자신을 보게 된다. 굽이굽이 잇대어 간 핏빛 황토의 목포를 보면서 자신은 천대받는 땅의 아들이며 천대받는 땅의 시인답게 수갑을 차고 자신의 조국 목포로 돌아왔다는 것, 자신의 몸 속에는 햇볕에 그을린 생선 장수 여인의 피가 흐르고 있다는 각성을 하게 된다. 김지하에게 있어서는 실로 중요한 각성이었으나 지배 사슬과 착취 사슬에 대한 인식과 더불어 과학적 각성을 외면하고 신비주의와 감상주의 함정에 빠지고 만다. 이러한 각성이 토대가 된 시가 「1974년 1월」, 「타는 목마름으로」 등이다.

그러나 1980년 형집행 정지 처분을 받고 석방되기 이전부터 자신의 조정 국면, 또는 해체 국면을 통해 변절과 반역의 씨앗을 키워 간다. 즉, 옥사 틈서리에서 자라는 개가죽나무를 본 이후 김지하의 세계관은 이른바 사랑과 화해 논리에 빠져 자기 침몰을 겪게 된다.

그 결과는 무엇인가. 지배자의 음모는 숨겨 놓고 노동자, 농민의 부정적 측면을 강조한다. 지배 착취 구조를 외면한 부르좌지 생명 사상을 날조함으로써 변혁의 논리에 맞불을 놓게 된다. 이른바 도와 법을 찾는다는 명분 아래 김지하의 시는 바람을 향한 울부짖음은 그치고 둥그럼증·부드럼증·말랑말랑증을 통한 달램에 침몰함으로써 문체 변혁가, 반파쇼 민주화 투쟁가의 자리를 떠나 서정성이라는 문학문맹증을 보여준다. 이 시대의 문학 성과물이 『애린 1·2』 『별밭을 우러르며』 등의 시집이다.

아편과도 같은 가치전도증은 모순 구조의 해결 없이도 투항할 수 있다는 기만적 반성 논리를 마련한다.

가로 뛰고 세로 뛰던 김지하의 '미친년 널뛰기'는 결국 어떤 비극을 연출하게 되는가. 1991년 5월 5일 반민주 폭언을 터뜨림으로써 자신은 변절자 반역자로 전락하고, 젊은이들은 감옥으로 몰아 넣는다. 감옥에서 가래 끓는 젊은이들의 숨소리는 지금도 그치지 않았다.

대중화론을 주장하며 개량주의와 수정주의를 호도하지 말라. 아직 깃발을 내릴 때가 아니다. 신명이 죽으면 생명도 죽는다. 이른바 생명의 대파산을 겪게 된다.

슬그머니 잠행했던 김지하가 또 슬그머니 창비에 모습을 나타냈다. 독사는 기르기보다 잡아 죽이는 편이 이롭다. 언제 또 무고한 생명을 물어 죽일지 모르기 때문이다.

김지하의 변절, 또는 반역이 갖는 민족사적 의미는 무엇일까. 답변은 간단치가 않다. 그렇다고 길게 설명할 필요도 없다. 범부가 칼을 뽑으면 한 사람이 떨고 주문왕이 칼을 뽑으면 천하가 떤다. 이것이 어떤 반성, 어떤 참회, 어떤 후회로도 용서받을 수 없는 까닭이다. 김지하는 민족사 앞에 씻을 수 없는 죄인이 되고 말았다. 젊은이의 피와 저 감옥 안에 가래 끓는 소리를 어쩔 것인가. 보수 반동의 수렁에 떨어진 저 깃발을 어쩔 것인가. 해와 바람이 나그네 옷 벗기기 내기를 하였다는 우화를 상기하라. 원혼들의 저 울부짖음들은 어쩔 것인가.

바람 앞에서만 소를 찾는 것이 아니라 햇볕 속에서도 도와 법을 찾아야 한다. 후학들은 이를 경계하라.

4) 혁명의 꽃과 칼

김남주는 누구인가. 암흑의 시대에 개털로 태어나 불의에 맞서 민주 민족 전선에서 온몸으로 싸운 혁명 전사인가, 아니면 문화 전선에서 혁명의 병기인 시를 무기 삼아 싸운 혁명 시인인가. 전자에 대한 논의는 비생산적인 명제에 불과하며 더구나 내 힘으로 규명할 수 있는 논의가 아니다. 따라서 이 글의 초점은 후자로 집중되며 이러한 명제를 과학적으로 논증하기 위해서는 일부 비판 세력이 지적하는 바와 같이 습작시를 써 갈긴 김남주가 문청에 불과한가를 보족하여 논의하지 않으면 안된다.

이러한 본질적인 질문은 나로 하여금 오랜 세월을 방황하도록 만들었다. 사실 나는 5년 전부터 김남주의 모든 시와 관련 자료를 눈독 들여 읽어 왔다. 나 자신 먹물도사로서의 게으른 성품과 개운찮은 결론이 나로 하여금 각종 이유와 핑계를 들어 집필을 지연시키게 했다. 지난 2월 13일 불의의 부음을 접하며 송구한 마음으로 3백 장 안팎의 초고를 완성하였다. 며칠 후 글을 다시 읽어보니 글이 아니었다. 그리하여 모두 찢어 버리고 봄비가 촉촉이 대지를 적시는 3월 어느 날 글을 다시 쓴다. 그렇다고 하여 명문을 남길 가능성은 없다. 다만, 그것은 불면의 영혼을 달래는 일이며 결론을 꾸미는 일에 불과하다.

시인이란 누구이며 시란 무엇인가. 나이 들며 고집만 세어지고 잔귀만 밝아 모든 사물을 내 눈에 맞추어 보려 한다.

고은이 볼 때 시인이란 무당이며 시란 무당의 주문이다.

> 시인은 무당입니다. 한 민족의 가장 현실적인 무당입니다. 비를 부르고, 꽃을 부르고, 참삶을 부르고, 해방과 통일을 부르는 걸판진 무당입니다. 하오니 그 나라의 무당을 가둬 두면, 비가 오지 않고 흉년이 들 수밖에 없습니다. 민족 정신의 흉년, 민족 정서의 흉년, 민족 노래의 흉년, 아아 생각만 해도 끔찍스럽습니다.65)

이러한 고은의 증언은 공인 안된 선언이다. 하기야, 나말여초 시대에 한 때나마 시인이 무당이었던 시절이 없었던 것은 아니다. 그러나 그후로 너무나 오랫동안 시인은 무당의 자질을 잃었다. 이러한 의미에서 고은의 진술은 선언적 의미를 갖는다.

시인은 무당, 그것도 가장 현실적 무당일 때 비를 부르고 꽃을 피우고 참삶을 살리고 해방과 통일을 부르는 신통력을 갖는다. 그러니까 시인이란 신통력을 가진 무당이고, 시란 비를 부르고 꽃을 피우고 참삶을 살리고 해방과 통일

---

65) 고은, 「김남주 형에게 보내는 편지」, 『김남주론』 머리글, 광주, 1988, 11쪽

을 부르는 신통력인 셈이다. 보라, 무당을 가두면 비가 그치고 꽃이 지고 흉년이 들지 않는가. 민족 정서, 민족 정신, 민족 노래의 흉년이 든다.

그렇다면 김남주는 무당인가. 고은의 진술은 공인 안된 선언일 뿐이다. 고은에게 더 이상의 답변은 기대할 수 없다. 김남주의 대부 염무웅은 어떤가. 김남주를 격찬하고 있으나 별반 설득력이 없기는 고은이나 마찬가지이다.

어느 날 투고된 원고들 중에서 김남주(金南柱)의 작품을 발견한 것은 신선한 기쁨이고 눈을 번쩍 뜨게 하는 감동이었다. (…) 「잿더미」, 「진혼가(鎭魂歌)」 등 지금 읽어도 가슴을 뜨겁게 하는 김남주의 시들은 바로 이 죄어드는 현실 한복판에서 솟아오른 가장 찬란한 예술적 형상이자 싱싱하게 살아 있는 정신의 가장 힘찬 발언이었다. (…) 앞 세대 시인들의 선행 업적을 충분히 숙독한 흔적 즉 날카로운 현대성을 지니고 있었으나, 그의 사람됨은 도무지 때가 벗지 않은 투박함 그것이었다. (…) 그가 단지 선량하고 천진한 촌놈일 뿐만 아니라 비판 정신에 가득찬 독서가이며 또한 우리말의 가락에 민감한 시인이자 현실의 암흑에 온몸으로 맞서고자 하는 불퇴전의 실천가라는 점이었다.[66]

80년대 들어와 씌어진 김남주의 시들은 우리 시문학사상 그 누구와도 비교될 수 없는 첨예한 의식과 혁명적으로 순결한 정신을 열정적으로 단호하게 때로는 냉정하게 단순화시켜 노래한다. 그는 선명한 어휘로 또 결연하고 확고한 자세로 민족과 민중의 반대자들에 대한 불타는 적대감을 언표하며 민족·민주 전선에서의 시인의 드높은 사명을 확신에 넘쳐 공포한다. (…) 이 80년대 김남주 작품을 통해 우리 시는 더 이상 나갈 수 없는 곳, 한 극한까지 갔다는 느낌을 준다.[67]

미국 독립선언서를 번역한 듯한 염무웅의 격문을 읽어보면 격찬과 질책을

---

66) 염무웅, 「사회 인식과 시적 표현의 변증법」, 『김남주론』, 광주, 1988, 99쪽
67) 앞의 책, 110쪽

변별하지 못할 때가 많다. 그러나 찬찬히 읽어보면 대략 다음과 같이 요약된다.

염이 김을 발견한 것은 신선한 기쁨이고 눈을 번쩍 뜨게 하는 감동이었다는 것. 왜 그런가.

첫째, 김남주 작품은 현실 한복판에서 솟아오른 가장 찬란한 예술적 형상이고 싱싱하게 살아 있는 정신의 힘찬 발언이기 때문이다. 과도한 수식어에도 불구하고 김남주 시가 머금고 있는 현장감과 생동감을 인정해야 하리라.

둘째, 상반되는 양면성을 지니고 있는 바, 앞 세대 시인들의 날카로운 현대성을 지닌 반면 사람됨은 투박한 촌 것이고, 비록 선량하고 천진한 촌놈이면서도 비판력을 가진 독서가요, 우리말 가락에 민감한 시인이요, 현실의 암흑에 맞서고자 하는 불퇴전의 실천가라는 것이다. 그렇다. 시인이란 백 가지 속성을 지닌 위인이다. 그러나 김남주가 우리말 가락에 민감한 시인이란 말은 근거 없는 풍문이다.

셋째, 80년대 김남주 시는 우리 시가 더 이상 나갈 수 없는 곳 극한까지 갔다고 주장한다. 그러한 근거는 그가 첨예한 의식과 혁명적으로 순결한 정신을 단순화시켜 노래한 시인이고, 민족, 민중의 적에 대한 적대감과 시대의 사명감을 보여준 시인이라는 점이다. 전자의 경우 우리 시문학사상 누구와도 비교될 수 없는 것이고 후자의 경우 확신에 넘쳐 공포한 사실이다. 이러한 염무웅의 주정적 격문은, 김남주가 감수성은 김지하에게 떨어지고 혁명성은 박노해에게 뒤진다는 평가를 액면 그대로 수용하지 않는다 해도 김남주를 제대로 평가하는 데 별반 도움을 주지 못한다. 현장감이나 생동감은 박노해나 백무산의 미덕이다. 날카로운 현대성이나 선량한 촌티는 김남주만의 전유물이 아니다. 시대정신이나 실천 의식은 김남주의 특허물은 아니다. 그렇다면, 김남주가 어떻게 혁명 시인이란 말인가.

김남주가 혁명 시인인지, 아니면 문청 수준의 습작시를 쓴 시인인지는 누구의 말만으로 결론 내릴 일이 아니다. 합리적인 결론을 얻어내기 위해서는 적어도 다음과 같은 몇 가지 사항이 종합적으로 검토되어야 한다.

　첫째, 시인이 시를 어떻게 생각하며, 시창작 목적이 무엇인지, 결과적으로 자신의 시가 미치는 영향이 무엇인지를 몇 편의 시를 분석하여 검토해야 하며 둘째, 시인의 문학관 내지 세계관이 시인이 발표한 산문에는 어떻게 드러나며, 셋째, 이러한 생각들이 시 속에서 어떤 추임새를 마련하는지를 보아야 할 것이다.

　우선 김남주의 시에 대한 기본적인 생각이 드러나는 시는 「시에 대하여」, 「아 얼마나 불행하냐 나는」, 「시인이여」, 「이따위 시는 나도 쓰겠다」 등이다.

　우선 「시에 대하여」에서는 착취 지배층에 대하여 시가 무기로 되어서 설움 받는 농민을 대신하여 싸워야 한다는 사실을 우의적으로 드러내 보인다.

　　　할머니는 산그늘에 앉아 막대기로 참깨를 털고
　　　어머니는 따가운 햇살 등에 받으며 호미로 고추밭을 매고
　　　아버지는 이랴 자랴 소를 몰아 논수밭에서 쟁기질을 하고
　　　나는 나는 학교 갔다 와서 산에 들에 나가
　　　망태 메고 꼴을 베기도 하고 염소를 먹이기도 했지요

　　　나는 보고는 했지요 어린 시절에
　　　할머니가 깨를 터시다 말고 막대기를 훼훼 저어
　　　모밀밭을 해치는 산짐승을 쫓는 시늉을 하는 것을
　　　나는 보고는 했지요 어린 시절에
　　　어머니가 김을 매시다 말고 사금파리를 주워
　　　고춧잎에 붙은 진딧물을 긁어내는 것을
　　　나는 보고는 했지요 어린 시절에
　　　아버지가 쟁기질을 잠시 멈추시고 꼬챙이를 깎아
　　　황소 뒷다리에 붙은 진드기를 떼어내는 것을

　　　그래서 그런지는 몰라도 내 시에는
　　　그 시절 우리 식구들이 미워했던 것들

산짐승 진딧물 진드기 같은 것이 자주 나오지요
그래서 그런지는 몰라도 내 시에는
그런 것들을 내치느라 일손을 잠시 놓으시고
우리 식구들이 대신 들었던 것들
막대기 사금파리 꼬챙이 같은 것이 많이 나오지요

김남주 「시에 대하여」 전문

농민 가족, 노동 형제들의 총체적 본질은 우선 그들의 노동 과실을 착취당하지 않는 상태의 노동을 보호하는 데 있다. 할머니는 산그늘에 앉아 참깨를 털고 어머니는 뙤약볕 아래서 고추밭을 맨다. 할머니와 어머니의 노동은 계절적으로 일치하지 않는다. 아버지는 논수밭을 갈고 말하는 이는 소꼴을 베고 염소 풀을 뜯긴다. 이러한 공간이 김남주의 고향이고 이러한 인물이 김남주의 육친이고 가족이다. 자유와 노동이 인간을 배신하지 않았다는 의미에서 이러한 의미 체계를 김남주 시의 꽃이라 부를 만하다.

그런데 김남주 일가의 노동 과실은 놀고 먹는 지배층에 의해 착취당한다. 여기서 김남주의 계급은 양분화 된다. 즉, 할머니의 모밀밭은 산짐승이 망가뜨리고 어머니의 고춧잎은 진딧물이 들어먹고 아버지의 황소는 푸진디에게 피를 빨린다. 그들의 과실을 지키기 위하여 할머니는 막대기를 훼훼 내두르고 어머니는 사금파리로 진딧물을 긁어내고 아버지는 대꼬챙이로 소샅에서 푸진디를 떼어 낸다. 이것이 김남주가 말하는 민중의 투쟁이고 혁명이다.

그러니까 시인이 혁명가가 되려면 농민 가족, 노동 형제를 대신하여 쇠파이프를 거머잡고 죽창을 꼰아 쥐고 비수를 갈아 들고 싸우는 사람이 되어야 한다. 그것이 혁명 전사, 해방 전사의 길이다. 그런데 김남주가 혁명 시인이 되기 위해서는 문자라는 혁명 병기를 들어야 한다. 혁명가의 삶과 혁명 시인의 작품이 도덕적으로 같은 자궁의 형제들인가는 나중 문제에 속한다. 그러나 분명한 것은 김남주가 칼을 들었을 때 그는 혁명가이지 시인은 아니다.

시는 김남주의 소박한 세계관을 드러내 보인다. 상·하층의 착취 지배 구조
가 분명하지 않아서 시인이 강조하는 계급성은 오히려 희석화되고 만다. 논증
된 적 없는 혁명 과학은 투쟁 방법과 싸움 방향을 흐려 놓는다.

「시에 대하여」와 「아 얼마나 불행하냐 나는」이라는 두 편 시 가운데는 시간
과 의식의 상당한 거리감을 지키고 있다. 또한, 후자는 김남주 시편 가운데 일
정한 수준을 지킨 시편이다. 독자 가운데서 시를 나름대로 뜯어고쳐 읽는다고
해도 그것은 독자의 책임이 아니다. 오히려 그것을 시인은 원했는지도 모른다.
시는 양반들의 노리개나 천재들의 백미가 아닐 터이므로.

둘째로 사람이 사는 세상과 일정한 거리를 두고 유배지인 감옥에 갇혀 있을
때 투쟁의 피가 없는 몸으로 노동의 땀이 없는 손으로 쓴 시는 당연히 메말라
질 수밖에 없고 의식마저 감옥에서 기른 새처럼 푸른 창공을 인식하지 못하고
부당한 구조에 안주하게 된다는 사실을 시인은 안타까워한다.

> 자꾸만 시가 메말라 간다
> 삭풍에 제 몸을 내맡긴 관념의 나무처럼
> 잎도 없고 가지만 앙상하다
> 노동의 땀이 없기 때문이다 내 손에
> 투쟁의 피가 없기 때문이다 내 몸에
> 아 얼마나 불행하냐 나는
> 노동으로부터 투쟁으로부터 이렇게 멀리
> 이렇게 오래 떨어져 있는 나의 시는
> 아 언제 다시 돌아가랴 고향으로
> 언제 다시 언제 다시 돌아가 벗들에게로
> 노동의 대지에 삶의 뿌리를 내리고
> 민중의 바다에 투쟁의 닻을 올리랴
>
> 날이 차다
> 철창에 기대 나는 담 밖을 내다본다

거대하다 밤 하나는
나라는 작은데 나라는 작은데
밤 하나는 거대하다

김남주 「아 얼마나 불행하냐 나는」 전문

시는 대자적 지향성이 즉자로 반복 회귀하는 비극을 극적으로 보여준다. 시에서 즉자는 두 가지 일로 불행하다.

하나는 시가 자꾸만 메말라 간다는 고민이다. 관념의 나무처럼 가지도 잎도 없이 앙상하다. 시인의 손에 노동의 땀이 투쟁의 피가 없기 때문이라고 한다. 노동으로부터 투쟁으로부터 이탈된 시는 메말라질 수밖에 없다.

다른 하나는 고향의 벗에게 돌아가지 못하는 고민이다. 노동의 대지에 삶의 뿌리를 내리지 못하고 민중의 바다에 투쟁의 닻을 올리지 못하는 고통이다.

이렇게 억압된 즉자에게 철창에 기대 선 시점에서 '거대한 밤', 나라는 작아도 '밤만은 거대한 나라'의 시대 상황이 보강된다.

암흑의
시대의
시인의 일 그것은 무엇일까
침묵일까
관망일까
도피일까
밑모를 恨의 비다 넋두리일까
무엇일까
박해의
시대의
시인의 일 그것은
짓눌린 삶으로부터
가위눌린 악몽으로부터

잠든 마을을 깨우는 일
첫닭의 울음소리는 아닐까
옛 사랑의 무기
잠을 일으켜 세워
쳐라 둥둥둥 북을 쳐
나아가게 하는 일은 아닐까
나아가게 하고 싸우게 하는
전투에의 나팔 소리는 아닐까

시인이여
누구보다 먼저 그대 자신이
싸움이 되어서는 안되는가
시인이여
누구보다 먼저 그대 자신이
압제자의 가슴에 꽂히는
창이 되어서는 안되는가

김남주 「시인이여」 전문

시는 처음부터 조사 '의'를 영어의 'of'처럼 과도하게 남발하여 문청 티를 객기로 보여줄 뿐만 아니라 시의 주제도 '문학 개론'에서 다룸 직한 때늦은 것이어서 새삼스럽기조차 하다.

어쨌거나 문학의 일반적 기능을 쾌락 따위의 비도덕적 항목을 떼어버리고 현실적 길트기의 양자택일식 의문을 제기한다. 시인의 일이란 무엇인가. 침묵, 관망, 도피, 과민, 어느 쪽인가. 아니면 한의 넋두리일까. 시인은 이러한 기능을 암묵적으로 부정하고 되묻는다. 박해받는 시대에 시인이 할 일은 무엇인가. 첫닭처럼 가위눌린 악몽의 잠을 깨우는 일인가, 아니면 죽창을 거머잡도록 선동하는 일, 아니면 전투의 나팔 소리인가. 시인은 추임새마저 다시 부정한다.

시인의 일이란 모름지기 시인이 먼저 싸움이 되는 일, 누구보다도 먼저 압제자의 가슴에 꽂히는 창이 되는 일이다.

만민의 꽃인 자유·땅·밥을 위해 시인은 사랑의 무기, 칼이 되어야 한다. 이것이 바로 김남주의 시에 드러난 문학적 세계관이다. 두 말 할 것도 없이 김남주는 스스로의 문학관에 따라 시를 창작하고 스스로의 세계관에 따라 싸우다가 한 많은 생애를 마감하였다. 시인에게 '최고의 도덕성'이라는 명예를 내릴 때 반대하는 독자는 없으리라. 김남주는 그렇게 일색 시를 쓰면서 외통수 삶을 살았다. 그 생애를 누가 더럽힐 수 있으랴.

마지막으로 김남주가 스스로의 창작관에 따라 얼마나 성실한 태도로 창작에 임했는지를 점검하는 일은 김남주의 진정한 설 자리를 찾는 일일 터이다.

이상의 시에 드러난 시인의 문학관을 한결같이 실천하였는가를 검토하기 위하여 살펴볼 시는 「이따위 시는 나도 쓰겠다」이다.

창비에 실린 시를 보고
이따위 시는 나도 쓰겠다 싶어보면서
나는 처음으로 시라는 것을 써 보았다
나의 칼 나의 피에 실린 나의 시를 보고
이따위 시는 나도 쓰겠다 싶어보면서
노동자와 농민이 또는 전사가
시라는 것을 처음으로 써보았으면 한다
그것이야말로 나의 보람이고 나의 자랑이다

그 무렵 창비에 실린 시를
내가 읽어주면 우리 어머니가 듣고
헤헤 영축없이 우리 사는 꼴이다이
그런 거이 시다냐 참 우습다이 참 재미있다이
그 당시 창비에 실린 시는 그런 것이었다.

김남주 「이따위 시는 나도 쓰겠다」 전문

시를 제대로 읽어 내려면 첫 줄부터 나타나는 시인만의 옹아리, 김남주의 방언인 '~싶어보면서'를 정확히 뜻매김하는 일이 앞서야 한다. 속뜻은 전남·경남지방의 방언으로써 '깔보다, 얕잡아 보다'라는 뜻이다.

즉, 자신은 창비 시를 처음 보고 이따위 시라면 나도 쓰겠다 얕잡아 보면서 처음으로 시라는 것을 써 보았는데 노동자·농민·전사도 『나의 칼 나의 피』에 실린 시를 보고 이따위 시라면 나도 쓰겠다고 얕잡아 보면서 시를 써 준다면 시인의 보람이고 자랑이 되겠다는 말이다. 그렇다면 이따위 시, 즉 창비나 『나의 칼 나의 피』에 실린 시란 어떤 시일까.

그 무렵, 창비를 통해 시인이 등단할 무렵 창비 시는 시인이 농민인 어머니에게 읽어 드리면 "영축없는 우리 삶이다, 그런 것이 시냐"라는 반응에서 보듯 '여실한 사실적인 시'임을 드러낸다. 그러나 여기서 어머니의 또 다른 반응을 흘려 보아서는 안된다. 즉, '우습다', '재미있다'가 바로 그것이다. 무엇이 재미있고 우습단 말인가. '영축없이 우리 사는 꼴'이라는 직픱한 사실성이 재미있고, '그런 거이 시다냐'라는 시에 대한 경멸감이 바로 우스운 것이다.

이렇게 김남주가 볼 때 시란 혁명에 비하여 우스운 하위 개념이다. 물론 이러한 결론을 내릴 때 창비 시의 수준도 감안해야 한다.

그렇다면 시인의 시에 대한 경멸 의식이 직설적인 의사 표시로 드러나는 산문에서는 어떻게 나타날까. 김남주의 유일한 산문집 『시와 혁명』을 중심으로 살펴보자.

> 내 시는 근본적으로는 이들 농민들에게 바쳐진다. 농민들의 자식이고 동무인 노동자들에게도 바쳐진다. 노동자와 농민과 어깨동무하고 '우리'가 되어, '나쁜 사람들' 노동의 적 자본가들을 향해 전진하는 혁명 전사들에게도 바쳐진다.[68]

---

68) 김남주 시집 『사랑의 무기』 후기, 창비, 1989, 222쪽

김남주의 시는 농민과 노동자에게 바쳐진다. 자본주의 사회의 '나쁜 사람들' '노동의 적'인 자본가와 투쟁하는 '혁명 전사'에게 바쳐진다. 사실상 김남주의 시는 혁명 전사인 시인이 노동자·농민에게 바치는 각성제로 되어 있다.

김남주는 비평가보다 독자를 의식한다고 한다. 소부르주아 출신의 지식인보다 근로 대중을 의식한다고 한다. 대저 왜 시를 쓰는가. 변혁 주체인 대중을 깨도하기 위해서이다. 변혁 운동의 사회적 토대이며 원동력인 대중의 정서와 이성에 변화를 일으켜 스스로 현실을 이해하고 변혁 의지를 갖도록 하기 위해 시를 쓴다.

그러니까 김남주가 노동자 농민에게 시를 바치는 까닭은 자신이 노동자 농민의 아들이고 농민의 형제가 노동자인 때문이기도 하지만 그들이 모두 변혁의 주체인 때문이다. 혁명 전사는 더 말할 필요도 없이 변혁의 실천가인 때문이다.

시를 쓰는 행위가 대중의 각성이라면 시의 기능은 무엇인가. 변혁 운동에 참가하는 사람들의 정서를 전투적으로 고양시켜 주고 그들에게 투쟁 의지를 북돋아 주어 승리를 향해 용기를 잃지 않고 전진하도록 하는 데 있다. 대체로 김남주는 치의 기능을 아지프로와 같은 추임새에서 찾고 특히 울림새를 강조하고 있다. 김남주의 산문집 『시와 혁명』(나루, 1991)에서 총정리 된 이러한 시론은 1989년 출옥 후에 이미 선언적으로 천명된 것이기도 하다.

지금 우리의 현실, 우리의 시대는 민족이 자주성을 회복하자고 요구하고 있으며, 거의 반세기 동안 분단된 채 남북으로 갈라져 있는 조국은 자주적이고 평화적인 통일을 요구하고 있으며, 근로 대중들은 정치적인 자유와 경제적인 평등에 토대를 둔 인간적인 삶과 행복을 요구하고 있습니다. 저는 이러한 현실과 기대의 요구에 적극적으로 대응하기 위하여 변혁 운동에 몸소 뛰어들어 제 나름대로 성실하고 정직하게 사회적인 실천 운동을 한 적이 있습니다. 제 시는 바로 이 사회적인 실천의 부산물에 다름아닙니다.

끝으로 저는 감히 다음과 같이 말하겠습니다. 박해의 시대에 있어서 "시인

은 우선 싸우는 사람이어야 한다"고. "자기 시대의 중대한 문제를 바르게 설
정하고 바르게 해결하기 위해 변혁 운동에 복무하는 해방 전사와 같은 사람
이다"라고.[69]

이러한 짧은 선언은 어떤 장문의 산문보다 김남주의 입장을 분명하게 천명
한다. 더구나 이러한 선언이 나온 시기가 노태우 정권이 심각한 국민 저항에
부딪친 시기라는 점을 유의할 필요가 있다.

우선 김남주는 정세 분석을 통해 1989년의 시대적 요구가 민족 자주화이고,
자주 평화 통일을 염원하는 근로 대중은 정치적 자유와 경제 배분 정의를 요구
하고 있다고 지적한 뒤 이러한 시대적 요구에 부응하기 위해 자신은 몸소 변혁
운동에 뛰어들어 정직하고 성실하게 실천 운동을 한 바 있다고 말한다.

따라서 김남주 자신의 시는 사회적 실천의 부산물, 혁명의 찌꺼기에 불과하
다는 것이다. 그렇다면 김남주는 왜 시를 부차적인 것으로 보았을까. 그것은
시대의 소명 의식, 즉 박해받는 시대의 시인은 우선 싸우는 사람이어야 한다는
양심의 부르짖음 때문이었다. 시인의 싸움이란 무엇인가. 자기 시대의 중대한
문제를 바르게 실천하고 바르게 해결하기 위해 변혁 운동에 복무하는 '해방 전
사' '혁명 전사'가 되는 일이다.

김남주의 연보를 얼핏 살펴보아도 이러한 진술은 거짓이 아니다. 악랄한 유
신 정권 아래서 박정희 군사 파쇼에 반대하는 지하 신문『함성』을 제작·배포
하였는가 하면 1973년에는 유신 반대 유인물『고발』을 제작·배포하다가 이강
과 함께 체포·구속되어 징역 2년, 집행유예 3년을 선고받은 바 있다. 1978년
잠행 중 '남민전'(남조선민족해방전선) 전위로 가입 활동하다, 1979년 체포·
구속되어 15년형을 받고 복역중, 1988년 형집행 정지로 무려 9년 2개월 만에
석방되었다.

이러한 엄혹한 유배 생활을 통해 '반외세 민족 자주화'를 형상화한 수많은

---

69) 김남주, 「변혁 운동을 전파하는 시」,『문예중앙』, 1989, 가을호, 331쪽

시를 창작하였고 험난한 경로를 통해 감옥 밖으로 유출된 시들이 시집으로 묶여 나왔다. 이렇게 출간된 주요 시집 목록을 살펴보면 다음과 같다.

『진혼가』, 청사, 1984
『나의 칼, 나의 피』, 인동, 1987
『조국은 하나다』, 남풍, 1988
시선집 『사랑의 무기』, 창작과 비평사, 1989
『솔직히 말하자』, 풀빛, 1989
시선집 『마침내 오고야 말 우리들의 세상』, 한마당, 1990
시선집 『학살』, 한마당, 1990
『사상의 거처』, 창작과 비평사, 1991
『이 좋은 세상에』, 한길사, 1992
산문집 『시와 혁명』, 나루, 1991

이러한 현실과의 정직한 맞닥뜨림은 자연스럽게 김남주의 문학 주제를 '반외세 민족 자주화'로 규정짓게 한다. 1989년 한 잡지와의 대담에서 밝힌 것처럼 그의 문학적 주제가 '반파쇼 민주화 투쟁' '반전·반핵 운동' '여성 운동' '민중생존권 투쟁'이며 부르주아가 주관하는 '인권 운동'으로 심화·확대될 때도 본래의 궤도를 일탈하는 것은 아닌 것 같다.

물론 김남주가 '혁명 시인'인가 아닌가를 논의하기 위해서는, 김남주가 혁명가라는 전제를 승인해야 한다. 여기서 김남주가 '혁명가'인가 아닌가를 논증하는 과정은 내 능력 밖의 일이기도 하지만 별로 생산적 논의가 될 것 같지 않다. 혁명 이상의 실천, 그 실천 과정에서 얻어낸 승리를 따져 본나 해노 결코 그의 도덕성을 능가할 것 같지 않다.

이렇게 혁명 전선에서 문화 전선에서 해방 전사, 혁명 전사로 성실하고 겸손하게 싸워 온 김남주를 놓고 '혁명 시인' 여부를 논증하는 까닭은 후학들의 계명 찾기에 두어야 할 것 같다. '명성만큼 시집이 팔리지 않았다'는 출판가의 뒷소리는 무엇을 뜻하는가. 저급한 독서 경향만을 탓할 수 있는가. 계급성과 투쟁성에 바탕을 둔 혁명성이 대중성과 행복한 손잡기를 하였던가. 이러한 수많은 질문을 단번에 충족할 수 있는 정답 찾기는 불가능할 터이다. 그러한 미흡함을 수렴하면서 문예 미학적 검토를 하는 것은 필요악일지도 모른다.

첫째, 입으로는 '반외세 민족 자주화'를 말하면서 실제로는 '진보적'이라는 이유만으로 외국 시인이나 사회 사상가를 지나치게 교조적으로 숭배한 것은 아닌가. 앞서 예문에서 본 바와 같이 염무웅은 김남주가 김수영, 신동엽 등 한국의 진보 시인을 숙독했다고 말했지만 사실은 그가 여러 차례 강조한 바와 같이 브레히트, 네루다, 아라공, 마야코프스키, 하이네 등 외국 시인에게 절대적 영향을 받고 있다. 외국 시인의 영향을 금기로 치부할 필요는 없다. 문제는 주체적 자기 인식인데, 그렇지 못하다는 단서를 여러 곳에서 찾을 수 있다. 그들에게서 김남주가 배운 것은 형식이 아니라 내용이다. 여기서 내용이란, 세계와 인간을 계급적 시각으로 바라보는 눈을 말한다. 외국 시인의 눈을 통하여 민족 모순, 계급 모순을 보았다는 증언은 자못 섬뜩한 것이다. 김남주가 신통찮게 생각했던 영문학이 이러한 건방진 시각을 키워 주었는지는 확인되지 않는다.

또 김남주는 정확하지 못한 기억을 더듬어 마르크스의 다음과 같은 말, '외국 문학을 번역함으로써 자기 민족 문제의 내용을 보다 구체적으로 알고 그 내용을 민족적 형식에 결합시키면 뛰어난 민족문학이 될 수 있다'는 말을 인용하면서 '그것이 바로 내 시'라고 경악할 만한 진술을 한다.70)

그러니까 김남주의 시란 외국문학을 번역하며 느낀 자기 민족 문제를 민족 형식에 보탠 것이 된다. 이제 김남주 시가 왜 메마른 풀처럼 뻑뻑한 번역투인가를 알게 되었다. 김남주의 시에는 그의 모국어 '해남말'이 왜 의도적으로 삭제되었으며 그의 조국 '해남'의 현실이 왜 무시되는지를 알게 되었다.

혁명 시인이란 일차적으로 고향을 통하여 조국을 보아야 하며 모국어인 고향말로 민족 현실을 노래하지 않으면 안된다.

---

70) 기획대담, 「노동해방문학과 문학이라는 무기, 김남주 시인에게 듣는다」, 『노동해방문학』, 창간호, 1989년 4월호, 156쪽

둘째, 몇 가지 이유 때문에 김남주의 삶과 생각은 폭과 깊이를 거세당하고 만다.

대개의 경우 이러한 거세 공포는 역설적으로 높은 도덕성에서 출발한다. 시의 사회적 기능, 사회 변혁 운동에 능동적으로 대처하고 이바지해야 한다는 강박관념은 삶의 폭을 좁혀 놓고 획일적 사고를 강요한다. 어쩌면 이 나라의 절박한 현실이 이를 강요했는지도 모를 일이다

거기다가 지적 연마와 혁명적 실천이 담금질 당할 미치고 환장할 나이의 대부분을 잠행, 수배, 감금 생활로 일관했고 싸움과 공포가 참된 혁명시의 창작을 방해하였는지도 모른다.

그리하여 시인은 감시 공포에 시달리며 시를 쓰게 된다. 편집광이나 거세 공포와 같은 신경증은 모든 작가에게 어느 정도는 발견된다고 한다. 그러나 김남주에게 보이는 폐쇄증은 정상을 넘어선 것 같다.

누가 옆에 있거나 보이지 않아도 누가 엿보거나 엿듣는다고 생각하면 시를 쓰지 못한다고 시인은 고백한다.

이러한 숨어서 글쓰기는 오랜 감옥 생활에서 비롯된 것이며 출옥 후에도 누구의 감시를 받고 있다는 피해 의식과 공포감에 사로잡혀 있지 않은 날이 없었다고 한다. 이러한 방어 기제를 드러내는 시가 「악몽」 등이다.

그러니까 김남주는 군사 파쇼 정권의 대표적 희생양이며 그의 시야말로 독재 정권과의 싸움의 산물인 셈이다. 또 그는 천대받는 땅 전라도에서 태어나 서울대 아닌 전남대를 중퇴한 것으로 되어 있다. 그 결과 간단없이 9년 2개월의 감옥살이를 하였음에도 김지하에 비하여 대중 매체의 화려한 가광을 받지 못했다. 이렇게도 잔인한 사회 현상을 사상하고 김남주 시에 접근하는 태도는 오류에 불과하다.

따라서 김남주 시가 분단에 대한 분노와 좌절, 정치 사회 현실에 대한 매서운 풍자와 비판, 외세에 대한 공격과 투쟁을 선언하고 있다는 사실은 극히 자연스러운 현상이다.

셋째로 김남주 시의 요람이 투쟁이고 안락의자는 김남주 시의 무덤이라고 볼 때, 시에 대한 김남주의 근본적인 세계관은 혁명을 위한 무기가 된다. 따라서 시는 촌철살인의 풍자 또는 백병전의 단도, 또는 밤에 붙었다 아침에 떨어지는 벽시이어야 하고 치고 달리는 유격전의 형식을 갖추어야 한다. 본질적으로 이러한 세계관이 타당하고 실천 가능한 것인지를 전면 재검토해 볼 필요가 있다.

시가 과연 혁명을 위해 잘 먹는 칼 노릇을 하며 고성능 대포 구실을 하는가. 아니면 화염병이나 돌멩이만도 못한 한 장 휴지에 불과한가. 혁명의 진리는 총구에서 나오는 것이지 시의 형식에서 나오는 것이 아니다. 문화주의에 빠지면 간디 같은 개량주의자가 되고 만다. 시가 머금고 있는 기능은 추임새일 뿐이다.

김남주가 투쟁을 시의 요람으로 보고 안락의자를 무덤으로 보았을 때 여기에는 혁명적 도덕성이 밑바디가 되었음을 알 수 있다. 그래서 자신의 시는 땔나무꾼 장작 패듯 우악스럽고 사나울 수 있고 싸움닭처럼 목청이 높을 수도 있다고 한다. 맞는 말이다. 그것이 쇠소리나 센소리가 갖는 추임새의 기능이다. 뿐만 아니라 시는 백설이 만건곤할 때 독야청청한 송죽으로 깎은 죽창이 부딪치는 소리가 될 수도 있고 얼음을 녹이고 흘러 모든 사물에게 생명을 주는 봄물 소리일 수도 있다. 저쪽에서 시퍼런 칼을 들고 나오는데 이쪽에서는 펜을 무기 삼아 대거리를 해야 하지 않겠느냐고. 그렇다. 이 때 펜은 칼이 되어야 한다. 단칼에 목을 벨 수 있는 장검이 되어야 한다. 시가 어디 점잖은 놈들 소일거리냐고 항변한다. 그렇다고 민중의 노리개나 안락의자는 더구나 아니다. 김남주 시는 농민과 농민의 형제인 노동자와 더불어 피흘려 싸우다 보니 저절로 얻어진 혁명의 산물이다. 그의 시는 책상머리에 쭈그리고 앉아 머리 싸매고 어거지로 쓴 시가 아니다.

따라서 김남주의 시는 혁명을 준비하는 문학적 수단이 된다. 김남주는 시가 기계적으로 혁명에 종속되는 것이 아니라 독자적 형식과 내용을 가지면서 상호 보완되는 것이라고 보면서도 시가 혁명의 내용을 규정하는 것이 아니라 혁명이 시의 내용을 규정하는 것이라고 하여 시의 혁명에 대한 종속성을 돌려서 표현하고 있다.

이러한 김남주의 시에 대한 인식은 시의 형식을 민족적인 것에서 찾으면서도 민중 정서를 비판적으로 수용할 것을 제안한다. 시의 긴장과 압축을 강조한 것은 혁명의 기능적 전략을 위해서이며, 시의 난이도에 있어서 낯선 표현이나 문장의 복잡성을 수용한 것은 민중의 계급적 이해 관계에 대한 고려 때문이었다.

이러한 검토는 김남주가 혁명 시인이라기보다는 민중 혁명가라는 결론을 내리도록 강요한다.

넷째, 김남주의 창작 태도는 사회 변혁 운동에 이바지해야 한다는 자체 논리 때문에, 또는 자신의 성격 탓에 다소 건방지고 경박하다. 김남주의 유일한 스승은 혁명이었고 시의 산실은 감옥이었다. 혁명은 적과의 투쟁은 가르쳤으나 민중의 참된 삶의 가치는 가르쳐 주지 않았다. 시의 사회적 기능에 지나치게 사로잡혀 사고의 폭을 좁히고 다양한 삶의 진실을 인식하지 못했다. 그러나 이것은 외길 인생을 살아온 김남주의 장점이기도 하다. 곁눈질 한 번 하지 않고 자신의 길을 걸었다는 사실은 위대한 인생을 살았다는 증거이다. 한 번 쓴 시는 두 번 다시 보지 않는다. 보고 또 보며 적절한 시어를 선택하지 않으며 형식의 완전성에 천착하지 않는다. 왜 그럴까. 아마도 시인은 대범한 혁명가이거나 애정 없는 주제를 선택했는지도 모른다. 자신의 시에 대하여 애착이 없다는 것은 무슨 뜻인가. 그가 얻고자 한 것은 문장이 아니라 혁명이었기 때문일까. 애정 없는 혁명의 성과는 과연 무엇인가. 문장도 혁명도 동시에 부정되는 것은 아닐까. 시인의 시상을 전광석화처럼 때려 법열에 떨게 만드는 요인은 무엇인가. 슬픔. 분노. 절망. 투쟁. 증오. 원한. 어떤 감정이 김남주의 감성을 둔탁하게 또는 예리하게 울렸을까. 시작 메모는 하지 않는다. 감정이 점점 고조되면 시의 형식과 내용이 터를 잡고 시인은 망치를 휘둘러 단숨에 시를 벼려 나간다.

퇴고는 별로 하지 않는다. 잘못된 글자나 문장을 고치고 시어를 한 두 군데 손질하면 시는 탄생한다. 담금질을 제대로 거치지 않은 시는 무를 수밖에 없다. 김남주의 시는 출생부터 여물지 못하여 혁명 병기로 활용될 수가 없었다.

문장을 얻기 위해 퇴고를 일삼는 것은 양반의 호사 취미일 터이다. 그렇다면 혁명 시인은 문장을 소홀히 다루어도 좋은가. 김남주는 이러한 입장에 동조한다. 왜 대중의 이해 관계를 다루는 글이면 표현 기법이 조금 낯설고 문장 구성이 복잡하여도 어렵지 않게 이해한다고 시인은 믿는가. 왜 그런가. 대중이 이해하지 못하는 글은 갈등하는 사회 세력에 대한 분명하지 못한 태도와 동요를 나타내는 글이기 때문이다. 그렇다면 혁명 시인의 문장은 서툴러도 좋은가. 아니다. 싸움터에서 빗나가는 화살, 적 앞에서 녹슨 칼이란 용도 폐기되어야 한다. 무엇을 가지고 싸움을 한단 말인가. 무엇을 가지고 적을 무찌른단 말인가.

이러한 의미에서 김남주의 시론은 시를 배신한다. 아니면 시가 시론을 배신하고 있는지도 모른다. 따라서 이러한 세계관은 김남주를 혁명 시인이라는 옥좌에서 끌어내려 습작시를 써 갈기는 물귀신 자리에 머물도록 발목을 붙잡고 만다. 왜 물귀신인가. 수많은 문청들이 그의 뒤를 따라 민중시란 이름으로 우리 시를 개판으로 만들었기 때문이다.

그렇다면 가장 대중적인 문학 양식은 무엇인가. 민요를 능가하는 대중 양식은 어떤 것인가. 민요는 가장 오랫동안 민중의 입으로 갈고 닦은 완벽한 문학 양식이다. 김남주의 창작론은 첫 단추부터 잘못 끼워진 셈이다. 그러니까, 영문학을 전공한 시인이 독문학을 전공한 문학평론가에게 감수를 받아도 옥중시의 한계는 엄존한다.

김남주의 중요한 공로는 민중시를 대중화시킨 데 있으나, 우리 시를 개판으로 만들었다는 비판도 아울러 수용해야 하리라.

문재(文才)만 있다고 시인이 되는 것은 아니다. 아울러 높은 도덕성만이 혁명 시인을 만드는 것도 아니다. 문재가 있는 시인도 때를 만나야 하고 때를 만난 시인도 겸허한 마음으로 시를 기다려야 한다.

그렇다면 되지 못하게 시건방진 창작론이 시를 어떻게 망가뜨려 놓았는지
를 살펴보자.

　　대가리로 치면 꼬리로 일어서고
　　꼬리로 치면 대가리로 일어서고
　　가운데를 한 가운데를 치면
　　대가리와 꼬리가 한꺼번에 일어서고

　　뭐 이따위 것이 있어
　　그래 나는 이따위 것이다

　　만만해야 죽는 시늉하고 살아야
　　밥술이라도 뜨고 사는 세상에서

　　나는 그래 이따위 것이다

김남주 「率然」 전문

　시에서는 두 세계가 대립되어 있다. 즉, 만만해야 죽는 시늉하고 살아야 밥
술이나 뜨는 기성 존명의 세계는 엄연한 현실이다. 이러한 엄혹한 세계에 저항
하면 '이따위 것'으로 낙인 찍힌다. 시는 바로 이러한 낙인 찍히기 선언이다. 여
기서 바로 '이따위' 존재로서의 세계가 열리는데, 이러한 새로운 세상에서는 끈
질긴 저항으로 일관하는 삶을 살아야 한다. 노동자·학생·농민이 머리와 허
리 그리고 꼬리가 되어 연대 투쟁을 하며 살아야 한다.
　시에서 이러한 연대 투쟁의 구체적 형상물이 '率然'이라는 뱀이다. 솔연이란
중국 상산에 산다는 뱀으로 몸을 치면 머리와 꼬리가 상응하여 덤벼든다고 한
다. 시인은 적절한 형상물에 대중 투쟁이란 혁명 사상을 그럴싸하게 뒤쳐놓고
있다.

그러나 시를 찬찬히 읽어보면 이러한 혁명 투쟁이 거친 창작 태도 때문에 상반된 형태로 드러나는 것을 발견한다. 즉, 첫 줄 '대가리'와 둘째 줄 '꼬리로 치면'의 수단을 나타내는 조사 '로'는 뱀들, 바로 민중들 사이의 싸움박질이 된다. 그러나 수단을 나타내는 조사 '로'를 목적격 조사 '를'로 고치면 시의 본래 뜻이 살아난다.

이럴 경우 김남주의 시는 혁명을 위한 사랑의 무기가 아니라 혁명을 와해하는 증오의 흉기가 된다. 시인은 왜 문청도 부끄러워하는 실수를 이곳 저곳에 지뢰처럼 묻어 두었을까. 시인은 싸우는 사람이어야 한다는 지나친 사명감, 최전선에서 싸우는 유일한 혁명 전사라는 과신감, 자신만이 바른 길을 간다는 건방진 오만감 따위가 김남주의 시를 성장불능의 백치 상태로 붙잡아 놓은 것은 아닐까.

김남주의 실수는 「솔연」 한 편으로 끝나지 않는 데서 문제의 심각성은 더해간다.

그러나 역시 습작시 수준의 「고목」이라는 시에서는 중대한 세계관의 변화가 일어난다. 시인은 고목에서 많은 것을 보고 배운다. 대지에 깊은 뿌리를 내리고 해를 향해 사방 팔방 손을 뻗고 있는 고목에서 배운 것은 무엇인가.

주름투성이 얼굴, 상처 자국으로 벌집이 된 몸을 보며 시인은 자신도 문득 저러고 싶다. 한 오백 년 저러고 싶은 충동을 느낀다. 그리하여 시인은 결심한다. 쉽게 살고 싶지 않다. 저 나무처럼 길손에게 그늘이 되어 주고 싶다.

무엇인가를 누구에게 베풀겠다는 의식은 투쟁 의식보다 절대로 하위개념이 아니다. 내가 네게 의미가 되는 것이 아니라, 네가 내게 그늘로 자리잡을 수 있는 삶터를 내주는 일이다. 과연 김남주 시에는 중대한 변화가 온다.

시는 애송이 솜털을 벗고 시적 자아는 사물과 일정한 거리를 지키면서 혁명적 허위 의식이 아닌 속탈한 자아를 정확하게 본다. 바로 「사형수」 「개털들」 같은 시가 정상의 자리에서 김남주의 진정한 계급적 입장을 대변하게 된다. 그러니까, 「사형수」는 총체적 진실을, 「개털들」에서는 혁명적 진실을 다루면서 이러한 경향의 시를 대표하고 있는 셈이다.

아이들을 좋아하지 않는 사형수는 없다고 한다
그래서 그런지 사형수의 감방에는 아이들 사진이 많다
철없이 웃는 아이들을 보면서 그들은
자기가 어른임을 저주한다고 한다

어제 나는 철창 너머로
먼 산 푸른 하늘을 바라보다가
눈앞에서 어른들에게 끌려
형장으로 끌려가는 사형수를 보았다
그는 징징 울면서 갔다 아이처럼 떼를 쓰면서

나는 믿는다
사형수는 죽을 때 죄인으로서 죽어가는 것이 아니라
천진난만하게 아이로서 죽어간다고

김남주 「사형수」 전문

시는 여러 측면에서 기능적 효과를 내고 있다. 첫째는 '말하는 이'가 사물이나 사건으로부터 일정한 거리를 지키고 있다는 사실이다. 사형수가 형장으로 끌려가는 것을 본 것도 우연이다. 먼 산, 먼 하늘 바라기를 하다가 사형수를 그냥 본 것으로 되어 있다. 전반부의 일반 진술에서 '~없다고 한다', '~저주한다고 한다'로 간접 화법 종결어미를 쓰고 있다. 이러한 진술은 불확실한 사실을 불확실하게 진술하는 것이 아니라 총체적 진실을 객관화하는 작업이라고 볼 수 있다. 둘째는 김남주가 애용하는 대립된 세계를 극적으로 보여주는 수법이다. 천진난만하고 순수한 어린이 세계와 그렇지 못한 어른들 세계를 대비하는 방법이 바로 그것이다. 어린아이를 좋아하지 않는 사형수는 없다는 전제 아래, 사형수 방에는 어린아이들 사진이 많다는 것, 천진한 어린아이들 웃음을 보면서 자신이 어른임을 저주한다는 예화는 전제의 자연스러운 터잡기일 터이다. 어린아이처럼 징징 울면서 떼를 쓰면서 형장으로 끌려간 사형수를 본 말하는 이는 '나는 믿는다'고 선언한다. 사형수는 죄인으로 죽는 것이 아니라 천진한 어린이로 죽는다. 시의 여운은 여기에 압축되어 철부지 독자를 긴장하게 만든다. 바로 이것이 일반적으로 시가 머금고 있는 총체적 진실이다.

그러나 「개털들」이 머금고 있는 혁명적 진실은 누구에게나 진리로 느껴지지 않는다. 바로 이것이 계급성이다.

오선생이 나갔다
20여 년 만에 담 밖으로
며칠 전에 경북고 서울대 동창생들이 면회왔다더니
그래서 머지 않아 곧 나가게 될 것이라고
소문이 옥내에 파다하게 돌더니
정말 나갔다 포승 풀려 자유의 몸으로

김근태도 나갔다
얼마 전에 케네디상인가 인권상인가 받았다더니
그래서 틀림없이 나가게 될 것이라고
자신들이 만만하더니
더 이상은 미국의 압력을 견디지 못할 것이라고들 하더니
정말 나갔다 사슬 풀려 자유의 몸으로

재일교포도 나갔다
일본에서 내놓으라고 떠들썩하다고 그러더니
어떤 교포는 돈도 쓰고 약도 쓰고 했으니까 이번에는
꼭 나가게 될 것이라고 그러더니
영락없이 나갔다 족쇄 풀려 자유의 몸으로

남은 것은 개털들뿐이다

나라 안에 이렇다 할 빽도 없고
나라 밖에 저렇다 할 배경도 없는
개털들만 남았다 감옥에

김남주 「개털들」 전문

계급성이란 무엇인가. 경제적인 호주머니 사정이나 천형적인 신분에 따라 변별 짓는 개념이 아니라 어떤 계급적 입장에 따라 대자적 지향성을 보이는가, 즉 당파성의 개념이다.

시 「개털들」을 놓고 볼 때 시에 동조하는 계급, 거부감을 느끼는 계급, 심리적으로 동조하나 행동은 다른 계급 등으로 변별지어 볼 수 있다.

시에 대하여 심한 거부감이나 불쾌감을 드러내는 계급은 상층 착취 지배 계층이다. TK성골, PK진골, 서울대 칠두품들이 바로 그들이다.

그러나 시에서 드러나는 계층은 이러한 상층 착취 지배층이 아니라, 심리적으로 민중 의식에 동조하면서도 생활과 행동은 귀족적인 상층 지배층의 앞잡이 구실을 하는 사이비 양심층이다. 정치 사회 현실의 변화에 따라 장관이나 국회의원으로 변신할 수 있는 기회주의적 변절자들이다.

시에서 이러한 계급을 대변하는 일차적 계급이 오선생이다. 시에서 오선생은 20년이나 감옥 생활을 한 장기수인데 그가 역설적으로 자유의 몸이 되어 풀려난 것은 형기 만료나 양심수용 때문이 아니라, TK성골들인 경북고 서울대 동창생들의 면회 덕분이다. 이 경우 오선생은 변절자나 투항자가 되고 만다.

김근태가 사슬 풀려 감옥 밖으로 나온 것은 케네디 인권상을 받은 덕분이고, 미국의 압력 때문이기도 하다. 재일교포가 족쇄 풀려 나간 것은 관계 요로에 돈도 쓰고 약도 쓰고 일본 압력을 받은 때문이다.

양심이니 자유니 민주니 따위로 위장하는 권력과 외세의 앞잡이들은 옛적에는 중국이나 몽고를 등에 업고 오늘날은 미국이나 일본이 저들의 빽이나 배경이 되며 일단 출옥하면 부귀와 명예를 독점한다.

감옥 안에는 누가 남아 있나. 천대받는 땅 충청도나 전라도에서 태어난 천민의 아들들, 권력층에 줄이 닿지 않아 줄 떨어진 아랫것들, 돈도 약도 없고 미국 빽도 없는 외통수들만이 감옥을 지키고 있다.

여기가 바로 혁명의 출발점이다. 나라에서 버림받아 나라 없는 천대받는 백성, 고향에서 쫓겨나고 고향 없는 천덕꾸러기 민중이 바로 김남주의 개털들이며, 이러한 개털들이 주체가 되어 반외세 민족 자주화를 이룩하자는 것이 바로 김남주의 혁명이며, 시인이란 이러한 혁명을 위해 싸우는 전사인 셈이다.

그렇다면 누가 김남주를 혁명 전사·해방 전사로 불러 세웠나. 하층 지배 구조의 착취와 억압 아래서 신음하는 농투산이 아버지와 어머니의 땅 잃는 소리가 농촌 현실에 눈뜨도록 김남주를 불러 세웠다. 그러나 이러한 모순 구조의 극복이 하층 지배 세력 뿌리 뽑기로는 근본적 대책이 되지 못함을 깨도한 김남주는 녹두장군의 산맥 우는 소리를 듣게 된다. 그리하여 청송녹죽을 깎아 죽창을 거머잡고, 시퍼런 조선낫을 갈아들고 전사가 되기로 결심한다. 이러한 김남주의 두 갈래 부름새를 살펴보면 다음과 같다. 물론, 이러한 대각성 과정은 1972년 『함성』지 사건, 1973년 『고발』지 사건, 1978년 '남민전' 전위 가입과 이듬해 체포·구금과 밀접한 관련을 맺고 있다. 그러나 이러한 관련성은 앞서 밝힌 바 있어 여기서는 언급하지 않는다.

첫째, 땅 잃는 소리를 듣고 해방 전사로 일어서는 과정은 「달도 부끄러워」 「편지 1」 「편지」 「아버지」 등과 같은 가족사적 시에 특히 잘 드러난다.

「달도 부끄러워」는 『함성』 『고발』지 사건 등으로 잠행 과정을 보여주는 초기시로 배경과 상징을 조심스럽게 읽어 내야 하는 소심성이 요구된다.

　　차마 부끄러워
　　밤으로 찾아든 고향
　　달도 부끄러워 숨어 버렸나
　　보이는 것은 어둠뿐
　　들판도 그대로 어둠으로 깔리고

어둠으로 보이는 것은 농민의
농민에 의한 농민을 위한
허수아비뿐이다

차마 부끄러워
어둠으로 기어든 마을
똥개도 부끄러워 짖지를 않나
길은 넓혀졌지만 지붕도 벗겨졌지만
개똥불처럼 전깃불도 가물거리지만
원귀처럼 소소리처럼 들리는 한숨
소리 껍데기뿐이다

차마 부끄러워
도둑처럼 밀어 여는 사립문
고양이도 부끄러워 엿보지 않나
텅빈 마당이 허전하고
텅빈 마굿간이 허전하고
발길에 밟히는 것은 소스라치게 놀라
달아나는 쥐새끼뿐이다

김남주 「달도 부끄러워」 전문

시 전체를 싸고 도는 기본축은 어둠에 대한 부끄러움, 시대상에 대한 양심과 청결벽이다. 물론 이러한 시적 주제는 윤동주 시에서 선험적으로 체험한 바 있다. 그러니까 일제의 착취 지배 구조와 미국의 대리 정권이 자행하는 착취 지배가 많은 역사적 시간의 흐름에도 별반 다를 바 없다는 것을 시인은 섬뜩하게 형상화하고 있다.

즉 첫 도막에서 시인은 차마 부끄러워 달도 없는 밤에 고향을 찾아간다. 당연히도 시인이 달도 숨어 버린 들판에서 발견한 것은 어둠뿐이다. 시인이 맞닥뜨린 어둠이란 자연 현상일 뿐인가. 아니다. 미국 상공인의 이익을 대변한 링컨 대통령의 정치 구호가 농민 우롱 구호로 뒤바뀌는, 농촌을 뒤덮고 있는 현실적 어둠이다. 어둠의 실체는 무엇인가. 그것은 구체적으로 「편지 1」에서 보여주는 하층 착취 지배 구조의 전위, 경찰·면서기·산감 등이다. 물론 시인은 농촌의 경제적 착취 기관인 농협의 실체를 인식하지 못한다. 농민은 날로 망하고 줄어드는데도 동척처럼 농협은 늘어나 잔가지를 치고 실뿌리를 뻗고 있다.

둘째 도막에서 시인이 차마 부끄러워 찾아간 마을은 어둠이 기어들어 똥개도 짖지 않는다. 왜 똥개도 짖지 않나. 새마을 사업이다 뭐다 하여 길은 넓어지고 지붕도 고치고 전깃불도 들어왔지만, 소소리처럼 원귀처럼 농민이 내쉬는 한숨, 한숨의 껍데기 때문이다. 농민은 왜 한숨을 쉬나. 장가 못간 노총각 농약 마시는 소리, 농협 빚독촉에 잠 못 이루는 소리, 술 담갔다고 생나무 베었다고 오라 가라 못살게 구는 경찰 독촉에 야반도주하는 발걸음 소리이다. 이렇게 농촌이 무너지고 농민이 박살나고 이제는 쌀 시장 개방으로 오갈 데 없는 농민을 두고 점잖은 농대 교수님들은 자신의 밥그릇 깨지는 소리도 듣지 못하고 성명서 한 장도 제대로 발표하지 못했다.

셋째 도막에서 시인이 차마 부끄러워 고향집 사립문을 도둑처럼 밀어 여는 모습을 고양이도 엿보지 않는다. 왜 엿보지 않나. 마당도 텅 비어 허전하고 텅 빈 마구간도 허전하기 때문이다. 역설적으로 발길에 밟히는 것은 소스라치게 놀라 달아나는 쥐새끼뿐이다. 농민의 낟알을 훔쳐먹는 쥐새끼, 인간 쥐새끼뿐이다.

다소 상징적으로 땅 앓는 소리를 듣던 김남주는 「편지 1」에 이르러 육친의 뼈 깎는 소리를 듣게 된다.

　　산길로 접어드는
　　양복쟁이만 보아도
　　혹시나 산감이 아닐까
　　혹시나 면직원이 아닐까

가슴 조이시던 어머니
헛간이며 부엌엔들
청솔가지 한 가지 보이는 게 없을까
허둥대시던 어머니
빈 항아리엔들 혹시나
술이 차지 않았을까
허리 굽혀 코 박고
없는 냄새 술냄새 맡으시던 어머니

늦가을 어느 해
추곡수매 퇴짜 맞고
빈 속으로 돌아오시는 아버지 앞에
밥상을 놓으시며 우시던 어머니
순사 한나 나고
산감 한나 나고
면서기 한나 나고
한 집안에 세 사람만 나면
웬만한 바람엔들 문풍지가 울까부냐
아버지 푸념 앞에 고개 떨구시고
잡혀간 아들 생각에
다시 우셨다던 어머니

동구 밖 어귀에서
오토바이 소리만 나도
혹시나 또 누구 잡아가지나 않을까
머리끝 곤두세워 먼 산
마른 하늘밖에 쳐다볼 줄 모르시던

어머니 어머니 어머니
다시는 동구 밖을 나서지 마세요

수수떡 옷가지 보자기에 싸들고
다시는 신작로 가엘랑 나서지 마세요
끌려간 아들의 서울
꿈에라도 못보시면 한시라도 못살세라
먼 길 팍팍한 길
다시는 나서지 마세요
허기진 들판 숨가쁜 골짜기 어머니
시름의 바다 건너 선창가 정거장엘랑
다시는 나오지 마세요 어머니

김남주 「便紙·1」 전문

시에서 드러나 보이는 하층 착취 지배 구조의 3두 마차는, 산감·면서기·순사 등이다. 이들은 양복을 입고 오토바이를 타고 마을에 나타나 밀주를 뒤지고 생나무를 적발하고 수갑을 채워 잡아간다.

이들에 대한 공포와 전율은 먼저 어머니를 통해 감지되고, 다시 아버지에게 전이된다. 사실 부엌이나 헛간의 청솔가지를 두려워하고 빈 항아리 술냄새를 염려하는 것은 어머니만의 공포와 전율이 아니다. 그것은 압박받은 아버지의 서러움이고 고단함이다. 추곡 수매를 퇴짜맞고 돌아온 아버지가 집안에 산감·면서기·순사 하나씩만 나면 문풍지가 울겠느냐고 하는 푸념이 이를 증명한다. 고통은 다시 잡혀간 아들 생각을 하는 어머니에게로 되돌아간다. 동구 밖 오토바이 소리만 들으면 누가 잡혀가는 것 아닌가, 머리칼 곤두세우는 어머니. 그리하여 시인은 역설적으로 현실적으로는 불가능한 모순 구조를 극복한 대안도 아닌 서러운 당부와 부탁을 어머니에게 함으로써, 시의 전체적 분위기를 애절하게 고조시키고 있다.

어떻게 하면 불쌍한 어머니를 동구밖에 내세우지 않을 수 있을까, 어떻게 하면 수수떡 옷가지 싸들고 신작로 가에 나오지 못하게 할 수 있을까, 어떻게 하면 팍팍한 서울길 오지 못하도록 할 수 있을까, 어떻게 하면 시름의 바다 건너

선착장에 나서지 못하게 할 수 있을까에 대한 현실적 대안이 아니다.

　이러한 가족사적 고통을 통해 시인은 혁명적 대안을 각성한 것은 아닐지라도, 하층 지배 구조의 구조적 착취 모순을 철저히 인식한 것은 아닐지라도, 막연하게나마 농촌 현실에 눈뜨고 있으며, 바로 그러한 눈뜸이 시인으로 하여금 제 살 깎기를 단행하도록 강요한다.

　대개의 경우 한국 남성들에게 어머니의 사랑은 조건 없는 짐승들의 그것처럼 제어장치가 풀려 있는데 반하여 아버지의 그것은 조건 까다로운 금기가 관습이며, 애증의 편차를 드러내는 법인 경우가 많다. 「편지 1」이 전자의 경우를 대변한다면, 「아버지」는 후자의 경우를 대표한다.

　세상을 버리기 이전까지 김남주에게 있어서 아버지는 어떤 존재인가. 증오의 대상은 아닐지라도 성가시고 귀찮은 존재이다. 그래서 시에서 아버지는 '당신' 아닌 '그'로 싹수없이 객관화되어 있다. 날이 새기 무섭게 소를 뜯기도록 재촉했고 학교가 파하면 돌아와 소꼴을 베도록 강요했다. 낮잠을 깨워 나무하러 보내고 등잔불 아래 숙제를 하면 석유가 아까워 불끄고 자라 했다. 소가 아프면 읍내 약을 지어다 먹이고 수의사를 불렀지만, 시인의 배가 아프면 빈말로 민방을 권했다. 공책은 모두 찢어 담배를 말아 피우고 책은 뜯어 뒤지로 썼다. 빳빳한 상장은 창구멍을 막거나 도배지로 썼다. 지푸라기 하나 낭비하지 않았고 밥티 하나 버리지 않았다.

　십 년 이십 년 부잣집 머슴이었던 아버지는 서른에 애꾸눈 각시 하나 얻었는데 어머니는 겉보리 서 말에 얹혀 온 주인집 딸이었다. 아버지는 내가 커서 면서기 군서기가 되기를 바랐고 갈퀴질 잘하는 검·판사가 되기를 바랐다.

　그러던 아버지가 세상을 버렸다. 자신의 강도 혐의에 울화병으로 세상을 떠났다. 일곱 마지기 땅을 주고 감옥 간 자식 한 번 보고 싶다는 유언을 남기고 세상을 버렸다.

　이와 같이 가족사적 시는 육친을 통해 땅 잃는 소리를 듣고, 빈 들판에 전사로 서기에는 일정한 한계를 머금고 있었다. 하층 지배 구조를 분명하게 인식하여 해방 투사로 시인을 몰아 세우지 못했다. 그것은 모든 인간이 본질적으로 소유하고 있는 육친에 대한 애정 때문이다. 그럼에도 이러한 가족사적 시가 갖추고 있는 가치는 '모두 아는 관점'이 유배지의 시간으로 되어 있다는 점이다. 유배지란 어디인가. 바로 시인의 혁명의 기지인 감옥이 아니던가. 그러니까 김남주의 혁명 기지는 육친의 사랑과도 일정한 거리를 유지한 셈이다.

둘째로 앞서 밝힌 바와 같이 『함성』지 사건 등으로 두 차례에 걸쳐 체포·구금, 집행유예로 풀려난 김남주는 친구 이강과 더불어 갑오농민전쟁 전적지를 순례하게 되고 드디어 황토현에 이르러 '일어서라' '일어서라' 외치는 녹두장군의 부름을 받고 산맥 우는 소리 앞에서 스스로의 묘혈파기를 통해 청송녹죽을 깎아 거머잡고 민중 해방 전사, 혁명 전사인 죽창으로 일어설 것을 굳게 다짐하게 된다. 이러한 과정은 「녹두장군」 「황토현에 부치는 노래」 등 수많은 전봉준 관련 시편 속에서 소상하게 드러난다.

그렇다면 김남주가 말하는 혁명이란 무엇일까. 그것은 전봉준의 창의문 가운데, "우리가 의를 들어 여기에 이름은 그 본의가 다른 데 있지 아니하고, 민중을 도탄에서 건지고 국가를 반석 위에 세우고자 함이다"에서 드러나는 바와 같이 민중 해방과 국가를 반석 위에 올려놓는 일이다. 이러한 전봉준의 격문이 김남주에게는 반외세 민족 자주화라는 테제로 구체화된다.

김남주는 「녹두장군」에서 몇 차례 반어법을 통해 전봉준의 혁명 이념이 반봉건 민중 해방이었다는 사실을 이렇게 규명한다.

백년 전에 죽은 전봉준이 아니 죽고 무엇 때문에 내 안에 살아 있는 것일까. 무엇 때문에 내 가슴에 내 피 속에 살아 숨쉬고 맥박처럼 뛰는 것이냐. 그도 내 아버지의 아버지처럼 서너 마지기 논배미로 평생을 살았던 가난한 농부였기 때문일까. 나와 같이 그 사람도 한 때는 글줄이나 읽었던 서생이었기 때문일까. 무엇 때문일까. 천석꾼 만석꾼 큰 부자도 아니었던 그가 가난한 이들의 기억 속에 살아 있는 것은 무엇 때문일까. 구척장신 불세출의 영웅 호걸도 아니었던 그가 녹두꽃이라 녹두장군이라 인구에 회자된 것은, 백 년 동안 민중의 가슴속에 남아 답답할 때면 노래되어 그들의 입에 오르내리고, 캄캄한 밤이면 별이 되어 그들의 머리 위로 떠오른 것은 무엇 때문일까. 시인은 본다. 들것에 실려 서울로 압송되는 그의 얼굴에서 화등잔처럼 불타는 두 눈을 본다. 양반과 부호에 대한 증오의 눈과 가난한 민중에 대한 사랑의 눈을.

녹두장군의 두 눈앞에서 시인은 민중의 밥과 땅과 자유를 위해 죽창 쇠스랑 괭이 조선낫 돌멩이 탄환이 될 것을 되뇐다. 그것이 바로 김남주의 함성, 「황토현에 부치는 노래」이며, 시는 시인의 피를 끓게 하고 젊은이의 가슴을 떨게 만드는 주정적 격문이 된다. 물론 시인은 자신과 녹두를 동일시 함으로써 자기 혁명, 자기 상승 작용을 일으켜 해방 전사, 혁명 전사로 무장하기 위한 자기 선언으로 삼았음은 자명하다. 그러나 이러한 목청 높은 함성은 피가 떨어진 대지의 노래가 아니라 구름똥 싸는 관념론일 가능성이 짙다. 왜냐 하면 그것은 피터지는 자기 성찰도 아니며 투쟁의 과일도 아니기 때문이다.

그렇다면 과연 시인은 왜 해남 땅 육친의 땅 잃는 소리를 듣고, 또는 녹두장군의 산맥 우는 소리를 듣고, 스스로의 무덤 파기를 통해 죽창으로 일어설 것을 결심하였을까. 진정한 혁명 전사로서 눈뜨게 되는 직접 원인은 오히려 어느 날 밤 느닷없는 구금과 모욕적인 고문, 그러한 폭력 앞에 무력하기 짝이 없는 자신을 직시하면서부터가 아닐까.

즉, 1973년 3월 어느 날 밤 12시, 김남주는 『고발』 제작·배포죄로 이강 등 15명과 함께 체포·구금된다. 그로부터 6년 뒤인 1979년 '남민전' 사건으로 다시 체포·구속된다. 전기에 씌어진 대표작이 「진혼가」이고, 후기에 씌어진 대표작이 「살아남아 다시 한 번 칼자루를 잡기 위해」이다. 두 편 시에 이르러 김남주는 진정한 깨도와 각성을 통해 자기 혁명을 완수하며 나아가 분단 현실을 똑바로 봄으로써 민족 혁명을 완수하게 된다. 그리하여 더는 참을 수 없어 목울대를 치밀어 오르는 절규, 함성, 아우성과 같은 절절한 외침새를 확보하게 된다.

1

총구가 나의 머리숲을 헤치는 순간
나의 양심은 혀가 되었다
허공에서 헐떡거렸다 똥개가 되라면
기꺼이 똥개가 되어 당신의
똥구멍이라도 싹싹 핥아 주겠노라
혓바닥을 내밀었다
나의 싸움은 허리가 되었다 당신의
배꼽에서 구부러졌다 노예가 되라면
기꺼이 노예가 되겠노라 당신의
발밑에서 무릎을 꿇었다 나의
양심 나의 싸움은 迷宮이 되어
심연으로 떨어졌다 삽살개가 되라면
기꺼이 삽살개가 되어 당신의
손이 되어 발가락이 되어 혀가 되어

삽살개 삼천만 마리의 충성으로
쓰다듬어 주고 비벼 주고 핥아 주겠노라
더 이상 나의 육신을 학대 말라고
하찮은 것이지만 육신은 나의
唯一의 確實性이라고 나는
혓바닥을 내밀었다 나는
무릎을 꿇었다 나는
손발을 비볐다 나는

김남주 「진혼가」 전문

1973년 3월 『고발』지 사건으로 체포·구금되었을 때, 경찰이나 남산 신사로부터 어떤 고문과 학대를 받았는지를 김남주는 『시와 혁명』에 솔직하게 적어 놓고 있다. 물론 이러한 기록은 지조 높은 선비나 지사의 위엄 있는 결의문이 아니라, 한 젊은 청년의 경악과 분노와 좌절을 그대로 적어 놓고 있어 당대 정황을 소상하게 엿볼 수 있다.

밤 12시. 자취하는 친구 방에서 다섯 명의 경찰에 의해 손을 등뒤로 올려 오랏줄에 묶인 채 시인은 북부경찰서 어딘가로 끌려간다. 경찰서 계단을 오르자 창자가 끊어지는 듯한 신음 소리를 듣는다. 경찰서 한 귀퉁이 긴 의자에 쇠사슬로 개처럼 묶여 있었다. 말쑥한 신사복 차림의 남산 신사에게 모욕적인 능욕을 당하고 몽둥이 찜질을 당한 뒤 권총 위협을 받는다. 위협적인 처음의 형사가 시인의 목을 샅에 끼고 등을 쇠솔로 문질러 뒷날 손바닥만한 피딱지가 앉게 한다.

이상에서 간략하게 살핀 바와 같이 사건 과정으로 미루어 「진혼가」의 시점은 남산 신사의 권총이 시인의 머리숱을 헤치는 순간으로 되어 있다. 순간 양심은 혀가 되어 허공에서 헐떡거리고, 똥개가 되라면 서슴없이 항문이라도 핥아 줄 수 있는 똥개가 되었다. 시인의 싸움은 허리가 되어 배꼽 아래 구부러지고 노예가 되라면 기꺼이 발 밑에 무릎을 꿇고 노예가 되었다. 양심과 싸움은 미궁이 되어 심연으로 떨어졌다. 삽살개가 되고 손이 되고 발가락이 되었다. 삼천만 마리의 삽살개가 되어 쓰다듬어 주고 비벼주고 핥아 주겠노라. 유일한 확실성인 육신의 학대를 막기 위하여 무릎을 꿇었다. 손발을 비볐다.

이와 같이 「진혼가」는 육신에 가한 고문의 고통 때문에 스스로 양심을 짓밟고 싸움을 팽개친 무참한 자아의 패배 기록이다. 따라서 이러한 외침은 고향 땅 해남에서 시인의 육친들이 질러대던 땅 앓는 소리와 일치한다.

이렇게 유형지에 한 개인이 벌레처럼 똥개처럼 팽개쳐져 있을 때 전향은 자연스러운 현상이다. 시인도 캄캄한 어둠의 벽을 되쏘아 보며 전향이라는 복병과 싸워야 했다. 친구 이강에게 보내는 시 「전향을 생각하며」는 이러한 인간적 고통을 드러낸 참회서이다. 그러나 정작 전향의 정당한 논리를 발견한 것은 1979년 '남민전' 사건으로 구속될 때였고, 굴복의 정당성을 시인은 살아남아 다시 칼을 잡는 일로 합리화시키고 있다.

물론
싸울 줄 알아야 하고
죽을 줄도 알아야 하지
하지만 과연 그가 혁명가라면
살아남을 줄도 알아야 해
고립무원 첩첩산중에서 산적이라도 만났을 때는
아낌없이 가진 것 내줄 줄 알아야 해
아나 이것이나 쳐먹어라
개떡인양 한 점 붉은 살점이라도
선뜻 던져줄 줄 알아야 해
자기를 죽일 줄 알아야 해
살아남기 위해서 살아 살아
다시 한 번 칼자루를 잡기 위해서

김남주 「살아남아 다시 한 번 칼자루를 잡기 위해」 전문

육체적 고통 때문에 양심을 버리고 굴복하는 일은 괴로운 일이다. 전향의 논리도 같은 것이다. 그래서 육신의 고통을 뛰어넘어 자신의 마음을 지킨 어른을 우리는 위인이라고 부른다.

이 경우 시인이 생각한 스스로의 위안 논리는 지조 높은 선비의 절개가 아니라, 혁명가의 전략인 듯싶다. 그래서 시인은 싸울 줄도 알고 죽을 줄도 알아야 하지만, 혁명가라면 살아남을 줄도 알아야 한다고 말한다. 혁명가의 살아남이란 무엇인가. 고립무원 첩첩산중에서 산적을 만났을 때 아낌없이 '가진 것 내 주는 일', 또는 개떡인양 '붉은 살점 선뜻 던져주는 일' 관념론자의 주장처럼 과대망상적인 존재도 아니고 낭만적 존재도 아니다. 우주가 아니듯 별이 아니고 지구가 아니듯 꽃이 아니다. 시인의 말대로 별 것 아닌 한 줌 흙 모래알에 지나지 않는다. 이러한 인식은 김남주 세계관의 중대한 변화를 의미한다. 비로소 자신을 혁명 분자로 똑바로 보고 전사로서 첫 출발의 신호탄을 쏘아 올린

셈이다.

「솔직히 말해서 나는」의 경우, 그것이 표제시이기 때문에 빼어난 것이 아니라 자신을 억압하는 허위 의식에서 벗어나 참다운 시적 자아를 발견하였다는 점에서 일정한 혁명성을 머금고 있다.

솔직히 말해서 나는
아무것도 아닌지 몰라
단 한방에 떨어지고 마는
모기인지도 몰라 파리인지도 몰라
뱅글뱅글 돌다 스러지고 마는
그 목숨인지도 몰라
누군가 말하듯 나는
가련한 놈 그 신세인지도 몰라
아 그러나 그러나 나는
꽃잎인지도 몰라라 꽃잎인지도
피기가 무섭게 싹둑 잘리고
바람에 맞아 갈라지고 터지고
피투성이로 문드러진
꽃잎인지도 몰라라 기어코
기다려 봄을 기다려
피어나고야 말 꽃인지도 몰라라

그래
솔직히 말해서 나는
별 것이 아닌지 몰라
열 개나 되는 발가락으로
열 개나 되는 손가락으로
날뛰고 허우적거리다
허구헌 날 술병과 함께 쓰러지고 마는

그 주정인지도 몰라
누군가 말하듯
병신 같은 놈 그 투정인지도 몰라
아 그러나 그러나 나는
강물인지도 몰라라 강물인지도
눈물로 눈물로 눈물로 출렁이는
강물인지도 몰라라 강물 위에 떨어진
불빛인지도 몰라라 기어코
어둠을 사르고야 말 불빛인지도
그 노래인지도 몰라라

김남주 「솔직히 말해서 나는」 전문

시에서 혁명성이란 무엇인가. 참다운 혁명을 보기 위해 일차적으로 시적 자아를 객관화하는 자기 혁명을 말한다. 시에서 자기 혁명은 어떻게 이룩되는가. 주로 자신의 올려보기를 통해 주관화하는 일보다, 내려보기를 통한 객관화 작업에서 비롯된다.

『고발』『함성』 등 지하신문 사건으로 곤욕을 치르고, 다시 '남민전' 사건으로 구속된 시인은 시의 첫 줄에서처럼 자신이 아무것도 아니라는 사실을 처음으로 깨닫는다. '세상에 나홀로'라는 의식 각성이 사춘기의 첫 출발이듯, 자신이 '별 것 아니라'는 자기 혁명은 전사로서의 첫 출발이다.

자신이 별 것 아니기 때문에 한 방에 나가떨어지고 마는 모기나 파리인지도 모르며, 뱅글뱅글 돌다 쓰러지는 목숨인지도 모른다. 그러니까 누군가의 말대로 자신을 '가련한 놈', '가련한 신세'로 내려보고 시적 자아를 객관화할 경우 전사는 아닐지라도 최소한 꿈틀거리는 존재가 될 수 있었다. 그러나 시인은 어렵게 싹트는 자아를 억압하고, 자신을 꽃, 강물, 노래로 올려보고, 시적 자아를 주관화함으로써 미적 마비 현상을 일으키고 만다.

물론 자신을 꽃잎으로 미화하는 경우에도 처음에는 피기도 전에 싹둑 잘리

고, 바람에 맞아 갈라지고, 터지고, 피투성이로 문드러지는 꽃잎으로 객관화하
지만, 나중에는 봄을 기다려 피어나고야 말 꽃잎으로 주관적 미화를 하고 만
다. 또 자신이 강물로 승화될 때도 위와 같은 승화 비하 과정을 겪는다.

즉 별 것 아닌 자신은 열 개나 되는 발가락 손가락으로 날뛰다 허구헌 날
술병과 함께 쓰러지는 주정, 병신 같은 놈, 투정으로 폄하되다가 강물로 격상
된다. 그러나 이때의 강물은 눈물로 출렁이는 강물이지만, 강물 위에 떨어진
빛은 어둠을 사르는 노래와 동격인 빛으로 승화된다.

결국 시인은 철저히 자신을 내려보고 시적 자아를 객관화함으로써, 혁명 전
사의 자리로 몰아간 것이 아니라, 아슬아슬한 몇 차례 줄타기 끝에 자신을 꽃
잎, 강물, 빛, 노래 등으로 올려놓고 감상적 자리에서 의식 침몰을 일으키고 만
다.

이러한 낭만적 허위 의식이나 감상적 거짓에서 헤어나 진정한 전사로 서게
되는 것은 감옥에서 혁명 사상을 실천적으로 담금질하면서부터이다. 가령 「수
인의 잠」 「심야의 감방에서」 「그 방을 나오면서」 등의 시편은 시인이 강철로
단련되어 가는 과정을 소상하게 보여준다.

「수인의 잠」에서 자아는 모든 의식을 잠재우고 귀막고 눈감고 '자자' '자자'
'자자'고 외친다. 얼음장 같은 마룻장 위에 한 장 가마니때기(시인은 '가마니떼
기'라고 적는데 이는 해남 고장말인지 모르겠다.) 위에 어머니가 넣어 준 잿빛
담요를 깔고 그 위에 아내가 넣어 준 밤색담요를 깔고 푸른 수의에 싸여 잠들
려 한다. 생각 말고, 아무 생각 말고 눈 꼭 감고 귀 꽉 막고 잠들고자 한다.

겨울 감옥의 해는 짧다. 흙바람이 와서 벽을 때리다가 빌거숭이 나뭇가지 위
에서 울부짖는다. 그것은 흡사 주린 아이의 울음 소리와도 같다. 그것은 흡사
지아비를 빼앗긴 지어미의 곡성과도 같다. 그러한 처참한 상황 때문에 모든 것
을 외면하고 잠들려 한다. 그러나 상황은 잠을 자도록 방심하지 않는다. 「심야
의 감방에서」 들리는 소리 때문에 소스라쳐 잠을 깬다.

"○○해방투쟁만세!"

엇갈리고 내달리는 발자국 소리.

"어떤 놈야. 방금 만세 부른 놈이"

"안 나와! 모조리 끌어내서 족칠 테야."

간수들이 고함치는 소리. 끌려가고 문따는 소리. 끌려가는 비명 소리. 새벽까지 끌려갔다가 돌아와 최후의 벽에 쓴다. 피묻은 입술에 손가락 적셔 적는다

"동지의 단결 만세!"

비로소 김남주는 혁명 전사, 민중 해방 전사가 된다. 어둡고 험한 길에서 비로소 김남주는 죽창이 된다. 피와 비명으로 싸워야 하는 혁명 시인이 된다.

「그 방을 나오면서」 김남주는 시라는 것을 처음으로 쓰게 된다. 감옥에서였다. 종이도 연필도 없고 둘러보아야 사방 벽뿐인 하얀 벽에 적는다. 이로 손톱을 깨물어 피의 문자로 새겨 놓았다.

"이 벽은 나라 안팎의 자본가들이 제국주의자와 그 괴뢰들이 쌓아 올렸다. 남과 북을 가로막아 그들의 재산을 지키기 위해. 놈들로 하여금 놈들의 손톱으로 하여금 이 벽을 허물게 하리라."

드디어 김남주는 '반제 민족 해방'을 외치는 혁명 시인이 되었다. 그리하여 시인은 스스로의 좌우명을 선언한다. 「전사 1」이 그러한 실천 작업인데 시인은 연작시를 생각한 듯하나 속편은 없고 다만 「투쟁과 그날 그날」에서 동일 주제가 재생산되는 것으로 보아서, 또는 많은 산문에서 같은 시를 강조한 것으로 보아서 관심이 각별한 듯하다. 시는 「형제여」를 보완하여 읽을 때 제 맛을 찾게 된다.

일상 생활에서 그는
조용한 사람이었다
이름 빛내지 않았고 모양 꾸며
얼굴 내밀지도 않았다

무엇보다도 그는

시간엄수가 규율엄수의 초보임을 알고
일분 일초를 어기지 않았다
그리고 동지 위하기를 제몸같이 하면서도
비판과 자기비판은 철두철미했으며
결코 비판의 무기를 동지 공격의 수단으로 삼지 않았다
조직 생활에서 그는 사생활을 희생시켰다
조직의 이익을 위해서라면 모든 일을 기꺼이 해냈다
큰 일이건 작은 일이건 좋은 일이건 궂은 일이건 가리지 않았다
그리고 아무리 하찮은 일이라도
먼저 질서와 체계를 세워
침착 기민하게 처리해 나갔으며
꿈속에서도 모두의 미래를 위해
투사적 검토로 전략과 전술을 걱정했다

이윽고 공격의 때는 와
진격의 나팔 소리 드높아지고
그가 무장하고 일어서면
바위로 험한 산과 같았다
적을 향한 증오의 화살은
독수리의 발톱과 사자의 이빨을 닮았다
그리고 하나의 전투가 끝나면
또 다른 전투의 준비에 착수했으며
그때마다 그는 혁명가로서 자기 자신을 잊은 적이 없었다

김남주 「전사 1」 전문

　「전사 1」과 「형제여」 등 두 편의 시는 서로 도와 읽을 때에만 도덕적 투쟁성
과 양심적 혁명성이 제 모습을 드러낸다. 즉 두 시의 출발점을 '뜨거운 아랫도
리' '억센주먹'의 팔팔한 젊은 나이에 전사로 싸워야 하고, 그렇지 못하고 침묵

을 지킬 때 오히려 괴롭다는 양심과 도덕에 둠으로써 전사의 혁명과 투쟁은 한층 빛나는 자리를 누리게 된다. 「전사 1」의 일상 생활, 조직 생활, 혁명 생활은 꽃다운 젊음이 '사생활'이라는 이유로 희생된다. 일상 생활에서 그는 조용한 사람이고, 명망가는 아니고 더구나 얼굴 꾸미는 가식적 인간은 더구나 아니다. 무엇보다 시간을 엄수했고 자기비판에는 철저했으나 비판을 동지 공격의 무기로 삼지 않았다.

조직 생활에서 사생활을 희생하고 조직을 위해 모든 일을 기꺼이 해냈으며 작은 일이라도 질서와 체계를 세워 침착 기민하게 처리하고 꿈속에서도 전략과 전술을 걱정했다.

투쟁 생활에서 무장하고 일어서면 험한 바위산 같았고 적에 대한 증오는 독수리 발톱이나 사자 이빨과 같았다. 하나의 전투가 끝나면 다음 전투를 준비했고 그때마다 혁명가의 신분을 잊은 적이 없었다.

그렇다면 팔팔한 나이, 창창한 나이에 혁명가로서 투쟁 생활을 해 온 일을 후회하는가. 아니다. 투쟁을 하지 못하고 벽 속에 갇혀 쇠사슬에 묶여 서른다섯 결정적 나이에 침묵으로 산다는 것이 시인에게는 괴로운 일이다.

투쟁 생활이란 무엇인가. 목청껏 노래하고 힘껏 일하고 내달려 전진하고 기다려 역습하고 피투성이로 싸우는 일이다.

왜 싸우나. 빵과 자유와 피를 위해서이다.

그러니까 김남주의 진정한 외침새는 도덕성을 바탕으로 하는 투쟁성이고 혁명성이다. 이러한 관점에서 목청껏 노래한 시가 「담 하나를 사이에 두고」 「조국은 하나다」 등이다. 전자는 기본 모순을, 후자는 주요 모순을 귀따갑게 반복하여 외치는 것이 특징이다. 아울러 두 편의 시는 추임새를 가장 철저하게 활용하고 있음에도 추임새의 경제성과 효용성을 다시 생각하게 만든다.

그렇다면 김남주는 왜 목터지게 노래부르고 피터지게 싸우는가. 앞에서 산발적으로 살펴본 바와 같이 시인이 혁명 전사로 싸우는 까닭은 노동자 농민의 땅과 자유와 밥을 지키기 위해서이며 바로 이러한 현상은 김남주 시에서 꽃이

라 부를 만하다고 앞서 지적한 바 있다. 외부의 물리적 폭력에 의해 꽃이 짓밟
히거나 꺾일 때 시인은 피의 희생을 치르면서 칼로 상징되는 복합 무기를 들고
싸우는 것으로 되어 있다.

　　만인의 머리 위에서 빛나는 별과도 같은 것
　　만인의 입으로 들어오는 공기와도 같은 것
　　누구의 것도 아니면서
　　만인의 만인의 만인의 가슴 위에 내리는
　　눈과도 햇살과도 같은 것

　　토지여
　　나는 심는다 살찐 그대 가슴 위에 언덕에
　　골짜기의 평화 능선 위에 나는 심는다
　　자유의 나무를

　　그러나 누가 키우랴 이 나무를
　　이 나무를 누가 누가 와서 지켜주랴
　　신이 와서 신의 입김으로 키우랴
　　바람이 와서 키워주랴
　　누가 지키랴, 왕이 와서 왕의 군대가 지켜주랴
　　부자가 와서 부자들이 만들어 놓은 법이, 판검사가 와서 지켜주랴

　　천만에 ! 나는 놓는다
　　토지여, 토지 위에 사는 형제늘이여
　　나는 놓는다 그대가 밟고 가는 모든 길 위에 나는 놓는다
　　바위로 험한 산길 위에
　　파도로 험한 사나운 뱃길 위에
　　고개 넘어 평지길 황토길 위에
　　사래 긴 밭의 이랑 위에 가르마 같은 논둑길 위에 나는 놓는다
　　나 또한 놓는다 그대가 만지는 모든 사물 위에

　매일처럼 오르는 그대 밥상 위에
　모래 위에 미끄러지는 입술 그대 입맞춤 위에
　물결처럼 포개지는 그대 잠자리 위에
　구석기의 돌 옛무기 위에
　파헤쳐 그대 가슴 위에 심장 위에 나는 놓는다
　나의 칼 나의 피를

　오, 자유여 자유의 나무여

김남주 「나의 칼 나의 피」 전문

　시를 경제적으로 이해하기 위해서 시를 구성하고 있는 몇 개의 기본 동사, 예를 들면 '~심는다'·'~지킨다'·'~키운다'·'~놓는다' 등을 조심스럽게 살펴 볼 필요가 있다. 무엇을 심고 키우고 지키고 놓는단 말인가. 주어는 시의 앞부분에 선언적으로 정의된다.

　그것은 만인의 머리 위에서 빛나는 별과도 같은 것이고 만인의 입으로 들어오는 공기와도 같은 것이고 누구의 것도 아니면서 만인의 가슴 위에 내리는 눈과도 햇살과도 같은 것이다. 그렇다면 그것이 무엇이란 말인가. 자유. 바로 그것이다. 그렇게 귀한 것을 어쩐단 말인가. 심고 가꾸고 지켜야 한다. 그래서 토지에 자유의 나무를 심는다. 살찐 토지의 가슴에 언덕에 골짜기의 평화능선 위에 자유의 나무를 심는다.

　그러나 자유의 나무를 누가 키우랴. 누가 지키랴. 신이 와서 신의 입김으로 키우랴. 아니다. 바람이 와서. 아니다. 왕이 와서 왕의 군대가 지키랴. 아니다. 부자가 와서 부자가 만든 법이, 판사가 지켜주랴. 아니다. 천만에 말씀이다.

　그래서 칼을 놓는다. 형제가 가는 모든 길에 놓는다. 바위로 험한 산길, 파도로 험한 사나운 뱃길, 고개 너머 평지길 황톳길 사래 긴 밭이랑 가르마 같은 논두렁 위에 칼을 놓는다. 모든 사물 위에 놓는다. 밥상 위에 모래 위에 입맞춤 위에 잠자리 위에 돌무더기 위에 가슴 위에 심장 위에 '나의 칼' '나의 피'를 놓는다.

　이러한 시를 읽노라면 김남주는 자신만이 혁명가로서 해야 할 일을 선택하려 하는 것이 아니라 범사에 초월적 힘을 쓰고 싶어하는 하고잽이의 모습을 드러내 보인다. 그것은 양심적인 일도 도덕적인 일도 아니다. 양심과 도덕을 초월한 칼과 피는 과연 어떤 일을 자행할 것인가. 바로 이러한 까닭에 김남주가 말하는 자유가 무엇인지 다시 한 번 생각해 보아야 한다. 김남주의 자유는 '무엇'을 말하는 것이 아니라 '어떻게'를 말한다.

　따라서 김남주의 자유는 만인을 위해 내가 노력하는 것이고 만인을 위해 내가 싸울 때 느낄 수 있는 것이다. 피와 땀과 눈물을 나누어 마실 때 자유이다. 그런데 이 세상에는 왜 자유가 실천되지 않는가. 김남주가 보기에는 사람들이 입으로는 자유, 형제, 동포를 말하면서 마음으로는 자신의 잇속을 차리기 때문이다.

　도대체 무엇을 할 수 있단 말인가.

　도대체 무엇이 될 수 있단 말인가.

　제 자신을 속이고서야 즉자적 양심과 대자적 양심이 하나 될 때 김남주는 진정한 자유를 누릴 수 있다고 보았다.

　「각주(脚註)」라는 시에서 김남주는 자유에 대한 상대적인 접근을 한다. 시인은 먼저 헤겔을 인용한다.

　　동방에서는 한 사람만이 자유로왔는데 지금도 그렇다
　　그리스 로마에서는 몇 사람이 자유로왔다
　　게르만 세계에서는 모든 사람이 자유롭다

　예링의 말처럼 세계에서 가장 야만족이었던 게르만 민족이 모두 자유를 누리고 있다는 주장은 헤겔의 말일지라도 믿기 힘들다. 다시 시인은 마르크스의 이러한 말을 인용한다.

아시아적 봉건 사회에서는 한 사람만이 자유로왔다.
자본주의 사회에서는 몇 사람만이 자유롭다.
사회주의 사회에서는 만인이 자유로울 것이다.

마르크스의 이러한 말도 미래의 희망일 뿐 현실성이 전혀 없다는 것이 증명되었다. 그리하여 김남주는 이렇게 각주를 붙인다

식민지 사회에서는
단 한 사람도 자유롭지 못하다고.

김남주의 진술은 정당할 뿐만 아니라 자신의 사상적 토대를 말하여 주는 것이기도 하다. 이러한 정세 판단을 기초로 쓴 시가 「삼팔선은 삼팔선에만 있는 것이 아니다」이다. 시에서 삼팔선은 분단 현실이고 식민지의 주요 모순이고 국제 갈등이고 민족 비극이다. 그러니까 삼팔선은 휴전선에 한정하여 존재하는 모순이 아니라는 것이 시인의 기본적인 생각이다. 미팔군 병사의 군화, 입산금지의 붉은 팻말, 간첩신고 표어, 죄 없이 혼쭐나는 억울한 넋, 일할수록 가난해지는 농민의 노동, 일어서면 결정적으로 꺾이는 노동자의 구부러진 허리 등에 분단의 하층 지배 구조는 제 모습을 드러내 보인다. 거재를 쌓아 도적의 접근을 불허하는 부자들의 담벼락, 부자와 한패가 되어 시의적절하게 벌이는 쇼, 고관대작들의 평화통일 축제 등 상층 지배 구조의 추태에도 분단의 벽은 있다.

바다 건너에서 원격 조정하는 아메리카, 그들이 보낸 사랑의 구호물자, 자유를 혼란으로 바꿔치기하고 질서의 이름으로 도강하는 미국의 탱크, 자유가 몸부림치는 감옥의 담벼락, 당신의 침묵 등 사대적 지배 구조에도 삼팔선은 있다.

요약하면 삼팔선이란 제국주의 미국과 국내의 재벌과 정권이 야합하여 민중의 자유를 억압하는 지배 구조인 셈이다. 이것이 '남민전' 전사로서 내린 정세 판단이다. 따라서 청년 시인 양영진이 분단의 당사자로 구소련과 사대 세력

과 야합한 북한 독재 정권을 본 것과는 달리 김남주는 이들 집단을 일체 언급하지 않는다. 그렇다고 그들을 양심적인 통일 주체로 전면에 내세우지도 않는다.

결국 김남주의 '자유'는 다른 '땅'이나 '밥'과 마찬가지로 거창한 이상이나 전망이 아니라, 양심과 도덕으로 자신을 묶어 조국과 민족을 위해 헌신적으로 싸우고 철저히 봉사한다는 점에서 '혁명'의 개념과 같다. 이러한 사실은 시에서뿐만 아니라 산문에서도 확인된다.

> 감옥에서 나와서 이 사람 저 사람들 덕분에 나로서는 잘 먹고 잘 사는 편이다. 한 달에 월세 8만 9천원 하는 임대 아파트이긴 하지만 이른바 '내 집'이 있는 셈이고 작은 방에는 책상 연필 종이 등 글을 써먹고 사는 사람에게 필요한 것은 죄다 갖추어놓고 있다. 이런 나의 거처에 어느 날 독자 한 분이 찾아왔다. 이런 질문 저런 질문을 하다가 마침내 그는 다음과 같은 질문을 하는 것이었다.
>
> "선생님, 감옥에 계실 때와 밖에 나와 계시는 지금과 어느 경우에 더 많은 자유를 행사하고 있다고 생각하십니까."
>
> 나는 속이 뜨끔했다. 이 질문에는 가시가 돋혀 있었기 때문이다. 신체의 자유에서야 감옥에서보다는 더 많은 자유를 누리고 있지만 사실 나는 사상이라든가 표현이라든가 창작이라든가 하는 정신적인 자유에서는 감옥에서보다 훨씬 적은 자유밖에 누리지 못하고 있는 것이다.[71]

세상에 나와서 당연히 신체의 자유야 누리지만 감옥 안에서처럼 사상이나 창작의 자유는 누리지 못한다는 것이 김남주의 진술이다. 결국 세상살이란 자기만의 시간을 남을 위해 할애해야 하는 저자인 셈이다.

이러한 양심의 가책을 느끼면서 감옥에서 나온 김남주는 최후의 죽음까지 몇 해를 어떻게 살았을까. 이 시기에 시인의 사상적 편린을 엿볼 수 있는 시집이 『사상의 거처』와 『이 좋은 세상에』 등이다.

---

71) 김남주 시집 『솔직히 말하자』 후기, 풀빛, 1989, 203쪽

　오랜 영어 생활 끝에 자유의 몸이 되어 세상에 나와서 부닥친 것은 어이없게도 머리 위의 창공을 보지 못하고 바보새처럼 여기저기를 기웃거려 보거나 감시 공포에 시달리는 일이었다. 전사로서 혁명 기지를 사수하고 민중을 선동하는 일이 아니라 악몽과 방황의 나날이었다.

　밤에 누가 문을 두드리면 가슴이 덜컥 내려앉았다. 순간 머릿속에서는 체포, 감금, 고문, 재판, 투옥 등의 단어가 떠올랐다. 언제 자유롭게 감시를 의식하지 않고 거리를 활보할 것인가. 언제 노동자를 두둔하고 자본의 보복에서 벗어날 수 있나. 언제 또 하나의 조국을 사랑하고 감옥으로부터 자유로울 수 있나. 언제 체포, 구금, 재판, 투옥을 의식하지 않고 시를 쓰고 집회장에 나갈 수 있을까. 언제 문 두드리는 소리에 놀라지 않고 편한 잠을 잘 수 있을까. 이불 속에서 아내가 울고 있다. 젖먹이를 껴안고서.

　그러니까 출옥 후에도 김남주는 계속 감시, 또는 감시 공포 때문에 자신은 물론 아내까지 고통을 받아야 했으며 감옥이나 세상이나 자유 없기는 마찬가지였다. 이러한 감시의 그늘 아래서 시인은 정신적 거처를 정하지 못하고 방황한다.

　출옥 후 정처를 찾지 못하고 방황하는 시인의 모습을 산문적 진술을 통해 드러내 보이는 시가 바로 「사상의 거처」이다. 방황하던 시인은 마침내 참새떼인 언론인, 책상다리인 지식인에게 길을 물어 본다. 나는 지금 어디 있는가. 나는 지금 어디로 가나. 천 갈래 만 갈래 난마처럼 어지러운 이 거리에서 나는 무엇이고 마침내 이르러야 할 길은 어디인가. 갈 길 몰라 네 거리에 서 있는 나를 우연히 실로 우연히, 한 노동자가 노동 집회장으로 안내한다. 그곳에는 추위를 녹이는 가슴과 입김이 있었고 어둠을 밝히는 수만의 눈빛이 있었으며 한 입으로 외치는 아우성과 수천 수만 개의 주먹이 있었다.

　　나는 알았다 그날 밤 눈보라 속에서
　　수천 수만의 팔과 다리 입술과 눈동자가

살아 숨쉬고 살아 꿈틀거리며 빛나는
존재의 거대한 율동 속에서 나는 알았다
사상의 거처는
한두 놈이 얼굴 빛내며 밝히는 상아탑의 서재가 아니라는 것을
한두 놈이 머리 자랑하며 먹물로 그리는 현학의 미로가 아니라는 것을
그곳은 노동의 대지이고 거리와 광장의 인파 속이고
지상의 별처럼 빛나는 반딧불의 풀밭이라는 것을
사상의 닻은 그 뿌리를 인민의 바다에 내려야
파도에 아니 흔들리고 사상의 나무는 그 가지를
노동의 팔에 감아야 힘차게 뻗어나간다는 것을
그리고 잡화상들이 판을 치는 자본의 시장에서
사상은 그 저울이 계급의 눈금을 가져야 적과
동지를 바르게 식별한다는 것을

김남주 「사상의 거처」 부분

출옥 후 이곳 저곳을 넘겨다보며 김남주가 사상의 뿌리를 내린 곳은 어디일까. 한 노동자의 안내를 받아 노동자의 집회장을 목격한 시인은 과민할 정도의 자기 각성을 하게 된다. 사상의 거처는 한두 먹물이 밝히는 상아탑이 아니며 한두 먹물이 그린 미로가 아니라 노동의 대지, 광장의 인파 속 또는 지상의 별처럼 빛나는 반딧불의 풀밭이라는 것이다.

사상의 거처를, 또는 사상의 뿌리를 인민의 바다에 내려야 파도에 흔들리지 않고 사상의 가지는 노동으로 뻗어야 힘차다는 것이다. 그리고 자본주의 사회에서는 계급성을 가져야 동지를 식별할 수 있다는 것이다.

출옥 후 시대와 환경의 변화에도 불구하고 노동자·농민 당파성을 여전히 고수하고 계급성을 여전히 민중 미학으로 삼은 까닭은 무엇일까. 아니 9년 2개월의 유배 생활에도 불구하고 시인의 기본 사상에는 어떤 동요도, 어떤 변화도, 어떤 진보도, 어떤 진화도 없었단 말인가.

　그렇다. 감옥의 풍파에도 세상 풍상에도 심리적 동요에도 굴하지 않고 김남주는 혁명가의 길을 황소처럼 걸어갔다. 김남주는 감성이 예민한 천재 시인은 아니었다. 그러나 하늘과 땅 사이에 흰 눈이 가득찰 때 푸른 솔빛을 빛낸 시인이다.

　10여 년의 풍상에도 불구하고 김남주의 세계관과 시세계는 아무런 동요가 없다.

　초기 시 「시인에게」가 착취 계층에 대한 저항시라면 후기시 「진드기」는 착취 계층 스스로의 섬뜩한 각성이다. '진드기'는 전라도 고장말이고 '쇠뜨기'는 경상도 고장말이고 '푸진디'는 충청도 고장말이다. 이 곤충은 소나 돼지 같은 가축의 겨드랑이, 다리샅, 사타구니 등에 붙어 피를 빨아먹고 살며 성충이 되면 흡사 아주까리와 같은 모양이 된다. 김남주가 지배층의 착취 현상을 진드기에 비긴 것은 신동엽이 낙지, 말거머리, 빈대를 우의적으로 풍자한 것과 같다.

　시인이 시에서 땀 흘리기를 싫어하고 노동을 싫어하고 쉽고 편하게 살아가려는 경향을 바로 진드기의 삶으로 직유한 것은 나태한 우리 삶에 경종을 울린 것이라 할 수 있다. 쉽고 편한 삶만을 좋아하다 보면 양식·의식·양심 등의 마비 현상을 일으키기가 십상이다.

　그 결과 자신이 있는 자리가 몸까지 뼛속까지 병들게 하는 시궁창임을 알고 있으면서, 편하고 따스한 그 자리가 암캐의 겨드랑이나 돼지의 사타구니일지도 모른다고 생각하면서도 음습한 그 곳에 끼이고 박힌 진드기처럼 털과 살갗의 따스함과 부드러움에 길들여져 그날 그날을 너무 쉽고 편하게 살아가는 것은 아닌가를 자문하게 된다. 시큼한 냄새와 떫은 맛에 취해 너무 편하게 살아가는 것은 아닌가. 암캐나 돼지가 타 죽는 날 활활 타는 불 속에 던져져 함께 타 죽으리라고는 생각도 못하고서 .

　물론 암캐와 돼지는 제국주의 국가이고 진드기는 저들의 앞잡이 세력이다. 전자를 고발한 시가 「동두천에서」 등이고, 후자를 풍자한 시가 「법 좋아하네」 「강화도에 와서」 「봇짐」 등이다.

그러니까, 「법 좋아하네」에서 진드기에게 이로우면 반국가단체도 민족 공동체가 되고 주인에게 이로우면 민족 공동체도 반국가단체가 된다. 쥐도 새도 모르게 저들이 다녀와서 들통이 나면 통치권 행위가 되고 주인이 떳떳하게 갔다와서 백일하에 밝혀지면 잠입탈출죄가 된다. 저들이 무슨 꿍꿍이속이 있어 그를 주석이라 불렀다가 말썽이 되면 외교상 관례가 되고, 주인이 속셈도 없이 주석이라 부르면 고무·찬양·동조죄가 된다. 이것이 진드기의 법이다. 그것을 저들의 목에 걸면 목걸이가 되지만 가난뱅이 목에 걸면 밧줄이 된다.

그러면 이러한 진드기는 오늘날에만 번식하는 해충인가. 아니다. 이씨 조선에도 있었고 일제시대에도 있었고 광복 후에도 있었다.

「강화도에 와서」의 경우도 주인과 진드기의 자리 바꾸기에 대한 역사적 논증이다.

예나 지금이나 나라가 외적의 침략을 받아 백척간두의 위기에 처하면 부자들은 금은보화 보따리를 싸들고 도망을 치고 가난뱅이 백성들은 벌거숭이로 싸웠다. 전란이 끝나 외적이 물러가면 부자들은 돌아와 고대광실에 보물 보따리를 풀었고 가난뱅이들은 산야에 유리걸식하였다. 이러한 역사적 산 도장이 바로 꽃섬이다.

서양 오랑캐와 왜적이 강토를 유린하고 은괴와 서적을 약탈하고 민가에 불을 질러 재산을 파괴할 때 문전옥답 차지한 먹물 든 식자는 쥐새끼처럼 꽃섬을 빠져나갔다. 입버릇처럼 사랑했던 나라고 뭐고 밥 먹듯이 걱정했던 백성이고 뭐고 똥친 막대기처럼 내동댕이치고 금은보화에 땅문서 싸들고 도망을 쳤다.

반대로 외적과 싸운 것은 토지도 족보도 없는 천민이었다. 학식도 문자속도 없는 농민과 백두산에서 호랑이 잡던 포수들이었다. 그들이 나라에서 받은 것이라곤 천대와 멸시뿐이었다. 그러나 적에 대한 적개심은 불길처럼 물길처럼 타올랐고 맹렬하였다. 칼이 있는 자 칼로 싸웠고 창이 있는 자 창으로 싸웠고 화살이 있는 자 화살로 싸웠고 그도 저도 없는 자는 흙을 집어 적의 눈에 뿌렸다. 나라사랑 입에 올린 적이 없었지만 백성들의 눈에 보이는 것은 모두 적을 치는 무기가 되었다.

「봇짐」의 진드기는 북한 땅에서 친일부역한 대가로 지주로 자본가로 행세하던 민족 반역자들이다. 진드기들에게 불벼락이 내렸다. 고향 땅 북녘에 살지 못하고 타향 땅 남녘으로 보따리를 싼 것이다. 자유를 찾아 남으로 간다 했다. 빼앗긴 나라에서도 일장기와 일본어를 내세워 남부럽지 않게 살았으니, 천석꾼 만석꾼 부자로 살았으나, 일본군 만주군 장교로 살았으니, 신사참배 황국신민으로 알게 모르게 잘 살았으니 그들 봇짐에는 없는 것이 없었다. 현금 귀금속 가옥문서 토지문서까지 가지고 왔다. 좋은 세상 오면 고향 땅 가서 몰수당한 토지와 가옥 도로 찾겠다고 벼르면서.

그러한 친일 분자를 보배처럼 고스란히 받아들인 것은 남녘 땅을 저들의 땅으로 만든 아메리카 카우보이였다. 뿐만 아니라 친일 분자 가운데 특고형사는 허리에 곤봉 채워 경찰서에 심어주고 천주학쟁이는 십자가를 들게 하여 예배당에 심어주고 일본군 밑에서 말똥께나 칠 줄 알았던 자는 총을 메게 하여 군대에 심어주었다. 아메리카 카우보이, 참 우스운 놈들이다. 한 쪽에서는 똥바가지로 쓰레기 처분한 것들을 한 쪽에서는 보물로 만들어 주었으니까.

그렇다면 진드기의 총수 아메리카 카우보이의 서식지는 어디인가. 불명예스럽게도 남녘 땅 동두천이다. 진드기 총수가 이 땅에 정액을 뿌리고 알을 까는 한, 이 땅이 아메리카 카우보이들의 식민지가 되어 있는 한, 이 땅의 노동 형제들은 누구도 온전한 자유를 누릴 수 없다. 살아 있는 밥을 먹을 수가 없다. 그 땅은 노동자 농민의 땅이 아니다. 우루과이 라운드로 정부는 아메리카 카우보이 앞에 농민을 팔아먹고 저들의 앞잡이 재벌들에게 농토를 분배하려 한다. 민족 혁명이 아니면 무엇이 국가를 구하며 누가 민중을 건진단 말인가.

그러나 시인이 꿈꾸던 혁명 조국은 죽음으로 끝났다. 김남주는 어디 있는가. 해남 땅 어느 산자락 어머니를 앞세우고 아버지 산소에 성묘를 가는가. 짐이 무거운 젊은 처자의 짐을 받아 들고 휘청휘청 황톳길을 가는가. 어린 것 손목을 잡고 논두렁 밭두렁을 가다가 어린 잠지를 꺼내 놓고 쉬를 시키는가.

김남주는 죽어서도 조국을 떠나지 못한다. 혁명도 버리지 못한다.

임종을 눈앞에 두고 마지막으로 발표한 시 「근황」에서도 혁명가 시인 김남주는 민족 혁명에 대한 열망과 갈등을 그대로 드러내 보인다.

요즘 나는 먹고 사는 일에 익숙해졌다
어제도 오늘도 밤의 술집에서 즐겁고
나는 이제 새벽의 잠자리에서 편하다
체포
구금
고문
감옥
그따위 어둠의 자식들은 내 기억에서조차 멀다

아침이다
나는 마누라가 건네주는 수화기에 짜증을 내며 귀를 댄다
멀리서 내 이름을 확인하는 목소리가 들려오고
나는 소리의 주인공을 기억하지 못한다 낭패한 목소리가
그 이름을 밝히고 나서야 나는 그 목소리가
감옥의 출구에서 갓 나온 소리라는 것을 알았다

어쩌다 이렇게까지 되었는가 나는
갑자기 지난날의 나로 되돌아가고 싶다
숙박계에 가짜 이름을 적어놓고 뜬눈의 밤을 새웠던 싸구려 여인숙들
날이 새는 것을 두려워했던 어둠의 골목들
불편한 하룻밤을 신세져야 했던 신혼부부의 단칸 셋방
뒷주머니에 지폐를 찔러주며 어색해했던 가난한 문인들
지난날의 기억들을 나는 이미 잊고 살아도 되는 것인가
아직도 수백의 사람들이 도피와 투옥의 세계에서 겨울을 나고 있는데
나는 누구인가 그 이름 하나 제대로 기억하지 못하고 있는 나는

차라리 어둡고 괴로운 시절이라면
가시덤불 속에서 깜박깜박 어둠을 쫓는 시늉이나 하다가
날이 새면 스러지고 마는 개똥벌레라도 될 것을
차라리 추웁고 배고픈 시절이라면
바람 찬 언덕에서 늙은 상수리나무쯤으로 떨다가
나무꾼의 도끼에 찍혀 땔감으로라도 쓰여질 것을

이제 나는 아무짝에도 쓰잘데없는 사람이다
밤이 대낮처럼 발가벗은 이 세상에서는
배가 터지도록 부어오른 이 거리에서는

김남주 「근황」 전문

5)설 자리 갈 길

시란 무엇인가. 외침이다. 그것도 갈라 터지고 쉬어 터진 목쉰 격려사가 아니라, 어쩔 수 없어 터져 나오는 부르짖음이다. 삶의 한복판에서 응어리진 슬픔과 사랑의 기쁨, 원한과 분노와 열망을 더는 가눌 수 없어 내지르는 외침이다.

시를 외침으로 인식한 채광석은 미학을 민중 의식에서 찾는다. 민중 의식이란 비애와 한에 대한 자각, 민중 지향성, 민중을 저지하는 주체에 대한 공격성이다. 이러한 미학에 따라 소시민 먹물 시인으로 김수영·신동엽·김지하 등을 평가하고, 80년대 변혁의 충격파로써 민중문학의 주체로 노동 현장의 노동자 작가·시인의 일어섬을 발견한다. 소시민 작가의 민중 지향성을 승인하면서도 80년대 역사 주체로 전태일·유동우·박노해 등을 인정하였던 것이다.

이러한 채광석의 주장을 민중적 민족문학이라고 부를 때, 그것은 스스로 민중의 삶 가운데 온갖 구조적 모순과 다갈리면서 그러한 모순을 해결하려는 실천 운동을 통하여 얻어 낸 실천 교리이며, 그러한 변혁 주체들이 마땅히 겪어야 하는 유배 생활을 통하여 깨도하고 담금질된 각성 이론이었다.

1978년 『창작과 비평』 독자 투고란에 「창비 시에 대한 기대와 좌절」을 발표한 이래 한동안 침묵을 지켜 온 채광석은 1983년 유배 생활의 동지였던 김정환의 『황색 예수전』에 뒷글을 쓰고 나서부터 그의 평필 활동이 본격화된다. 그리하여 그 해에 핵심 평론인 「설 자리, 갈 길」을 집필하고, 이듬해 다시 득의작 「시를 생각한다」를 쓴 이래로 신동엽·박노해·유동우 등에 관한 작가론·작품 해설을 발표한다. 그리하여 그는 노동문학에 각별한 관심을 보이면서 평론가로서의 생애의 절정에 서게 된다. 1985년 「민중문학의 당위성」을 쓰고, 김지하 시집 『애린』의 뒷글도 쓴다. 1986년 채광석은 마지막 득의작 「소시민적 민족문학에서 민중적 민족문학으로」를 발표하고 한동안 침묵을 지키다가 이듬해 불의의 사고로 세상을 버린다. 1948년 충남 서산 갯가에서 태어나 아까운 나이 39세로 세상을 버린 것이다.

민족 변혁의 충격파가 던져질 때 문학이 무엇을 할 것인가를 되묻는 일은 아직도 유효하다. 군사 독재 정권 아래서 독점 재벌이 발호하여 노동 현실을 짓밟을 때도, 먹물들이 침묵을 지킨다면 그것은 개인적 비겁이나 나약의 차원을 넘어서 역사에 대한 책임 회피이다. 채광석은 3년밖에 안되는 평론 활동 기간을 통하여 역사 현실 앞에서 온몸으로 경련을 일으키며 응어리진 노동자의 한과 분노를 절절이 외쳤다.

그의 시 가운데 유독 신문기자를 욕하는 부분이 많은 것은 그의 변혁 이론에 대하여 신문이 얼마나 철저히 침묵을 지켜왔던가를 방증한다. 붓대를 휘어 활을 만들고 그 활로 제 민족을 자해했다면 어찌 역사의 심판을 면하랴.

채광석이 살아 생전에 얼마나 찬밥 신세였는가는 글이 발표된 지면만을 살펴보아도 알 수 있다. 몇 개의 계간 문학지보다는 비문학지가 오히려 지면을 할애했고, 대학신문이 전폭적으로 수용했다. 그 결과 최첨단의 문예 전선에서 발새 빠르게 변혁 주체로 일어섰으면서도 몇 가지 고통을 감내하지 않을 수 없었다.

첫째, 대학신문 성격상 젊은 지성에게 재빨리 실천 이론을 퍼뜨릴 수 있으면서도 제한된 지면은 이론을 경직화시키고 보다 깊이 있는 사고 체계의 기회를 앗아갔다. 실제로 채광석의 본격 평론은 「설 자리, 갈 길」「소시민적 민족문학에서 민중적 민족문학으로」 등 두 편밖에 없다는 사실이 이를 증명한다.

둘째, 불행했던 유배 생활은 실천문학이론을 강철로 단련시켰으면서도 학문적 연마의 기회를 앗아감으로써 거친 문학적 화제의 변두리를 맴돌게 만들었다. 더구나 짧은 기간이지만 영어 수학은 한글을 제대로 부려쓸 수 없게 만들었고, 부정확한 글은 애매한 사상을 양산시키고 말았다. 채광석이 탁월한 능력을 보인 분야는 겨우 뒷글이나 작품 해설 정도에 머물러 있었다.

셋째, 어두운 시대에 겪었던 채광석의 문학적 체험은 완성보다는 출발에서 의미를 찾아야 한다. 채광석과 똑같은 한계점을 가지면서도 김명인·백진기의 계승 작업은 그래서 눈길을 끈다.

이제 채광석이 외치던 민중적 민족문학론을 다시 살피는 까닭은 민족문학의 참다운 설 자리와 갈 길을 매겨보는 일과 맞먹는 일이며, 열매를 보려면 꽃눈을 보아야 하듯 밝아오는 한민족문학의 새벽을 보기 위해서는 한 선각자가 묻어 둔 불씨를 살펴보아야 하기 때문이다.

그렇다면 채광석은 시를 왜 외침으로 인식하였는가. 이러한 인식 체계를 밝혀보기 위해서는 사회 변혁의 충격파를 던져주던 80년대 초반의 문학적 정서를 어떻게 파악하고 있는가를 살펴보아야 한다.

이러한 속내를 떠 볼 수 있는 평론이 「소시민적 민족문학에서 민중적 민족문학으로」(1986)이다. 이 글은 이름을 들추지 않으면서도 실제로는 백락청의 시민문학론을 비판하고 아울러 일정한 수용을 하여 자기화하고, 다시 김명인에게 넘겨주는 징검다리 구실을 하고 있다.

채광석은 80년대 초반의 민족문학 정세를 시·소설·마당극으로 갈라 보고 기층 민중의 주체적 역할을 강조한다.

　첫째로 민중 문제·분단 문제·노동 문제 등을 전문직 작가에 의해 소설화하는 경향은 아예 자취를 감추거나 소시민적 퇴행 현상을 보이고 있다. 왜 그런가. 그것은 80년대가 아직도 지배 세력의 억압과 냉전 이념이 엄존하며, 소시민 작가들은 자신의 당파성을 벗어나 노동자의 삶과 실천을 살려내지 못하는 데 있다.

　둘째로 시 또한 소설과 같다. 전문직 시인의 시가 민중 문제·분단의 문제의 핵심에 육박하지 못하고, 관조적 자세로 퇴행하거나 민중적 삶과 실천의 구체적 매개도 없이 관념적 구호로 비약하고 만다. 왜 그런가. 관조적 퇴행화는 소시민적 안주의 표현이고, 관념적 구호화는 소시민적 조급성의 표현이다. 두 경우 민중의 삶과 실천의 자리에서 모두 괴리된다.

　셋째, 마당극은 70년대 민중 지향성을 일정하게 발전시켜 가고 있는 편이다. 왜 그런가. 마당극 종사자들의 삶과 실천의 자리가 민중적이었다는 점과 마당극 자체가 집단 창작과 대중 공연을 통해 소시민성을 어느 정도 걸러 낼 수 있었기 때문이다. 그러나 마당굿·대동놀이·촌극 형태로 발전되어 있는 마당극도 몇 개 연희판에서 드러나듯 민중성을 어떻게 육화시킬 것인가라는 측면이 그대로 남는다.

　넷째, 기층 민중들의 문학적 자기표현은 이제 신기한 현상이 아니며, 전문 시인·작가들의 소시민화와는 달리 민중적 민족문학의 정립이라는 문학사적 전환을 이룩하고 있다.

　다섯째, 문학이론 분야의 모든 문제제기는 70년대식 민족문학론에 의해 실종되거나 사그러들고 말았다. 왜 그런가. 기층 민중이 문학 주체로 떠오름에 따라서 그들의 표현 양식은 전통적 시·소설과 다를 수밖에 없었다. 그리하여, 민족문학의 민중 주체론·민중적 형식론·민중석 리얼리슴론 등이 제기되었지만, 백락청 등에 의하여 창작 주체의 신원보다는 작품이 문제라고 둘러대고 기성의 젊은 시인작가의 소시민성을 옹호함으로써 민중 주체론을 유야무야시키고 말았다.[72]

---

72) 채광석 「소시민적 민족문학론에서 민중적 민족문학론으로」 (1986). 여기에서는 채광석전집, 『민중적 민족문학론』, 풀빛, 1989, 118~222쪽에서 요약 정리했음.

그러나 민족문학의 중요한 부분을 이루고 있는 노동문학은 일정한 한계와 문제가 있다.

그 하나는 노동문학에 대한 정확한 규정을 바탕으로 공동 창작단을 구성하고 역량을 배치하는 일이 아직은 미흡하며, 그 둘은 오늘날 노동문학이 노동자의 입장에서 노동자·농민·도시 빈민 등 민중 문제를 통일하여 인식하고, 나아가 이를 민족 자주화와 민주화의 문제로 통일시켜 표출하는 데 미흡하며, 그 셋은 오늘의 노동문학이 기존의 문예 형식을 차용하는 것에 그치고 민중적 리얼리즘을 정확히 구연할 새로운 민중적 형식의 창출에는 아직도 미흡하다는 점을 들었다.

이렇게 민족 변혁의 주체로 일어서는 기층 민중을 민족문학의 주체로 인식한 채광석은 민족 변혁에 이바지하는 충격파로써 시는 필연적으로 외침, 또는 부르짖음이라고 주장한다.

> 시란 절제된 부르짖음인 면이 강하여 외침 아닌 시가 있을까만, '생경하게' '절제된'이란 표현이 지시하듯, 절절한 내적 필연성에서 비롯되거나 현실적 모순의 본질에 대한 깊은 통찰에서 우러나온 육성이 아니라 일정한 관념적 틀에 맞춰 공허하게 외치는 것이 여기에 속한다고 볼 수 있다.[73]

이와 같이 시가 '외침' 또는 '부르짖음'이라고 채광석이 주장한 것은 입신 평론 「설 자리, 갈 길」(1983)에서 비롯된다.

따온 글에서 보는 바와 같이, 시란 일단 '절제된 부르짖음' 또는 '외침'이다 그런데 '생경하게'는 부르짖음의 부정적 측면이고 '절제된'이란 '경제적'이란 뜻이고, 그것은 절절한 내적 필연성에서 비롯되거나 현실적 모순의 본질에 대한 깊은 통찰에서 우러나온 육성을 말한다. 또 '생경하게'란, 일정한 관념적 틀에 맞추어 공허하게 외치는 것이다. 좀 더 풀어서 말하면, '생경하게'란 민주주의

---

73) 채광석 「설 자리, 갈 길」, 1984, 같은 책, 60쪽

나 감상적 구호주의 또는 구호적 감상주의를 말한다. 이는 채광석이 '민중시' '사실주의 시'에 가해진 안팎의 비판에 대응하는 일종의 안전장치이다.

그러나 채광석에게 있어서 시란 근본적으로, 어쩔 수 없어 터져 나오는 부르짖음, 가눌래야 가눌 길 없어 절절히 내지르는 부르짖음이다. 채광석의 이러한 생각은 이듬해 「시를 생각한다」(1984)에서 좀 더 구체화된다.

시는 본디 어쩔 수 없어 터져나오는 부르짖음일 터이다. 당대의 역사적, 사회적 현실을 살피면서 그 현실과 삶의 한복판에 응어리지고 축적되어온 기쁨과 슬픔과 사랑과 원한과 분노와 열망을 더는 가눌래야 가눌 길 없어 절절히 내지르는 부르짖음 말이다. 일단 시인 개인의 통로를 통해 솟구쳐 오르는 것일지라도 사사로운 미망의 덫에 갇히기보다는 민중, 민족의 그것으로 나아가며 현실에의 매몰이 아니라 그 극복을 지향하는 부르짖음,74) 즉 시란 역사적 · 현실적 삶의 한복판에서 응어리지고 쌓인 기쁨 · 슬픔 · 사랑 · 원한 · 분노 · 열망의 부르짖음이다. 그렇다면 '민중시' '사실주의 시'가 사삿푸념이나 하릴없는 넋두리와 무엇이 다른가. 채광석이 그토록 규탄하던 순수시도 외침이나 부르짖음 아닌 시가 어디 있는가.

그리하여 채광석은 부르짖음이 개인의 통로를 통해 솟구쳐 올랐다 해도 사사로운 미망의 덫에 걸리기보다는 민중 · 민족의 외침으로 풀어주어야 하며, 현실을 매몰하는 것이 아니라 극복을 지향하는 부르짖음이라고 주장한다. 그렇다면 갈라 터지고 쉬어 터진 부르짖음이 왜 현실의 한복판에서 민중 · 민족을 지향해야 했던가 또 그 필연성은 무엇일까. 시가 민족 · 민중 지향성을 향한 외침이라는 채광석 나름의 생각은 『창작과 비평』 독자 투고란에 「창비의 시에 대한 기대와 좌절」(1978)을 발표할 때부터 싹터 왔다. 창비 시가 목쉰 격려사로, 그 모양 그 꼴의 판박이 시라는 안팎의 비판에도 불구하고 채광석이 여전히 기대를 건 데는 몇 가지 까닭이 있다. 첫째는 창비 시인들이 부닥친 어려움의 발단이 목가적 음풍농월의 시세계와 결별하게 만들었기 때문이요, 둘째는

---

74) 채광석, 「시를 생각한다」, 1984, 같은 책, 129~130쪽

민중의 현실이 그토록 어렵기 때문이요, 셋째는 창비 시인들이 찾아가는 세계가 바로 우리들의 세계라고 믿기 때문이요, 넷째는 문학의 도구화를 부르짖기 위해서가 아니라 민중의 시대를 위해 문학, 특히 시가 담당할 몫을 강조하기 위해서였다.

민중의 시대를 열기 위해 시가 제 몫을 하려면, 제자리를 맴돌며 굳어지는 시가 아니라 묻을 것 묻어 버리고 다음 거점을 향하여 떠나는 시요, 온 삶이 꿈틀거리며 낮으나 장엄한 음성으로 민중의 시대를 예언하는 일이다.[75]

그렇다면 낮으나 장엄한 음성으로 민중시 시대를 예언하는 시의 미학은 무엇일까. 대체로 채광석은 시의 아지프로화를 염두에 두고 시를 민중에 대한, 또는 민중에 의한 외침이나 부르짖음으로 인식하였다. 여기서 채광석이 인식한 민중이란 누구이며, 민중 의식이란 무엇인지를 밝혀야만 채광석이 주장하는 미학의 본질을 밝힐 수 있다.

채광석이 말하는 민중이란, 대체로 박현채의 뜻매김을 수용한 듯하다. 그렇다면 박현채가 말하는 민중이란 누구인가.

박현채는 민중을 일반적으로 직접 생산자이자 생산의 결과에는 소외되는 피지배 상태에 있는 사람이라고 전제하고 역사적 접근을 시도한다.

즉 민중이란 고대 노예제 사회에서는 기본적으로 노예이면서 중산 시민·자유 하층민 등 빈민들이었으며, 중세 봉건 사회에서는 기본적으로 농노로서 농민이고 장인·도제·일용 인부, 몰락 수공업자 등이었다. 이에 대하여 근대 자본주의 사회에서 민중은 노동자 계급을 주로 하면서 농민·소상공업자·지식인, 그리고 도시 빈민을 말한다.[76]

위에서 살핀 바와 같이 박현채는 지식인을 분명히 민중으로 갈라 보았다. 그러나 채광석은 백락청의 소시민 개념을 과신하여 의심을 품지 않는다. 채광석의 직접 후계자인 김명인도 전문 문학인이 과연 지식인인가를 의심하지 않는

---

75) 채광석, 「창비의 시에 대한 기대와 좌절」, 1978, 같은 책, 230쪽.

76) 박현채, 「문학과 경제」, 『실천문학』 제4권, '삶과 노동과 문학', 101쪽.

다. 바로 여기에서 채광석과 김명인은 실천 운동 방향을 잘못 설정하고 만다.

따라서 채광석이 말하는 민중 의식이란, '자각·지향성·공격성'을 세 꼭지점으로 하는 삼각형이 그 정점인 민중의 주체로서 일어섬을 향하여 나아가는 운동 법칙이다.

민중 의식이란 대체로 소시민으로서의 시인의 삶과 의식에 뒤엉켜 있는 역사적·사회적 현실의 모순에서 비롯된 비애와 한에 대한 치열한 자각, 자신의 그것을 밑바닥 민중 생활에 전형적으로 집적되어 있는 비애와 한과 통합시켜 나가려는 지향성, 그 비애와 한을 창출하고 온존시키며 확대 재생산하는 동시에 그 통합 지향성을 저지하는 주체에 대한 공격성, 바로 이것들이 서로 어우러져 민중이 역사적 주체로서의 일어섬이라는 정점을 향하여 운동해 나가는 의식이다.

채광석의 민중 의식은 소시민인 시인의 치열한 자각에서 출발한다. 시인의 비애와 한은 시인의 삶과 의식에 뒤엉켜 있는 역사적 사회적 모순에서 비롯된 것이다. 따라서 시인의 치열한 자각은 비애와 한에 대한 재인식이다. 소시민인 시인의 자각은 자칫 사삿푸념이나 공허한 넋두리가 되기 쉽다.

그리하여 자각이란, 일차적으로 자신의 삶과 의식에 가해진 역사적·사회적 모순에 대한 치열한 거부로 규정하고, 또 고립된 개별적 존재로서 개인 차원에 국한되는 것이 아니라 민중 의식의 전체적 흐름, 즉 집단적·총체적 자각을 자기 몫으로 이해하려 한다.

지향성이란 소시민인 시인의 비애와 한에 대한 자각을 가장 집약적·전형적으로 드러내는 기층 민중의 고통과 일치 또는 통합시키는 과정이다. 또한 공격성이란 전체 민중의 삶과 의식을 왜곡하는 주체에 대한 맞섬이다.

이렇게 채광석의 민중 의식이란, '자각 - 지향성 - 공격성'이란 세 눈이 '거부 - 일치 또는 통합 - 맞섬'의 꼭지점으로 얼크러지고 설크러지며 민중이 역사적 주체로 일어서는 일이다.

민중이 역사적 주체로 일어서는 자리야말로 민중적 민족문학의 설 자리요,

소시민이었던 시인이 이제야 민중 시인으로 일어서 역사적·사회적 모순을 외치는 자리이다.

그렇다면 민중 시인이란 누구인가. 민중·민족적 전형성과 민중·민족사적 방향성에 바탕을 둔 시를 채광석은 민중시, 민족시라 부른다. 또 당대 민중·민족의 목울대까지 치밀어 오른 질료 덩어리에 물꼬를 터 민족사를 바른 전개 방향으로 봇물처럼 흐르게 하는 시인을 민중 시인·민족 시인이라고 부른다. 바로 여기가 민족시, 민족 시인의 진정한 설 자리, 부르짖음의 자리이다.

민중적 민족문학은 어디로 갈까. 우선 채광석은 기층 민중과 전문 시인의 형식적 통합을 일단 반대한다. 즉 기층 민중이 저들의 부르짖음을 기존의 시 형태라는 낡은 포대에 담아 기존의 활자 매체에 발표하는 형식이나, 전문 시인들이 저들의 시가 담긴 책자를 민중들에게 전하는 방법을 통한 완전한 통합은 불가능하다고 말한다. 그것은 어깨에 어깨를 얹고 민중적·민족적 움직임의 전 과정, 모든 현장, 모든 싸움터에서 치열하게 몸부비는 가운데서 완성되어 가는 것이다. 운동이 시요, 시가 운동이 되는 일체화의 길 속에서 서로 만나지고 어우러지고 하나 될 수 있는 것이다.

채광석은 민중적 민족문학의 갈 길을 하나 됨의 일체감에서 찾는다. 물론 여기서 하나 됨이란, 전문 시인과 기층 민중이 어깨에 어깨를 얹고 민중적·민족적 움직임의 전 과정, 모든 현장, 모든 싸움터에서 치열하게 몸부비는 것을 말한다. 그러한 몸부빔이란, 시가 운동이요, 운동이 바로 시인 실천 운동을 말한다.

그렇다면 어깨에 어깨를 얹고 모든 현장, 모든 싸움터에서 치열하게 몸부비는 가운데 완성되는 민중·민족문학을 구체적으로 어떻게 실천할 것인가. 여기서 채광석은 인간 해방을 전제로 한민족 해방 문제와 해방 주체인 민중의 규정 문제, 이러한 문제를 구체적 작품으로 형상화하는 민중적 사실주의 문제에 부딪치게 된다.

이렇게 거창한 문제들이 채광석에게는 지극히 추상적이고 관념적일 수밖에 없었으며, 또한 그러한 문제를 논리적으로 체계화하기에는 그의 생애가 너무도 짧았다. 다만 이러한 생각의 일단을 엿볼 수 있는 글들이 「민족문학과 민중문학」(1984) 「민중문학의 당위성」(1985) 등이다.

첫째, 민족문학은 민족 구성원의 인간다운 삶의 실현, 곧 인간 해방의 복무를 지향하며, 자주·자립·민주 통일국가의 건설이라는 8.15 광복 이래의 민족적 과제를 자기 과제로 하지 않을 수 없다고 주장한다. 또한 민족문학이 지향하는 과제는 진정한 민족 해방의 자주적 실현이며, 이는 구체적으로 자립적 민족 경제, 진정한 민주주의, 생산적 노동 가치와 공동체적 삶이 존중되는 사회 풍토, 자주적 창발력에 입각한 민족 문화의 확립을 통한 민족 통일 등이라고 말한다. 여기서 민족 해방의 실현을 가로막는 모든 외세와 매판 세력을 철저히 극복해야만 참다운 인간 해방이 가능하다고 채광석은 주장한다.

둘째, 민족 해방의 주체는 왜 민중인가. 민중은 외세의 직접적·집약적 피해자이기 때문에 가장 대립적일 수밖에 없고 그러기에 가장 민족적인 까닭이라고 서툴게 주장한다. 주어진 사회적 틀 속에서 비인간적 삶을 강요당하는 민중 현실을 토대로 그러한 삶의 한복판에 응어리진 민중들의 고통과 요구를 형상화하는 것이 참 민족문학이라고 주장하는 바, 이를 민중적 사실주의라 부르는 것 같다.

셋째, 바로 여기서 채광석은 민중적 사실주의의 선진적 성격을 규명하려 한다. 이러한 결론에 도달한 이론 토대는 민중의 성격 규명에서 비롯된다. 즉 가장 민중적인 것은 가장 민족적인 것이며, 가장 민족적인 것은 가장 제 3세계적인 것이고, 제 3세계적인 것은 가장 세계적인 것이라는 명제가 바로 그것이다.

따라서 민중에 기초한 민중문학의 형상화인 사실주의는 역사적으로 민중적 사실주의이며, 또한 제 3세계 사실주의로서 성격을 갖게 되고 세계문학에 있어 가장 선진적인 자리에 서게 되는 것이라고 주장한다.

이와 같이 채광석은 민중적 사실주의의 선진성을 규정하면서 민중의 뜻매김에 일정한 규정을 가하지 않았고, 민중문학의 세계적 성격을 규명하면서 민족 당파성을 고려하지 않았다.

이상에서 살핀 바와 같이, 채광석의 민중적 민족문학은 소시민의 의식적 자각을 통해 민중적 지향성을 보이고, 기층 민중을 저지하는 세력에 공격성을 보이면서 모든 현장, 모든 싸움터에서 역사의 주체로 민중이 몸부비며 일어설 때 가능한 것이고, 또한 참다운 민중문학은 민족 해방을 통해 민족 해방 주체인 민중을 재인식하여 민중의 역량을 재배치하고, 역량 배치에 따른 공동 창작에 의해 민중적 사실주의로 구체화되어야만 한다.

그렇다면 이러한 주장을 담보할 구체적 작가와 작품을 어디서 찾는가.

채광석이 맨 먼저 찾아낸 것은 『금강』의 시인 신동엽이었고, 그 다음이 김수영·김지하 등의 시인과 황석영·조세희 등의 작가였으나 곧 일정한 한계를 느끼게 된다. 즉 이러한 소시민 지식인들은 민중 의식, 민중적 감수성으로부터 소시민적 감수성으로 퇴행할 뿐만 아니라, 지식인 전문 문학인이 노동문학의 진정한 창작 주체가 되려면 노동 운동 내지 민중 운동의 성장에 걸맞는 민중 의식을 갖추어야 하는데 오히려 역사의 뒤안으로 퇴행하고 있다는 것이다.

조세희의 『난장이가 쏘아올린 작은 공』, 황석영의 『객지』가 소시민문학으로 일정한 제자리 걸음을 보인 반면, 전태일의 수기 『한 노동자의 삶과 죽음』을 또 다른 형태의 수기로 완성한 유동우의 『어느 돌멩이의 외침』은 『객지』 후편과 같은 소설적 완성이라고 격찬한다. 아는 바와 같이, 채광석이 박노해의 『노동의 새벽』에 보인 애정은 각별한 것이었다.

따라서 다른 모든 논의는 뒤로 미루고, 여기서는 유동우와 박노해에 관한 채광석의 관심 표명을 살펴봄으로써 민중적 민족문학의 외침이나 부르짖음이 어떻게 드러나는가를 살피는 데 그치려 한다.

채광석이 볼 때 유동우의 『어느 돌멩이의 외침』은 민중문학의 주체로서 다음과 같은 몇 가지 기여를 하고 있다.

첫째, 지은이 유동우는 60년대 후반기 한국 사회가 구조적으로 머금고 있던 농촌과 도시의 온갖 모순을 전형적으로 체험한 장본인이었다. 그는 땅 없는 농민의 아들로 태어나 60년대 가난과 굶주림을 타개하고자 상경하여 노동자가 된다. 그는 도시 노동자로 참담한 노동 현실 속에서 혹사당하고 비루먹은 끝에 육신만 거덜난다. 그는 60년대 후반 밑바닥 인생들이 어쩔 수 없이 걸어야 했던 고난의 가시밭길을 전형적으로 걸어갔다.

둘째, 혹독한 노동의 가시밭길을 걸어가면서 유동우와 동료들은 주어진 현실의 온갖 열악한 조건에 갇히거나 길들여지기를 거부하고 진실되고 인간다운 삶을 살고자 노력하였다. 바로 이 점이 현시점에서 다시 읽어도 충격과 감동의 변화가 조금도 없고 오히려 새롭고 폭넓게 다가오는 까닭이다.

셋째, 유동우의 체험 수기는 한 개인의 특수성보다 70년대 모든 노동자들이 겪었던 보편성 때문에 값진 기록이 된다. 또한 이 수기는 한 시대의 과거로 치부되기보다는 그가 마지막 구절에서 시사하듯 거듭 새롭게 일어서는 주체들의 생동하는 삶과 싸움 속에서 열매 맺는 열려진 것으로 수용될 때 그 생명력을 줄기차게 뻗어 갈 것이다.

그들에 의해 이 땅에 봄이 올 것이다. 봄이 오면 온 들판을 덮는 저 무수한 꽃들, 꽃들…….

그렇다. 이 책은 그 자신에게 있어서나, 나에게 있어서나, 그 누구에게 있어서나 하나의 작은 씨알이요 꽃눈이다. 계속 싹을 틔우고, 무성하게 자라나 온 산하를 푸르게 덮어야 할 씨알, 온 산하를 현란하게 수놓아야 할 꽃눈.

채광석이 열망한 것은 봄이요, 유동우를 격찬한 것도 그가 봄을 앞당길 꽃눈이었기 때문이었다. 그렇다면 채광석이 부르짖던 봄이란 구체적으로 무엇이었을까. 채광석에게는 완전한 노동 해방을 통한 민중 해방이었고, 박노해는 밝아오는 노동 해방의 새벽을 알리는 신호탄이었다. 유동우가 노동 해방의 꽃눈이었다면, 박노해는 노동 해방의 눈동자였다.

채광석이 박노해의 『노동의 새벽』을 노동 해방의 눈동자로 평가한 데는 몇 가지 까닭이 있었다.

첫째, 박노해 시집은 노동 현장의 구체적 대립·갈등을 바탕으로 절망과 슬품, 원한과 분노가 싸움으로 전화되고, 그 전화 과정에서 민중 해방의 정서로 통일되는 모습을 절절하게 형상화하였다.

둘째, 또한 대립과 해방, 통일의 정서와 의지를 본질로 하고 원한풀이를 정수로 하는 민중문학의 절정이다.

셋째, 오늘의 민중 정서는 관념적 통박놀음이 아니라, 자기 삶의 터전에서 전개되는 대립·갈등에 대해 주체적·실천적으로 참여하는 과정의 한복판에서 획득되는 것이며, 박노해는 민중의 삶 가운데서 민중의 감수성과 상상력을 획득하고 있다.

채광석은 이렇게 민중문학의 실천을 소시민 출신의 시민이나 지식인 작가보다는 노동자 출신의 시인이나 작가에게서 찾으려 하였다.

문학인의 신원에 대하여 거의 확실한 통설은, 지식인이며 소시민으로서 중간층에 해당된다는 주장이다. 의문의 여지없이 공인된 문학인 신분은 과연 타당한 것일까. 만약 종래의 통설이 타당한 것이 아니라면, 문학 주체 논쟁의 미학은 새로 설정되어야 하고, 실천문학 운동도 설 자리와 갈 길을 다시 매겨야한다.

맨 처음 제기되는 의문은 문학인이 과연 지식인인가 하는 문제이다. 여기서, 지식인이란 단순한 지식 생산자·재생산자·전달자라는 한정된 의미는 아니다. 변혁의 충격파로서 문학을 인식할 때, 지식인으로서 문학인의 몫은 분명하다. 70·80년대 사회 변혁기에 문학인은 과연 제 몫을 하였는가. 오늘날은 과연 어떠한가. 한 시대의 선각자로서 예언자 구실을 하고 있는가.

한 월간 문학지의 통계조사에 의하면, 이러한 의문에 지극히 회의적인 자료를 제시한다. 문학인의 월간지 구독은 2.3종이다. 또 계간지 1.5종 동인지 2종 외국 문학지 0.2종이며, 문학평론가도 낮은 독서율을 나타내고 있다.

물론 월간지 구독율이 문학인의 독서율을 대변하는 것은 아니다. 그러나 문학인의 현실 감각을 반영하는 것도 사실이다. 적은 독서를 하고서도 사회적 몫을 다하는 지식인으로 행세할 수 있다는 생각은 망상일 수밖에 없다. 이렇게 볼 때, 문학인이 소시민으로서 중간층이라는 생각은 자연스럽게 부정된다. 적어도 문학인은 생산 수단을 가지고 다른 사람의 노동력을 사들여 잉여가치를 생산하는 사람이 아니다. 더구나 한국 문단이 영세하여 몇 사람을 빼고는 다른 사람을 고용하여 작품을 생산할 형편이 되지 못한다.

문학인이 소시민이 아니라는 결정적 까닭은 경제력의 취약성에서 찾을 수 있다.

한국문학인이 몇 명인지 정확한 통계는 없다. 문예진흥원 통계에 의하면 1987년 현재 문학인은 3,750명이고, 문협 통계에 의하면 1988년 현재 3,851명이다. 이러한 통계 속에는 민족문학작가회의 · 국제펜클럽한국본부 · 지방문학인 단체 · 동인 등이 계상되어 있지 않다. 물론 이들 중 몇 명이 문학 활동을 하고 있으며, 문학 활동을 통해 얼마만한 수입을 올리고 있는지도 알 수 없다.

1989년 문예진흥원이 발간한 문화예술 통계 자료집에 의하면, 응답자 267명의 월평균 수입은 다음과 같다.

40만원 이하	16.5%	44명
41만원 이상 70만원 이하	45.7%	122명
71만원 이상 100만원 이하	21.7%	58명
101만원 이상 150만원 이하	12.7%	34명
151만원 이상 200만원 이하	2.3%	6명
201만원 이상	1.1%	3명
계	100%	267명

위와 같은 통계는 극히 애매하여 정부 시책 홍보의 범위를 넘지 못한다. 우선 통계는 문학인 가운데 어떤 집단을 대상으로 몇 명에게 설문지를 보냈는지

를 전혀 알 수 없다. 응답자 267명만 수입이 있고, 나머지 문학인은 수입이 전혀 없는 것인지도 알 수 없다. 무엇보다 근본적인 문제점은 이와 같은 수입이 원고료, 또는 문학 강연 등 문학 활동 수입인지, 아니면 직장 수입인지를 가려낼 수가 없다. 이렇게, 부정확하고 근거 없는 수치를 가지고 왈가불가하는 것은 의미 없는 일이다.

다만 문예진흥원 통계 가운데 문학인 정규 직장 소유비율이 75.9%라는 사실은 한국문학인 대부분이 원고료 수입만으로는 살 수 없고 직장을 가져야만 생계가 해결된다는 것을 보여준다. 실제로 문학인은 교사·교수·문화예술단원·학원·경영인·회사원·상인·공무원 등의 직업을 가지고 있다.

글 쓰는 시인·작가가 글만을 써서 생계를 꾸릴 수 없고 직장을 가져야만 한다는 사실이 바로 한국문학을 척박하게 만들고 현실과 동떨어진 글을 쓰는 주된 원인이 된다.

이와는 반대로『한길문학』통계는 보다 현실적이다.

앞서 말한『한길문학』의「한국문학인의 사회 경제적 위상」에 의하면, 문학인 월평균 수입은 95만원이고, 도시근로자 가구 평균치 60만 620원보다 높은 것으로 나타난다. 응답자 402명을 가려보면 시인 216명, 소설가 102명, 평론가 31명, 수필·희곡 작가 53명으로 되어 있다. 문학인의 평균 수입을 산정하기 위하여 지나치게 활동하는 문학인은 제외시켰다고 한다. 그 결과 시인 84만원, 작가 117만원, 평론가 123만원이라는 평균 수입을 산정했다.

그러나 문학인 월평균 수입 95만원 가운데 원고료·강연료 등 문학 활동비는 23.6%인 22만 4천원이다. 문학인이 직장을 버리고 글 쓰는 일에 전념할 경우 그들은 일거리도 일자리도 없는 열악한 기층 민중이 된다.

문학인 월평균 생활비는 86만원이고, 문학인 가운데 중산층이라고 믿는 사람은 38%이고 중·하류층이라고 믿는 문학인은 44%이며, 문학인이 노동자이기 때문에 노조를 결성해야 한다는 문학인도 있다.

또 동인 활동을 하는 대부분의 문학인은 직장에서 번 돈을 문학 활동을 위해 쓰고 있는 형편이다.

이렇게 문학인을 기층 민중, 기층 민중 가운데서도 가장 열악한 노동자로 볼 때, 채광석의 민중문학론은 일정한 비판을 받게 된다.

첫째, 외래 문화에 대한 채광석의 기본적 인식은 민족 해방의 '도구' 또는 '무기'로 보기 때문에 모더니즘의 비역사성, 원자화된 개인주의 또는 방임주의로 비판할 수 있었다. 그러나 민중문학의 성과를 평가하면서 자리바꿈이 불가피하였다.

다음으로 민중적 민족문학의 건설은 민중의 삶과 실천, 민중적 민족 운동의 인식과 실천에 보다 정확히 매개되는 민중적 리얼리즘의 굳건한 원칙 아래 기층 민중의 문학적 성과, 소시민적 민족문학을 극복하는 과정에서 이뤄지는 성과들을 중심으로 하고 모더니즘문학을 포함한 소시민적 민족문학의 성과들을 부차적인 것으로 하면서 조직적 노력을 경주하는 가운데 구현되고 발전될 수 있을 것이다.

앞에서 살핀 바와 같이 채광석이 생각한 민중적 민족문학은 민중적 사실주의를 바탕으로 기층 민중의 문학적 성과, 소시민문학을 극복하는 과정에서 얻어낸 성과를 중심으로 하고, 모더니즘문학을 포함한 소시민적 문학 성과를 부차적인 것으로 삼음으로써 채광석의 민중적 민족문학은 폭넓은 수용력을 갖는 듯 보이면서도 정확한 당파성을 상실하고, 자칫 제국주의문학으로 침몰할 위기를 맞게 된다.

둘째, 민중적 민족문학론이 사회 변혁의 충격파로서 시인의 절제된 외침이라고 인식할 때, 무엇보다 긴박한 것은 발새 빠른 속도전이라고 말할 수 있다. 즉, 민중이 역사적 주체로 일어서는 과정이 짧을 수록 외침의 기능은 효과적인 것이다. 그럼에도 채광석의 미학은 소시민적 자각을 거쳐, 다시 민중 지향성을 보이고 나서야 겨우 반민중적인 것에 대하여 공격성을 보이게 된다.

사실, 이 과정에서 시인 자신이 소시민이 아니라 민중이라는 자각을 한다면 바로 공격성을 갖게 된다.

셋째, 시인이 민중이면서도 소시민으로 행세하는 데는 불필요한 오해로 시간을 낭비할 뿐만 아니라, 민중 연대성을 확보하는 신뢰감 구축에 걸림돌 구실을 한다.

시가 운동이요 운동이 시라면, 시가 외침이고 외침이 시라면, 민중시는 모든 현장, 모든 싸움터에서 치열하게 몸부비는 가운데서 완성되는 것이다.

그런데 공동창작론이 민중들에게 평론가 우월감으로 인식되고, 평론가 자신에게는 하향적 자기 조정으로 선민 의식을 갖게 될 때 민중적 민족문학의 민중 연대성은 쟁취될 수 없다.

채광석은 어두운 시대에 다갈리면서 스스로 빠지기 쉬운 안일한 자기 합리화와 기만적 감상주의를 거부하고 자신을 민족문학 전선에 묶어 세움으로써 유배 생활을 선택하였고, 그 결과 민중적 민족문학을 벼려 놓았다. 이러한 문학운동을 실천문학으로 담금질함으로써 사회 변혁의 현장에 자신을 불러 세웠고, 그가 섰던 자리는 선진적 고지가 되었다.

이렇게 실천 운동을 통해 체현된 민중문학론은 사회 변혁의 충격파로 전율적 성과를 획득하면서도 엄혹한 현실 때문에 일정한 한계를 지니게 된다.

첫째, 채광석은 시를 '외침' 또는 '부르짖음'이며, 결과적으로 '절제된 외침'의 양식으로서 인식하면서도 누가 무엇 때문에 누구를 향해 외치는지를 논리적으로 설득하는 데 실패한다.

둘째, 시가 외침이라면 시는 민중 의식의 부르짖음이다. 그리하여 채광석의 미학인 '자각 - 지향성 - 공격성'은 문학 주체의 출발을 소시민으로 잡음으로써 불필요한 시간을 낭비하게 된다.

셋째, 또한 민중 당파성을 아직 생각하지 못했던 채광석은 규정 안 된 기층 민중을 최상위에 놓음으로써 민족 성정을 외면했다는 비판을 모면할 수 없게 되고, 실제로 모든 비난이 여기에 쏟아지고 있다.

넷째, 민족 해방을 전제로 한 민중적 사실주의의 경우, 민족 당파성을 고려하지 않음으로써 문화제국주의와 충돌할 위험을 안고 있다.

다섯째, 민중문학이 모든 과정, 모든 현장, 모든 일터, 모든 싸움터에서 민중과 몸부비는 가운데 완성되는 실천 운동이라고 탁월한 인식을 하면서도, 문학인의 출발점을 민중으로 설정하지 못함으로써 공동 창작의 경우 불필요한 우월감·자만심을 낳게 하였고, 그 결과 '하나 됨' 또는 '일체화'가 더디게 진행되고 말았다.

그러나 이러한 취약성은 개인적 무능으로 치부하기보다는 엄혹한 현실로 자리 바꾸기를 해도 큰 허물은 아니다. 왜냐하면 채광석은 어두운 시대에 자신을 어둠 속으로 내던짐으로써 민족문학의 별자리가 되었기 때문이다.

6) 멍에 메운 소들의 노래

박노해의 최근작시 「그날 이후」 외 4편이 신부와 수녀 등 교직자와 친지 등을 통해 세상에 알려졌다. 시는 대체로 소리 가락 3·4 마디를 바탕으로 7·5 마디의 민요풍으로 종전 시에 비해 압축된 형식을 보여준다. 시의 전체적 분위기도 차분하게 가라앉아 노동 현장을 노래하던 쇠소리는 자아를 성찰하는 참소리로 변해 있어 얼핏 박노해가 전향이나 현실 투항을 한 것이 아니냐는 우려를 낳고 있다.

최근 박노해의 심경 변화를 섬세하게 읽어내기 위해서는 5편의 시 가운데 「그날 이후」, 「새벽별」, 「목화는 두 번 꽃이 핀다」등을 살펴보아야 한다.

아이 가진 여자의
둥그스름한 배를 보면
나도 모르게 눈 가늘어진다
손 내밀어 쓰다듬고 싶고
가만히 귀를 대고 싶어진다

잎새도 가지도 벗어내린 채
흰 눈 쓰고 누운 경주 남산
둥그스름한 산등성이를 보면
나도 모르게 쇠창살 너머로
내 마음의 손 내밀어진다

둥그렇게 흙 북돋아놓은
겨울나무 뿌리에도
씨알 품은 언 땅에도
무덤에도 빈 들판에도
자기 몸을 내어주며
새 희망을 키워가는
너에게도
나에게도
떨리는 손 내밀어진다

이 겨울이
이 어둠이
얼마나 차올랐느냐
나도 모르게 귀 대고
곱은 손 내밀어 쓰다듬는다
먼저 듣는 첫 울음소리
언 벽 속에 쟁쟁하다

박노해 「그날 이후」 전문

　우선 발 빠르게 시를 읽은 이는 박노해가 '말랑말랑'증 또는 '둥그럼'증이
나 '부드럼'증에 빠져 전도된 생명 사상과 같은 가치전도증에 경사된 것이

아닌가를 염려할지도 모르겠다. 그렇지 않다. 그것이 나의 대답이다.

시를 좀 더 기능적으로 이해하기 위하여 시 제목 「그날 이후」에서 '그날'이 과연 어떤 날인지를 해명해 볼 필요가 있다. 단서는 둘째 도막에 보이는 경주 남산에서 찾아야 한다.

재판부로부터 무기징역 선고를 받은 박노해는 경주 남산 교도소로 이감되어 경주 남산에 자신을 묻은 것은 '하늘이었나, 바람이었나'를 자문한다. 그리하여 민들레 홀씨가 바람에 날리는 것을 보고, 어느 검은 땅에 꽃씨 떨어져 비내린 뒤 새포란 들꽃으로 피어날 것을 기약한다. '그날'이란 이렇게 스스로 꽃씨가 되어 대지에 스스로 묻히기를 다짐한 날이고 촉촉이 비가 내리면 혁명의 새순으로 틔어 날 것을 기약한 날이다. 이렇게 '그날'에 의미를 부여하면서 다시 시를 읽어보자. 시인은 어쩌겠다는 것인가.

아이 가진 여자의 둥그스름한 배를 보면 눈 가늘어지고 손 내밀어 쓰다듬고 싶다. 벌거벗은 경주 남산 눈 내려 둥그스름한 산등성이를 보면 자신도 모르게 쇠창살 너머로 손 내밀어진다. 나무 밑에 모아 둔 둥그런 흙무더기, 씨앗 품은 언 땅, 무덤에도 빈 들판에도 손 내밀어진다.

왜 그렇나. 자신을 내어주고 새 희망을 키워가는 너와 나이기 때문이다. 이 경우 '너'는 집단 공동체 대명사이고 '나'는 시적 자아를 말한다.

새 희망이란 무엇인가. 겨울이 어둠이 얼마나 차 올랐나 귀대고 가늠하며 곱은 손 내밀어 더듬어 보는 까닭은 얼어 터진 벽을 뚫고 들리는 첫 울음 소리, 잼잼 강철 새 잎 틔우는 소리를 듣기 위해서이다.

이렇게 캄캄한 어둠 속에서도, 끝이 보이지 않는 영어 생활 속에서도 박노해는 꺼질 줄 모르는 새 희망을 버리지 않고 있다. 아기 가진 여자의 둥그런 배에서 첫 울음 소리가 들릴 때를 기다리고 있다. 고물고물 잼잼 새 잎 트기를 기약하고 있다.

그렇다면 경주 남산에 자신을 묻은 그날 이후, 또는 언 땅에 꽃씨를 묻고 봄비를 기다리는 박노해의 삶이란 어떤 의미를 갖는 것일까. 새벽별처럼 끝까지 샛별로 남아 집단적 공동체 대명사 너에게 표식이 되는 것이고 목화처럼 두 번 꽃이 피어 너에게 위안과 희망이 되는 것이다.

하늘을 보라. 시린 저녁 어스름 쌍둥이별이 돋고 앞이 보이지 않는 캄캄한 한밤중 삼태성이도 돋고 꽃새벽 길 찾기가 어두울 때 샛별이 돋는다.

박노해가 본 것은 샛별이다. 세수를 하고 쇠창살 너머 나뭇가지 사이로 환하게 웃는 별을 본 것이다.

　　오 새벽별이네!

　　어둔 밤이 지나고
　　새벽이 온다고
　　가장 먼저 떠올라
　　새벽별,

　　아니네!

　　뭇 별들이 지쳐 돌아간 뒤에도
　　가장 늦게까지 남아 있는 별,
　　끝까지 돌아가지 않는 별이
　　새벽별이네

　　새벽별은
　　가장 먼저 뜨는 찬란한 별이 아니네
　　가장 나중까지 어둠 속에 남아 있는
　　바보 같은 바보 같은 별,
　　그래서 진정으로 앞서가는
　　희망의 별이라네

샛별은 초저녁 가장 먼저 뜨는 찬란한 쌍둥이별이 아니다. 한밤중 하늘 한 가운데서 왕좌의 자리를 누리는 삼태성이도 아니다. 그렇다면 샛별이 갖는 의미는 무엇인가.

먼저 샛별은 새벽을 알려주는 별이다. 어두운 밤이 갔다고 제일 먼저 알려주는 별이다.

별들이 지쳐 돌아간 뒤에도 가장 늦게까지 남아 있는 별이다. 끝까지 돌아가지 않는 별이다. 가장 나중까지 남아 있는 바보 같은 별이다. 여기서 '바보 같은'이란 감정이입이 일어났음을 알려준다. 즉, 바보 같은 별이어서 역설적으로 희망이 된다. 왜 희망인가. 별들이 하나 둘 돌아가고 사라지는 때에 기다리다 지쳐 잠든 이들이 쉬었다 새벽길 나설 때까지 밤하늘을 지키기 때문이다. 시대의 밤하늘을 성성하게 지키다가 붉은 해에게 손 건네주고 소리 없이 사라지는 별이기 때문이다.

「새벽별」은 이러한 박노해 시의 내면화 현상이 박노해 시가 결코 관념화되거나 '1인칭 회귀'를 의미하지 않는다는 것을 성공적으로 보여준 작품이다. 오히려 종래 노동시보다 내면 구조의 상징성이 보다 강력한 추임새를 마련하고 있다. 그러나 박노해 시가 보다 큰 성공을 거두려면 독자 대중을 신뢰하지 않으면 안된다. 시의 앞뒤에 붙어 있는 사족은 추임새를 반감시키고 여운을 압살하고 있다. 이러한 주문은 「목화는 두 번 꽃이 핀다」에도 그대로 적용된다.

봄날 피는 꽃만이 꽃이랴
눈부신 꽃만이 꽃이랴
꽃시절 다 바치고 다시 한 번,
앙상히 말라가는 온몸으로
최후의 생을 바쳐 피워낸 꽃

패배를 패배시킨 투혼의 꽃!
슬프도록 아름다운 흰 목화꽃이여

박노해 「목화는 꽃이 두 번 핀다」 부분

사실, 인용된 부분만으로 충분한 시가 된다. 앞뒤 나머지 부분은 사족이나 사설에 불과하다. 따온 시에서도 썩은 이와 같은 군살을 빼는 것이 훨씬 시다워진다.

혁명은 보전하고 사설과 사욕은 버려야겠다. 시의 내면화 과정에서 상징은 살리고 추상과 설익은 관념은 버려야겠다. 그러나 자신이 바보 같은 샛별이 라는 자기 인식과 목화는 두 번 꽃이 핀다는 자기 다짐은 어두운 밤에도 밝은 낮에도 다같이 유효한 잠언이 된다. 그러니까 박노해는 지금부터 참된 습작시를 쓸 때가 온 셈이다.

박노해는 누구인가. '얼굴 없는 시인'인가. 그렇다면 시대의 저속한 선정성을 벗어나지 못한다. '노동자 시인'인가. 그렇다면 계급 당파성을 초월하지 못한다. '직업 혁명가'인가. 그렇다면 문학적 논의 대상을 벗어난다. 그것도 저것도 아니라면 박노해는 누구인가.

먼저 1980년대를 민중 민주 운동의 변혁·격동기라고 말할 때 박노해는 격동기를 피터지게 체험하고 저항한 민중 시인이었다. 여기서 박노해를 '민족 시인'이 아닌 '민중 시인'으로 자리 매김 하는 까닭은 박노해가 민족 당파성보다는 민중 당파성에 충실했다고 믿는 까닭이다.

1984년 박노해가 문제의 시집 『노동의 새벽』을 발표했을 때 국내에서는 어떤 정치적 사건이 발생했던가. 1979년 12월 12일 저녁, 보안 사령관 전두환이 계엄 사령관 정승화를 연행하는 국가 반란 사건이 발생했다. 1980년 5월 17일 비상계엄을 전국으로 확대하고, 같은 해 5월 18일 광주 시민항쟁이 시작되자 계엄군이 시위 시민에게 발포함으로써 무자비한 민중 대학살이 시작된다. 같은 해 5월 31일 대통령 직속 자문기관으로 '국가보위 비상대책위원회(상임 위원장 전두환)'를 설치하고 8월 16일 최규하 대통령이 하야했다.

8월 27일에는 통일주체 국민회의가 전두환을 11대 대통령으로 선출, 10월 22일 제5공화국 헌법을 국민투표에 붙여 투표율 95.5%에, 찬성 91.6%로 확정하여 27일 공포했다.

11월 3일 육군 계엄 고등군법회의는 김대중에게 내란 유포 사건에 관련하여 사형을 선고하고, 1991년 1월 27일 정부는 김대중의 형량을 무기로 확정하였다.

1981년 1월 15일 민주정의당을 창당하고, 초대 총재에 제12대 대통령 후보 전두환을 확정, 2월 25일에는 전두환 후보가 대통령에 당선되었다.

이상의 개략적 검토를 통해서도 80년대 초반이 얼마나 격동기였던가는 능히 짐작할 수 있다. 박노해의 『노동의 새벽』은 인권이 유보되고 노동권이 탄압받던 시대의 피터지는 함성이다. 노동 운동가들이 수배·체포·구금당하던 시대의 목터지는 절규이다.

다음으로 1993년에 출간된 박노해 시집 『참된 시작』은 박노해가 체포된 1990년을 앞뒤로 직업 혁명가 시대와 옥중 투쟁 시대의 절절한 외침을 담고 있다.

80년대 후반부터 90년대 초반까지의 정치·사회적 성격은 무엇인가. 계속되는 군사 파쇼 정권은 부패·타락·착취의 연속선상에 놓여 있었으며, 이러한 체제에 맞서 노동자, 농민, 대학생, 전교조 등은 민주·민족 운동을 가열차게 전개한 시대였다.

이를 좀 더 구체적으로 살펴보자. 1987년 6월 29일 노태우 민정당 대표위원은 '직선제 개헌' '김대중 사면복권' 등 8개항의 시국수습을 위한 6·29선언을 발표했다. 12월 16일 제13대 대통령 선거가 실시되고, 노태우 후보가 당선되자 전국적 시위가 연발했다. 1988년 4월 1일 옥포 대우조선 노조원 9천여 명은 임금인상 촉구대회를 갖고 전면 파업에 돌입하였고, 5월 9일 현대

건설 노조 추진위원장 서정의 납치 사건이 발생, 5월 6일 서울시내 택시 노조는 완전 월급제를 요구하며 파업에 돌입했다. 5월 13일 서울지역 28개 대학 3천여 명이 연세대에서 서울지역 총학생회연합 서총련을 발족하였고, 5월 15일 서울대생 조성만이 명동성당에서 양심수 즉각 석방 등 구호를 외치며 할복 투신 자살하였다. 5월 26일 여의도 광장에서 농축산물 수입반대 농민결의대회가 개최되고, 5월 29일 서울시내 85개 노조 조합원 등 3백여 명은 서울지역 노동조합협의회 창립총회를 열었고, 7월 19일 전국 축협 조합원 3천여 명은 여의도 광장에서 미국산 쇠고기 수입반대시위를 열었다. 8월 1일 전국 도시 노점상연합회 회원과 학생 1천 5백여 명이 노점상탄압규탄대회를 개최하였고, 10월 26일 전국의 철도 기관사가 전면 파업을 단행하였고, 11월 17일 농민 1만여 명이 여의도 광장에서 농축산물 수입개방저지 및 제값 받기 전국농민대회를 가진 후 도심시위를 하였다.

1989년 1월 15일 현대그룹 울산지역 노조와 전국노동단체 회원, 대학생 등 2만여 명은 울산시 태화강 둔치에서 현대노동자 테러 사건 규탄대회가 열렸고, 1월 18일 전남대생 50여 명과 조선대생 2백여 명이 광주 미문화원과 광주지검을 각각 기습하고 전두환, 노태우 처단 등의 구호를 외치는 시위가 있었다.

1월 29일 전국 금속노련 산하 서울·경기·인천 노조 노동자 5천여 명이 서울 대학로에서 노동운동탄압분쇄 결의대회를 개최하였고, 2월 13일 전국 90개 군 농민 2만여 명은 여의도에서 농민대회 후 시위를 하였고, 2월 25일 노태우 정권 수립 1주년을 맞아 전국에서 노정권규탄 범국민대회를 개최하였다.

3월 1일 전국농민운동연합을 결성, 3월 16일 서울시 지하철노조 파업돌입, 경찰이 강제 해산시키자 8백여 명이 평민·민주당사에서 농성, 4월 28일 마창지역 노동자 1만여 명, 연 오일 째 구속자 석방과 고문 경찰관 처벌요구 시위, 4월 30일 노동절 여의도대회가 봉쇄되자 전국 12개 지역 팔백여 사업

장에서 규탄집회, 12월 20일 현대자동차 노동자 이만 사천여 명 연말 상여
금 협상이 결렬되자 전면 조업을 중단하였다.

　1990년 1월 22일 전국노동조합협의회는 수원 성균관대에서 창립대회를 열
고 2월 3일 상공부 무노동 무임금 노조경영권 인사개입배제 등을 골자로 한
단체교섭 공동지침을 마련하였다. 4월 28일 현대계열 9개사 현대중공업 경
찰진압에 항의 총파업 결의, 마창노련 등에서 연대파업 결의, 4월 30일
MBC노조(위원장 강성주), KBS에 공권력 투입과 관련 제작거부 결의, 서울
시 지하철노조 비상대책위원회를 열고 회사측의 단체교섭거부와 KBS·현
대중공업에 공권력 투입에 항의하여 지하철 무료운행 결의, 현대자동차 노
동자 이만여 명 현대중공업의 공권력 철수, 연행자·구속자 석방 등을 주장
하며 시한부파업 결의, 마산·창원지역 25개 사와 인천지역 72개 사로 확산
되었다. 5월 15일 현대자동차 노조(위원장 이상범) 무기한 전면 파업 결의,
12월 9일 포철·현대중공업 등 16개 대기업노조 연대회의를 결성하였다.

　1991년 강경대 타살로 빚어진 6월 항쟁 상황은 「신명과 생명의 대파산」
(『한민족문학』제4집 1994)에서 이미 상론한 바 있고, 노태우·김영삼·김종
필 3당 통합 문제는 「다시 한민족문학을 위하여」(『해천 김현룡 박사 화갑
논문집』)에서 상론하였기 때문에 여기서는 재론하지 않는다.

　마지막으로 박노해가 몰고 온 태풍은 병약한 한국 사회와 문약한 한국 문
단을 강타하였던바, 이러한 중심축을 '박노해 현상'이라 불러야 하리라. 박노
해가 몰고 온 태풍이란 무엇인가. 이미 밝힌 바와 같이 박노해 두 권 시집
이 몰고 온 돌개 바람, 『노동해방문학』에 발표한 시사시·시론과 사노맹 지
업 혁명가로서 밝힌 「이 땅의 자식으로 태어나」(『신동아』, 1990년 12월호),
또는 1991년 6월 7일의 '모두 진술'(박노해『민들레처럼』노동자의 벗 1991),
또는 1991년 8월 19일 '최후 진술'(박노해 석방대책 위원회 1991) 등이 몰고
온 높새 바람 등을 말한다.

　이러한 박노해 태풍은 80년대 가열찬 민중·민족 운동의 불길을 사르는

추임새가 되었고, 양심마비 현상을 일으킨 식자의 가슴팍을 후비는 장도칼이 되었고, 군사 파쇼 지배 세력에게는 두렵고도 두려운 불길이 되었다. 또한, 문약한 한국문학에 새 피를 넣음으로써 ‘르뽀문학’의 새 길을 열었다. 여기서 르뽀문학이란 노동 현장에서 노동자 당파성을 미학으로 삼는 문학을 이름이다. 박노해의 돌풍은 백무산의 『만국의 노동자여』와 같은 노동시와 안재성의 『파업』과 같은 노동소설을 낳는 자궁 구실을 하였다.

「손 무덤」에서 프레스에 잘린 손목, 「지옥선」에서 갑판에 떨어진 팔뚝같은 현장 표현은 소시민 작가 그룹을 실색하게 만들었을 뿐만 아니라, 농민문학 교단문학과 어깨를 견주며 80년대를 ‘민중문학’ 시대로 새 장을 열어제쳤다. 이러한 충격파는 가히 박노해 현상이라 부를 만하다.

그렇게 민중이 역사의 수레바퀴에 짓눌려 피를 흘리고 있을 때, 역사의 멍에를 메운 소들은 탄식하고 분노하며 통곡하고 노래 부르며 운명의 역사를 끌고 갈 수밖에 없었다. 그 운명의 소들은 노동자, 농민, 대학생, 전교조 등이었다. 박노해는 역사의 멍에 메운 그러한 소들 가운데 걸출한 한 마리 황소였다.

박노해에게 메워진 첫 번째 멍에는 노동자라는 수렁 같은 질곡이었고 두 번째 멍에는 ‘사회주의자’라는 천형이었다. 따라서 박노해 시를 해명하기 위해서는 ‘빨갱이’라는 천형의 멍에를 벗겨 보지 않으면 안된다. 그러한 작업은 지겹고 분통터지는 일이다. 그리하여 첫 번째 의문에 부딪친다. 과연 박노해는 사회주의자인가. 나의 결론은 ‘아니다’이다.

사노맹 수괴이며 입만 열면 자신이 사회주의자라고 되뇌었는데, 국가보안법상 최고형의 하나인 무기수인데 어째서 박노해가 빨갱이가 아니란 말인가.

물론 박노해는 마르크스의 『경제학 철학초고』『도이췌 이데올로기』를 읽었고, 레닌의 『무엇을 할 것인가』를 읽었다고 자백한다. 한국 지식인치고 마르크스와 레닌은 불가피한 체험이다. 박노해를 무시하는 것은 아니지만, 『도

이쳐 이데올로기』는 노동자가 소화할 수 있을 만큼 그렇게 녹록한 책이 아니다. 박노해의 어떤 시, 어떤 시론, 어떤 진술에도 위와 같은 이데올로기를 소화하고 실천하고 형상화한 흔적이 없다.

무엇보다 결정적 증거는 다른 사노맹과 똑같이 북한과 연계되었다는 사실이 없다는 점이다. 백태웅과 박노해가 소지한 독극물은 자결용이라고 누차 강조하고 있다.

그렇다면 스스로 사회주의자라고 공표하는 행위는 어떻게 보아야 하는가. 그렇다. '자칭 사회주의자'일 뿐이다. 국가보안법이 자칭 사회주의자를 처벌한다면 환상적 사회주의자를 처벌하는 것처럼 광대극이 될 것이다. 그렇게 된다면 한반도는 감옥으로 차고 넘칠 것이다.

그렇다면 박노해는 누구인가. 사회 개혁을 꿈꾸는 직업 혁명가일 뿐이다. 부패와 타락, 부정과 착취가 창궐하는 군사 파쇼 정권을 타도하고 민주주의 민중 정권을 수립하고자 열망했던 사회개혁주의자였다.

그렇다면 왜 박노해는 국가보안법상 최고형에 가까운 무기를 받았는가. 내가 보기에는 '얼굴 없는 시인'이 추적을 받은 것은 『노동해방문학』에 한 재벌의 저서를 비판하고[77] 노태우 정권을 전면 비판하면서부터가 아닌가 한다.[78]

박노해가 무거운 형량을 받은 것은 판결문에서도 밝혔듯이 '법정을 정치 선전장화'한 데도 있었다.

나는 몇 해 전부터 박노해의 모든 자료를 검토해 왔다. 그러면서도 매번 집필을 보류해 온 데는 시인의 미숙성에도 책임이 있지만 박노해론을 집필해야 할 당위성에 대해 나 자신을 설득할 만한 확신이 서지 않았기 때문이

---

77) 박노해, 『김우중 회장의 자본철학에 대한 전면 비판』, 『노동해방문학』, 1989년 9월호

78) 박노해, 「노태우 씨 당신의 조작된 이미지를 벗긴다」, 『노동해방문학』, 1989년 2월호

다. 그럼에도 박노해가 나를 감동시킨 것은 조금도 자신을 돌보지 않는 시대 정신 때문이었다.

사노맹은 무엇인가. 그들은 왜 실패했는가. 사노맹의 득실은 무엇이며, 사노맹 조직 내부에서 박노해의 역할은 무엇인가. 하나뿐인 마지막 혁명기지인 자신의 육체까지를 폭탄으로 쓴 것은 아닌가. 이러한 의문의 열쇠를 외적 사건에서 찾는 것은 선정적인 저널리즘의 현실 찾기이리라. 그것은 나의 임무도 책임도 아니다. 다만 내면 구조를 조심스레 살펴보고, 내면 구조를 싸고도는 어떤 흐름과 원칙을 상세히 분석함으로써 박노해의 정신사적 물길과 불꽃을 가늠해 보는 일이 겨우 내가 할 수 있는 일이리라.

1991년 8월 19일 오후 3시 서울 형사지법 417호 법정 이귀남 검사는 노동자 시인이며, '남한 사회주의 노동자 동맹'(이하에서는 '사노맹'이라 부른다.) 중앙위원인 박노해에게 국가보안법상 반국가 단체 구성, 사노맹 수괴 혐의로 법정 최고형인 사형을 구형했다.

사형! 이것이 당신들의 노동자에 대한 대답입니까?

사형! 사형입니까?

저를 기어코 처형해야만 하겠습니까? 나에게 주어진 생과 사람들의 미소를 사랑하고 이 조국의 발전과 풍요를 위해 기름땀을 흘려 온 나를 죽여야만 한단 말입니까? 가난과 서러운 기름밥의 고통 속에서 몸부림치며 인간다운 삶을 위해 노력해 온 한 노동자에게 격려는 못해 줄지언정 이렇게 사형시켜야 되겠단 말입니까? 결국 이 나라의 노동자에게는 두 개의 죽음 중 한 가지를 선택할 자유밖에 없단 말입니까?

임금 노예냐? 사형이냐? 장시간 노동과 저임금, 산재와 실업과 직업병으로 죽어가거나 아니면 우리 박창수 동지처럼 혹은 박노해처럼 당신들의 손에서 죽임을 당하는 겁니까? 지금까지 당신들은 이 나라 천만 노동자에게 폭력과 구속으로 대답해 왔습니다. 이제 또다시 이 나라 노동자를 대변하여 이 법정에 선 나에게 사형을 때림으로써 당신들은 명백한 대답을 하고 있는 것입니다.

　사형! 우리가 그렇게도 두렵습니까? 노동자가 박노해가 그렇게도 두렵습니까?[79]

따온 글은 검사의 사형 구형에 대한 최후 진술 첫 부분이다. 검사의 사형 구형에 대해 박노해는 엄청난 정신적 충격을 받고 있다는 점을 감안하면서 따온 글을 읽어야 한다.

한편, 반대로 극심한 정신적 충격 때문에 오히려 문화적으로 위장된 박노해가 아니라 인간적으로 발가벗긴 박노해의 진면목을 통찰하는 데 적절한 자료가 될지 모르겠다.

따온 글을 보다 효과적으로 읽기 위해서는 두 인칭 대명사가 양면 대립하고 있다는 사실을 주목하지 않으면 안된다.

인칭 대명사의 양면 대립이란 무엇인가. '나'와 '당신들', '노동자'와 '나라'를 말한다. '저'라는 겸칭 대명사는 검사에 대한 '혹시나' 하는 기대가 무너지면서 평칭 대명사 '나'로 뒤바뀐다. 그렇다면 '나'라는 1인칭 대명사로 대변되는 노동자, 박노해란 누구인가.

주어진 삶과 사람들의 미소를 사랑한 존재였다. 조국의 발전과 풍요를 위해 기름땀을 흘린 존재였다. 가난과 서러운 기름밥의 고통 속에서 몸부림치며 인간다운 삶을 위해 노력해 온 한 노동자였다. 결국 노동자는 두 개의 죽음을 선택할 수밖에 없다. 임금 노예냐 아니면 사형이냐. 장시간 노동과 저임금, 산재와 실업과 직업병으로 죽어 가거나 박창수나 박노해처럼 사형을 당하는 수밖에 없다.

노동자로 대변되는 '나'라는 존재에 대립되는 또 하나의 복수 인칭 대명사는 '당신들'이다. '당신들'은 구체적으로 누구인가. 좁게는 '나'에게 사형을 구형한 검사이고, 또 '나'에게 무기를 선고할 법관이다. 그러나 '당신'들의 뜻매

---

79) 박노해, 『최후 진술』 10쪽, 박노해 석방대책 위원회 1991년.

김은 재벌이나 독재 권력까지로 뜻넓이가 확대되지는 않고 있다.

그렇다면 '당신들'은 '나'에게 어찌했던가. 따뜻한 격려는 고사하고 폭력과 구속으로 대답했다. 이 나라 천만 노동자 동지들을 대변하는 박노해에게는 어찌했나. 사형으로 대답했다. 당신들은 노동자가 그렇게 무섭고 두려우냐고 박노해는 반문한다.

박노해를 좀 더 철저히 이해하기 위해서는 박노해 스스로 '중앙위원'으로 임했고 조직을 지키기 위해 결사적이었던 '사노맹'의 정체를 파악하는 작업이 선결되어야 한다.

오늘날 관점에서 사노맹을 객관적으로 이해하는 데는 시기적으로도 적절한 것 같지가 않다. 더구나 여기서 따온 자료는 『한겨레신문』의 보도 내용이 거의 전부이고, 그것도 사실은 안기부 발표 내용이거나 박노해 재판 기사가 대부분이다. '사노맹'을 좀 더 정확히 파악하는 일은 뒷날로 미룰 수밖에 없다. 그러한 미흡감을 전제로 하면서 사노맹을 우선 개괄적으로 살펴본다.

사노맹이 세상에 알려진 것은 1989년 11월 '지역 업종별 노조 전국회의' 주최로 서울대에서 열린 전국 노동자 집회장에 사노맹 이름으로 「전면적인 계급쟁의 시작을 선포하며 부르주아 지배체제를 사회주의 혁명의 불길로 살라 버리자」는 내용의 유인물을 뿌리면서부터였다. 이때부터 공안당국의 수사가 시작되어 대중집회에서 사노맹 출범 선언문을 나누어 준 학생들이 붙잡혀 국가보안법상 '이적 표현물 제작·반포·소지' 등의 혐의로 구속·기소되었다. 그러나 조직 자체가 점조직 형태로 구성되어 있는데다 구속된 사람들 가운데는 사노맹 조직원이 포함되어 있지 않아 최근까지 사노맹은 비밀스런 단체로 남아 있었다.

◦1990년 9월 19일 안기부는 현정덕을 체포, 10월 10일까지 사노맹 16명을 체포·구속함으로써 사노맹이 6공 들어 최대 공안 사건으로 떠올랐다.

◦1990년 10월 31일 안기부는 사노맹 핵심 지도총책은 중앙위원장 백태웅,

중앙위원 박노해, 김진주, 김형기 등으로 밝혀져 수배했다고 발표했다.

∘1991년 2월 27일 박노해 부인이며 사노맹 중앙위원인 김진주가 검거되었다.

∘1991년 2월 28일 지난해 12월 체포된 사노맹 중앙위원 남진현에게 무기징역을 구형했다.

∘1991년 3월 10일 오후 5시 박노해는 서울 강동구 둔촌동 보훈병원 앞길에서 붙잡혔다. 같은 달 12일 국가보안법 '반국가 단체 구성' 혐의로 구속되었다.

∘1991년 3월 16일 오전 서울 형사지법 중법정에서 박노해 구속 적부심이 열렸다.

이날 박노해는 변호인 심리에서 '안기부에 연행된 뒤 지하 밀실에서 11명의 안기부 요원들에 둘러싸여 집단폭행을 당했다'면서 '잠 안 재우기 등의 고문을 하고 여러 차례 협박과 회유가 있었으나 이에 굴하지 않았다'고 말했다.

∘1991년 8월 19일 오후 3시 서울 형사지법 417대법정에서 검찰은 사노맹 중앙위원 박노해에게 국가보안법상 반국가 단체 구성, 수괴 종사 혐의로 법정 최고형인 사형을 구형했다.

∘1991년 9월 10일 사노맹 중앙위원 박노해에게 무기징역이 선고되었다.

∘1991년 12월 30일 서울 고법 형사 2부는 사노맹 사건으로 1심에서 무기징역이 선고된 사노맹 중앙위원 박노해에 대한 항소재판에서 원심대로 무기징역을 선고하였다.

∘1992년 4월 29일 사노맹 중앙위원장 백태웅을 비롯한 사노맹 주요 간부 및 조직원 39명이 안기부에 의해 검거됐다.

∘1992년 5월 15일 안기부는 사노맹이 전국의 주요 14개 공장과 대학에 3천 5백여 명의 조직원을 두고 있다고 발표했다.

∘1992년 10월 6일 서울 지검 공안 1부 박만 검사는 사노맹 중앙위원장 백태

웅에게 국가보안법상 반국가 단체 구성 혐의를 적용하여 사형을 구형했다.

∘1992년 10월 27일 서울 형사지법 합의 22부는 사노맹 중앙위원장 백태웅에게 무기징역을 선고했다.

∘1993년 2월 20일 서울 고법은 사노맹 중앙위원장 백태웅에게 이례적으로 징역 15년을 선고했다.

이상의 검토를 통하여 사노맹에 대한 사건의 흐름을 개략적으로 파악할 수 있었는지 모르겠다. 그러나 사노맹이 오늘의 시점에서 완전 종지부를 찍은 것 같지는 않다. 백태웅 재판 뒤에도 사노맹 구속 기사는 계속되고 있기 때문이다.

다음으로 박노해에 대한 보다 총체적인 이해를 위하여 박노해 자신이 '최후 진술'에서 스스로 밝힌 '사노맹에 대한 평가' '사노맹의 오류' '혁명 10개조' 등을 살펴본다.

우선 박노해는 사노맹의 성과를 이렇게 평가한다.

먼저, 남한에서 공개적으로 사회주의를 선언하여 사회주의 운동의 서장을 열어 젖힌 것.

둘째, 남한 사회에서도 천명 이상의 조직원을 가진 비합법 전위 조직이 탄압을 이겨내고 활동이 가능했다는 것.

셋째, 안기부와 붙으면 '깨진다'는 '조직 패배주의', '아마추어적 사고', '비밀 활동의 수공업성' 등을 극복한 것.

넷째, 1987년 이후 배출된 선진 노동자들을 노동 해방 투사로 유도하는데 기여했으며, '노동자 정치 세력화'에 실질적 기틀을 마련한 것.

다섯째, 혁명 이론을 발전시킨 것.

여섯째, 전국 각지에 걸쳐 지역화 되면서도 일사불란한 통일성을 가진 방대한 조직을 운영해 본 경험을 했다는 것.

마지막으로 혁명가들의 투쟁성 헌신성 강고성 당파성 등을 실제로 입증하였다는 것.

이를 요약하면, (1)남한에서 최초로 사회주의 운동을 공론화한 것, (2)사노맹 조직의 우월성, (3)안기부에 대한 불패 선언, (4)노동자 정치 세력화, (5)혁명 이론의 체계화, (6)전국적 조직 운영의 체험, (7)혁명가의 역량 입증 등이다.

이러한 주장 가운데 주목을 끄는 부분은 (4)'노동자 정치 세력화'이나, 이는 당대에 광범하게 일어났던 민족·민중 운동을 감안한다면 사노맹 자체 성과로 보기는 힘들다. 남한에서 사회주의 운동이 사노맹에 의해 조직화되고 체험화되었다는 주장도 별반 설득력이 없다. 또한, 사노맹이 '사회주의'라는 극약 처방을 한 것이 적절했는지도 의문이다. 결국, 사노맹은 대중의 일반적 정서를 앞서서 읽었거나 잘못 읽은 것이 분명하다.

여기서 사노맹의 오류와 한계가 지적되어야 한다.

첫째, 노동자·대중 운동과 결합하지 못하고 있으며

둘째, 민족·민주 운동에서도 확실한 뿌리를 내리고 있지 못하며

셋째, 광범한 민중의 대중성 확보에 실패했으며

넷째, 역사 단계에 절실한 사업을 추진하면서 현실적 역량에 맞게 계획을 수립하고 안정적, 지속적으로 추진하지 못했다는 점

다섯째, 노동 운동과 민민 운동의 선배와 대중들로부터 겸허히 배우고 발전성, 통일성을 도모하며 화합하는 자세가 부족했고 독자성, 차별성의 강조가 오히려 분파성을 자초하였다는 것이다. 또, 사노맹의 주장과 실천은 공허한 실천욕과 과도한 선언성, 경직성이 지배적이었다는 것 등이다.

이러한 박노해의 과오 비판은 현실적이고 적절한 균형 감각을 가지고 있다. 그러나 이러한 과오 비판이 운동 과정에서 나온 것이 아니라 재판 과정에서 나왔다는 점이다. 그러한 오류와 과오가 시정되기에는 너무 늦었던 것이다.

박노해가 '최후 진술'에서 밝힌 이른바 '혁명 10개조'는 사노맹의 공식 논의 과정을 거친 공적 문건은 아닌 것 같다. 따라서, 문건은 논리적이고 체계

적 설득력을 갖기보다는 충동적 우발적 선언력을 갖는다고 말할 수 있다. 바로 이러한 지적은 사노맹이 사전에 예비음모를 거친 반국가 단체가 아니라는 점을 방증하고 있다. 사노맹이 진정한 민중 혁명을 목표로 삼았다면 '혁명 10개조'를 이토록 가볍게 처리했을 리가 없다. 나의 주장이 거짓인지 참말인지 실제로 문건을 읽어보자.

첫째, 이 나라가 전쟁 상태에 처해 있으며, 둘째, 하늘을 나는 새들도 1가구 1둥지인데 하물며 이 나라를 일으켜 세운 대부분의 노동자 민중이 무주택자이고 주택을 가질 가능성이 희박하며, 셋째, 무섭고 불안해서 살 수가 없으며, 넷째, 돈 뿌리는 정치판의 부정 부패 때문이며, 다섯째, 이 나라의 생명이 공해와 함께 사라질지도 모르기 때문이며, 여섯째, 이 나라의 교육 학생 진리가 죽어가기 때문이며, 일곱째, 인권 유린이 자행되고 공안 통치가 가중되고 있기 때문이며, 여덟째, 분단 수치 예속 통치를 벗어날 전망이 없기 때문이며, 아홉째, 천만 노동자를 적으로 삼기 때문이며, 열째, 농촌을 양로원으로 농민을 헌 고무신짝으로 버렸기 때문이라는 것이다.

이와 같은 주장이 논리적 설득을 얻기 위해서는 '종'과 '류'를 분류하여 등차 개념화하는 것이 어떨까 싶다. 그러기 위해서는 여덟째 제국주의 예속 치욕과 분단 수치가 첫 번째 항으로, 두 번째는 첫째의 범죄와의 전쟁 상태가, 세 번째와 네 번째는 그대로, 다섯 번째는 일곱째가, 여섯 번째는 둘째가, 일곱 번째는 다섯째가 되고, 다음으로 여섯 아홉 열째의 순으로 논의되었다면 순리의 등차가 되지 않았을까 싶다. 물론, 옥중 사정은 여의치 않았을 것이다.

그러나 박노해가 언제나 반벙어리 어치 노릇을 한 것은 아니다. 즉, 국가보안법 3조 1항 '반국가 단체를 구성하여 수괴의 임무에 종사한 자는 사형 또는 무기에 처한다'에서의 '반국가 단체' 혐의에 대하여, 국가보안법 2조 1항 '반국가 단체란 정부를 변란할 목적으로 하는 국내외의 결사 집단을 말한다'에서 '국가 변란' 혐의에 대하여 이렇게 변호한다.

첫째, ‘반국가 단체 구성’ 혐의가 성립되기 위해서는 사노맹이 정부를 참칭해야 하는데 사노맹은 정부를 참칭한 적이 없다고 주장한다. 사노맹이 정부가 되려면 정부로써의 체계를 갖추어야 하고 세금을 거두어야 하는데 사노맹에서는 그런 행위를 한 적이 전혀 없었다. 정부를 참칭하려면, 일제하의 ‘임정’, 러시아의 ‘소비에트’, 해방 후 여운형이 주도한 ‘인공’, 전두환 노태우가 시행한 ‘국보위’ 정도가 되어야 한다.

사노맹은 노정권을 타도하고 임시 민주 정부를 전 민주 세력과 함께 구성하여 민중 권력을 수립하고자 전 민중의 진정한 양심에 호소해 왔다. 남한 사회주의자들이 결집하여 사회주의 당을 만들어 그러한 민주주의와 노동 해방을 앞당기려고 노력해 왔다고 주장한다.

둘째 사노맹이 반국가 단체가 되기 위해서는 구체적인 반국가 행위가 있어야 하는데 사노맹은 한 번도 국가를 부정한 적이 없다고 주장한다.

사노맹은 아나키스트가 아니다. 사노맹은 누구보다 국가 권력의 중요성을 강조해 왔고 국가 권력을 장악하지 않고서는 어떤 민주주의도 어떤 노동 해방도 불가능하다고 강조해 왔다. 노동자가 주인이 되는 새 사회, 민중이 주인이 되는 새 사회를 건설하기 위해서는 국가 권력의 주인이 노동자와 민중이 되어야 한다고 강조해 왔다. 사노맹은 국가 기관을 반대하지 않았다. 사노맹은 국가 일반을 부정하지 않았다.

그러나 국가는 ‘누구의 국가인가’ ‘어떤 계급과 집단을 대변하는가’를 밝혀야 한다. 당신들 표현대로 ‘혼란 상태에 빠진 국가’, 노태우의 표현대로 ‘난국 사태와 위기 상황’ ‘전쟁 상태’에 빠진 국가를 구하기 위하여 사노맹을 결성했다. 사노맹은 질서와 평화가 보장되는 민주주의 국가를 건설하려 했지 변란과 파괴를 하고자 결성하지 않았다. 사노맹의 목적은 폭력이 없는 평화로운 세상, 파괴가 없는 건설과 생산에의 열정이 약동하는 세상, 혼란과 무질서로부터 마음 푹 놓고 발 뻗고 노동하고 기쁨으로 발전하는 사회를 만드는 것이라고 주장한다.

이와 같이 사노맹에 대한 '반국가' '변란' 혐의를 변호한 박노해는 '최후 진술'을 대변할 만한 정치적 발언을 한다.

국가 변란을 목적으로 하는 국내의 결사 집단은 분명히 있습니다.
그것은 바로 80년대 전두환과 노태우가 야심만만한 무장 쿠데타를 기도하기 위하여 수년 동안 군부내에서 키워왔던 하나회가 그러한 조직이며, 유서 대필을 조작한 공안 검찰 지휘부가 국가 변란을 목적으로 하는 국내의 결사 집단이며, TK모임, 월계수회가 그러하고 관계기관 대책회의가 국가의 혼란과 변란을 이끄는 국내의 결사 및 집단인 것입니다. 우리는 학생들을 쇠파이프로 때려 죽이고 노동자를 독가스로 죽이고 민중을 물가 폭등과 집값 폭등으로 몰살시키는 이 나라 혼란의 주역인 노태우 정권을 타도하고 민주주의를 수립시키자고 주장해 왔습니다. 노동자와 민중을 수탈하는 독점 자본가들에게 공동의 노동으로 만든 독점 자본가들의 부의 횡포를 막고 그것을 전 민중의 소유로 환원시키자고 주장해왔던 것입니다. 우리 나라의 주인 행세를 하고 이 나라 온 군대가 극악무도하게 설치고 민족의 생존권을 압살하는 미제 국주의 혹은 일제의 산물을, 이 치욕스러운 예속 상태를 벗어나자고 주장해 왔습니다. 분단을 고착화시키는 노태우 정권을 타도하자고 주장해 왔습니다. 그렇습니다.
우리가 문제 삼는 것은 누구의 국가냐 하는 것입니다. 우리는 자본가만의 국가, 착취와 억압의 국가, 파쇼적인 독재의 도구가 되는 국가를 타도하자고 주장했습니다.
바로 그러한 독점자본과 독재적인 정권이 악용하고 있는 국가 권력은 마땅히 타도되어야 하고 가장 민주적이고 헌법에도 보장된 자유를 수호하는 우리의 국가를 더욱 더 섬기고 수호하자고 주장해 왔습니다.[80]

1995년 11월 16일 노태우 전대통령이 5천억 축재비리로 구속·수감되었다. 같은 해 12월 3일 반란 수괴죄로 전두환 전대통령이 구속·수감되었다.

---

80) 앞의 책

김영삼 대통령은 5·18특별법을 제정한다고 한다. 국내의 유수한 재벌 회장들이 수뢰 혐의로 검찰청에 출두하여 조사를 받았다. 1979년 12월 12일 전두환 보안 사령관이 정승화 계엄 사령관을 연행한 지 꼭 16년 만의 일이다.

지금부터 5년 전 노태우 정권 아래서 한 노동자 시인은 국내의 변란 결사 집단을 '하나회' '공안 검찰 지휘부' 'TK모임' '월계수회' '관계기관 대책회의' 등으로 대담하게 공개 지적하고 있다.

박노해는 이러한 집단 조직을 '변란 결사 집단'으로 보았을까. 물론, '공안 검찰 지휘부' '관계기관 대책회의'를 빼고 나면 사조직 성격이 강하다. 그러나 박노해가 이러한 집단을 '변란 결사 집단'으로 공개 지목한 데는 '비합법 단체' 또는 '사조직'이기 때문이 아니다.

이러한 집단 조직이야말로 학생들을 쇠파이프로 때려 죽이고, 노동자를 독가스로 죽이고, 민중을 물가 폭등, 집값 폭등으로 몰살시키는 혼란의 주역인 까닭이다.

따라서 사노맹은, 이 나라 혼란의 주역이자 분단을 고착화시키는 노태우 정권을 타도하고 민주주의를 수립하며, 노동자와 민중을 수탈하는 독점 자본가의 부를 민중이 공유하도록 하며, 민중의 생존권을 압살하는 미제국주의와 일제 산물에서 벗어나야 한다고 주장한다. 그러나 나라의 주인 행세를 하는 일부 극악무도한 군대는 어떻게 해야 할지에 대한 대답은 없다.

앞에서 박노해는 '누구를 위한 나라인가'라는 '국가 주체론'을 제기한 바 있으나 명확한 답변을 회피해 왔다. 의미가 불명확한 인용문을 조심스럽게 분석해 보면 국가 주체론은 '바대론'과 '당위론'으로 갈라 볼 수 있을 것 같다.

반대론이란, 자본가만의 국가, 착취와 억압의 국가, 파쇼적인 독재의 도구가 되는 국가를 타도 대상으로 삼는 입장을 말한다.

당위론이란 가장 민주적이고 헌법에도 보장된 자유를 수호하는 국가를 지지하자는 입장을 말한다.

　반대론에도 당위론에도 박노해의 국가 주체론은 분명한 모습을 드러내지 않는다. 다만, 두 논의를 조심스럽게 추론할 경우 박노해의 국가 주체론은 민주적 민중 국가가 아닐까 싶다.

　이상의 검토를 통하여 박노해의 주장이 논리적이라든가 설득력이 있다던가 하는 관점에서 일탈되어 있다는 것을 발견한다. 좀 더 솔직하게 말하여, 시인의 몇 편 시를 제외하고 나면 남은 시와 산문은 즉흥적이고 충동적이며 미숙하고 조악한 것이다. 오히려 이러한 단점은 노동 현장성과 80년대 노동 운동이라는 상승 기류를 타고 대중성을 확보하면서 '박노해 신드롬'을 연출한 것은 아닐까 싶다.

　이러한 회의론은 나로 하여금 몇 해 동안 박노해론 집필을 거부하도록 만들었고 박노해의 시적 검토를 「손 무덤」「조선사람 껍질」「이불을 꿰매면서」 등에서 한 걸음도 나아가지 못하도록 억압하였다. 그러나 박노해가 머금고 있는 시대 정신은 나를 자유롭게 놓아두지 않았다.

　『노동의 새벽』이 발표되던 80년대 초반에서 『참된 시작』이 발표되던 90년대 초반까지 10여 년 동안 박노해는 노동 운동의 돌풍을 몰고 왔으며 노동 문학을 주도한 태풍의 눈으로 군림해 왔다. 박노해가 머금고 있는 수많은 미숙성이나 미흡감에도 불구하고 80년대 민중민족문학론에서 시인을 빗겨 간다는 것은 핵심을 빗겨 가는 일일 것이다. 박노해는 80년대 민중문학의 풀무이고 수렁이다.

　박노해는 과연 사회주의자인가. 아니, 좀 더 정확히 말하여 박노해가 말하는 사회주의가 과연 사회주의인가. 이러한 논의는 '자유주의' '민주주의' '자본주의' 뜻매김이 그러하듯 사회주의에 대한 정의가 광범하다는 전제를 승인해야 한다. 이러한 관점에서 볼 때 박노해의 사회주의는 부정될 까닭이 없다. 그러나 이러한 주장자들을 모두 사회주의자라고 부르지는 않는다. 위대한 인류의 이상을 실천한 스승들에게 이러한 요소는 종종 발견되는 미덕이다. 그렇다면, 박노해는 사회주의자가 아니다. 노동의 정의와 이상을 부르짖었다고 해서 모두 사회주의자가 되는 것은 아니다. 그렇다면, 박노해는 환상적 사회주의자인가. 그렇다. 박노해는 자칭 사회주의자이다. 그것도 교조적 사회주의자이다. 마땅히 이러한 가설은 논증되어야 한다.

먼저 분도출판사 나비 우화가 잘못 원용되었다. 우화에 의하면 큰 기둥을 따라 올라갔다 내려오는 반복 행위에 회의를 품은 애벌레는 나비의 인도를 받아 번데기가 되고, 어느 날 부화한 나비는 이꽃 저꽃을 날게 되는데, 이러한 나비의 비상이 사회주의라는 것이다.

그러나 사회주의 노동자도 자본주의 노동자도 나비의 비상을 즐기지는 못한다. 사회주의나 자본주의 사회에서 나비의 비상이 아닌 용의 등천을 즐기는 소수 계층은 착취 지배 세력들 뿐이다. 노동자가 자유로운 땅은 없다. 다만, 자유롭다고 환각시키는 이념만이 존재할 뿐이다. 본질적으로 인간을 노동으로부터 자유롭게 만드는 것은 죽음뿐이다. 그러나 죽음마저도 노동자를 자유롭게 해방시키지 못한다는 엄혹한 진리를 이 땅에서 확인하였다.

소비에트에서도 사회주의 이상을 한 번도 제대로 실천하지 못했던 것처럼, 이 땅에서도 자본주의 이상을 실천한 적이 없다는 사실만은 인정해야 할 것이다. 예를 들면 자본주의 본질을 총체적으로 규정한 것이 민법 총칙이라고 볼 때, 총칙의 정신인 ‘계약 자유의 원칙’이나 ‘자유 경쟁의 원칙’뿐만 아니라, 특히 ‘신의 성실의 원칙’과 같은 이상이 사문화되고 있다는 사실이 이를 반증한다.

사회주의에 대한 박노해의 장광설을 보다 기능적으로 인식하기 위하여 『최후 진술』에서 다음과 같은 세 단락을 임의로 가려 뽑았다. 박노해가 말하는 사회주의에 대한 맹점이 무엇인가를 살펴보자.

　1. 사회주의는 다른 게 아닙니다.(…) 그것은 사람이 가장 근본이고 중요하고 존엄하다는 것, 인간의 영혼이 물질의 노예가 되어서는 안된다는 것, 사람끼리 평등하고 사람이 사람을 지배하고 빼앗고 때려서는 안된다는 것, 사람 사는

관계가 투명한 신뢰와 사랑으로 돼야 하고 사람이 수단이 아닌 목적으로 되어야 한다는 것, 사람들 각자가 가진 개성과 가능성을 활짝 자유롭게 꽃피게 하는 것, 노동이 고통이 아니라 노동이 돈 버는 수단이 아니라 가장 즐거운 생산이고 협동과 모든 사람들과의 이어지는 생산의 끈, 그러한 개척의 시간이 되도록 노동 시간이 즐거워지고 단축되고 우리의 인간성이 풍부해지고 민족간의 화해가 와야 한다는 바로 그것, 이 평범한 것이 사회주의 입니다.[81]

2. 사람들은 말합니다. 이 꿈 같은 세상이 좋기는 한데 그것이 어떻게 되겠느냐? 그러나 사회주의는 물질적인 부에 기초한 자본주의의 토대 위에서만 활짝 꽃필 수 있는 것입니다. 그 부는 평등해야 합니다. 그래서 투기 대상이 되는 토지도 공장도, 국가 기간 산업도 전 민중의 손에 하나가 되어야 합니다. 귀한 노동의 성과가 자본가들의 과다경쟁의 희생이 되지 않도록 계획적으로 정기적으로 산업 구조를 정비해 나가고 생산을 조정해 나가야 합니다. 착취자와 억압자를 배제하고 생산 과정의 모든 곳에 우리 국민들이 직접 토론하고 결정하는 민주주의가 뿌리 박고 전쟁은 영원히 배격되어야 합니다. 이것이 바로 사회주의입니다.[82]

3. 사회주의는 고도로 발달한 자본주의의 토대 위에서만 꽃필 수 있습니다. 정치 권력의 민주화가 되어야지만 뿌리를 내리고 설득력을 얻어갈 수 있는 것이 사회주의입니다. 노동자와 민중의 주체적인 단합과 단결 그리고 이러한 노동자들이 스스로의 고귀한 땀의 성과를 독점자본과 권력자들로부터 민중의 손으로 바꿔 낸 것이 바로 사회주의입니다.[83]

'보기 글 1'에서 인간을 수단으로 보지 않고 목적으로 보며, 따라서 인간 관계가 투명한 신뢰와 사랑의 유대라는 인간의 존엄성을 사회주의는 인간학이라 불러왔고 자본주의는 인간성이라고 불러왔다. 이러한 인간학과 인간성을 합한 개념이 바로 도덕성이다.

---

81) 위의 책, 39쪽.

82) 위의 책.

83) 위의 책

도덕성이야말로 자본주의의 으뜸 미덕이며 사회주의만의 강령은 아니었다. 다만, 그것이 양쪽 진영에서 제대로 지켜졌는가는 문제로 남는다. 발전성과 생산성을 지상 과제로 삼는 신흥 공업 국가에서 도덕성은 사회주의 국가에 비해 수세적 입장이었다는 것은 사실이다. 특히 노동 문제에 있어서 그러했다.

그렇다면 인간 관계가 투명한 신뢰와 사랑의 유대가 되려면 사회주의는 어떻게 해야 하나. 자본주의의 온갖 모순 가운데 '착취'와 '지배' 원칙을 과학적 도덕성으로 지향·향도시키지 않으면 안된다. 그런데 박노해는 '보기글 2'에서 이러한 원칙을 전도시키고 있다. 자본주의를 근본적으로 타도하고 건강한 토대 위에 사회주의를 건설하려 한 것이 아니라 자본주의 '부'의 토대 위에 사회주의를 건설하려 하였다. 자본주의의 '꽃'인 '부'가 완성된 차원에서 어떻게 사회주의를 건설한단 말인가. 이미 분배가 끝난 '부'를 어떻게 평등하게 분배하며 토지와 공장과 기간 산업이 어떻게 투기 대상이 되지 않겠는가. 정기적 계획적으로 산업 구조를 정비한다고 한다. 착취자와 억압자를 배제하고 모든 생산 과정을 모든 국민이 토론하고 결정하는 민주주의가 뿌리 내려야 한다고 한다. 전쟁을 방지해야 한다고 한다. 그것을 아마도 박노해는 '혁명'이라고 부를지 모른다. 그것은 혁명이 아니라 혼란일 뿐이다. 도덕성이란 결과에만 적용되는 과학성이 아니라 과정에서도 실천되어야 하는 미학이다.

'보기글 3'은 이러한 관점에서 볼 때 '보기글 2'의 같은 말 반복에 지나지 않는다. 고도의 자본주의는 정치선진화 없이는 불가능하다. 노동자의 단결과 화합 없이는 불가능하다. 모든 국민의 선진화 없이는 불가능하다. 고도의 자본주의는 사회주의와의 구분이 불분명하다.

박노해는 사회주의자가 아니다. 지나친 이상이나 과대망상이 빚어낸 '환상적 사회주의자'거나 '자칭 사회주의자'에 불과하다. 그렇다면 재판부가 이를 몰랐을까. 그런 것 같지는 않다. 그것은 일종의 마녀재판이거나, 법정을 '정치 선전장화'했다는 한국에서 제일 무서운 '괘씸죄'로 판결했을 확률이 높다. 6월 7일 1차 공판에서 행한 박노해의 '모두 진술'은 이를 재삼 확인시킨다.

죽음의 위협 앞에서도 한 치 흔들림 없이 밝힌 박노해의 결의는 무장 폭력 혁명이 아니다. 그들의 힘은 누구를 파괴하고 때리고 짓밟는 데 있지 않다고 부정한다.

그들의 힘은 자본주의 사회에서 더 이상 희망이 없으며 오직 민중 스스로의 '힘'에 의해서 이 사회를 변화시켜야 한다는 것을 목숨을 걸고 밝힌 것뿐이다. 민중 스스로가 혁명의 주인이 되게 자각시키고, 민중의 '힘'에 의해서만 민중 사회가 건설된다는 것을 강조한 것뿐이다.

사노맹의 주요 임무는 무장 폭력 혁명도 아니고, 민중 혁명의 주체도 아니고 민중 사회를 건설하려 한 것도 아니고, 그러한 사실을 밝히거나 자각시키거나 강조한 것뿐이라는 박노해의 주장을 유념할 필요가 있다. 그러니까, 박노해는 국가 반란을 꾀한 것도 아니고, 사회 혁명을 선동한 것도 아니고, 민중 국가를 방조한 것도 아니다. 그렇다면 박노해는 누구인가. 그는 민중 혁명가도 아니고 사회주의 선동가도 아니다.

박노해는 스스로 사회주의자라 자임했고 검찰이 이를 기소하고 사법부가 이를 선고했다는 의미에서 이제는 '환상적 사회주의자'에서 '한국적 사회주의자'로 승진한 셈이다.

이를 방증할 자료는 얼마든지 있다. 박노해의 주장은 즉흥적, 충동적, 환상적이다. 민중 당파성도 노동자 당파성도 없다. 가령, 다음과 같은 주장을 살펴보자.

1. '집'과 '땅'을 필요 이상으로 가지고 있는 투기를 일삼는 사람들이 '불순 세력'으로 치부되는 그런 사회를 만들어 주십시오.
2. 노동하는 사람이 정당한 대우를 받는 사회를 만들어 주십시오.
3. 수입 개방 품목과 범위를 농민 스스로 결정하고 농민에게 균등한 토지 분배, 교육·의료 시설 확대, 도시 처녀가 농촌 총각에게 시집가는 것이 꿈인,

그런 농촌을 만들어 주십시오.

4. 젊은 연인들과 아이들, 직장 여성들이 마음 놓고 밤길을 다닐 수 있도록 폭력 없는 사회를 만들어 주십시오.

5. 보다 나은 사회 건설을 위한 주장과 실천을 무조건 대중 매체에 반영하여 국민이 스스로 비판 선택할 수 있는 정치 문화 풍토를 만들어 주십시오.

6. 모든 구속자 석방 및 수배 해제, 각종 노동 민주 민족 단체 소속원에 대한 탄압을 중지하여 주십시오.

7. 전교조 교사 선언을 채택, 전교조 교사 복직을 하여 교육 내용과 사회 현실이 일치하도록 하여 주십시오.

8. 부모와 자녀가 낯 붉히지 않고 함께 영화 비디오를 볼 수 있고 잔디밭에서는 처녀 총각들의 웃음 소리가 끊이지 않는 사회를 만들어 주십시오.

9. 휴일날 아이들과 김밥 싸가지고 안기부 치안본부 검찰청을 박물관처럼 방문할 수 있는 사회를 만들어 주십시오.

10. 휴전선을 철폐하고 남한 핵무기를 철거하여, 전 민중과 문익환 목사 임수경 양 통일 인사들의 자유로운 남북 교류를 보장하는 사회, 민중들의 통일 노력이 적극 지원되는 사회를 만들어 주십시오.

11. 정수기 없이도 살 수 있고 낙도나 한강의 모든 지역에서 마음 놓고 수영할 수 있으며, 둔치에서 매운탕 끓여 먹을 수 있는 사회를 만들어 주십시오.

12. 출근길의 전철과 버스가 한가할 수 있도록 대중 교통 수단을 대대적으로 증원하고 출퇴근길 모두 막힘 없이 다닐 수 있는 교통 천국을 만들어 주십시오.

13. 사회주의적 언론기관의 설립을 지원하며 사회주의 정당 활동을 보장하고 사회주의 사상을 가졌다는 이유만으로 결혼도 못하고 시가와 친정에도 인사조차 못하고 사는 부부들이 한 쌍도 없는 사회를 만들어 주십시오.

14. 이 사회 국민이면 모두가 자유롭게 선거에 출마할 수 있고 돈 한 푼 들이지 않고도 당선될 수 있으며, 이 사회의 정치적 관심사가 모든 사람의 관심사가 될 수 있도록 하여 주십시오.

15. 사람을 소중히 여기고 모든 활동의 중심이 민중들의 보다 나은 생활과 복지, 자유와 평화에 있는 사회 풍토를 만들어 주십시오.[84]

　박노해가 '모두 진술'을 행하던 1991년의 시점이나, 1996년 오늘의 시점에서 볼 때, 박노해의 주장은 일반론이기도 하고 특수론이기도 하고, 추상적이기도 하고 상징적이기도 하고, 실천적이기도 하고 환상적이기도 하다. 그러나 주의할 부분은 그 당대에는 비현실적이었던 것이 오늘날에는 엄연한 현실로 우리 눈앞에 존재한다는 사실이다. 우리 나라의 정치 발전과 민주화 과정을 눈여겨 볼 때 나머지 사항도 다만 '때'를 기다릴 뿐이라는 것이다. 즉, 위와 같은 주장이 사회주의자의 전유물만은 아니라는 사실이다. 물론 박노해의 백화점식 주장이 '노동자 당파성'이나 '민중 당파성'에 충실했는가는 비판되어 마땅할 것이다.

　박노해의 '모두 진술'에는 박노해가 체포되어 곧바로 안기부 지하 막장으로 끌려가 집단 폭행, 구타, 잠 안 재우기, 끊임없는 심문 등 24일에 걸친 고문 행위에 대하여 상세히 진술하고 있다. 이러한 살인적 폭력 앞에서도 끝까지 무릎을 꿇지 않고 항복하지 않음으로써 박노해는 동지와 조직을 사수했다고 주장한다. 이 때의 심경을 그대로 등가한 시가 「눈물의 김밥」 「마지막 시」 등 두 편이다.

　　새벽 두시 김밥을 먹는다
　　피멍든 몸을 떨어가면서
　　갈라터진 혓바닥에 침 적셔가며
　　안기부 지하 밀실 야식을 먹는다
　　방금까지 비명 터지던 고문장에서
　　목메인 김밥을 씹어먹는다

---

84) 박노해의 희망 메시지 『민들레처럼』, 노동자의 벗, 1991 63쪽~65쪽을 요약·정리했음.

마른버짐 볼에 핀 어린날이었던가
소풍 가서 먹었지 달디단 그 김밥
잔업 때 억지로 삼키던 팍팍한 매점 김밥
지난 여름이었지 울산 가는 기차를 타고
아영이랑 나눠 먹던 그리운 김치김밥
앞으로 아홉 밤 ―
살아 나가자 기어코 이겨서
이 참혹한 고문의 밤을 끝끝내 뚫고
떳떳한 목숨으로 살아 나가자

아 만약 나 살아 나간다면
언젠가 어느 날인가 햇살 온몸에 다시 받는다면
사랑하는 사람들과 김밥을 싸들고
아주 천천히 아주 천천히 걸어가보리라
가서 들꽃처럼 정결한 웃음에 젖어
촉촉한 눈물의 김밥을 먹으리라

술냄새 풍기는 건장한 고문자들에 싸여
군복에 검정 고무신 신고 짐승처럼 떨며
꾸역꾸역 모멸찬 김밥을 먹는다
안기부 지하 밀실 고문장, 잠시 후 시작될
처절한 공포의 순간들을 씹으며
피맺힌 적개심으로 씹으며
새벽 두시 눈물의 김밥을 먹는다

박노해 「눈물의 김밥」 전문

운명이었던가. 아니면 필연이었던가. 시인을 불러 세운 곳은 안기부 지하

막장, 방금까지 낭자하게 비명 터지던 고문장이다. 그곳에서 시인은 무엇을 하는가. 안기부 야식으로 김밥을 먹는다. 목 메인 김밥을 씹어 먹는다. 피멍든 몸을 떨어가며 갈라터진 혓바닥에 침을 적셔가며 김밥을 먹는다.

김밥은 시인에게 어떤 사물인가. 마른 버짐 볼에 핀 어린 날 소풍 가서 먹던 달디단 김밥이었다. 잔업 때 억지로 먹던 매점 김밥은 팍팍한 것이었다. 지난 여름 울산 가는 기차를 타고 아영과 나누어 먹던 김치김밥은 그리운 것이었다. 앞으로 아홉 밤. 기어코 이겨서 살아서 참혹한 고문의 방을 떳떳한 목숨으로 살아 나가기 위해서 먹는다. 눈물의 김밥.

아, 살아 나간다면 언젠가 어느 날인가 살아 나간다면 외치리라. 햇살 온몸에 다시 받는다면 사랑하는 사람들과 김밥 싸 들고 아주 천천히 아주 천천히 걸어 보리라. 가서 들꽃처럼 정결한 웃음에 젖어 촉촉한 눈물의 김밥을 먹으리라. 먹고 먹으리라.

그러나 시인은 지금 술냄새 풍기는 건장한 고문 기술자들에 싸여 군복에 검정 고무신 신고 짐승처럼 떨며 모멸에 찬 김밥을 먹는다. 잠시 후 시작될 처절한 공포의 순간들을 씹으며, 피맺힌 적개심을 씹으며 새벽 두시 김밥을 먹는다.

시에는 서푼짜리 지사적 기개나 본능을 장식하는 엄살도 가공적 허세도 없다. 혹독한 고문을 온몸으로 받아 짐승처럼 경련하기 위해 짐승처럼 먹어야 하는 처절한 현실이 있을 뿐이다. 「눈물의 김밥」은 시인이 피멍든 몸으로 피터지게 써 갈긴 최고 최후의 비명이고 절규이고 절창이다. 한국시사에서 이보다 더 처절한 멍에 메운 소들의 노래를 부른 자 누구인가. 90년대 초반 인권 탄압 현장에서 이보다 더 힘찬 쇠소리로 노래 부른 자 누구인가.

시인은 몰매와 돌림매, 끊임없는 심문과 졸음을 견딜 수 없어 헛것을 보고 헛이름을 부르고 헛소리를 하게 된다. 시인은 1천만 노동자와 사노맹 동지와 조직을 위해 드디어 피멍든 육신을 헌납하기로 결심한다. 그리하여 목욕을 신청하고 목욕탕 거울 속에서 몰리고 몰려 벼랑에 선 지치고 야윈 짐승 한 마리를 발견한다. 목욕탕 쇠파이프, 또는 거울을 깬 유리 조각으로 자살을 결심하고 진술서를 쓴다. 그것이 「마지막 시」이다. 그것은 유언의 형식이고 만가의 외침이다.

여기는 안기부 지하 밀실 151호
체포된 지 열흘쯤 된
날짜조차 알 수 없는 저녁 시간
이제 나의 체력은 소진되어
자꾸만 헛소리와 환영에 시달리면서
나는 차츰 정신을 잃어가고 있다
조직을 지키기 위하여
수백 수천 동지들의 생명을 살리기 위하여
더 이상 다른 방법이 없다 없다
자결을 앞두고
마지막 남은 기력을 짜내어
숨죽인 흐느낌으로 이 시를 쓴다

거대한 안기부의 지하 밀실을
이 시대의 막장이라 부른다

소리쳐도 절규해도
흡혈귀처럼 남김없이 빨아먹는 저 방음벽의 절망
24시간 눈 부릅뜬 저 새하얀 백열등
불어 불엇!
끝없이 이어지는 폭행과
온 신경이 끊어 터질 듯한 고문의 행진

이대로 무너져서는 안 된다
더 이상 무너질 수는 없다

여기서 무너진다면 아 그것은
우리들 희망의 파괴
우리 민중의 해방 출구의 붕괴
차라리 목숨을 주자
앙상한 이 육신을 내던져
불패의 기둥으로 세워두자

서러운 운명
서러운 기름밥의 세월
뼛골시게 노동하고도 짓밟혀 살아온 시간들
면도날처럼 곤두선 긴장의 나날 속에
매순간 결단이 필요했던 엄혹한 비밀 활동
그 거칠은 혁명 투쟁의 고비마다
가슴치며 피눈물로 다져온 맹세
천만 노동자와 역사 앞에
깊이 깊이 아로새긴
목숨 건 우리들의 약속 우리들의 결의
지금이 그때라면 여기서 죽자
내 생명을 기꺼이 바쳐주자

사랑하는 동지들
내 모든 것인 살붙이 노동자 동지들
내가 못다 한 엄중한 과제
체포로 이어진 크나큰 나의 오류도
그대들 믿기에 승리를 믿으며
나는 간다 죽음을 향해 허청허청
나는 떠나간다

이제 그 순간
결행의 시간이다
서른다섯의 상처투성이 내 인생
떨림으로 피어나는 한줄기 미소
한 노동자의 최후의 사랑과 적개심으로 쓴
지상에서의 마지막 시
마지막 생의 외침
아 끝끝내 이 땅 위에 들꽃으로 피어나고야 말
내 온 목숨 바친 사랑의 슬로건,

'가라 자본가 세상, 쟁취하자 노동 해방'

박노해 「마지막 시」 전문

시가 씌어진 곳은 안기부 지하 밀실 151호실이다. 시가 씌어진 날짜는 정확히 알 수 없다. 체포된 지 열흘쯤 지난 어느 날 저녁으로 시인은 기억하고 있을 뿐이다. 체력은 소진되어 헛소리를 하고 헛것을 본다. 자꾸만 정신을 잃어가고 있다. 그런데도 시인을 불러 세운 것은 조직 사수와 수백 수천 동지의 생명 때문이다. 조직과 동지를 사수하기 위해 시인이 할 수 있는 일이란 죽음뿐, 더 이상 방법이 없다. 자결을 앞두고 마지막 기력을 짜내어 흐느낌으로 시를 쓴다. 그리고 거대한 안기부 지하 밀실을 '시대의 막장'으로 기록한다. 왜 '시대의 막장'인가. 소리쳐도 절규해도 흡혈귀처럼 방음벽은 절망적으로 남김 없이 빨아 먹기 때문이다. 24시간 눈 부릅뜬 새하얀 백열등 아래 '불어' '불어' 끝없이 이어지는 폭행과 온 신경이 끊어 터질 듯한 고문의 행진이 자행되는 곳이기 때문이다.

시인은 외친다. 이대로 무너져서는 안된다. 더 이상 무너질 수는 없다. 여기서 무너진다면 아 그것은 우리들 희망의 파괴이고 민중 해방 출구의 붕괴이다. 차라리 목숨을 주자. 앙상한 이 육신을 던져 불패의 기둥으로 세워 두자.

시인은 탄식한다. 서러운 운명과 서러운 기름밥의 세월을 뼛골시게 노동하고도 짓밟혀 살아온 시간들을 면도날처럼 곤두선 긴장의 나날 속에 매 시간 결단이 필요했던 엄혹한 비밀 활동을. 그 거친 혁명의 고비마다 가슴치며 피눈물로 다져 온 맹세와 천만 노동자와 역사 앞에 깊이 깊이 아로새긴 목숨 건 우리들의 약속과 우리들의 결의를.

시인은 결심한다. 지금이 그 때라면 여기서 죽자. 내 생명을 기꺼이 바쳐 주자.

그리하여 시인은 유언을 남긴다. 사랑하는 동지, 시인의 모든 것인 유일한 살붙이 노동자들에게 자신이 못다한 엄중한 과제와 체포로 이어지는 오류까지를 맡겨 두고 승리를 믿으며 죽음을 향해 간다. 허청허청.

시인은 담담히 최후의 순간을 맞는다. 상처투성이 서른다섯 마지막 생애를 결행할 시간 앞에서 한 줄기 미소를 떨림으로 피워 올리며 노동자의 사랑과 적개심으로 쓴 마지막 생의 외침 '마지막 시'를 마감한다. 그리고 마침내 이 땅 위에 들꽃으로 피어날 시인의 목숨을 바친 구호를 외친다.

"가라 자본가 세상
쟁취하자 노동 해방"

그러나 이러한 시인의 마지막 선택이 들끓어 오르는 열렬한 사회주의 사상과 이념의 실천이나 빛나는 이상의 쟁취에 있는 것이 아니라, 오직 동지와 조직을 죽음으로 지키겠다는 동지와 조직사수주의라는 점을 주목하지 않으면 안된다. 시인은 조직 투쟁가일 뿐 사상 혁명가는 아니다. 물론, 백과사전 식으로 피력한 극히 막연한 시인의 생각이 없는 것은 아니다. 그러나 몇 줄 서푼짜리 막연한 생각 때문에 목숨까지 걸었다면 과연 그 죽음이 빛나는 자리에 놓이는 것일까. 그의 촌극은 다섯 바늘을 꿰매는 수준에서 끝난다. 안기부의 폭력과 고문은 한 시인을 광대로 만들어 놓고 말았다.

사회주의는 마르크스가 주장한 이래, 1917년 레닌이 볼셰비키 혁명을 성공시키면서 한 세기 동안 지구의 절반 이상을 지배한 정치 이념이 되었다. 더구나 1944년 중국 본토에 공산주의 정권이 수립되고 1967년 월남이 공산화되면서 세계의 냉전 체제는 엄혹한 세계 질서로 자리잡았다. 그러나 80년대 후반 구소련과 동구라파 사회주의권 국가가 몰락하면서 사회주의는 쇠퇴일로의 길을 걸었다. 이 지구상에 쿠바와 북한을 빼고는 완벽한 사회주의 국가란 존재하지 않는다. 최근 폴란드와 러시아의 공산당 선거 승리는 어떤 변수가 될지 아직은 점칠 수 없다.

그렇다고 하여 사회주의를 완전히 무시하는 행위는 온당한 태도가 아니다. 한 세기 동안 지구의 반쪽에서 이룩한 이념과 미학이 무시되어서도 안 된다.

인간을 수단으로 볼 것인가, 아니면 목적으로 볼 것인가 하는 문제는 오늘날 노동 가치론에 있어서 그대로 유효하다. 인간의 '소유욕'을 어떻게 제어할 것인가는 오늘날에도 여전히 유효한 화두이다.

그렇다면, 노동의 본질은 무엇이며 인간은 왜 노동을 하는가. 여기에는 몇 개의 견해와 입장이 있다. 노동에 대한 최초의 본질적 인식은 국민경제학파에서 비롯된다. 고전적 국민경제학파는 노동이 바로 '부의 본질'이며 외관상 '사유재산의 본질'이라고 본다. 헤겔은 인간을 '정신'으로 보았기 때문에 노동 역시 '형식적'이고 '정신적'인 것으로 규정할 수밖에 없었다. 노동이 감각적이고 자연적인 인간의 '총체적 인간성'임을 헤겔은 알지 못했다.

포이엘바하의 헤겔 비판을 인간적 실천으로 극복한 마르크스는 노동을 모든 경제 활동을 초월한 인간적인 '생명 활동', 인간의 '고유한 활동'으로 인식하였다.

다시 말하면, 마르크스의 노동이란 단순한 경제 활동이 아니라 인간의 '실존적 활동'이요, 자유로운 '의식적 활동'이다. 노동이란 인간의 생명을 유지하기 위한 수단이 아니라, 인간의 보편적 본질을 발전시키기 위한 수단인 것이다.

이렇게 볼 때, 인간의 모든 노동은 타자와 함께 타자를 위해서, 그리고 타자에 대항하는 노동이며 인간은 바로 이러한 노동을 통해서 그 자신이 무엇인가를 확인하게 되는 것이다. 즉 '류(類)'로서의 공동성을 실현하고 보편적 본질, 또는 류적 본질을 발전시키는 수단으로써의 인간의 노동은 따라서 해리나 개미의 생산 작업과는 달리 직접적이요 일면적이며 육체적인 욕구로부터 해방되었을 때 비로소 진정한 생산을 할 수 있다고 본다. 인간은 동물과는 달리 보편적으로 생산하며 육체적 욕구로부터 자유로이 생산하며, 육체적 욕구로부터 자유로울 때 비로소 진정한 생산을 한다. 인간은 전자연을 재생산하고 그 자신이 생산물에 자유롭게 직면하며 그들 종족의 규율에 따라, 미의 법칙에 따라 생산할 수 있는 류적 존재이다.

마르크스의 노동이란 부의 축적이나 사유재산의 증식이 아니라, 인간의 고유한 생명 활동이며, 보편적인 본질로써의 류적 존재의 확인이다. 마르크스가 이렇게 노동의 본질을 인식한 까닭은 노동을 지고한 가치로 이상화하자는 데 있는 것이 아니라, 노동자의 필요와 궁핍이, 인간의 보편성과 자유가 어떻게 현실화 되는가를 살피는 데 있었다. 대개의 경우 인간의 노동이란 수고가 따르고 제약을 받으며 제한적임이 본질이다.

마르크스의 논의는 국민경제학파의 모든 전제, 용어와 법칙을 승인하면서 출발했다. 마르크스는 사유재산을 인정하고, 노동·자본·토지의 분리와 임금·이윤·지대의 분리를 승인하고, 분업·경쟁·교환 가치를 인정했다.

그 결과 노동자는 상품으로, 그것도 가장 비참한 상품으로 전락하는 것을 발견했다. 노동자의 궁핍은 생산의 힘이나 양에 반비례로 증대했다. 경쟁의 필연적 결과는 소수의 수중으로 자본이 축적됨으로써 더욱더 지독한 자본의 독점을 재현시켰고, 마침내는 자본가와 지주, 경작 노동자와 공장 노동자의 변별력이 사라짐으로써 모든 사회는 '유산자'와 무산의 '노동자'라는 두 계급으로 분열되는 현상을 가져왔다.

마르크스는 '현재의 경제적 사실' 즉 노동자의 궁핍화와 상품화라는 사실을 근본적으로 해명하려고 시도하였다. 그리하여, (1)노동 생산물로부터의 노동자의 소외, (2)생산 활동, 즉 노동 그 자체로부터의 노동자의 소외, (3)류적 존재로부터의 인간의 소외 및 (4)인간으로부터 인간의 소외 등의 문제를 집중적으로 해명하려 한 것이다.

그런데 자본가는 (1)노동자의 욕구를 육체적 생존에 필요한 최저량으로 제약할 뿐만 아니라 그들의 활동도 추상적이고 기계적인 운동으로 환원시키며 (2)많은 대중에게 적용될 수 있는 가장 빈궁한 생활을 일반적인 생활의 표준으로 설정함으로써 노동자를 감각도 욕구도 없는 인간으로 만들어 버렸다는 것이다.

모든 생산물은 타인의 본질, 즉 화폐를 빼앗기 위한 미끼로 화했으니 생산자는 그 이웃의 가장 비열한 호기심에 편승하여 그 이웃과 그 욕구간에 뚜쟁이 노릇을 하면서 그 병적 욕망을 일깨우게 되었다.

인간의 욕구를 이처럼 소외시켜 조잡하게 만들고 다시 조잡한 욕구를 이득을 얻기 위한 수단으로 만드는 것은 무엇 때문일까. 유일한 차륜인 소유욕과 소유욕에 가득 찬 인간들의 싸움 때문이다. 이와 같은 소유욕의 구체적 수단으로써 화폐는 진정한 힘이요, 유일한 목적으로써 물신성을 갖게 된다. 화폐는 모든 사물의 보편적 자족적 가치이다. 따라서 화폐는 인간의 세계와 자연계를 포함한 모든 세계로부터 정당한 가치를 탈취한디. 소유욕의 획득광으로서 화폐는 '세속적 하느님'이다.

화폐가 나를 인간적 생활에, 사회를 나에게, 그리고 나를 자연과 인간에게 결합시키는 수단이라면, 화폐는 모든 유대 가운데 유대 아닌가. 그것은 일체의 유대를 풀어 줄 수도 있고 맺어 줄 수도 있지 않겠는가. 그렇다면, 그것은 보편적 분리 화폐의 수단이 아닌가. 그것은 진정한 사회의 '결합 수단'이고 전기 '화학적' 힘과 같은 분리 화폐이다. 그러나 화폐의 무한한 가능성과 전능한 본질은 여기에 그치지 않는다. 마르크스는 괴테와 셰익스피어의 시를 인용함으로써 추남이 미녀를 살 수 있고, 절름발이가 24개의 다리를 가질 수 있으며, 악한 인간이 착하게 되고, 불성실한 인간이 정직한 인간이 되며, 파렴치한 인간이 예의 바른 인간이 되며, 우둔한 인간이 재능 있는 인간을 고용함으로써 더욱 재능 있는 인간으로 나타나는 현실을 고발하고 있는 것이다. 그리하여 마르크스는 이같이 화폐의 속성을 셰익스피어가 강조한 바에 따라 다음과 같이 정의하고 있다.

  (1)화폐는 눈에 보이는 하느님이다. 즉 일체의 자연적이고 인간적인 속성을 그 반대의 것으로 변화시키는 모든 사물의 보편적 도착이고 전도이다. 그것은 불가능한 것을 형제처럼 친하게 만든다.
  (2)화폐는 일반적인 창부이며, 인간과 모든 국민과의 일반적인 뚜쟁이이다.

이렇게 노동의 본질을 인간의 본원적인 '생명 활동'이라는 목적으로 보지 않고 단순한 '부의 축적'과 같은 수단으로 볼 경우, 부의 가치 척도인 화폐는 '세속적 하느님'이라는 역기능을 하게 될 뿐만 아니라 재산 공유와 같은 제도적 장치가 없는 자본주의 국가에서 소유욕을 '주인 의식'으로 제어한다는 것은 엄연한 한계를 머금게 된다.

그러면 박노해는 왜 사회주의자가 되었는가. 어떻게 사회주의자가 되었는가. 이러한 물음에 소상한 답변을 한 자료가 「이 땅의 자식으로 태어나」(『신동아』 1990년 12월호)이다.

박노해의 본명은 박기평. 1957년 전남 함평에서 출생했다.

맨 먼저 박노해가 사회주의자로 눈뜨게 되는 것은 전직 빨치산 출신 아버지 박정묵의 '사후의 지배'를 통해서이다.

정확한 까닭은 알 수 없으나 박노해는 고 3 늦가을 사회주의자요 혁명가였던 박정묵의 무덤을 불쑥 찾아 나선다. 박은 일제 때 독립 운동에 가담했고 남로당 열성 당원이었으며 여순 사건 때는 주동자급으로 빨치산 활동을 하다가 시인 나이 여섯 살 때 암으로 세상을 떠났다. 시인은 그런 아버지를 인정할 수 없어서 오랫동안 방황과 모색 끝에 전라선 기차를 타게 되고 아버지 무덤 앞에 소주 한 병과 담배 한 갑을 바치게 된다. 무릎을 꿇고 눈물로 용서를 빈다.

사망 후 처음인 부친 영혼과의 상봉에서 시인은 부친의 외로움을 위로하고 부친에 대한 사랑을 고백한다. 시인의 영혼에 꽂힌 편견과 거짓을 뽑아 내기가 힘듦을 자백한다. 또, 그 동안 부자간을 갈라 놓았던 빨갱이 공포증과 반공주의의 두려움에 대해서도 비로소 고백한다. 시인에게 공포를 주는 거대한 사회 체제와 피투성이로 싸울 것도 다짐한다.

'나는 아직도 당신의 사상과 투쟁에 동의할 수 없다. 그러나 나는 부끄럽지 않은 당신의 아들로서 역사의 한 가운데를 걸어갈 것이다. 당신처럼 불철저하게가 아니라 철저하게 걸어갈 것이다.'

쌀쌀한 가을바람이 시인의 맹세를 실어갔다. 아버지는 마른 풀잎처럼 서걱이며 다가와 시인을 쓸어안았다. 혁명 운동가의 좌절과 패배의 삶을 있는 그대로 끌어안고 통곡했다.

다음으로 시인은 굶주린 누이의 눈동자와 정당한 요구가 좌절당한 노동자의 눈동자에서 떨어지는 시퍼런 분노와 좌절의 불똥을 보게 된다.

시인은 국민학교에 입학하자 점심을 먹을 수 있는 특권을 누리게 된다. 누이는 오빠의 숟가락을 따라 눈동자를 움직거렸는데 가끔 한 숟가락을 누이 입에 넣어 주었다. 마지막 한 숟가락을 놓고 고민하다가 자신의 입으로 가져갔을 때 누이 눈동자에서는 시퍼런 불똥이 떨어졌다. 시인이 노동자가 되어 사장에게 정당한 요구를 할 때, 단체 협상을 벌일 때, 파업 투쟁을 벌일 때, 자본가와 반동 권력, 비열한 배신 행위와 마주칠 때 예의 그 파란 불똥을 목격하게 된다.

셋째, 시인은 유년 시절을 독서와 습작에 탐닉하게 되고 담임의 부정을 목도하고 부정을 쓸어 내는 청소부가 될 것을 결심하게 된다.

동강국민학교 2학년 때 도서관이 생겨 엄청난 열의로 독서를 하여 1년만에 도서관 책을 모두 독파한다. 그 결과 머릿속 상상의 세계는 아름답고 드넓었으나 현실은 배고프고 초라하고 비좁다는 것을 알았다. 시인은 이때부터 일기 편지를 쓰고 동화·동시를 습작한다. 그해 『전남일보』가 주최한 백일장에서 가족 이야기를 그린 「장날」로 입상한다.

3학년 때 우등상을 받게 되었는데 부잣집 딸이 대신 받았다. 교무실로 찾아가 어깨가 축 늘어진 담임에게 말했다.

"선생님, 나는 우등상 안 받아도 괜찮아라. 그러나 나는 기어코 청소부가 될랍니다. 부정을 쓸어 내는 청소부가 될랍니다."

넷째, 개인의 희망이나 능력과는 상관없이 단지 돈이 없다는 이유만으로 형 박기호는 사제의 길로 누이는 수녀원으로 가는 것을 보고 시인은 심한 상실과 좌절을 체험하고 통곡하게 된다.

형 박기호는 정의로운 정치가가 되려 했으나 돈이 없었다. 형은 듬직한 산이요, 세상의 안내인이요, 아버지의 대행자였다. 그가 사제가 된 것은 커다란 상실이었다.

누이가 수녀가 된다 하여 수녀원까지 데려다 주고 돌아와 시인은 통곡한다.

다섯째, 중학에 입학한 시인은 누이와 함께 서울에서 행상을 하는 어머니를 찾아가 비참한 현실을 확인하고 귀향 기차를 타고 돌아오면서 자신은 정치가가 되어 죽음의 도시 서울을 갈아엎으리라는 결심을 하게 된다.

시인이 벌교중학교에 입학했을 때 어머니는 여수, 울산, 서울로 다니며 온갖 노동을 했다. 서울에서 어머니가 홍합 장사를 할 때 시인과 누이는 서울로 간다. 한증막 같은 천막 생활을 하며 행상을 하는 어머니의 기막힌 현실은 시인에게 엄청난 충격을 준다. 누이는 돌아가지 않으려고 어머니 치마

꼬리에 매달려 울부짖으며 발버둥을 쳤다. 시인은 귀향 기차에서 다짐한다.

"서울아 기다려라. 내 돌아와 그대와 싸우리라. 내 정치가가 되어 죽음의 도시 서울을 갈아엎으리라."

여섯째, 고입 준비를 위해 절간에 들어갔던 시인은 데모 대학생을 만나 정치 의식화 학습을 받고 의식화 책자를 읽으며 사회 모순에 대해 어렴풋하게 눈 떠간다.

절간에 들어간 시인은 전남대학교 학생을 만나 최초의 정치 의식화 교과서인 김지하의 『오적』을 읽게 된다. 막연하게 느끼던 사회 모순을 담시집을 통해 선명히 인식하였다.

대학생은 데모를 주동하던 이야기, 박정희 정권의 부정과 부패, 감방 갔던 이야기, 재벌들의 비리, 전태일의 분신 투쟁, 노동자의 상태, 광주 대단지 목동, 도시 빈민의 비참한 상태 등을 생생하게 들려주었고 그런 사실은 시인의 가슴을 치며 다가왔다. 또, 시인은 대학생으로부터 낡은 『사상계』 몇 권, 조용범의 『후진국 경제론』, 신민당 기관지 『민주전선』을 빌려 읽고 무엇인가 감이 잡히고 또렷한 상이 잡히는 느낌을 받았다.

이상의 요약·검토를 통해서 박노해가 유년기와 소년기에 입고 있는 정신적 육체적 상처가 무엇인가를 살펴보았다. 그 결과, 박노해를 반공주의 유리 감옥에 가두어 둔 것도 혁명의 바다로 풀어 놓은 장본인도 모두 죽은 빨치산 아버지라는 사실을 발견하게 된다. 이러한 외디프스 방책은 증오와 사랑, 원망과 연민의 양가성을 머금게 된다. 굶주린 누이의 눈에서 떨어지던 불똥, 형이 지니고 있던 좌절된 정치가의 꿈, 무엇보다도 불쌍한 어머니의 행상살이 등은 아버지를 증오·원망하게 만들고 자신을 반공주의 유리 감옥에 가둔 채 자유주의자로 위장하게 만든다. 그러나 부정을 쓸어 내는 청소부가 되겠다던가, 죽음의 도시 서울을 갈아엎겠다는 생각은 아버지를 연민·사랑하게 만들고 드디어 한 데모 학생을 만나면서 일종의 의식 지향성을 보이게 된다. 그러나 박노해가 자아의 유리 감옥을 깨고 나와서 외디프스의 방책을 뛰어 넘은 것은 아니다.

시인은 아버지를 찾아 항해한다. 거친 광야에서 창녀촌 아이들을 사도로 맞은 시인은 드디어 여호와 아버지와 맞서게 된다. 여기서 시인의 부활, 개벽은 시작된다. 경위를 좀 더 찬찬히 살펴보자.

정확한 시기는 알 수 없으나 시인은 고향을 등지고 서울로 올라온다. 이때 어머니를 만나 함께 살았는지도 확인되지 않는다. 다만, 굶지 않고 야간 학교를 다니기 위해 일일 학습지를 돌리게 된다. 학습지 구역은 남산 일대, 퇴계로 명동을 거쳐 서울역, 세운상가, 남대문까지였다. 하루에도 서너 번씩 코피가 터져 시험지를 찢어 입으로 씹은 뒤, 코를 틀어막고 다시 뛰는 나날이었다. 구역 중에는 양동 창녀촌이 포함되어 있었다. 어느새 시인은 양동 펨프의 자녀와 나이든 창녀 사생아들의 가정 교사가 되어 있었다. 그들은 공부보다 자신들을 따스하게 위안해 주고 용기를 북돋아 주는 시인과의 대화를 원했던 것이다. 아이들은 불우한 환경 속에서도 새순을 키워가고 있었다. 누가 저 연둣빛 새순을 짓밟을 것인가.

시인이 교직자의 길을 가기로 결심한 것은 창녀촌 아이들 때문이었는지는 분명하지 않다. 이 무렵 시인은 신학 서적을 독파하기 시작했다. 볼트만의 『희망의 신학』을 읽고, 나치 치하에서 옥사한 본 히퍼, 민중 신학을 제창한 서남동·안병무·김재준·박형규 등의 저서를 섭렵하고 해방 신학 세계로 거슬러 올라가기도 하였다. 경동교회 강원룡, 제일교회 박형규, 그리고 함세웅, 김수환 등 교직자들을 찾아가기도 한다.

그 결과 시인은, 주관의 세계, 신과 구원의 세계, 추상과 관념의 세계는 시인의 '죽음'이요, 객관의 세계, 피가 도는 인간의 세계, 구체성과 행동의 세계는 시인의 '생명'이라는 해탈 경지에 이르게 된다. 비로소 시인은 자신을 과감히 버림으로써 부활을 준비하게 된다.

관념과 신의 세계를 버리고 자신을 해체하고 자신을 포기함으로써 자기 혁명 자기 해탈을 체험한다. 그리고 오직 가난하고 소외된 인간들을 열렬히 사랑하고 자신과 이웃을 규정하는 객관 세계에 대해서만 강렬하게 관심을 가지기로 마음 먹는다. 그것은 시인의 고백이 아니더라도 '위대한 결단'이었다. 또, 가난하고 소외된 이웃을 위해 자신을 희생하겠다는 결단은 범신론적인 '위대한 신의 발견'이었다. 왜 그런가. 그리스 신전에 각인된 바와 같이, 또는 아놀드 토인비가 환기한 바와 같이 '타인을 위하는 행위가 바로 신'이기 때문이다.

시인의 해탈은 계속된다. 시인은 주관의 밀실에서 객관의 광장으로 돌진하였다. 1인칭의 '생물' 존재에서 3인칭의 '바다' 존재로 자신을 세웠다. 자기 확인에서 자기 해체로 세계관을 바꾸었다. 단절되고 고립된 자기 자신이 아니라 역사와 객관 사물 세계 속에 존재하는 자기 자신을 향해 과감한 대전환을 시도하였다.

그렇다. 그것은 '위대한 긍정' 바로 그것이다. 왜 그런가. 자신을 둘러싼 모순되고 찢겨진 현실 세계를 있는 그대로 수용하려는 긍정이고, 참담한 역사 현실 속에서 상처받고 피 흘리는 가련하고 초라한 자신의 존재에 대한 과감한 긍정이기 때문이다. 그것만이 시인을 당당한 존재로 일으켜 세워 모순된 현실 세계와 정면으로 맞서 부정할 수 있기 때문이다. 시인의 생명 원천, 또는 시인을 움직이는 동인은 인간에 대한 강인한 애정과 현실 세계에 대한 분노인 까닭이다.

여기서 시인은 교직자의 길을 확실하게 포기한다. 시인은 시인의 생명이 다하는 날까지 인간 해방의 길을 걷기로 결심하였다. 시인이 선택한 길은 안락하여 성스럽기조차한 형식적 권위로 포장된 교직자의 길이 아니라 핏빛 투쟁이 기다리는 혁명가의 길이었다. 해탈 뒤에 부처가 우유를 마시듯 시인은 진보의 책을 읽었다. 예를 들면 『사상계』 『창작과 비평』 『신동아』 등 보수 우편향 잡지 등속이었다.

김상진의 죽음을 보고 이 한 목숨을 바쳐야 투쟁의 불꽃을 피워 올릴 수 있는 것이라고 확신하게 된다.

비 내리는 경자민주혁명 묘지에서 무릎을 꿇고 죽음을 결행하기로 결심한다. 세상의 모든 끈은 끊었어도 탯줄만은 끊지 못했다. 따뜻한 밥 한 술 올리지 못하고 무거운 행상 보따리 한 번 내려드리지 못한 어머니를 생각하고 운다. 시인은 드디어 결심한다.

"내가 흘려야 할 것은 눈물이 아니라, 박정희 독재 정권을 타도해야 할 피다."

수많은 해탈과 거듭된 개벽을 통해 노동 혁명가로 부활한 박노해는 드디어 현장 순례를 나섰다. 이 때 시인의 나이 열여덟이었다.

첫 번째 순례지는 삼원철강이었다. 이곳에서 시인과 동료들은 5년 묵은 도배지를 찢어 버렸다. 그것은 체념과 굴종의 임금 노예가 보여준 첫 번째 의식이었다고 시인은 술회하고 있다.

추석에 앞서 철야를 독려하며 10만원의 보너스와 4일간 휴가를 약속했으나 추석 이틀 전 5만원의 보너스와 이틀간의 휴가를 일방 통고했다. 파업에 들어갔다. 결국 시인은 성수동 개천 바닥에 버려졌다. 뚝방길을 걸으며 시인은 급진 과격 노동자의 길을 가기로 다짐한다.

군사령부 장군 당번병이 되었으나 예하부대 최전방 기술병으로 보내 달라고 요구한다. 부정을 저지르는 대대장을 축출했다. 고참이 되자 의식화 토론을 전개하였다.

제대 후 시내버스 운전기사로 취업한 시인은 '영차회'를 조직했다.

그렇게 7년의 세월이 흐른 뒤에 시집 『노동이 새벽』이 나왔다. 시인은 본명 박기평을 버리고 박노해라는 필명을 썼다. 박해받는 노동자 해방을 위하여.

노동 운동은 그렇다고 치자. 그렇다면 문제의 시집 『노동의 새벽』은 어떻게 세상에 나왔는가. 시집에 담고자 했던 노동 본질은 무엇인가. 시집 한 권을 내놓기 위해서 시인은 어떤 연마를 하였던가.

어이 없게도 답변은 엉뚱하다. 시집은 노동자의 연애 편지를 대필하면서 시작되었다는 것이다. 잔업을 마치고 기숙사로 돌아온 노동자들은 그냥 잠들기가 허망하여 일기를 쓰고 낙서를 하고 누군가를 상대로 연애 편지를 썼다고 한다.

시인은 그것을 놓고 토론을 하고 사고를 진전시켜 갔다. 어느덧 글쓰기는 시인에게 빼놓을 수 없는 조직의 무기로 활용되었다. 시인은 글씨도 제대로 못쓰는 동료들의 절절한 연애 편지를 대신 써 주고 그 의미를 토론하며 참된 노동자의 사랑과 삶에 대해 이야기했다. 시인의 방에는 항상 노동자가 가득했고 그들의 연애는 당당하고 공개적이고 진실할 수밖에 없었다. 한 인간의 심금을 뒤흔드는 사랑을 통해 노동자의 올바른 삶에 대한 이야기를 자연스럽게 풀어 나갔다. 아마도 지금까지 대신 쓴 연애 편지는 수백 통이 넘을 것이다. 동료들은 시인의 시와 산문을 너무도 좋아했다. 시인의 일기와 노트는 항상 찢겨져 없어지곤 하였다. 그것들은 동료들의 작업복 주머니에 들어가 몰래 몰래 읽혀지곤 했기 때문이다.

이러한 고백은 시인의 시와 산문이 노동자의 정서와 입장을 대변하고 있을 뿐만 아니라 노동문학의 전범을 보여주고 있음을 말해준다. 또, 시인의 습작 과정이 처참할 정도로 철저했음도 아울러 말해 준다.

즉 『노동의 새벽』이 나오기 전에 벌써 수백 편의 시를 써 왔다고 말한다. 수백 편 가운데 단 한 편도 발표하지 않고 찢거나 불태웠다는 것이다. 그것은 한 달 간격으로 벌어지는 일종의 '비장한 의식'처럼 굳어져 왔다는 것이다. 그것은 뼈저린 자기 부정과 해체이고 철저하지 못한 자신과의 처절한 투쟁이었다. 작업 중 기름 묻은 작업일지 위에 쓴 시편, 산재 사고로 참혹하게 찢겨진 동료의 살덩이를 잡고 욱욱 구토와 함께 솟구치는 눈물로 쓴 시편, 파업 투쟁 끝에 경찰서에 끌려가 두들겨 맞아 아픈 몸으로 쓴 시편, 때로는 작은 승리와 기쁨으로 점점이 쓴 시편, 노동자의 피맺힌 울분과 애절한 슬픔이 희망으로 달구어진 시편을 시인은 찢고 쓰고 또 쓰고 불태워 왔다. 왜 그랬나.

우리 노동자 계급은 나에게 한 사람의 노동자 시인보다는 보다 철저한 조직 운동가로 서 줄 것을 요구했다. 당시에 나는 철저한 조직적 노동 운동가가 되기에는 부족했다. 나에게는 아직도 극복해야만 할 '시적인 요소'가 남아 있었으며, 일인칭이 남아 있었고, 계급적 직관에만 의존하는 '추상성'과 '감성'이 과학적 사고를 가로막고 있었던 것이다. 나는 이 사회에서 '시인'이라는 이름에 담겨져 있는 자유주의적 성향과 사회적 특권을 정면으로 극복해 내기에는 아직도 부족한 노동자였다. 나는 노동자의 해방을 위하여, 가장 긴급하게 역사가 요구하는 그 무엇이 되고자 했다. 당시 나에게 더 절실했던 것은, 한 권의 감동적인 시집보다는 더 강력한 투쟁 조직이었다. 나는 한 사람의 탁월한 노동자 시인이기에 앞서 철저한 조직 운동가가 될 것을 요청받고 있었다. 나의 자유 분방한 시적 열정은 좀더 오랜 투쟁 속에서 정제되어야만 했다. 뜨겁게 이글거리는 가슴은 보다 선명한 과학적 논리를 확보해야만 했다.[85]

시인이 시를 찢거나 불태운 까닭은 분명하다. 보다 철저한 조직 운동가, 보다 철저한 투쟁가가 되기 위해서였다. 그렇다면 그것은 완전한 시적 소멸을 뜻하는가. 아니다. 보다 철저한, 노동시의 정제 행위일 뿐이다. 자유 분방한 시적 열정을 오랜 투쟁 속에서 일궈 왔다. 보다 선명한 과학적 논리를 확보해야만 했다. 그렇다면 시의 과학적 정제란 무엇인가. 전통적인 '시적 요소', 1인칭, 계급적 직관에만 의존하는 추상성, 과학적 사고를 가로막는 감성 등을 극복하는 일이다. 시인이 머금고 있는 자유주의적 성향과 시인의 특권 의식을 버리는 일이다.

철야를 끝낸 새벽 어스름, 공장 한 귀퉁이에서 시인은 동료들과 소주를 나누며 작업일지 위에 쓴 시를 함께 읽고 평가하며 폐유 기름통에 불태웠다. 동료들은 시인의 손목을 잡았으나 시인의 비장하고 처참한 표정에 눌려 멈칫하였다. 기름 묻어 시커먼 노동자의 눈동자 속에서 시가 불타고 있었다.

---

85) 박노해, 「이 땅의 자식으로 태어나」, 『신동아』, 1990년 12월호

철저하지 못한 관념과 껍데기도 함께 녹아 내렸다.

　시집 『노동의 새벽』은 군사 독재 정권 아래서 탄압받는 노동자의 절규·함성·호곡이었다. 시집은 시대의 산물이었고 시인은 시대의 총아였다. 사실, 『노동의 새벽』 시편 가운데 괄목할 만한 시는 몇 편 되지 않는다.

　그러나 시집은 이제까지 먹물도사들의 독과점 품목인 시의 불공정 거래를 과감히 타파하고 노동자 시인이 노동 해방 노동 혁명과 같은 노동자 당파성을 들고 나왔다는 데서 역사적 의미를 찾아야 할 것 같다.

　그런 의미에서 「시다의 꿈」은 박노해 초기시의 성격을 그대로 머금고 있다.

긴 공장의 밤
시린 어깨 위로
피로가 한파처럼 몰려온다
드르륵 득득

미싱을 타고, 꿈결 같은 미싱을 타고
두 알의 타이밍으로 철야를 버티는
시다의 언 손으로
장미빛 꿈을 잘라
이룰 수 없는 헛된 꿈을 싹뚝 잘라
피 흐르는 가죽본을 미싱대에 올린다
끝도 없이 올린다

아직은 시다
미싱대에 오르고 싶다.
미싱을 타고
장군처럼 당당한 얼굴로 미싱을 타고
언 몸뚱아리 감싸 줄

따스한 옷을 만들고 싶다
찢겨진 살림을 깁고 싶다

떨려오는 온몸을 소름치며
가위질 망치질로 다림질하는
아직은 시다,
미싱을 타고 미싱을 타고
갈라진 세상 모오든 것들을
하나로 연결하고 싶은
시다의 꿈으로
찬 바람 치는 공단거리를
허청이며 내달리는
왜소한 시다의 몸짓
파리한 이마 위으로
새벽별 빛나다

박노해 「시다의 꿈」 전문

시의 공간은 찬바람 치는 '공단 거리'이고, 시간은 공장의 '밤'이다. 좀 더 구체적으로 말하면, 시린 어깨 위로 피로가 한파처럼 밀려오는 썰렁한 공장에서 밀려오는 잠을 두 알의 타이밍으로 쫓으며 '드르르 득득' 꿈결처럼 미싱을 타고 앉아 철야를 하는 긴장과 피로가 겹친 현장이 시의 배경으로 되어 있다. 두 알의 타이밍으로 철야를 하는 것으로 보아 시에서 '꿈결처럼'은 결코 환상적 시간을 의미하지 않는다. 오히려 그것은 긴장과 피로를 이완시키는 '무서운 잠'과 직결된다.

떨려 오는 온몸을 소름 치며 가위질, 망치질, 다림질로 시간을 보내는 아직은 시다지만, 언 손으로 장미빛 꿈을 잘라 이룰 수 없는 꿈을 싹둑 잘라 피 흐르는 가죽본을 미싱에 끝도 없이 올리는 시다지만, 장군처럼 당당한 얼굴로 미싱을 타고 언 몸뚱아리 감싸 줄 따스한 옷을 만들고 싶다. 찢겨진 살림을 깁고 싶다. 갈라진 모든 세상을 하나로 연결하고 싶다.

그러니까 「시다의 꿈」은 노동자 초년병의 생명 활동에 대한 소박한 꿈과 갈망을 습작시 형태로 형상화한 박노해의 초기시인 셈이다.

만약, 박노해의 목표가 '노동 해방'이었다면, '노동 해방 투쟁'에는 철저한 계급 인식이 전제되지 않으면 안된다. 이러한 관점에서 볼 때 「손 무덤」 「하늘」은 계급 전형성을 형상화한 대표작이라 할 수 있다.

「손 무덤」에서 1차 타도 대상 계급은 정형 손목이 날아갔을 때 작업복을 입었다고 승차 거부를 한 사장, 공장장, 부장 등이다. 2차적 적대 계층은 말하는 이가 산재 관계 책을 찾으러 종로에 나왔다가 만난, 화사한 거리를 누비는 세련된 남녀, 외국 상품을 소비하는 특권층, 자가용을 즐비하게 세워놓고 고층 빌딩에서 사우나를 즐기는 유한 계층, 승용차를 세워놓고 고급 요정, 살롱에서 술을 마시는 권력층, 거대한 백화점을 애용하는 부유한 주부, 프로 야구장에서 함성을 질러대는 레포츠 족속 등이다. 왜 그들이 2차적 적대 계층인가. 노동자들이 칼처럼 곤두세워 좆빠져라 일할 시간에 노동자가 창조한 재부를 즐기기 때문이다. 상대적으로 작업화 신은 노동자는 탈출한 죄수나 ET처럼 위축될 수밖에 없기 때문이다.

그래서 노동자의 피땀 위에서 번영의 조국을 향락하는 누런 착취의 손과 놀고먹는 흰 손을 프레스로 짓짤라 묻고 또 묻는다.

「손 무덤」에 형상화된 노동자의 분노에 비해 계급 인식이 철저한 것은 아니다. 즉 상위 지배층인 회장, 재벌, 최고 권력자 사이의 상납 특혜가 빠져 있고 생물이나 다를 바 없는 먹이 사슬이 통째로 빠져 있다. 이러한 계급 인식은 김지하의 『오적』을 읽었음에도 철저한 각성에 이르지 못한 부분이다. 계급 인식이 철저하지 못하다는 것은 노동 해방 논리를 약화시키고 만다. 사슬고리를 바로 보지 못하면 해방의 지름길을 찾지 못한다.

이러한 박노해의 계급 인식은 「하늘」에서 좀 더 세분화된다. 우리 집 세

식구 밥줄을 쥐고 있는 '사장님', 프레스에 찍힌 손을 붙일 수도 병신을 만들 수도 있는 '의사 선생님', 노동자를 감옥에 넣을 수도 뺄 수도 있는 '경찰', 노동자를 죄인으로 만들 수도 살릴 수도 있는 '판검사님', 관청에 앉아서 노동자를 흥하게도 망하게도 할 수 있는 '관리', 이밖에 '높은 사람' '힘있는 사람' '돈 있는 사람'은 모두 노동자를 관장하는 겁나는 하늘로 인식된다.

그렇다면, 위와 같은 적대 계급을 혁명에 의해 타도하고 새롭게 건설할 국가는 어떤 형태인가. 이러한 물음에 미흡하지만 나름대로 답변을 마련한 시가 바로 「절정의 시」이다.

시집 『참된 시작』에 이 시가 수록된 것으로 보아 박노해 시 가운데 최근작이 아닌가 싶다.

2천 몇 년 몇 월 몇 일 오전 10시로 가상적 미래가 시의 시간이다. 시가 이룩한 문학적 성과에 비해 시인은 집착에 가까운 애착을 보이고 있다. '온 생명을 바쳐 이런 시' 한 편 쓰고 싶었다든지, "역사 세워서 순결한 피"로 쓰고 싶은 시가 바로 「절정의 시」라든지, 시인이 죽어 시를 쓰지 못하면 먼 훗날 혁명의 시인이 '목숨 이어서 끝내 쓰고야 말 시'라든지 하는 부분은 시인의 진정성을 대변하고 있다고 보아도 틀림 없을 것 같다. 그와 같은 생명의 시에서 시인이 목숨을 걸고 외쳐 보고 싶은 절규는 과연 무엇일까.

　　20××년 ×월 ×일 오전 10시
　　국민 여러분
　　마침내 독재 정권은 타도되었다
　　국가 권력은 노동자와 민중의 손에 장악되었다
　　우리 국민이 반세기에 걸쳐 피흘리며 투쟁해 온
　　참다운 민주주의, 독점자본의 국유화와 경제정의, 민족의 자주성이 실현된 것이다
　　이제 이 나라의 앞날은 권력의 주인인 당신에게 달려 있다
　　쾌적한 일터에서 더 높은 의욕과 보람으로 노동하는 사회, 보다 많은 시간을

맑고 푸른 자연 속에서 건강한 레포츠를 즐기는 사회, 사람다운 가치와 상식
이 첫째로 통하는 사회를 우리 자신이 나서서 이룰 수 있게 되었다.
　　참다운 민중 정부 수립 만세
　　노동자'민중의 혁명 만세

박노해 「절정의 시」 부분

　시를 읽고 난 독자는 일정한 실망과 좌절을 체험할지도 모르겠다. '목숨의
시' '피로 쓴 시'가 고작 이것인가. 경우에 따라 어떤 독자는 허탈감과 분노
를 느낄지도 모른다. 참다운 '민중 정부' 노동자 '민중 혁명'이 과연 그러한
것인가. 그래서 나는 박노해를 '자칭 사회주의자' 또는 '몽상적 사회주의자'
라고 불렀다. 그런데도 국가 권력은 노동자 시인에게 사형을 구형하고 무기
징역을 선고하는 역사적 우행을 자행하였다.
　「절정의 시」에 반해 「어쩌면」은 「손 무덤」과 함께 박노해의 대표작으로
뽑아야 할 만큼 폭력적 감응력을 갖는 시이다. 시가 이룩한 성과는 '피로 쓴
시'이어서가 아니라, 오히려 반대로 일정한 거리를 지키면서 매섭게 현실을
풍자하고 휘갑을 친 데 있는 것 같다.

　　어쩌면 나는 기계인지도 몰라
　　컨베이어에 밀려오는 부품을
　　정신없이 납땜하다 보면
　　수천 번이고 로버트처럼 반복동직 하는
　　나는 기계가 되어 버렸는지도 몰라

　　어쩌면 우리는 양계장 닭인지도 몰라
　　라인마다 쪼로록 일렬로 앉아
　　희끄무레한 불빛 아래 속도에 따라 손을 놀리고

노임문학이란 무엇인가

빠른 음악을 틀어 주면 알을 더 많이 낳는
양계장 닭인지도 몰라
진이 빠져 더 이상 알을 못 낳으면
폐닭이 되어 켄터키치킨이 되는
양계장 닭인지도 몰라

늘씬한 정순이는 이렇게 살아 무엇하냐며
맥주홀로 울며 떠나고
영남이는 위장병에 괴로워하다
한 마리 폐닭이 되어 황폐한 고향으로 떠난다
3년 내내 아귀차게 이 악물며 야간학교 마친 재심이는
경리 자리라도 알아보다가 졸업장을 찢으며 주저앉는다
어쩌면 우리는 멍에 쓴 짐승인지도 몰라

저들은,
알 빼먹는 저들은
어쩌면 날강도인지도 몰라
인간을 기계로
        소모품으로
        상품으로 만들어 버리는
점잖고 합법적인 날강도인지도 몰라

저 자상한 미소도
세련된 아름다움과 교양도
부유하고 찬란한 광휘도
어쩌면 우리 것인지도 몰라
우리들의 피눈물과 절망과 고통 위에서
우리들의 웃음과 아름다움과 빛을

송두리째 빨아먹는
어쩌면 저들은 흡혈귀인지도 몰라

박노해 「어쩌면」 전문

첫째 도막에서는 컨베이어에 밀려오는 부속품을 납땜질하다 보면 시적 자아는 자기가 기계인지도 모른다는 가정법에서 출발한다. 수천 번을 반복하다 보면 로버트 같은 기계인지도 모르겠다고 전제된 가정법을 다시 강조한다.

둘째 도막에서는 희끄무레한 불빛 아래 속도에 따라 손을 놀리고 라인마다 쪼로록 일렬로 앉아 반복 작업을 하는 시적 자아의 행위에, 빠른 음악을 틀어주면 알을 더 낳는 양계장 닭을 보조 관념으로 도입함으로써 반복 노동의 기계적 비정성이 첨가되고, 진이 빠져 더 이상 알을 못 낳으면 폐닭이 되어 켄터키치킨이 되고 마는 비인간적 비정성이 첨가되어 반복 노동의 비정성이 한층 강조된다.

셋째 도막에서는 폐닭 처리되어 켄터키치킨으로 팔려간 노동자의 사례가 제시된다. 즉, 맥주 홀로 울며 떠난 정순이, 위장병에 시달리다가 황폐한 고향으로 떠난 영남이, 야간학교 마치고 경리직을 찾다가 실패하여 졸업장을 찢은 재심이 등의 신세를 보며 오늘날 노동자는 멍에 씌운 짐승인지 모르겠다고 탄식한다.

넷째 도막에서는 저들, 알 빼먹는 저들을 날강도라고 규탄한다. 인간을 기계로 소모품으로 상품으로 만들어 버리는 점잖고 합법적인 저들은 날강도라고 반복 규탄한다.

여기서 끝나지 않고 다섯째 도막에서 저들은 노동자들을 송두리째 빨아먹는 흡혈귀로 탄핵된다. 저 자상한 미소, 세련된 아름다움과 교양도, 부유하고 찬란한 광휘도 모두 노동자의 것이다. 저들은 노동자의 피눈물과 절망과 고통 위에서 노동자의 아름다움과 웃음과 빛을 빼앗아 갔다.

시에서 선용된 가정법 '어쩌면'은 겁 많은 독자의 심리적 충격을 완충시키는 구실을 기능적으로 수행한다.

『노동의 새벽』에서 뺄 수 없는 수작은 「이불을 꿰매면서」이다.

시는 여성 해방이 노동 해방처럼 절박한 것이라고 시적 자아의 각성과 깨도를 통해 절절이 외치고 있다.

시집 『노동의 새벽』을 읽고 나서 그 선풍적인 선전성과는 반대로 몇 가지 의문에 빠지게 된다. 시인의 말대로 과연 시집은 1인칭을 버리고 이웃과 노동자를 위해 살기로 한 실천적 산물이었던가. 추상적 세계를 버리고 구체적 현실 세계 속에서 달구어진 삶의 진실이었던가. 명성은 요란했지만 노동과 현실, 자아와 세계를 배신하고 일정하게 등을 돌림으로써 시건방지고 방자한 말잔치를 일삼은 것은 아닌가.

물론 이러한 의문이 우문에서 끝난다면 보탤 말은 없겠지만, 만약 일면적 타당성을 갖는다면 박노해의 혁명과 문학을 재평가하지 않을 수 없다.

시집 『참된 시작』은 이러한 질문에 대한 답변서인 셈이다. 개인적으로 기약할 수 없는 유배 생활은 커다란 불행이겠지만, 문학적으로는 시인 박노해를 성숙시킨 계기가 된 셈이다. 그러나, 문학적 성과를 위하여 개인을 희생시킨다는 논리가 타당성을 갖는 것은 아니다.

그럼에도 시집 『참된 시작』이 시인 박노해가 사노맹 수괴 혐의로 체포·구속되면서 자아와 폭력과 맞서 싸운 결과물이며 박노해 문학의 참된 출발을 알리는 신호탄이라는 점은 분명하다. 「눈물의 김밥」 「민들레처럼」은 이러한 신호탄의 첫 번째 총성인 셈이다.

시인이 일주일의 단식 끝에 덥수룩한 수염, 초췌한 몰골로 파란 수의에 검정 고무신을 끌고 어질어질 끌려가고 있을 때 굴비처럼 줄줄이 묶인 잡범들 사이에서 "박노해 씨 힘 내십시오" 하며, 어느 도적놈인지 조직 폭력배인지 노란 민들레 한 송이를 묶인 손에 살짝 쥐어주며 환한 꽃인사로 스쳐

간다. '철커덩' 어둑한 감치방에 넣어져 노란 민들레꽃을 코에도 볼에도 대어보고 눈에도 입에도 맞춰보며 '흠, 흠' 포근한 새봄을 애무한 민들레꽃 한 송이로 환하게 번져오는 생명의 향기에 취하여, "아, 산다는 것은 정녕 아름다운 것이다"라고 감개한다. 그러다가 문득, "내가 무엇이길래." 긴장된 마음으로 자세를 바로 잡고 민들레 꽃을 바라본다.

어디선가 묶인 손으로 이 꽃을 꺾어 정성껏 품에 안고 내 손에까지 쥐어준 그이의 애정과 속뜻을, 정신차려 자신의 삶에 새긴다.

"민들레처럼 살아야 합니다. 차라리 짓밟힐지언정 노리개꽃으로 살지 맙시다. 흰 백합 진한 장미의 화려함보다 흔하고 너른 꽃 속에서 자연스레 빛나는 우리 들꽃의 자존심으로 살아야 합니다."

박노해는 마음을 가다듬는다. 민들레 꽃말은 박노해에게 두 번째 자기 혁명을 가져온다. 1인칭을 버리기로 맹세한 첫 번째 자기 혁명이 『노동의 새벽』을 낳았다면, 민들레 꽃말로 인한 두 번째 자기 혁명은 시집 『참된 시작』을 낳는다.

민들레 꽃말이란, 짓밟혀도 노리개꽃으로 살지는 않겠다는 것, 자연스레 빛나는 들꽃의 자존심으로 살겠다는 것이다. 과연 그 맹세는 맞았다. 「성호를 긋는다」는 그러한 맹세에 대한 첫 번째 응답이다.

사형, 사형이다
이렇게 올 것이 온 것이다
호송차는 사이렌 소리를 지르며 밤길을 달리고
붉은 포승줄에 묶여 다시 돌아온 독거방
마룻바닥에 놓인 식은 짬밥 앞에서
침묵의 성호를 긋는다
떨리는 성호를 긋는다

아, 나는 지금 외로운 것이다

나는 지금 붙들고 싶은 것이다
이 운명을 피해보고 싶은 것이다
밧줄에 목 매달리는 불안함도 뼈아픔도
다 마주치면 순간인데
새삼스러운 이 울음은
나약한 인간의 애착인가 두려움인가

사랑했던 사람들을 하나하나 불러보며
사라져갈 내 인생 위에 성호를 긋는다
나의 노동과 시와 투쟁의 기억 위에
서러운 애무처럼 성호를 긋는다
마지막 검은 천이
두 눈을 가리우는 최후의 순간까지
좀더 의연하지 않으면 안된다

이마에서 심장으로 이어지는
침묵의 성호를 긋는다
삶에서 죽음으로 넘어가는 절정,
그 검은 땅 위에
비가 내리면 비가 내리면
노랗게 피어나는 민들레처럼
끝내 부활로 이어지고야 말
나의 사랑, 나의 믿음,
아 우리들 혁명의 성호를 긋는다

박노해 「성호를 긋는다」 전문

시는 검사로부터 사형 구형을 받고 퇴정하면서 시작된다. 시는 시인이 1

차 자기 혁명 과정에서 교직자가 되기를 포기하였지만 배교를 한 것은 아니
라는 사실을 확인시켜 준다. 또한 그처럼 자기 각성과 자기 혁명을 거듭하
면서도 수많은 다짐과 맹세를 거듭하면서도 최후의 순간에는 제국주의 종교
에 매달리고 있다고 매도할 필요는 없다. 시인은 아직 젊다. 아직도 자기 혁
명, 민족 혁명, 인류 혁명이 끝나지 않았다. 그러나 진정한 사회주의자, 진정
한 사회 혁명가는 자기 해방과 더불어 종교로부터 해방되지 않으면 안된다.
진정한 자기 해방 없이는 노동 해방이란 불가능하다. 종교란 구속이다. 자기
와 민족과 인류를 구속하는 밧줄이다. 진정한 혁명이란 온갖 구속에 묶인
밧줄을 풀어 자유롭게 만드는 것이다.

　호송차의 사이렌은 밤 공기를 가른다. 붉은 포승에 묶여 돌아온 독거방에
는 식은 짬밥이 놓여 있다. 시인은 식은 생명 앞에서 제국주의 종교 의례
성호를 긋는다. 떨리는 의례는 마음도 떨게 만든다.

　외롭다. 나는 외롭다. 외로운 것이다. 붙들고 싶다. 나는 붙들고 싶다. 붙
들고 싶은 것이다.

　운명을 피하고 싶다. 나는 운명을 피하고 싶다. 운명을 피하고 싶은 것이
다.

　시인을 괴롭힌 것은 이와 같은 외로움증, 의지증, 기피증뿐만이 아니다.
이른바 죽음의 공포이다. 줄에 목이 매달리는 불안과 뼈아픔도 마주치면 순
간인데 새삼스레 이 눈물은 나약한 인간의 애착인가, 아니면 두려움인가라
고 시인은 자탄한다. 그리고는 사랑했던 사람들의 이름을 하나하나 불러보
고 사라져 갈 자신의 인생 위에 제국주의 종교 의례 성호를 긋는다. 사신의
노동과 시와 투쟁의 기억 위에 서러운 애무처럼 긋는다. 그리고 마지막 검
은 천이 두 눈을 가리우는 최후의 순간까지 좀 더 의연하지 않으면 안되겠
다고 다짐한다. 그러나 다짐으로 될 일인가.

　이마에서 심장으로 이어지는 침묵의 의례를 긋고 나서 시인은 부활에 의
한 영혼 살리기를 결심한다. 삶에서 죽음으로 넘어설 절정. 꽃이 지듯 목숨

이 형장 이슬로 스러지면 민들레 홀씨 날듯 자신의 영혼은 천지사방 흩어져 비 내리면 검은 땅 위에 노랗게 피어나는 민들레처럼 끝내 부활로 이어지고야 말 '나의 사랑' '나의 믿음' '우리들의 혁명'을 위해 의례를 긋는다.

「성호를 긋는다」가 검찰의 사형 구형에 따라 심한 정신적 육체적 충격을 부활로 승화시킨 시라면, 「경주 남산 자락에 나를 묻은 건」은 법원의 확정 판결 뒤 경주 교도소로 이감 구속되면서 정신적·육체적 충격에서 벗어나 자신의 감회를 모처럼 은유에 기대어 술회한 시이다. 또한 시는 1992년 4월 누나 박기숙이 경주 교도소 접견 창구를 통해 받아 온 시 가운데 한 편이다. 시는 다소 긴장이 풀리고 형식도 거친 편이나 이감 구속 후 끝이 보이지 않는 유배 생활을 시작하면서 시인의 심경 변화를 엿볼 수 있는 단서가 되고 있다는 점에서 주목할 만하다.

첫째 도막에서 보는 바와 같이 시의 공간은 '경주 남산 교도소'이고, 그곳에서 바람에 민들레 홀씨 날리는 바람 찬 시간이 시의 배경으로 되어 있는데, 이는 시의 상징성이고 시적 짜임새에 있어서 기능적 구실도 하고 있다. 여기서 기능적 구실이라고 말한 것은 '바람'이 보여 주는 다층적 상징성을 말하는데, 그것은 때로는 민들레 홀씨를 배분하는 자연이고, 때로는 '희망'이나 '갈망'이고, 때로는 '제도적 폭력'이기도 하다.

그러니까, 첫째 도막에서 시인이 '천 년의 긴 호흡으로 / 경주 남산 자락에 나를 묻은 건 / 바람이었나 하늘이었나'로 자문했을 경우, 시인은 '제도적 폭력' 또는 '운명' '천명'과 피투성이 싸움을 하고 있다고 보아야 한다.

둘째 도막에서 시인의 영혼은 낡은 창문 덜컹대는 독거방에서 감시등 불빛 아래 유유히 떠도는 민들레처럼, 또는 저문 들길 지나 낯선 산굽이를 돌아서는 출가승의 옷자락처럼 허허롭다. 왜 허허로운가. 지나온 날이 무겁기 때문이다. 그칠 줄 모르는 상처 때문이다.

셋째 도막에서 시인은 사흘 밤낮 아픈 날 스스로 치욕의 삭발을 하고 찬 마루 바닥에 모로 누워 회색벽에 무겁게 토해 내는 신열로 부르짖는다.

'무너졌다. 패배했다. 이렇게'
　　흐르는 눈물 흐르는 대로 흐르게 두고, '그래 지금 침묵의 무덤을 파고 /
나를 묻는다 나를 암장한다'라고 호곡한다.
　　부활·개벽·혁명은 불가능한가.

　　　바람찬 날이다
　　　경주 남산
　　　민들레 꽃씨는 바람에 흩날리고
　　　바람 속에서
　　　바람을 품고
　　　천년의 긴 호흡으로
　　　경주 남산 자락에 나를 묻은 건
　　　바람이었나 하늘이었나

　　　밤새 독거방 낡은 창은 덜컹대고
　　　감시등 불빛 아래
　　　유유히 떠도는 민들레 꽃씨처럼
　　　내 영혼은
　　　저문 들길 지나 낯선 산굽이를 돌아서는
　　　출가승의 옷자락처럼 허허로운데
　　　무겁구나 지나온 날
　　　깊어가는 상처는 그칠 줄 모르고
　　　사흘 밤낮 몹시 아픈 날
　　　스스로 치욕의 삭발을 하고
　　　찬 마룻바닥에 모로 누워 회색벽에
　　　무겁게 토해내는 신열의 부르짖음
　　　무너졌다, 패배했다, 이렇게
　　　흐르는 눈물 흐르는 대로 흘러

그래 지금 침묵의 무덤을 파고
나를 묻는다 나를 암장한다

숨죽인 호곡처럼
머리 푼 밤바람은 쓰러지는데
어둠 속으로 얼굴들이 흐르고
해가 길어지고 해가 짧아지고
서리 내리고 눈이 내리고
죄닦음이 다하고 눈 맑아 진 어느 날
내 속 어딘가에 숨어 있던 씨앗 하나
피투성이 목숨으로 품어온 씨앗 하나

한 순간, 싹·이·틀·까
젖어드는 눈 감으면
벽 그림자 —
상처 속에 싹트는 씨앗 하나로
경주 남산 자락에 나를 묻은 건
아아 바람이었나 하늘이었나

박노해·「경주 남산 자락에 나를 묻은 건」 전문

숨죽인 호곡처럼 머리 푼 밤바람은 쓰러지는데 어둠 속으로 사랑하는 이름은 흘러가고…… 해는 짧아지고 길어지리라. 서리 내리고 눈도 내리리라.

죄닦음 끝나고 눈 맑아 진 어느 날, 시인의 마음속 어딘가에 숨어 있던 '씨앗' 하나 찾아낸다. 피투성이 목숨으로 품어온 '씨앗' 하나 찾아낸다. 민들레 홀씨인가. 아니면 개벽인가, 부활인가, 혁명인가.

마지막 도막에서 비 내리고 비 내려 한 순간 '싹·이·틀·까'를 염려하고, 젖어드는 눈 감으며 벽 그림자, 상처 속에 싹 트는 씨앗 하나로 경주 남산 자락에 시인을 묻은 것은 폭력도 천명도 아니고, 개벽도 부활도 해탈도 아니고, '혁명' 바로 그것이었다.

「성호를 긋는다」에서 영혼의 '부활'을, 「경주 남산 자락에 나를 묻은 건」에서 육체적 사회적 '혁명'을 피투성이 몸부림으로 달구어 냈을 때, 박노해에게 다가온 또 다른 화두는 무엇인가. 여기에는 몇 개의 긍정적 부정적 화두가 제기된다.

첫 번째 긍정적 화두는 「닭갈비」에서 보는 바와 같이 실제적인 실력 양성론이고, 「강철은 따로 없다」에서 보는 바와 같이 강인한 포용력을 갖출 때 그것이 진정한 혁명 대안이 되겠다는 깨달음이다.

철저한 실력 양성론은 일요일 저녁 특식으로 지급한 닭죽에서 닭갈비를 보면서 자신에 대한 비판과 반문, 깨도와 각성을 시작한다. '노동 해방' '계급 투쟁' '당파성' '혁명적 관점' 등은 제껴 두자니 아깝고, 먹자니 닭갈비 같은 존재 아닌가. 새벽을 외쳐 온 양심과 도덕성은 믿어 주지만 복잡한 오늘의 현실을 끌어 갈 전문성과 책임감은 모자라는 것 아닌가. 몸 바쳐 온 정의로움과 희생 정신은 존경하지만 국가를 경영해 갈 실제 경륜은 과연 있는가. 경악하여 눈 씻고 보니 현실은 급변하고 민중의 마음도 저 만큼 달라져 가고 있네. 나, 그리고 우리, 더 늦기 전에 더 굳기 전에 살찐 닭다리가 되어야겠네. 허기진 민중이 탐스럽게 먹어 줄 지글지글 암소 갈비 돼지 갈비처럼 우리의 조직, 우리의 깃발, 우리의 실천, 우리들 사람 자체가 경쟁력 있는 일꾼으로 다시 태어나야겠네.

이와 같이 닭갈비가 아니라 암소 갈비, 돼지 갈비가 되어 경쟁력을 갖추자는 주장은 운동가는 물론이고 일반인에게도 다 같은 진리일 터이다. 실력을 갖추자는 데 마다할 사람이 있겠는가.

경쟁력 있는 운동가가 되기 위하여 「강철은 따로 없다」에서는 강인한 포용력을 요구한다. 포용력이란 무엇인가. 무쇠가 빛나는 강철이 되는 길이다. 그것은 적개심으로 핏발 선 투쟁의 얼굴이 아니다. 열광으로 들떠 있는 쇠소리가 아니다. 투쟁의 용광로에서 다듬어지고 무르익은 부드럽고 넉넉하게 열려진 가슴, 적과 철저하게 투쟁할 수록 안으로 텅 비어 웅혼한 종울림, 그 누구도 거부할 수 없는 포옹이다.

이러한 부분에 이르러 혹자는 고개를 갸웃거릴지도 모른다. 과연 강철이 무쇠보다 부드럽고 넉넉하고 열려지고 안으로 텅 비고 맑고 투명하여 웅혼한 종울림 같은 존재인가 하는 의문이다. 그것은 고무풀이지 더 이상 강철은 아닐 터이다. 여기서 두 가지 의문이 제기된다. 시적 은유가 부적절하거나 아니면 사고의 전개에 오류가 있다는 점이다.

둘째로 「강철은 따로 없다」에서 '넉넉하고 텅 빈' 여유를 발견한 시인은 「작아지자」에서는 자기 축소 지향의 겸양을, 「강철 새잎」에서는 부드러운 유연성을 발견하고, 바로 여기서 '참된 시작' '참된 출발'의 시발점을 세우려고 피투성이로 자기혁신을 단행한다.

먼저, 「작아지자」에서는 '작아지자, 작아지자, 작아지고 작아지자'라고 자기 축소 지향의 겸양을 반복 강조한다. 그렇게 작아져서 어쩌자는 것인가. 자신을 아무것도 아닌 존재로 돌리고, 자신을 지키려는 수고도 텅 비워두면 여유로우니 이것이 사랑의 시작이라는 것이다. 자신의 성숙도 작아지는 것이요, 자신의 완성도 무의 존재로 돌아가는 것이라고 한다.

작아진 순결한 영혼에 세상을 담고 슬픔과 희망을 담자고 한다. 그래서 조국의 들꽃이 되고 노동의 숨결이 되고 아무것도 아닌 이 땅의 민중이 되자고 한다.

결국, 강철의 넉넉하고 텅 빈 것이 작고 아무것도 아닌 민중이 되고 만다. 그렇다면, 그렇게 작아지고 작아진 영혼에 어떻게 세상을 담고 희망과 슬픔을 담는단 말인가. 이것이 무슨 땡초의 선문답이란 말인가.

이러한 허무와 좌절, 자기 학대와 자기 멸시가 빚어낸 최고의 미학이 「강철 새잎」이다.

저거 봐라 새잎 돋는다
아가 손마냥 고물고물 잼잼
봄볕에 가느란 눈 부비며
새록새록 고목에 새순 돋는다

하 연둣빛 새 이파리
네가 바로 강철이다
엄혹한 겨울도 두터운 껍질도
제 힘으로 뚫었으니 보드라움으로 이겼으니

썩어가는 것들 크게 썩은 위에서
분노처럼 불끈불끈 새싹 돋는구나
부드러운 만큼 강하고 여린 만큼 우람하게
오 눈부신 강철 새잎

박노해 「강철 새잎」 전문

시는 허무와 절망이 빚어낸 환희와 열락의 절창이다. 시는 원한과 분노가 빚어낸 희망과 갈망의 노래이다. 그러나 '강철'은 강철이고 '새잎'은 새잎이다. 강철이 새잎이 될 수 없듯이 새잎이 강철이 되지는 못한다. 그것은 통합 개념이 아니라 분리 개념이다.

그렇다면, 박노해는 왜 땡초의 선문답을 계속하고 있는 것일까. 박노해가 전향을 했다던가, 아니면 투항했다는 증거는 발견되지 않는다. 아마도 그것은 사형 구형이나 끝이 보이지 않는 감옥 생활이 빚어낸 가치전도중인지도 모르겠다. 그러나 무엇보다도 확실한 것은 유배중인 젊은 시인을 놓고 시비를 가리는 것은 온당한 처사가 아닌 것 같다. 박노해를 놓고 따지는 가치

판단은 일단 유보하는 것이 좋을 것 같다. 그러나 어느 날 아침 거대한 노목처럼 버티고 선 원로 시인으로 성장하기를 바라는 것이 나의 꿈이기도 하다. 「모과 향기」는 이러한 갈망에 대해 저 쪽 맑은 계곡을 씻어 내리는 메아리일 터이다.

        울퉁불퉁 참 지 맘대로 생겨뻗겼네
        그래서인가 어째 이리 향기가 참한지
        문풍지 우는 겨울 앞에서
        그대에게 가져다 줄 모과를 써네
        회오리바람 머리채 끄는 위기의 시대에
        서늘하게 스미어오는 향기도 슬픔이네
        울퉁불퉁 참 지 맘대로 익어온 모과처럼
        모순 투성이 땅과 바람에 성숙해 온 우리,
        패인 가슴 험집마다 향즙 고여들 수 있다면
        살마다 피마다 해맑은 투쟁의 향기
        의연한 빛살처럼 뿜어오를 수 있다면
        찬 시절도 참담함도 이리 뜨겁게 껴안는 것을
        상처 위로 다시 찍혀오는 이 아픔마저도

박노해 「모과 향기」 전문

「모과 향기」를 제대로 읽자면 시의 바닥에 깔린 두 개의 밑바디를 투명하게 읽어 낼 필요가 있다. 하나는 가탁물인 '모과'가 울퉁불퉁 제 마음대로 생겼다는 자기 삶의 확인이고, 다른 하나는 그대에게 가져갈 모과를 써는 시간이 '문풍지 우는 겨울 앞'이라는 시절 인식이다. 좀 더 구체적으로 '문풍지 우는 겨울 앞'이란 회오리바람 머리채 끄는 위기의 시대를 말한다. 이러한 시대에 스미어 오는 서늘한 향기, 즉 투쟁은 오히려 슬픔이 된다.

그러나 시적 자아는 모과 향기, 또는 혁명 투쟁을 상처와 아픔의 자리에 정지시키지 않고 낙관과 갈망의 자리로 승화시킨다. 여기서 울퉁불퉁 제 마음대로 익어 버린 모과처럼 모순 투성이 땅과 바람에 우리가 성숙해 왔다는 것을 전제로 몇 가지 가정과 다짐이 성립된다.

즉, 파인 가슴 흠집마다 가득 향즙 고여들 수 있다면 살마다 피마다 해맑은 투쟁의 향기 의연한 빛살처럼 뻗어 오를 수 있다면, 시적 자아는 상처 위로 다시 찍혀 오는 아픔도 찬 시절도 참담함도 뜨겁게 껴안을 수 있다는 것이다.

위기·슬픔·불안·낙담 등 온갖 시련과 상처 속에서도 의연히 자세를 가다듬고 모진 바람을 투쟁의 향기로 승화시키려는 혁명적 낙관주의와 지사적 결연함이 박노해 시의 진정한 추임새인 것 같다.

이러한 상처 껴안기, 또는 강인한 포용력에도 불구하고 하릴없이 영혼이 용두질 또는 자맥질을 하여 샛길, 곁길로 빠져나가 피투성이로 몸부림 칠 때 시인은 어찌 하는가. 농민이 도리깨로 보리 타작을 하듯 시인은 채찍으로 영혼 타작을 시작한다.

시적 자아의 마음밭이 거칠어 질 때, 또는 시적 영혼이 낮은 포복을 할 때는 어두운 강가에 선 나목처럼 겨울로 가는 찬바람을 그냥 맞아 영혼을 맑게 깨워 낸다.

시인의 침묵은 패배의 무게에 짓눌려 얼음강 찢어지는 신음을 내고 있다. 하늘은 밤을 새워 벗어 내리고 세상은 온통 순백인데 순백의 눈처럼 거친 마음밭 감추지 말고 열어 보여야겠다. 삽과 호미 든 농민들 불러들여 거친 마음밭 찧고 갈아엎게 하겠다.

아픈 상처의 문, 눈물 훔치며 열어 놓았으니 힘들여 마음밭도 갈아엎었으니 당신네 노동자들은 부드럽게 골라 주어 거기에 강인한 씨앗 움트게 하라.

피 흐르는 마음의 상처로 마음의 문 닫아 걸지 말고 그 상처의 문을 통해 더 많은 일치와 더 굳센 연대가 이루어지게 하자. 찢겨진 상처만큼 더 뜨겁고 새푸른 순결한 투혼이 살아 오르게 하자.

이상에서 「상처의 문」에 드러난 영혼의 타작을 통해 순결하고 새푸른 투혼을 되살리는 박노해 시의 추임새 미학을 살펴보았다. 이제 마지막으로 「구속 적부심 기록」에 나타난 박노해의 추임새를 살펴보자. 이러한 검토는 박노해의 혁명의 미학과 시의 미학을 동시에 해명하는 생산적인 작업이 될 터이다.

> 문 ; 피의자가 대망하는 운동 목적을 달성하고 난 후에는 피의자의 삶과 투쟁과 예술을 노래하는 운동 목적을 달성하고 난 후에는 피의자의 삶과 투쟁과 예술을 노래하는 시인으로 돌아갈 생각을 하고 있는지요
>
> 답 ; 저는 지금도 여전히 시인입니다. 5일 만에 목욕을 하면서 생명의 위협을 느꼈습니다. 심한 고문이 두려우면 자결을 해야겠다는 생각을 했습니다. 그래서 지상에서의 마지막 시를 썼습니다. 저는 앞으로도 시를 쓸 것입니다. 왜냐하면 시와, 예술이야말로 우리 인간을 향기롭게 하고, 모든 사회 변혁이나 문명 제도의 딱딱한 틈바구니를 피와 살이 돌게 하는 향기가 나게 하는 참으로 중요한 요소라고 생각하기 때문입니다. 저는 예술로, 시혼으로 우리 사회주의 운동을 풍부하게 하며 인간들에게 희망의 공감대를 형성하게 해야 한다고 봅니다. 누가 제게 "당신은 누구냐?"고 묻는다면 저의 3대 구성 요소 중에 반드시 시인이라고 답할 것이며 계속 좋은 시인이 되기 위해 노력하겠습니다.[86]

싫든 좋든, 환상적이든 현실적이든, 박노해의 3대 구성 요소는 사회주의 혁명가, 노동 운동가, 시인 등을 들어야 한다. 앞서 여러 차례 지적한 바와 같이 사회주의 혁명가로서 박노해의 본질에는 부정적이거나 미흡한 요소가 많다. 심지어 박노해의 사회주의는 환상적이며 자칭에 불과하다고 혹평한

---

86) 박노해의 희망 메시지 『민들레처럼』, 노동자의 벗, 1991, 87쪽

바 있는데, 이러한 나의 소신에는 지금도 변함이 없다. 1994년 사노맹이 공식 해산되었음에도 얼마 전 안기부가 사노맹 활동 전력을 들어 몇몇 군인과 직장인을 구속한 것으로 보아서 당국이 볼 때 사노맹은 아직도 살아 있는 조직인 모양이다. 또한 국가보안법은 엄연한 실정법이다.

　노동 운동가로서 박노해의 본질에는 하자가 없다. 그럼에도 박노해는 왜 사회주의자를 자임하는가. 자신이 사회 혁명의 씨앗이라고 생각하는지 모르겠다. 자신을 유배지에 묻어 둠으로써 더 많은 민들레 홀씨가 바람에 날려 아름다운 들꽃으로 피어나기를 갈망하는지 모르겠다.

　그럼에도 확실히 박노해를 시인이라고 불러야 한다. 시인이 박노해의 마지막 선택이기도 하지만, 혁명가의 미덕이 '정의' '변혁가'라면 시인의 미덕은 '양심' '자유'이기 때문이다.

　그렇다면, 박노해는 왜 마지막으로 시를 선택했는가. 삶을 향기롭게 만들기 때문이다. 모든 사회 변혁이나 문명 제도의 딱딱한 틈서리에 피가 돌도록 하기 때문이다. 사회주의 운동을 풍요하게 하고 인간들에게 희망의 공감대를 만들어 주는 것이 시이기 때문이다.

　몰락한 전직 빨치산의 아들로 태어나 굶주림과 가족 분산을 체험했던 소년 박노해, 개발 독재의 폭압 아래 노동 현장에서 피투성이로 맞서 싸웠던 노동 운동가 박노해, 사노맹 수괴로 앞이 보이지 않는 캄캄한 유배지에서도 꽃씨를 날리며 자신의 영혼에 도리깨질을 하며 시를 쓰는 박노해, 이제 문학의 해를 맞아 형집행 정지로 박노해를 석방하는 것이 빛나는 잔치에 꽃수를 더 하는 길이 아닐까. 아니 마음놓고 창작이라도 할 수 있도록 종이와 붓이라도 주는 것은 어떤가.

다시 한민족문학을 위하여

1. 왜 민족 당파성인가

마르크스는 자본주의 국가의 하느님은 돈이라고 지적한 바 있다. 이러한 독설은 한물 간 생선에 지나지 않는다. 오늘날 자본주의 국가의 종주국인 미국의 종교가 섹스라는 사실을 부정할 사람은 거의 없을 것이다. 그러니까 자본주의 국가의 하느님은 섹스가 된 셈이다.

과연 섹스는 전지전능한 자본이며, 무소불위의 전략이며, 불황 안 타는 산업인가. 이러한 밀교의 교리는 제 3민족국가, 특히 신흥 공업국가의 윤리를 무섭게 강타하였다. 이것이 이른바 미제의 저강도 문화 침략 정책이라는 사실을 모르는 사람은 아무도 없다.

광복 이후 미국은 이 땅의 백성을 신식민지 신민으로 예속화시키기 위하여 정치·경제적인 지배는 물론 철학·문학·사회학 이론을 유포시킴으로써 한반도의 노예화를 획책하였다.

박정회 정권이 내세운 근대화론은 내표적인 정치 지배 이념이었으며, 정예분자론이나 대중 사회론은 특권층의 통치 이념이며, 이러한 이론은 민족주의를 위장함으로써 신식민지 예속화 정책을 강화시켜 왔다. 한편, 실용주의·실존주의·도구주의는 한국의 철학·종교·문학을 문화적으로 예속시켜 왔고, 대중적 자본주의론이나 자유민주주의론은 사회학의 지배 이념이었고, 후진국 개발론은 신흥 공업국가의 지배 이념이 되어 왔다.

그런데 80년대 후반 90년대 초반 민중·민족문학 문예 전선은 어디로 떠밀려 가고 있는가. 밖으로 소련 연방의 붕괴와 동구 사회주의 국가의 몰락, 안으로 강경대 타살 이후, 좀 더 정확히 말해서 정원식 총리가 외국어대학에서 밀가루 반죽이 된 이후 민중·민족문학은 양날 칼에 숨통을 조여 왔다. 우편향 민족문학 진영은 '반성' '성찰' '고백'이라는 해괴한 우행을 통해 민족문학의 '조정 국면' 또는 '해체 국면'을 명분으로 내세워 자유주의자로의 전향을 시도하였고, 일부 해외문학파들은 포스트모더니즘(이하에서는 '포모즘'이라 적는다.)을 의도적으로 유포함으로써 민족문학 운동을 무력화시키려 하였다.

『노동해방문학』의 공중 분해 이후 조정환이 수배를 받는 좋은 때를 만난 우편향 민족문학 진영이 해괴한 망동을 자행하였고 이에 대해 김철이 상식 수준의 대응을 하였을 뿐인데 반해, 해외문학파들의 포모즘 논쟁은 반대론 쪽에서 임상훈이 맞불을 놓음으로써 무방비 상태로 유포되던 미제 문화 지배 이념에 일단 제동을 걸고 있다. 천둥벌거숭이로 날뛰던 식민지 문화 이론이 그 동안 축적된 민족 역량에 의해 제어되는 역사적 순간을 목격하면서 참으로 금석지감을 느낀다.

따라서 이 글은 첫째, 포모즘 논쟁을 요약·정리함으로써 민족문학의 미학인 민족 당파성의 당위론을 드러내 보이고 둘째, 80년대 후반 90년대 초반 민중·민족문학론을 일정하게 비판함으로써 민족문학의 전열을 가다듬어 자유주의자와 개량주의자들의 전향 논리에 발새 빠르게 대응하며 셋째, 그 동안 논자가 독자적으로 전개해 온 한민족문학의 미학인 깨도새, 풀림새, 추임새에 따라 간헐적으로 진행되어 온 민족문학 성과물을 실천 비평함으로써 민족문학의 길꼬내기를 수행하려 한다.

물론 해외문학파 사이에 난전을 거듭한 포모즘에 대해 논자 같은 문외한이 감히 끼어든다는 것은 만용일 터이다. 그러나 저들의 말새를 빌린다면 그것은 어차피 한국적 '굴절' 또는 한국적 '현상'일 것이다. 그렇다 해도 이 글은 본질적으로 '비평 후 비평'의 범주를 크게 벗어나지 못한다.

미국에서도 한물 지난 포모즘이 한국에 상륙한 것은 1982년 이합 핫산이 서울대 영어영문학과에서 특별강연을 함으로써 비롯된다. 그러나 이 때 한국의 정치 문화적 상황은 반제 반민주 변혁 운동이 드세게 일어날 때여서 그다지 맹위를 떨치지 못한다. 그러다가 이른바 민중·민족문학이 조정 해체 국면에 들어갔던 80년대 후반 90년대 초반에 포모즘 바람이 일기 시작한다. 이러한 배경 뒤에는 미문화원이 부산 등지에서 포모즘을 주제로 한 강연을 주선하였고, 이어 제주도에서 열린 아메리카 학회, 각종 영어영문학회 모임에서 포모즘을 유포하였고, 상당수 해외문학파들의 이에 대한 호응이 있었다. 대중 매체는 덩달아 호들갑을 떨었고, 각종 문학지들도 앞다투어 특집을 꾸미는 북새를 놓았다. 과연 포모즘은 사회 현상이었으며 매판 지식인의 지적 상징이었는가. 거기에다 꼴값을 한 것은 어물전 꼴뚜기들, 즉 주체적 자기 인식이 불가능한 시인 작가들이었다.

그렇다면 미국은 물 간 생선인 포모즘을 왜 한국 사회에 그토록 광범하게 유포시켰을까. 소연방 해체 이후 미국의 영향력 변화를 고려한다면 답변은 간단치 않다. 그러나 그 까닭은 문화제국주의의 침략 노선상에서 찾아야 한다.

그러면 포모즘이란 과연 무엇일까. 김욱동의 다음과 같은 진술을 들어보자.

몇몇 이론가들은 포모즘을 상품화하여 저속한 대중 문화로 특정지워지는 후기 자본주의 사회의 문화적 논리로 파악하고 있다. 혹은 다른 몇몇 이론가들은 후기 산업사회 시대에 제국주의적 선진 자본주의 국가들이 새로운 시장 개척을 위해 만들어 낸 지배 이데올로기의 한 형태로서 간주하고 있다.[87]

일부의 시각이지만 포모즘이란 후기 자본주의 사회의 상품화와 저속한 대중 문화의 문화적 논리, 또는 후기 산업사회의 제국주의 지배이념이다.

포모즘이란 말새는 언제부터 사용되었을까.[88]

---

87) 김욱동, 「포모즘이 남발되고 있다」, 『한국논단』, 1992 10월호, 119쪽

88) 포모즘의 뜻매김은 결코 쉽지 않다. 편의상 여기에서는 김욱동, 「문단에 부는 포모즘 바람」, 『월간중앙』, 1990년 4월호, 531쪽을 참고하였다.

스페인 작가 페데리코 데오니스가 1934년『스페인 및 라틴 아메리카 시화집』을 편찬하면서 처음 사용한 이래, 아놀드 토인비는 1934년에 집필하고 1947년에 간행한『역사연구』에서 서구 사회의 새로운 역사적 순환기를 서술하면서 포모즘이란 말새를 쓰고 있다. 이렇게 사용되던 포모즘이 사회 현상·문화 현상 혹은 예술 현상을 지칭하게 된 것은 비교적 최근의 일이었다. 1950년대 말 1960년대 초에 들어와 어빙하우, 레슬리, 피들러, 해리, 르빈 같은 미국의 이론가나 비평가들에 의해 비로소 본격화된 것이다.

포모즘의 발원지는 남미와 북미 대륙 특히 미국이다. 미국이, 포모즘이 성장하는데 가장 적합한 토양을 제공한 까닭은 다양한 인종이 모여 사는 다원 사회라는 사실, 문화적 전통이 일천하여 이른바 '제도 예술'에 반발하는 '전위 예술'이 성장할 수 있었던 까닭이다.

이렇게 발생·성장한 포모즘은 문화 전통이 깊은 유럽으로 수출되어 영국, 프랑스, 독일 등으로 유포되었다. 마침내 태평양을 건너온 포모즘은 일본에 상륙하여 아시아 각국으로 유포되었다. 이러한 현상을 김욱동은 어느 한 나라에 국한된 현상이 아니라 동서양에 걸쳐 일어나는 '국제적 현상'이라고 지적한다.

포모즘은 다양성·수용성, 특히 시대 정신을 특성으로 삼고 있다. 또한 극도의 회의주의와 다원성, 그리고 탈중심화 현상의 특성을 갖는다.

1. 포모즘은 자아·주체·주관성 등에 대해 모더니즘이나 리얼리즘과는 다른 입장을 취한다. 리얼리즘이 보여준 외형적 실재와 객관성에 반발하여 모더니즘은 주관성을 보여준다. 그러나 포모즘은 주관성을 부정할 뿐만 아니라 자아나 주체를 탈중심화 현상으로 인식한다.

2. 포모즘은 엘리트주의 미학 특유의 무관심·초연성을 거부하고 임의성·우연성·유화성을 강조한다. 이러한 태도는 그 동안 모더니즘이 추구해 온 질서나 보편·영원성에 대한 비판적 반작용이다. 독자·청중·관객은 창조적 참여가 요구되며 포모즘 문학과 예술에서는 행위가 강조된다.

3. 포모즘은 문학 갈래를 해체·확산·통합한다. 모더니즘이 군대 조직처럼

엄격히 규정하던 문학 갈래를 포모즘은 갈래 사이의 장벽을 무너뜨리고 '경계선을 넘고 간격을 좁히는 작업'을 추진한다. 그리하여 시·소설·희곡은 평론의 비평적 추리력을 빌려 가고, 반대로 평론은 창작적 특성을 활용하게 되었다.

4. 포모즘은 문학 갈래를 엄격히 구분하지 않는 것처럼 고급 문화와 저급 문화, 예술과 상품을 구별하지 않는다. 포모즘은 그 동안 모더니즘이 구축해 놓은 엘리트 문화와 대중 문화를 문화적 다원성과 상대성에 의해 그것의 대중적 특성을 강조하게 된다.

5. 포모즘은 모더니즘보다 모방적이고 패러디적 특성이 강하게 부각된다. 포모스트들은 모더니스트들처럼 창조성을 중시하지 않으며 다른 작가의 작품에서 주제·문체·내용을 모방한다. 그들의 관점에서 볼 때 태양 아래 새로운 것이란 결코 존재할 수 없으며 오직 끊임없는 반복만이 존재할 뿐이다.

6. 포모즘은 그 동안 주변적인 것, 소외된 것으로 보이는 것들에 대해 새로운 가치를 부여한다.

이상에서 살핀 바와 같이 포모즘은 모더니즘에 반발하여 출발했음에도 불구하고 모더니즘의 속성을 버리지 못한다. 문제는 포모즘의 근간이라고 볼 수 있는 탈중심화, 주체의 해체가 제 3민족국가의 민족문학 운동에 어떤 영향을 끼칠 것인가에 달려 있다.

그렇다면 이러한 포모즘에 대하여 이를 유포시킨 장본인인 해외문학파들은 어떤 입장일까. 정정호·김성곤·백락청·임상훈 등을 중심으로 살펴보자.

정정호는 포모즘의 수용론자들을 서구추수주의자, 반대론자를 국수론자라 하여 싸잡아 비판하는 양비론의 입장을 취한다.

80년대 구미, 특히 미국을 유학하고 돌아 온 구미유학파를 정정호는 맹목적·무비판적 서구추수주의자라고 규정하고 이들을 경계하지 않으면 안된다고 주장한다. 서구추수주의자들은 서구 문화 현상, '새로운 것'으로 인식되는 포모즘에 대해 즉각 가치를 부여하고 전파·확산을 주창하기 때문이다.

또 외국의 것이라면 생리적·전략적으로 거부하고 서구 문예 사조는 일단 적대시하는 것도 정정호가 볼 때는 일종의 콤플렉스이며, 이러한 무조건적 거부와 외면은 서구인 덫에 걸리지 않는 안전판 구실은 하지만 서구추수주의보다 별반 나을 것이 없다고 주장한다. 왜 그런가. 그것은 변증법적 역사적 상상력이 결여된 단순 논리이기 때문이다.

그러나 사실상 서구추수주의는 현실적으로 존재할 수 있지만 문화국수주의는 존재하지 않는다. 물론 그 까닭을 설득력 있게 진술할 수 있을 터이다.

그렇다면, 양비론의 본질은 무엇인가.

> 아직도 우리가 그 본질과 수용 가능성을 타진하기도 전에 밀려들어오는 서구의 이론들과 맞서기 위해서는 싫든 좋든 우리는 역설적으로 들릴지 모르지만 이론화의 공동 전선이 필요하다.89)

몇 개의 완곡한 양보절에도 불구하고, 예를 들면 '본질과 수용 가능성도 타진하기 전에 밀려들어오는 서구의 이론', '싫든 좋든', '역설적으로 들릴지 모르지만'과 같은 수식어에도 불구하고 정정호가 내세운 현실적 대안은 '이론화의 공동 전선'이다. 이론화의 공동 전선이 구체적으로 무엇인지 확실치는 않다.

김성곤의 종속절은 더욱 길다. 폴 리쾨르의 말대로 "개발도상국가의 가장 큰 문제는 어떻게 하면 자국의 고유한 문화를 잃지 않으면서 동시에 세계의 보편적 문명에 동참할 것인가"와 같은 것. 그래서 포모즘이 머금고 있을지도 모르는 함정에 대해서도 생각해 보자고 한다. 프레드릭 제임슨은 포모즘은 모더니즘의 제국주의적 자본주의가 이제는 다국적 자본주의 형태로 더욱 교묘하게 세계 시장에 파고드는 것을 도와주는 후기 자본주의 논리가 될 수도 있다고 말한다. 제임슨은 광고, 전자 매체, 컴퓨터 네트워크를 통한 또 다른 형태의 문화

---

89) 정정호, 「한국에서의 자리매김」, 『서울대학보』, 1990년 3월 26일 268쪽

적 신식민지와 일부 경박한 사이비 실험 작가들의 극단주의를 자칫 포모즘이 합리화시킬 수도 있다는 점을 우려한다.

> 학문의 추세가 이러함에도 불구하고 아직도 포모즘 존재를 부인하거나, 그것을 다만 미국의 사조로만 착각하고 있는 사람들이 있다면 그것은 학문의 발전을 위해 안타까운 일이 아닐 수 없다.[90]

그러니까 김성곤은 프레드릭 제임슨의 포모즘은 후기 자본주의 논리이며, 문화적 신식민지와 실험 작가의 경박한 풍조를 합리화시킬 수 있다는 지적을 수용하면서도 세계적인 학문의 대세인 포모즘의 존재를 부정하거나 미국의 사조로만 착각하는 것은 학문 발전을 위해 안타까운 일이라 하여 스스로 논리적 모순에 빠지고 만다. 그러나 논리적 모순 구조에 빠지는 것이 문제가 아니라 포모즘을 수용하는 것이 학문의 발전이라고 믿는 사고 유형이 신식민지 지식인의 일반적 특징이라는 점이다.

그러면 해외문학파의 대부인 백락청은 어떤 입장일까. 아직도 분명한 민족문학의 전위로 철저한 입장 정리가 끝난 것은 아니지만 백락청의 「신식민지 시대와 서양문학 읽기」는 이제까지 평론과는 달리 괄목상대할 만한 것이다.

> 그러나 포모즘 문화의 대중성이 그 본고장에서도 대중의 주체적 참여를 얼마나 북돋아주고 그들의 인간 해방에 얼마만큼의 이바지를 하는지 의문이지만, 신식민지적 상황에서는 제국주의의 문화 침략에 맞서 민족의 주체성을 지키고 세계사 발전의 전위적 대열에 동참하려는 민중의 노력을 전보나 더욱 교묘하게 방해하는 반민중적인 외래 문화라는 성격이 무엇보다 두드러질 수밖에 없다.[91]

---

90) 김성곤, 「포모즘 논의의 흐름과 전망 -'포모즘의 개념 정립을 위하여', 『서울대학보』, 1990년 3월 26일자, 252쪽

91) 백락청, 「신식민지 시대와 서양문학 읽기」, 『민족문학의 새단계』, 창작과 비평사, 1990년, 224쪽

백락청이 포모즘을 달갑잖게 여기는 까닭은 두 가지이다. 하나는 포모즘의 본고장인 미국에서조차 대중의 주체적 참여와 인간 해방에 별로 이바지 못했다는 것, 다른 하나는 반민중적 외래 문화라는 것.

그러나 이렇게 분명한 백락청의 입장도 DH 로렌스의『연애하는 여인들』에 그려진 현대 예술가상을 검토한「로렌스 소설의 전형성 재론」,『창작과 비평』(1992)에서는 일정하게 포모즘으로 경사되고 있다.

그럼에도 이 글을 전면 검토하지 않은 까닭은 나 자신이 DH 로렌스 전문가가 아닐 뿐만 아니라 그에 대한 혐오감을 아직도 버리지 못한 까닭이다. 또 여전히 백락청은 민족문학의 미학으로 리얼리즘을 옹호하고 있을 뿐만 아니라 리얼리즘의 전형 또는 재현을 무리하게 적용하기보다 실사구시와 지공무사(至公無私)의 정신이 존중되기를 바라기 때문이다.92)

임상훈은 포모즘의 국내 수용 문제를 '해방' 논리가 바로 '억압' 구조라는 차원에서 인식하고 있는 바, 이를 요약 정리하면 아래와 같다.

1. 포모즘은 신식민지 또는 제 3세계에 있어서 '해방'적 측면보다는 오히려 또 다른 형태의 '억압'이라는 점을 지적한다.

2. 해체주의, 탈후기구조주의에서 '해방'을 읽어 내는 사람들의 사고는 이 땅의 현실과는 동떨어진 서구취향적인 것이어서 그들의 해방이란 개인적인 것이고, 신식민지 질곡에서 신음하는 이 나라 민중에게는 저들의 논리를 고스란히 또는 더 나쁜 형태로 수입함으로써 새로운 '억압' 의 논리가 된다고 지적한다.

3. 서구에서 진행되는 이러한 논의를 우리 나라의 특수성을 도외시한 채 일방적으로 '보편적'인 것으로 수입하여 자신의 입지를 강화하려는 태도야말로 서구추수주의라고 규탄한다.

4. 한편, 포모즘, 탈후기구조주의를 포함한 논의가 일정한 '해방'적 요소를 머금고 있으며 모더니즘보다는 다소 민주적이라는 점을 인정해야 한다. 그러나 서구적 해방 요소가 한국적 지배 구조가 되었다는 점을 감안하여 포모즘을

---

92) 백락청,「로렌스 소설의 정형성 재론」,『창작과 비평』, 1992년 여름호, 78쪽

무비판적으로 수용해서는 안될 것이다. 그것은 제임슨의 말대로 전 지구적 현상도 아니고 한국 문화의 지배소도 아니기 때문이다. 서구적 '해방' 논리도 물건너 올 무렵에는 '지배' 구조가 되는 까닭이다.

5. 안드레아스 후이쎈은 포모즘을 60년대 미국에서 일어난 문화적 현상으로 파악하고 이를 다시 순응적 긍정적 포모즘과 저항적 대안적인 것으로 구분하고, 포모즘은 '아무거나 괜찮다'는 지배 이념에 저항하는 것이 되어야 한다고 주창한다. 이 땅에 만연하고 있는 '아무거나 괜찮다'는 식의 포모즘은 결국 비판거리를 없앰으로써 아무것도 통하지 않는다는 지적 허무주의를 양산하고, 드디어는 이념의 종말을 선고하고 만다. 이것이 바로 후이쎈이 말하는 순응적 포모즘이고 제임슨은 다원주의를 표방하는 후기 자본주의 문화적 전략이라고 지적한다.

6. 포모즘이 배태되는 60년대 미국의 국제 상황을 살펴보면, 소련의 지원을 받는 제 3세계가 민족 해방 운동을 효율적으로 전개함으로써 미국의 자본주의는 설 자리를 잃고 위기에 직면하게 된다. 이러한 상황 아래서 미국의 공식 논리로 개발된 것이 포모즘이며, 따라서 이 논리의 주목적은 다양성 또는 다원주의 등으로 이론의 차별성을 없애는 데 있다. 포모즘은 자본주의 대안으로 등장한 사회주의 또는 마르크스주의를 다원주의로 포섭하여 그 안의 혁명성을 박탈하고자 한다. 따라서 포모즘의 저항성은 한계를 갖게 된다. 이러한 저항은 대안을 제시한다거나 사회의 기본 모순, 근본 모순을 지향하는 형태를 띄기보다는 단지 개량주의 성격을 갖게 할 뿐이다.

7. 이 땅에 들어 온 포모즘은 민주·민족 진영에 뚫고 들어가 지적 허무주의를 조장하고 혁명성을 박탈하며, 잘못된 지향성을 갖고 있는 자유주의자들을 양산하여 소모적인 이론 투쟁을 하게 한다.[93]

이상을 요약하면, 미국에서는 해방 논리였던 포모즘이 제 3세계인 한국에

---

93) 이상은, 임상훈, 「'해방'과 '억압' ; 포모즘의 국내 수용 문제」, 『서강 영문학』 2집 1990년, 37~44쪽을 요약·정리하였다.

상륙하면서 억압 구조로 전환되었다는 것은 결국 포모즘이 의식 잠재우기 또는 행동 길들이기로서 지배 이념이 되었다는 것을 뜻한다.

그러면 포모즘을 포함한 서양문학 작품 전반에 대하여 해외문학파의 한 사람인 백락청은 과연 어떤 입장일까. 이러한 물음이 가능한 것은 백락청이 원론적으로 포모즘을 반대한다는 보도와는 달리 포모즘에 현저히 경사된 증거가 있기 때문이다. 창비 1992년 여름호 「로렌스 소설의 전형성 재론」이 바로 그것인데, 백락청은 이 글에서 포모즘이 발생하기 훨씬 이전인 1920년대 로렌스 소설 『연애하는 여인들』에 포모즘을 도입 분석하기 위해 궁색한 몇 가지 까닭을 들고 있다. 문제는 로렌스가 포모즘 작가인가 아닌가가 아니라, 로렌스를 포모즘 작가로 치부하고자 하는 백락청의 시각이다.

이러한 백락청의 최근의 글 말고도 이미 1989년 이영희 회갑 논문집에 실린 「신식민지 시대와 비평의 자세」 이래로 한결같이 보여준 서구추수주의자의 본 모습에서 한 걸음 나아가 서구추수주의자의 진면목을 보여줄 뿐 아니라, 위장 주문인 '지혜'라는 뜬구름 잡기가 이때부터 증상으로 드러난다는 점에서 매우 중요한 글이기도 하다. 물론, 백락청은 무작스럽게 식자 프락치의 솔직한 얼굴을 드러내는 것이 아니라, 우편향을 교묘히 가려 놓고 세련된 프락치 전략을 구사하고 있다.

우선 신식민지 문화 수출에 대한 대응 논리로 몇 가지 전제를 드는 바 첫째, 외국의 것이라고 해서 무조건 배척하는 것은 구시대에도 지혜가 아니었다는 것, 둘째, 제국주의자들의 주입식 교육과 일반적인 해석을 배척하면서 인류 공동의 유산에 담긴 해방적 의미는 내 것으로 하는 적극적인 지혜가 필요하다는 것, 셋째, 제국주의가 직접 지배를 포기함으로써 문화 침략에 의한 의존이 높아지는 반면 피압박 민족의 문화적 응전력도 한결 증대된 신식민지 시대에 이르러 배타주의적 자세도 지혜가 아니라는 것 등이다.94)

---

94) 백락청, 「신식민지 시대와 서양문학 읽기」, 『민족문학의 새 단계』, 창작과 비평사, 1990년 220쪽

이러한 백락청의 주장을 요약하면, 제국주의 문화 유산에 담긴 해방 논리를 배우기 위해 서양 문화에 대한 배타주의는 버려야 한다는 것이다. 거죽이 번지르한 이따위 논리 뒤에는 언제나 매판문학론자의 시퍼런 칼날이 숨어 있기 마련이다. 다음과 같은 글을 찬찬히 읽어보자.

> 서양 것을 무조건 배격하는 주장이 문자 그대로 제시되는 일은 드물지만, 전통 유산 평가에서의 국수주의적 편향이라든가 외국 중에서 유독 '제 3세계'를 신비화하는 일종의 제 3세계주의, 또는 북한문학에 대한 무비판적 숭상 등 여러 가지 형태로 적잖은 힘을 지니고 있다. 그런가 하면 진보주의적 방법의 폐해 또한 곳곳에서 발견된다. 진보적 노선을 강조하는 독자와 비평가들이 다 그렇다는 것은 물론 아니지만, 작품 해석에서의 소재주의적 편향이라든가 민족 문화·동양 전통에 대한 경시와 사회주의권 문예 이론 및 작품들에 대한 과도한 평가 등은 우리에게 낯익은 현상들이다. 바로 이러한 여러 문제점들이 아직도 남았기 때문에 신비평적인 치밀한 형식 분석만 들이대도 민중 민족적 대응이라는 것이 초라해지는 수가 많으려니와, 신비평 등이 서양 중심적이라고 아낌없이 자아비판을 해낸 서양의 새로운 이론들 앞에서는 더욱 힘을 못쓰기가 십상인 것이다. 그러므로 기존의 어떠한 방법에 얽매이지 않고 작품을 지혜롭게 읽는 일은 언제 어디서나 중요하지만, 신식민지적 상황에서 서양문학을 읽는 작업은 특별한 지혜를 요구한다고 하지 않을 수 없다.95)

제국주의 문화 유산에서 해방 논리를 배우자고 강변한 백락청이 공격 목표로 잡은 것은 누구인가. 전통 유산 평가에 편향성을 보이는 국수주의자, 제 3세계를 신비화하는 제 3세계주의자, 북한문하을 무조건 숭상하는 주사파, 갖가시 폐해를 저지르는 진보주의자, 작품 해석에 소재주의 편향이 강하고 민족 문화와 동양 전통을 경시하고 사회주의권 문학 이론 등에 과도한 평가를 일삼는 일부 독자와 비평가 등이다.

바로 이러한 주장이 창비 창간부터 지금까지 백락청이 지켜 온 우편향적 경

---

95) 위의 책, 221~222쪽

향이며 매판문학론의 실상이며 지혜라는 위장술 뒤에 숨겨진 백락청의 참 모습이다. 이러한 어리석은 철부지들, 백락청의 말투로는 철부지 애물들이 그의 눈에는 어떻게 비칠까. 한 마디로 우습기 짝이 없는 얼간이, 영어도 제대로 모르는 무식쟁이들이다.

저들이 전개하는 민중·민족문학론을 보라. 졸렬하고 초라하기 그지없다. 신비평의 치밀한 형식 분석에 어찌 비기랴. 저것 보아라. 신비평이 제국주의 지배 이념이라고 비판하는 친구가 있는데, 그것은 이미 한물 간 비평이다. 이미 저명한 미국 문학 이론가들이 신비평이 지나치게 문학주의적이고 반민족적이며 서양 중심적이라고 자아비판을 하지 않았던가. 천상, 우물 안 개구리들은 국수주의 신세를 면할 수가 없다. 그러나 저 촌것들을 어떻게 혼내주나. 진수렁에서 함께 싸우면 나도 황구가 되고 만다. 점잖게 훈계를 하는 것이 더 배운 사람의 도리가 아닌가. 그래서 백락청이 내놓은 신식민지 시대 문화제국주의에 대한 대안은 이런 것이다.

언제 어디서나 중요하고 특별히 신식민지 상황에서 지혜로운 서양 문학 작품 읽기는 기존의 어떠한 방법에 얽매이지 않고 작품을 지혜롭게 읽는 일이 된다.

물론 이러한 백락청의 주장을 꿰뚫어 보기 위해서는 지혜의 정체를 밝혀야 한다. 이러한 작업을 뒤로 미루더라도 백락청이 말하는 지혜는 현실과 용기 있게 맞닥뜨리는 일이 아니라, 꾀스럽게 문제 피해 가기라고 볼 때, 백락청의 이러한 주장은 제 3민족국가의 민족문학에 대하여 무장 해제를 요구한 것이다. 제국주의 문화 침략이 자행되고 있는 신식민지 시대에 백락청의 말대로 기존의 어떤 방법에도 얽매이지 않는 문학 작품 읽기는 바로 제국주의 독서를 의미하기 때문이다.

그것은 마치 최신 병기로 미 공군이 폭격을 감행하는 사막 한 가운데 벌거 벗고 서 있는 후세인 꼴이 된다. 제국주의 침략 아래서 감상주의와 지혜라는 관념이 얼마나 고급 창녀의 논리이었는지를 친일 앞잡이들은 역사적으로 증명하고 있다. 이런 의미에서 백락청은 이광수가 간 길을 한층 지혜롭게 가고 있는지도 모른다.

구소련이 몰락한 이후 미국의 세계 침략은 동반자 일본과 합세하여 방자하게 자행되고 있다.

파나마운하 반환을 요구하는 노리에가를 체포하여 미법정에 세우고 그 부인을 바늘 도둑으로 체포한 부시가 리우 환경회의 참석차 파나마에 들러 연설 도중 봉변을 당했다고 한다. 파나마 교수 연합회가 뿌린 유인물에는 이렇게 적고 있다. "살인자는 항상 범행 현장에 다시 나타난다."

백범 암살 책임은 전적으로 당시 대통령 이승만에게 있다고 당시 미국 대사관에서 외교관으로 근무했던 도날드 맥도날드가 말했다.

우리 나라 정부 청사에 개를 몰고 들어왔던 슐츠가 서울 평화상을 받기 위해 서울에 왔다. 이런 마당에 현실적으로 필요한 문예 미학은 무엇인가. 당연히 민족 당파성이다.

그렇다면, 민족 당파성의 구체적 실천 방안은 무엇인가.

백범이 흉탄에 쓰러진지 반세기가 넘도록 아무도 원수 갚는 이가 없었다. 그런데 지사 권중회가 안두희를 끈질기게 추적·심문한 끝에 일단의 자백을 받아 냈다. 매판문학론자를 끊임없이 질책·비판하여 그들의 죄상을 폭로하고 설 자리를 없앰으로써 한민족문학의 새로운 정기 찾기를 전개하지 않으면 한민족은 제국주의 문화 침략 앞에 벌거벗고 서는 꼴이 되고 만다.

제국주의자들에게는 어떻게 대처할 것인가. 백범이 이미 전범을 보여순 바 있다.

2. 민족문학이여 어디 있는가

80년대 후반 90년대 초반 민중·민족문학 논쟁은 비생산적 소모전 양상을 띤 소시민문학 방어 논쟁과 자유주의자들의 지분 찾기로 대별된다.

소시민문학 방어 논쟁은 고은의 민중문학가 비판과 백락청의 이른바 지혜 논리로 구분되고, 자유주의자들의 지분 찾기는 김철과 권성우, 정남영과 김영현 논쟁으로 세분된다.

이러한 논쟁은 국제적으로 사회주의 종주국인 소련의 몰락에 뒤이은 동구권 사회주의 국가의 해체를 주관적 자의적으로 해석하고 나라 안 사회에 만연된 허무주의와 이기주의가 맞물려『노동해방문학』해체 이후 문단에 불어닥친 신공안정국 아래서 방만한 우경화 현상으로 전향되고 있다. 민중·민족문학의 위기는 시한부 종말론처럼 위험 수위를 넘고 있다.

고은의 소시민문학 일차 방어전은 젊은 비평가들을 상대로 노기 어린 노망으로 시작된다.『조선일보』1989년 11월 18일자 보도에 따르면, 11월 16일 밤 여성백인회관에서 열린「80년대 민족문학운동의 현황과 과제」라는 토론회에서 고은은 발제를 통해 진보적 젊은 민중문학 비평가를 원색적으로 비난함으로써 그 동안 젊은 비평가 진영으로부터 소시민문학가로 비판받아 온 데 따른 맺힌 생각을 토로함으로써 이 논쟁은 시작되었다고 한다. 이때 발표한 표제는 정리를 거쳐 이듬해인 1990년『신동아』1월호에 발표되는 바, 백화점식 여러 주제의 산만한 나열에도 불구하고 다음과 같은 변명 아닌 강변이 고은의 진의가 아닐까 싶다.

여기에서 70년대부터 문학 운동을 이끌어 온 세칭 민족문학 제 1세대들을 중심으로 한 소시민적 운운의 문학은 그 소시민성으로 말해지는 자체가 애초부터 소시민주의를 타파하고 나온 문학 세력이라는 시대적 의의를 60년대 후반 시민문학론의 출현과 그와 함께 있어 온 참여문학의 발흥에서도 잘 알 수 있을 것이다. 그때부터 70년대에 이르는 동안의 소수 세력이었던 이들이 이

제는 하나의 강고한 고전성과 보편성을 획득하기까지의 열정은 실로 고행에
비길 만한 것이었다고 해도 과언이 아니다. 이에 대한 공로 따위는 감안하지
않더라도 거기에 소시민적이라는 관형사를 꼭 달아주는 후학들의 소승적인
태도는 그 정밀한 검증 여부와는 달리 이제 더 이상의 값어치로 강화될 수
없을 것이다.96)

요컨대, 60년대 후반 70년대 초반 소시민문학론자들이 고전성과 보편성을
확보하기 위하여 고행에 가까운 산을 넘어 왔음에도 후학들이 소시민이라는
관형사를 붙여 주는 소승적 태도가 야속하여 원색적인 비판을 하게 되었다는
것이다. 옳은 말이다. 제 1세대 민족문학론자들이 넘은 것이 언덕인지 구릉인
지 분명치 않으나 산을 넘은 것은 분명하다. 반대로 젊은 세대들이 넘고 있는
민족해방문학론도 분명한 산임에 틀림없다. 수배중이어서 발표 현장에 나타나
지 못했던 조정환의 다음과 같은 말을 들어보면 두 세대가 넘고 있는 산의 분
명한 차별을 인식할 수 있다.

> 87년 이후 대파업 투쟁을 거치면서 계급적, 정치적으로 각성해가는 남한
> 노동자 계급은 민족문학론과 민중문학 속에서 자신에게 힘을 주는 정서를 맛
> 보지 못하며 자신을 '노동 해방' 혁명 투쟁으로까지 이끌어 갈 이념을 얻지
> 못합니다. 이것이 바로 민족문학론의 한계입니다.97)

종래의 민족문학인 소시민문학에서 노동자 정서와 노동 해방 투쟁의 이념
을 얻지 못한다고 선언한 조정환에 반해 고은의 위아래를 몰라본다는 투정은
차라리 노망에 가깝다.

이러한 고은의 소시민문학론 방어 논쟁에 고무된 듯 백락청은 이듬해인

---

96) 고은, 「90년대 민족문학을 위하여 ; 문학은 무엇을 위해 존재하는가」, 『신동아』,
1990년 1월호, 127쪽

97) 조정환, 「고은 시인의 '신세대' 비판에 대한 답신」, 『노동해방문학』, 1989년 12월
호, 346쪽

1990년 얼토당토않은 이른바 '지혜의 시대'를 선언함으로써 시민문학론의 건재를 과시하게 된다. 백락청이 1990년 『창비』 봄호에 「지혜의 시대를 위하여」를 발표하자 최원식은 서평 「강압의 시대에서 지혜의 시대로」(『창비』 1990년 겨울호)에서 이를 즉각 지지하였다. 뒤이어 유중하 「백락청을 새로이 고쳐 읽으며」(『실천문학』 1991년 가을호), 이재현 「생산적 대화를 위하여」(『실천문학』 1991년 가을호) 등의 평론에서 백락청을 지지·찬양하고 나섰다. 다시 1992년 김명인 「불을 찾아서」(『실천문학』 1992년 여름호)에서는 백락청을 재평가하고, 1992년 『창비』 여름호 좌담 「리얼리즘·포스트모더니즘·민족문학」에서 해외문학파들이 백락청을 다시 지원하였다.

그러면 백락청의 이른바 지혜 논리에 대하여 언론은 어떤 태도를 보였는가. 「하필이면 왜 백락청인가」(『노동자신문』 1991년 11월 1일자)는 백락청에 대한 거부 반응을 보였는가 하면, 『한계레신문』 1991년 8월 27일자 「백락청 씨 문예론 다시 부각」에서는 백락청이 진보적 문예 이론의 서기장직을 회복하고 있다고 평가한다. 아마도 비평가들끼리 고스톱을 쳤는데 백락청이 서기를 맡았다는 뜻인지 모르겠다.

백락청의 민족문예론에 대한 주도적 역할과 문장에 대한 이재현의 다음과 같은 평가를 살펴보자.

> 다만 한 가지, 민족문학론의 주도적 이론가인 백락청 교수의 글이 일부분만 수록된 것은 아쉽다.
> 특히 우리에게 두고두고 되풀이해서 생각해가며 읽을 것을 요구하는 백교수 문체의 지적 균형과 유연함을 제대로 맛볼 수 없다는 것은 유감이다.[98]

좋다. 종이와 먹물을 낭비했다는 점에서 백락청을 민족문학론의 주도적 이론가로 치자. 그런데 백락청의 문장이 지적 균형과 유연함을 갖추었다니, 고종석이 김현의 문장을 맑고 투명하다고 했던 망발이 상기되니 웬일인가.

---

98) 이재현, 「다시 문제는 리얼리즘이다」, 『한겨레신문』, 1992년 4월 16일자

백락청에 대한 글을 쓰는 동안에 가장 고통스럽고 짜증나는 일은 번역투 문체, 비문, 호응이 안되는 엉터리 문장 등이었다. 더욱 진땀나는 일은 문장이 되도록 고쳐 인용하는 일이었다.

그런데 이재현은 백락청의 문장이 지적 균형과 유연함을 갖추어 두고두고 생각하며 되풀이 읽는다니 가히 이재현은 천재로다.

이 나라에 글 떨어진 지 오래라는 학계의 비난은 전적으로 타당성을 갖는다.

그러나 한국의 모든 기자·비평가들이 군대식으로 백락청에게 '받들어 총'을 한 것은 아니다.『노동자신문』「하필이면 왜 백락청인가」라는 제목의 기사는 '반성', '고백', '성찰', '지혜' 등 다양한 의미를 둘러 쓴 사상적 혼란과 동요가 그 의미의 진지한 모색과 고민에도 불구하고 민족문학 진영 내에 커다란 반향을 일으키고 있다고 경계한다.

결론적으로, 백락청의 이른바 지혜 논리는 지적 허무주의를 확산하여 민중문학 진영을 와해시키고, 현실 투항의 논리를 강화함으써 사회병리를 조장하고 있다는 것이 나의 생각이다. 그러니까, 이른바 지혜 논리는 사이비 사기극인 셈이다.

　　그러므로 우리는 백락청 교수의 민족문학론에 대하여 다음 두 가지 사항을 제의해 두고 싶다.

　　첫째, 우리 사회를 이해함에 있어 막연한 민중의 입장에 설 것이 아니라, 사물의 구체적 연관, 대립물의 통일과 투쟁 관계를 유물론적으로 바라보는 노동자 계급의 입장에서 분단 문제를 바라보아야 할 것이다.

　　둘째, 분단 시대·분단 사회의 구체적 현실에 대하여 민중간의 모순이라는 추상적 규정에 머무를 것이 아니라 우리 사회를 구성하는 온갖 부분들의 상호 관계에 대한 과학적 분석으로 뛰어들어야 할 것이다.99)

---

99) 조정환, 「민족문학 주체 논쟁의 종식과 노동해방문학의 출발점」,『노동해방문학』, 1989년 6·7 합본호

사실, 조정환이 백락청에게 막연한 민중의 입장에서 벗어나라든지, 추상적 규정에서 벗어나라는 요구를 하는 것은 그의 신원이나 그가 받은 교육을 감안할 때, 무리라고 볼 수밖에 없다. 왜냐하면, 인간이란 아는 바대로 실천하고 배운 바대로 가르치는 한계를 지닌 동물이기 때문이다. 비록 그것이 허무주의일지라도 현실을 정확히 보지 못하면 현실을 벗어날 수 없기 때문이다.

백락청을 '매판문학론자'로 매도하고, 심지어 백락청의 '지혜'를 '사이비 사기극'으로 규정한 까닭은 무엇인가. 그 까닭을 정확히 밝히지 못한다면, 그것은 한 문학인에 대한 결례를 넘어선 명예 손상이 될 터이다.

모든 열쇠는 「지혜의 시대를 위하여」(『창작과 비평』 1990년 봄호)에 달려 있다. 이 글이 발표된 두 해 동안 몇 차례 거듭 읽으며 곰곰 생각하였다. 참으로 알쏭달쏭한 글이었고 자신의 본질을 철저히 위장한 글이었다. 나는 다음과 같은 세 가지 이유 때문에 백락청을 '사이비' 또는 '매판문학론자'라고 규정하는 결론에 도달하였다. 미흡하다면 가차없이 꾸짖어 주기 바란다. 마흔아홉 해 동안 내가 싸워 왔고 저주한 것은 감상주의였다. 어떤 이유에서건 나는 감상주의를 용납하지 않는다.

맨 먼저 나를 대사색의 수렁에 빠뜨린 것은 지혜의 '본질'이었다. 과연 지혜란 무엇인가. 불면의 깊은 밤, 멀고 지루한 버스 여행길에서 나는 지혜와 싸움박질을 시작하였다. 본래 나는 무명과 어둠의 자식이어서 좀처럼 깨달음을 얻지 못하였다.

지혜란 위험한 덫이나 손해 보는 계산을 피해 가는 재주일까. 그런 것도 같았다. 그것이 보통 사람의 일반화된 사고였다. 그러나 가만히 생각해 보면 그것이 아니었다. 지혜의 배달말은 슬기, 간지(奸智)의 배달말은 꾀가 아닌가. 그렇다면 올무나 덫을 피하는 재주는 무엇인가. 간지, 꾀. 그렇다면, 진정한 지혜란 무엇인가.

그것은 손해나 덫에 희생을 각오하고 정도를 선택하는 용기였다. 석가는 가진 것을 버렸다. 그리하여 해탈의 지혜에 도달하였다. 예수는 목숨까지 버렸다.

그리하여 진정한 이웃 사랑이 하느님이라는 지혜에 이르렀다. 원효는 허세를 버렸다. 그리하여 마음이 부처라는 것을 알았다. 지혜란 용기 있는 정도의 선택. 나의 사색은 더 나아가지 못했다. 그러니까 지혜란 위험 피해 가기가 아니라 위험을 무릅쓴 현실과 맞닥뜨리기인 셈이다.

그런데 백락청이 말하는 지혜란 무엇인가. 다음과 같은 글을 찬찬히 읽어보자.

> 획기적인 새출발의 또 하나의 가능한 현장인 이곳에서 터져나온 정계 소식 따위는 그런 척도로 보면 졸렬한 토막극에 불과하다. 선거에서 3분지 1의 득표밖에 못한 여당이 밀실 거래로 하루아침에 4분의 3이 넘는 의석을 차지했으니 '쿠데타'요 '제 2의 유신'이라는 말이 나올 법하긴 하다. 그러나 정변은 어김없는 정변이고 '보수대연합'이라는 명칭이 부끄러운 야합이지만 총칼을 앞세우지 않은 밀실의 야합이라는 차이가 전혀 무의미한 것은 아니다. 크게 보면 총칼의 힘과 돈의 힘을 배합한 강압 구조 중 무게 중심이 후자 쪽으로 옮겨지는 그나름의 역사적 진보의 일환으로서, 지혜의 시대를 위한 또 다른 기회를 열어주는 바 없지 않다. 100)

국민의 뜻과는 아무런 상관없이 저희들 멋대로 보수대연합을 결성한 3당 통합을 백락청은 어떻게 보는가. 우선, '졸렬한 토막극'으로 일축하고 나서 다시 밀실의 야합이 전혀 무의미한 것은 아니라고 긍정한다.

왜 그런가. 크게 보면 총칼의 힘과 돈의 힘을 배합한 강압 구조 중 무게 중심이 후자 쪽인 '돈의 힘'으로 옮겨졌기 때문이다. 그것이야말로 '역사저 진보의 일환' 또는 '지혜의 시대를 위한 또 다른 기회'가 된다.

여기서, 백락청이 그토록 열심히 '과학'으로 위장한 '지혜'의 정체가 폭로된다. 즉, '총칼의 힘'에 의지하는 세계는 '강압의 시대'이고 '돈의 힘에 무게 중심을 두는 세계'는 바로 '지혜의 시대'인 것이다. 이러한 두 세계는 다음과 같은

---

100) 백락청, 「지혜의 시대를 위하여」, 『창작과 비평』, 1990년 봄호, 96쪽

개념으로 보완된다.

총칼의 힘이 지배하는 강압의 시대는 쿠데타·유신·정변이 날뛰는 시대이고 돈의 힘이 지배하는 지혜의 시대는 '밀실의 야합'이 날뛰는 세계이다. 이러한 세계를 백락청은 '역사적 진보' 또는 '지혜의 시대를 위한 또 다른 기회'라고 부른다.

그러니까 백락청이 말하는 지혜란 역사 현실과 맞닥뜨리는 용기 있는 선택이 아니라, 지뢰밭을 피해 가며 손해볼 것 없이 단지 꾀스럽게 현실과 야합하는 것이다. 그것은 이상이 아니라 현실이고, 최선책이 아니라 차선책이다. 결국 백락청은 자신의 '현실 투항'을 '지혜'라는 듣기 좋은 관념으로 위장한 셈이다.

이러한 백락청의 '지적 허무주의' 또는 '역사적 패배주의'는 초반부터 과학으로 위장된다. 본질적으로 과학은 사물의 세계이고, 지혜는 관념의 세계인데 어거지로 과학으로 위장한 까닭은 무엇일까. 정확하지는 않지만, 백락청의 사이비 지혜 논리는 과학적 세계관, 변증법적 과학이 아니라 '관념의 신비화'라는 비난의 화살을 피해보려 했는지 모를 일이다.

> ①지혜는 이제 강압의 시대 틈바구니에서 숨쉬며 먼 훗날을 기약하는 단편적 지혜가 아니라, 전 인류의 삶을 슬기롭게 이끌고 갈 실력의 지혜가 될 때인 것이다.[101]
> ②지혜를 알아보는 지혜만이 검증자가 될 수 있다. 실천과 하나인 과학은 그 자체가 지혜이기 때문이다.[102]

사람은 누구나 일정한 과대망상증을 가지고 산다. 다만, 그러한 증상이 인류를 해롭게 하는가 보탬이 되는가에 따라 위인과 악인이 결정되는 법이다.

위와 같은 두 문장을 따로 떼어 읽으면 광야에서 외치는 선지자의 목소리를 연상시킨다. ①의 경우 현실 투항의 차선책인 지혜가 백락청의 주장이라는 까

---

101) 위의 글, 75쪽
102) 위의 글, 76쪽

닭으로 전인류의 삶을 이끄는 실력이 되어야 한다니 얼마나 가당찮은 망상인 가. 시한부 종말론처럼 그날이 오지 않은 것이 천만 다행이다. ②에서는 과학 과 지혜를 동일시하는 착각을 하고 있다.

백락청은 왜 이따위 망상을 하는 것일까. 과거의 명성은 아깝고 애물들의 대 드는 목소리는 성가시고 그렇다고 보좌는 내 놓기가 아까운 욕심, 최원식의 표 현을 빌린다면 일종의 '노욕' 때문이다.

둘째로, 「지혜의 시대를 위하여」를 읽으면서 또 하나의 대사색을 요구한 것 은 지혜와 관련된 '정의' 문제였다. 과연 정의란 무엇일까. 개체의 입장을 무시 한 평등은 정의가 아닐 터이다. 그러나 최대 다수를 위한 정의를 생각하지 않 을 수 없다.

모든 정의가 현실적 힘에서 나온다고 볼 때 힘을 어떻게 배분하는 것이 정 의란 말인가. 제국주의자·지배자·강자는 일괄적으로 평등한 힘의 배분을 요 구한다. '가치 중립'이니 '객관성'이니 '상대성'이니 하는 따위가 그들의 요구 사 항이다. 이러한 상황에서 그들의 싸움은 언제나 승리를 보장받는다.

가령, 제국주의와 제 3민족국가, 교육부 관리와 전교조 교사, 재벌과 노동자, 우루과이 라운드와 농민이 맞서 싸울 때 문학인이 엄정 중립을 지킨다면 그것 은 지혜가 아니라 살인 행위가 될 것이다. 이런 자리에서는 문학의 정의가 실 천되지 못한다.

그렇다면 백락청은 어떤 입장일까. 다음과 같은 글을 읽어보자.

> 실천을 통한 검증이라는 것도 '누가 이기나 두고 보자'는 식의 별러대기가 아니라면, 어차피 상대적일 수밖에 없는 그때 그때의 인식이 지금 이곳의 구 체적인 정세와 얼마나 슬기롭게 결합되었느냐는 '지혜'의 기준과 별개일 수 없을 터이다.103)

'별러대기'식 치기를 빼놓고 백락청의 생각을 요약하면 두 가지이다.

---

103) 위의 글, 76쪽.

누가 옳고 그르냐, 누가 이기고 지느냐는 어차피 상대적일 수밖에 없다는 것, 그때 그때의 인식이 지금 이곳의 구체적 정세와 얼마나 슬기롭게 결합되었느냐가 바로 지혜라는 것. 그러니까, 지혜란 현실 투항의 상황 논리, 상대적 가치 중립일 뿐 문학이 정의 실천을 위해 구체적으로 무엇을 할 것인가는 아예 논의 대상이 되지 못한다.

그러면 이러한 백락청의 사이비 지혜 논리가 구체적 작품 분석에서 어떤 성과를 거두는지, 또는 어떤 실천적 오류에 빠지는지를 살펴보자. 다음은 안재성의 장편 노동 소설『파업』을 분석한 백락청의 비평문을 군데군데 뽑은 것이다.

> ① 안재성의『파업』은 아직도 다소 제한적인 의미의 노동문학을 벗어나지 못했다. 하지만 80년대의 노동 현실을 노동자의 관점에서 다룬 장편소설이 처음으로 나왔다는 사실 자체가 우선 뜻깊다.
>
> ② 그런데『파업』이 다소 제한적인 의미의 노동문학에 머문다고 한 것은 역시 리얼리즘의 경지와는 거리가 있다는 말이기도 하다. 현실의 한 단면으로서의 특정 노동 현실을 제시하는 데 그쳤다는 말인데, 부분적인 현실일지라도 노동 투쟁처럼 당대의 핵심 문제를 이루고 또 일반 독자의 의식에서 은폐된 현실을 자연주의적(또는 사실주의적)으로 정확히 그려냈을 때 리얼리즘과 자연주의를 구별하기란 그리 간단치가 않다.『파업』의 경우도 리얼리즘의 실패와 자연주의의 실패는 밀접히 연결된다. 즉 당연히 제시되어야 할 더 많은 것의 부재는 그나마 제시된 것의 부정확성과 직결되며 이 모든 것은 또한 작가적 시각의 문제로 이루어진다.
>
> 아쉬움은, 이제까지의 많은 노동소설이 그러했듯이『파업』에도 노동자들의 생활이 별로 담겨져 있지 않다는 사실이다
>
> ③ 이러한 사실은『파업』이 단순히 소재 면에서 노조 결성과 파업 등 투쟁에 집중되었기 때문이 아니고 작가의 시각 자체가 생활과 유리된 투쟁가의 그것에 다분히 치우쳐 있음을 말해 준다.104)

---

104) 위의 글, 91~92쪽

위와 같은 글을 읽어보면 제국주의에 물든 제도권 학자의 입맛에 맞을 뿐만 아니라 일정한 비평적 성과도 거둔 듯 보인다.

그러나 조금만 깊게 살펴보면 백락청의 시선이 자산층과 노동자의 중간 위치에 머물러 있다는 사실을 발견한다. ①에서 『파업』의 가치를 한정적으로 인정한다는 것은 그렇다고 치자. ②에서 리얼리즘은 자연주의적 폭로가 아니라 작가의 선택이며, 노동자의 생활이 담겨져 있느냐 없느냐보다 더 중요한 문제는 백락청의 말대로 모든 것은 '작가의 시각'에 달린 문제이다. 따라서, ③에서 노동자 생활과 유리된 투쟁가로 격하된다는 평가는 본질적으로 '각성된 노동자의 눈'이 아니라 '자기 몫에 눈이 벌건 자산층의 눈'이 된다.

결국, 백락청은 노동자 편에 서서 노동자 당파성을 강조한 것이 아니라 중간 위치에서 엄정 중립 태도를 취하는 척하면서 자산층의 승리를 부추기는 사이비 지혜 논리의 신봉자가 된 셈이다. 그것은 사회 정의와도 무관하며 더구나 문학 정의 실천과도 무관하고 지혜와도 너무나 먼 거리에 서 있다. 정의와 무관한 지혜란 한낱 소시민의 위장술에 지나지 않는다.

셋째로 백락청이 말하는 지혜가 '현실과 맞서는 참다운 용기' 또는 '희생을 각오한 선택'이 아니라, '현실이나 위험 피해 가기' 또는 '현실 투항'식의 '돈의 지배' 또는 '돈에 의한 밀실 야합'이라면 이러한 지혜가 정도(正道)인가 아니면 사도(邪道)인가를 묻지 않을 수 없다.

첫째, 둘째에서 살핀 바와 같이 백락청의 허무주의 또는 역사적 패배주의가 사실인지 아닌지를 다시 한 번 확인하고 나서 정도냐 사도냐를 따져도 결코 늦지는 않을 것이다.

1990년대 벽두의 제일 큰 소식은 국제적으로 여전히 동구권의 격동이요 국내에서는 그러한 세계정세 변화에 대응하고 통일을 완수한다는 명분의 3당 합당 선언이다. 동구의 변화가 곧바로 우리 현실에 작용하기 힘든 연유는 앞서 언급했지만, 냉전 체제의 종식이라는 당장의 효과를 넘어 그 인류사적 의미는 막중하다. 제 2세계 특유의 사슬을 벗어던지려는 동구 민중의 노력이

금력의 지배라는 더욱 낯익은 그리고 결코 쇠사슬과 총칼이 배제되지도 않는 강압의 사회로 나가느냐, 아니면 지혜의 다스림을 향한 새로운 출발을 성취하느냐의 윤곽이 90년대가 끝나기 전에 드러날 것이다.[105]

백락청의 생각을 좀 더 철저히 이해하기 위하여 다시 한 번 정리해 보자. 첫째에서 살핀 바와 같이 총칼이 지배하는 사회는 강압의 시대이고, 돈에 의한 밀실 야합을 하는 시대는 지혜의 시대며, 이러한 지혜의 시대를 대표하는 사건이 3당 통합이며 3당 통합이야말로 역사적 진보의 기회를 마련한 것이라고 하였다. 왜 그런가. 총칼의 지배를 버리고 돈의 지배를 선택하였기 때문이다.

국내 정세 인식 체계를 국제 정세로 바꾸어 본다면 어떨까. 위의 글은 이러한 물음에 어김없는 정답을 제공한다.

1990년대 벽두의 국제적 사건은 동구권의 격동이다. 이 사건이야말로 냉전 체제 종식이라는 효과를 넘어서 인류사적 의미를 갖는다. 왜 그런가. 총칼이나 쇠사슬이 지배하는 강압의 시대를 넘어 금력의 지배라는 지혜의 시대를 향해 전진했기 때문이다.

또 국내적으로 3당 통합이 세계 정세 변화에 대응하고 통일을 완수한다는 것이 명분이라면, 동구권 격동은 지혜의 시대를 선택한 결정이다.

이렇게 백락청을 재정리하고 나면 지금까지 인식 체계가 잘못된 것이 아니라는 결론에 도달한다. 그렇다면, 이러한 백락청의 세계관이 머금고 있는 위험성은 무엇일까.

다시 말해서, 사람이면 누구나 궁핍에서 벗어나는 일이 물리적으로 가능해진 시대, 그리하여 좋든 싫든 점점 많은 사람들이 자기도 남부럽지 않게 살겠다고 주장하고 나오게 마련인 이 시대는, 지혜의 다스림이 없는 한 모두가 함께 파멸할 운명에 놓인 시대이기도 하다.[106]

---

105) 위의 글, 95쪽.
106) 위의 글, 78쪽.

이러한 백락청의 선언은 터놓고 하는 공갈·협박이다. 그는 무엇이라고 말했는가. 사람이면 누구나 궁핍에서 벗어나려는 기본적 욕구, 사람이면 누구나 남부럽지 않게 살려는 근원적 욕구, 그 욕구를 그는 지혜로 다스려야 한다고 말한다. 그런데, 그 지혜란 무엇인가. 금력 지배, 돈에 의한 밀실 야합이다.

그렇다면 이러한 지적 허무주의 또는 역사적 패배주의를 촌놈 아닌 먹물이 선택할 때, 마땅히 그 길이 정도인가 사도인가를 가려 보지 않으면 안된다.

백범의 다음과 같은 말을 들어보자.

세상에 가장 현실적인 방법과 수단이 어찌 한두 가지에 그칠 것인가. 땀을 흘리고 먼지를 무릅쓰며 노동을 하는 것보다 은행 창고를 뚫고 들어가 금품을 도취(盜取)하여서 안일한 생활을 하는 것도 현실적이라 할 수 있고 청빈한 선비의 정실이 되어 곤궁과 싸우기보다 차라리 모리배나 수전노의 애첩이 되어서 호사스러운 생활을 하는 것도 가장 현실적인 길일지 모릅니다. 그러나 우리는 현실적이냐 비현실적이냐가 문제가 아니라 그것이 정도(正道)냐 사도(邪道)냐가 생명이라는 것을 명기하여야 합니다.107)

마지막으로 이러한 지적 허무주의와 역사적 패배주의가 민족의 위기 상황에 어떤 역기능을 하였던가를 자문하지 않을 수 없다.

또 문학인이 이렇게 번번이 독자를 배신할 때 누가 문학을 신뢰할 것인가.

그렇다면, 이러한 백락청의 사이비 지혜 논리에 대하여 같은 먹물 비평가는 어떤 대응과 반응을 보였는지 자못 궁금하다. 최원식·유중하·이재현·김명인 등의 반응을 살펴보고 아울러 같은 해외문학파들의 입장도 함께 섬섬해 보자. 먼저 최원식이 백락청의 노욕을 발견했다는 것은 매우 시사적이다.

필자는 그가 언젠가 호언했던 80년대는 물론 90년대 평론가로도 기억되고 싶다는 자신의 약속을 어김없이 이행하고 있다는 느낌에 경탄과 함께 약간의

---

107) 송건호 편, 『김구』, 한길사, 1980년, 395쪽

낭패감까지 맛보지 않을 수 없다. 이 호언을 접했던 당시 필자도 이것은 일종의 노욕이 아닐까 하는 일말의 의구심을 가졌던 것이 사실이다.108)

최원식의 말대로 백락청이 80년대는 물론 90년대에도 기억되는 평론가로 자신을 호언했다면 그가 활동한 60년대부터 무려 40년의 평론 경력을 갖게 되며, 이는 그의 왕성한 활동력을 돋보이게 하기도 하지만 반대로 자신의 한계를 모르는 오만과 독단의 노욕이라고 볼 수 있다. 바로 이러한 노욕이 백락청으로 하여금 박정희보다도 장기 독재를 하는 허욕을 부리게 하였는지도 모른다. 그러면 네 번째 평론집을 낸 백락청이 최원식의 눈에는 어떻게 보였을까.

> 그런데 결코 노욕이 아니었다.
> 그의 첫 평론집 『민족문학과 세계문학』에서 서평적 검토를 행했을 때 그의 비평적 도정은 비교적 일목 요연하였고 그의 제한점이 그런대로 눈에 들어왔다. 그런데 오히려 10여 년이 지난 오늘날 필자는 아득하다. 그의 입론은 더욱 대담하고 논증은 더욱 섬세하고 그것을 받치고 있는 학구의 힘은 넓고도 깊어, 마치 십면매복을 방불케 하는 철옹성의 이론적 진지를 구축하고 있는 것이다. 109)

최원식은 문장을 아는 사람이다. 그런데 살아 있는 사람에게 이따위 아첨에 가까운 찬사를 보냈다면 최원식은 선비의 반열에서 빠져야 옳다.

문제는 백락청의 태도에도 있다. 이런 글을 보고 부끄러워 할 줄도 모르고 자신이 주관하는 문학지에 게재까지 하였으니 참으로 대담한 사람이다.

최원식이 격찬한 뒤를 이어 유중하·이재현·김명인 등이 '지혜의 시대' 이후 백락청을 어떻게 평가하는지를 살펴보자.

> ① 우리 민족문학의 대표적 이론가로서, 민족문학론을 제 3세계문학론 가

---

108) 최원식, 「강압의 시대에서 지혜의 시대로」, 『창작과 비평』, 1990년 겨울호, 70쪽
109) 위의 글, 70쪽.

운데 위치 지운 장본인으로, 서구문학에 대한 가장 탁월한 비판적 안목을 줄곧 창도해 온 영문학 연구자로서, 우리 민족문학의 이론과 실천 양면에 있어서 공히 중추를 이룬다고 할 수 있는 리얼리즘론의 강력한 후견인으로서 등등, 백락청에게 부여될 수 있는 이런 관형사들은 아무런 과장일 수 없을 것이다. 백락청의 지혜는 과학적 세계관 노동 해방 등을 실현했다고 자처하는 사람들이 아직도 강압 시대의 큰 테두리를 벗어나지 못한 현실을 좀 더 냉철히 직시하자는 것이요, 동시에 과학적 세계관이라는 것 자체가 인류에게 필요한 지혜의 일부이지 '과학' 또는 '세계관' 이상의 것인 지혜 없이는 제 몫조차 못한다고 믿기 때문이다. 뿐만 아니라 다가오는 세상이 지혜가 다스리는 세상이라는 인식도 중요하다. 계급 없는 사회라 해서 풍요와 쾌락만 있고, 절제와 노동이 없는 사회는 아니며 지혜의 위아래도 모르고 마음에 이론이 없는 애물들의 세상이 아닐 것은 분명한 일이다.[110]

② 또한 적어도 이론과 비평에 한정해서 말한다고 하더라도, 우리가 늘상 바라보고 있으며 또 언젠가는 그 능선을 타고 넘어 가야 할 우뚝 솟은 봉우리로서 백선생과 같은 분의 성취는 남다를 정도로 높고도 깊다. 예컨대 좁은 의미의 과학적 인식을 포함하면서도 그것을 넘어서는, 현실 변혁의 실천적으로 창조적인 능력으로서의 '지혜'라는 것도 그 표현의 어감이 주는 저항감과는 별개로 '구체적인 정세에 대한 구체적 분석을 실천과 직결시키는 것' 한에서 바로 그 지혜에 의해 모범적으로 확보된 현실인식의 총체성과 구체성은 우리가 본받아야 할 모두의 자산이다. 이런 점에서 필쟈가 페레스트로이카에 대한 정리되지 않은 생각들을 거칠게 써 내려간 한 시론에서 백선생의 입장을 '소시민적' 민족문학으로 규정하면서 김지하의 고백과 한 묶음으로 간단히 처리해 버린 것은 전적으로 필자의 예의, 그 조급함과 불철저함 때문이었음을 밝혀둔다.[111]

③ 백락청이라는 잘 빚어진 지성의 독에서 최소한 20년은 발효되고 정제되었을 이 묵은 술에서 안 그래도 도저한 지혜의 향기가 날 수밖에 없을 터인데 그 이름마저 '지혜'이니 이 신제품에 담긴 백락청 자신의 득의가 보통은

---

110) 유중하, 「백락청을 새로이 고쳐 읽으면서」, 『실천문학』, 1991년 가을호, 191~193쪽

111) 이재현, 「생산적 대화를 위하여」, 『실천문학』, 1991년 가을호, 266쪽

아니리라 짐작된다.112)

유중하의 글을 읽다 보면 문득 유신 정권으로 돌아가 독재자를 찬양하는 참새떼를 만나지 않았나 착각하게 한다. 이런 아첨을 일삼기 위하여 글을 배웠단 말인가. 백락청에게 붙일 만한 또 다른 관형사가 있다면 유중하는 서슴지 않고 더 써 먹었을 위인이다.

이재현에게 있어서 백락청은 바라보는, 또는 타고 넘어야 할 산이다. 그 산을 넘어섰을 때 이재현은 어떤 모습일까. 현실에 투항한 만신창이, 또는 매판 문학론자의 모습은 아닐까. 김명인은 진정한 술꾼은 아닌 듯 하다. 왜냐하면, 오래 묵은 술이라고 해서 반드시 향기 높은 술이 되는 것은 아니며 때로는 목숨을 앗아가는 독주도 되기 때문이다.

1991~92년 사이에 일어나는 젊은 평론가들의 백락청에 대한 추앙은 단순히 한 개인의 주장을 '지지한다' '반대한다'에 머무르지 않고 조정환의 지적대로 본래 우편향이었던 그들이 보다 확실한 전향 선언을 한 것으로 보인다.

그들이 백락청을 오독했다는 가정은 처음부터 성립되지 않는다. 세칭 그들은 일류대학 졸업생들이기 때문이다. 유중하보다는 이재현이, 이재현보다는 김명인이 다소 엉거주춤한 태도를 취하고 있다는 사실을 참고하라.

동구라파·구소련의 사회주의 몰락이 그들의 전향을 부추겼다는 주장도 타당성이 없다. 그들이 사회주의에 미학을 두었다면 김명인의 말대로 사대주의자가 되며, 백락청의 말투로는 주요 모순과 기본 모순이 해결되어야 옳다. 과연 모순은 사라졌는가. 이 땅의 모순이 해결되었다고 보는 자는 광인이나 치인으로 보아도 무방하다. 그렇다면 그들은 왜 전향을 했을까. 아무래도 백락청의 논리인 '돈의 지배'일 가능성이 높다.

그러면 그들은 자신들의 전향을 스스로 어떻게 생각하는가. 이러한 백락청 동조자들이 사이비 지혜 논리에 단순 동조만 하고 말았는가. 그렇지 않다. 노

---

112) 김명인, 「불을 찾아서」, 『실천문학』, 1992년 여름호, 230쪽

동자 당파성을 강조하는 노동해방문학론자, 또는 추호의 동요도 없이 외길을 가는 민중·민족문학론자들을 일제히 공격하고 있다. 가령 다음과 같은 글을 살펴보자.

> ①나는 지금도 '노동 당파성'을 원론적으로 되풀이하는 자가 있다면 그야말로 내부의 적으로 처단해야 할 자라고 봅니다. 미쳐야(狂) 미치는(達) 법이라고 하지만 어떻게 도달할 수 있겠습니까?[113]

> ②동요는 현실이다. 변화하는 세계와 현실이 지축을 흔드는 데도 동요하지 않는 자는 허공에 떠 있는 자 뿐이다. 물론 그 동요의 정도와 성격은 사람에 따라 다르다. 만일 내가 지금 이 순간에도 자본의 칼날에 맞서 일상의 싸움을 수행해야만 최소한의 인간적 자존을 확보할 수 있는 노동자 계급의 일원이라면 그 동요라는 것도 어쨌든 자기 계급의 승리라는 기본적 관점을 방해하지 않는 선에서 그칠 것이다. 하지만 나는 계급적으로 중간층이고 명색이 지식인이다. 지켜야 할 계급적 이해가 없는 것은 아니나 공공연히 내 계급의 이해를 옹호하는 것을 부끄럽게 여기도록 살아왔고 앞으로도 그럴 것이다. 대신 나의 주된 관심은 (주제넘게도) 내내 '세계와 인간의 변혁'이었다. 그리고 문학은 그 관심사를 현실화시키는 매개였다.[114]

적반하장도 분수가 있다. 참으로 기가 막히는 논리 비약이다. 친일파 문학인들이 이렇게 뻔뻔했다는 사실을 상기하기 바란다. 아무리 애비 없이 골목 안에서 버르장머리 없이 자란 애물들이라고 해도 이렇게 부끄러움을 모르지는 않는다.

유중하의 경우, '노동 당파성'을 '자유주의자 당파성'으로 고쳐 놓는다면 화살은 자신에게 되돌아간다. 씨뿌린 자 거두리라.

김명인의 동요는 가치의 오류에서 출발한다. 현실이 지축을 흔들어도 미동

---

113) 유중하, 「백락청을 새로이 고쳐 읽으면서」, 『실천문학』, 1991년 가을호, 190쪽
114) 김명인, 「불을 찾아서」, 『실천문학』, 1992년 여름호, 219쪽

도 않던 태산들이 선열의 별자리에서 민족문학사를 빛내고 있다. 김명인의 말대로라면 변절자와 기회주의자들이 가장 위대한 인간이 된다. 또, 지축을 흔드는 변화란 무엇인가. 동구권 사회주의의 몰락 또는 구소련의 몰락이 아닌가. 그러한 변화에는 주관적·자의적으로 해석하여 몸을 떨면서도, 변절자가 대선에 진출하는 한국 정치 현실, 장가 못 든 농촌 노총각이 음독자살하는 한국 농촌 현실, 전추위 교사들이 모진 칼날 아래 학살당하는 한국 교육 현실에는 왜 치를 떨지 않는가. 김명인의 민중 아닌 대중은 어디 갔는가. '세계와 인간의 변혁'이 아니라, '현실과 자신의 변절'이 김명인의 명제이다.

정치가 변절을 일삼아도 문학은 변절할 수가 없다. 사회가 썩어도 문학이 썩어서는 안된다. 경제가 무너져도 문학이 무너져서는 안된다. 문학은 민족의 미래를 버텨주는 마지막 보루인 까닭이다.

백락청의 사이비 지혜 논리에 대한 '지지 시위'는 여기서 끝나지 않고 1992년 『창비』 여름호까지 이어진다. 좌담 「리얼리즘, 포스트모더니즘, 민족문학」이 그것인데 이번에도 최원식이 사회를 보고 윤지관·유중하·조만영 등이 백락청을 지지하는 발언을 한다.

먼저, 조만영은 사이비 지혜 논리가 상황 분석이 아니라 문학 상황의 어려움을 헤쳐 나가기 위한 '나름의 비전' 또는 '대안적 사고'라고 지적한다.

물론, 이 말은 중간층 또는 특권층을 옹호하는 소시민문학론을 전제로 한다면 타당한 발언이다

> (조만영) ; (……) 지혜라는 말의 함의에 대해서 여러 논란이 있었던 것 같습니다. 제 자신도 그런 데에 대해 명료한 생각을 갖고 있지는 못하지만, 그 기본 취지를 보면 백선생님은 지혜라는 것이 현실에 대한 과학적인 분석, 과학적인 세계관에 입각해야 그 본래의 값어치에 값하는 것으로 된다는 입장을 갖고 있습니다. 그렇지 못했을 때 그것은 윤리적인 태도나 경험적 인식의 차원을 넘어서지 못하는 것으로 될 수도 있을 것입니다. 그런 점에서 지혜의 본래적인 뜻은 구체적 현실 문제에 구체적으로 대응하는 실천적인 자세를 강조

하는 것이라는 생각이 듭니다. 그리고 사회주의의 몰락 이후에 대한 전망을 담고 있다는 점은 많은 시사점을 주고 있다고 여겨집니다. 많은 토론이 있어야겠지만, 저로서는 자본주의 이후의 전망이 개개인의 일상적인 삶, 사회적 삶 속에 뿌리를 내린 운동이어야 하고, 그러한 필요성을 강조하고 있다고 여겨집니다.[115]

조만영의 조심스러운 지적에도 불구하고, 이러한 발언은 몇 가지 문제점을 지니고 있다.

첫째, 이러한 사이비 지혜 논리가 과연 '과학적 분석' 또는 '과학적 세계관'에 입각할 수 있는가 하는 점이다. 현실을 정확히 보지 못하면 '과학적 분석' 또는 '과학적 세계관'은 한낱 '위장술' 또는 '보신술'이 되고 만다. 하나의 보기로 백락청은 '5·18 광주항쟁'을 '5·18 유혈정변'으로 보는데 바로 '정변'이라는 객관적 시각 뒤에 지배자 편들기 세계관이 숨어 있다.

둘째, 그것이 '과학적 분석' 또는 '과학적 세계관'에 따르지 않는다면, 그것은 '윤리적인 태도' 또는 '경험적 인식'의 차원을 넘지 못한다는 점이다. 사실, 가치라는 측면에서 사이비 지혜 논리는 '윤리'나 '경험'의 차원 이하이며, 더구나 그것은 구체적인 현실 문제에 구체적으로 대응하는 실천적 자세와는 무관한 것이다.

셋째, 사회주의 몰락 이후 자본주의 전망이 사이비 지혜 논리인데 그러한 사악한 논리가 '개개인의 일상적 삶' 또는 '사회적 삶' 속에 뿌리내려서는 정말로 큰일 난다는 점을 지적하지 않을 수 없다.

조만영의 이러한 지적과는 반대로 윤지관은 딴청을 피우고 있다.

(윤지관) ; 통상 우리가 과학이라고 얘기해 왔던 그런 말로는 부족하기 때문에 지혜라는 말을 써서 모든 일종의 형이상학에 대해서 의문을 제기한 것은 아닌가

---

115) 좌담, 「리얼리즘, 포스트모더니즘, 민족문학」, 『창작과 비평』, 1992년 여름호, 29쪽

합니다. ① '지혜'라는 익히 쓰는 말이 인간 해방과 사회적 혁명을 결합시키는 개념으로 떠오르고, 그래서 오히려 우리 감에 맞는 미래의 시대상이 그려질 수 있지 않은가, 또 ② '지혜'를 기르는 장으로서의 문학 고유의 중요한 몫이 더 분명해지지 않았는가, 그런 점에서 '지혜의 시대'론의 문제 제기는 계속 유효하다고 봅니다.116)

윤지관은 백락청의 사이비 지혜 논리를, 첫째, 과학이라는 말이 부족해서 지혜라는 말을 써 형이상학에 대한 의문을 제기한 것, 둘째, 익히 쓰는 지혜라는 말에 인간 해방과 사회 혁명을 결합시킴으로써 오히려 실감에 맞는 미래의 시대상을 그리는 것, 셋째, 지혜를 기르는 장으로써 문학의 고유한 몫이 규정되었다고 보는 등 사안과는 거리가 있는 접근을 하고 있다.

이렇게 우편향 비평가들이 사이비 지혜 시비에 휘말려 지적 허무주의라는 평지풍파를 일으키고 있을 때 자유주의자들의 지분 찾기도 맹위를 떨치고 있었다.

80년대 후반 90년대 초반 사회주의 국가의 몰락에 뒤따라 민중·민족문학 진영이 사상적 혼란과 함께 현실 투항을 일삼고, 이와는 반대로 기회를 만난 자유주의자 또는 다원주의자들이 맹렬히 제 몫 찾기에 전력투구를 할 때 김철은 일단 경종을 울리고 일어섰다. 김철은 우선 유중하·이재현의 현실 투항에 대하여 원론적 비판을 가한다.

사회주의 국가들의 변화, 특히 최근 소련 공산당의 몰락에 즈음하여 우리 민족문학 진영내에 일어나고 있는 일종의 사상적 혼란과 동요는 매우 심각한 지경에 이르렀다고 생각됩니다. 이 혼란과 동요는 언필칭 '반성' '고백' '성찰' 등등의 다양한 외양을 하고 있지만 그 실제의 내용이란 현실 사회주의 몰락에 따른 즉자적이고도 감상적인 수준에서의 현실인식과 그 인식의 결과인 일종의 패배주의·투항주의·청산주의적 경향을 띠고 있는 것은 아닌가 하는 생각까

116) 위의 책, 30쪽.

지 듭니다.117)

비평가의 현실 투항에 대해 김철은 첫째, 즉자적이고 감상적 수준의 현실 인식이며, 둘째, 일종의 패배주의·투항주의·청산주의 경향이고, 셋째, 반성의 주제·목표·대상을 잘못 선정함으로써 이제까지의 민족문학 성과를 깎아내리는 우려할 만한 사태를 빚어내고 있다고 원론적으로 비판한다.

또 『문예중앙』 1991년 봄호, 김영현이 사회를 맡고 김철·방현석·권성우가 참석한 좌담 「우리 문학에 새로운 변화는 오는가」에서 김철과 권성우는 리얼리즘에 있어서 세계관과 기법 문제로 논전을 벌인다.

먼저, 김철은 민중문학 논쟁이 이루어 낸 중요한 성과는 '과학성의 확보 및 제고'라고 보고, 그 과학의 합리적 핵심을 보전하고 유지하는 길은 리얼리즘에 귀착된다고 주장한다. 리얼리즘의 기준을 '세계관'인가 '창작기법'인가로 나누어 볼 때, 김철은 기법이 아니라, '세계와 현실에 대한 역사적 전망의 유무(有無)'라고 본다. 권성우는 민족문학 작품 이외의 작품이라도 그것이 '문학적 진정성'을 가지고 있다면 폭넓게 인정할 것을 요구한다.118)

소박한 의미에서 좋은 문학과 나쁜 문학, 참된 문학과 거짓 문학의 구분이 절실히 요구되며, 그러한 구분은 일반적 의미에서 인생과 사회, 역사를 열심히 통찰하며 문학적 진정성과 예술적 재능을 가지고 창작하는 작가는 누구나 좋은 작품을 쓴다는 것이 권성우의 생각이다. 또, 이러한 다원주의를 쉽게 비판할 일이 아니라 우리 문학에 어떤 도움을 줄 것인가를 생각해야 한다고 주장한다.

그러나 김철은 세계와 인간에 대해 성실한 통찰을 하는 진정성만 있으면 좋은 문학이라는 권성우의 주장에 의문을 표시하면서 권성우의 다원주의를 '좋

---

117) 김철, 「자기반성의 용기와 슬픈 확인」, 『한길문학』, 1991년 여름호, 189쪽

118) 좌담, 「우리 문학에 새로운 변화는 오는가」, 『문예중앙』, 1991년 봄호, 208~209쪽

은 게 좋다는 식인가' 또 진정성의 기준이 과연 무엇인가를 반문하면서 파시스트도 진정성을 가질 수 있다고 덧붙인다.

문학의 일정한 규정력을 승인하고 민중·민족문학을 옹호하는 김철과 그 규정력에서 벗어나 자유주의 또는 다원주의를 확보하려는 권성우의 다음과 같은 설전을 찬찬히 검토해 보자.

(권성우) ; 전형과 전망에 입각한 리얼리즘 문학을 바람직한 문화적 지향으로 보는 입장과 저의 입장 사이에는 일정한 차별성이 존재하지요. 리얼리즘만을 바람직한 문학으로 보면 그러한 평가가 가능하겠지만……. 하여튼 저로서는 파시스트는 말의 바른 의미에서의 진정성에 도달하기가 불가능하다고 보는 입장이지요.

(김철) ; 그렇다면, 다양성을 인정하는 차원에서라도 그 기준은 있어야 된다는 말입니다.

(권성우) ; 각 근원의 상대성을 폭넓게 인정하자는 것이 다원주의의 기본 정신이라고 생각합니다. 이러한 인식을 문학적으로 표현하자면, 우리 문학의 여러 가지 경향들, 이를테면 민중문학, 지식인 문학, 자유주의 문학, 노동문학, 모더니즘, 리얼리즘…… 등등이 있다면 어떠한 일정한 방향만이 옳은 문학이라기보다는 각 분야에서 진정성을 지니고 높은 위치에 오른 문학은 모두 적극적으로 수용되어야 한다는 것입니다. 물론 이 때 관제문학과 상업주의 문학은 당연히 제외되어야 합니다.

(김철) ; 권성우 씨는 지금 관제문학이나 상업주의 문학 같은 것은 배제하는 속에서의 다양성을 주장하시는데요. 문학에서 어떤 부분은 배제한다고 했을 때 이미 거기에는 가치 규정적인 것이 들어가 있는 것이지요.……그러니까 기본적인 기준이 있다는 말이죠. 권선생은 가치 서열을 두지 않는다고 말씀하셨지만, 그 논리에 충실하기 위해서는 가치의 중심 자체를 다 해체시켜버려야 하고, 전체가 되는 기준 자체도 사실은 없어야 되는 거지요. 그러나 관제문학이나 상업문학은 세계에 대한 진정성이 없기 때문에 배제된다고 했을 때 거기에는 이미 하나의 중심, 즉 기준이 설정되어 있는 겁니다.[119]

---

119) 위의 글, 209~210쪽.

"각 근원의 상대성을 폭넓게 인정하자", "각 분야에서 진정성을 지니고 높은 위치에 오른 문학은 모두 적극적으로 수용하자"를 강변하던 다원주의자 권성우는 자유주의자가 가짐직한 일말의 양심 때문에 제 발을 걸고 넘어진다.

1920년대 1930년대 한국문학사에서 이미 체험한 순수 예술파의 강변이 오늘의 문학사에도 그대로 기생하고 있다는 사실을 발견하면서 허무주의와 낙관주의를 다같이 경계하지 않으면 안된다. '문학 예술파'라는 위장을 한 자유주의자들은 어떤 것이 옳은가 그른가를 문제 삼는 것이 아니라, 설령 싸움에 져도 승복할 수 없다는 기만적 사고를 가지고 있다는 점이다. 권성우의 다음과 같은 발언은 이러한 잔인한 진리를 일깨워 준다.

> (권성우) ; 저는 제가 아주 소박하게 표현한 '인간과 사회에 대한 깊은 통찰력과 진정성, 예술적 완성도'와 같은 항목들이 과연 문학 작품을 평가하는 과학적 기준이 될 수 있는가 하는 질문을 때때로 받곤 합니다. 그렇지만 저는 문학이나 예술의 평가에 있어서 어떠한 절대적인 과학적 기준이 존재한다는 사실 자체에 대하여 회의하는 편입니다.[120]

김철·권성우 논쟁은 사실상 이보다 몇 개월 앞서 월간『말』에서 정남영·김영현이 치른 논쟁의 완전한 재판이다. 특히 김영현과 권성우의 주장은 사전에 합숙 훈련을 거친 것처럼 똑같다. 다만, 김영현은 민족문학 평단, 평론가에 대하여 불만과 불신이 가득 차 있다는 점이 다를 뿐이다.

> 민족문학 진영 내부 각 징파에 속한 평론가들은 실재 창작품과 독자 대중과의 긴장보다는 타정파와의 긴장에, 대적 전선의 강화보다는 헤게모니 장악에 더 열을 올리는 식으로 전락해 버렸고, 한 가지 이론으로 무장하면 곧바로 '문예 이론가', '문예 활동가', '평론가'로 평론의 칼을 휘두르는 문화 속물주의가 널리 유포하게 되었다.

---

120) 위의 글, 211쪽.

그리하여 자신의 이론이나 구미에 맞는 작품들에 대해서는 과대한 평가를, 여타 작품에 대해서는 무시하거나 폄하하는 풍조가 횡행하게 되었다. 그럴 뿐만 아니라 작품을 읽고 이해하고, 해석하는 훈련의 부족으로 말미암아 실체 비평보다 이데올로기 비평으로 흘러가는 측면이 강하였던 것도 부정하기 어려울 것이다.121)

나는 개인적으로 평론가가 이념의 시녀가 되거나 작가의 머슴이 되는 것을 반대한다. 80년대 변혁기 민족문학 평단을 바라보는 철부지 자유주의자의 투정을 탓하기 앞서서 김영현이 지적하는 바와 같은 속류 비평가가 있다면 비판받아 마땅하다.

우리 나라 새, 꽃, 나무, 풀이름을 하나도 모른 채 시를 써 저명 시인이 된 경우가 있는가 하면, 기본 훈련도 없이 등단 절차도 거치지 않고 평론 활동을 해 저명한 비평가로 행세하는 것이 우리 평단의 실상이다.

이따위 작자들이 문학상 심사를 전담하고 신인 추천에 열을 올린다. 그러니 김영현의 주장은 일면 타당성을 갖는다. 그런데 문제는 평론가들이 변혁 운동을 위해 싸우고 있을 때 김영현은 과연 어떤 세계관을 가지고 무엇을 했는가에 있다.

나는 엄격히 말하자면 문학을 구속하기 위한 순수니 참여니 민족이니 노동이니 하는 말은 없어져야 한다고 생각한다. 오로지 참된 문학과 거짓 문학이 있을 뿐이다. 참된 문학이란 어떤 입장을 가지고 있기 때문에 참된 것이 아니라 그것이 하나의 예술 작품으로서의 완성도가 높기 때문에 참된 것이다.122)

김영현은 구속을 싫어한다. 순수문학도 싫고 참여문학도 싫다. 민족문학이니 노동문학이니 따위는 없어져야 한다. 오직 참된 문학과 거짓 문학이 있을

---

121) 김영현, 「민족문학 평단에 대한 전면 비판」, 『말』, 1990년 11월호, 196쪽
122) 위의 글.

뿐이다. 권성우와 같은 생각이다. 그렇다면, 참된 문학과 거짓 문학을 규정하는 기준은 무엇인가. 예술 작품으로서의 완성도이다. 그러한 예술 작품은 누구를 위해 존재하는가. 작가인가. 독자인가. 어떤 독자도 그러한 작품을 원하지 않는 다. 그러한 예술 작품은 작가를 위하여 존재할 뿐이다.

이러한 김영현의 자유주의를 정남영은 현상의 일부분에 대한 올바른 지적을 빌미로 하여 실상은 민중문학에 무노선에 무당파성에 무사상성이라는 자유주의적 견해를 흘려 넣고 있다고 비판한다. 또 정남영은 김영현의 자유주의를 다음과 같은 지적 속에서 기능적으로 비판하고 있다.

사상에 중립이란 없다. 중립적 사상 - 혹은 모든 사상의 등가성 - 이란 자유주의자들의 신화에서나 존재한다. 노선이란 - 사람마다 다소 다른 의미로 사용하기는 하겠지만 - 변혁되어야 할 현재와 이룩해야 할 미래를 잇는 구체적인 방향성을 의미한다. 이는 우리의 존재에 장식처럼 덧붙여지는 것이 아니라 우리의 모든 구체적인 활동에 자신의 모습을 각인하며 작품에도 결국 자신의 모습을 각인하게 마련이다.[123)

이상에서 80년대 후반 90년대 초반 민중·민족문학 노선에서 소신문학 옹호론과 자유주의자들의 제 몫 찾기에 대하여 전반적으로 살펴보았다. 이러한 검토는 결과적으로 민족 성정을 되찾아 민족 정기를 바로 세우려는 한민족문학의 길꼬내기를 강요한다. 소련의 몰락은 냉전 체제를 붕괴시켰고 상대적으로 이념 체제의 적이었던 미국을 무너뜨리고 있다. 이제 미국은 위대한 나라가 아니며 민주주의의 종주국도 아니다. 오직 국가의 이익만을 위해 다른 국가를 짓밟는 제국주의 국가일 뿐이다. 이러한 국가주의에 맞서 구주 공동체는 하나의 국가로 변신하고 아시아 경제 공동체 추진을 가속화시킬 것이다. 이러한 체제에 맞서는 미국은 북미자유무역협정을 하나의 국가로 결속시킬 것이다. 국가주의는 팽배하고 각 민족 사이의 제 몫 찾기는 강화된다. 뿐만 아니라 각 구

---

123) 정남영, 「김영현의 문학관을 전면 비판한다」, 『말』, 1990년 12월호

역 경제권에서 패권을 장악한 미국·독일·일본은 새로운 제국주의 국가로 등장하여 스스로는 동맹을 결성하고 제 3민족국가를 군사 경제적으로 짓밟게 된다.

이러한 국제 정세의 변화는 친미·친일·재벌 독재 정권을 창출시키고, 생존권을 담보로 각종 민주화 운동을 기능적으로 탄압할 것이다. 이러한 시대의 생존권 논리는 배신·투항·찬양이며 문학인 가운데 그들의 앞잡이가 나올지도 모른다.

기득권층이 스스로의 기득권을 포기하지 않는 한 민족 통일은 불가능하다. 힘에 밀리지 않으면 그들은 기득권을 포기하지 않는다. 범민족 통일 운동의 필연성이 여기서 제기된다.

여우와 늑대가 날뛰는 격동기에도 민족의 저력은 교육에서 나온다. 이제 기득권층을 위한 방파제 구실만 일삼았던 체제 교육을 벗어나 교육 대개혁을 역동적으로 추진해야 한다. "미국에서는 이런데 한국에서는 어떤지 몰라"라는 말을 일삼는 제국주의 교육학자들을 일차적으로 제거해야 한다. 민족 정기를 드높이는 국어·국사 교육, 민족 성정을 되살리는 예술 교육, 민족의 재부를 축적하는 과학·기술 교육이 새로운 추동력이 되어야 한다.

산업경제 시대의 노동은 자신을 위한 생명 활동일 뿐만 아니라 노동의 과실이 그늘에 사는 내 이웃에게 골고루 분배됨으로써 노동을 통한 자아 실현이 이룩될 때 국가의 재부가 축적될 수 있다.

대지에 씨 뿌려 생명을 가꾸고 수확을 나누는 일이 바로 목숨 나누기라는 즐거움을 농민에게 주어야 한다. 그러기 위하여 정부는 농민의 생존권을 강력히 보장하지 않으면 안된다. 가장 큰 사랑은 몸으로 실천하는 사랑이다.

법으로 보호받지 못하는 국민은 국민이 아니다. 민주 법학 운동은 사법부의 권위주의, 관료화를 무너뜨려야 한다. 그러기 위해서는 법률보험제도의 실시가 필수적이며 모든 법과대학 졸업생들에게 변호사 자격증을 주어야 하며 모든 법관을 우수한 변호사 가운데 임기제로 임명하여야 한다.

여권 운동은 어디로 가나. 민족 변혁 운동에서 여성이 중요한 버팀목이 되지 못한다면 성차별 철폐는 불가능하다. 지금 당장 완전 자원평화봉사군을 결성하고 장애인을 돌보는 일을 담당해야 한다. 소정의 임기를 마친 여성에게는 국가 공무원 등으로 봉사할 기회를 국가는 제공해야 한다.

모든 종교 교역자는 개인 이기주의 집단 이기주의에서 벗어나야 한다. 일차적으로 양심 회복 운동을 전개하라. 벌거벗고 하늘로 올라가는 일이 부끄러운 일이며 하늘에서 똥오줌을 싸면 지상 사람에게 피해를 준다는 양심만 있었다면 어찌 휴거 망동이 있었겠는가.

다음으로 남을 위하는 자비와 사랑이 부처님이고 예수님이며 살아서 부처나 예수가 되는 길은 어둠 속의 사람들에게 자비와 사랑을 나눠주는 것이다. 사후의 정의를 말하지 말라. 정의는 바로 이 땅에서 실천되어야 한다.

바로 한민족문학은 이러한 민족 변혁 운동을 깨도·각성시키고, 민족을 옥죄는 지배 사슬 끊고 일어설 수 있도록 풀림새를 마련하여 독자와 작가가 한 덩어리가 되어 두레살이 삶을 향해 길꼬내기를 하여야 한다.

3. 혼자 가는 길, 함께 가는 길

사회주의권 국가의 퇴조·몰락은 세계 질서를 미국 중심으로 재편성하였고, 탈이념화 현상과 경제주의 강화는 세계적 추세로 확산되고 있다.

3당 통합 이후 파행을 거듭하던 정국이 중립 내각을 출발시킴으로써 보수 우경화 현상을 부채질하고 있다. 포모즘의 파급은 정치적 냉소주의와 더불어 지적 허무주의를 만연시켜 현실 투항의 논리를 합리화시키고 있다.

이러한 현실은 바로 문학 현상으로 반영되었던 바, 『소설 동의보감』 이후 『소설 토정비결』 등 사회사적 배경이나 계급성·민중성을 외면한 영웅주의 전형을 창출함으로써 또 다른 도피매커니즘을 양산하였고, 『경마장 가는 길』 따위 소설 범람은 민중을 집단 무력증에 빠뜨려 또 다른 사라이즘에 탐닉시켰다. 또 『최후의 계엄령』이 정치 소설이라는 새로운 돌파구를 마련한 반면, 민중 전형성 창조에 실패함으로써 또 다른 정치 허무주의를 양상하고 있다. 대하 장편 소설에 불어닥친 허무주의 열풍은 무계급 무당파성의 분홍빛 시를 대량 생산함으로써 민족문학의 전형을 흐려 놓고 있다.

80년대 중반까지만 하여도 민중·민족문학의 변혁 주체였던 노동문학은 불경기를 빌미로 노동 운동을 기능적으로 탄압함으로써 거의 흔적을 감추고 말았다.

6공 최대 실정은 농업 정책의 부재였다. 변혁 주체로서 또는 노동자 방조 연대 세력으로서 농민 운동이 확산되는 반면 그 추동력을 추임새로 이끌 조직 전위로서 농민 시인은 찾아 보기가 힘든 형편이다.

노동 운동의 새로운 전위로 확실한 토대를 잡은 것은 전교조이다. 전추위 이후 교사 선언은 교육 대파업을 예비하고 있다. 이러한 구도에서 전교조 시인의 상쇠잡이 역할은 중요하다.

다양성을 보이는 전문 문학인 가운데 일정하게 민족 당파성을 보여주는 시인들을 주목할 필요가 있다.

이렇게 볼 때, 벽돌공 노동자 시인 김백산을 주목하지 않으면 안된다. 시인은 강철 같은 노동 조직의 전위도 아니며 탁월한 선진 노동자도 아니다. 시인의 노동 성격상 주체 역량이나 방조 역할을 담보할 수 있을지도 의문이다.

그러나 오히려 노동 현실에 눈뜨지 못했던 「먹이 찾는 새」 또는 「겨울품팔이꾼」이었던 자신이 스스로의 각성과 깨도를 통해 황토에 생명을 뿌리 내리려는 혁명적 낙관주의를 평가하는 것이 옳을 것이다.

가령 「연장을 챙기며」를 살펴보자.

마지막 땜방 작업이 끝나고

술이 취해 돌아온 날 저녁
아무렇게나 부엌 연탄 옆에 쳐 박아 두었던
연장을 꺼내어 챙긴다
그 동안 뭐했느냐 묻는 것만 같아
아무 말 없이 나는
한나절을
녹슬은 고대를 빼빠로 문질러 기름으로 닦아내고
망가진 망치자루 다시 갈아 끼우고
바싹 말라 붙어 뻣뻣한 먹통에 먹을 넣고
사겨부리 나이롱끈 삭은 부분 잘라내고 잇고 하며 나는
콧노래 흥이 났다
올해는 싸구려 전세방이라도 한 칸 얻어야지

김백산 「연장을 챙기며」 전문

벽돌공 노동자 시인이 연장을 챙기며 스스로 다짐하고 자신을 바로 세우고자 한다. 그런데 시인은 두 눈을 섬뜩하게 부릅뜨고 그 일을 하는 것이 아니라 오히려 술에 취해 있다. 그는 왜 노동을 하는가, 먹이를 버는 일, 자기를 실현하는 일, 사회 공동선에 이바지하는 일 가운데 첫 번째이다. 시인의 민중 연대성은 싸구려 전세방이라도 한 칸 얻는 것이다.

노동자의 소박한 꿈을 비판할 권리는 없다. 이러한 소박한 꿈이 이 땅에서는 얼마나 짓밟혀 왔던가. 김백산은 소박한 꿈 때문에 녹슨 연장을 닦고 망치자루를 갈아 끼우고 먹통에 나이롱줄을 잘라 내며 흥이 난다. 그래서 콧노래를 부른다.

그러면 이러한 갈등 없는 낙관주의는 어디서 왔는가. 천품일까, 아니면 인내일까.

그려 세상 사람 모두에게

웃음만을 보이며
동백처럼
우리도
그렇게 꽃을
피워야 하는기여

저것 좀 봐
밤새 내린 눈 하얗게 뒤집어 쓰고도
바람이 심통스럽게 귓볼을 때려도
아랑곳 없이 너는 꽃을 피우고 있다
우리도
그렇게 꽃을
피워야 하는기여

그려
너는 지금
벽돌공이지만
동백처럼
모진 세상에서도
자랑스럽게
꽃을 피우며 살아야 하는 기여
누가 나에게 바보 아니냐고 손가락질을 해도

김백산 「동백처럼」 전문

그러니까 김백산의 낙관주의는 다분히 인내의 소산인 셈이다. 왜 그런가. 김백산에게 벽돌을 쌓는 일은 바로 밥을 먹는 일이다. 그래서 맞물리고 엇물리면서 넘어지지 않게 인생을 쌓아 올리려는 데도 벽돌은 자꾸만 무너지려 한다는 것이다. 김백산의 혁명적 낙관주의는 참담한 노동 현실에 대한 반어법일 뿐이다.

　　결국 노동자의 삶이란 동백처럼 사는 일이다. 세상 모든 이에게 웃음만을 보이며 동백처럼 꽃을 피워 내는 일이다. 밤새 하얗게 눈이 내려도 바람이 귓볼을 때려도 동백처럼 꽃을 피울 일이다. 누가 날보고 바보라고 해도 벽돌공인 나는 모진 세상에 자랑스레 꽃을 피울 일이다.

　　　　우리 모두는 무쇠 같은 존재
　　　　무르지 않고 굽지 않는
　　　　강철은 따로 없다
　　　　온 몸으로 부딪히고 담금질당하면
　　　　무쇠가 빛나는 강철이 된다.
　　　　강철의 모습을 보았는가
　　　　그는 적개심으로 핏발선 투사의 얼굴이 아니다
　　　　열광으로 들떠 있는 쇳소리가 아니다
　　　　투쟁의 용광로에서 다듬어지고 무르익은
　　　　부드럽고 넉넉하게 열려진 가슴,
　　　　적과 철저하게 투쟁할수록
　　　　안으로 텅 비어 맑고 웅혼한 종울림
　　　　그 누구도 거부할 수 없는 강인한 포옹이다
　　　　강철은 따로 없다
　　　　작은 싸움도 온몸의 열의로 부딪쳐가며
　　　　큰 싸움, 빛나는 길로 나아가는 사람이다
　　　　우리 모두는 무쇠 같은 존재,
　　　　강철은 따로 없다

　　　　　　　　　박노해 「강철은 따로 없다」 전문

　　박노해의 옥중시 「강철은 따로 없다」는 사실 오랜 세월 동안 '강철은 따로 있다'라고 의식적·무의식적으로 왜곡된 소수 특권층의 부정적 시각을 깨기 위한 반어법적 낙관주의라는 점에서 김백산의 시와 상통되는 부분이 있다.

시에서 소수 특권층의 부정적 시각이란 무엇인가. '적개심으로 핏발선 얼굴' 또는 '열광으로 들떠 있는 쇳소리'이다. 박노해는 이러한 상식 수준의 강철을 부정하는 반어법에서 강철에 새로운 의미를 부여한다. 온몸으로 부딪히고 담금질당하면 무르지 않고 굽지 않고 빛나는 강철이 된다고 외친다. 따라서 '우리 모두는 무쇠 같은 존재'이기 때문에 '강철은 따로 없다'가 된다. 그러면 박노해는 무쇠가 강철이 되는 구체적인 과정을 어떻게 보는가.

투쟁의 용광로에서 다듬어지고 무르익어 부드럽고 넉넉하게 열려진 가슴의 소유자로서 적과 철저히 투쟁할수록 안으로 텅 비어 맑고 웅혼한 종울림, 또는 그 추호도 거부할 수 없는 강인한 포옹이 된다. 그래서 작은 싸움도 온몸으로 부딪혀 가며 열의로 싸우는 동안 큰 싸움, 빛나는 길로 나서는 전사가 된다.

시에서 보여 주는 굳센 혁명적 낙관주의는 강력한 추임새가 된다.

박노해의 과학적 변증법은 박운식의 경우에도 정의로 수용된다.

> 고맙다 내 딸아
> 한 달에 쌀 두 가마씩 받는다는 내 딸아
> 이 못난 애비도 어렸을 적 꼴머슴을 살 때
> 일년에 쌀 두 가마씩을 받았었단다.
> 오늘도 고개 너머 콩밭을 매면서
> 네가 봉제공장에서 무슨 일을 하는지
> 콩밭머리에 떠올리고 있단다
> 이 못난 애비도 부잣집 꼴머슴으로 있을 때
> 서러웠던 일도 버들피리 불던 그 소리도
> 파란 하늘가에 떠올리고 있단다
> 딸아 고달픈 하루하루를
> 창문으로 보이는 파란하늘 속으로
> 파랑새를 날려 보내며 일을 하겠지
> 장하다 내 딸아

호미날에 찍혀 나오는 저의 철없는 웃음 소리들이
밭둑가의 풀꽃으로 아프게 피어나고 있단다
그런데 나는 안다 하루 14시간의 노동을
손가락을 바늘에 찍힌 너의 상처난 마음을
딸아 이 못난 애비도 호미로 손등을 찍으며 가슴을 찍으며
뙤약볕에 돈도 안되는 콩밭을 메고

박운식 「딸에게」 전문

박운식의 반어법은 못난 아버지가 장한 딸에게, 사실은 고단한 농민과 노동자가 못난 정책 당국을 '고맙다'는 말로 바꿈으로써 현실이 매섭게 풍자된다. 시의 서술자가 아버지라는 사실은 과거 농촌의 착취 지배 역사와 딸의 노동 착취 현실을 대비하여 모순 구조를 극화시키는 효과를 내고 있으며 또 웃음 소리가 호미날에 찍혀 나와 밭둑가 풀꽃으로 아프게 피어나는 서술은 현장감을 기능적으로 고조시키고 있다.

그러나 시가 무엇보다도 과학적으로 인식되는 것은 아버지의 부당한 과거 노동과 딸의 그것이 구조적으로 대비되는 데 있다.

맨 먼저 아버지의 꼴머슴 새경이나 딸이 봉제공장 노동자로 일하며 받는 임금이 쌀 두짝으로 동일하다는 점은 짜르 시대 노동자보다도 많은 14시간 노동의 열악한 조건과 같다. 즉, 딸의 손가락은 바늘에 찍히고 아버지의 손등은 호미날에 찍힌다. 뿐만 아니라 민중 연대성까지 동일하다. 아버지는 서러운 꼴머슴 시절에 버들피리를 불어 시름을 날려보냈고 딸은 가슴에 쌓이는 먼지를 파랑새로 날려보내며 견딘다.

박운식의 「딸에게」는 추임문학의 위대한 승리이며, 다가올 농민 전쟁을 예언하고 있다.

노동자·농민 시인이 반어법을 빌어 역사적으로 낙관주의에 도달함으로써 현실을 매섭게 풍자하고 있을 때, 90년대 변혁 운동 주체의 최전선에서 해직

교사 시인들은 무엇을 하고 있을까.

오인태, 배창환 등의 시인은 이러한 물음에 답변이나 하듯 전교조 당파성을 대변하고 있다. 오인태의 「봉산에서 일박」은 찬 서리 내리는 들판에 유배당한 서러운 이들의 한을 대변하고 있다.

> 강연회를 마치고 문부식 형과
> 임길택 시인 해직교사 윤태웅 선생과
> 오십리 밤길 개똥벌레 날으는
> 여기는 봉산리
> 입담 걸직한 백신종 선배의 '아파또'
> 태풍에 날린 흙벽 비닐로 가리고
> 비닐 밖 호박잎 쓸리는 소리 들으며
> 공책 뜯어 바른 벽지 칸칸이
> 백 선배의 시도 읽으며
> 술을 마신다 빈 속에
> 술 마시며 속 버린다
> 늙은 어머니 밤잠 깨어
> 곯아 못 자란 사과 한 알까지도
> 속살 떨어지지 않게 깎아 내오고
> 올해 처음 꺾었다는
> 찐 옥수수도 안주 삼아
> 임길택 시인의 강원도 탄광촌 얘기며
> 문부식의 긴 감옥살이 얘기며
> 윤태웅 선생의 해직 설운 얘기도
> 여기서는 빈 속 험한 세상일들이
> 단 사과살에 녹고
> 따뜻한 옥수수 맛에 녹아
> 옥수수처럼 촘촘한 어머니의 사랑에 녹아
> 늘 세상일 누에 실 풀리듯 술술 풀리는

백 선배의 서럽도록 낙관적인
전망이 아름답다 앞마당 서로 몸부벼
시퍼렇게 날 세우는 수숫대
봉산리 우리도 여기서
정답게 살 부비며 일박

오인태 「봉산에서 일박」 전문

시에서 유형지는 강연회장으로부터 50리나 떨어진 봉산이다. 거기는 개똥벌레가 날고 호박잎 쏠리는 소리가 들리는 백신종의 '아파또'이다. 그런데 그 아파트라는 곳이 태풍에 날린 흙벽을 비닐로 가리고 시를 쓴 공책을 뜯어 벽을 발랐다.

그 유형지에는 모두 시를 쓰는 양심수거나 해직 교사로 보이는 문부식, 윤태웅, 백신종, 임길택과 서술자 오인태 등이 모여 술을 마신다. 서럽도록 낙관적인 전망을 말하며 술을 마신다. 낙관적 전망이란 무엇인가. 시퍼렇게 날세워 일어서는 수숫대, 깃발이다. 깃발로 일어서는 일은 어떤 것인가. 수숫대처럼 살을 부비며 하나가 되는 친화력이다.

오인태의 이러한 유형지 동지들의 친화력은 배창환에게는 노동자 친화력으로 등가된다.

아버지, 오늘은 제가 아버지가 되었지만
내리는 피는 속이지 못하는가 봐요
서울서 밤새도록 기차 타고 내려온
조간 신문을 움켜쥐고 페달을 콱콱 밟으면서
제일 그리운 분이 당신입니다
아버지, 새벽에 일하는 사람이 이렇게 많은 줄
정말 몰랐습니다 새벽바람이 이렇게 매서운 줄도
새벽에 일어나 일하지 않는 사람 잘 모를 테지요

어두운 공사장을 지나다가
헌 합판 모아 불을 놓고 계신 일꾼들을 보면
꼭 아버질 닮았단 생각이 들고
등어리가 오슬오슬하기도 해서 잠시라도
불을 나누어 쬐다 가고 싶었습니다

배창환 「그리운 아버지」 부분

바람 맵찬 새벽 조간 신문을 돌리는 해직 교사 배창환은 모닥불을 쬐는 노동자와 함께 불을 쬐고 싶은 친화력을 느낀다. 그것은 전교조 교사와 현장 품팔이꾼이 함께 느낄 수 있는 단순한 동지애가 아니다. 그것은 망치와 못주머니를 허리에 찬 아버지의 피내림이 배창환을 역사 현실의 주체로 일으켜 세울 때 피뜨겁게 느낄 수 있는 혁명적 동지애이다. 지금 그들은 혼자서 따로 길을 가지만 언젠가 함께 그 길을 갈 것을 기약하기 때문이다.

그러한 기약은 배창환으로 하여금 "교육 문제만 해결되면 그만이다"라는 안일한 교육주의를 버리고 노동자였던 육친에 대한 그리움을 이 땅의 노동 현실로 담보하고, 다시 민족 통일까지로 승화시켜 놓고 있다.

또, 전교조는 필연적으로 다가올 교육대개혁을 위한 현실적 대안을 예비하지 않으면 안된다. 입으로는 교육 해방을 부르짖으면서 제국주의의 또 다른 사슬을 실천해서는 안된다.

지금까지 노동자 시인 김백산·박노해, 농민 시인 박운식, 전교조 시인 오인태·배창환 등의 애지고 막막한 설움을 굳센 의지로 형상화하는 모습을 살펴보았다.

이제 감발을 매고 짚신 발로 산맥을 타넘어 온 억센 조선 사내들의 시를 살펴보자. 김창규의 시는 선언적 고백, 민병기의 시는 붉은 힘살의 꿈틀거림으로 외친다. 그러니까 그들의 시는 모진 삭풍을 장검으로 끊어 내는 즐거움을 준다.

나는 영운동에서
빨갱이였고 좌경용공사범이었다
사람들은 우리집에 오기를 꺼려 했고
형사들은 늘 우리집을 감시했다
일만 생기면 먼저 연행하여 갔었다
그때마다 동네 사람들은 쉬쉬
알 수 없는 신호를 보내곤 했다
분단시대 활동을 할 때도 그랬다
청년 운동을 하고
인권 운동에 뛰어들어 일할 때도
역시 마찬가지로 색안경을 쓰고 보았다
민주화 운동을 하고 있는 요즈음은 더욱 치밀하게 감시를 한다
십 년의 세월이 흘렀지만 나 때문에 동생들이 곤욕을 치루었고
아버지는 직장에서 각서를 써야 했다
영운동에 십칠 년을 사는 동안
나는 동네 사람들에게
이름없는 간첩이었다
어머니는 늘 눈물을 흘려야 했다

김창규 「영운동에서」 전문

시는 사람답게 양심을 지키고 그것을 실천하며 세상을 사는 사람의 고단한 삶을 대를 쪼개 듯 결고르게 보여 준다. 영운동에서 사는 17년 동안의 유배 생활은 시인을 '빨갱이', '좌경용공사범', '이름없는 간첩'으로 만들었다. 이 경우 시인이 감내 해야 할 고통은 두 가지로 대별된다. 하나는 당국으로부터 받는 탄압이고, 다른 하나는 이웃의 여론 재판이다. 그럼에도 시인은 한결같이 살아 가는 즐거움을 선언적 고백으로 전달하고 있다.

'잡초', '질경이' 등으로 등가 되던 민초가 민병기에게는 '당당한 대지의 백성'인 '지렁이'로 인식된다. 지렁이의 기본 동작은 '꿈틀거린다' 또는 '몸부림

친다'이며, 그것이 민병기 시의 기본적인 상징성이며 추임새가 된다.

별똥지기 논귀 따비밭 모롱 마다 앓고
지렁이는 논 이랑 밭 이랑 속의 깊이에서
알몸으로 꿈틀거리며 피멍울지게 몸부림치며
이슬 맺힌 땀방울 눈물방울 털며
땅 속 어둠의 두께를 갈아엎는다.
지렁이는 교태를 부리지 않고
흙을 사랑한다. 온몸으로
그것이 사랑인 줄 모르면서

서울의 네거리 한복판에서
지렁이가 떼지어 꿈틀거리는 것은
최루탄을 미워할 줄 알고
흙의 품속을 그리워 할 줄 아는
분명한 선택의 몸짓이다.

노고지리의 화창한 가락에 맞추어
봄 아지랑이 나체춤이 한창이면
첩첩 봉봉의 갈매빛 정기를 머금고 발기하는
저 튼튼한 오월의 玉根을 보아라
흙의 속살을 애무하는 이 힘살을 보아라.
밟히면 밟힐수록 더 꿈틀거리고
아랫도리가 동강나면 날수록 길어지는 목숨발
저 마디마디의 끈질긴 생명을 보아라.
당당한 대지의 백성을 보아라.

민병기 「지렁이·1」 전문

'당당한 대지의 백성' 또는 '마디마디 끈질긴 생명'인 지렁이는 어디에 번식하고 있는가. 별똥지기 논귀, 따비밭 모롱, 도시 변두리 시궁창, 아스팔트 고인 물 등 어디나 가리지 않고 마다 않고 서식한다. 그런 지렁이는 무엇을 하는가. 알몸으로 꿈틀거리며 몸부림친다.

이와 같은 '꿈틀거린다', '몸부림친다'는 '어둠을 갈아엎는다', '흙을 사랑한 다'로 분화되면서 의미망이 확충된다.

갈아엎는 일이란 무엇인가. 서울의 네 거리 한복판에서, 햇빛 쏟아지는 아스 팔트 위에서, 광화문 네 거리에서, 밭두렁에서, 논두렁에서, 완강한 구둣발에 채이며 상처난 가슴으로 피를 토하며 차돌부리에 부딪치며 사금파리를 피하 며, 지렁이가 꿈틀거리는 것은 최루탄을 미워할 줄 아는 분명한 선택의 몸짓이 다. 선택의 몸짓이란 무엇인가. 튼튼한 오월의 옥근(玉根)을 기르는 일, 또는 흙의 속살을 애무하는 힘살을 기르는 일이다. 옥근이나 힘살을 기르는 일은 얼 마나 즐거운 일인가. 노고지리 화창한 가락에 맞추어 추는 봄 아지랑이 나체 춤, 첩첩 봉봉의 갈매빛 정기를 머금고 발기하는 일이다.

다음으로 흙을 '사랑한다'는 '꿈틀거림', '몸부림'은 무엇인가. 흙에 대한 사 랑, 즉 노동은 지렁이에 대한 역설적 인식에서 출발한다. 시인이 볼 때 지렁이 는 저주받은 피의 빛깔 징그러운 피의 몸짓이다. 귀도 눈도 문드러진 민둥알몸 에다 뼈마디가 닳아버린 아픔의 똬리이다. 그런데 불빛 상처의 살덩이로 꿈틀 거리며 피터지게 무얼 하는가. 논두렁 밭두렁 어둠의 여울목에 신음 소리 묻어 두고 맨살로 노동을 한다. 휘청거리며 땅 속으로 토굴을 판다. 그것이 노동인 줄도 모른다. 그것이 지렁이의 사랑이다.

그렇나면, 저항으로 상징되는 '갈아엎는다'와 노동으로 상징되는 '사랑한다 가 동일 지점에서 만날 때 어떤 현상이 나타날까.

밟히면 밟힐수록 더 꿈틀거린다.

아랫도리가 동강나면 날수록 길어진다.

그것이 대지에 뿌리 내리는 당당한 백성의 목숨발, 생명력이다.

왜 지렁이는 꿈틀거리며 몸부림치는가. 늙은 산맥을 갈매빛으로 소생시키기 위하여, 또는 자유와 평등을 실현하는 혁명을 위해서이다. 민병기는 마지막까지 그 말을 아껴 두고 있다.

비록 애송이 솜털 보송보송한 습작티가 나더라도 신인의 시를 읽는 즐거움은 신선한 충격이다. 이종수의 「겨울산 흰소」는 조선 사내들이 가짐직한 듬직한 힘을 보이며 최은희의 「단풍잎」은 애잔한 설움이 한민족 정서로 숨쉬고 있다. 바로 이 점이 어른 시인과 다른 그들만의 독특한 작품 세계일 터이다.

> 서리 내린 아침에
> 빨간 단풍잎
> 시린 냇물에 동동 떠서
> 마을 빨래터까지 오고
> 호랑이 산다는 이 냇물 윗쪽
> 그 끝에는 춥지도 덥지도 않고
> 먹을 것도 많고 죽는 것도 없다던데
> 어매 죽어 입은 상복
> 맨손으로 헹구다가
> 눈물방울 툭툭 물에 떨어지면
> 여섯 살 머리에 사내끼 두르고
> 대지팡이 짚어 끄윽끄윽 울던 동생이
> 누야
> 손 시럽나
> 빨간 단풍잎 같은 손을 내밀어
> 내 손 위에 얹으며
> 누야
> 많이 시럽나

최은희 「단풍잎」 전문

최은희의 「단풍잎」을 읽으며 참았던 눈물을 주체할 수 없는 까닭은 서리 내

한민족문학사상론

린 아침 맨손으로 상복 빨래를 헹구며 눈물방울 툭툭 떨어뜨리는 누야에 대한 안쓰러움 때문만은 아니다.

어매 죽어 입은 상복 빨며 살림 걱정하는 나이 먹어 일정하게 철든 누야의 시름 탓이기도 하리라. 호랑이 산다는 이 냇물 위쪽, 그곳은 춥지도 덥지도 않고 먹을 것도 많고 죽는 것도 없다는 누야의 생각은 구체적인 살림 걱정을 등가하기 때문이다.

아니면, 여섯 살 난 어린 상주, 대지팡이 짚고 끄윽끄윽 울던 어린 동생이 빨간 단풍잎 같은 손을 내밀어 누야 손위에 얹으며, ‘누야, 손 시렵나’ ‘누야, 많이 시렵나’라고 묻는 다사로운 정 때문이기도 하리라.

그러나 정작 시가 독자들을 울리는 까닭은 누야는 어린 동생과 살아갈 걱정에 울고 동생은 누야가 손이 시려워 우는 줄 아는 정서적 거리 감각 때문이다. 그 거리가 먼가 가까운가에 따라서 어른들은 철든 이와 철부지를 가려 보지 않았던가.

시가 한민족 정서를 보태어 일깨우는 까닭은 하동 화개리 갯지렁이들의 말씨를 되살려 낸 데도 있다.

어쩌다 눈바람 우는 새벽에 잠을 깨면 가끔 흰소떼들이 지축을 울리며 달려오는 소리를 들으리라. 흰소는 면벽한 고승의 밝은 머리에서 걸어 나오기도 하고, 더러는 어두운 시대를 살다간 불운화가의 붓끝에 버티어 서기도 한다. 겨울 산맥들은 꼬꾸라질 듯 치닫고 흰소들은 울음 칭칭 감고 겨울 땅을 갈아엎는데 한 치 앞을 못 보는 우리 중생은 불을 갈며 봄을 기다린다.

봄은 과연 오는가. 청보리 피는 삼라의 언덕에 김백산·박노해·박운식·오인태·배창환·김창규·민병기·최은희·이종수 등의 시인들은 누렁소와 함께 오는가. 아, 과연 빛 밝은 봄은 오는가.

　눈발 다 걷히고 오는
　겨울 산맥
　큰 둥치의 적막을 뒤덮고 나면

면벽한 고승의 밝은 머리 속에서
걸어 나오는 흰소
울음 칭칭감고 겨울땅을 갈아 엎는다

눈썹 끝도 얼어
멀리 보지 못하는 앉은뱅이들이
힘겹게 불을 갈고 있는 겨울
코뚜레를 모르는 흰소들이
눈보라를 뿌리며
산수유 붉은 맛을 들게 하고
땅 속 깊은 열을 풀어 내린다

이 겨울이 지나면 흰소들은
쓴 잠 거두고 일어서는
청보리밭 누렁소들을 낳고
삼라의 밝은 언덕으로 돌아간다.

이종수 「겨울산 흰소」 전문

참 고 문 헌

<깨도문학이란 무엇인가>

강형철, 「문학운동의 조직적 과제와 전망」, 『실천문학』, 1989. 겨울호
김경원, 「최근 리얼리즘 소설의 변모」, 『실천문학』, 1992. 가을호
김 구, 『백범일지』, 정암사, 1989
김명수, 『월식』, 민음사, 1980
김명수, 『하급반 교과서』, 창작과 비평사, 1983
김명인, 「대중문학운동론」, 『문학사상』, 1989. 4월호
김명인, 「민족문학론은 실천이론이다」, 『월간중앙』, 1988. 6월호
김명인, 「민족문학은 실천이론이다」, 『민족현실과 문학운동』, 1989. 봄호
김명인, 「지식인 문학의 위기와 새로운 민족문학의 구상」, 『전환기의 민
        족문학』, 풀빛, 1987
김해화, 『인부수첩』, 실천문학사, 1986
김 현, 『상상력과 인간』, 일지사, 1972
박세길, 『다시 쓰는 한국현대사』, 돌베개, 1988
백락청, 「90년대 민족문학의 과제」, 『창작과 비평』, 1991. 봄호
백락청, 「민족문학과 민중문학」, 『민족문학과 세계문학 Ⅱ』, 창작과 비평사,
        1985
백락청, 「민족문학론의 새로운 과제」, 『실천문학』1집, 1980
백락청, 「민족문학의 개념정립을 위해」, 『민족문학과 세계문학』, 창작과
        비평사, 1978
백락청, 「민족문학의 현단계」, 『창작과 비평』, 1975. 봄호
백락청, 「민중·민족문학의 새단계」, 『창작과 비평』, 57호, 1985
백락청, 「민중의 이름과 얼굴」, 『뿌리깊은 나무』, 1979. 4월호
백락청, 「새로운 창작과 비평의 자세」, 『창작과 비평』, 창간호, 1969
백락청, 「오늘의 민족문학과 민족운동」, 『창작과 비평』, 1988. 봄호
백진기, 「80년대 민족·민중문학의 쟁점과 그 의미」, 『문예중앙』, 1987. 겨
        울호
백진기, 「문예통일전선과 80년대 후반기 민족문학의 대오」, 『녹두꽃』 1,
        1988

백진기, 「민족해방문학의 성격과 임무」, 『녹두꽃』 2, 1989
백진기, 「현단계 문학논쟁의 성격과 문예통일전선의 모색」, 『실천문학』,
　　　1988. 가을호
성민엽, 「전환기의 문학과 사회」, 『문학과 사회』, 1988. 봄호
손진태, 『조선민족사개설』, 을유문화사, 1954
송건호, 「8·15의 민족사적 인식」, 『해방전후사의 인식』 1, 한길사, 1991
송건호, 『한국현대인물사론』, 한길사, 1984
송수권, 『꿈꾸는 섬』, 문학과 ·지성사, 1983
송수권, 『다시 산문에 기대어』, 문학사상, 1980
송수권, 『분단시선집』, 남풍, 1984
송수권, 『산문에 기대어』, 문학과 지성사, 1980
송수권, 『아도』, 창작과 비평사, 1985
송수권, 『우리나라 풀이름 외기』, 문학과 지성사, 1987
이광웅, 『목숨을 걸고』, 실천문학사, 1989
이병훈, 「현단계 노동문학의 새로운 모색」, 『실천문학』, 1992. 여름호
이재현, 「희망과 연대의 존재로서 노동자 계급의 삶과 해방」, 『실천문학』,
　　　1992. 여름호
정과리, 「민중문학론의 인식구조」, 『문학과 사회』, 1988. 봄호
정영상, 『행복은 성적순이 아니다』, 실천문학사, 1989
조재도, 『교사일기』, 실천문학사, 1988
조재도, 『쉴 참에 담배 한 대』, 실천문학사, 1992
조정환, 「80년대 문학운동의 새로운 전망」, 『서강』 17호, 1987
조정환, 「민족문학 주체논쟁 종식과 노동해방문학의 출발점」, 『노동해방문
　　　학』, 1989. 6·7 합본호
조정환, 「민주주의 민족문학론에 대한 자기비판과 '노동해방문학'의 제창」,
　　　『노동해방문학』 창간호, 1989
조정환, 「민주주의 민족문학의 현단계와 문학적 현실주의 전망」, 『창작과
　　　비평』, 1989. 가을호
조정환, 「현대 한국 민중문학의 방법문제에 대한 연구 (Ⅰ)-'제 3세계 리
　　　얼리즘론'의 방법론적 원리 비판」, 『실천문학』, 1988. 겨울호
좌　담, 「80년대 민족·민중문학의 평가와 반성」, 『실천문학』, 1990. 봄호
좌　담, 최원식, 김명인, 임영일, 전승희 「민족문학과 민중문학」, 『창작과
　　　비평』, 1988. 봄호
진형준, 「외국문화의 수용-반성적 성찰」, 『문예중앙』, 1987. 겨울호

채광석, 「설 자리 갈 길」, 『민족문학의 흐름』, 한마당, 1987

최유찬, 「민족해방문학의 성과와 과제」, 『실천문학』, 1992. 가을호

통일과 문학토론회 (백낙청·김명인·조정환) 「한국사회기본모순 '분단' '계급' 맞서」, 『한겨레신문』, 1988년 12월 16일자

홍두승, 서관모, 「한국사회계층의 실태와 개념상의 재구성문제」, 『한국사회의 계급연구 Ⅰ』, 한울, 1985

홍석하, 『애련리로 가는 길』, 청하, 1987

홍정선, 「문학제도와 문학」, 『문학과 사회』, 1988. 봄호

황광수, 「80년대 민중문학론의 지향」, 『창작과 비평』 58호, 1987

<푸리문학이란 무엇인가>

「부르죠아 이론과 미국의 한국에 대한 사상문화정책 (1945~1979)」, 『사상운동』, 1989. 창간호

강준만, 「한국 언론과 정보제국주의」, 『말』, 1990. 6월호

고재종, 『바람부는 솔숲에 사랑은 머물고』, 실천문학사, 1987

고재종, 『사람의 등불』, 실천문학사, 1984

고재종, 『새벽들』, 창작과 비평사, 1989

곽재구, 『사평역에서』, 창작과 비평사, 1983

김대영 외, 『내 무거운 책가방』, 실천문학사, 1987

김미영, 『마침내 전선에 서다』, 노동문학사, 1990

김우창, 「관찰과 시」, 최승호 시집 『대설주의보』 해설평론, 민음사, 1983

김우창, 「시의 언어, 시의 소재」, 김명수 시집 『월식』 해설평론, 민음사, 1980

김우창, 「제6회 '오늘의 작가상' 수상자 발표 심사보고」, 『세계의 문학』, 1982. 여름호

김욱동, 『이문열』, 민음사, 1994

김종인, 『아이들은 내게 한 송이 꽃이 되라 하네』, 실천문학사, 1990

김진경, 『광화문을 지나며』, 풀빛, 1986

김진경, 『닭벼슬이 소똥구녕에게』, 실천문학사, 1991

김진경, 『우리시대의 예수』, 실천문학사, 1987

류종호, 「문학은 삶의 즐거움 쉽게 쓴 이론 있어야」, 『조선일보』, 1989년 9월 26일자

류종호, 「산문정신고」, 『신한국문학전집』 49, 어문각, 1975

류종호, 「서구소설과 한국소설의 기법」, 『한국인과 문학사상』, 일조각, 1964

류종호, 「작가와 비평가」, 『신동아』, 1965. 6월호

류종호, 『그대 다시는 고향에 가지 못하리』 해설평론, 나남, 1990

류천균 편. 『살림작가연구-이문열』, 살림, 1993

박노해, 『노동의 새벽』, 풀빛, 1984

박운식, 『모두모두 즐거워서 술도 먹고 떡도 먹고』, 실천문학사, 1989

박운식, 『연가』, 무궁화, 1981

백낙청·프레드릭 제임슨 대담, 「국제주의 결합된 민족문화 창조를」, 『한겨레신문』, 1989년 1월 2일자

백무산, 『만국의 노동자여』, 청사, 1988

백 철, 김병철 공역, 『문학의 이론』, 신구문화사, 1959

신동엽, 『금강』, 창작과 비평사, 1989

신동엽, 『누가 하늘을 보았다 하는가』, 창작과 비평사, 1979

양영진, 『식민의 땅에 들불이 되어』, 친구, 1988

에드워드 노만, 『기독교와 세계질서』, 태양사, 1983

윤재철, 『그대 우리가 만난다면』, 창작과 비평사, 1992

이문렬, 「'스포츠 반미감정'의 표리」, 『동아일보』, 1989년 9월 3일자

이문렬, 「무엇을 생각하고 있나」, 『작가세계』, 1989. 여름호

이문렬, 「작가 이문열 씨가 본 88개막식」, 『동아일보』, 1988년 9월 17일자

이어령, 김수영, 「한국문화의 상황과 자유」, 『조선일보』, 1968년 3월 26일자

이우용, 「이문열, 무엇이 문제인가」, 『베스트셀러』, 시대평론, 1990

이희수, 「미군정기 교육개혁에 관한 탐색」, 사계절, 1989

임동욱, 「문화제국주의 이론의 검토와 재고찰」, 서강대 언론문화연구소, 세미나 유인물, 1989년 9월 30일자

정인화, 『강이되어 간다』, 노동문학사, 1990

좌 담, '교육 이대로 둘 것인가 <56>' 「국어교과서의 반민족성-분단상황과 교육의 비인간화·민중교육」, 『중앙일보』, 1990년 3월 4일자

최승호, 『대설주의보』, 민음사, 1987

한천수, 「정권 입맛따라 교과서 개정」, 『중앙일보』, 1990년 3월 4일자

<추임문학이란 무엇인가>

김남주

고 은, 「김남주 형에게 보내는 편지」, 『김남주론』 머리글, 광주, 1988
기획대담, 「노동해방문학이라는 무기, 김남주 시인에게 듣는다」, 『노동해
　　　방문학』, 1989, 창간호
김남주, 「변혁운동을 전파하는 시」, 『문예중앙』, 1989. 가을호
김남주, 「옥중저항시」, 『실천문학』, 1988. 가을호
김남주, 「조선의 딸」외 9편, 『창작과 비평』, 1989. 봄호
김남주, 『김남주의 삶과 문학-피여 꽃이여 이름이여』, 시와 사회사, 1992
김남주, 『나와 함께 모든 노래가 사라진다면』, 창작과 비평사, 1995
김남주, 『나의 칼, 나의 피』, 인동, 1987
김남주, 『마침내 오고야 말 우리들의 세상』, 한마당, 1990
김남주, 『불씨하나가 광야를 태우리라』, 시와 사회사, 1994
김남주, 『사랑의 무기』, 창작과 비평사, 1989
김남주, 『사상의 거처』, 창작과 비평사, 1991
김남주, 『산이라면 넘어주고 강이라면 건너주고』, 삼천리, 1989
김남주, 『솔직히 말하자』, 풀빛, 1989
김남주, 『이좋은 세상에』, 한길사, 1992
김남주, 『저창살에 햇살이 1』, 창작과 비평사, 1992
김남주, 『조국은 하나다』, 남풍, 1988
김남주, 『진혼가』, 청사, 1984
김남주, 『학살』, 한마당, 1990
김남주, 산문집 『시와 혁명』, 나루, 1991
김사인, 「김남주 시에 대한 몇 가지 생각」, 『창작과 비평』, 1992. 가을호
염무웅, 「사회인식과 시적표현의 변증법-김남주 시집을 읽고」, 『창작과 비
　　　평』, 1988. 여름호

김지하

「이영희 교수와 전환시대의 고뇌」, 『말』, 1991. 3월호
강선미, 「경대가 숨질 때 당신은 어디 있었나」, 『한겨레신문』, 1991년 5월
　　　8일자
김동길, 「교단을 떠나면서…」, 『조선일보』, 1991년 5월 9일자

김동길, 「드디어 새시대가 왔는가」, 『조선일보』, 1988년 6월 8일자

김동길, 「마지막 칼럼」, 『조선일보』, 1988년 6월 8일자

김동길, 「아, 언제까지…」, 『조선일보』, 1991년 5월 3일자

김성동, 「광대 또는 보살」, 『실천문학』, 제3권, 1982

김재홍, 「고단한 삶과 애달픈 사랑-'부정정신과 희망의 시학'」, 『현대시학』,
    1989. 9월호

김재홍, 「반역의 정신과 인간해방의 사상」, 『작가세계』, 1989, 가을호

김지하, 「나는 도적' 고백운동 벌이자」, 『동아일보』, 1991년 2월 18일자

김지하, 「고행 1974」, 『동아일보』, 1974년 2월 26일~28일자

김지하, 「궁전구영여사에게」, 『실천문학』 제5권, 1984

김지하, 「젊은 벗들 ! 역사에서 무엇을 배우는가」, 『조선일보』, 1991년 5월
    5일자

김지하, 「창조적 통일을 위하여-로터스상 수상연설 전문」, 『실천문학』 제3
    권, 1982

김지하, 「풍자냐 자살이냐」, 『타는 목마름으로』, 창작과 비평사, 1990

김지하, 『검은 산 하얀 방』, 솔, 1995

김지하, 『大設 남』, 창작과 비평사, 1984

김지하, 『대설 남』 1~4, 솔, 1994 재간행

김지하, 『동학이야기』, 솔, 1994

김지하, 『모란 위의 사경』, 솔, 1993

김지하, 『밤나라』, 솔, 1993

김지하, 『밥』, 분도출판사, 1988 (솔, 1995 재출간)

김지하, 『별밭을 우러르며』, 솔, 1995

김지하, 『생명』, 솔, 1992

김지하, 『애린1』, 실천문학사, 1986 (솔, 1995 재간행)

김지하, 『애린2』, 실천문학사, 1986 (솔, 1995 재간행)

김지하, 『오적』, 솔, 1993

김지하, 『옹치격』, 솔, 1993

김지하, 『이 가문날에 비구름』, 동광출판사, 1988

김지하, 『작가세계』, 김지하 편, 1989. 가을호

김지하, 『중심의 괴로움』, 솔, 1994

김지하, 『타는 목마름으로』, 창작과 비평사, 1982

김지하, 『틈』, 솔, 1994

김지하, 『한 사랑이 태어나므로』, 동광출판사, 1991

김지하,『황토』, 풀빛, 1984

김지하·최일남 대담,「민중은 생동하는 실체」,『신동아』, 1984. 6월호

대 담,「남해에 내려가서」,『문예중앙』, 1985. 겨울호

석지명,「달뜨기 전의 '작은 횃불'」,『동아일보』, 1991년 4월 22일자

성민엽,「김지하의 문학과 사상」,『작가세계』, 1989. 가을호

신영복 대담,「지식인 최후까지 실천과 연대해야」,『한겨레신문』, 1991년
          12월 20일자

오세영,「장르실험과 전통장르」,『작가세계』, 1989. 가을호

이문구,「민중사사의 뿌리를 찾아서」,『실천문학』, 1985. 여름호

이문구,「민중사상의 뿌리를 찾아서」,『실천문학』, 1985, 봄호

이승훈,「흰빛과 붉은 빛의 이미지」,『작가세계』, 1989. 가을호

이정희,「신명불림」,『작가세계』, 1989. 가을호

조성관,「인물연구-시인 김지하」,『월간조선』, 1990. 5월호

채광석,「황토'에서 '애린'까지」, (김지하 시집『애린』 발문), 실천문학
          사, 1986

홍정선,「김지하 연구의 현주소」164쪽부터

홍정선,「어둠의 산맥을 넘어 횃불을 들고」20쪽부터

박노해

박노해,「김우중 회장의 자본철학에 대한 전면비판」,『노동해방문학』, 1989년
          9월호

박노해,「노태우 씨 당신의 조작된 이미지를 벗긴다」,『노동해방문학』, 1989
          년 2월호

박노해,「이땅의 자식으로 태어나」,『신동아』, 1990. 12월호

박노해,『노동의 새벽』, 풀빛, 1984

박노해,『민들레처럼』, 노동자의 벗, 노동해방신서-1, 1991

박노해,『자본철학 "세계는 넓고 할 일은 많다"에 대한 전면비판』, 노동자
          의 벗, 노동해방 신서-2

박노해,『참된 시작』, 창작과 비평사, 1993

박노해,『최후진술』, 박노해 석방대책위원회, 1991

신경림

대 담,「신경림 뭇방구 혹은 민중적 서정시인의 길」,『문학정신』, 1990, 5

월호
송상일, 「『농무』의 두 시점」, 『문학과 비평』, 1988. 여름호
신경림, 「민중생활사의 복원과 혁명적 낙관주의의 뿌리」, 『창작과 비평』,
          1988. 가을호
신경림, 「역사의식과 순수언어」, 『신동엽-그의 삶과 문학』, 온누리, 1983
신경림, 「이향민의 노래와 사람」, 『문학과 비평』, 1988. 여름호
신경림, 『가난한 사랑노래』, 실천문학사, 1988
신경림, 『길』, 창작과 비평사, 1990
신경림, 『남한강』, 창작과 비평사, 1987
신경림, 『농무』, 창작과 비평사, 1975
신경림, 『달넘세』, 창작과 비평사, 1985
신경림, 『민요기행 1』, 한길사, 1985
신경림, 『민요기행 2』, 한길사, 1989
신경림, 『새재』, 창작과 비평사, 1979
신경림, 『쓰러진 자의 꿈』, 창작과 비평사, 1993
신경림, 『한밤중에 눈을 뜨면』, 나남, 1985
신경림·김주연 대담, 「시적자아의 정직성」, 『문예중앙』, 1984. 봄호
이시영, 「고은과 신경림」, 『창작과 비평』, 1988. 가을호
정효구, 「균형 있는 안목과 리얼리티」, 『현대시학』, 1989. 5월호
조남현, 「『농무』의 시사적 의미」, 『문학과 비평』, 1988. 여름호
홍홍구, 「시인과의 만남·신경림」, 『문학과 비평』, 1988. 여름호

신동엽

「신동엽의 시세계」, 『현대시학』, 1987. 11월호
『신동엽시전집-누가 하늘을 보았다 하는가』, 창작과 비평사, 1979
구중서, 「민족시인 신동엽」, 『신동엽-그의 삶과 문학』, 온누리, 1983
남정현, 「어두운 시대 시인의 꿈」, 『창작과 비평』, 1989. 여름호
백락청, 「살아 있는 신동엽」, 『창작과 비평』, 1989. 여름호
신경림, 「역사의식과 순수언어」, 『신동엽-그의 삶과 문학』, 온누리, 1983
신동엽, 「8월의 문단-낯선 외래어의 작희」, 『중앙일보』, 1967년 8월 1일자
신동엽, 「금강잡기」, 『재무』, 1963. 10월호
신동엽, 「나의 설계-서둘고 싶지 않다」, 『동아일보』, 1962년 6월 5일자
신동엽, 「시와 사상성-기교 비평에의 충언」, 『동아일보』 1963년 12월 11일자
신동엽, 「시인정신론」, 『자유문학』, 1961

신동엽, 『신동엽전집』, 창작과 비평사, 1975
윤여탁, 「민족현실의 시적 형상화와 장르의 객관화-서사시 「금강」과 「임진
　　　강」을 중심으로」, 『문학과 비평』, 1988. 겨울호

채광석

「중간계층의 계급적 성격과 민중연합」, 『대학문화』 11집 1988
「한국문학인의 사회·경제적 위상」, 『한길문학』 창간호
『문화예술통계자료집』, 한국문화예술진흥원 문화발전연구소, 1989
박현채, 「문학과 경제」, 『실천문학』 제4권, 1983
채광석, 「내일을 향한 죽음과 삶」, 『실천문학』 제4권, 1983
채광석, 『민족문학의 흐름』, 한마당, 1987
채광석 전집 Ⅰ, 『산자여 답하라』, 풀빛, 1988
채광석 전집 Ⅱ, 『유형 일기』, 풀빛, 1988
채광석 전집 Ⅲ, 『그대에게 못다한 사랑』, 풀빛, 1989
채광석 전집 Ⅳ, 『민중적 민족문화론』, 풀빛, 1989
채광석 전집 Ⅴ, 『찢김의 문화 만남의 문화』, 풀빛, 1989

<다시 한민족문학을 위하여>

후반기 민중민족문학논쟁, 자유문학논쟁

『노동시선집』, 실천문학사, 1985
『농민시선집』, 실천문학사, 1985
고　은, 「90년대 민족문학을 위하여;문학은 무엇을 위해 존재하는가」, 『신
　　　동아』, 1990. 1월호
고종식, 「백락청 씨 문예론 다시 부각-비평가들 재평가작업 활발」, 『한겨레
　　　신문』, 1991년 8월 27일자
권성우, 「김영현의 소설과 정남영의 비평문에 대한 열네 가지의 단상」,
　　　『문학정신』, 1990. 9월호
김명인, 「불을 찾아서」, 『실천문학』, 1992. 여름호
김영현, 「문학은 무기일 수도 유희일 수도 없다. 민족문학논쟁에 할말 있
　　　다」, 『신동아』, 1990. 10월호
김영현, 「민족문학 평단에 대한 전면 비판」, 『말』, 1990. 11월호

김창규,『그대 진달래꽃 가슴속 깊이 물들면』, 온누리, 1990

김창규,『슬픔을 감추고』, 살림터, 1992

김창규,『푸른 벌판』, 청사, 1988

김 철,「자기 반성의 용기와 슬픈 확인」,『한길문학』, 1991. 겨울호

김태연,「백락청으로 '회귀', 문학판 '혼란'-제1회 통일문학심포지움 "왜 하필
       백락청이냐",『노동자신문』, 1991년 11월 1일자

대 담,「대중사회의 전개와 문학의 위기」,『문예중앙』, 1992. 여름호

도종환 외,『몸은 비록 떠나지만』, 실천문학사, 1989

민병기,『물방울의 꿈』, 경남, 1991

배창환,『다시 사랑하는 제자에게』, 실천문학사, 1988

배창환,『잠든 그대』, 민음사, 1984

백락청 ; 발제,「90년대 민족문학의 과제」토론 : 김명환, 김재용, 사회 : 염무
       웅, 1991년 봄호

백락청 대담,「민족문학 폿대 세워 분단모순 규명」,『한겨레신문』, 1991년
       10월 29일자

백무산,『동트는 미포만의 새벽을 딛고』, 노동문학사, 1990

백무산,『만국의 노동자여』, 청사, 1988

송건호 편,『김구』, 한길사, 1980

신경득,『소백산맥 아래서』, 살림터, 1992

안도현,『그대에게 가고 싶다』, 푸른숲, 1991

안도현,『모닥불』, 창작과 비평사, 1989

안도현,『서울로 가는 전봉준』, 민음사. 1985

안도현,『외롭고 높고 쓸쓸한』, 문학동네, 1994

오봉옥,『붉은 산 검은 피』, 실천문학사, 1990

오봉옥,『지리산 갈대꽃』, 창작과 비평사, 1988

오인태,『그곳인들 바람불지 않겠나』, 살림터, 1992

유중하,「백락청을 새로이 고쳐 읽으면서」,『실천문학』, 1991. 가을호

이재현,「'잃어버린 자아' 집요한 탐구 안정효의 '악부전' 오성찬의 '폐종'
       등 소설 4편」,『한겨레신문』, 1991년 12월 3일자

이재현,「변화된 현실의 도전과 민족, 민중문학의 응전」,『한겨레신문』,
       1991년 4월 16일자

이재현,「생산적 대화를 위하여」,『실천문학』, 1991. 가을호

정남영,「김영현 소설은 남한 문예운동의 과거인가-자유주의문학가들의
       '김영현론'에 대한 비판적 검토」,『오늘의 책』, '84 겨울. 한길사

정남영, 「김영현의 문학관을 전면 비판한다」, 『말』, 1990. 12월호

정희성, 『저문 강에 삽을 씻고』, 창작과 비평사, 1978

조정환, 「고은 시인의 '신세대' 비판에 대한 답신」, 『노동해방문학』, 1989. 12월호

조정환, 「민족문학 주체논쟁 종식과 노동해방문학의 출발점」, 『노동해방문학』, 1989. 6·7 합본호

조정환, 「민주주의 민족문학론에 대한 자기비판과 '노동해방문학'의 제창」, 『노동해방문학』 창간호, 1989

조정환, 『노동해방문학의 논리』, 노동문학사, 1990

좌 담, 「리얼리즘, 포스트모더니즘, 민족문학」, 『창작과 비평』, 1992. 여름호

좌 담, 「우리 문학에 새로운 변화는 오는가」, 『문예중앙』, 1991. 봄호

채광석, 『밧줄을 타며』, 풀빛, 1985

최원식, 「'강압의 시대'에서 '지혜의 시대'로-백락청 평론집 '민족문학의 새 단계'를 읽고」, 『창작과 비평』, 1990. 가을호

최유찬, 「이데올로기와 리얼리즘」, 『실천문학』, 1991. 가을호

최은희, 『쑥고개 편지』, 대동, 1990

최은희, 『희망이 있는 고통은 아름다워라』, 힘, 1992

한 기, 「김영현 소설집 '멀고 먼 해후'는 왜 좋은가」, 『세계의 문학』, 1990. 가을호

포스트모더니즘

김성곤, 「포스트모더니즘 논의의 흐름과 전망-포스트모더니즘의 개념정립을 위하여」, 『서울대학보』, 1990년 3월 26일자

김욱동, 「문단에 부는 포스트모더니즘 바람」, 『월간중앙』, 1990. 4월호

김욱동, 「포스트모더니즘이 남용되고 있다」, 『한국논단』, 1992. 10월호

백락청, 「로렌스 소설의 전형성 재론」, 『창작과 비평』, 1990. 여름호

백락청, 「신식민지 시대와 서양문학 읽기」, 『민족문학의 새단계』, 창작과 비평사, 1990

송주성, 『포스트모더니즘은 없다』, 청년문예, 1994

임상훈, 「'해방'과 '억압' ; 포스터모더니즘의 국내 수용문제」, 『서강영문학』, 1990. 11월호

임상훈, 「포스트모더니즘을 어떻게 볼 것인가」, 『연세』 33호, 1990

정정호, 「한국에서의 자리매김」, 『서울대학보』, 1990년 3월 26일자

정종진, 「갓쓰고 장도칼 차기」, 『한민족문학』 4집, 1994

<작가별 참고문헌>

(ㄱ)

강형철
『시인의 길 사람의 길』, 예하출판사, 1994
『야트마한 사랑』, 푸른숲, 1993
『해망동일기』, 황토, 1989

고 은
(산문집)
『1950년대』, 청하, 1989
『그들의 벌판』, 책세상, 1992
『나, 고은』, 민음사, 1993
『나의 저녁』, 한국문학사, 1988
『눈물을 위하여』, 풀빛, 1990
『대륙』, 청하, 1988
『만인보』, 창작사, 1986
『문학과 민족 : 우리시대 삶의 최전방에서 전개한 민족과 민족문학논리』, 한
    길사, 1988
『바라밀』, 한벗, 1992
『밤주막』, 카톨릭출판사, 1977
『백두산』, 창작과 비평사, 1991
『부활』, 민음사, 1974
『산산이 부서진 이름』, 한국문학사, 1977
『세노야 세노야』, 신진문화사, 1970
『시와 현실』, 실천문학사, 1986
『식민지의 집시』, 동광출판사, 1985
『어디서 무엇이 되어 만나랴』, 중앙출판사, 1971
『어떤 소년』, 창작예술사, 1984
『어린 나그네』, 예문관, 1974

『얼마나 나는 들에서 들로 헤매었던가』, 웅진출판, 1991
『역사는 흐른다』, 풀빛, 1990
『역사와 더불어 비애와 더불어』, 청하, 1991
『일식』, 예문관, 1974
『절망과 희망의 시대』, 동광출판사. 1985
『지상의 너와 나』, 동광출판사, 1985
『진실을 위하여』, 문학세계사, 1985
『평전 이중섭』, 백민사, 1985
『평전 한용운 : 연구집』, 백민사, 1985
『한용운 평전 : 그 시와 저항과 운명』, 민음사, 1975
『해금강』, 한길사, 1991
『해변의 운문집』, 신구문화사, 1970
『화엄경』, 민음사, 1991
『환멸을 위하여 진실을 위하여』, 청하, 1989
『황토의 아들 : 나의 어린 시절』, 한길사, 1986
『황혼과 전위 : 나의 문학적 전망』, 민음사, 1990
 (시 집)
『가야 할 사람』, 전예원, 1986
『고은시전집』, 민음사, 1983
『고은전집 5』, 청하, 1991
『고은전집 6』, 청하, 1991
『그날의 대행진』, 전예원, 1988
『내일의 노래』, 창작과 비평사, 1992
『내 조국의 별 아래』, 미래사, 1991
『너와 나의 황토』, 고려원, 1987
『네 눈동자』, 창작과 비평사, 1988
『문의 마을에 가서』, 민음사, 1974
『뭐냐』, 청하, 1991
『신·언어 최후의 마을』, 인문서점, 1967
『아직 가지 않은 길』, 현대문학, 1993
『아침이슬』, 동아, 1990
『잎은 피어 청산이 되네』, 고려원, 1988
『전원시편』, 민음사, 1986
『조국의 별』, 창작과 비평사, 1984

구중서

『문학을 위하여』, 평민사, 1978,
『민족문학의 길』, 새밭사, 1979
『외로운 사마리아 사람』, 성바오로 출판사, 1976
『한국문학과 역사의식』, 창작과 비평사, 1985

권성우

『문학이란 무엇인가』, 문학동네, 1994
『비평의 매혹』, 문학과 지성사, 1993

김 구

『백범일지』, 백범일지출판사무소, 1947

김미영

『마침내 전선에 서다』, 노동자의 벗, 1992

김병철

『미국문학사』, 정음사, 1976
『한국근대번역문학사연구』, 을유문화사, 1975
『한국근대서양문학이입사연구』, 을유문화사, 1975

김사인

『밤에 쓰는 편지』, 청사, 1987

김성곤

『미로 속의 언어 : 현대미국작가와의 대화』, 민음사, 1986
『소설의 죽음과 포스트모더니즘』, 글, 1992
『탈구조주의의 이해 : 데리다, 푸코, 사이드의 문학이론』, 민음사, 1988
『포스트모더니즘과 현대미국소설』, 열음사, 1990
『포스트모던 소설과 비평』, 열음사, 1993

김성동

『그리고 삶은 떠나가는 것』, 삼민사, 1987
『길』, 푸른숲, 1991
『김성동』, 삼성출판사, 1991
『김성동선』, 어문각, 1983
『떠도는 넋은 언제 잠드는가』, 푸른숲, 1989
『만다라』, 한국문학사, 1979
『미륵의 세상 꿈의 나라』, 청년사, 1990
『생명 에세이』, 풀빛, 1992
『쓸쓸한 이야기』, 푸른숲, 1994
『연꽃과 진흙』, 솔, 1992
『우리시대 우리작가』, 동숭동, 1994
『집』, 형성사, 1989
『피안의 새』, 한국문학사, 1981
『하산』, 중앙일보사, 1985
『하산』, 푸른숲, 1994
『화려한 외출』, 고려문학사, 1989

김수영

『김수영전집 I 시』, 민음사, 1981
『김수영전집 II 산문』, 민음사, 1981

김우창

『궁핍한 시대의 시인』, 민음사, 1977
『문학의 지평』, 고려대학교출판부, 1984
『심미적 이성의 탐구』, 솔, 1992
『정의와 복지화』, 문학예술사, 1985

김윤식

『80년대 소설의 흐름』, 서울대학교출판부, 1989
『80년대 우리 문학의 이해』, 서울대학교 출판부, 1989
『80년대 우리 소설의 흐름』, 서울대학교출판부, 1989
『90년대 한국소설의 표정』, 서울대학교출판부, 1994

『근대사의 인식』, 시와 시학사, 1992

『김윤식평론문학선』, 문학사상사, 1991

『낯선 신을 찾아서』, 일지사, 1988

『박영희 연구』, 열음사, 1989

『설렘과 황홀의 순간』, 솔출판사, 1994

『오늘의 문학과 비평』, 문예출판사, 1988

『우리 소설을 위한 변명』, 고려원, 1990

『운명과 형식』, 솔, 1992

『이상소설연구』, 문학과 비평사, 1988

『이상연구』, 문학사상사, 1988

『임화연구』, 문학사상사, 1989

『작가와 내면풍경 : 김윤식 소설론집』, 동서문학사, 1991

『중국문학기행』, 현대문학, 1994

『한국근대문학사상연구 : 문협정통파의 사상구조』, 아세아문화사, 1994

『한국문학의 근대성 비판』, 문예출판사, 1994

『한국현대문학사』, 현대문학, 1994

『한국현대문학사론』, 한샘, 1988

『한국현대문학사상사론』, 일지사, 1992

『한국현대소설비판』, 일지사, 1988

『한국현대현실주의 소설연구』, 문학과 지성사, 1990

『해방공간의 문학사론』, 서울대학교출판부, 1989

『해방공간의 문학운동과 문학의 현실인식』, 한울, 1989

『현대문학과의 대화』, 서울대학교출판부, 1994

『환각을 찾아서』, 세계사, 1992

김재홍

『그대 왜 그리 허둥대는가』, 시와 시학사, 1991

『누가 눈물 없이 울고 있는가』, 시와 시학사, 1991

『시와 진실』, 이우출판사, 1984

『카프시인비평』, 서울대학교출판부, 1990

『한국전쟁과 현대시의 변모』, 평민사, 1978
『한국전쟁과 현대시의 응전력』, 평민사, 1978
『한국현대문학의 비극론』, 시와 시학사, 1993
『한국현대시인 비판』, 시와 시학사, 1994
『한국현대시인연구』, 일지사, 1986
『한국현대시 형성론』, 인하대학교출판부, 1985
『현대시와 역사의식』, 인하대학교출판부, 1988
『현대시와 열린 정신』, 종로서적, 1987

김 철
『구체성의 시학』, 실천문학사, 1993,
『아버지의 얼굴』, 국민서관, 1991
『이 어둠의 끝은』, 풀빛, 1987
『잠 없는 시대의 꿈』, 문학과 지성사, 1989

김 현
『두꺼운 삶과 얇은 삶』, 나남, 1986
『르네 지라르 혹은 폭력의 구조』, 나남, 1987
『말들의 풍경』, 문학과 지성사, 1990
『문학과 유토피아 : 공감의 비평』, 문학과 지성사, 1992
『문학사회학』, 민음사, 1984
『문학이란 무엇인가』, 문학과 지성사, 1988
『미셸 푸코의 문학비평』, 문학과 지성사, 1994
『바슐라르 연구』, 민음사, 1976, (곽광수 공저)
『분석과 해석』, 문학과 지성사, 1988
『사르트르의 문학적 세계』, 문학과 지성사, 1989
『사회와 윤리』, 일지사, 1974
『살아 있는 시들』, 홍성사, 1983
『상상력과 인간』, 일지사, 1973
『상상력과 인간 : 시인을 찾아서』, 문학과 지성사, 1991
『수사학』, 문학과 지성사, 1992
『시인을 찾아서』, 민음사, 1975
『시칠리아의 암소 : 미셸 푸코 연구』, 문학과 지성사, 1993

『우리시대의 문학』, 문장사, 1980
『우리시대의 작가연구총서』, 은애, 1979
『전체에 대한 통찰』, 나남, 1990
『젊은 시인들의 상상세계』, 문학과 지성사, 1984
『제네바 학파 연구 : 제강의 꿈』, 문학과 지성사, 1987
『존재와 언어』, 가림출판사, 1964
『책읽기의 괴로움』, 민음사, 1984
『프랑스 비평사 : 근대편』, 문학과 지성사, 1983
『한국문학사』, 민음사, 1973
『한국문학의 위상』, 문학과 지성사, 1977
『행복한 책읽기』, 문학과 지성사, 1992
『현대비평의 양상』, 문학과 지성사, 1991
『현대 프랑스 문학을 찾아서』, 홍성사, 1978

(ㄴ)

남정현
『굴뚝 밑의 유산』, 문예, 1967
『너는 뭐냐』, 대학춘추사, 1965
『분지』, 한겨레, 1987
『서빙고에 핀 꽃』, 눈, 1990
『서울을 사는 고독과 희열』, 중앙출판공사, 1969
『준이와 삼개월…』, 한진출판사, 1977
『허허 선생』, 범우사, 1976
『허허 선생 옷 벗을라』, 동광출판사, 1993

(ㄷ)

도종환
『고두미 마을에서』, 창작과 비평사, 1985
『당신은 누구십니까』, 창작과 비평사, 1993
『울타리 꽃』, 미래사, 1991
『접시꽃 당신』, 실천문학사, 1988

(ㅂ)

박현채

『경제현실의 인식과 실천』, 학민사, 1984

『민족경제론의 기초이론』, 돌베개, 1989

『민족경제와 민중운동』, 창작과 비평사, 1988

『민중과 경제』, 정우사, 1977

『역사, 민족, 민중』, 시인사, 1987

『전후 30년의 세계경제사조』, 평민사, 1987

『정치경제학 강의』, 돌베개, 1991

『한국자본주의와 민중운동』, 한길사, 1984

백 철

『국문학전사』, 신구문화사, 1961

『백철문학전집』, 신구문화사, 1968

『비평의 이해』, 민중서관, 1968

『인간탐구의 문학 : 백철문학선』, 창미사, 1986

『조선신문학사조사 : 현대편』, 백양당. 1949

(ㅅ)

성민엽

『고통의 언어 삶의 언어』, 한보당, 1986

『껍데기는 가라』, 문학세계사, 1984, 한국현대시인연구-11

『문학의 빈곤』, 문학과 지성사, 1988

『민중문학론』, 문학과 지성사, 1984

『지성과 실천』, 문학과 지성사, 1985

손진태

『민속학논고』, 민학사, 1974

『우리민족의 걸어온 길』, 국제문화관, 1948

『한국민족문화의 연구』, 을유문화사, 1954

『한국민족사개론』, 을유문화사, 1954

『한국민족설화의 연구』, 을유문화사, 1954

송건호

『거인은 사라지더라도』, 휘문출판사, 1973
『김수』, 한길사, 1987
『단절시대의 가교』, 물결, 1976
『민족지성의 탐구』, 창작과 비평사, 1974
『민족통일을 위하여』, 한길사, 1987
『바보와 등신』, 덕우출판사, 1988
『분단과 민족 : 민족운동사의 시각으로 본 분단사』, 지식산업사, 1986
『살아가며 고생하며』, 시인사, 1985
『새 역사의 모색』, 인물연구사, 1978
『아쉬움 속의 계절』, 진문출판사, 1977
『역사와 인간』, 두레, 1982
『인재를 위한 42장』, 휘문출판사, 1986
『한국 민족주의의 탐구』, 한길사, 1977
『한국 현대』, 언론사 삼민사, 1990
『한국 현대사』, 두레, 1986
『한나라 한겨레를 향하여』, 풀빛, 1989
『해방 40년의 재인식』, 돌베개, 1985
『현대를 사는 지혜』, 샘터사, 1972
『현실과 이상』, 정우사, 1979

송상일

『시대의 삶』, 문창사, 1979

(ㅇ)

염무웅

『민중시대의 문학』, 창작과 비평사, 1974
『민중시대의 문학』, 창작과 비평사, 1979
『민중시대의 문학』, 창작과 비평사, 1991
『한국문학의 반성』, 민음사, 1975

이문구

『객지』, 동서문화사, 1987
『관촌수필』, 문학과 지성사, 1977
『다가오는 소리』, 삼중당, 1987
『매월당 김시습』, 문이당, 1992
『몽금포타령』, 삼중당, 1975
『소리 나는 쪽으로 돌아보다』, 열린세상, 1993
『아픈 사랑 이야기』, 진문출판사, 1977
『엉겅퀴 잎새』, 열화당, 1977
『유자소전』, 벽호, 1993
『으악새 우는 사연』, 한진출판사, 1978
『이문구』, 삼성출판사, 1991
『이문구선집』, 어문각, 1983
『장한몽』, 경미문화사, 1972
『해벽』, 창작과 비평사, 1974

이문렬
『귀두산에는 낙타가 산다』, 열린책들, 1989
『그해 겨울』, 민음사, 1980
『레테의 연가』, 둥지, 1994
『미로의 날들』, 둥지, 1994
『변경』, 문학과 지성사, 1990
『사람의 아들』, 민음사, 1979
『시인』, 미래문학, 1993
『영웅시대 상』, 민음사, 1990
『영웅시대 하』, 민음사, 1990
『우리들의 일그러진 영웅』, 문학사상사, 1990
『추락하는 것은 날개가 있다』, 자유문학사, 1989
『황제를 위하여』, 고려원, 1989

이시영
『길은 멀다 친구여』, 실천문학사, 1988
『만월』, 창작과 비평사, 1976

『무늬』, 문학과 지성사, 1994
『바람 속으로』, 창작사, 1986
『이슬 맺힌 노래』, 들꽃세상, 1991

이어령
『거부하는 몸짓으로 이 젊음을 : 이것이 오늘의 세대다』, 동화출판공사,
 1969
『고전을 읽는 법』, 갑인출판사, 1985
『고전의 바다』, 현암사, 1975
『광장에서의 소외 : 현대의 에세이』, 진문출판사, 1976
『그래도 바람개비는 돈다』, 동화서적, 1992
『기적을 파는 백화점』, 갑인출판사, 1985
『노래여 천년의 노래여』, 삼성출판사, 1968
『눈을 뜨면 그때 대낮이어라』, 갑인출판사, 1977
『당신은 아는가 나의 기도를』, 삼중당, 1975
『둥지 속의 날개』, 홍성사, 1984
『떠도는 자의 우편번호』, 문학사상사, 1986
『말』, 문학세계사, 1982
『무익조』, 기린원, 1987
『문학을 보는 새로운 시선』, 범속출판사, 1976
『바람이 불어오는 곳』, 현암사, 1965
『뿌리를 찾는 노래』, 기린원, 1986
『사랑과 여인의 풍속도』, 삼성출판사, 1968
『사색의 메아리』, 갑인출판사, 1985
『삶과 죽음 에세이』, 백만사, 1977
『생활을 창조하는 지혜』, 삼성출판사, 1968
『서양의 유혹』, 기린원, 1986
『세계문학에의 길』, 갑인출판사, 1985
『세 번은 짧게 세 번은 길게』, 기린원, 1987
『신한국인』, 문학사상사, 1986
『신화 속의 한국인』, 갑인출판사, 1985
『아들이여 이 산하를』, 범서출판사, 1973
『어느 일몰의 시각엔가』, 중앙출판공사, 1975
『어머니, 나의 어머니』, 자유문학사, 1993

『오늘보다 긴 이야기』, 기린원, 1986

『오늘을 사는 세대 : 이어령 에세이집』, 신태양출판국, 1963

『우수의 사냥꾼』, 삼중당, 1975

『웃음과 눈물의 인간상』, 삼성출판사, 1968

『이것이 여성이다』, 문학사상사, 1986

『이어령 신작전집』, 갑인출판사, 1977

『이어령 엣세이 옴니버스』, 삼중당, 1966

『인간이 외출한 도시 : 이것이 현대문명이다』, 동화출판공사, 1969

『일몰의 시각인가』, 중앙출판공사, 1968

『장군의 수염 : 전쟁데카메론』, 현암사, 1966

『장미 그 순수한 모순 : 이것이 여성이다』, 동화출판공사, 1969

『장미밭의 전쟁』, 기린원, 1986

『저 물레에서 운명의 실이 : 이것이 여성이다』, 범서출판사, 1972

『저항의 문학』, 경지사, 1959

『전후문학의 새물결』, 신구문화사, 1962

『젊음이여 어디로 가는가』, 갑인출판사, 1983

『지금은 몇시인가』, 서문당, 1971

『지성과 사랑이 만나는 자리』, 마당문고사, 1983

『지성의 오솔길』, 동양공보사, 1961

『지성의 오솔길』, 현암사, 1964

『차 한 잔의 사상 : 이것이 현대생활이다』, 동화출판공사, 1969

『축소지향의 일본인』, 고려원, 1982

『페이브멘트의 음향』, 동아출판사, 1964

『푸는 문화 신바람의 문화』, 갑인출판사, 1984

『하나의 나뭇잎이 흔들릴 때』, 현암사, 1966

『하이꾸 문학의 연구』, 홍성사, 1986

『한국의 재발견』, 교학사, 1973

『한국인의 손, 한국인의 마음』, 디자인하우스, 1994

『한국인의 신화』, 서문당, 1972

『한국인의 정신적 고향』, 삼성출판사, 1968

『한국인이여 고향을 보자』, 기린원, 1986

『한일문화의 동질성과 이질성』, 신구미디어, 1993

『현대인이 잃어버린 것들』, 서문당, 1971

『현대 휴메니스트의 고백』, 경지사, 1961

『환각의 다리』, 서음출판사, 1977
『흙 속에 저 바람 속에 : 이것이 한국이다』, 범서출판사, 1963

임영일
「민중현실과 민족운동」, 돌베개, 1984

임재경
『상황과 비판정신』, 창작과 비평사, 1974

(ㅈ)

정과리
『문학, 존재의 변증법』, 문학과 지성사, 1988
『스밈과 짜임』, 문학과 지성사, 1988

정인화
『깡다구 동지들아 전진이다』, 세계, 1989
『불매가』, 전태일문학상 수상작품집, 세계, 1988
『소금꽃, 안개꽃 : 투쟁과 사랑 속에 피어난 해방의 이야기』, 일빛, 1991
『우리들의 밥그릇 : 제1회 전태일문학상 수상작가 정인화 서정시집』,
        동광출판사, 1989,

정정호
『'포스트'시대의 영미문학 : 장르별 접근과 비평의 실제』, 열음사, 1992
『페미니즘과 포스트모더니즘 : 새로운 문화정치학을 위하여』, 한신문화
        사, 1992
『포스트모더니즘 개론 : 현대문화와 문학이론』, 한신문화사, 1991
『포스트모더니즘과 한국문학 : 후기산업사회의 문화적 대응』, 글, 1992
『포스트모더니즘론』, 터, 1989
『포스트모더니즘의 쟁점』, 터, 1991

정종진
『한국현대시론사』, 태학사, 1988

『한국현대시의 이론』, 태학사, 1994

정희성
『답청』, 샘터사, 1974
『한 그리움이 다른 그리움에게』, 창작과 비평사, 1991

진형준
『깊이의 시학』, 문학과 지성사, 1986
『또 하나의 세상』, 청하, 1988,

(ㅊ)

최승호

『고슴도치의 마을 : 최승호 시집』, 문학과 지성사, 1985

『고해문서』, 미래사, 1991

『나는 숨을 쉰다』, 문학과 비평사, 1988

『달맞이꽃에 대한 명상 : 있음의 신비, 혹은 추억의 분실물 보관소』, 세계사,
　　1993

『대설주의보』, 민음사, 1983

『모습 없는 사람들』, 시간과 공간사, 1990

『시인의 사랑』, 민음사, 1993

『진흙소를 타고』, 민음사, 1987

『회저의 밤』, 세계사, 1993

최원식

『민족문학의 논리』, 창작과 비평사, 1982
『민족민중문학론의 쟁점과 전망』, 푸른숲, 1989
『한국근대소설사론』, 창작사, 1987
『현진건 연구』, 서울대학교 대학원 현대문학연구회, 1974

(ㅎ)

한 기

『전환기의 사회와 문학』, 문학과 지성사, 1991

허수경
『슬픔만한 거름이 어디 있으랴』, 실천문학사, 1988
『혼자 가는 먼 집』, 문학과 지성사, 1992

홍정선
『역사적 삶과 비평』, 문학과 지성사, 1986

최유찬
『리얼리즘 이론과 실제비평』, 두리, 1992

338, 341, 354, 355, 380, 477, 480, 505, 530
박지원 28
반민특위법 23
발자크 120
배창환 206, 212, 214, 550~552, 557
백락청 14, 24, 30~42, 53~55, 57, 58, 114, 124, 267, 315, 423, 426, 509~536
백무산 166~169, 187, 371, 446
백진기 30, 43, 44, 53, 422
백철 122, 124
「법 좋아하네」 417, 143
『변경』 137
「보리 밟기」 80, 81
「복사꽃」 60, 63, 64
본격 15, 122, 124, 293, 304, 421, 422, 508
본질적 13, 14, 16, 100, 101, 108, 123, 130, 148~150, 153, 161, 270, 282, 283, 285, 296, 369, 384, 398, 459, 471, 505, 524, 527
「봇짐」 417, 418
「봉산에서 일박」 550, 551
『부르는 소리』 39
부름새 222, 223, 225, 230, 238, 241, 242, 254, 275, 285, 294, 295, 299, 359, 362, 363, 392
분단 모순 40, 98, 211, 212, 284, 286
분단문학 213, 214
「불귀(不歸)」 322~324
「비극과 전면적 진실」 13, 121
비실체성 149, 150

「비인탄생」 107
「빗소리」 310
「빨대」 173, 174, 212

< ㅅ >

「사랑하는 내 사람들에게」 202
『사람의 아들』 14, 15, 59, 136, 148~151
사르트르 102, 103, 107, 108
『사상계』 102, 354, 477, 479
「사상의 거처」 381, 414, 415
사실적 69, 158, 160, 161, 164, 241, 284, 378
「사형수」 389, 390
「산 1번지」 278, 279
산문정신 120
「산문정신고」 13, 119, 125
「산에 대하여」 225, 288, 289
「산읍기행」 280
「살아남아 다시 한 번 칼자루를 잡기 위해」 403
「새벽출정」 118
『새재』 266, 281, 292~294, 296
생명 5, 23, 51, 54, 60, 68, 70, 89, 92, 94, 127, 150, 167, 168, 176, 180, 181, 187, 188, 205, 220, 221, 223, 225, 230, 231, 253, 260, 264, 265, 266, 269~272, 274, 280, 291, 305, 309~311, 315~317, 326~347, 353, 355, 357, 361, 367, 368, 384, 431, 439, 445, 454, 467~470, 472, 474, 478, 479, 485, 486, 491, 493, 502, 529, 542, 545, 555, 556

<ㅋ>

카프카 36, 143
「콜라·4」 192, 197, 198, 201
「콩을 뽑으며」 186, 188

<ㅌ>

「타는 목마름으로」 225, 349, 355,
 362, 364, 365, 367
「타오르는 추억」 137, 143, 144
『태백산맥』 16
토인비 150, 479, 508
『토지』 16
『톰소여의 모험』 35
투쟁적 민족주의 27~29, 34, 57,
 59~61, 66, 73, 219

<ㅍ>

『파르마의 승원』 120
『파업』 444~446, 476, 480, 481,
 519, 526, 527
「파장」 273, 274, 277
판소리계 120
퍼어시라복 127
페레스토로이카 정책 90
「편지 1」 392, 394, 396, 397
「편지」 49, 60, 76, 77, 105, 392,
 394,
편집자적 120, 127, 128, 130, 131
포스트모더니즘 501, 516, 530
「포스트모더니즘과 시장」 114
푸리문학 6, 86, 88, 92, 116~120,
127, 130, 133, 165~168, 176, 187,
 189, 193, 198, 207, 210, 211, 219,
 220
풀림새 165~169, 188, 193, 210,
 286, 506, 543
프레드릭 제임슨 510
피거르기 6, 22~24, 27~29, 59,
 61, 117, 219
피돌리기 6, 22, 28, 59, 117, 219

<ㅎ>

「하늘」 228
하늘 찾기 227, 228, 236, 238~
 240, 245, 248, 251~252, 254
하지 94
한무숙 107
한민족문학사상론 1, 3, 5, 6
괴테 40, 474
한소리 226, 227
한스콘 33, 34
해외문학이론 120
해외문학파 7, 14, 22, 23, 30, 52,
 113, 124, 163, 190, 220, 222, 232
 ~234, 506, 507, 509, 511, 514,
 520, 530
「할아버지」 60, 79
허균 28
헨리 제임스 131
혁명적 낙관주의 17, 28, 29, 34,
 57, 59, 60, 73, 80, 117, 118, 141,
 219, 501, 545, 547, 548
혁명적 전사 17
「현대의 야」 79

Theory of Thought of Korean National Literature

by Shin, Gyoung-Duck

One day a fellow professor came to ask me. As socialist countries have collapsed and the civil government has launched in our country, what is the reason why we have to still discuss the national literature? Is there any use doing so? My answer is yes. There are some reasons in having written *'Theory of Thought of Korean National Literature'* for the past 8 years or so.

First, since the beginning of the civil government, we have faced some general crises. As it is due to prevalent moral destruction in both upper and lower social classes, the solution of the crises is only to overcome such national natures as shamefulness, a sense of dishonor, conscience that our nation naturally have had.

In the situation where money is an omnipotent god and sex, an omnipresent, omniranking religion, anybody including you and me has devoted himself to the humble democracy of "earning money like Scrooge, spending like a millionaire." Politicians and overnight millionaires don't know disgracefulness, workers and farmers have lost a sense of shame, and religious people and educators lost conscience. People became indifferent to parricides. There are no high-ranking officials taking charge of the broken bridges, and no policies for recurrent mass crimes.

Even if our elders before 1960s were in an economically bad condition, they didn't go to the wrong way, didn't take others' property by killing them and did know how to love and cooperate each other. This is an example of practicing courteous behavior.

Therefore to establish the aesthetics of Korean national literature is a proper way for overcoming our national natures.

Second, by the settlement of the nuclear problem between U. S. and North Korea, South and North Korea will have experienced an enormous change in the current international political situation. The common concern between the North and the South is a national unification, so *Theory of*

Thought of Korean National Literature can take a role of solving national problems between both countries and will be able to be a textbook for the national literature after the unification.

In breaking through our present national reality, the theory of western imperial literature or the one of socialist literature can't be an alternative. The theory of western literature has produced capitalistic rubbish literature, and the theory of subjective literature has created an idol eventually.

'A cooperative life,' so-called 'doorei life' that I and my neighbors can be one and which our society and country intend to conduct as communal life can suggest another aesthetics of our literature.

Third, this age is called 'global village age' and every culture becomes international. In this condition, we have to raise international competence through cultural nationalism. This book emphasizes the logic of the national literature like filtering and circulating our national blood.

Enterprisers, farmers, workers do not play a role as simple capital and labor, and of having fortune and technology. Enterprisers have to keep an enterprising culture, and farmers, workers, educators, and faculty have to keep their own live cultures. Globalization without culture is impossible. A pursuit of one-sided victory in cold war period and a right and wrong logic mustn't be existed. Enterprisers, workers, and farmers should meet at the same summit.

Fourth, as a cultural people with about five thousand year history, it's a shame that we don't have our own culture theory. So this is the high time to get the theory which breathes our own blood and soul into our mother tongue.

In old Russia, there was the theory of *Maxim Gorky*, in East Europe, the theory of *George Lukacs*, in America, the theory of *Rene Wellek*, in Canada, of *Northrop Frye*, in China, of *Mao Zedong* and in North Korea, of the subject.

However, we, during a half century since the independence, have ridden others' horse and trodden only on dry land. It's very shameful. It's very disgraceful to the patriotic ancestors who devoted their lives to the independent country and to the youngsters who will take charge of the country.

For Korean national literature to take the position of the

international literature, our mother tongue has to be enhanced as an international language.

To accomplish these objectives, this book is composed of 3 chapters.

Chapter 1, 'what is *kkaedo* literature?' examines, defines and criticizes the aesthetic problems of realizing the realities of myself, our people and our country.

Chapter 2, 'what is *puri* literature?' examines, defines and criticizes the aesthetic problems of constructing the national literature released from the subordination of western imperial culture.

Chapter 3, 'what is *Ch'uim* literature?' defines and criticizes the literature of devoting itself to self-revolution, nation-revolution and mankind-revolution, and examines the aesthetic problems. The poets to be analyzed are *Shin Dong-Yop, Shin Kyong-Rim, Kim Ji-Ha, Kim Nam-Ju, Chae Kwang-Sŏk* and *Park Noh-Hae*.

The studying period is about 30 years from the late 1960s to 1994.

After the independence, I thought, there would come freedom and justice on this land. But the national traitors beat communists and murdered nationalists.

Pro-American people repeated dictatorship and injustice to get their own interests. The right path disappeared and the wrong path raged. Justice didn't act properly, driven by injustice. Without a national revolution, the country couldn't be saved. Bright sky of democratic revolution collapsed and the *coup d'états* by soldiers repeated again and again. There were only thieves to squeeze the country and no great men to save it.

After the independence, I thought, the national literature could be vigorous. But it couldn't.

Modernism was so criticized to be seriously western Europe-centered and literature-oriented that it became a knife to purists. New criticism was a nuclear bomb to overseas literaturers, a barrier to the awakening of the third nationality and a sleeper of its consciousness. Existentialism coming into power after the war was a drug to nihilists. Structuralism and formalism were a shield for fake literaturers.

Post-modernists suggests a logic of pressure nationality, claiming a logic of liberation. There are more and more scholars of Korean literature who got a doctoral degree on structuralism disused even in our country. The scholars studying on the study of signal or of appearance place too much confidence in their study.

In the midst of such mess and confusion, *Korean national literature* has grown up silently to be a huge well-grown pine tree.

This research book has owed a lot to the poets, crying freedom and democracy in spite of having gone through a series of searching, confinement and imprisonment repeatedly.

In spite of several research institutes' denial of paying funds, the authority's censorship and supervision, I could finish this book owing to the young's support and criticism who have read me.

I hope that this research can be a guide to young people's revolution, fatherland and love. Like as I met *Baekbŏm* and *Danjae* at first, I hope, it can be a manifesto to the young who cherish a big will, a bulletin board to the young who experienced disappointment and break down, and a leaflet to the country-loving people.

신경득(辛卿得)

- 1944년 충청북도 괴산 출생
- 건국대학교 대학원 졸업(문학박사)
- 현재 경상대학교 국어국문학과 교수
- 1971년 조선일보 신춘문예 단편소설 당선
- 1978년 『월간문학』을 통해 평론활동 시작
- 1997년 남명문학상 수상
- 저서 『한국전후소설연구』(1983)
        『푸리문학이란 무엇인가』(1991)
- 시집 『소백산맥 아래서』(1992)
        『낮은 데를 채우고야 흐르는 물은』(1998)

한민족문학사상론

처음 펴낸날 · 1996년 9월 20일
두번 펴낸날 · 1999년 9월 01일
지은이 · 신경득
펴낸이 · 송영현
펴낸곳 · 살림터
주소 · 121-220 서울시 마포구 합정동 387-10 (2층)
전화 · 3141-6553 (대표)
전송 · 3141-6555
홈페이지 · http://www.sallimteo.co.kr
등록번호 · 제2-1008호 (1990년 5월 15일)

인쇄 · 신화인쇄공사
제본 · 동신제책사

값 20,000원